跨文化的文学场

A Transcultural Literary Field

陶家俊 著

20世纪中英现代主义的对话与认同研究

A Study of the Dialogue and Identification between Chinese and English Modernisms in the 20th Century

中国社会科学出版社

图书在版编目（CIP）数据

跨文化的文学场：20世纪中英现代主义的对话与认同研究／陶家俊著．—北京：中国社会科学出版社，2022.6

ISBN 978-7-5203-9933-3

Ⅰ.①跨… Ⅱ.①陶… Ⅲ.①文学—文化交流—文化史—研究—中国、英国—20世纪 Ⅳ.①I209②I561.09

中国版本图书馆 CIP 数据核字（2022）第 047059 号

出 版 人	赵剑英
责任编辑	史慕鸿
责任校对	王佳玉
责任印制	戴 宽

出　　版	中国社会科学出版社
社　　址	北京鼓楼西大街甲 158 号
邮　　编	100720
网　　址	http://www.csspw.cn
发 行 部	010-84083685
门 市 部	010-84029450
经　　销	新华书店及其他书店
印　　刷	北京明恒达印务有限公司
装　　订	廊坊市广阳区广增装订厂
版　　次	2022 年 6 月第 1 版
印　　次	2022 年 6 月第 1 次印刷
开　　本	710×1000　1/16
印　　张	32
插　　页	2
字　　数	510 千字
定　　价	178.00 元

凡购买中国社会科学出版社图书，如有质量问题请与本社营销中心联系调换
电话：010-84083683
版权所有　侵权必究

目　　录

序 …………………………………………………………………（1）

第一部分　中西现代主义批评话语

引　子 ………………………………………………………………（3）

第一章　西方现代主义批评话语 …………………………………（5）

第二章　中国现代主义批评话语 …………………………………（22）

第三章　跨文化空间诗学 …………………………………………（43）

第二部分　跨文化的中英现代主义文学场

第四章　跨文化场的英国缘起：通往中国的旅程 ……………（63）
　第一节　中国的召唤：英国福丁顿教区的慕氏家族 ……………（64）
　第二节　慕雅德与翟理思的中国旅行札记 ………………………（68）
　第三节　英国汉学的学院派研究与考古实践 ……………………（80）
　第四节　通往跨文化的唯美世界 …………………………………（87）

第五章　跨文化场的中国缘起：现代风的洗礼 ………………（106）
　第一节　印刷资本主义：跨文化文学场的文化物质基础 ………（106）

第二节 《天下月刊》与跨文化的现代主义 …………………（119）
第三节 林纾的英国文学翻译与中国的英国文学话语 ………（136）
第四节 北大、清华、西南联大的英国文学话语实践 ………（151）

第三部分　远游的诗哲：流散的英国现代主义思想群体

第六章　凝视东方：剑桥使徒社-布卢姆斯伯里小组的中国情结 …………（175）
第一节 剑桥使徒社与布卢姆斯伯里小组 ……………………（176）
第二节 迪金森、罗素的中国之行及跨文化人际网络 ………（188）
第三节 朱利安·贝尔的中国之行及跨文化人际网络 ………（195）

第七章　中国的诱惑：牛津之后的远行 ……………………（208）
第一节 1920 年代：牛津才子与现代主义运动 ………………（209）
第二节 1930 年代：牛津之后的中国之行 ……………………（218）
第三节 哈罗德·阿克顿在中国的人际关系网 ………………（234）

第八章　理论旅行：剑桥现代批评在中国 …………………（243）
第一节 文学革命：剑桥现代批评学科的诞生 ………………（245）
第二节 游走于学科和文化之间：I. A. 瑞恰慈的剑桥岁月 …（251）
第三节 1929—1931 年 I. A. 瑞恰慈的中国之行 ……………（259）
第四节 威廉·燕卜荪的中国之行 ……………………………（272）

第四部分　天路历程：中国现代主义知识群体

第九章　现代主义的中国使徒：徐志摩的英国现代主义感知和传播 …………（290）
第一节 徐志摩的跨文化人际关系网络：1918—1928 年 ……（291）

第二节　徐志摩与英国文学的缘分 …………………………（298）
　　第三节　徐志摩的思想革命探索 ……………………………（308）

第十章　叶公超的中英诗学新境界 ……………………………（318）
　　第一节　叶公超的留学足印：1912—1926年 ………………（319）
　　第二节　大学教授和文学理论家叶公超：1926—1940年 …（322）
　　第三节　叶公超的中英比较诗学思想 ………………………（336）

第十一章　钱锺书的理论对话与转化：中国现代批评的格局 …（350）
　　第一节　钱锺书的人际关系网络与出版发表媒介网络 ……（352）
　　第二节　钱锺书著述的比较诗学格局 ………………………（371）
　　第三节　钱锺书1930—1935年文章中的知识秩序 …………（381）
　　第四节　钱锺书牛津英文笔记中隐在的英国现代主义
　　　　　　文学场 ……………………………………………（390）
　　第五节　钱锺书《谈艺录》的中西比较诗学体系与文明
　　　　　　自觉意识 …………………………………………（405）

第十二章　中国的自我再现：未完成的现代主义 ……………（421）
　　第一节　跨文化的现代主义文学旅行者萧乾 ………………（423）
　　第二节　跨文化的现代主义文学旅行者叶君健 ……………（432）
　　第三节　中国不再沉默 ………………………………………（443）

结论　关于中英现代主义对话与认同的思考 …………………（460）

参考文献 …………………………………………………………（468）

参考文献说明 ……………………………………………………（498）

后　记 ……………………………………………………………（499）

序

2011年5月我开始进行《跨文化的文学场：20世纪中英现代主义的对话与认同研究》的研究工作，2017年5月最终为该项研究的书稿画上了句号。这项专题研究横跨整整六年的时间。在同一时期我撰写完成了另一部以纯粹的理论思考为主旨的著作《形象学研究的四种范式》。六度春夏秋冬，六轮生命转动。空山道心，古刹梵音，枯藤春发，残荷吐露，皮囊藏珠，剑心日月。回首2006年秋出川赴京，弹指十一载。期间读书心得，妙悟别趣，如盐匿于水，蜜化于汁，隐藏在这两卷残编拙活之中。然所有妙悟别趣都不过思、诗两端，以此两端侍弄调理，皆能养出批评者、读书人之胸怀、气度、风神。

钱锺书先生的《谈艺录》对思与诗的化合有非常独到的见解。在《谈艺录》第六则中他将个体精神的境界分为三等，即：身体感官获得的觉触；思辨获得的觉悟；心灵启迪达到的觉照。在《谈艺录》第二十八则中他在阐释性灵和别才时进而分辨出解悟与证悟，即：性灵勃发产生的悟与勤奋积学达到的悟。这实际上是对觉悟的进一步剖析。学者们大都关注钱锺书的"史蕴诗心"之说，以之考究陈寅恪的"以诗证史"法，却忽略了他在打通中西古今诗学之论中隐匿的思诗化合之论。这样他分别从人类群体的文明历时演化进程和人类个体攀缘飞升的心路和生命体悟即体认中剖露出永恒此在、崇高卓绝、通透朗朗的精神实在。唯有人类群体和个体能达到的这个精神此岸圣境才能洗涤、化解文明的劫难、文明之间的藩篱、人类彼此之间的仇恨，才能超度生活负累中的生命个体。通览厚厚一本《谈艺录》，他在论述思与诗的化合之时多以佛家、道家思想来交互阐发。我们或可以说，这个精神此岸圣境蕴含的圣谛是悟彻心，是慈悲心，是救赎心。

思与诗二端不是矫情文人玩弄的品味或情调。所以与阳春白雪陌路。也不是向自然的回归或沉溺于彼岸世界的虚妄。所以与归隐出世阴阳两界。其实慈悲心、救赎心直指现世，重在当下，舍却小我，融合道体。这应该就是批评者、读书人之胸怀、气度、风神。1980—1990年代饮誉西方人文学界的巴勒斯坦裔美国学者爱德华·萨义德（Edward Said）对这种以批评为志业（而不是狭义的职业）的人文学者的入世情怀和精神有非常通透的论述。这种入世情怀和精神他称为"批评意识"。从著作《开端》到最后的思想言说《人文主义与民主批评》乃至他离世后出版的《论晚期风格》，萨义德都始终强调当代批评家应有的批评意识。他在《世界、文本与批评家》（1983年）中深刻剖析了现代和当代批评意识的结构性张力。以现代主义为文化表征，西方文学和文学批评及其关注的对象世界分化出两极。一极是基于"连理"（filiation）原则的纵向自然、生物式繁衍、传承关系。另一极是基于"连接"（affiliation）原则的横向文化共同体联合关系。前者的不可能性和后者的可能性，西方现代文明劫难源生的集权衍生出一系列批评主体无法回避的张力、距离、断裂甚至危机。

这一方面表征为批评个体的意识对外在世界的疏离感的体验和回应。"一方面个体纪录下并清楚地明白能映照出个体意识的集体意识、语境或情景。另一方面正是因为这种明白——一种世俗的自我情景化，对主导文化的敏锐反响——个体意识绝不是文化自然而然的顺产儿，而是文化中的历史和社会角色。"[1] 其实对这两极间的张力、距离乃至危机体验不仅仅限于现代主义批评意识，它既暗合马歇尔·鲍曼（Marshall Berman）在《所有坚固的都融入虚空》中的"现代性体验"认识，又赋予了批评家超越常人的敏感和担当——聆听时代的声音，把握历史的呼吸。

另一方面这表征为西方现代文学知识和文学批评两种模式之间的张

---

[1] Edward Said, *The World, the Text, and the Critic* (Cambridge, Massachusetts: Harvard UP, 1983), p. 15.

力。一种模式以欧洲文学经典和人文传统为圭臬,"那种几乎是无意识地抱定的意识形态立场,即人文学科的欧洲中心模式对人文学者而言代表了一种自然、正当的主题……任何非人本主义、非文学、非欧洲的对象都被排斥在这个结构之外"①。这种模式天然割舍了批评意识。另一种模式对自然"连理"与文化"连接"之间的差异、距离极具张力感的认知,进而让社会、政治、文化的异质矛盾世界进入批评审视的范围。换言之,这两种模式实际上是两种文学的也是文化的认知模式,即:有机文学和有机文化认知模式与异质多元文学和异质多元文化认知模式;在更实证意义上是民族-国家文学和单一文明维度中的文学的历时有机认知模式与多元影响对话融合维度中的世界文学认知模式;在价值立场上是欧洲中心文学和文明论与跨文化的文学和文明交互影响论。

诚然萨义德个体的也是现当代巴勒斯坦民族的命运决定了他在剖析批评意识的经纬时的局限性,即更多从反殖民主义的文化抵抗政治来颠覆欧洲文学和文明传统。其批评意识的格局和气度自然无法与钱锺书争锋。对跨文化的文学和文明交互影响的宏论同样见诸钱锺书的《谈艺录》序言:"东海西海,心理攸同;南学北学,道术未裂。"这种从世界文学大棋局中,立意普适普世跨文化对话的理和道是批评意识探索追寻的最高目标,因为在差异、距离、危机重压下的现代文明人通往和谐交流、和平共存的大道有赖批评意识来重构,现代文明的藩篱和苦厄有赖理和道、思和诗融化而生的真火焚烧、炙烤。

现代性的二律背反困厄——文明崇高孤绝的精神化运动与物质技术和科学进步的反精神化运动之间的背离,西方现代文明与反西方文明之间的背离——决定了现当代批评家的批评意识沉重的张力感、危机感甚至苦难和救赎感。我们甚至可以这样断言,批评本身就是一种独特的生命存在、生命言说方式,是现代性以降,尤其是与现代主义文艺孪生的反制度、反物质主义的精神化实践;批评家的批评意识和个体生命体悟表征的是现代文明多元、多源汇聚景象中精神化运动的轨迹。而这种精

---

① Edward Said, *The World, the Text, and the Critic* (Cambridge, Massachusetts: Harvard UP, 1983), p. 22.

神化实践本身必然折射出历史纵深维度中精神化运动与文化物质实践，不同文化、不同文明、不同地理空间实在之间横向维度中知识、观念、审美品味、文艺风格等的迁徙流动、传播变异与跨文化的文化物质实践之间的辩证张力。

因此我们必须强调作为个体生命体验方式的批评意识的独特性甚至唯一性、作为文明精神化运动表征的批评意识与文明精神之间的共生性和同质性。当然在跨文化的横向迁徙和交流中情况会变得更微妙复杂。例如批评个体的批评意识更多的是认同异己文明的精神化伟力，这样张力的两端变成了个体与母体文明、母体文明与客体文明。上述论点实质上将批评的制度化、专业化、公式化、模式化等现象放在了掂量甚至否定的被动角色。这些现象客观上正是法兰克福学派的斗士们批判的文化工业导致的思想和智识的蜕化和异化，是徘徊在当代学院制度中的幽灵，是现代人文学术工科化的副产品。其结果是本应具有思想和思考能力、批判精神和普世情怀的批评家丧失了批评意识，沦为学术庸常性的奴隶。

我自承没有沦为思想奴隶和批评加工器，没有迷失在文本的汪洋中。也没有像英国作家乔纳森·斯威夫特（Jonathan Swift）笔下的格利佛（狂欢怪诞小说《格利佛游记》的主人翁）或丹尼尔·笛福（Daniel Defoe）笔下的鲁滨逊·克鲁索（海洋冒险小说《鲁滨逊漂流记》的主人翁）那样乘着一叶文本或作家孤舟畅游在大西洋上。

我学会了用生命来思考，用思想的别样眼光来审视，用审视的方式来建构宏阔的视域，用透视的方式来异中见同、同中见异，用差异关联、异类互通的方法来打通东西。我学会了用六年的时间默默守候，静静耕耘，听书页翻卷的声音，等待春天的地里穿出虫子，等待夏天荷叶上凝聚的露珠滴下来，守候一次又一次心灵的神台上思想之花的绽放。所有这一切都是为了给轮回涅槃的生命永恒的思与诗的居所，都是为了重铸中英现代主义的象征革命历程中思与诗的风云雷电。

第一部分
中西现代主义批评话语

引 子

1929年3月，36岁的 I. A. 瑞恰慈（I. A. Richards，1893—1979年）继《意义之意义》（1923年）和《文学批评原理》之后的第三部文学批评著作《实用批评：文学判断力研究》问世。不久他就应清华大学的聘请，踏上了前往中国的旅途。1930年离开清华大学、前往美国哈佛大学之前，在燕京大学的李安宅、博晨光（Lucius Porter）、黄子通（L. T. Hwang）等中外教师的帮助下，瑞恰慈完成了《孟子论心》的初稿。然而小偷偷走了他北京喇嘛庙寓所中保存手稿的公事包。抵达美国马萨诸塞州剑桥后，他全凭记忆重新整理出书稿。正当他在整理出版社付印的样稿时，被盗的部分手稿失而复得。原来是窃贼将天书一样的英文手稿丢在北京城的一处房屋顶上。行人发现被风吹到街上的稿纸。几经周折，手稿意外地回到原主手中。瑞恰慈再将样稿与手稿对比修订之后，1932年《孟子论心》出版。该著作的出版远非他预料的那样"具有革命的、划时代的、根本的意义"[1]，在英美学界并没有此前的三部著作所引起的那种热烈反应。屈指可数的评论包括英国汉学家亚瑟·韦利（Arthur Waley）在《泰晤士报文学副刊》上发表的一篇校正瑞恰慈翻译错误的文章、G. L. 迪金森（Goldsworthy Lowes Dickinson）的一篇反应友好却并不热烈的评论。[2]

我们可以将瑞恰慈的这段经历解读为一桩逸闻趣事，一次跨文化遭遇，一种知识话语行为。阐释的开放程度和多样性依赖我们立足什么样

---

[1] Richards Diaries, Oct. 25, 1931.
[2] Richards Diaries, Sept. 8, 1932/Nov. 16, 1932.

的视角来审视事件以及与之关联的文化、历史乃至学科知识情境。当我们从当代中国人文学术研究视野来重新凝视1929—1932年这数年间的I. A. 瑞恰慈的学术、思想和文化境遇时，我们发现自己陷入了一个与瑞恰慈类似的异质境遇。从解构主义角度看，中国传统儒家经典《孟子》、瑞恰慈最初撰写的手稿、他后来凭记忆整理出的书稿、最后出版的《孟子论心》形成典型的延异增补现象。从后殖民研究角度看，《孟子论心》似乎印证了西方文化对东方思想的东方学式阐释建构。从汉学研究角度看，瑞恰慈似乎契合了英国的汉学研究传统，像亚瑟·韦利等汉学家那样整理翻译中国思想文化经典。从现代主义研究角度看，瑞恰慈又似乎完全放弃了1920年代的治学路数，从对英国文学的批评解读、对现代主义意义上的英文研究的学科建设转向另一个完全陌生的领域。正是这种事件和境遇的异质特征使《孟子论心》无论在上述哪一种知识话语中都成了一个边缘书写场景，一个被压制的知识陈述。瑞恰慈为之投上的革命的、划时代的、根本的幻想仅仅蜕变成个体心灵的余悸。

其实瑞恰慈的《孟子论心》不是一个孤立的书写场景。它牵连着国际框架下英国与中国现代主义人文知识分子群体之间的对话与认同、现代主义思想的长距离旅行、现代主义精神的孕育和结晶、现代主义文本的跨文化转换。这两个人文知识分子群体是学院派的，因为他们栖息在剑桥、牛津、清华和北大，依附于大学这一独特的学术体制和文化精神堡垒。他们是充满了创造和批判精神的文化英雄，也是具有强烈的文化担当和文明救赎意识的知识分子，因为他们在文学和艺术的熔炉中，将唯美和纯艺术的圣殿中新生的现代主义引向了思想和文化的高峰。他们在深沉地思索民族的命运和现代文明的前途的同时，或漂洋过海，或跨越欧亚大陆，散居漂泊，用世界主义的眼光来看待新奇的人、新奇的世界，在超越自身的认识局限的同时超越文化和文明的边界。他们在推动现代主义浪潮奔涌向前之时，逐渐形成了共时发生、相互砥砺、双向逆转的现代主义人文批评话语。

第 一 章

西方现代主义批评话语

"现代主义"源自拉丁语"modo",根本意思是"现时的"。在公元5世纪前后,它特指与过去的罗马时期对立的现时的基督教时期。在文艺复兴时期,它又指与希腊、罗马的古代时期和基督教的中世纪对立的现时的文艺复兴时期。1857年秋,英国诗人、人文学者和教育家马修·阿诺德(Matthew Arnold)在牛津大学诗歌教授任职讲演《论文学中的现代元素》中指出,文学中的现代元素包括沉静、自信、宽容、理性和精神自由。这实质上是指作为文化精粹的诗歌和作为社会价值导向的批评内蕴的人文理性批判精神。关于阿诺德思想的这一面,美国新人文主义批评家莱昂内尔·特里林(Lionel Trilling)在《阿诺德评传》中进行了深入阐发。阿诺德就任诗歌教习具有革命性的意义,他首次在牛津大学用英语而不是拉丁语讲授诗歌,不是谈论修辞、想象、品味等,而是面向纷繁复杂的现代世界。"阿诺德认为这是一个混乱、人们相互敌视的世界,主张诗歌应该凭智性之力将人类从这种令人窒息压抑的氛围中解救出来。……在现代世界中存在着使智性解救至关重要的独特因素——那就是民主。"[1] 约7年之后的1863年,法国的夏尔·波德莱尔(Charles Baudelaire)在《现代生活的画家》一文中明确地提出现代性概念。"现代性是那些瞬息、易逝、偶然的事物。艺术的一半由现代性构成,而另一半则是永恒和持久。"[2] 但是批评家们在关注波德莱尔对现代性的陈述

---

[1] Lionel Trilling, *Matthew Arnold* (New York: Harcourt Brace Jovanovich, 1954), p.161.
[2] Charles Baudelaire, *The Painter of Modern Life and Other Essays*, ed. and trans. Jonathan Mayne (London: Phaidon Press, 1995), p.13.

时，往往忽略了现代性夹带的纯粹的生活韵律。好奇变成不可抗拒的激情，敏锐的感觉主宰了身体，童真祛除了成年人的世故狡黠。离乡别土，处处家山，因为对生活的热爱使整个世界都是家园，凡是有人群的地方都是归宿。与生活尽情亲近的渴望，生活的潮水冲洗，拥抱生命个体的新奇感，这些是被20世纪的现代性理论话语抽空了的内容。波德莱尔对现代性生活一面的强调得到了弗里德里希·威廉·尼采（Friedrich Wilhelm Nietzsche，1844—1900年）的反响。尼采在文章《论与生活对应的历史的使用和误用》中指出：现代性的生命冲力根源于当下的生活——切断与历史的牵连、完全遗忘过去历史的生活。他说："……以非历史的方式体验生活，这是所有体验中最重要、最独特的，这是树立正义、健康、雄伟和一切真正人性品格的基础。"[1] 与尼采对历史的摈弃相反，瓦尔特·本雅明（Walter Benjamin）却从历史哲学角度揭示资本主义生产方式支配下的现代性固有的历史悖论。他在《历史哲学论纲》中揭示的这一历史悖论之形象是：历史的天使展开双翼，背向未来，双目凝望过去，但来自天堂的风暴猛烈地将天使推向未来，面对不断堆积扩散的废墟，他竟是束手无策。这就是历史进步天使在过去与未来间不能自主的尴尬境遇。

与现代性观念的派生并行，与阿诺德倡导的人文批评精神不同，在19世纪末和20世纪初，现代这一概念获得了另一种与这一时期崭新的文学艺术创新变革甚至革命趋向对应的意义——先锋、激进、进步、革命甚至颓废。也正是在这个意义上诞生了"现代主义"这一概念——一个指称横扫国际文艺领域，以唯美派、意象派、立体派、漩涡派、印象派、象征派、未来派、超现实派、达达派等为支流，两次世界大战前后20年为鼎盛期的文艺运动。

现代主义运动的弄潮儿们发出各种感叹。法国诗人兰波（Jean Nicolas Arthur Rimbaud）直呼"必须是彻底地现代"。埃兹拉·庞德（Ezra Pound）在1913年发表的《意象主义者的几不原则》中写道：它是对那

---

[1] Friedrich Nietzsche, "Vom Nutzen und Nachteil der Historie für das Leben," Unzeitgemsse Betrachtung II in Karl Schlechte, ed., *Werke 1* (C. Hanser: Munich, 1954), p.215.

种"复合体"的瞬间呈现，产生的是突然的解放感、超越时空限制的自由感、突然的增长感——这些我们在最伟大的艺术品面前经历的感受。他与温德姆·刘易斯（Wyndham Lewis）在1914年的《爆炸》创刊号上呼吁诗歌艺术的不断创新，宣扬对城市、技术的审美表现的可能，同时又主张对传统的存续。在1922年评价T. S. 艾略特（T. S. Eliot）如平地一声春雷的《荒原》时他认为《荒原》是"对1900年以来的'运动'、是对我们的现代实验的辩护"[①]。

现代主义在20世纪的文学批评史上是一个不断被重构的概念。现代主义文学经典、现代主义诗学、现代主义历史、现代主义艺术特征和影响沉淀定型的过程同时也是一个充满了争论、分歧的过程。因此现代主义批评逐渐确立了欧美现代主义合法、正统、主导的地位。现代主义成了欧美中心话语意义上的文学现代性。

从历史分期来看，尽管英美批评理论界几乎没有争议地将20世纪上半叶界定为现代主义的活跃期，但是这种表面上的历史分期共识背后其实是不同观点学说的争鸣。与波德莱尔、庞德或艾略特亲身、内在、共生的现代性体验和现代主义言说不同，这些理论家们从不同的外部视角切入现代主义历史分期疑难。

伊哈布·哈桑（Ihab Hassan）在《后现代转向》中立足多学科视角澄清现代主义与后现代主义的历史界线。从18世纪末19世纪初法国的萨德侯爵（Marquis de Sade）到20世纪中叶的塞缪尔·贝克特（Samuel Beckett），有一条由沉默文学构成的历时主线。同样沿着这条线，一百年的时间里先锋派、现代和后现代三大艺术模式前后相继，波浪式发展。与19世纪的资产阶级文化温床中培育出的追求新奇、反叛甚至颓废，却又昙花一现的各色先锋派文艺相比，20世纪初，詹姆斯·乔伊斯（James Joyce）、W. B. 叶芝（W. B. Yeats）、D. H. 劳伦斯（D. H. Lawrence）、庞德、T. S. 艾略特、威廉·福克纳（William Faulkner）共同奏响了英美现代主义的交响乐。与先锋派的叛逆和早夭，后现代主义的顽皮、刻意雕

---

① Ezra Pound, *The Letters of Ezra Pound 1907–1941*, ed. D. D. Paige (London: Faber & Faber, 1951), p. 248.

饰、含混不确定相比,现代主义显得自命不凡,追求形式主义。哈桑从语言学、文学、人类学、哲学、心理分析、神学等不同学科中遴选出一系列关键词来界定现代主义,如:形式、逻各斯、总体化、综合、隐喻、慎独、所指、男根、偏执狂、确定性或超越。他不无感叹地说:"现代主义与后现代主义并非被铁幕隔开或有中国的长城横亘在中间,因为历史就是一张羊皮纸,文化因过去、现在或未来时间而变动。我怀疑我们所有人都同时是小小的维多利亚时期的人、现代人和后现代人。"[1] 显然哈桑用后现代主义的解构修辞将现代主义、后现代主义之间的历史区隔置换成了重叠交错的历史延叠。

大卫·哈维（David Harvey）在《后现代性状况》中提出文化现代主义历史分期说。所谓文化现代主义根源于18世纪法国的卢梭（Jean-Jacques Rousseau）、德国的康德（Immanuel Kant）、英国的爱德蒙·伯克（Edmund Burke）等开辟的与启蒙理性并行的美学思潮。它辐射到思想、艺术、文学、文化领域,前后形成四次浪潮,即:1848年以巴黎为舞台、以波德莱尔和福楼拜（Gustave Flaubert）为旗手的现代主义开端;1890年象征主义、唯美主义、颓废派等表征的第二次浪潮;第一次世界大战前夕的1910—1914年在欧洲各城市文化中心同时勃兴的第三次浪潮;第一次世界大战之后到第二次世界大战的二十年文化现代主义的鼎盛和终结。文化现代主义具有内在逻辑。首先,1848年文化现代主义的诞生并非偶然现象,而是资本主义发展史上第一次席卷欧洲的经济危机所致。这场危机最先发生在经济领域,却深刻影响了经济、政治和文化等多层面上人们的时空感知和生活模式。此前启蒙理性主导的历史进步时间线型模式让位于崭新的时空总体化、同质化、本质化模式。因此1848年欧洲资本主义危机导致了启蒙知识和审美再现的危机。文化现代主义本质上是现代性时空模式裂变的产物,同样也是资本主义经济、技术和政治变革的产物。其次,文化现代主义是与启蒙工程对应的现代主义工程。尽管文化现代主义在根本上是再现模式的裂变,辐射到哲学、美学、艺

---

[1] Ihab Hassan, *The Postmodern Turn: Essays in Postmodern Theory and Culture* (Columbus: Ohio State UP, 1987), p. 88.

术、文学等领域，但是它最深厚的土壤是审美体验和审美表现以及持续的美学探索。因此文化现代主义的晴雨表是先锋派艺术。换句话讲，先锋派艺术的兴衰荣枯，它与资产阶级文化的离合，与极权主义政治、文化帝国主义的同流合污，注定了其终结的命运。到了第二次世界大战爆发，政治的审美化同时导致了审美的政治化，文化现代主义沦为法西斯主义、极权主义、帝国主义、民粹主义和国家主义的附庸，资本和政治权力战胜了19世纪以来不断勃兴的审美运动。最后，文化现代主义一开始就充满了对语言再现方式不断创新的僭越精神。用怎样新颖的语言、怎样独特的再现技巧来揭示瞬息万变的现代生活背后永恒的真理，来表现破碎分离的存在境遇中个体生命的情感和心理，这是现代主义再现模式变革创新的目的。文化现代主义高举为艺术而艺术的旗帜，追求艺术的原创性和独特性，褒扬艺术家的个性和独立。这反过来为再现模式探索创新提供了合法性。

伯纳德·史密斯（Bernard Smith）转而从欧美建筑、雕塑和绘画史中勾勒现代主义的历史轮廓。他在《现代主义的历史：20世纪艺术和观念研究》中提出现代主义三期发展说，即：1890—1915年的早期先锋派形式主义、1916—1945年的中期形式主义、1945—1960年的晚期或鼎盛期形式主义。发端于先锋派的现代主义征兆了艺术史上一个独特的时期风格或风格的循环。艺术风格的循环主要表现为受压制的、非主流的形式风格对主导的形式风格的持续审问以及两者之间的辩证超越。因此如果将现代艺术理解为历史长焦距中的时期风格或形式主义（Formaleque），那么现代主义的历史实质上是形式风格的变化、转折、回旋、变异的历史。滥觞于19世纪末先锋派艺术的形式主义实质上也是复数意义上的现代主义。公开宣称对黑格尔辩证法进行实用主义改造的史密斯同样从辩证的视角来解读现代性与现代主义的关系："现代主义（复数）是对现代性的批判。它们从古代、异域和'原始'艺术中汲取营养，借以提炼批判精髓。……是文化帝国主义的畸形儿。"[1]

---

[1] Bernard Smith, *Modernism's History: A Study in Twentieth-century Art and Ideas* (New Haven: Yale UP, 1998), p. 21.

与上述学者从后现代主义、后现代性、现代时期风格角度来分别界定学科知识现代主义、文化现代主义和艺术现代主义不同，另有学者专论文学现代主义的历史分期。其新锐之作包括劳伦斯·雷尼（Lawrence Rainey）的《现代主义体制：文学精英与公众文化》（1998年）、彼得·蔡尔兹（Peter Childs）的《现代主义》（2000年）、蒂姆·阿姆斯特朗（Tim Armstrong）的《现代主义：文化史》（2005年）。

劳伦斯·雷尼认为文学现代主义是现代资本主义文化史上的一个过渡时期。它前接报纸杂志主导的新闻时代，后启大学时代的来临。因此它既目睹了资产阶级精英文化的昙花一现，也见证了报纸、杂志、收音机、电影等主导的传媒美学为标志的公众文化之兴起。它与公民社会中日常文化实践之间形成背离与趋同并存的矛盾关系。通过分析精装版理念与《尤利西斯》、小评论与《荒原》、庞德与法西斯主义政治之间错综复杂的关系，他揭示了乔伊斯、T. S. 艾略特、庞德等代表的文学现代主义与文化体制之间的制约关系。从1912年庞德发起的意象派运动到1930年代末现代主义的消解，文学现代主义逐渐从公共文化领域退缩进一个与世隔离的世界。在这个新的狭小的世界中，公众的作用被小型期刊评论和精装版取代。文学现代主义的命运被出版社、书商、经纪人、收藏家、文学赞助人主宰。这最终深刻地甚至持久地影响了公众对文学和思想精英的态度。

彼得·蔡尔兹立足相对主义视角剖析概念、历史、空间、性别、肤色及文化等多元维度中的文学现代主义。"现代主义"概念最早使用于18世纪初，指现代特有的潮流。19世纪它意指现代观点、风格或表现。19世纪末它开始出现在文学之中。如托马斯·哈代（Thomas Hardy）在小说《德伯家的苔丝》中用"现代主义疼痛"来概括置身城市与乡村、传统与现代、农耕文明与工业机械、宗教与俗世之间的苔丝和安吉尔特有的情感、心理和想象体验。劳拉·赖丁（Laura Riding）、劳拉·杰克逊（Laura Jackson）和罗伯特·格雷夫斯（Robert Graves）1927年撰写了第一部以现代主义冠名的著作《现代主义诗歌概论》。① 但是要等到 1960 年代"现代主义"这一概念才最终指向一个特殊的文学时期内的作家群体。时间意义上的现代主义通常指 1890—1930 年这一时期以象征主义、唯美主义和颓废派为先导的文学运动。类型意义上的现代主义指文艺复兴以降不同时代的文学土壤中喷发的文学创新、实验和变革——从约翰·多恩（John Donne）、劳伦斯·斯特恩（Laurence Sterne）到詹姆斯·乔伊斯。从特征和风格来论，文学现代主义形成特有的现代主义范式。蔡尔兹借用诺曼·坎托（Norman Cantor）在《20 世纪的文化、现代主义到解构》（1988 年）中的观点来点明该范式的特征。②

蔡尔兹提出的另一个观点是现代主义与女权主义的交错发展。20 世纪初，英国文学研究成为一门严肃的学科，一个由各类商业和教育研究体制占领的领域。它不断强调民族文化的男性阳刚气质特征。这无疑是对弥漫着女性气质和道德驯化的维多利亚时期文学的否定，同时也是对女性争取政治权利的运动、新女性形象、女性开始进入职场等现象的抵制。特别是 1980 年代以来的现代主义研究日趋从性别研究角度来拓展现代主义作家群体和诗学探索的新领域。这些研究围绕性别和性态、男性气质、女性气质、女权、艺术表现、诗学主张等主题来重新划定现代主义的疆界。除了弗吉尼亚·伍尔夫（Virginia Woolf）之外，现代主义经典女性作家还包括凯瑟琳·曼斯菲尔德（Katherine Mansfield）、米娜·洛伊（Mina Loy）、多萝西·理查德逊（Dorothy Richardson）、西尔维娅·沃纳（Sylvia Warner）、夏洛特·缪（Charlotte Mew）、吉恩·里斯（Jean Rhys）、伊丽莎白·鲍温（Elizabeth Bowen）、玛丽·巴茨（Mary Butts）等。代表性的研究成果包括：艾丽斯·贾丁（Alice Jardine）的《女性进

---

① 参见：J. A. Wallace, "Laura Riding and the Politics of Decanonization," *American Literature*, 1992, 64 (1): pp. 111 – 126。

② 诺曼·坎托总结的这些现代主义范式特征包括：反历史主义；关注微观世界和个体；艺术或文本自我指涉、自成一体；倾向于脱节、分裂和混乱；标榜文化精英意识；大胆、公开描写和宣扬女权、同性恋、双性恋；视艺术而非道德为人生旨趣；交织着救赎的精神和幻灭的死亡冲动。详见：Norman Cantor, *Twentieth Century Culture, Modernism to Deconstruction* (London: Peter Lang, 1988), p. 35。

程：女性与现代性的形构》(Gynesis: Configurations of Woman and Modernity, 1985 年)；雷切尔·布洛·迪普莱西（Rachel Blau DuPlessis）的《超越终结的书写：20 世纪女性作家的叙事策略》(Writing Beyond the Ending: Narrative Strategies of Twentieth-Cnetury Women Writers, 1985 年)；安德烈亚斯·惠森（Andreas Huyssen）的《大分裂之后：现代主义、大众文化、后现代主义》(After the Great Divide: Modernism, Mass Culture, Postmodernism, 1986 年)；邦尼·凯姆·司各特（Bonnie Kime Scott）的《现代主义的性别》(The Gender of Modernism, 1990 年)、《重塑现代主义：1928 年的女性》(Refiguring Modernism: The Women of 1928, 1995 年)。

  现代主义的空间起源和分布的特征是多源、多元。它是同时在巴黎拉丁区和蒙帕纳区、伦敦格拉布街和布卢姆斯伯里街、纽约市下曼哈顿西部的格林威治村这些城市波西米亚群落中爆发的文艺运动。更被打上了鲜明的种族肤色印记。因此种族和文化地理版图上现代主义的疆界进一步扩大到保罗·吉尔罗伊（Paul Gilroy）所讲的辽阔的"黑色大西洋"(the Black Atlantic)。现代主义在巴黎、纽约、加勒比地区之间旅行游荡，滋生了纽约的哈莱姆文艺复兴、加勒比现代主义、黑人激进马克思主义、黑人认同运动等。[①] 蔡尔兹借用爱德华·萨义德的概念"通向中心之旅"(the voyage in) 来揭示后殖民和种族研究意义上现代主义在文化地理版图上形成的迁徙张力，即：在帝国中心与殖民地边缘之间往返旅行产生的离心力与向心力。"通向中心之旅"与"通向边缘之旅"(the voyage out) 共同构成了一个双向循环、双向影响的开放、动态过程。他指出："……现代主义标志了业已枯竭的西方艺术传统受其他文化——非洲文化、非

[①] 对黑人现代主义的经典研究包括：Houston A. Baker, *Modernism and the Harlem Renaissance* (Chicago: Chicago UP, 1987); C. L. R. James, *The Black Jacobins* (London: Allison & Busby, 1980); Paul Gilroy, *The Black Atlantic: Modernity and Double Consciousness* (London: Verso, 1993); Elleke Boehmer, *Empire, the National, and the Postcolonial, 1890 – 1920: Resistance in Interaction* (Oxford: Oxford UP, 2002); Charles W. Pollard, *New World Modernisms: T. S. Eliot, Derek Walcott, and Kamau Brathwaite* (Charlottesville, Va.: University of Virginia Press, 2004); Simon Gikandi, *Writing in Limbo: Modernism and Caribbean Literature* (Ithaca: Cornell UP, 1992)。

裔美洲文化、亚洲文化、中国文化以及更普遍意义上的族裔散居文化——的刺激而重新焕发出的活力。"①

如果说劳伦斯·雷尼还局限于从单向度的欧洲历史阐释框架内来反思文学现代主义（尽管他极端地将现代主义阐释成现代文化史上的过渡或转折期而非辉煌鼎盛期），那么彼得·蔡尔兹则借助性别、种族、文化地理视角来重构现代主义的谱系和批评话语。蔡尔兹对文学现代主义的批评重构值得我们反思：

（一）他突破了欧洲历史阐释框架，从相对主义的多维视角来阐述文学现代主义的多元、多源特征。

（二）他的相对主义阐释框架之下隐匿的是性别、种族、文化地理三大层面上男性气质与女性气质、白人与黑人、帝国中心与殖民地边缘之间的二元互动而非二元对立。

（三）其阐释框架的理论建构既得益于保罗·吉尔罗伊提出的"黑色大西洋"理论，又受惠于爱德华·萨义德提出的"通向中心之旅"理论。但是他主要是将黑人现代主义囊括进这一阐释框架，因此一方面他将黑人文学、黑人激进思想和黑人文化认同运动整合进文学现代主义的版图，进而扩大了文学现代主义的内涵；另一方面他无疑建构了他乃至相当一部分西方种族研究和后殖民研究学者不可超越的文化视域，即：女性或黑人现代主义批评话语共同建构的欧美中心或黑色大西洋中心论，欧美或黑色大西洋之外的文学现代主义仍处于失声状态，处于文学现代主义批评话语的压制之下。

（四）他以更为开放、辩证的方式揭示了欧美现代主义与其他文化语境中现代主义之间的复杂动态关系，提出崭新的现代主义双向影响阐释模式。

蒂姆·阿姆斯特朗在《现代主义》中认为，对英语文学现代主义的认知牵涉更为复杂的问题。首先是因为现代主义是国际现象。城市之间和大陆之间的文化交流、流放、移民散居等决定了英语文学现代主义认知必须立足国际框架。沙龙、画廊、展览、社团、俱乐部、出版社、小

---

① Peter Childs, *Modernism* (London: Routledge, 2000), p.14.

型刊物、杂志构成了文学现代主义流动的空间场所。其次是因为对文学现代主义的不同感知决定了现代主义历史书写的不同主题、范围和方式。无论是现代主义运动的亲历者的内部视角和体验史档案，还是现代主义运动的颠覆者秉承的更为先锋激进的批评，或是第二次世界大战后文学批评话语对现代主义的外部回望视角中的经典建构，这三股力量共同形成了现代主义的英雄和丰碑历史叙事——一种与英美新批评紧密关联、以少数现代主义文学英雄人物和丰碑式作品为主要内容的历史书写过程。最后是因为当代文学研究对英语文学现代主义的经典重构拓展了一个更广阔的视域，将更多的研究对象呈现于历史视域之中。这既包括更宽广丰厚的语境中国际范围内的文学文化互动影响甚至金钱和欲望，又包括诗歌、小说这两类经典化的文学类型之外的讽刺文、游记、回忆录、思想札记等所谓的中等品位甚至通俗文学类型。现代主义文学史重写之必要性在于"（现代主义的）丰碑性……是以对更宽泛的推论世界的压制为代价的"[1]。

基于上述思考，阿姆斯特朗对英语文学现代主义史的重写变成了历史、大众文化、个体感知、帝国殖民等多维度、多焦距中的文学现代主义透视。例如他将英美文学现代主义历史上下限确定为1900年和1940年。1918年之前为早期现代主义，它充满了政治、文化和审美意义上激进的先锋反叛精神。埃兹拉·庞德开创的意象派运动无疑吹响了最嘹亮的号角。从意象派运动到漩涡主义，从伦敦到芝加哥和纽约，英美现代主义高歌猛进。20世纪20年代现代主义步入鼎盛的也是保守的中期。在1922年这个标志性的时间点上，现代主义的史诗巨作《荒原》《尤利西斯》横空出世。这十年间现代主义的鸿篇巨制不断涌现。但是辉煌的盛宴上萦绕着日趋强烈的古典主义情怀。一往无前的先锋精神开始让位于凝重的古典精神。在深情回眸历史幽深之处后，T. S. 艾略特、欧文·白璧德（Erwin Babbitt）热烈地拥抱古典文化、宗教、人文主义理性。1930年代的文学政治化浪潮中现代主义最后降下了帷幕。曲终人散之后，环顾欧洲和世界，第二次世界大战的血火似乎涤尽了现代主义满腔的激情

---

[1] Tim Armstrong, *Modernism: A Cultural History* (Cambridge: Polity, 2005), p. 27.

和梦想。

值得我们谨慎思考的是在上述历史重写框架中作为欧洲种族和帝国他者的位置。与蔡尔兹相似，阿姆斯特朗运用帝国中心与殖民地边缘模式来揭示现代主义与他者之间的两种动态关系。一种关系是他者与现代主义之间的向心关系。印度、加勒比海等地的本土黑人作家深入现代主义的中心伦敦，与布卢姆斯伯里小组这样的现代主义精英群体接触，承受现代主义精神的洗礼，参与现代主义运动。由此形成印度民族主义、泛非运动等与现代主义合流的现象。另一种关系是居于现代主义中心的白人作家，如 D. H. 劳伦斯、罗伯特·格雷夫斯、约瑟夫·康拉德（Joseph Conrad）、E. M. 福斯特（E. M. Forster）等与帝国边缘和其他种族之间形成的离心关系。他们在他者边缘的见闻和体验形成了一类独特的文学——旅行文学。这些旅行文学常常将旅行见闻、文化差异、个体记忆、不同历史和传统交织在一起。

但是无论是蔡尔兹还是阿姆斯特朗的中心/边缘双向旅行和影响模式都存在一个巨大的盲点。他们审视文学现代主义的视角依附的是欧美中心论基础上的现代主义。因此所谓国际框架中的现代主义分化成中心现代主义与边缘现代主义。阿姆斯特朗甚至将现代主义仅仅理解为欧美文化本位意义上的现代主义，其他民族和文化被剥夺了现代主义的主体性和现代主义推动的文化觉醒。其不言而喻的观点就是：文学现代主义在地理空间上与帝国主义殖民并行，形成文学影响层面的中心/边缘模式。帝国主义殖民对帝国乃至全球地理空间按照中心/边缘模式的分割对应于文化地理层面上文学现代主义生成的文化帝国主义——文学现代主义对他者边缘的文化殖民和霸权。更进一步讲，欧美中心论基础上的文学现代主义线型历史观以极端隐匿、曲折、微妙的方式，与现代主义地理空间论合谋。表面上看，现代主义地理空间论似乎突破甚至颠覆了欧洲中心史学观，将现代主义的时间修辞修正为空间修辞。但是如果说现代主义历史观建构的线型历史完全排除了欧美历史之外的现代主义，用单一、总体的历史阐释框架置换了多元的历史进程，那么现代主义地理空间观则用中心/边缘阐释框架将他者以及与欧美现代主义范式背离的现代主义运动原型化——原始的、被动的、对象化的、没有主体性的他者。无论是历史阐释框架还是地理空间阐释框架，现代主义的起源、发生乃至宿命都是欧美现代文学的发展历程和现代文化精神的前瞻与后顾。

通过对上述文学现代主义批评的反思，我们再进一步反观当代西方现代主义批评话语。哈桑、哈维、伯纳德·史密斯依照不同的阐释框架来揭示现代主义的不同层面。哈桑借19世纪以来分离细化的各人文学科提出的核心概念来界定文学现代主义区别于后现代主义和19世纪先锋派文艺的特征。这种界定隐含了一个不言而喻的假设，即：文学现代主义与同时期的人文思想和科学探索之间的表征关系。哈维则将文学现代主义探究扩展到以文艺、审美和思想文化为主要内容的文化现代主义。在他眼中，宽泛的文化现代主义而不是狭义的文学现代主义涉及启蒙现代性的温床上诞生的两大工程——以进步、解放和自由为公理的启蒙工程，在时间上晚于启蒙工程却又与之形成补救关系、源于审美理性的现代主义工程。与哈桑不同，文化现代主义不是人文观念的表征，它本身就是以总体性和进步历史修辞为标志的启蒙再现模式的替代者。伯纳德·史密斯用自造的术语"形式主义"（Formalesque）来取代现代主义这种表述，其目的无非是凸显以时期风格和表现形式的裂变为分界点的艺术现代主义内在的辩证发展逻辑。

综上所述，我们发现西方学界产生了有关现代主义的不同理论推断——人文现代主义、文化现代主义、艺术现代主义、文学现代主义。首先，这些理论推断相应地建构了现代主义的不同边界。在这些不同边界内外，文学现代主义的领地伸缩收展，或与人文思想话语重叠，或左右着文化现代主义，或暗合艺术现代主义的变革创新。因此正如文学的世界灵动多变一样，文学现代主义的边界是一个理论、学科、意识形态甚至西方现代主义、后现代主义乃至后殖民主义建构的产物。所谓的现代主义经典作家和经典作品，包括现代主义文学的丰碑史，是西方文化权力机制的产物。其次，仅就西方当代的现代主义批评话语而言，我们发现以下几类话语修辞：大卫·哈维的实践理性与审美理性二元补救修辞、哈桑的人文理念表征修辞、史密斯的辩证超越修辞、雷尼的文化过渡期修辞、蔡尔兹和阿姆斯特朗的历史总体性修辞及中心/边缘修辞。

根本颠覆现代主义批评话语的"盎格鲁-欧洲-美洲"模式、全新地阐释中英现代主义的是美国学者帕特丽夏·劳伦斯（Patricia Laurence）。她在《丽莉·布瑞斯珂的中国眼睛：布卢姆斯伯里、现代主义与中国》（*Lily Briscoe's Chinese Eyes: Bloomsbury, Modernism and China*，2003年）中用历史断裂论来概括20世纪中国现代主义的发展历程。她认为，1919年的"五四运动"到1940年代末，现代主义在中国兴起并积极回应西方现代主义；1949年至1976年中国的现代主义运动中断，现代主义特有的"感性认识、意识和叙述处于蛰伏状态"[1]；1980年代现代主义欲火重温且与后现代主义合流。

但是作为一位典型的西方学者，在重构中国现代主义的图谱之时，帕特丽夏·劳伦斯到底采用了什么新颖的视角？怎样观照？提出何种重要的甚至引领式的理论？

帕特丽夏·劳伦斯通过1991年伦敦苏富比拍卖行拍卖的文献档案引出中英之间一段跨越种族、文化、地域、观念的爱恋关系——朱利安·贝尔（Julian Bell）与凌叔华的关系。这一对爱恋男女牵连出英国1920—1930年代的布卢姆斯伯里小组与中国20年代的新月派之间的交流关系，由此延伸到英国现代主义与中国现代主义、中英现代主义与世界现代主义的关系。这样由点连线，由线成面，由面成体，劳伦斯编织出一幅色彩斑斓、意蕴无穷的现代主义全息图卷。为了完成这项研究，她学习中文，多次旅行到中国的武汉、重庆，收集资料，进行跨文化田野调查，体验并试图领悟中国文化的神韵和本土生活的情致。她从各种档案中搜罗出大量不为英国现代主义文学正史和经典排行榜所容的边际文献资料——"未发表的信札、日记、采访，以及报刊文章、评论、散文、短篇小说、小说、视觉艺术"[2]。那些进入她研究视野的现代主义运动参与者既有作家、诗人，又有艺术家、评论家、翻译家、旅行家、教师、哲学家、经济学家和政治思想家。诚如金介甫（Jeffrey C. Kinkley）在书的前言中评价的那样，现代主义不仅是商业和流行时尚，艺术或文学先锋，

---

[1] ［美］帕特丽卡·劳伦斯：《丽莉·布瑞斯珂的中国眼睛》，万江波等译，上海书店出版社2008年版，第327页。

[2] 同上书，第16页。

也存在思想和学术更强的现代主义。

劳伦斯描绘这样的画卷,编织如此复杂多变的文化经纬,采取了崭新的批评视角。恰如书的题目暗示的那样,她试图像弗吉尼亚·伍尔夫的小说《到灯塔去》中的女画家丽莉·布瑞斯珂一样,获取一双中国眼睛,用那双神异的中国眼睛去观察中英现代主义交流互动过程中生成的审美空间,以及沉淀下来的情感、想象、民族等因素。这样一种批评视角意味着劳伦斯与西方批评语境中主导的文化、文明二元对立观及当代后殖民、后现代主导的理论话语之间的张力关系。

劳伦斯彻底摒弃了"程式化的'压迫'与'被压迫'、'主'与'仆'、'殖民'与'被殖民'"① 二元对立思维模式。因此她既否定布卢姆斯伯里小组这样的现代主义文学社团与大英帝国的帝国主义之间存在绝对从属和共谋的关系,也否认新月派完全局限于生成中的民族国家共同体这种设定。更进一步讲,布卢姆斯伯里小组与新月派既是平行发展和平等对话的关系,又彼此枝蔓缠绕交接,形成复杂的文化和社会网络。中国现代主义与英国现代主义难分难解,同时它们又分别扎根于地方、本土和历史。撇开中国现代主义,无法了解英国现代主义的全貌,世界范围的现代主义只不过是一幅残缺的画卷。

一方面,对欧洲传统的二元对立思维模式的否定必然引向劳伦斯与后殖民、后现代理论话语的尴尬关系。因为后殖民主导的认知范式同样建立在二元对立模式之上,即被压迫、受奴役、被殖民的民众反抗白人殖民者的反殖民革命。另一方面,后现代主义强调多元、流动、位移、相对、多维等观念征兆的相对主义。但是从批评主体的文化意识和身份定位来讲,劳伦斯不可能完全离弃其西方文化立场。这往往渗透其政治无意识,渗透其不可超越的文化视域。② 这最明显不过地征兆为劳伦斯在阐述自己的研究视角时表现出与后现代、后殖民理论欲罢不能的矛盾心态。多年来浸淫于后现代研究,她最终厌倦了这种研究工作,因为"理

---

① [美]帕特丽卡·劳伦斯:《丽莉·布瑞斯珂的中国眼睛》,万江波等译,上海书店出版社2008年版,第49页。
② 可参阅弗雷德里克·詹姆逊《政治无意识》中对"政治无意识"和"历史视域"的论述。

论化的研究方法陡然如流沙一般。我不愿,我不愿再这样做下去了"①。这是一种相当情绪化的表述,完全脱离了理论研究固有的严谨风格。这种对理论的反感厌恶促使她检讨后殖民理论,发现某些后殖民理论"不注重时间与空间,他们或强调人类条件的共通性,或强调语言民族主义"②。但是当她将研究转向新的中英跨文化空间之后,她又发现自己脱离了坚实的文化土壤,"没有'根',甚至没有'地方'"③。因此她与后现代、后殖民妥协,采取理论嫁接和跨学科融合的方式来调整文化失重、理论虚无、视觉麻木与方法论之间的紊乱。她将民族主义、后殖民、后现代、人类学、文学批评、索绪尔语言学、巴赫金对话理论等融合在一起,形成她所谓的新的评论方式——"一种后现代、后殖民批评的新评论方式"④。

劳伦斯的新批评方式就是她提出的文学对话网络理论。它以俄罗斯学者米哈伊尔·巴赫金(Mikhail Bakhtin)在《陀思妥耶夫斯基诗学诸问题》中提出的小说复调对话理论和费迪南德·德·索绪尔(Ferdinand de Saussure)提出的语义关联网络理论为基础。文学本质上是各个层面上各种关系构成的网络。作家、作品、批评家、文学团体、文学运动、文学现象、涉及上述问题的文献档案的价值和意义不是自动确定的,而是由整个关系网络中所有其他的因素制约确定的。只有从总体上澄清所有这些外部因素构成的经纬网络,我们才能准确地把握研究对象的作用、价值、意义。她将这种分析模式称为三维网络模型。"这些网格由很多动态的语义层构成,语义层又由各种话语组成:个人的、性别的、宗教的、文学的、群落的、美学的、民族的、帝国的、政治的和经济的。从这些彼此交错重叠的动态语义层的上边、下边或旁边看去,人们究竟能看到什么取决于它的视角,取决于特定的个人立场、政治立场及理论立场。"⑤

---

① [美]帕特丽卡·劳伦斯:《丽莉·布瑞斯珂的中国眼睛》,万江波等译,上海书店出版社 2008 年版,第 7 页。
② 同上书,第 19 页。
③ 同上书,第 7 页。
④ 同上书,第 33 页。
⑤ 同上书,第 46 页。

如果语义关联或相互制约是劳伦斯借助三维网络模型阐述的对话网络论的第一要素，那么第二要素就是揭示语义分层网络或语义分层网络得以显影定型的档案。文学经典仅仅是表层文献。这些网络的连线上和不同层面上排列的更多的是信件、日记、自传、散文、评论、艺术品等档案材料。例如朱利安·贝尔的中国相册、凌叔华的友谊画卷、凌叔华经朱利安修改的小说手稿、凌叔华与弗吉尼亚·伍尔夫的通信，这些资料以凌乱、自然的样态在不同程度上指向贝尔/凌叔华关系，指向凌叔华同时活跃于新月派和布卢姆斯伯里小组这件事实，指向文学现代主义的跨文化过程中内在的必然的构成因素——男女情感、审美体验、文化和政治见解、艺术主张、个体与民族的关系及其表达。这些因素在跨文化的空间中相互碰撞、对立、妥协、融合，衍生出不同的文学样态、文化样态，成为个体同时也是民族更是文学现代主义想象的资源。

第三个要素是对话。现代主义文学，包括现当代文学批评，有一条不证自明的逻辑，即文学表述与民族–国家之间的同质甚至同一关系。但是上述档案在文化空间中多样的栖息状态和条件本质上揭示了文学实践的增生性、多样性和流动性。民族–国家共同体内部和外部被文学关系网络分割成艺术空间、国家空间和国际空间。这三类空间的交错重叠而不是同心合构意味着英国现代主义与中国现代主义之间交流对话，形成了一个相对自足的审美和艺术空间。

对话促成对民族–国家空间和世界空间的艺术重构。这决定了艺术空间内，艺术空间之间，艺术空间与私人空间、公共政治空间乃至帝国空间之间复杂微妙的关系。一方面，从个体、团体到民族，或从情感、文学、审美、文化到政治，或从诗歌、小说、自传、批评、哲学、思想到政治或经济，对话形成多层面的交流互动关系。另一方面，民族主义、国家意识形态、帝国主义共同形成的文化霸权产生一系列别样的对话形态以及对对话的再现政治压制。与官方、主流、正统、经典书写不同甚至对立，这些在档案中留下情感印迹、审美痕迹、思想斑纹的对话处于边缘、民间、底层、微型、琐碎甚至无声等状态。因此中英现代主义之间的对话充满了多义甚至歧义，同时交织着断裂和连续。中英现代主义文学之间的异域传播和接受充满了惊奇、意外和变化。如在中国新月派圈子和那一代作家中算不上主流旗手的凌叔华却通过朱利安·贝尔和弗吉尼亚·伍尔夫的帮助成功地为异域文化所接受。

帕特丽夏·劳伦斯的研究是一个标志性的转折事件。它标志着国际现代主义的"西方-东方"模式突破了国际现代主义的"盎格鲁-欧洲-美洲"模式，对话网络范式取代了欧美中心范式。尽管姗姗来迟，但它征兆了西方当代的现代主义学者开始将目光转到中国现代主义，承认中国现代主义的历史存在及其独特性，肯定中国现代主义在国际现代主义序列中的合法性和贡献。[①]

[①] 帕特丽夏·劳伦斯之后西方学者的中国现代主义研究成果还包括：Charles A. Laughlin, *Contested Modernities in Chinese Literature* (New York: Palgave MacMillan, 2005); Amie Elizabeth Parry, *Interventions into Modernist Cultures: Poetry from Beyond the Empty Screen* (Durham: Duke UP, 2007); Andrew F. Jones, *Developmental Fairy Tales: Evolutionary Thinking and Modern Chinese Culture* (Boston: Harvard UP, 2011)。

第 二 章

中国现代主义批评话语

　　1979年4月23日钱锺书随中国社会科学院代表团访问位于美国纽约市的世界名校哥伦比亚大学。此前的4月20日哥大东亚语文系的华裔学者、钱锺书1940年代初就结识的学友夏志清收到他告知访美行程的回信。按照夏志清的记述，信纸是古色古香的荣宝斋信笺，印有灰色竹石图案。钱锺书用的是毛笔行书字体，文体则是典雅的古文。开篇言云梦之别、高山流水之音。"志清吾兄教席：阔别将四十年，英才妙质时时往来胸中，少陵诗所谓'文章有神交有道'，初不在乎形骸之密，音问之勤也。"[①] 钱先生与夏先生初识于1943年秋的上海。弹指间，36年俱往矣！两位先生皆已成就一生学问，笑傲中国现代文学、中西古典诗学等领域。姑且不论两位先生几十年间的批评著述和问学传道与西方现代主义、中国现代主义内在的本体关系，仅仅由于这几十年间因战争、革命、政治、动乱等因素，中国文学和文化现代主义与世界的地缘空间关系及其历时演进谱系就发生了一场剧烈的地壳漂移和历时断裂运动。无论是文学还是文化都表现出完全不同于其他任何民族尤其是欧美现代主义的形态、本质和特征。更不用说自19世纪以来，伴随着西方帝国主义文化霸权和殖民掠夺，西方殖民现代性在中国20世纪上半叶形成的同样不同于其他任何非西方国家的半殖民地半封建经济政治体制和国际地位。因此钱锺书和夏志清这一代在1930—1940年代畅饮中国现代主义烈酒的思想、文化、文艺先锋个体，满怀真切的生命情怀、执著的精神追求，在历史大

[①] 夏志清：《新文学的传统》，新星出版社2005年版，第260页。

潮中，在中西文化的彼此观照中，在意识形态的对峙和知识话语的沉淀过程中，在不同的政治生态中，建构了不同的文化主体性，探索出不同的思想学术路径，形成了关于中国现代主义的不同知识话语。

与当代学者的中国现代主义研究相比，华裔学者的中国现代主义研究更值得我们进行细致的梳理、宏观的整体把握和学理上的深刻批判。尽管他们在研究方法、选取的题材和切入的角度、阐述的理论观点、建构的思想观念甚至投入的文化情感和想象等方面各不相同，但是就研究的宏观对象、其间渗透或凸显的双重文化语境中的民族主义与世界主义相互参杂的文化意识、有别于西方主流的学术话语和国内学术话语的中国现代主义乃至现代性的思想和知识重构意图而言，围绕中国现代主义和现代性问题，他们无疑构成了一个相对独特的也是独立的华裔学者群落。从1970年代初至21世纪初的30多年的时间中，正是得力于他们前后相继的研究和思考，中国现代主义话语得以日渐清晰地呈现在西方当代现代主义研究的批评地图上，成为一道独异的思想风景线。这个群落的代言人包括了李欧梵、赵毅衡、钱兆明、史书美这些华裔人文学者。

为了阐明这个群落构成成员的丰富性和开放性，也为了阐明有关中国现代主义的理论话语是如何在欧美学院体制中孕育出炉的，在系统地比较分析李欧梵、赵毅衡、钱兆明、史书美这四位学者的现代主义批评论述之前，我们有必要从这一代华语学者撰写的以中国现代主义为主题的博士学位论文这个侧面来凸显现代主义批评的粗略轮廓。

以中国现代主义作为博士论文选题，李欧梵无疑是美国大学体制中的拓荒者之一。1968年盛夏里最热的一天，正在哈佛大学攻读博士学位的李欧梵踏上了英国剑桥小镇。月明星稀，剑河微波荡漾。暮色苍茫中，他流连于三一学院和国王学院。正如40多年前剑桥为中国青年诗人徐志摩打开那双神异、充满性灵的眼睛，李欧梵沉醉在剑桥的自然美中，踏着徐志摩的足迹，寻找那些与那一代诗人心灵相通的情感瞬间和历史残迹，体验枯燥的学院派研究之外那紧紧地包裹着历史、生活、情感和想象的经验世界，还有那些已经或即将被尘封的人物、信件、手稿、逸闻趣事。从美国到伦敦，从伦敦到剑桥和托特尼斯镇（Totness）的达汀顿庄园（Dartington Hall），他打开了那道通向徐志摩的性灵世界和情感世界、通往徐志摩生活于其中的朋友圈子以及那个充满了激情和浪漫的时代的大门。他先后结识拜访了旅居伦敦的徐志摩的朋友、女作家凌叔华，隐居在剑桥的福斯特、伦纳德·埃尔姆赫斯特（Leonard Elmhirst）（徐志摩亲切地称他恩厚之——一个很中国的名字）。

这是李欧梵在《西潮的彼岸》中的记载。他游学欧美，饮马英伦，寻找通向孕育了上一代中国新文学拓荒者同时又被他们以神奇的创造力培育的那个依稀隐约的精神和情感世界。他的英伦之行背后是他从童年、少年、青年到而立之年一路上从父母、师长那里汲取的人文、思想和学术养分。从与父辈同龄的夏志清教授到饮誉美国汉学界的费正清（John K. Fairbank），从哈佛学术牛人本杰明·I. 史华慈（Benjamin I. Schwartz）教授到捷克汉学名家雅罗斯拉夫·普实克（Jaroslav Prusek），他接受了世界上一流的思想史和文学研究学术训练。在反思费正清和史华兹对他的不同影响时他说："像许多从事思想史研究的学生那样我受到史华兹教授的深刻影响，他的博学和睿智极大地影响了我的研究，因此我借此怀着感激之情承认我观念和方法上包含的史华兹因素。而费正清教授则对我研究上的出格之举总是宽容包涵。"[①]

这些生命的、思想的、学术的、体验的影响最终汇成了他的博士学位论文《中国作家中浪漫的一代》。这浪漫的一代是"五四"新文化运动中诞生成长起来的那一代。他提出并试图反思的核心论题是：撇开那些千人一腔的学院派陈词滥调，"五四"新文化的风物怎样深入年轻一代中国知识分子的个体生活之中？打碎传统文化偶像、激进西化的浪潮怎样影响了他们的生活方式，塑造了他们的个性甚至决定了他们的视野？或者说，"五四"个性是一种怎样的新品行气质？其基本元素是什么？我们怎样立足"五四"的历史语境来估价"五四"个性？"五四运动"在中国文学和生活中留下了什么遗产？带着这些问题，他以林纾和苏曼殊为起点，郁达夫、徐志摩、郭沫若、蒋光慈为焦点，萧军为新的起点，期望通过对代表性的"五四"作家的分析来回答有关"五四"一代知识分

---

① Leo Ou-fan Lee, *The Romantic Generation of Modern Chinese Writers* (Cambridge, Massachusetts: Harvard UP, 1973), p. xi.

子的上述问题。

与李欧梵承受夏济安、夏志清昆仲的教诲相似，赵毅衡在 20 世纪 70 年代末进入中国社会科学院外国文学研究所，承受中国现代文学和文学批评的杰出开创者卞之琳的教导。80 年代初他赴美国加州大学伯克利分校，先作富布赖特学者，后投入著名汉学家西利尔·白之教授（Cyril Birch）门下攻读比较文学博士。① 赵毅衡 1988 年完成的博士学位论文《20 世纪初中国不安的叙事者、小说与文化》用欧美叙事学理论来分析 20 世纪初的中国小说，通过分析小说的形式特征与中国文化之间的关系，试图阐释晚清小说和"五四"小说不同的反映背后深刻的历史和文化诱因。很明显，与李欧梵注重史实、文献的考订和情感体验的把握不同，赵毅衡的博士学位论文选题显露出更重的理论和形式批评取向。

几乎是一脉相承，钱兆明在开始踏上治学之路时就受到与卞之琳同时代的外国文学和外国语言学大师王佐良、许国璋的学术熏陶。他后来进入美国图兰大学攻读英美文学博士。钱兆明 1991 年完成的博士学位论文《庞德、威廉斯与中国诗：现代主义传统的塑造，1913—1923 年》，从跨越中西方的文学影响视角提出与西方/欧洲现代主义单向影响传播论（即西化论）对立的中国影响论。1912 年至 1917 年的埃兹拉·庞德和 1917 年至 1923 年的威廉·卡洛斯·威廉斯推动的现代主义诗歌运动受到中国古典诗艺的深刻影响，渗透了他们对中国古典诗歌的探索，浸润了中国古典诗歌技巧和古典语言文化的启迪。因此现代主义诗歌运动既是现代主义先锋艺术精神自我超越变革求新的表现，又融合了古典诗艺和文化的影响，是对其他文化中审美诗学的创造性转化和有意识的借鉴与彰显。1917 年至 1923 年，当西方现代主义的精神愈演愈烈地激励着"五四"新文化运动之际，威廉斯先后通过英国汉学家翟理思（Herbert Allen Giles）、亚瑟·韦利的英译汉语古典诗歌接触了解中唐诗人白居易。威廉

---

① 西利尔·白之教授为著名汉学家，先在伦敦大学亚非学院研究汉学，1954 年获中国文学博士学位，1960 年到加州大学伯克利分校东方语言系任教，后任新成立的中文与比较文学系教授、系主任。他主要的研究领域是中国现代文学、中国传统小说与戏曲，代表作包括《古今小说考评》（博士学位论文）、《明代短篇小说选》（编译）、《中国文学作品选集》（主编）、《中国文学类型研究》（著作）等。

斯与白居易跨越历史和文化障碍的神交对话得以使他从白诗中感受到中国古典诗学诗中见道的韵味,吸取到新的创作方法。钱兆明论证:没有与白居易的对话,威廉斯就不可能创作出那些底色里摇曳着道家宁静淡泊意蕴的诗歌。

史书美从台湾师范大学英文系获学士学位后,到美国加州大学圣地亚哥分校和洛杉矶分校深造。1992年她完成由李欧梵指导的博士学位论文《在传统与西方之间写作:中国现代主义小说,1917—1937年》。从这篇博士学位论文中我们发现史书美开始表现出与她的老师李欧梵不同的中国现代主义观。有关两者的不同我们在后面还要重复论证。仅就这篇博士论文而言,史书美有几个鲜明的现代主义研究论点值得我们关注。首先是中国现代主义小说的历史分期明确地定位于1917年至1937年。前一个时间界桩是"五四"新文化运动的开端;后一个时间节点是中国人民抗日战争的开始。其次是她明确指出,讨论中国文学中的现代主义,必须高度关注那一时代独特的文化语境,还有作家们展望、想象属于他们的现代主义的方式。与此相关,影响中国现代主义文学的三个主要变量是:传统、来自西方的影响与来自日本的影响。最后是她对这二十年间的第二个十年内中国现代主义的分流提出京派与海派二分论。北京的现代主义者们反对"五四"一边倒的极端反传统观念,唱响融合美学论调。通过现代西方美学,他们重新阐释中国传统,发掘传统中孕育的现代特征。而上海的现代主义者则与"五四"先行者和北京的同辈们分道扬镳,自觉地探索文学现代主义的创新实验技巧和主题之路。史书美既重新估量同时仍依附于"五四"文化范式。在这一范式之中,她期望从历史、文化和文学总体性的高度来建构中国现代主义的谱系。

尽管这四位华裔学者的博士学位论文已初步显露出与上一代现代主义作家和批评家之间的传承,以及他们在中国现代文学和现代主义问题上的学术情趣和见解,但是他们更为成熟的现代主义论述主要还是体现在他们此后更成熟的学术成果之中。这些成果包括李欧梵的《现代性的追求》《上海摩登:一种新都市文化在中国(1930—1945)》和《现代性的中国面孔》,赵毅衡的《新批评》《诗神远游——中国如何改变了美国现代诗》《对岸的诱惑:中西文化交流史人物》,钱兆明的《东方主义与现代主义》，史书美的《现代的诱惑：在半殖民地中国书写现代主义，1917—1937》。

李欧梵 1968 年夏到英国剑桥踏月寻梦，寻找的是徐志摩代表的那一代人的性情世界。换用他所偏爱的英国新马批评家雷蒙·威廉斯（Raymond Williams）的概念，他试图体认、重构的是那一代文人——那一代浪漫的知识分子——的"情感结构"。对他而言，徐志摩还有徐志摩推动的"新月"事业并不算现代主义。因此中国现代主义对李欧梵来说是一个指向非常明确、特别的概念。在收入批评论集《现代性的追求》中的一篇文章《中国现代小说的先驱者——施蛰存、穆时英、刘呐鸥》中他提出了一种偏狭的文学现代主义认知观。西方现代主义发生在巴黎、伦敦、维也纳等城市中，表现的是城市题材。中国"五四"以降的现代文学基调是乡村。唯有施蛰存、穆时英、刘呐鸥是上海都市生活中诞生的且以上海的现代都市生活场景、人物和生活律动为题材的先锋作家。"他们非但是典型的上海城市中人，而且他们的作品也极为'城市化'——以上海为出发点和依归。我们也可以把他们看作中国文学史上'现代主义'的始作俑者。有些学者称之为'新感觉派'。"[①]

在《上海摩登：一种新都市文化在中国（1930—1945）》（1999年）中，李欧梵依据上述观念，建构了他的所谓现代都市时空认知框架中的中国文学现代主义更细腻的叙事。从施蛰存负责的《现代》、叶灵凤主持的《现代小说》、良友图书公司的《良友》画报到邵洵美的金屋书店出的《金屋月刊》，从上海福州路上的饭馆茶室、南京路上的外文书店"西书店别发洋行"（Kelly & Walsh）到那些可以淘到波德莱尔诗集、T. S. 艾略特的《诗 1909—1925 年》和 W. H. 奥登的《诗选》的旧书店，1930 年代上海世界主义意义上的都市繁华为现代主义的孕育诞生提供了得天独厚的，也是中国唯一的文化物质语境。从戴望舒的雨巷忧愁，施蛰存的色情、怪诞、魔幻，穆时英、刘呐鸥的摩登女郎、欲望和奢华，邵洵美和叶灵凤渲染的颓废和浮绀到张爱玲的为繁华都市之衰而吟唱的苍凉挽歌，中国的现代主义为上海都市的招摇和新奇而诞生，为上海都市的繁

[①] 李欧梵：《现代性的追求》，生活·读书·新知三联书店 2000 年版，第 112 页。

华和纸迷金醉而癫狂宣泄，为华丽表演的落幕而浅吟低唱末世情歌。

李欧梵对中国现代主义起源和路线别出心裁的建构意图背后是他对中国现代性源起和路线图的大建构。而这种现代性话语之重构将批判的锋芒直指几乎成为学界定论的中国现代性（包括中国新文学和新文化）阐释的"五四"范式。在《现代性的追求》第三部分的两篇文章中他把中国现代性的分期上限从1917年的新文学革命或1919年的"五四运动"逆推至1894年中日甲午战争这一历史背景中梁启超和康有为分别于1895年和1896年创办的《强学报》和《时务报》。是在上海这样西方现代殖民势力直接染指的通商口岸，由教会、洋行、西洋现代风潮扶持培育下的流行报刊，卖文谋生的新式作家文人，传播西方新知识、新风尚的林纾和苏曼殊的翻译作品，蛊惑新情致、新情感、新品味的鸳鸯蝴蝶派小说，逐渐生产了都市中下层读者群，营造了传统的私人空间之外的都市公共空间，慢慢培育了现代意义上的社会共同体身份认同、时间观念和文化想象。换言之，中国现代性滥觞于晚清的通俗文化和市井民众。新的都市洋派文人而非高喊变革图强的精英志士才是中国现代性的推手和助产婆。

在后来出版的《现代性的中国面孔》这本对谈录中，李欧梵对晚清通商口岸的新文人有以下评述：

> 随着科举制度1905年的终结，知识分子已经没法再从科举入仕之途中获得满足，参与办报撰文的大部分是不受重视的"半吊子"文人，但是我认为恰恰就是他们完成了晚清现代性的初步想象。……从大量文化资源中移花接木，迅速地营造出一系列意象。……这些杂文、杂谈里面所提供的想象，我觉得刚好是在新旧交替之间，这一批知识分子创出来的文化想象，里面包括新中国的想象。①

他同时征引马泰·卡林内斯库（Matei Calinescu）在《现代性的五副面

---

① 李欧梵、季进：《现代性的中国面孔》，人民日报出版社2011年版，第66—67页。

孔》中的观点。卡林内斯库认为，存在两种现代主义，即布尔乔亚现代性和审美现代性。布尔乔亚现代性充满了俗世和实用精神，追求现代化的物质科技进步，到19世纪末达到巅峰。审美现代性以先锋文艺形式怀疑对抗布尔乔亚现代性。在李欧梵看来，卡林内斯库褒扬的审美现代性意义上的文艺审美现代主义并不完全包括在中国现代性的认知范畴之内。文艺审美现代主义在中国现代性的孕育、诞生和成长过程中不仅姗姗来迟而且被主流的"五四"话语、左翼话语压制。直面中国现代性的晚清孕育根源，直面中国现代主义的上海都市文化物质基础、世界主义情怀、与西方现代主义的关联以及与上海都市繁华荣辱共存的历史演变，他试图修正"五四"话语和"五四"范式。

透过上述中国现代主义和现代性起源论，我们发现李欧梵界定的中国现代主义概念基本上与西方先锋审美现代主义有着深层的内在共性和文学姻缘。他用西方先锋审美艺术规范来测量中国现代文学的湍急流水，从而将1932年前后才在上海滩的文学场中横刀跃马的施蛰存重新确定为中国现代主义之父。因此他所建构的中国现代主义戴着先锋派、颓废、欲望、奢华和末世哀情等斑驳杂色的面具。他所论证的中国现代主义之根源在物质上扎根国际意义上的都市文化，在品味上渗透着新奇、颓纵、放荡和哀怨，在精神上直承波德莱尔、乔伊斯、弗洛伊德等，在空间上立足上海。

如前所述，他的学生史书美的博士学位论文撇开他的"反五四"取向，重新以"五四"为历史分期来宏观上建构中国现代主义，尽管这种"反五四"取向不是出于单纯的政治目的而是史学研究的逆推论证，尽管"五四"历史分期这种理论设定也不是单纯地认同"五四"话语或顺应"五四"范式。史书美更完整的中国现代主义建构体现在其代表著作《现代的诱惑：在半殖民地中国书写现代主义，1917—1937》之中。

如果说李欧梵是在其中国现代性宏大叙事建构中将现代主义理解成西方现代主义文学在上海都市文化物质环境中与中国现代性想象融合生成的先锋文学表现形式和都市繁华奢靡生活的反映，那么史书美以博士学位论文为基础的《现代的诱惑》在深刻批判西方现代主义话语和中国"五四"范式的基础上建构了"五四"时代和"后五四"时期共20

年的历史中现代主义的宏大画卷。这种"五四"/"后五四"现代主义话语建构不仅拓展了现代主义的领地而且本质上颠覆了李欧梵的现代主义论述。

史书美认为她的中国现代主义研究顺应了当代批评对西方现代主义中心论的批判和颠覆趋势。西方现代主义中心论认为西方现代主义是终极标准和参照框架,所有非西方的现代主义都姗姗来迟,都是西方现代主义的变调,都根源于西方中心。对上述现代主义殖民论调的批判使学者们认识到,现代主义是一场异质事件。按照新的多元文化论,中国深刻地影响了西方现代主义。但是这种影响是西方对中国的积极文化挪用,因此是消极被动的影响。其两大挪用模式是将中国东方化和挪用中国的文化物质。从文学类型上看,东方主义主要表征为有关中国他者的叙事。而现代主义诗歌则从中国风物人情中遴取破碎的文化意象。

> 对"中国"的叙事处置换了"真实的"中国,叙事化的中国仅仅是作家想象的投射。诗歌中对"中国"的处理因其篇幅短、形式碎裂所以仅仅是残缺不全的挪用,所呈现的"中国"仅仅是一鳞半爪。两者都抽空了中国的历史内涵,将中国扭曲成异域文化的缩影。[①]

中国现代主义本质上挑战作为历史事件的欧美现代主义,颠覆了欧美现代主义的本体自律性和审美唯一性。这根本上是因为中国现代主义深深地扎根于中国半殖民地的历史文化语境。历史文化语境决定论,而非西方中心论,意味着中国现代主义与西方现代主义是典型对话关系。其差异大于同一。1920—1930 年代中国独特的半殖民地历史决定了中国现代主义者们想象、建构、体验崭新的现代性、民族性、民族主义乃至都市文化和现代科技的独特性。

史书美建构的中国现代主义经历了 20 年间从"五四"向"后五四"

---

① Shu-mei Shih, *The Lure of the Modern: Writing Modernism in Semicolonial China, 1917–1937* (Berkeley: University of California Press, 2001), p. 9.

或"反五四"的巨幅转型。史书美重新聚焦"五四"范式，目的是从后殖民研究视角批判"五四"模式，借以批判主流的"五四"批评话语。本尼迪克特·安德森（Benedict Anderson）在《想象的共同体》中提出同质、抽象，以小说和报纸期刊为媒介的时间认知和意识在想象现代民族－国家共同体中的根本作用。"五四"时期一种暗合黑格尔世界历史观和达尔文进化论，以现代西方的日历时间为参照的线型、进步的时间认知范式深刻地主宰了"五四"启蒙和革命话语。作为意识形态，"五四"时间观颠覆了中国传统的文化和文学。以高昂豪迈的心态从传统的循环、重复、凝固静止的时间跃入现代时间，在新的现代时间中像凤凰那样涅槃再生。传统和历史僵而不死。为传统鸣响的丧钟也是灰烬中新的青春自我诞生的福音。

从知识和社会政治行为的合法性角度看，线型时间（而非空间）认知模式赋予了"五四"启蒙和革命进程合法性。反传统的激进主义、反文化糟粕的世界主义获得了顺时应世的必然性。"五四"知识分子得以名正言顺地摆脱传统的按朝代分割的循环时间。一方面，中国被建构成一种黑格尔世界历史观意义上西方的过去，从而"五四"知识和思想主体获得了世界性而不是局限于民族、国家和种族认同的边界之内。一种在全球背景中，跨越中西文化、连接中国与世界、从里向外延伸拓展的身份认同获得了可能性。另一方面，跨文化、跨民族的世界主体性反过来在"五四"文化政治空间中赋予了"五四"知识分子尊严、尊敬、自信、文化话语权，为这些少数启蒙精英提供了文化资本。

"五四"时间观无疑迎合了一代中国知识分子与现代西方平等同步的心理欲望。其不言而喻的逻辑是，传统、落后、腐败、贫穷的中国必须且能够与西方同步，融入世界秩序，实现进步、发展的现代性工程。因此史书美认为："如果在西方线型时间认知有助于激发民族意识，那么在'五四'中国它召唤着跨民族或全球意识的出现。"[①] 中国与西方在文化、政治、经济、种族、信仰等诸多方面的差异被时间的线型进步模式置换

[①] Shu-mei Shih, *The Lure of the Modern：Writing Modernism in Semicolonial China*, 1917－1937 (Berkeley：University of California Press, 2001), p. 51.

甚至抹杀。

她认为"五四"时期也是中国现代主义的成型期。或者说现代主义是应"五四"时代精神和认知模式而生，是呼吸着中国启蒙现代性的浓烈新风而成长。在上述意义上，中国现代主义经历的思想炼狱是自我启蒙而不是李欧梵所论述的都市文化和西方现代主义先锋艺术的熏陶。唯有"五四"时期呐喊、救赎的鲁迅而不是沉溺于上海的都市景致的施蛰存才堪当吹响中国现代文学也是中国现代主义文学嘹亮号角的大任。[1] 史书美的上述论断完全颠覆了李欧梵的观点。其中浓缩了以下几种陈述："五四"时期是中国现代文学的开端；"五四"文学与"五四"时间观之间具有内在的同质性；"五四"语境中的中国现代主义具有与西方现代主义截然不同的诞生成长过程和表述方式。

"五四"现代主义用时间差异来置换中国与西方的地理和文化差异，从而赋予了成长中的中国现代文学目的性，即中国现代文学向西方现代主义文学这一未来方向的发展。这一代"五四"作家将这一中国现代文学发展的最高境界称为新浪漫主义。田汉在1920年发表的长文《新浪漫主义及其他》中详尽阐述了新浪漫主义的内涵和发展之路，也是现代主义的发展之路。新浪漫主义源于浪漫主义和自然主义，兼具柔美和阳刚特征。它既受惠于浪漫主义的神秘倾向，又得益于自然主义的理性。这两股文学力量，两种风格，两种心灵境界的融合，将迎来新浪漫主义的（也是现代主义的）乐园。

与"五四"现代主义文学提出的新浪漫主义理想并行，一批"五四"思想拓荒者首次接触到西方现代主义哲学话语。他们通过翻译和论述的方式将西方现代主义哲学话语改造后重新置于"五四"思想语境，达到为"五四"思想革命鸣锣开道的目的。这种外来思想的创造性转化（我们常讲的误读）主要得力于鲁迅的尼采译介、冯友兰的柏格森译介和朱光潜的弗洛伊德译介。

在"后五四"时期，中国现代主义表现出明确的"反五四"发展取

---

[1] Shu-mei Shih, *The Lure of the Modern: Writing Modernism in Semicolonial China, 1917-1937* (Berkeley: University of California Press, 2001), pp. 55, 73-95.

向。在中国现代主义思想哲学领域,出现了"反五四"全盘西化、提倡人类文明工程、主张文明对话融合、充满理性精神的学衡派和新儒学。在文学领域,"五四"现代主义进一步演变为京派和海派。京派的现代主义书写体现出与新儒学类似的新传统主义倾向,表现的是以北京为原型、辐射到遥远的中国不同地域的乡土中国情怀。舒卷的画卷上浮现的是北京的胡同、湘西的小城、绍兴的水乡。京派现代主义的理论代表如周作人揭示了京派现代主义的非功利美学主张——"克制、简洁、闲淡、柔和、传统和抒情"①。他们雕琢镂刻的乡土中国空间否定了"五四"现代主义的时间认知。但是这种从世界主义时间意识向本土的空间想象拓展不同于对中国传统的本质化,而是揭开了本土与全球、乡土与开放的世界之间流动的关系中本土新获得的多色彩、多声部的力量,还有这种流动的关系在新出现的现代主义主体的想象和情感中投下的幽深影子。

海派现代主义将"五四"启蒙现代性隐含的世界主义时间意识引向了世界主义的新向度——深深根植于上海的国际化、摩登、香艳、奇妙的文化物质基础的世界主义。因此它自然地从西方现代主义的先锋、颓废风潮中得到启示并积极地回应之。这些自成风格的摩登的世界主义者们将半殖民地文化置换成物欲横流的都市景观,用新鲜刺激的感觉和体验扑灭民族主义的火焰。这种文化策略上对殖民主义和民族主义的置换成了海派现代主义作家生活体验的内在必然性——文化物质境遇提供的必然性。因此海派现代主义打上了资本主义都市大众文化的至深烙印。这样的现代主义想象和情感世界充溢了"色情、异域、都市、物欲和颓废,在内容上常常接近于电影、流行杂志这类大众文化形式"②。这样的想象和情感视野中捕捉到的上海景致是一个布满了直接从西方移植来的摩登文化机构和场所的空间,而不是与本土文化的本土观念联通的地方。海派现代主义"将上海的本土地方置换成现代技术和机构主宰的殖民空间"③。

---

① Shu-mei Shih, *The Lure of the Modern*: *Writing Modernism in Semicolonial China*, *1917 – 1937* (Berkeley: University of California Press, 2001), p. 176.
② Ibid., p. 268.
③ Ibid., p. 271.

史书美的中国现代主义批判显露出她此后的，也是与主流后殖民话语不同的新的批判路径，即：不同于民族主义的或与民族主义保持谨慎距离的离散研究。在跨文化的多元视域中，她将民族主义与世界主义、时间与空间、传统与现代、本土与全球、地方与空间、文学与哲学、精英文化与大众文化之间结成的复杂关系进行梳理和解构。在上述视域中，现代主义被赋予了全新的内容。

在比较分析了李欧梵和史书美对中国现代主义的相关论述和批判之后，我们再进一步审视赵毅衡和钱兆明从跨文化的文学影响角度对欧美现代主义的中国根源研究。与海外汉学研究不同，这种中学西传研究主要进行的是比较文学意义上的文学影响和文学关系研究。它既延续了华人学者叶威廉[①]等为代表的更早的中西比较诗学研究，又更具象化地关注中国古典文学和古典诗学对英美现代主义诗歌和诗学的影响这一意义重大的主题。因此它不是在中西古典诗学或美学上进行比较研究，而是通过分析英美现代主义诗歌和诗学中沉淀下来的中国元素、中国古典诗歌技巧的影子、中国古典诗学的启示来思考相关的问题。这些问题包括：中国古典诗歌艺术和诗学主张通过怎样的渠道、得益于哪些汉学家的努力、以怎样的方式影响了英美现代主义？当中国现代主义的开拓者们竭力摒弃甚至斩断与中国古典文学文化相连的根茎时，为什么中国古典诗歌和诗学反而在充满先锋反叛精神的西方现代主义那里重新获得了生命力？中国古典诗歌和诗学的审美和情感昭示的精神世界与英美现代主义诗人的审美表述和情感悸动之间的相通是否意味着古典精神重新焕发出现代生命力？最后也是最重要的问题是：赵毅衡和钱兆明征兆的从比较诗学研究向跨文化的文学传播影响研究的转型，尤其是逆西方文学中心论的选题和立论，是否更加丰富、拓宽了甚至在颠覆的基础上更新了爱德华·萨义德代表的反西方中心论和西方文化帝国主义的后殖民思想和方法论？

在对1983年出版的《远游的诗神》扩展重写的《诗神远游——中国

[①] 叶威廉的代表著作包括《中西比较文学模子的运用》（1974年）、《比较诗学》（1983年）。

如何改变了美国现代诗》（2003 年）中，赵毅衡从 19 世纪到当代长达一百多年的大幅历史跨度中梳理中国古典诗歌和诗学对美国现代诗的影响。其中考察的文学人物众多，考察的层面从诗歌延伸到政治、哲学、宗教、诗学、文字等领域。考察的整体布局分为影响的结果、影响的中介或媒介、影响的深层根源三个部分。与赵毅衡的宏大叙事建构相比，钱兆明的《东方主义与现代主义》更紧凑地将研究范围缩小到庞德/威廉斯（William Carlos Williams）这两个英美现代主义诗歌中中英诗学对话接受的核心人物。因为这两个关键人物各自形成了两个影响的范围，两者又共同构成了现代主义运动中积极汲取中国古典诗艺的核心。围绕庞德的其他诗人包括叶芝（W. B. Yeats）、艾略特和杜丽托（Hilda Doolittle），围绕威廉斯的其他诗人包括史蒂文斯（Wallace Stevens）、穆尔（Marianne Moore）等。以大英博物馆东方艺术专家劳伦斯·宾雍（Laurence Binyon）介绍的中国绘画、英国汉学家翟理思的《中国文学史》和美国旅日汉学家恩内斯特·弗朗西斯科·芬诺洛萨（Ernest Francisco Fenollosa）的手稿为媒介，处于意象主义诗歌探索期的埃兹拉·庞德开始与中国古典诗歌艺术结缘。而他对威廉斯诗歌中的白居易影响研究则转用另一种方法，即通过文本细读来辨析威廉斯诗歌创作中白居易诗歌的暗影。

俩人都探讨中国古典诗对英美现代主义的影响。一位有大格局，另一位探隐索微。一桩桩逸闻趣事，一个个中西文化遭遇相逢的场景、一层层诗歌文本背后的异域文学暗香潜影，共同见证了 20 世纪上半叶西方的东方学视域从近东向远东的转移，见证了自 17、18 世纪基督教传教引发的"中国热"之后第二次"中国热"——集中在审美、艺术和传统思想领域的"中国热"——的出现。史书美在《现代的诱惑》中提到了这种东方学或更准确地讲是汉学热现象，并试图用爱德华·萨义德的东方学批评理路来解释这种现象。相比她那深入独到的中国现代主义建构，这种解释无疑太苍白了。无论是从学理上还是从立论上，钱兆明对东方学的再聚焦、再定位和再思考无疑将继中西比较诗学之后的中西文学传播影响研究推向理论思考的新高度。这又与他在对庞德和威廉斯这两桩公案的研究中分别使用的史实钩呈法和文本细读法一起决定了其研究的特殊价值。

钱兆明从以下几个方面重新界定东方学。首先，不同于萨义德以近东为焦点和范围的东方，他界定的东方主要指远东，尤其是中国，因为到 20 世纪初西方的东方学知识话语中，远东的中国和日本开始成为西方现代主义文学模式和文学想象的主要资源。基于这一点，他所讲的东方学主要是文学上英美学者对中国和日本古典文学的译介传播，主要是英美诗人与中国古典诗人之间的对话交流。其次，不同于萨义德认定的西方优越论和东西方文化差异论，庞德和威廉斯代表的现代主义诗人从中国古典诗歌中发现的是"他者中的自我"而非"他者的他者性"[①]。现代主义诗人通过中国古典诗歌踏上的是一条发现自我之旅，他们的诗歌创作与中国古典诗歌之间的亲缘关系奠定了新的模仿模式。从文化历史语境看，先是中国绘画艺术，接着是中国古典诗歌，进而是中国古典诗学和思想，渐次打开英美现代主义诗人的心灵窗户。他们从中国古典诗艺的紧凑、简洁、暗示、短句、断句、视觉意象、心灵与自然的和谐同一中找到了艺术的也是精神的通感。

相比于华裔学者从中国现代性批判、"五四"及"后五四"现代主义批判和中西文学传播影响研究角度对中国现代主义的建构和西方现代主义渊源的翻案，大陆学者的中国现代主义的当代研究集中在 1980 年代末以来的诸多著述中。从文学史的角度进行研究，首开先河的是 1940 年代中国现代主义的践行者和卓越学者袁可嘉先生的《现代主义文学研究》（1989 年）。此外还有谭楚良的《中国现代派文学史论》（1996 年）、方涛的《精神的追求：中国现代主义诗脉》（2002 年）、孙玉石的《中国现代主义诗潮史论》（2010 年）。现代主义断层研究的成果包括徐敬亚的《中国现代主义诗群大观：1986—1988 年》（1988 年）、张松建的《现代诗的再出发：中国四十年代现代主义诗潮新探》（2009 年）。从比较诗学和跨文化的文学传播影响角度进行研究的著述包括：刘介民的《类同研究的再发现：徐志摩在中西文化之间》（2003 年）、周晓明的《多源与多元：从中国留学族到新月派》（2003 年）、黄晖的《西方现代主义诗学在

[①] Zhaoming Qian, *Orientalism and Modernism: The Legacy of China in Pound and Williams* (Durham: Duke UP, 1995), p. 2.

中国》(2008年)、叶立文的《"误读"的方法：新时期初西方现代主义文学的传播与接受》(2009年)、马永波的《九叶派与西方现代主义》(2010年)。

这些研究基本上围绕两个主题展开，即：中国现代主义文学史问题；西方现代主义诗学的接受问题。

对中国现代主义文学史问题的叩问，谭楚良和孙玉石提出的观点既有代表性，也值得我们进一步思考。1990年代中期出版的《中国现代派文学史论》力图从历史总体性角度来把握中国现代主义的历史脉络和轮廓。西方现代主义在中国的影响始于对现代主义哲学的译介。而这种西方先锋思想的译介始于1907年鲁迅在《文化偏至论》和《摩罗诗力说》中对尼采的介绍。弗洛伊德的精神分析、柏格森的生命哲学、叔本华的超验哲学等陆续登陆中国。鲁迅的《狂人日记》(1918年)、《药》(1919年)明显受到尼采、安特莱夫、弗洛伊德思想的影响。但是谭楚良认为中国现代主义史经历了三次崛起：1920年代的李金发，1930年代初的新感觉派小说、戴望舒代表的现代派直到1940年代的九叶派，形成了第一次崛起；1950—1960年代纪弦等在台湾推动的以西方现代主义为表率的现代派文学，代表人物有余光中、洛夫、叶维廉、白先勇等；1980—1990年代以朦胧诗、意识流小说、荒诞小说、感觉主义小说为主的第三次崛起，代表人物包括北岛、顾城、王蒙、莫言、刘索拉等。

孙玉石给予鲁迅的散文诗集《野草》(1924年)独特的历史地位。它明白无误地证实了西方象征主义对鲁迅的影响，而这象征主义恰好是中国现代主义的滥觞。孙玉石认为现代主义新诗潮流诞生于西方象征主义；现代主义诗潮在中国的传播，经过了幼稚的萌芽、广泛的创造和深化的开拓三个历史阶段。经过戴望舒、卞之琳、冯至、穆旦等一批又一批诗人的共同努力，中西诗艺既不断交流融合，又逐渐探索求新，始终致力于东方民族现代诗的构想、创造和建设。

这一现代主义诗潮，内接中国传统诗歌注重含蓄内蕴的一路，外近世界诗歌以新的艺术方法贴近现代生活脉搏的新潮。在古今中外的吸收、消化和融会中，努力探求一条民族诗歌通向现代性的途径。他们的优秀诗人的作品,创造了东方象征派诗和现代派诗的基本范式。①

上述两者的史论的相同之处是:西方现代主义最早传入中国发生在"五四"之前且主要是现代主义思想译介;留学法国、紧追法国象征派诗歌的李金发是中国现代主义文学或现代主义诗歌的第一人;象征主义、现代派、中国新诗派是1920—1940年代中国现代主义发展的主脉。两者的不同之处同样明显。谭楚良以历时发展为主线,既认定中国现代主义1950—1970年代因政治原因出现历史断层,又将地域和政治体制相异的台湾现代派文学放置于同质的历史轴线上,这无疑形成了文学史、政治体制、地域空间三种不同层面的内容被强行纳入民族主义意识形态左右的历史叙事框架之中。孙玉石实际上提出了另一种史论,即以东方民族现代诗的成形和东方民族现代诗性审美主体性之孕育成熟为目标来建构中国现代主义诗史。这是一种鲜明的以历史目的论和历史意识为史学导向的治学理路。从1920年代中期的象征主义到1940年代的中国新诗派,三十年左右的时间中中国现代主义实现了历史目的——有别于西方现代主义的东方民族现代诗的成熟,也实现了历史主体性的建构——有别于西方,融中西审美价值于一体,游走于诗与现实、思想与艺术、审美与政治之间,充满民族文化现代性建设理想和情怀的审美主体性的成熟。值得我们将之与李欧梵的世界主义和史书美的文化散居视角相比较的是,孙玉石的诗史论是在以诗论史,以史证中国审美现代性和文化民族性。因此其核心价值观是审美民族主义意义上中国现代主义诗潮的诞生和勃兴。基于上述诗史论,我们是否可以说中国现代主义在1950—1970年代的断裂论缺乏历史合理性,1980年代的现代主义潮流是一种后历史现象或新的历史语境中新的审美和文化主体性诉求,这种新诉求通过重复地援引西方现代主义来表现自己、来利用现成的西方文化资源,来继续完成未完成的中国审美现代性工程?

上述两种现代主义史论都将"五四"之前的西方现代主义哲学思想

---

① 孙玉石:《中国现代主义诗潮史论》,北京大学出版社2010年版,第5—6页。

译介裁定为史前影响，或者说将西方现代主义思想与中国新的思想主体的思想碰撞和交流排除在现代主义之外。① 正因为这样，尽管他们都承认西方现代主义哲学和象征主义对鲁迅等的影响，但是李金发而不是鲁迅被树立为象征主义诗歌的第一人。

这种观念上的矛盾是学术因循习惯使然，还是思想定势在起作用？但是从两个方面看，我们可以断定这种刻意寻求以标志性人物、事件、派别为断然的历史起点、终点或分界线的学术论断是站不住脚的。一方面，无论是从历史书写中的体验史还是下层草根史角度看②，中国现代主义是一个流动的、过程中的、体验和表述相结合的历史发生，其生命的孕育超越了"五四"的界桩或被公众认识的象征主义诗歌创作，恰如李欧梵论证的中国现代性起源于晚清通商口岸的半吊子文人创办的报刊和创作的通俗小说。另一方面，现代主义不仅仅是文学的。它是一种话语，有不同层面，表现为各种话语形态，体现在各种体制中，建构了不同的主体立场。在当时的中国历史语境中，如果撇开西方现代主义思想、哲学、文学、艺术的译介，撇开西潮影响下的各种尝试和实验，我们认为这样为现代主义划定的边界是狭小的、过分主观的。其背后的影响因素既有纯文学思维模式，又有"五四"范式及其建构的政治无意识。

刘介民、周晓明、马永波和黄晖探讨的西方现代主义诗学的接受问题涉及跨文化的文学关系的四类主题。刘介民在徐志摩研究专著《类同研究的再发现：徐志摩在中西文化之间》中揭示了钱兆明在《东方主义与现代主义》中提出的相似论题，即跨文化的文学影响的文化相似性基础上的模仿和借鉴。这就是他探讨的类同问题。

> "影响"要建立在实际的接触（contact）上，这种接触可能是直接（direct）的，也可能是间接（indirect）的……诗人在"接触"和"影响"的过程里，对自己所拥有的本国文学，或文化传统的某一局

---

① 这一点上史书美却进行了更大胆的论述，且将之裁定为京派现代主义的内在精神。
② 可参考 E. P. 汤普森的《英国工人阶级的形成》和米歇尔·福柯的《"必须保卫社会"》两著中的历史理论。

部，可能被牵动、加以回应，而这正是中国文学与外国文学响应的部分。我们说这响应的部分与外来因素有着某种类同关系。①

周晓明在《多源与多元：从中国留学族到新月派》中提出现代中国文化运动三重视域说：（1）世界化视域中，中国本土文化与域外文化的互动乃至趋同；（2）现代化视域中，新旧文化更替主导的、不同文化形态之间的对立冲突；（3）文化化视域中，各种新文化主导的不同文化派别之间的矛盾和互补。三重视域说将徐志摩征兆的新月文化精神置于动态多元的异质时空之中。因此作为一个典型的不是以肤色、种族或民族为认同规范而是以共同的文艺、思想价值，共同的文化品味和情愫，共同的社会担当为标志的文化族群，现代主义文化地图上新月派的定位必须同时考虑到文化、历史、思想话语这三个维度中异质力量相互作用产生的文化主体的越界现象。无疑这种观点应和了族裔散居话语的理论思考，尽管周晓明仅仅停留在三重视域论上，而没有详尽地阐述背后隐匿的与中国现代主义群落密切相关的散居群落的独特理论价值。

与黄晖的《西方现代主义诗学在中国》相比，马永波的《九叶诗派与西方现代主义》尽管在宏大叙事建构和理论的胆气上稍逊一筹，但是他对西方现代主义大师如 T. S. 艾略特、里尔克（Rainer Maria Rilke）、W. H. 奥登在思想和诗艺上对 1940 年代独特的历史氛围中登上中国现代主义诗坛的九叶派诗人的影响进行了较系统的梳理和分析。与众多华语语境中的学者不同，黄晖将西方现代主义诗学的影响和中国知识话语的第一声充满创造精神和高度审美及文化自觉的回响定格到王国维集西方现代主义哲学与中国古典诗学之大成的《人间词话》之上。中国现代主义的开端由此逆推至王国维——既不是李欧梵认定的 1930 年代的现代派，也不是史书美论证的 1917—1937 年的"五四"和"后五四"时代，同样不是 1920 年代的新月派。更值得思考的是，与"五四"范式、跨文化范式或比较诗学范式不同，他提出崭新的观点，即：王国维以降中国现代

---

① 刘介民：《类同研究的再发现：徐志摩在中西文化之间》，中国社会科学出版社 2003 年版，第 5 页。

主义诗学的双重根源。一方面它经受了西方现代主义诗学的洗礼，另一方面它从中国古典诗学中汲取营养。尽管他提出了上述观点，但是在展开论述中国现代主义诗学的流变之时，著者主要是论述西方现代主义各派诗学的影响及相应的中国现代主义诗学主张，却没有展开有关中国古典诗学影响的论证和阐释。

综上所述，当代中国现代主义话语的建构自身具有鲜明的文化身份多重性和阐释的开放性。从西方学者、华裔学者到大陆学者，这形成了话语的三个大的不同层面，三种不同的批评主体性，三种感知中国现代主义的文化参照系。这决定了中国现代主义阐释的开放性。围绕现代主义的历史、体验、跨文化传播和接受，现代主义群体，现代主义与现代性，中国现代主义、西方现代主义和中国古典诗学三者的关系，中国现代主义的起源，世界主义与民族主义的离合张力等论题，中国现代主义批评话语不断丰富和发展。透过上述理论探索和学术争鸣，我们发现现代主义话语在不断超越"五四"范式、历史断裂论、文化民族主义、纯文学的现代主义边界，逐步走向动态多维的跨文化视域中现代主义话语的批评研究，由此形成中国大陆、华裔华语圈与西方批评界之间的对位互补，形成跨文化的多元发展和交互影响论对欧美现代主义中心论的质疑和颠覆，形成对中国古典诗学作用于西方现代主义和中国现代主义命题的关注和思考，形成对翻译、思想和哲学话语、都市文化物质、都市和国际现代主义体验等与现代主义话语（而非狭义的文学现代主义）有着紧密的内在关联性和共振性的话语现象的关注（虽然是零星的、提论式的）。最后所有这些理论探索都指向与中国现代主义相关的四大基本问题：

（1）中国现代主义的文学、文化、思想和历史起源及其叙事；

（2）中国现代主义对中国现代性的感知、想象和情感征兆；

（3）中国现代主义话语内在的知识建构和谱系；

（4）中国现代主义设计并推动的中国现代性工程以及相应的中国现代主义知识主体、审美主体和批评主体的建构。

毋庸置疑，这四大问题构成了中国现代主义话语疑难（problematic）。对这一话语疑难的进一步批判不仅仅是对林林总总的批评立场和理论观点的回应和修正,更需要我们探索现代主义话语新的疆域,需要我们回归现代主义话语本真的存在和独特的生态,需要我们全新地思考现代主义与当代人文批评的血肉关联并为之确立存在并重生的文化和历史合法性。

第 三 章

跨文化空间诗学

　　围绕"现代主义"这个观念,我们重构了两套批评话语——西方现代主义批评话语与中国现代主义批评话语。几乎绝大部分批评家都先入为主地寻求中国现代主义与西方尤其是英法现代主义的相同或相似之处;试图不证自明地论断中国现代主义与欧美现代主义的单向影响关系——一种放大了的后殖民批评意义上的文化模仿(cultural mimicry);试图将中国现代主义囚禁在历史的、纯文艺审美的甚至是纯文学先锋或颓废主义的狭隘范围内。但是我们发现,这两套批评话语之间的差异仍然大于相似——无论是艺术风格、思想内涵、主体立场、历史意识、文化语境还是历史叙事。

　　我们在第一章和第二章的论述中归纳总结了西方现代主义批评话语的六类话语修辞和中国现代主义批评话语的四个基本问题。重复地讲,这六类话语修辞是实践理性与审美理性二元补救修辞、人文理念表征修辞、辩证超越修辞、文化过渡期修辞、历史总体性修辞和中心/边缘修辞。这六类修辞分别征兆了不同的思想模式和价值取向,如启蒙现代性哲学话语、根源于启蒙现代性的人文主义、黑格尔的辩证历史观。所有这些思想模式都偏重于线型时间认知模式和辩证理性批判。换言之,它们都体现出德国新马克思主义思想家尤尔根·哈贝马斯(Jürgen Habermas)所讲的现代性哲学话语的思辨模式,都昭示了启蒙现代性承诺的现代性工程。现代性是不断进步、发展的现代化过程。现代主义以辩证的方式,从审美和人文角度干预现代性。而这种干预和介入的合法性既是以与启蒙现代性相吻合,又与后启蒙现代性相反相成的艺术、文学、人文、思想、文化等领域的审美和批判实践来确证的。因此现代主义充满了辩证的力量、总体性、审美的判断力和批判的穿透力。对现代主义的认知含混归咎于现代主义批评话语的分裂。这样现代主义被肢解分割成人文现代主义、文化现代主义、艺术现代主义、文学现代主义等等。

中国现代主义相关的四个基本问题不是针对中国现代主义批评话语而言，至少不是针对既有的现代主义批评话语而言。因为这些问题根本上涉及的是一种全新的批评阐释框架中中国现代主义乃至现代主义的重构和研究。这种全新的批评阐释框架需要我们与西方的启蒙理性历史范式、欧洲中心论左右的西方现代主义中心论、中国20世纪历史文化语境中的"五四"范式及其变体（"前五四"模式、"后五四"模式或"反五四"模式）保持足够的审视、商榷甚至批评距离。在这一点上帕特丽夏·劳伦斯堪称我们的表率，尽管在方法论上，在有关中英现代主义的论述和论断上，在与中国现代主义的情感认同甚至想象上，她还显得粗糙，有时过于武断或带着偏见，总不免给人局外人和审视者的印象。

法国当代批评家、思想家加斯东·巴什拉（Gaston Bachelard）在《空间的诗学》中对生命有这样的感悟："生命的本质是一种参与到滚滚向前的洪流中去感受，这种感受必须首先表现为时间，其次才表现为空间。"① 现代主义，无论是所谓的英国现代主义还是中国现代主义都是滚滚向前的洪流，是相互激荡的洋流。作为我们在本书中研究的重点，中英现代主义之间的对话与认同就表现出这样一种强烈的文化生命和历史生命的相互激荡。要精准地阐释这一独特的文化现象，需要我们重新认知现代主义——从跨文化的角度来认知现代主义，从话语的横切面上来梳理现代主义的脉络和根茎，从精神化的思想熔炉中提炼火种，从现代主义时代的文化体制和知识分子群体中分辨出那一代人共同绘制的现代主义革命蓝图。接下来我们围绕现代主义再认知这一目标，探讨再认知的跨文化空间诗学基础。

现代主义再认知的坚实的理论基础是在现象学、后结构主义、后殖

---

① ［法］加斯东·巴什拉：《空间的诗学》，张逸婧译，上海译文出版社2009年版，第2页。

民研究、人类学等领域发生的空间转向。空间转向意味着空间思维模式尤其是异位空间思维模式代替了线型的时间认知模式；意味着对空间尤其是历史和理性主体压制的空间的重新审视。空间开始纷纷出现在各学科的知识话语地平线上，开始将启蒙现代性的历史进步叙事转变为全球跨文化的多元、异位共存空间。这些关于空间的诗学建构中，法国学者皮埃尔·布迪厄（Pierre Bourdieu）的文学场（literary field）理论和爱德华·萨义德的后殖民接触空间（contact zone）论构成了一对理论修正关系——不仅是民族-国家与族裔散居之间的修正，而且是空间与历史之间的修正。更重要的是，他们的空间思考又与当代人类学的空间诗学和政治学、福柯的现代知识空间诗学形成进一步的对照修补关系。

皮埃尔·布迪厄在《艺术的法则》和《文学场生产》这两部著作中建构了一个以法国现代主义为主旋律、资产阶级民族-国家为空间、史诗叙事为情节设置（emplotment）的文学现代性起源神话。法国 19 世纪中叶开始勃兴的现代主义文艺革命（也是文化象征革命）是法国文学现代性诞生的生命冲力。在现代主义革命精神的照耀下，法兰西的文学场中孕育诞生了一种崭新的文学规范，即艺术的、文学的、艺术家的、作家的、知识分子的乃至整个文学场的自律原则。这时文学现代性正式降临社会空间。启蒙现代性热烈拥抱的理性、自由和平等变成了文学现代性为之呐喊的艺术和艺术家的自由、独立、纯洁和神圣。文学场的自律与艺术和艺术家的独立和自由共同推动了一场继启蒙现代性、政治现代性、科技现代性之后的文化象征革命。

现代主义的进程其实也是文化象征革命的历程，同样是现代艺术家、作家日趋成熟并独立登上文化甚至政治舞台的历程，更是现代文学场不断成长并走向高度自律化的过程。高度自律的文学场既受社会空间中政治和经济的影响，又反过来建构新的文学、文化乃至政治秩序。文学场的生成结构是在社会、政治和经济他律前提下的自律；文学场的自律又使其自身获得存在和发展的自由、独立空间及不同于资本主义市场经济的支配原则。同时文学场高度的自律使文学家、艺术家不仅实现了独立和自由，而且反过来影响社会权力空间，消解甚至颠覆政治和权力对艺术的压制，将文学话语置换成政治话语，将政治话语改造成文学话语，实现现代艺术家和作家向政治预言家和公共空间干预者的角色转换。

布迪厄揭示了高度自律的文学场内在的生成结构：支配文学类型等级化的差异化原则；支配文学场的差异化原则；文学场与政治场之间的独立和干预。

文学类型等级化依赖两个差异化原则——同辈同行的评价标准与商业成功率。按照文学场内主导的欣赏品味标准，稳居金字塔顶的是诗歌。诗歌是纯的艺术，不沾染丝毫的市场经济铜臭。尽管读者群很小，却令许多作家趋之若鹜。与诗歌对立的是戏剧，它受到消费大众的青睐和吹捧，立竿见影地产生轰动效应，能短期内产生可观的经济效益。居于中间的是小说。司汤达、巴尔扎克、福楼拜、左拉等小说艺术大师奠定了小说的崇高地位。同时小说又渗透了畅销程度、期刊连载等商业因素。以商业利益为标准，位居顶层的是戏剧，它以相对少的文化投资短期内换取巨额利润。无利可图的诗歌掉到了底层。仍然处于中间的是拥有庞大读者群的小说。在日益自律的文学场中，这两类等级评价标准并行不悖。不同类型的文艺产品的价格、观众和读者群的品味和数量、生产周期的长短这些指数维持着文学类型的等级差异。

文学场的两个差异化原则是：小规模的文学生产与追求商业利益的大规模生产的对立；小规模生产领域内新锐先锋派作家与圣化的先锋派作家的对立。大规模生产具有经济资本强势，但文化资本、象征价值和自律程度弱。小规模生产的经济资本弱，但文化资本、象征价值和自律化程度强。先锋艺术家群体内部圣化与反圣化、前辈与后辈、权威与新锐的冲突最终结果是后来者居上。圣化是文学现代性的内在逻辑。它是在小规模的、以艺术为目的、以小型出版社为中介、以积累文化资本为手段的生产方式与大规模的、以商业利润为目的、以大出版社为中介的生产方式之间的对立竞争中实现的。圣化不单指艺术家和作家在文学场中的圣化。与艺术家和作家的圣化同步，文学作品、艺术品、批评家、出版商、经纪人甚至文学评奖机构的圣化共同推动了文学的圣化运动，由此形成整个文化生产过程中循环的圣化过程。

高度自律的文学场中文化英雄最终成功占领政治场。从政治和经济对文学的他律和压制到社会空间中不断高度自律化的文学场的生成，文学现代性既见证了文学场与权力场的分离和对立，也目睹了波西米亚艺术家群落在现代都市空间中的出现和随之而来的波德莱尔、福楼拜等先锋艺术家引领的文化革命英雄时代的来临。文学场的自律，作家和艺术家的独立及与日常生活世界的超然距离，为艺术而艺术的唯美精神，共同缔结了文学现代性的信条——自律、独立、自由和美。对社会权力场的干预，其象征人物是19世纪末的左拉。左拉探索艺术表现的新路，探讨严肃的社会问题，获得巨大的商业成功，又是独领风骚的小说巨子。所有这些都为他向政治舞台的进军铺平了道路，都无损于他以艺术家身份来介入政治事业的独立、尊严和合法性。左拉象征了另一种文化形象的诞生——公共知识分子的诞生。

首先，文化象征革命完成了对文学场的改造，实现了艺术的自律和艺术家的独立。随之开始了第二阶段的使命，即艺术家社会公共角色的第二次转换以及对政治空间的颠覆。但是艺术家或作家型的知识分子没有且不可能征服整个政治空间，他们夺取的是政治空间中公共空间的话语权。其次，为艺术而艺术的永恒求美理想衍生了为真理和正义而辩护的战斗精神。这样以独立和自由的名义，艺术家堂而皇之地质疑政治权力。至此文化象征革命走完了自己的历程——从文学的他律到文学的自律，再到文学的反他律。

从巴黎的拉丁区到法国文学场，从文学场到政治场，从落魄的波西米亚人到波德莱尔和福楼拜乃至左拉，从贫穷的艺术家到文化革命英雄再到反政治暴力的知识分子。文学现代性的进程既是现代主义文学的发生过程，也是现代主义文化史——一种以艺术法则和精神为缘起的文化史——的进程。文学场中伫立着两个崇高又无畏的文化象征形象——表现美的艺术形象和言说真理和正义的思想形象。

与布迪厄描摹的自律法则支配的现代主义文学空间——资产阶级文化生产、传播、接受和消费构成的完整的生产流通空间——不同，爱德华·萨义德揭示了另外一种更广阔的、跨文化的地理空间形态。或者说萨义德提供了另一种认知空间的模式。这种新的空间认知模式与当代人类学和福柯的异托邦空间理论不仅有着可参比的同构类推特征，而且是修正布迪厄的文学场理论之借鉴。

领悟萨义德的对空间的文化地理认知，需要我们联系空间和另外三个概念［地方（place）、环境（locale）和领土（territory）］。地方指与其他地方比邻、特定的人群聚集在一起的某个地理空间。环境强调的是人与地理空间结成的栖居关系以及这种栖居关系对人的心理、性格、情感和生理等的建构性影响，这是典型的人文地理空间。领土则强调的是政治、文化、经济和军事意义上结成的共同体占据的、与其他领土间边界明确、封闭的地缘政治空间及主权。与这四个概念对应的是四类空间认知模式，即自然地理空间、文化地理空间、人文地理空间、地缘政治空间。

自然地理空间分割主要按照地质学、生态学、地理学等学科形成的分类标准对空间进行的类型学意义上的划分。文化地理空间的分割偏重特定标准划分的人群按文化规范进行文化活动，其社会文化组织活动与地形、气候、生态等自然环境之间具有内在的决定关系。人文地理空间的分割强调人与自然地理之间的谱系关系，这种关系可能是和谐的亲密交往，也可能是疏离的异化关系。无疑后三类空间认知模式都隐含了自我/他者二元对立的差异和排他原则，即：不同文化之间、人与自然、不同政治共同体之间空间上的邻近性和竞争性导致的差异关系。

萨义德的《东方学》前言中有这样一段文字：

> 美国人对东方对感觉却很不一样。对他们而言东方更可能非比寻常地与远东（主要是中国和日本）关联。与美国人不同，法国人和英国人———一定程度上德国人、俄罗斯人、西班牙人、葡萄牙人、意大利人和瑞士人———形成了一种我们称之为东方学的漫长传统，一种基于东方在欧洲的西方体验中的独特地位来与东方打交道的方式。东方不仅与欧洲比邻，而且是欧洲最大、最富饶、最古老的殖民地，是其文明和语言的资源，是其文化竞争对象，是其最深远、最重复持久的他者意象。[1]

---

[1] Edward Said, *Orientalism* (New York: Vintage Books, 1978), p. 1.

首先，东方与西方是邻近关系，同时又是领土征服、文化竞争和差异想象关系，更是知识话语关系。其次，无论是东方还是西方又进一步可按民族和国家实体在自然地理空间中的分布进行划分。因此我们不难发现仅仅是这一段引文就印证了四类空间模式基本上都包含在萨义德的空间地理思维中。但是有两点特别值得我们注意。其一是萨义德将东方学知识话语和东方学历史嵌入了东西方二元对立的地理空间形态之中。这反过来使他提出的空间地理模式除了囊括文化地理空间、人文地理空间、地缘政治空间之外，还衍生出知识地理空间。其二是萨义德破除了文化、人文、政治和知识乃至历史与地理空间的同质的依附关系，探讨的是作为他者的东方地理空间与欧洲自我的文化、人文、政治、知识和历史的关系。因此这两者之间是异质关系，东方学正是建立在文化、人文、政治、知识、历史五个层面上对异域地理空间及其相应的五个层面的征服——异质关系前提下的同质化、文化再现以及跨文化认同。认识到萨义德空间地理思考的上述内涵也就自然澄清了他与西方批评理论中的空间转向的本质区别，也触及他隐而不显的空间地理理论模式。

作为异质空间地理中的文化、人、政治、知识和历史以文化地理空间和地缘政治空间为领地，形成自身的边际及与他者之间复杂、动态的关系。萨义德在《文化与帝国主义》中所讲的"重叠的领土，交缠的历史"（overlapping territories, intertwined histories）就是对此现象的描摹。异质空间地理现象滋生的四种文化政治形式包括连接、僭越、共谋和抵制。这四种文化政治形式以纵聚合或横组合的方式更细微地言说帝国主义文化和本土文化的动态的也是现实的关系。在纵聚合轴上，欧洲文化衍生出巨大的向心力和同心力。无论是文化连接、与帝国权力的共谋还是对文学文本中隐匿的态度和参照结构的想象和感知，都是这一欧洲中心力场的磁场效应。在横组合轴上，欧洲文化再现东方，由此形成欧洲主体与东方客体之间的单方面再现（当然也是误再现）及征服压制。与此逆反而成的是东方的主体性以及对西方的文化抵抗。帝国反写（the empire writes back）、对位阅读（contrapuntal reading）、文化抵制（cultural resistance）、通向中心之旅（the voyage in）、本土发声（indigenous enunciation）等本质上都是文化抵抗政治的表征。

这就是萨义德空间地理模式的核心内容。这种理论模式按照异质的二元对立模式来阐释全球语境中文学的再现机制及其与其他文化形式、与现代帝国主义政治、与殖民地和第三世界的独立和解放之间的关系。

与萨义德的地理空间理论模式呼应的是当代人类学研究对跨文化接触空间的理论描述。其代表人物包括詹姆斯·克利福德（James Clifford）、玛丽·路易斯·普拉特（Mary Louis Pratt）和阿君·阿帕杜莱（Arjun Appadurai）。詹姆斯·克利福德提炼出后殖民混合时空模式。他在《铭写》[①] 1989年第5期上发表的《旅行与理论随笔》从旅行概念入手探讨后殖民混合时空模式。旅行概念有效地描述了后殖民全球语境中不同栖居和迁徙方式、认同及变化轨迹。旅行是一种自我的空间界定方式、一种探险与规训并存的形式。纯粹的探险是在陌生的空间中发现未知事物。旅游是大众公共艺术最代表性的形式，是一种僵化刻板的空间迁徙形式。旅行则介于这两极之间，既有探险令人心驰神往的一面，又有旅游的愉悦。旅行过程是对空间地形的勘测认识。同时旅行的线路又是历史上不同思想个体之间的连接线。因此，旅行融合了空间与时间。在后殖民语境中，后殖民混合空间"不是一种流放的状况，也不是批评'距离'，而是一个中间场所，一种由截然不同、与历史纠缠不休的后殖民空间构成的混合状态"[②]。与非线性、往返交错的后殖民混合时空模式（chronotope）[③] 对立的是单一同质的西方时空模式和北美时空模式。从美国东部到西海岸，从北大西洋到太平洋，西方与东方、欧洲与亚洲、历史上的盎格鲁移民与全球化时代的移民甚至本土美国人的切肤感受，被完全置换成怪诞的空间感受产生的错位感。"这种凝视东方的模式，尤其是独特的北美模式……同时在'后面'和'前面'、过去和未来、附近（博斯普鲁斯岛）

[①] 美国加州大学圣克鲁斯分校文化研究中心主办。

[②] James Clifford, "Notes on Travel and Theory," *Inscriptions*, 1989 (Vol. 5), University of California, Santa Cruz: p. 9.

[③] 巴赫金最早在《对话想象》一书中使用该术语分析小说叙事。克利福德文中指隐藏在纷繁复杂的旅行理论之下的深度叙事。

和遥远之地（太平洋彼岸）。"[1] 从古希腊罗马到文艺复兴时期的地中海，到工业资本主义时代的北大西洋，到当代全球资本主义时代的太平洋，西方的中心一再延异置换，东方与西方的界线一再被重新分割界定，最终蜕变成没有中心和边缘、西方和东方难以界定、过去与未来彼此错位的异托邦。西方不是西方；东方不是东方。

克利福德的后殖民时空模式颠覆了传统的人类学田野调查方法。他在1992年发表的《旅行文化》进一步关注后殖民旅行空间中的两类场所——"村社"和"旅馆"。首先，20世纪马林诺夫斯基（Bronislaw Kaspar Malinowski）的《西太平洋的阿戈诺特人》奠定了现代人类学田野工作模式——参与式观察（participant observation）。研究者同时是探险者，深入本土社会，学习本土语言，体验本土生活。马林诺夫斯基式的研究方法以村社为核心，强调文化空间中村社的中心地位。当代人类学研究中，村社仅仅是与实验室、旅馆、城市社区等相同的众多场所之一。其次，传统人类学的本土调查对象（native informant）既是被研究对象又是研究的参与者。本土调查对象直接参与了本土文化的书写和言说。因此，本土文化不是由人类学家独撰的文化文本，而是由本土调查对象言说、研究者书写，甚至本土调查对象直接书写的协作研究实践。在本土文化与西方文化的商榷、转换过程中，本土调查对象不仅是文化积极的书写者，也是全球移民迁徙浪潮中的文化旅行者。传统人类学的本土化策略掩盖了本土/民族/全球不同空间之间的连接纽带和互动过程，否定了本土与全球之间的文化辩证关系。在本土与全球的空间和历史遭遇中，产生的是一种时空转换带来的混合、全球体验。克利福德将这种文化关系称为旅行关系，将以旅行关系为基础重构的文化称为旅行文化。

玛丽·路易斯·普拉特在《接触域的艺术》[2] 一文和《帝国的注视》一书中提出跨文化接触域模式。接触域泛指不同文化遭遇、冲突、相互纠缠不休的社会空间，涉及殖民、奴隶制或后殖民、后奴隶制时期极端

---

[1] James Clifford, "Notes on Travel and Theory," *Inscriptions*, 1989（Vol. 5）, University of California, Santa Cruz: p. 10.

[2] Mary Louise Pratt, "Arts of the Contact Zone," *Ways of Reading*, David Bartholomae and Anthony Petroksky eds.（New York: Bedford/St. Martin's, 1999）.

不平衡对称的权力关系。"……我使用'接触域'术语来特指殖民遭遇空间,一个地理和历史分割开来的不同民族遭遇相逢、交往互动的空间,常常涉及强制、极端不平等和难分难解的冲突等因素。"[①] 其典型症候是接触域书写和读写。其反思对象是维系我们知识和理论体系、认同框架、以语言乌托邦为基础的共同体模式和同一伦理。接触域隐含的并非传统的实证式文化文本解读。书写和读写范畴也不是通常意义上的文化文本。接触域论关注的文化文本是殖民和后殖民历史语境中表征殖民权力话语和反话语、在语言层面建构接触域社会空间的文化文本。因此,普拉特的接触域理论言说的是他者伦理。

普拉特接触域研究的典型个案是 17 世纪初西班牙殖民统治下的秘鲁本土人菲利普·瓜曼·波马·德·阿亚拉(Felipe Guaman Poma de Ayala)书写的手稿的主要内容及传播和接受史。手稿混合使用南美印第安人盖丘亚语和西班牙语,长达两千多页。[②] 第一部中作者挪用殖民者的语言和书写类型,滑稽模仿殖民再现风格和主题,因此语言、书写、再现形成的文化互动。第二部直接批判殖民政体、殖民者对权力的滥用和政治暴力,探讨政治公义这个西方政治现代性主题。

手稿的传播和接受受制于殖民主义知识生产、传播和接受这一复杂过程。手稿完成后数个世纪来都被世人遗忘。1908 年一位名叫理查德·皮尔茨曼的秘鲁学者在丹麦哥本哈根皇家档案馆重新发现手稿,直到 70 年代学界才从后殖民多元视角发现其不同寻常的文化价值。

手稿表征了两个显著的跨文化接触域现象——自动民族志书写(auto-ethnographic writing)和跨文化转换(trans-culturation)。自动民族志书写与殖民再现对抗,重写本土民族文化和历史。本土书写主体有选择地挪用、复制、改写殖民话语,因此在生产和接受两极都渗透了欧洲和本

[①] Mary Louis Pratt, *Imperial Eyes: Travel Writing and Transculturation* (London: Routledge, 1992), p. 6.

[②] 手稿的主要内容包括:(一)以安第斯人和安第斯象征空间为中心的新世界的新图景;(二)重写基督教历史,将安第斯人的历史解释成前承诺亚、后启哥伦布,与欧洲基督教并行的历史演进过程;(三)印加帝国和前印加时代安第斯社会百态;(四)西班牙殖民征服的野蛮、贪婪和暴力本质。

土两套文化符码系统，同时面向宗主国和本土文化主体，是以选择和再创造为典型特征的跨文化转化过程。但是更为重要的是，自动民族志书写建构的是与宗主国和殖民地主流文化符码系统异质的、立足接触域的边缘群体意识。作为跨文化接触域现象，跨文化转换和自动民族志书写在书写层面上表征本土文化主体的想象以及殖民话语和反话语的知识生产、传播和消费过程。

接触域空间中文化想象的生成机制及其特征是什么？这是另一位当代人类学家阿君·阿帕杜莱在《任性的现代性》（1996年）这部现代性批判力作中集中思考的问题。他通过对本尼迪克特·安德森的想象的民族共同体理论进行当代人类学和媒体研究改造，提出全球化状况下的后民族空间理论。[①] 他认为，全球化秩序，需要我们重新定义想象这个概念。"想象"（imagination）概念同时包容了"形象"（image）、"想象的"（imagined）和"镜像"（imaginary）三个关联概念。作为社会实践行为，想象充斥着文化同质化与文化异质化之间的张力，将全球分割成断裂与流动矛盾并存的民族–国家、多国共同体、族裔散居共同体、次民族乃至本土共同体等多重想象世界。

电子技术决定性地改变了全球范围内文化的传播和实践模式，也改变了人的文化认同模式。电影、电视、计算机、电话、互联网取代了小说和报纸，以更迅捷的速度、更直观的形式、更大的覆盖面渗透日常生活场景，在全球公共空间中传播、复制、编码文化事件。虚拟与真实，仿真与现实，实践与话语，事件与信息，真实与阐释之间界限模糊的全球文化场。与全球文化流动播散对应，技术移民、难民、劳工、政治避难、留学、旅行等跨民族–国家边界的族群离散迁徙成了新的全球移民

[①] 本尼迪克特·安德森在批判马克思主义和自由主义的基础上，重构资本主义现代性以降的民族性或民族主义的谱系。他将印刷资本主义（而不是商业资本主义或工业资本主义）勘定为民族主义现代性的原动力，将马丁·路德点燃的新教精神与拉丁语之外的方言书籍出版征兆的印刷资本主义之联合视为培育民族想象的温床，将资本主义、印刷术与各种方言的结合视为印刷语言、民族意识与民族–国家相互融合并推陈出新的先决条件。现代小说和报纸是两种主要的文化想象形式。而文化想象的四个特征是：个体之间非直接、非邻近、非感官的认同；平行的认同关系；共同感知的同质、空洞的时间；同质、空洞的文化形象。

现象。电子媒介与移民成了后民族想象的物质基础，使后民族想象呈现出典型的混杂特征，即异质与同质、本土与全球、传统与后现代混杂并存。本土主体、族裔散居主体与全球范围内流动的本土文化形象遭遇相逢。公共空间从民族-国家转向全球空间，从民族转向跨民族，从纵聚合意义上的亲缘本土转向横组合意义上的流动本土，从现实境遇转向虚拟仿真。

人类学的空间模式呈现给我们两种书写知识——西方现代人类学的民族志书写与本土自动民族志书写——的跨文化流动网络空间，以及这种流动空间中想象的状态和特征。从印刷资本主义发展到电子媒介资本主义，开始出现后民族的、流动的想象共同体。

因此对知识话语的空间认知本身构成了空间认知的自我反思特征，也更形象、诗性地呈现了知识和知识主体与空间的亲密亲在关系，更使知识的抽象、杂乱、流动的世界获得了空间中有序的居所并裸露出纤毫毕露的地质构造和地质运动。这样一个诗性的、地质的、将时间扭变成空间、将混乱组合成秩序的知识全息空间景观渗透了米歇尔·福柯在20世纪60年代末至70年代中期的异托邦空间思考。

福柯最先在讲稿《论他者空间》[1]中探讨了中世纪以来的三大空间模式。中世纪的空间是不同地点按等级结成的集合。17世纪以伽利略为转折点，无限空间中位置的运动和延续取而代之。当代语境中地点取代了空间的延续模式。由各种复杂、分散、独立的地点构成异托邦空间。其主要环节就是受邻近关系支配、与各个地点连接，又与各个地点分离的异托邦。空间上的各个地点彼此分离。空间内的兴奋点、中转站、码头是永远流动、永远位于空间内又不断消解空间的稳固性。

在《词与物》和《知识考古学》中，他采用考古学研究方法发掘知识的空间地质叠层——底层板块结构、板块结构的内部构造以及各板块结构间的关联。但它们各有侧重。前者描绘从文艺复兴时期至19世纪末以语法研究、财富分析、自然史为表征的知识板块结构（他称为"知识型"）。后者以自然史、政治经济和临床医学为例证，转向深层剖析知识

---

[1] Michel Foucault, "Of Other Spaces," *Diacritics* 16.1 (1986: Spring): 22-27.

板块内在的构造——知识的结构形态、知识的表层发声功能及深层规则。

他先后用"知识型"和"档案"这一对概念来指称知识的垂直空间构造底层。如果在方法论层面比较甄别福柯在这一阶段使用的考古学方法与后期弘扬的谱系分析法,我们发现"档案"这一概念是对"知识型"概念的补充和修正。知识型关注西方知识秩序遵循的再现规则(词/知识媒介与物/知识对象之间的对应关系)——知识认知和生产的转型过程中,词与物的分离过程中,人在知识秩序中的沉寂、显现和消失。

"档案"以知识话语(在差异基础上从知识对象、主体发声、概念、策略等层面得到界定的知识形态)为显性征兆而不是前提。他在《知识考古学》中有两段话耐人寻味:"档案界定了一个独特的层面:随着如此多样的事件、如此纷繁的事物被处理或掌控,出现一个引起多样陈述的实践层面。"[1]"无法完整地描绘档案,同时它又不可避免地无处不在。毫无疑问,它以碎片、区域、层或其他更完整、更明显的形态显现踪迹……"[2] 前一段话将"档案"界定为促成话语事件和事物的实践行为。后一段话将"档案"分为显性和隐性状态。隐性档案与集体无意识相似,隐匿,无法分辨,无法完整地描绘其全貌。显性档案类似于个体无意识和意识,以话语、陈述为征兆,似千姿百态、跌宕起伏的地形地貌,呈现为散乱不拘的碎片、连绵不断的众多区域、交错重叠的多维层面。将这两种关于档案的认识结合起来,我们发现福柯的档案论将话语视为整个知识秩序内发生的事件、存在的事实。档案本质上是支撑知识秩序的地幔和地核,其上是知识的地质运动及不断变化的山川、湖泊、高原和平地。这是他倡导的考古学式研究的方法论精髓。

与知识考古学论对应,福柯在 20 世纪 70 年代提出知识谱系空间论。目的是发掘、激活被现代理性、科学知识压制封杀的底层/本土知识。他在《"必须保卫社会"》中讲到,知识谱系学偏重"完整系列的知识,即那些被打入另册的非概念性知识、未得到充分阐述的知识——浅层知识、

---

[1] Michel Foucault, *The Archaeology of Knowledge* (New York: Pantheon Books, 1972), p. 130.

[2] Ibid., p. 130.

劣等知识、不符合博学或科学规范的知识"①。谱系学论有益于揭示知识秩序中对理性和科学趋之若鹜的表层知识体系对其他知识的暴力压制，还有颠覆霸权知识体系的途径。

上述空间理论分别从不同层面揭开了文学现代性、文化现代性和知识现代性的空间轮廓。布迪厄立足资产阶级民族-国家的社会空间，阐述了文学现代性的自律、他律和反他律原则。萨义德分解开西方宗主国中心与殖民地边缘时空交错、纵横组合的复杂连理和文化地理经纬。纵组合轴上的文化连接地理与横聚合轴上的文化压制与对抗地理构成了一个同心力、向心力、离心力、去中心力相互作用的磁场空间。而人类学对后殖民混合时空、跨文化接触域、文化书写实践和想象的空间观照揭示了跨文化现象复杂的书写、对抗、对话、转化乃至想象过程。对跨文化现象的持续关注既回应了后殖民批评，又将当代人类学的方法论变革不断刷新。福柯的异托邦空间思考既是他一个时期内探究的理论命题——一个借空间人文地质形构视角（不同于萨义德的空间人文地理和政治地理视角）来展开的命题，又是一个表现出方法论变革的空间曲形——从分割、分层、板块状的地质形构转变成动态的亲缘谱系连接。

其实这些空间认知模式的背后都隐藏人类学这个与文学、历史学、哲学、社会学具有突出学科亲缘关系的学科的影子。布迪厄、萨义德乃至转向谱系学的福柯都自觉地援用或呼应了人类学的思辨方式。因为这样，但并不完全局限于此，上述空间认知模式都体现出同构类推的特征——非线型的、各种力量复杂交织的、同质与异质并存、自律与他律纠缠、边界不断移动的空间特征。

后殖民、人类学和后结构空间理论在跨文化和知识话语两个层面能有效地补充布迪厄的文学场理论，为我们深入研究跨文化的中英现代主义文学场提供了理论思考的新视角。

结合我们在第一章中对西方现代主义批评话语内在模式的梳理，再反观皮埃尔·布迪厄的法国现代文学场建构，我们发现林林总总的西方现代主义批评话语建构了现代主义的起源神话。西方审美现代性和西方

---

① Michel Foucault, *"Society Must Be Defended"* (New York: St. Martin's Press, 1997), p. 7.

民族-国家空间共同体成了现代主义的历史和空间起源。以一种巧妙的换喻方式，欧美文化空间及其变体或同心辐射空间（如保罗·吉尔罗伊批判的黑色大西洋现代性）代替了法国、英国或美国的民族-国家共同体空间。西方现代主义文学艺术探索的审美现代性规范和形式乃至都市文化想象确立了现代主义的文学类型和边界。

诚然，现代主义的起源神话不是纯理论的创造物。它既根源于西方现代精神或思想的历史（即：为西方现代性进行精神的、文化的、思想的自我阐释、自我表述、自我身份认同的需要），又根源于西方现代资本主义文化意识形态，更根源于资本主义文化物质基础，尤其是出版社、报纸、杂志最后是现代大学这样的文化体制。

我们说现代性的网络在中国和英国之间形成了一个独特的跨文化的文学场，一个相对独立的人际的、个体的、体制的、情感的、文艺的、思想的、文化的、地理的、物质的同时又是精神的跨文化场。对这个跨文化场的透视无疑将颠覆那些关于文学类型、文学边界、审美规范的定见。甚至我们将填补空白，如现代主义研究中始终没有被触及或深入批判的现代主义诗学。我们将重构精神的轨迹和宿命，如英国现代主义审美意识的变异或中国现代主义诗学的肌理和风骨。我们将思考现代主义知识群落的迁徙和聚散及其文化价值底蕴。当然我们也将解开历史与空间之间的纠结，而不是用历史的线型叙事排挤空间的弥漫枝叶或用空间的复杂多维来否定历史，进而思考现代主义的空间形态与历史形态以及两者之间的纠结产生的新的现代主义地图和路线。所有这些问题最终都归于现代主义诗学革命的谱系和精神烛照。这种现代大学体制之中滥觞的、然后奔涌开来的、与文学艺术革命同样的甚至更独特的文化象征革命，特别意义深刻地出现在这样一个典型的文学场中。无论是英国的实用批评还是中国的现代主义诗学都是这场文化象征革命的两只强有力的推手。而这两只巨手推动的这场跨越文化、地理和民族边界的革命不仅征兆了现代世界文学批评地图上出现的摹仿诗学革命，而且蕴含着恒久的审美力量和不灭的道德光芒。

这样一个文学场产生的磁场效应吸纳了两个知识群体——英国剑桥和牛津大学现代主义知识群体；一个在北大、清华、西南联大中诞生的中国现代主义知识群体。

20世纪上半叶英国剑桥大学和牛津大学现代主义知识群体与中国承受英国现代主义精神洗礼的知识群体之间对话和认同。半个世纪里，以空间旅行和文化转化为基础，两个群体的对话和认同伴随着英国现代主义的演变及中国现代主义的发生和成长。它构成了世界范围内现代主义文化地图上有独特话语特征的文化事件，将现代主义推向世界主义意义上的文化涅槃和再生之路，表征了文化现代性历程中西学东渐与中学西传的同步、双向发生。

本书聚焦的跨文化的文学场中英国现代主义知识群体以G. L. 迪金森、伯特兰·罗素（Bertrand Russell）、I. A. 瑞恰慈、威廉·燕卜荪（William Empson）、朱利安·贝尔、哈罗德·阿克顿（Harold Acton）、克里斯托弗·伊修伍德（Christopher Isherwood）、W. H. 奥登、彼得·弗莱明（Peter Fleming）、罗伯特·拜伦（Robert Byron）、彼得·昆内尔（Peter Quennell）、奥斯伯特·西特韦尔（Osbert Sitwell）等为代表。他们先后到中国旅行考察，教授英国文学，研究中国古典语言文化。他们用哲学思考、文化批判、虚构叙事、旅行札记、诗歌等不同类型的书写再现中国，如迪金森的《印象：东西旅行札记》、罗素的《中国问题》、瑞恰慈的《孟子论心》、阿克顿的《牡丹与马》、伊修伍德和奥登的《战地行》。与中国文化的对话和认同折射出他们的审美人文主义、语文人文主义和批判人文主义思想关怀。迪金森和阿克顿信仰审美人文主义，认同中国古典文化并将之乌托邦化。瑞恰慈和燕卜荪践行"新批评"表征的语文人文主义，将中国语言、文学和思想纳入新批评的话语场，将中国现代主义主体置于新批评的影响之下。罗素、伊修伍德和奥登以批判人文主义的犀利眼光审视艰难前行、不屈抗争的现代中国，批判欧洲现代文明的癫狂堕落。

徐志摩、叶公超、钱锺书、萧乾、叶君健等青年诗人和学者与迪金森、罗素、瑞恰慈、燕卜荪、阿克顿、奥登等建立起跨文化的文学和思想纽带，形成对应的中国现代主义知识群体。徐志摩将英国现代主义的诗艺和诗神引入中国现代主义，培育了"新月派"的灵魂。受英国现代主义诗学启迪，徐志摩、叶公超、钱锺书逐步奠定了以新批评为范式基础的中国英国文学教学和研究方法。他们将世界主义与文化民族主义，诗艺、诗学与诗哲，批评与创作，知识教化与文化担当，世界关怀与民族自由，学术研究与现实批判，国学精粹与西学卓见有机结合。为中国文化现代性拓荒引路的文化自觉意识使他们成了英国现代主义与中国现代主义的摆渡人，这奠定了中国的英国文学批评与中国文化现代性的内在关系。

两个知识群体的对话与认同是现代主义精神驱动的跨文化事件。它验证了西方当代后殖民、后现代、现代性理论的不足，证明我们不能用任何现成的理论公式来思考中国文化现代性。它涉及中英现代主义文化主体的跨文化心理体验和想象，产生了诗歌、小说、文学理论、哲学、旅行札记等不同类型的文化书写，征兆了现代主义与文学批评和人文精神的关系。

同步、双向发生的中英现代主义知识群体之对话与认同为英国现代主义注入了鲜活的中国文化精神，持续推动了中国的现代主义运动，为中国成长中的现代人文知识分子提出了文化现代性工程这一复合复杂命题，建构了他们的世界主义和文化民族主义双重视域。

通过逐层探索中英现代主义文学场内在的群体构成、书写再现、诗学建构、批评理论和意识形态，为现代主义文学研究和跨文化传播与接受研究进行新的方法论探索和实践。依据中英现代主义同步、双向发生论，指出英国现代主义吸纳的中国文化思想补充、完善了英国现代主义，中国的英国文学批评是中国现代主义和中国文化现代性的有机部分，这有益于批判西方后殖民理论，为中国文化现代性建设和中国文化与世界的对话提供理论阐释。

第二部分
跨文化的中英现代主义文学场

第 四 章

跨文化场的英国缘起:通往中国的旅程

中英现代主义之间的对话和认同形成了独特的动态跨文化场。它横跨大英帝国的宗主国中心和成长中的中国现代民族－国家。我们首先有必要厘清甚至建构这个跨文化的文学场之缘起。费迪南德·德·索绪尔的语义网络论认为,单个语词的所指意义是由该语词所处的由其他语词的所指意义构成的网络中所指意义之间的差异关系决定的。皮埃尔·布迪厄在阐述其文学场理论时建构了一种生成－结构模式,即：文化实践主体内在化的习性结构与社会环境结构之间彼此依存、相互促进的生成－结构关系（或者说文化主体的内在化与社会实践的外在化之间的转换生成关系）。帕特丽夏·劳伦斯从语义关联、档案和文学对话三维建立了文学对话网络理论。

这三种理论各有偏重。运用语义关联论,我们可以从比较和色差显影的角度来凸显跨文化实践中沉淀下来的最根本的对应和对立观念和价值元素。生成－结构论既是与米歇尔·福柯的谱系分析法有异曲同工之效的研究手段,又是对静止的对应和对立文化观念和价值元素动态的激活、流动、修正、转化过程的透视和阐释,即对描摹跨文化的文学场形成的磁场效应及其生成－结构。而这种透视和阐释必须依赖跨文化的文学档案,必须指向并揭示其动态的对话机制和跨文化主体生成机制。

这里重提上述三种代表理论,目的是揭示跨文化的文学场之理论阐释的语言学、社会学、比较文学和跨文化研究等多学科内涵,更是为了从色差显影定型法和生成－结构谱系法相结合的角度来追溯中英现代主义文学场的缘起做方法论铺垫。换言之,对跨文化的文学场之谱系建构首先需要立足差异化的认知模式，在差异化过程中发现时空维度中共存于两种文化和社会生态环境中的文学、文化、思想、知识、体制乃至文化物质形态，进而从这些形态中发现文学场的构成因素，如：观念和价值、行为人、文化体制、知识的学科积淀，等等。

为了捕捉这种异质时空中的同时空体验，同时空体验的变异以及相应的跨文化形态，我们在本章集中分析19世纪末至20世纪初现代主义大背景中英国复兴的中国热现象具象化的一面，即：肩负各种使命的英国人对中国的书写和跨文化传播。本章主要内容包括：中国的召唤：英国福丁顿教区的慕氏家族；慕雅德与翟理思的中国旅行札记；英国汉学的学院派研究与考古实践；通往中国的唯美世界。

第一节　中国的召唤：英国福丁顿教区的慕氏家族

英国多切斯特郡福丁顿教区的慕亨利牧师（Reverend Henry Moule）共有六子，按长幼顺序分别是慕亨利（Henry Joseph Moule）、慕稼谷（George Evans Moule）、慕雅德（Arthur Evans Moule）、慕贺拉斯（Horatio Mosley Moule）、慕查理（Charles Moule）、慕韩德利（Handley Moule）。19世纪后半叶到20世纪上半叶慕家子弟与万里之遥的中国、与神圣的剑桥大学、与英国现代主义结下了深厚的缘分，牵扯到一张复杂的跨文化和知识书写与传播网络。

慕氏家族的次子慕稼谷（1828—1912）、三子慕雅德（1836—1918）、慕稼谷的两个儿子慕阿德（Arthur Christopher Moule，1873—1957）和慕天锡（George Theodore Moule，1864—1942）与中国结缘最深。慕稼谷是英国圣公会传教使团派驻中国华中教区的首任主教。毕业于剑桥大学圣体学院的慕稼谷抵达中国浙江宁波，直到1911年才回到英国。慕雅德到中国后，加入他哥哥的传教事业，先后在宁波、杭州、上海、汉口等地传教历50年之久，担任圣公会华中教区副主教长达30年。1910年他退休后回归故国。这一代的慕氏兄弟是圣公会在华传教的拓荒者。他们留下了珍贵的跨文化书写文本和历史档案。如慕稼谷的《杭州纪略》对杭州城市地理和风物进行了专题研究。慕雅德先后著有《中国故事》（1880

年)、《新旧中国：30 年的个人回忆》（1891 年)、《在中国的半个世纪》（1911 年）和《中国人：中国便览》（1914 年)。按照 1906—1907 年《远东名人录》记载，截至 1907 年《新旧中国》已三次重版。他的其他作品包括《我们中间有希望的原因》《四亿人》《鸦片问题论集》《致中国学者的一封信》《天堂和家园之歌》。①

慕稼谷的长子慕天锡 1864 年出生在宁波，1883 年入他父亲曾就读的剑桥大学圣体学院，1889 年开始在中国海关工作，1942 年初死于日寇占领下的杭州。慕稼谷的次子慕阿德出生于杭州，剑桥大学毕业后先在中国做建筑师，后在山东做传教士，1908 年回到英国。两兄弟不仅自己著书立说，而且多在当时欧洲的汉学名刊《通报》上发表文章。慕氏一门中，学问一途上成就最盛者当推慕阿德。1933 年慕阿德继威妥玛（Thomas Wade）、翟理思之后出任剑桥大学第三任汉学讲座教授，讲授中国语言和历史。慕阿德的传世之作包括《西安府的景教碑》（1918 年）、《1550 年前的中国基督教史》（1930 年）、《马可·波罗游记校注》（1938 年，与伯希和合作）、《杭州》（1958 年）和《中国的统治者》（1957 年）。

论及慕氏家族与剑桥大学的缘分，最深者当属慕亨利牧师的第五子慕查理（1834—1921）。与慕稼谷和慕天锡毕业于剑桥大学圣体学院不同，慕查理 1858 年获圣体学院古典学学士学位，1879 年成为该学院导师，1895 年成为该学院帕克图书馆馆长，1913—1921 年担任该学院院长。

若论慕氏家族与英国和中国现代主义的关联，以慕雅德与英国现代主义小说家托马斯·哈代、慕阿德与中国现代主义诗人邵洵美之间的友谊最受关注。

哈代一家与慕氏家族是多年至交。哈代与慕家兄弟情谊厚重，青少年时期深受他们的熏陶和影响。哈代的传记作家迈克尔·米尔盖特（Michael Millgate）认为，哈代最先向慕家大哥学水彩画，然后与其他几兄弟建立友谊。"似乎没有争议地讲，比这些关系、比他一生中与其他男性的关系重要得多的情感和思想关系无疑是与慕家兄弟中老四慕贺拉斯（常

---

① *Who's Who in Far East* (London: Kegan Paul, Trench, Trubner & Co., 1907), p. 237.

说的贺拉斯）的友谊。"① 米尔盖特几乎没有提到哈代与慕雅德的交谊。是因为在近半个世纪的时间里慕雅德绝大部分时间待在中国？还是无论是对哈代还是米尔盖特来说中国以及身在中国的慕雅德不在他们的文化视域之内？

其实，1891 年至 1904 年，慕雅德与哈代的通信有三封收入了《托马斯·哈代信札》。② 1891 年 9 月 20 日的信是对慕雅德恳请他为《新旧中国》写书评的答复。在 1903 年 10 月 19 日的信中，哈代既表达了对不久前去国离乡的慕雅德的问候，还谈到租房、画展等琐事，又花了近三分之二的篇幅来表述他对中国的现状及在华传教的看法：

> ……我认为那些在那里扎根的观念——哪怕有传教士在推波助澜——将主要不是宗教教义，而是那些有关物质技术和道德的观念，那些宣扬对低等动物和所有弱者施以人道和仁慈的观念。…… 如果你不是为传教所累，这种弥足珍贵的才能将多方面地促进中国人了解熟悉我们西方人的思想。③

1904 年 3 月 20 日哈代在给慕雅德的信中写道："我在信中唠嗑的都是生活琐事，但对你而言或许是真切的肺腑之言。也许除了你们兄弟外，我决不会向任何其他人写这样一封信。"④ 这封信充满了时间意识和乡土召唤情愫。对刚刚逝去的慕亨利的悲悼、对 91 岁高龄的哈代母亲回忆 60 多年前（1830 年）初识慕雅德父亲一幕的转述、对自己童年时拜读过的慕雅德诗句的重述，组成多重时间和情感背景中独特的乡土召唤情感结构。

---

① Michael Millgate, *Thomas Hardy: A Biography* (Oxford: Oxford UP, 1985), p. 66.
② Thomas Hardy, *The Collected Letters of Thomas Hardy*, Richard Little and Michael Millgate eds. (Oxford: the Clarendon Press, 1978), pp. 243 – 244 (Vol. 1), pp. 78 – 79 (Vol. 3), pp. 114 – 116 (Vol. 3).
③ Thomas Hardy, *The Collected Letters of Thomas Hardy* (Vol. 3), Richard Little and Michael Millgate eds. (Oxford: the Clarendon Press, 1978), p. 78.
④ Ibid., p. 115.

这三封信向我们透露了哈代的中国想象和观念，这种想象和观念通过私人友谊、信函档案，以文字书写的形式留存了下来。哈代在第一封信中谈到英国公众对在华传教话题的浓厚兴趣、上海的一家英文刊物上登载的中国人炮轰洋人传教的文章及当月《泰晤士报》上的相关评论。同时他也非常含蓄婉转地表明了自己与慕雅德在传教问题上的不同态度。在12年后的第二封信中哈代更深入地阐述了自己的中国立场。中国人口众多，宗教传统久远，在世界上具有独特的吸引力。西方思想观念将逐渐在中国传播开来。但是这些思想观念不包括刻板枯燥的宗教教义，传教士也难承担传播西说之大任。最终在中国占上风的思想观念主要是器物层面的新技术新理论[①]和西方的伦理道德观念——"那些宣扬对低等动物和所有弱者施以人道和仁慈的观念"。无疑，哈代露骨地表达了西方本位和优越观，即西方现代科技理论对中国的单向影响、西方现代人本思潮骨子里的种族偏见和歧视。

中国同时以帝国和现代民族-国家两种形象进入了哈代的视野。哈代与慕雅德的不同立场表征了现代民族-国家英国与现代大英帝国、世俗人性观与神性人本主义之间的对立。它形成了关于中国现代性进程的两套方案，产生了对中国传统文化尤其是传统宗教伦理的肯定或否定态度。

1924年春，后来成了新月派诗人、翻译家、散文家和出版家的邵洵美负笈英伦，留学剑桥大学伊曼纽学院经济系，就寄住在慕阿德家里。与慕阿德朝夕相处，获益良多。回到中国后，邵洵美多次拜望住在杭州的慕天锡。[②] 由此可见邵洵美与慕家第三代兄弟之间不同寻常的师友之情，在感性、感知和跨文化人际关系层面慕氏家族与中国现代主义新月派之间的零距离关联。

慕氏家族两代的生活揭开了一张巨大的跨文化网络。以两代人的生活为这张网上的连接点，连接着地理空间中英国乡下的福丁顿教区，圣

[①] 即当时部分中国官员和知识分子排斥贬损的"奇技淫巧"或"洋务派"倡导的实业和科技救国道路。

[②] 详见盛佩玉《盛世家族·邵洵美与我》，人民文学出版社2005年版；邵绡红《我的爸爸邵洵美》，上海书店2005年版；林淇《海上才子·邵洵美传》，上海人民出版社2002年版。

公会在中国的宁波、杭州、上海、武汉的传教范围。因此这些空间地理上相距遥远或彼此隔离的地方形成了想象的文化地理经纬。因圣公会的传教这种想象的文化地理空间获得了精神的实质和宗教文化体制实践的实在性。由此想象的文化地理边界拓展开来，进一步与剑桥学院体制中汉学的演变，与传统的传教士汉学向现代学院式汉学的转向，与现代大学体制、跨文化旅行、留学散居以及与之有着千丝万缕关联的现代主义形成纽带关系。因此家族生活的体验像翻滚的海浪一样，向宗教、学术、跨文化旅行、文学、思想观念、制度实践乃至人际的多个层面和方向延伸。一个跨文化的、国际的、文化实践的场域开始显露出依稀的轮廓。从上述意义上讲，我们可以说19世纪末英国传教士及以其他身份生活在中国的英国人不仅为英国汉学的建立和发展而且为中英跨文化的现代主义文学场的生成奠定了坚实的基础。那么我们会问：这个坚实的基础又是由什么构成的呢？简洁地讲，在华传教、商业、外交、政治、文化及探险等殖民实践共同构成了这个基础的文化想象、情感结构、知识实践、体制实践基础。换句话讲，这个基础是文化地理的，是文化地理和文化规范基础上的文化想象的，更是以知识和体制实践为表征的文化物质的。而无论是文化地理、文化想象还是文化物质都融化进相应的跨文化旅行札记、回忆录，收藏的古董文物，探险发现的历史文化古迹，博物馆研究的成果，以及所有这些或急或缓、或迟或早、或轻或重地汇聚成的现代主义精神运动中的中国情愫和中国想象活动。

为了透彻地阐述上述观点，我们接下来展开论述的是：在跨文化旅行体验意义上慕雅德与翟理思这两位传教士的两部中国旅行札记（而非枯燥的汉学研究著述）之比较分析。

第二节　慕雅德与翟理思的中国旅行札记

慕雅德的《新旧中国》1891年由伦敦西利有限公司出版。中国学者沈弘《论慕雅德对于保存杭州历史记忆的贡献》一文中集中分析了慕雅德在该书中对杭州城从城门、街市、店铺、风俗、民众的衣着、寺庙、钱塘江潮等细致入微的观察和记载，以及书中刊印的有关杭州附近运河航运、古城门的照片。他认为,这些图文是保存杭州历史记忆的珍贵资料。① 如果说是历史记忆,《新旧中国》就不仅仅是有关杭州的历史记忆,它同样是关于宁波、上海,从宁波到杭州的水路,从杭州到上海的水路,江浙地方风土民情和乡间生活原态的历史记忆。但是历史记忆这种表述隐含了单一的中国视角以及这种视角中中国乡土世界和民族的现代性线型历史叙事框架内记忆与遗忘之间的张力。因此历史记忆研究遮蔽了《新旧中国》隐含的作者视角和隐含的读者接受期待。

慕雅德在书的前言中将中国的邻邦日本比作猛醒的狮子,而沉睡的中华帝国也即将苏醒。"我们会注意到新的迹象,恰如漫长冬天过后早春的萌动,尽管每一棵缀满花蕾的树、每一朵绽放的鲜花在古老的土地上纹丝不动,枯枝败叶厚厚地包裹着树根。"② 中华帝国经历了漫长历史的侵蚀,见证了荣耀和辉煌,如今已是穷途末路。死亡萧瑟之气遍布华夏。同时,如春阳初照,进步、变革和发展的精神在一个新的中国已初露端倪,古老的帝国正在蜕变重生。在慕氏看来,在华传教是在邪恶、毒瘴缭绕、暮气沉沉的世俗帝国从事拯救灵魂和复兴文化的伟业,让上帝的仁慈、爱和光驱散笼罩着中华大地的黑夜。他不无自豪地夸耀在华传教的道德感化力量:

> 温顺取代了急躁、暴烈的性情;搪塞和谎言让位于率真;仁爱战胜了极端的利己主义;正直和纯洁代替了欺诈和放荡。这些都是上帝的精神感召下在中国结出的信仰果实。……在这块土地上人们的良知明显被唤醒,对错之别深入人心且被严格遵守,基督教精神日趋发挥强大的道德影响力。③

他认为,传教士是文明的先驱,中国的新生主要依赖他们的智慧、正义和同情心。

---

① 沈弘:《论慕雅德对于保存杭州历史记忆的贡献》,《文化艺术研究》2010 年第 3 卷第 4 期,第 78—90 页。
② Arthur Evans Moule, *New China and Old* (London: Seeley and Co. Limited, 1891), p. v.
③ Ibid., p. 299.

《新旧中国》有时间维度，即慕雅德刚刚踏上宁波土地的1861年到他回忆30年在华传教的1891年。这样的个体生命的存在时间体验与英国圣公会在华传教创业史、与末世帝国从沉沦向新生的历史转折三种不同的时间维度交织重叠在一起。在这三种异质的时间体验之上对立的是西方按基督诞生公元记载的公历进步时间观与中国按二十四节气、六十甲子、王朝承继更迭为标记的循环时间观。

但是时间维度或者上述时间的异质交叠以及相应的异质时间感受在《新旧中国》中不是处于显在的位置。我们甚至可以说慕雅德刻意回避了与异质时间维度的纠缠，转向另外一种别具一格的叙事安排，尽管通过批评重构我们使隐匿的时间裸露出经络痕迹。整部回忆录正文部分包括十章，它们分别是：中华帝国的全貌；宁波、从宁波到杭州的水路以及杭州城；从杭州到上海的水上交通及上海；江浙地方的乡村生活；慈溪县令的家居生活；中国人生活中的佛教和道教；中国人的祖先祭拜；中国人的风水迷信；中国的科举教育制度；在华基督教传教。这十章按主题来分又可分为五个前后推进的层次：宏观历史、文化、政治和宗教意义上的帝国形态；以城市、自然、乡村、家居生活以及连接这些空间场所的水陆交通线路为主的空间地理和人文地理描摹；中国人的本土宗教信仰、迷信以及中国人的实用秉性；中国传统的教育体制和儒士阶层；基督教在华传教的历史、现状及使命。这五个层面实际上以帝国和本土的空间感知及地理体验为基础，逐渐深入宗教信仰、风水迷信构成的中国人的文化习性和文化无意识，最后是主宰中国的文化教育制度实践及其地位团体儒士阶层。从文化学的角度看，地理空间感知、文化观念习性及其建构的文化无意识、文化的制度性实践，从宏观到微观，从空间到精神信仰，从文化习性到制度实践，构成了一幅全息文化想象、感知图景。从人类学的角度看，亲身体验、感知、想象中国的慕雅德的形象吻合了跨文化的西方人类学家原型。他通过参与-体验式的田野考察方式来收集并建构中国知识。而从文学叙事的角度看，这部典型的个人回忆录无疑将时间与空间、个体体验与文化集体的精神观照、文化物质的层面与文化习性等纳入了叙事的范畴。

最终，无论是从观察和叙事视角、叙事声音还是叙事内生的文化视域都统一于基督教传教。他是举起基督教信仰这面镜子来映照出想象中国的空间、地理、生活、信仰、习性和制度性实践的骨骼经脉,来为基督教传教寻找现代性的理据——新中国的诞生之精神催化剂和制度保障都需依赖基督教传教。他认为,传教体制在三个方面促成了古老帝国的蜕变和更新。首先是教会推动的医疗工作、西医教育和启蒙;其次是教会学校和大学的开办为中国培养了海军、海关、电报、铁路、煤矿等现代实务人才;最后是教会推动的对西方科技的翻译和现代出版事业。[1]"科学知识的传播必然逐渐削弱中国人对他们自己宗教迷信体系的信仰……在这光明和知识面前顽固、残忍的风水体系必将消亡。"[2]

因此这部札记中无处不在的是浊世独立、坚守信仰、满怀焦虑的慕雅德的影子。个体在中国的迁徙游历和精神历程与广阔世界的巨澜狂潮,生活中的观察与知识层面的梳理,地理空间上的田野调查与权力层面对在华传教的总结反思,形成叙事与非叙事、主体的观察感受与知识建构之间的张力。慕氏在文本开始时就用自我的声音为全书定调:"1862年8月,我登上太白山,它矗立在宁波以东,高达两千英尺。"[3] 书的结尾处他将自己定格在1891年的时间界桩上,以回忆的口吻回到1862年,回到他在中国传教的起点宁波。"许多年前,当我住在宁波城里时,我透过一架小望远镜来观察日全食。……然而就像被黑暗包围着的星星,光明在闪烁。"[4]

翟理思的《汕广纪行》1877年由上海的《华洋通闻》办公室印刷,由上海的西书店别发洋行(Kelly & Walsh, limited)和伦敦的特鲁布纳尔公司(Trübner & Co.)共同出版。1877年3月19日至4月8日,时任英国驻汕头领事馆代领事、年方32岁的翟理思用21天的时间完成了从汕头到广州的旅行考察,同一年他撰写的旅行札记《汕广纪行》问世。此次旅行考察的直接原因是英国驻华使馆委派他沿途敦促地方政府就"马嘉

---

[1] Arthur Evans Moule, *New China and Old: Personal Recollections of Thirty Years* (London: Seeley and Co. Ltd., 1902), pp. 292–298.
[2] Ibid., p. 298.
[3] Ibid., p. 1.
[4] Ibid., pp. 309–310.

理事件"或"滇案"① 张贴公布《云南公告》②。但是除了在当年 4 月 2 日翻越潮州府岐岭时在山顶的韩文公祠的内墙上看见公告之外,整部游记都没有正面提到他此行的目的及执行任务的细节。一项带有明显外交公务目的的考察在作者笔下变成了一次饱览中国山水、考察民风民情的旅游。因此游记无疑浓缩了官方邸报、信函或论说性的汉学著述所不能容纳的跨文化想象和本土社会生活体验方面的内容。

翟理思的《汕广纪行》同时按时间和空间顺序来记叙。在按日期逐日标记旅行行程的同时,他也逐渐展开了一幅空间地理的画卷。旅途沿线的州府所在地、集镇、无名的村落等大大小小的地方都进入了旅行组成的本土地理空间,如汕头、潮州府、三河坝、松口村、丙村市、嘉应州、余坑、七都河口、清溪、岐岭、老隆、惠州府、惠州府的西湖、石龙、罗浮山和广州。

但是无论是按日期还是按地理空间来勾画的旅行生活仅仅是叙事的表层结构和内容,尽管我们可以按照批评人类学的阐释方法揭开这样建构的一个本土文化时空与整个大清帝国之间的提喻关系。从文化想象及其依附的态度和参照结构来看,我们发现翟理思在文化对比的认知框架中逐层超越了此时此在的、本体存在意义上的文化感知,指向多维对比意义上的、以文化自我与文化他者的动态观照为主的跨文化想象以及跨文化反思。这包括:本土人物形象与文化自我形象的对比;本土民俗与文化自我的习俗的对比;中国文化(从语言、思想、历史到政治)与西方文化的对比;对英国主流的中国观的反思和批判。

在游记的开始,翟理思就以第一人称复数"我们"这样一个文化集

---

① 马嘉理(Augustus Raymond Margary,1846—1875 年)是英国使馆翻译。1874 年英国以柏郎上校为首的武装探路队探查缅滇陆路交通。1875 年 1 月马嘉理到缅甸八莫与柏郎会合后,向云南边境进发。2 月 21 日在云南腾越地区与当地的少数民族发生冲突,马嘉理与数名随行人员被打死,史称"马嘉理事件"或"滇案"。

② 按照 1877 年正月初九的《申报》报道,《云南公告》旨在保护英国人的生命和财产安全,"在一二年内宜责成各地方官随时查看弗任剥落损毁……分贴各乡镇以期民间一体周知"。英国公使威妥玛据"滇案"胁迫清政府于 1876 年 9 月 13 日与英国签订《烟台条约》,进一步扩大英国人在华的治外法权,增开宜昌、芜湖、北海、温州四处为通商口岸,允许英国探险队进入中国云南、四川、青海等西部地区探险。

体意义上的视角和口吻来讲述他一个英国人在两个仆人的陪伴下21天的旅行。尽管是一个人独自在一片欧洲白人从来没有涉足的山水中游历，走入那些世世代代在这片土地上繁衍生存的中国人的生活，但是他是另一个种族的代表，是另一种文明的继承人，是从另一块遥远的土地上迁徙而来的异乡人。因此他与土生土长的中国民众之间的遭遇构成了欧洲文化自我与中国文化他者之间动态的跨文化想象关系。

21天的旅途中，除了从青溪到老隆之间他坐轿子走山路之外，他基本上是在蜿蜒于山峦峡谷中的河流上乘船而行。而他近距离接触，用形象的语言刻画描绘的是生活在社会底层的广东客家人。这些普通、单纯、辛劳的客家人包括船夫、村妇村夫、行走在陡峭山壁间的妇女、在田间劳作的农夫、船老大的一对年幼的儿女、轿夫。他在四个地方提到优越于这些普通百姓的乡绅和小吏：3月25日下午在丙村市附近的一个村子里遇见在印度加尔各答做裁缝的华侨林阿耀；4月5日上午一位儒雅、健谈的乡绅来访；4月7日离开惠州城后博罗知县、伦敦传教会信徒童朝安递交拜帖；4月8日上午一位中国文友来访。因此他观察的主要对象是紧贴乡土世界、与山水融合在一起、处于前现代历史意识和本土文化感知阶段的普通客家人。至于从加尔各答归来的华侨或信奉基督教的官吏已超越了这个封闭的民俗乡土共同体。而乡绅和文友属于智识阶层，在心智、知识、信仰乃至社会地位上可以与他平起平坐，对等交流。对于华侨和基督徒他持一种倨傲、不屑一顾的态度。对于乡绅和文友，他平等地以礼相待，尊重他们并从交谈中加深了自己对中国人和中国文化的理解，认识到欧洲人的中国观之偏颇和肤浅。对于客家人，他则以一种独特的彼此观看的方式来揭示文化对比意义上的跨文化形象感知。

翟理思旅行的大部分时间是在船上，因此船夫就成了他接触最多的中国人，也是他最近距离观察的对象。一个个水上世界的个体生命依次进入他审视的视野。在从汕头到长乐的大船上，他首先注意到有位满脸皱纹、瘦得皮包骨的老船夫。他在晚上停船收工后吸鸦片，借以缓解疲劳，忘掉生活的艰辛。船上的艄公拜祭的保护神是天后娘娘。他们迷信天后娘娘的神力能保佑他们免遭暴风和巨浪的袭击。而雷神则是赏善罚恶之神。各式各样关于天后娘娘、雷神、菩萨的迷信渗透了船上的艄公等人的意识。暴风巨浪、闪电霹雳纯粹是自然现象。因而这些船夫对自然现象的超自然理解和对神力的迷信无疑与现代科学意识格格不入。此外这些船夫在推船时发出的喊叫声也令他感到厌恶。"他们发出的嘈闹声令人觉得有点厌恶,甚至对非常习惯了六七个中国佬同时交谈声音的耳朵也是如此。他们的声音尖利,在船上跑来跑去……"①

船夫们一年四季都没有穿过鞋袜。除了用蓝色的棉布头巾将头紧紧包裹起来之外,他们都赤裸着腿和后背,任日晒风吹雨淋。他从这些靠船谋生的男男女女身上感受到他们顽强、充满韧性的生命力。在离开嘉应州、通向长乐的河上,他记下了这样一幅船夫逆流行船的图景:

> 他们一寸一寸地艰难行进,一会儿死死地抓住岸边的竹子,一会儿在岸上爬行,用纤绳将船拉过急弯……这是一幅最紧张的画面,在尖叫声中船夫们从长篙改用短篙,或者抓起船钩朝越来越远的岸上甩去,希望能抓住陆地。②

这是一幅船夫与奔腾的河水抗争的图景,这是一幅船夫与命运抗争的图景,这更是大河哺育的船夫们迸发出的生命力量。这种乡土生命的力量同样展示在另外一幅相似的图景中。船在丙村市过险滩时得靠客家妇女的帮助:

> 每只船需要约十六个妇女来拉,船夫则一直在船上用力撑篙……偶尔有一支短篙在河底的石头上打滑,船夫会失去重心,间或激流挡住船头,船会在水中打转,几乎将所有拉船的妇女拽到地上。③

翟理思近距离审视的另一个群体是岐岭的山路上成群结队的客家妇

---

① Herbert A. Giles, *From Swatow to Canton* (Shanghai: Kelly & Walsh, limited, 1877), pp. 37–38.
② Ibid., pp. 27–28.
③ Ibid., pp. 20–21.

女。部分客家妇女们两人一对,抬着装满灯油和茶油的木桶。其他人背上背着茶籽饼。她们都露出极其端庄的表情。有的年轻俊俏,而所有的人都显得操劳过度。除了少数几位脚上穿着草鞋,其他的妇女都赤脚行走在坚硬的石路上。每位妇女的手上都戴着银手镯。

无论是过险滩时与船夫们一起劳作的客家妇女,还是在山路上迎面走来的客家妇女,都给翟理思留下了深刻印象。中国劳动妇女完全不同于深闺大院中的太太和小姐。她们顽强、勤劳、自立。这样从生活中获得的对中国下层社会劳动妇女的认识显然不同于西方主流的中国妇女观。这无疑印证了他在两年前结集出版的《中国札记》(1875 年)中的感慨:"'中国妇女的地位普遍被误解了',也许这样的说法是非常保险的。……无论男人和女人,他们挣到钱后首先用来购买食物和衣料,而不是贡献给酒馆老板;同时,打架斗殴的概率也减少了。对于穷人家来说,维系家族纽带成为最大的负担。"[1]

在 21 天的旅途上,翟理思是突然间闯入本土世界的外族人,他也始终处于被本土客家人审视的位置,成了本土客家人凝视的目光中被对象化的文化客体。这种从凝视的主体向被凝视的客体的转变无疑加剧了翟理思的跨文化心理活动。翟理思意识到他自己是第一位进入这个传统、封闭社会的西方人,因此哪怕是西方人穿用的帽子和靴子都会招来围观的人群。本土中国人的审视相应地妨碍了西方人对中国人和中国社会的深入了解和透彻理解。"结果我们不能深入把握中国社会的精髓,后人也许会嘲弄我们这些不准确的结论,因为他们不知道这些结论常常基于模糊、遮遮掩掩的假设。"[2] 整个游记中记叙他被中国人围观或令碰见他的村民瞠目结舌的地方多达八处。例如,当船停泊在三河坝的时候,他面对着尖叫、兴奋的人群用早餐。3 月 23 日的下午他进入嘉应州下辖的一个客家人村子时,围观的妇女中突然有一个转到他背后看他是否长着尾巴。3 月 24 日他到松口村的时候,他的出现令洗衣妇吃惊得几乎使手里

---

[1] [英]翟理思:《中国和中国人》,罗丹、顾海东、栗亚娟译,金城出版社 2011 年版,第 257 页。

[2] Herbert A. Giles, *From Swatow to Canton* (Shanghai: Kelly & Walsh, limited, 1877), p. 4.

的棒槌掉到水里,而年轻的客家人则兴奋得高声喊叫。最有趣的是3月26日他进入嘉应州城里时,城里几乎是万人空巷,民众争先恐后地目睹他的到来。地方政府出动了30名士兵来为他开路,才使他安然无恙地挤出人群。翟理思借用中国人的口吻自嘲地称自己为"野蛮人"。① 在余坑,赶集的男人、妇女和儿童竞相围观船上的"野人"。为了不让他们失望,翟理思主动放了一把椅子在船甲板上,准备让那成千上万双眼睛把他看个够。翟理思的西式穿着、与亚洲人不同的脸部轮廓、肢体的移动甚至眼睛的睁闭都是这些人注视的焦点。

在中国人的眼中,异族人翟理思完全是野蛮人。这种认知既源于人种上的巨大区别,文化上的明显差异,本土人生活世界的闭塞保守,更源于这样一种文化政治无意识,即:华夏之外皆番邦蛮族。因此不同于他对船夫和客家妇女的观察和描写,这些围观的人群没有什么鲜明的个性和特征,仅仅是凝视的群体,是千万双眼睛汇成的凝视的目光。与此对应,翟理思不断地调整自己的角色。从最初对中国人凝视的被动承受到主动接受中国人的凝视,从被凝视到对中国人文化无意识的反思,他完成了从文化对象性的存在向跨文化主体性的转变。这种转变促使他试图进一步了解中国人的举止、习俗、穿着、迷信和德行,促使他试图更准确地把握中国人的思想和观念。

短期的旅行体验使翟理思对客家人的民俗文化有了直观的了解。客家人男人靠船运谋生,女人则在家耕种田地。男人在头上缠着头巾,女人在手臂上戴着手镯。当异乡游客从田间经过时,殷勤好客的农民会献上一袋烟、一杯茶。在接下一桩船运生意之前,船夫通常会卜卦问吉凶。遇到翻船事故,他们常常向天后娘娘祈求平安顺利。他们迷信在潜水之前,必须用头巾紧紧地包好头,这样不至于使体内的阳气外泄或水中的阴气浸入体内。他们迷信人死后的亡灵超度和家族的繁衍。因此他们的殡葬习俗是,人去世之前就得选好墓地,准备好棺材。在墓碑上刻好将死者的姓名并涂上红漆。人去世后将名涂成黑色,而家族的姓氏则保留

---

① Herbert A. Giles, *From Swatow to Canton* (Shanghai: Kelly & Walsh, limited, 1877), pp. 24–25.

着红色，借以预示家族香火的延续。在到老隆的山路上，他注意到客家人建筑的碉楼。封闭、坚固的碉楼没有窗户，只在入口处留有一道厚重的大门。

在这个本土民俗世界之上，翟理思感受到，并逐渐融入的是超越的文化精神世界。对这个文化精神世界的揭示无疑显示了翟理思对中国语言、文字、历史、人物、思想和传说的掌握已经达到相当熟悉的程度。一登上船，他就注意到船上对联的上联"月白风清咏今朝"。他收集到潮州人中间流行的谚语"到广不到潮，枉为走一遭"。遇到风送船轻的时候，他向船夫写下"人顺风顺"的谚语。看见远处起伏连绵的罗浮山，他想起了谚语"十游罗浮九不成"。明代潮州九巧之一的隐士陆竹溪及他那有名的诗句"水急难流滩底月，山高不疑白云飞"、韩文公韩愈的文功政绩、苏东坡与爱妾王朝云的爱情故事、清代诗人何绍基、中国古典诗词、商纣王和妲己的传说、孔子《论语》中"学而不思则罔"的训言及其仁爱思想，所有这些都进入了他的知识库。一部短短的游记中，应景应人对事，他都能自如地转向民间谚语、名人逸事、历史传说、诗词典籍，分辨中国语言的音、形和意之间微妙的变化。这种对中国文化语言信手拈来、娴熟自如的功夫，无疑使他有充足的底气来比较审视中英文化和思想。例如，他在批评中国人以天朝上国自居的文化自大心态和西方观时指出，不同于中国传统学问的僵化和脱离实际，在西方哪怕是十一二岁的小孩也"比翰林院所有的翰林都掌握了更多的实用知识"[1]。在批判西方学者对中国的误解时，他将矛头直接指向当时的汉学巨子理雅各。他否认理雅各所持的儒教影响衰亡论，挑剔理雅各翻译的《中国经典》对孔子《论语》中"樊迟问仁。子曰爱人"这一句的翻译和理解错误。

这种从两种文化的对比中确立自己立场的跨文化态度甚至反映在旅途上的景物在他的情感和知识世界中引发的联想。河两岸秀丽的景色使他联想到泰晤士河谷。岐岭下山时的休歇处使他想起美丽的白金汉郡乡

---

[1] Herbert A. Giles, *From Swatow to Canton* (Shanghai: Kelly & Walsh, limited, 1877), p. 58.

间的"五全酒吧"。这种从全新的而非因袭守旧的文化对比角度出发对中国和英国人的中国观的双重剖析不是游记的中心。他主要以对比观照的态度和多层面的对位审视隐匿于旅行札记的文本世界之中。它更集中地显露在《中国札记》之中。

辜鸿铭在《一个大汉学家》这篇评论翟理思的文章中对他的评价其实是中肯的。他指出:

> 一方面,翟理斯博士具有以往和现在一切汉学家所没有的优势——他拥有文学天赋:能写非常流畅的英文。但另一方面,翟理斯博士又缺乏哲学家的洞察力,有时甚至还缺乏普通常识。他能够翻译中国的句文,却不能理解和阐释中国思想。从这点来看,翟理斯博士具有与中国文人相同的特征。……而真正的学者则不同,对于他们,文献和文学的研究只不过是供其阐释、批判、理解和认识人类生活的手段罢了。[①]

摆在翟理思面前的其实是一种两难——汉学知识的广博与批判反思的精深,或者说异文化体验的浓厚及文学性情的陶冶与精湛的批判阐释之间的两难。这种两难其实不是他一个人面临的问题,可以说是他那一代从外交官转向汉学的学者面临的实际问题。撇开他的皇皇巨著,这部短小的游记无疑揭示了一个轮廓分明的跨文化想象世界,一个西方现代世界意识与中国乡土意识遭遇碰触的世界,一个从文化形象、乡村民俗世界、牢固的文化精神世界向充满文化差异和比较的崭新的文化感知世界过渡的时刻。这是西方现代性与中国传统社会、传统生活方式、传统文化形态初次狭路相逢的象征时刻。其实西方殖民势力已逐渐深入中国的深处。这块翟理思光顾的土地是中国传统乡村民俗共同体象征的最后的处女地。基督教传教、侨居移民、西式器物尤其是移居海外华侨赚取的血汗钱已开始渗透进这片纯净、悠缓、自然的世界。对这片山水自然之美、客家人的人性之美以及凌飞与超越时空的古典诗词之美的汲取和赞叹不仅昭

[①] 辜鸿铭:《中国人的精神》,黄兴涛、宋小庆译,人民出版社2010年版,第83—84页。

示了翟理思的人文审美情怀，而且指向这种审美情怀逐渐荡漾开来、繁茂起来、在英国学院派知识群体中生根发芽的中国情愫——对中国的审美向往以及对中国古典文化精神的现代主义审美阐释。这种跨文化的审美情结最后汇聚进20世纪上半叶剑桥和牛津的诗人、作家、思想家和先锋文化反叛者的心性之中。

翟理思有两个儿子。长子翟林奈（Lionel Giles，1875—1958年）就是翟理思汕广之行两年前出生在中国汕头。1900年他进入大英博物馆，担任助理馆长，负责东方写本与印本部，与同在该部门工作的劳伦斯·宾雍、亚瑟·韦利等成为颇有建树的新一代汉学家。就在进入大英博物馆工作的1910年，他翻译的《孙子兵法》和《论语》英译本同时出版。此外他翻译的汉学名著还包括老子的《道德经》（1912年）、《孟子》（英译名为《东方的智慧》，1942年）、《列仙传》（1948年）。他对英国乃至西方汉学的另一有贡献的领域是敦煌学。马克·奥利尔·斯坦因（Marc Aurel Stein）第二次中亚探险（1906—1908年）获取的敦煌考古文物入藏东方写本与印本部之后，翟林奈即开始整理相关书目，撰写研究著作。这就是他在敦煌学领域的成果《敦煌六世纪》（1944年）、《大英博物馆藏敦煌汉文写本注记目录》（1953年）。次子翟兰思（Lancelot Giles，1878—1934年）生于厦门，后成为职业外交官，最后做到英国驻天津总领事馆总领事。这里我们再一次略过翟理思卓越的汉学研究成就，而从父子两代人与中国、与英国汉学、与大英帝国的外交事业的关系入手来凸显我们前面一直强调的关系网络。

无论是慕氏家族还是翟氏家族都牵扯着19世纪末以来大英帝国与远东的中国之间日益紧密的人际、旅行、传教、外交、商务、文化、学术等层面上的交往互动。这是一张巨大、复杂、动态、愈扯愈紧的跨文化网络。这个网络中变得日益重要、在文化殖民上功不可没的无疑是慕氏家族和翟氏家族分别代表的传教使团和外交使团。而这种文化帝国主义意义上的宗教传播和外交推进无疑成了英国学院、学科体制意义上汉学起步和发展的肥沃土壤和巨大动力。这转而为英国现代主义、为剑桥和牛津的才子文人的中国情结、对中国的向往、对中国文化精神的融化吸纳提供了环境，培育了情感，揭开了辽阔的文化想象空间。

更进一步讲，这种独特的环境、情感、想象空间和知识话语底层的跨文化参照结构乃至文化无意识无疑是那些散见于报纸、杂志、信件、口头交流、书籍的注释和插图、来自中国的器物、考古新发现等共同逐渐形成的。而这些想象、参照比较的标准、无意识的情感悸动最有力的证据无疑是《新旧中国》《汕广纪行》这样写实的跨文化文本。他们用独特的跨文化叙事的模式来书写一个跨文化的世界，来容纳存在的、本体的、认知的、情感的、价值的、精神的、知识的主题和维度。因此这些写实的文本将异质的因素整合于文本的世界中，恰如跨文化的体验时空中不同文化时空中的元素和力量彼此激荡。这些文本以自传的叙事形式获得了文学性——开放性、多元性、阐释的不确定性和指向永恒、审美和情感的超越性。我们可以据此作这样一个理论论断：这些跨文化的叙事文本开拓了文学的跨文化叙事模式，这类叙事在后来的跨文化的文学场中日渐形成现代主义的中国行者们主导的叙事模式和审美风格；这些跨文化的叙事文本具有独特的证据功能——见证跨文化体验和跨文化文学场生成的证据功能。

为了进一步揭示跨文化意义上 19 世纪末英国开始出现的、完全不同于以往时代的、有关中国的知识话语以及相关的美学话语和文化物质基础，我们有必要转向这一时期破壳而出的学院派汉学。

第三节　英国汉学的学院派研究与考古实践

在大英博物馆东方写本与印本部工作的翟林奈 1910 年开始研究到手的一部中国古代文献《敦煌录》。其研究成果《〈敦煌录〉：关于敦煌地区的记录》于 1914 年 7 月刊登在英国汉学名刊《皇家亚细亚学会会刊》1914 年第 3 期上。文章刊出后不久，当时留学美国的胡适在浏览汉学研究资料时注意到该文并发现其解释、译文、断句等方面的明显错误。[1] 胡

---

[1] 可参阅胡适 1914 年 8 月 2 日日记："偶读《英国皇家亚洲学会报》……见彼邦所谓汉学名宿 Lionel Giles 者所作《敦煌录译释》一文……颇多附会妄诞之言，钞笔尤俗陋……"（《胡适留学日记》第 2 册，商务印书馆 1946 年版，第 323 页）

适的翟林奈批评文章《论莱昂内尔·翟理思博士关于〈敦煌录〉的文章》发表在《皇家亚细亚学会会刊》1915年第1期上。1926年胡适访英时面晤翟林奈，并在他的帮助下参阅大英博物馆收藏的汉学资料。

无论是翟林奈译释的《敦煌录》还是胡适在大英博物馆参阅的汉学资料都直接涉及20世纪初的中亚考古大发现，以及与中亚考古大发现直接关联的英国乃至欧洲东方学重心向以中国、日本为主的远东的转移。或者说，伴随着西方资本主义帝国殖民现代性向远东的延伸，西方的军队、商船、炮舰、传教使团、外交使团、探险队都将触须伸入远东，殖民现代性从政治、经济、宗教、文化到知识话语逐渐征服了远东。毋庸置疑，欧洲的东方学的研究重心从与欧洲比邻的近东延伸到与欧洲列强尤其是英国全球殖民事业休戚相关的远东中国，这既是殖民现代性内在的需求，又是考古学、地理学、东方学等现代西方知识领域的新发现以及随之而来的知识和学科裂变的直接后果。这些共同促进了考古学，古代文物、典籍（写本和印本）、绘画、宗教和社会历史研究，博物馆文化，大学内新的汉学学科的成长，以对中国思想、文化、艺术的汲取和转化为核心内容的英国现代学院派汉学研究和学科体制实践。而所有这一切的学科知识基础是考古学，文化物质基础是中亚考古发现及通过其他收藏渠道收集馆藏的各类文物、艺术品、书写文本，而其体制实践基础是博物馆文化和现代大学汉学学科建设。换言之，上述三股力量共同促进了英国现代汉学的建立，促进了以远东为对象的东方学分支的发展，促进了知识、审美、观念层面上英国文化知识阶层对中国的认知、认同和向往。由此汉学从传教士、外交官汉学转向学院派汉学，尽管这种转变的裂痕非常清晰，尽管这种知识、审美、观念层面的中国再认知是以一种悄然的、曲折的、更多的是以审美的模式表现出来。

英籍考古探险家斯坦因（1862—1943年）从1900年至1931年率队进行了四次中亚探险考察。尤其是1906年至1908年他在中国甘肃敦煌洞的考古发现震惊了世界。这次探险过程中，从帕米尔高原、吐鲁番盆地、古长城最西端的遗址，一直到敦煌，斯坦因一路向东探索，发现一处处古代遗迹以及埋藏在那里的古文物。随着一个尘封于黄沙荒原中却又千年如新的世界的展现，他的精神世界中升腾起无限的对中亚和中国古代文明的敬畏、惊喜、惊叹和苍凉感。他用叙述与抒情的笔调这样写道：

> 每当夕阳西下，傍晚临近，飞鸟归巢旅人投宿的时候，我常常还独自一人骑马踯躅长途，探察那些凛然屹立千年的烽火台。每每想到两千年间在这片广袤的地方，人类活动犹如骤停一般消失不再，自然环境也呈现出麻痹瘫痪的形状，所有这一切都如同瞬间发生之事，人世间让我感动至深的事情没有比之更甚的了。几十英里之外，夕阳的光辉从一座又一座烽火台上反射过来，炫人眼目。闪闪的白光之下，似乎以前城墙上所有的白色石灰涂层依然如故。[①]

斯坦因在藏经洞获得的敦煌写本文献总计11604件，"汉文写本完整的计有3000卷左右，其中很多卷子的篇幅都特别长。除此之外，汉文残本断篇大约也有6000余件"[②]。所获得的古典绘画艺术品"不包括数量众多的零篇断简，仅仅是完整的精品就将近500幅"[③]。除此之外，还有大量中国古代纺织美术品，如地毯、人物画、绣品和印花织物，家具、铜镜、陶俑、钱币等文物。这批珍贵文献文物于1909年运送到英国后即入藏大英博物馆东方写本与印本部。此后约两年的时间内斯坦因完成了此次探险考察报告《契丹沙漠废墟——在中亚和中国西部地区考察实纪》。1929年应哈佛大学洛维尔研究院之邀，他作了10次中亚考察报告。他在哈佛大学的讲座后于1932年以书名《沿着古代中亚的道路》出版。仅从该著的彩色插图看，他发现并收集的佛教绘画就包括：有关释迦牟尼的生平故事丝绸幡画、文殊菩萨、地藏王菩萨、西方广目天王、北方多闻天王、千手观音、佛教信女、千手观音坛场、药师佛等的丝绸绣像。无疑这些绘画收藏品直接刺激了这一阶段勃兴的现代主义美学思考。

谈到斯坦因的敦煌考古发现，不能不涉及通过其他渠道进入英国收藏界乃至博物馆馆藏的中国典籍和文物。首先值得一提的是20世纪初驰

---

① ［英］马克·奥里尔·斯坦因：《沿着古代中亚的道路》，巫新华译，广西师范大学出版社2008年版，第195页。
② 同上书，第224页。
③ 同上。

名英伦的艺术品收藏家乔治·尤摩弗帕罗斯（George Eumorphopolos，1863—1939年）。尤摩弗帕罗斯19世纪末开始收藏欧洲陶瓷和日本茶具。进入20世纪后，他收藏的兴趣转向中国清代陶瓷、唐宋瓷器、远古壁画、青铜器、玉器、雕塑等，跻身欧洲顶级收藏家行列。这些中国文物藏品开始主要收藏在英国柴郡他自家的博物馆中。1910年在伦敦伯灵顿美术俱乐部举办了以他的藏品为主的中国陶瓷展览。展出的稀世珍品包括北宋钧窑撇口尊，明朝万历五彩盖盒、嘉靖五彩鱼藻纹盖罐等。1921年他发起成立了东方陶瓷协会。1934年、1935年他将收藏的大量藏品以10万英镑的象征价格捐献给维多利亚-阿尔伯特博物馆和大英博物馆。此时他收藏的中国古代艺术品已多达2500件。在大英博物馆东方写本与印本部工作研究的劳伦斯·宾雍对尤摩弗帕罗斯的所有藏品曾进行了详细的整理，出版了《乔治·尤摩弗帕罗斯收藏品：中国壁画目录》（1927年）和《乔治·尤摩弗帕罗斯收藏品：中国、朝鲜和暹罗绘画目录》（1928年）。此外还有R.L.霍布森（R.L. Hobson）编撰的三卷《中国、朝鲜青铜器、雕塑、玉器、珠宝和杂项目录》（1929—1932年）。

其次值得关注的是牛津大学博德利安图书馆（Bodleian Library）和阿什莫林博物馆（Ashmolean Museum）的中国藏品。1604年牛津大学博德利安图书馆开始收藏中国书籍。1640年前后该馆已藏有中文书籍1100多册。明初航海针路簿传抄本《顺风相送》便是其中之一。19世纪初，中文藏书总数达5万余册。[①] 剑桥大学图书馆最早的中文藏书是白金汉公爵赠送的明代版本《丹溪心法》。其他重要汉学资料还包括商代甲骨文八百多片、宋本《金刚经》、明代《永乐大典》、明版《异域图志》、光绪皇帝赠送的《古今图书集成》等，总计达10万多种。而剑桥菲茨威廉斯博物馆（Feiz Williams Museum, Cambridge）则收藏有中国历代珍奇文物，如商周青铜、汉代石雕、唐三彩、明青花瓷，等等。[②]

斯坦因的考古发现奠定了无论是东方学还是汉学中敦煌学的知识和

---

① 杨国桢：《牛津大学中国学的变迁》，《中国史研究动态》1995年第8期，第4—9页。
② 张国刚：《剑桥大学中国学的历史与现状》，《传统文化与现代化》1995年第3期，第95页。

文化物质基础。如前所述，从 1910 年开始，翟林奈就开始整理研究这批大英博物馆的资料并先后撰写了《敦煌六世纪》《大英博物馆藏敦煌汉文字写本注记目录》。其实围绕这些文献、艺术品和文物，在英国形成了一个崭新的敦煌学、中国思想经典、中国古典文学尤其是中国古典艺术和美学的研究群体。他们中最为杰出的研究者几乎贯通了这几个研究领域，成为 20 世纪初学院派汉学巨星。这些杰出的人物，如劳伦斯·宾雍、亚瑟·韦利、罗杰·弗莱（Roger Fry）、埃兹拉·庞德都是现代主义美学勃兴的巨擘。这样从地下到地上，从古代中亚到现代的研究机构，从考古探险到历史、典籍和艺术研究，逐渐形成了一个复杂的、物质的、知识的、精神的、人际的网络。在更具体地阐述随东方学的东移、汉学的转型而发生的现代主义美学反思和重构之前，我们有必要略述牛津和剑桥汉学的现代脉络，从而进一步厘清中国艺术审美兴起的知识背景。

1876 年牛津大学应传教、通商和殖民扩张之需，由在华英商设立汉学讲座教授基金。传教士汉学家理雅各（James Legge）成为首任汉学讲座教授，他将汉学研究明确为中国语言文学研究。理雅各最杰出的贡献无疑是他系统翻译的《中国经典》（共 28 卷）。但他的研究扩展到中国文学（《中国文学中的爱情故事与小说》）、儒学（《孔子生平及其学说》《孟子生平及其学说》《帝国儒学讲稿四篇》）、佛教（《法显行传》）、历史考据（《西安府大秦景教流行中国碑考》《中国编年史》）。1897 年理雅各去世后，牛津的汉学讲座教授席位空缺两年。1899 年至 1915 年，多年在英国驻中国领事馆工作的托马斯·布洛克（T. L. Bullock）成为第二任汉学讲座教授，他主要编写了汉语教材《汉文渐进练习》。1920 年苏慧廉（William Edward Soothill）接任空缺五年的汉学讲座教授，他主要研究中国历史，代表作有《中西交通史大纲》《中国史》等。1938 年中国历史学家陈寅恪被聘为第四任汉学讲座教授，但是他直到 1946 年才赴任。后因眼疾而不得不回到中国。在这近十年讲座教授空缺的情况下，研究中国哲学和宗教的修中诚（Ernest Richard Hughes）主持日常教学和研究，正式创建了汉学院，确立了本科课程、考试和学位制度。

20 世纪 40 年代后期开始，牛津汉学开始走上正规有序的发展。1947 年至 1959 年，积极投入中国古代文献译介的德和美（Homer Dubs）执掌第五任汉学讲座教授席位，他的代表成果是《前汉书·本纪》英文翻译。第六任汉学讲座教授（1960—1971 年）霍克斯（David Hawkes）顺应汉学研究的学术转型，即从传统中国、文献考证和文本阐释、人文关怀转向现代中国、不同学科研究方法和学理的互补以及现实关怀。他于 1961 年在牛津大学成立东方研究所，建立本科、硕士、博士一体化的人才培养体系，在坚持本科阶段打好语言和文学基本功的基础上致力于培养中国问题研究人才，在讲座教授之外另设若干不同研究领域的讲师。不难看出，霍克斯对牛津汉学的学科建设和改造功不可没。第七任讲座教授（1972—1988 年）龙彼得（Pier van der Loon）学力精湛，以大量珍奇版本甚至孤本为资料，深入研究中国戏曲和道教。其代表著作是《宋代收藏道书考》（1984 年）；其他著有《宋代丛书中的道教书籍：评论和索引》（1984 年）、《明刊闽南戏曲弦管选本三种》（1995 年）、《新刻增补全像乡谈：荔枝记》（1999 年）。第八任讲座教授杜德桥（Glen Dudbridge）从剑桥到牛津就任后，同时兼任牛津新成立的中国学研究所所长。他从宗教、民俗、历史、文物、社会学、文学等不同学科形成的彼此渗透、相互观照的多维视角来研究中国古典文学、宗教和社会。其博士学位论文《西游记：16 世纪中国文学发展的研究》融版本考证，口传文学、戏曲、小说等文类嬗变，文学发展等于一体。《妙善的传说》探讨观音菩萨的女性化、中国化过程。《唐代的宗教经历和凡俗社会》从《广异记》《太平广记》等唐代志怪故事中滤取钩稽资料，重构唐代宗教社会与凡俗社会的结构性关系。

  剑桥大学汉学讲座教授的设立比牛津晚了 12 年。直到 1888 年它才迎来首任汉学讲座教授威妥玛。威妥玛是老牌且顽固的英国驻华外交官。撇开其对华文化、政治立场和帝国主义意识，他设计了首套汉语注音方案，注重汉语基础教学，向剑桥捐赠 4304 册汉学书籍。[①] 其代表作是《寻津录》（1859 年）和《语言自迩集》（1867 年）。第二任汉学教授（1897—1932 年）翟理思一生与威妥玛恩怨难辨，却又一次次步他后尘。作为一位巨星级的汉学大师，翟理思在中国文学史、华英字典、中国古

[①] 参阅翟理思整理编成的《剑桥大学图书馆威妥玛满汉文藏书目录》。

典文学译介等方面都是第一人。他编写了第一部《中国文学史》、第一部《华英字典》，首次翻译了《聊斋志异》等。第三任汉学讲座教授（1933—1938年）即是前文提到的慕阿德。第四任讲座教授古斯塔夫·哈隆（Gustav Halon）受过严格的德国汉学训练，曾是哥廷根大学汉学教授，专攻先秦语言和历史，代表作有《中国古代部落分布研究》（1926年）、《中国人知道大夏人或印欧人始于何时》（1926年）。1953年蒲立本（Edwin George Pulleyblank）成为第五任汉学讲座教授。他专攻唐史和中国通史，其博士学位论文是《安禄山的家世和早年生活》，著有《安禄山叛乱的背景》，在汉学名刊《亚非学院院刊》《通报》《大亚细亚》上发表多篇唐史和中亚史论文。杜希德（Denis C. Twitchett）两次任汉学讲座教授，主攻隋唐史，兼攻文学。他与费正清同为《剑桥中国史》主编。主要著述有《唐代的财政机构》（1963年）、《陆贽——皇家顾问与宫廷大臣》（1976年）、《中国传记中的问题》（1962年）、《唐代统治阶层的构成——敦煌文献中的新证明》（1973年）、《唐代藩镇割据的不同类别》（1976年）、《白居易的新乐府诗"官牛"》（1989年）、《唐代官方历史编纂》（1992年）。第七任汉学讲座教授是麦大维（David McMullen）师从蒲立本，专攻唐史，代表著作有《唐代中国的国家与学者》（1987年）、《8世纪中期的历史和文学理论》（1973年）等。

对牛津和剑桥一个世纪以来汉学讲座教授设置的管窥，目的是厘清跨文化的中英现代主义文学场的生成结构中汉学学科的体制化过程中内在的转折变化，文学场生成过程中学院体制化的汉学在文学场中所处的位置。无疑，汉学讲座教授的身份和背景、汉学研究的方法和学理、汉学人才的培养经历了一个渐进的甚至缓慢的转变过程。换言之，在大学学院体制中，一个相当长的时间内，汉学仅仅属于东方学的一个学科分支，汉学研究的前半个世纪基本上运用传统的文献考证和文本阐释方法，局限于中国传统语言、文学、思想和历史所构成的经典的、古典的、具有历史恒久性的人文世界。因此，无论是牛津还是剑桥的汉学本身在文学场的结构中居于边缘位置，它更多的是为那些文学场中的跨文化旅行者和书写者的文化行囊中提供了背景意义上的知识储备和有关另一个文化精神世界的种种阐释和传说，尽管它是这个独特的文学场中跨文化知识话语、跨文化态度和参照结构、跨文化体验和想象的有机组成部分。而真正成功地、创造性地、直接地形成文学场内价值建构和跨文化精神观照，奠定强有力的审美情趣和思想理论的，是对中国美学精神的移植汲取，或者说是对由像敦煌考古所揭示的永恒的、纯精神化的中国的美学阐释。这种阐释重构了一个与英国乃至西方现代主义精神诉求吻合的想象的、神圣的、诗化的中国。中国无疑成了现代主义文化精神探索者投注的、镜像化的、反复挪用的、一再回归的文化对象，其间隐匿着对文化他者进行理想自我化并与之认同这一复杂的跨文化形象建构过程。

第四节　通往跨文化的唯美世界

这一文学场跨文化唯美世界的拓荒者无疑是 G. L. 迪金森，持续的发掘者是劳伦斯·宾雍、罗杰·弗莱乃至晚一代的哈罗德·阿克顿为首的牛津才子们。

杰森·哈丁（Jason Harding）认为："在戈尔兹沃塞·罗伊斯·迪金森这个特立独行人物的作品中所呈现的理想化的中国景象极为关键地奠定了中国知识分子与剑桥英文系师生之间交流的基础。"[①] 迪金森是真正的剑桥人。从 1881 年进入剑桥大学到 1932 年去世，他深刻地影响了从亚瑟·韦利、罗杰·弗莱到朱利安·贝尔三代剑桥人，深刻地影响了他周围的剑桥知识分子群体与留学剑桥的中国知识分子。无论是他与罗杰·弗莱铭心刻骨的友谊还是对徐志摩的提携点拨，无论是他头上戴的徐志摩送给他的中国式黑丝帽还是他在中国长江边上与船夫们共同度过的日子，无论是他对欧洲社会现实和西方文明现状的批判还是对东方古典文明的美化和精神化，迪金森无疑奠定了这个以中国为理想对象的唯美的、精神的也是现代主义的思想世界的基石。

迪金森 1881 年进入剑桥大学国王学院后浸淫于古典学问，尤其擅长

[①] Jason Harding, "Goldsworthy Lowes Dickinson and the King's College Mandarins," *The Cambridge Quarterly* 41. 1 (March 2012): 27.

古希腊研究，后转向政治学。他的中国观最初深受剑桥大学汉学教授翟理思翻译的中国文学和文化典籍以及法国汉学家尤金·西蒙（Eugène Simon，1829—1896 年）的《中国城》（*La Citè Chinoise*）的影响。通过接受汉学过滤后的中国文明和文化精粹，加上他对西方现代文明尤其是帝国主义殖民的批判，在 19 世纪末 20 世纪初的英国思想界，他提出了崭新的、以中国为学习和借鉴对象的思想主张。这种立足文明对比和跨文明对话的思想立场，对中国的理想化和想象促使他 1901 年在英国《星期六评论》上发表了一系列假托在英中国人口吻的文章。同年他将这些文章汇编成《中国佬约翰的来信》一书。1903 年该书以《一位中国官员的来信》为题在美国出版。[①] 该书问世之前正值中国爆发反帝反殖民的义和团运动。西方列强用武力进一步打开了中国的大门。西方世界普遍弥漫着仇华、丑华的情绪。迪金森却以反西方帝国主义、反欧洲中心论、反资本主义工业化和城市化的立场大谈特讲中国传统农耕文明形态和儒家文化共同体的诸多优越性，揭示中国文明形态和共同体模式蕴含的精神化动力、美的魅力和人性的高贵。当迪金森公开承认他是这部纵情赞美中国文明的书信体政治批判论纲的作者后，他在剑桥大学国王学院吉比斯楼的住所成了旅英中国学人的朝圣地，他本人也成了剑桥大学乃至英国文化反叛者心仪的英雄。这位尚未踏上中国土地的剑桥人从此与中国结下缘分，成了一群艺术和思想先锋的良师益友。徐志摩在回忆这位良师益友时这样写道："我从来就这样认为，结识迪金森先生是我这一生最重要的事件。正是得益于他的帮助我才能来剑桥，才能享受这些快乐的时光，我对文艺的志趣才开始定型并持久不衰。"[②]

从受汉学的熏陶到踏上通往中国的情感和心灵之旅，迪金森得等到 1912 年。这一年他从法国银行家阿尔伯特·卡恩设立的"阿尔伯特·卡恩旅行基金"获得资助，先后游历印度、中国、日本和美国。旅行途中他写下一系列旅行见闻札记，陆续发表在《曼彻斯特卫报》和《英语评

---

① 常被简称为《中国来信》。

② Xu Zhimo's letter to Roger Fry, August 7, 1922. Fry Papers 3/90, King's College Archive Centre, Cambridge.

论》上。这些文章以轻灵、明畅、优雅的文笔勾画出一幅幅东方中国飘逸静雅的图景,底里却仍是在思考宣扬东西方文明对话和借鉴这种观点。他在由这些文章编成的《东行影迹》的前言中写道:

> 我所描绘的不是现实,而是我印象中的一道道影迹。从这些影迹中也许哪天可以建构出现实。我申明只做我力所能及的贡献。我之所以这样做是因为东西方新的接触或许是我们时代最重要的事,且它所产生的行动和思想问题只能靠每个文明对另一种文明真诚理解的努力才能解决,这样就能更好地理解自身。这些文章竭力代表理解的良好愿望;我希望因为这个原因能在黑暗之上投下一束亮光。[1]

因此,迪金森借中国来昭示唯美世界与对西方现代文明的危机意识和救赎关怀这两者之间有着内在的调节和修补关系。唯美的中国既是一面高高举起的镜子,从中映射出西方现代性的死局,又是一种激活并催生西方文明机体内在生命力的媒介和元素。这种从东方中国文明中汲取文明精神和审美观念的目的最终服务于西方现代文明的再生,服务于他及其追随者执著探索的审美现代性工程。由此西方传统的传教士汉学或外交官汉学经历了巨大的转折——从宗教精神和文化帝国主义转向西方审美意识召唤的、焕发出审美精神的中国。而这种审美意识正是现代主义意识的重要构成部分。因此作为跨文化客体或文化意识投注的对象性存在,中国从基督教宗教精神试图驯化的对象变成了审美意识召唤的对象,继而成了过程中的现代主义审美理性的重要来源。

那么中国形象中浓缩了什么样的审美精神?或者说迪金森是怎样建构唯美中国形象的?这种形象建构又是怎样制约或影响了后来的现代主义美学观?这种逐渐定型的美学理论与同属跨文化的现代主义文学场的现代主义文学理论和批评实践(具体讲就是瑞恰慈和燕卜荪建构的文学

---

[1] Goldsworthy Lowes Dickinson, *Appearances: Notes of Travel, East and West* (New York: Page & Company, 1926), p. v.

批评理论）是什么关系？而瑞恰慈和燕卜荪的文学批评理论在与中国及成长中的中国人文知识分子遭遇过程中发生了怎样的变化？这些不仅是我们在反思迪金森的唯美中国形象时应该思考的问题，而且是英中跨文化的文学场之理论建构需要面对的问题。为此，我们需要首先阐释清楚迪金森在《中国来信》和《东行影迹》中表达的审美思想。

《中国来信》立足一位旅居英伦的中国知识分子的立场，从他的视角，以他的口吻，展开中英文明比较分析。通过七封信中对文明特质、市场经济的影响、社会基础、知识实践、政治制度和社会组织、宗教、政治和商务关系七个方面的比较（第三封信除外，它主要勾勒乡土中国的农耕图画），中国文明与西方文明孰优孰劣，一目了然。从文类归属看，《中国来信》以欧洲现代小说书信体形式虚构人物，虚设故事，同时其主要内容又是以对比分析论证为主。因此形式上的虚构叙事特性与实际内容的非叙事论证特征在同一个文本中交织在一起，形成文类上的参杂或混杂现象。更进一步细究，我们发现三层制约关系，即虚构的中国人制约了文本的虚构叙事特性、视角、言说者的立场以及言语行为的受者，而这些又共同制约了逐层展开的比较分析，增加了分析的说服力和有效性。三层制约关系又共同建构了文本言语行为的主体性。真实的言说者迪金森在文本中遵循文化陌生化原则，摇身变成了中国人。但是这位虚构的中国人同样遵循文化陌生化原则，离开了中国，是侨居英国的异乡人。当然第一种文化陌生化通过改变种族和民族身份来实现，第二种陌生化通过文化散居来实现。上述双重文化陌生化同时将英国文化主体与中国文化主体互换了主体位置。英国人迪金森不仅获得了中国文化主体位置而且获得了中国人的话语立场，只不过其前提是虚构的中国文化主体经历了地理空间中的迁徙后从欧洲或者大英帝国的边缘进入了中心。不管怎样，这种复杂的主体性已经不是纯粹的英国主体或中国主体，而是跨文化主体。至此我们能理解文本文类的混杂与跨文化主体性建构之间存在着内在的生成关系。但是我们必须谨记，迪金森最终的目的并不是让英国或欧洲退回到农耕时代，或是模仿中国文明，而是达到文化挪用的目的。尽管他对文化模仿和文化挪用这两种跨文化策略的阐述仅仅出现在1903年美国版的介绍部分，但是这实际上触及跨文化的核心问题，即体与用的问题。他这样认为：

> 极目眺望大洋彼岸的欧洲或远东，我应该焦虑的其实不是模仿形式，而是挪用那创造了风俗、律法、宗教、艺术的古老世界的灵感。这个古老世界的历史不仅是身体的纪录而且是人类灵魂的纪录，其精神已远离了那些它自身创造的试图一鳞半爪地表现之的形式，如今却盘旋回绕在你的大门口，寻求全新的、更完美的化身。①

这种灵魂或精神就浓缩在他笔下的唯美中国这一丰富的文化形象之中。

与以物质、个体和功利为特征的西方文明不同，中国文明表现出道德、共同体和审美特质。这些特质决定了中国文明的古老、稳固和道德秩序。因此不同于西方人评价文明程度的物质和财富标准，中国人主要以道德和审美尺度来衡量文明程度的高低。中国高度文明的道德和审美特质自然、缓慢、静静地流过乡土中国的古老土地。白墙灰瓦、干净欢乐的农舍，高高矗立的宝塔，勤劳自足的农民，劳动的号子，寺庙里祈祷的悠扬钟声，所有这些营造出宁静、鲜艳、芬芳、欢乐的氛围。"如此宁静！如此芳香！如此鲜艳！感官适应着景物，这种感官调整的精妙程度是在北方的气候中生活的人无法理解的。外在自然的美令人窒息，不知不觉间将精神和意识协调得与自然和谐无间。"②

这种精神与自然水乳交融的境界其实就是天人合一的境界。它既彰显于中国传统的审美精神之中，又表现为始终面向鲜活的生活、强调社会人际伦理关系的儒家传统之中。中国文人世代相传的是一种通过教化、有选择、精致的鉴赏品味，从简单的生活关系中提炼生活的品质，哺化人的性灵，增强人对大自在的大化流行的敏感度，以期达到物我相忘、主客互换、与天地同气的精神生命状态。"去感受，为了自发地去表现，或者至少理解对大自在中所有美好事物的表现、对人性中所有深刻、灵

---

① G. L. Dickinson, *Letters from a Chines Official: Being an Eastern View of Western Civilization* (New York: McClure, Philips and Co., 1903), p. xiv.

② Ibid., p. 38.

敏禀赋的表现,对我们来说是最充足的目的。"①

这样一种让人置身于天地之间,既超越时空,又真切地感受体验生命的此时此在的精神境界是绝对人性的审美关怀。自然审美的精神意向与儒家此世的道德关怀形成了内在的相通相契关系。因此儒家的道德伦理定位使之更主要的蕴含于生命体悟和实践,而不是空洞、抽象的道德说教或虚妄的彼岸来世关怀。日常的生活体验和实践,个体、家与国的统一,祖先祭拜这类日常文化礼仪,使人在与大自然融合的同时与社会群体融合无间。这样审美的精神向伦理的精神敞开,伦理的实践和礼仪丰富、延伸审美的道德文化内涵。审美精神与道德精神相互的调剂和丰富,衍生一个充满无穷魅力的人性的审美境界。他在第七封信中高度概括了这种融审美精神和儒家伦理实践(而不是道德律令)于一体的人的形象:

> 他们得到的教导是:人是精神的、永恒的存在,在时间之流中世世代代显露自身。这个存在调和着天与地、终极理想与现存事实。通过不断的、虔诚的劳作,将地举到天上,最终将初露端倪的善端化为现实——这就是人的生活目的和目标。为了实现之我们与他人结为一体,所有的人与神结为一体。……所有社会赖以存在的两个核心观念——兄弟情谊和劳动的尊严——通过我们熟悉的世俗制度直接、无误地实现了。这就是儒教的精髓。②

帕特丽夏·劳伦斯认为迪金森笔下浮现的是用美砌成的宝塔。他"心目中的中国是一座精神宝塔,遥远、古老、理想而又神秘"③。杰森·

---

① G. L. Dickinson, *Letters from a Chines Official: Being an Eastern View of Western Civilization* (New York: McClure, Philips and Co., 1903), p. 38.
② Ibid., p. 52.
③ [美]帕特丽卡·劳伦斯:《丽莉·布瑞斯珂的中国眼睛》,万江波等译,上海书店出版社2008年版,第253页。

哈丁认为迪金森刻画了一幅永恒的、宽容的、牧歌式的中国图画。① 从上面的分析不难看出，他们没有全部道出迪金森的审美思想的内涵。而这种思想丰富的内涵之发掘乃至重构无疑对现代主义美学与中国的关系之探究至关重要。

1913 年迪金森在北京西山的一座寺庙中给罗杰·弗莱写信，表达出一腔中国情怀：

> 我感到回家了。我认为我前世一定是个中国人。我现在住在北京西山里的一座寺庙中……我不曾在任何其他地方体验过的极其庄严的沉思式生活的感受……他们是一个多么高度文明的民族啊！……北京令人心旷神怡……我想做的是在庙里租间屋，在那里呆上一周。②

这封信中的北京是迪金森东方之旅中停留的一个城市。他先到印度，然后取道香港进入中国。从广州、南京、长江三峡、北京到泰山，从南到北，从东到西，迪金森对中国有了整体的印象和了解。这些印象化成了他在《东行影迹》中写下的七篇中国旅行札记。不同于他在《中国来信》中借虚构的中国人化解与中国的文化和空间距离，这一次他以真实的自我见证了真实的中国。这七篇札记按他关注的对象类别可分为四类：第一类是他对广州、南京、北京这三座中国城市的印象；第二类是他对长江三峡和泰山象征的山水、乡土中国的印象；第三类是他对少年中国的感受；第四类是他对在华英国人的重新认识。

在描述他到达广州后获得的初步中国印象时，迪金森用了一个极其形象的比喻。从印度到中国，就像从睡梦中睁开惺忪的眼睛，第一次好奇地打量新奇的、真实的、白昼里生活的世界。这个日常的生活世界尽是好脾气、勤劳、聪慧、平凡人一生中平凡而又自然的生老病死、婚丧、

---

① Jason Harding, "Goldsworthy Lowes Dickinson and the King's College Mandarins," *The Cambridge Quarterly* 41.1 (March 2012): 38.

② Dickinson Papers, King's Collection, May 10, 1913.

养儿育女等。即便是人死后的停丧期，死者仍享受着茶饭、金钱、仆侍这些现世生活的日常需求。这个日常的生活世界也是广州城狭窄的街道上熙熙攘攘、比肩接踵的人群，五颜六色的招牌，林林总总的店铺，稀奇古怪的玩意。所有这些汇成了"欢快人生平缓的流淌，旺盛，顽强，令人第一眼就相信所听到的这个优秀民族的有序、独立和活力这类说法的真实性"[1]。迪金森眼中的广州充满了新奇、热闹、人流，洋溢着日常生活的浓烈气息，哪怕是死亡也被打上了俗世和现世的烙印，死者的葬礼和祭奠都按照活人的意愿、遵循生活的礼仪来精心安排。他刻画的完全是一幅流淌着世俗人性音符的生活速写。

南京城呈现在迪金森视野中的却是一幅悲剧景象。乘火车穿过城门，再从火车站到下榻的旅馆，厚厚的城墙围绕着整个城市，而整个城市几乎是由荒野和贫穷的村落构成。断垣残壁、乞丐、衣襟褴褛的儿童使现代南京尽显其肮脏一面。废弃的贡院、城墙外的明皇陵无疑象征了古老中国悲剧性的终结。[2] 无论是旧南京的凋零消逝还是新南京的荒芜贫穷，其根本原因是什么呢？从彻底西化的中国新一代知识分子代表的少年中国，到新旧中国之间的分裂和挣扎，再到西方文明尚未侵入的乡土中国，迪金森一连三次发问："外国人到底想怎样？"无疑造成南京也是中国传统文明的悲剧、贫穷、荒芜、混乱的根本原因是西方列强的殖民侵略。

在迪金森的视野中北京呈现出五个层次。第一个层次是佛教征兆的宗教冲动或冲力。这种精神化的力量在历史上席卷了中国。而今这种宗教力量退潮之后，佛教失去了活力，要么仅剩下空寂的寺院，要么是寺庙里的僧人表现出亵渎神明的无礼和不恭。第二个层次是佛教的宗教精神化运动的载体及其浓缩的审美精神———一种宗教冲动中派生出的审美感知和品味。其载体是各种佛教仪式、僧侣群体和寺庙建筑。随着佛教的消退，其仪式和僧侣群体逐渐萎缩废止。人们主要从佛教寺庙的建筑中来感知那独特的审美情趣。北京西山的寺庙大多数坐落在树木葱郁的

---

[1] Goldsworthy Lowes Dickinson, *Appearances: Notes of Travel, East and West* (New York: Page & Company, 1926), p. 51.

[2] Ibid., p. 56.

山间。从寺庙的院子或寺门外的阶梯上能俯瞰辽阔的平原。与这种对自然之美的空间感悟对应，寺庙的建筑雕梁画栋，流光溢彩，显得精致可爱。精心设计、建筑的寺庙烘托、增添了（而不是破坏了）自然风景的线条和色彩。从一处寺庙到另一处寺庙，在炎热的正午或寂静的子夜，在黄昏和黎明，风送铃声，佛像森严。这是一种回返心灵沉思状态的心灵之旅。第三个层次是光临寺庙的男男女女们营造出的明亮、欢快、世俗的人性氛围和情调。可爱的妇女们那坦然的浓妆"提升了自然，而不是模仿自然。她们的脸蛋像桃子或苹果，她们的穿着是那么相应地令人愉悦的色调"①。这些独立、快乐、友善、文雅、自尊的农民到庙里的目的或是求子疗病，或仅仅是游览观光。第四个层次是北京周围平原的自然景色——那种夺人心魄、令他毫无准备的美。"最初是平原，一片春天的新鲜和绿色，满是尘土的路，灰色和橙色的村庄，柏树林，宝塔，牌坊。接着是山峦，在紫晶色中游走，像意大利的翁布里亚山峦一样光秃秃的，无论是色彩还是轮廓都那么好看整洁。这样的美可不是我预料到的。"② 第五个层次是像一座巨大的绿色公园的北京城本身。从城墙、街道、房舍、宫殿到川流不息的人群和喧嚣的街市。如果我们说在这五个层次的背景里还有幽暗、令人不安的第六个层次，那就是使馆区、西式旅馆中进进出出的西方各国人，是西方帝国主义强加给中国的屈辱、蔑视和傲慢无知。

　　迪金森乘老式木船沿长江逆流而上，直抵重庆。令他难以忘怀的是那些平凡的船夫、沿江村落里友善快乐的村民、三峡青山碧水间的落日明月、山谷里肥沃的田地和丰收在望的庄稼。登临泰山，令他感受到中国文明与这座神圣的山之间的融合无间。他由衷地感叹："一个能将一处自然美景如此神圣化的民族无疑对生命的根本价值怀有精美的感觉。"③这种对生活价值的追求，这种精致、敏感的文化无不折射出一种优越的精神生活的别样形式。

---

①　Goldsworthy Lowes Dickinson, *Appearances: Notes of Travel, East and West* (New York: Page & Company, 1926), p. 68.

②　Ibid., p. 43.

③　Ibid., p. 57.

如果说1901年从来没有到过中国的迪金森借助汉学传播的中国知识，从审美与伦理二极的互动中发掘出中国文明面向生活、面向人、面向自然和自我的审美精神特质，那么1912年他在中国的游历使他有机会更直观地感受这种审美精神更加丰富、微妙、鲜活的实质。可以说从广州的世俗人性生活速写、北京渐次展开的中国审美精神的五个层次、顺长江流淌的乡野生活气息到泰山放射出的中国文化对自然美的尊崇和育化，迪金森无疑拓宽、加深了对唯美中国的认知。这种新的认知使他能从佛教的精神化运动中发现审美的律动，感受到这种律动与世俗生活、与自然之美的化合。这种新的认知发现了中国人在此世与彼世之间的取舍。而所有这一切最终高度肯定或试图彰显的是始终面向人性、普通人、普通生活的审美取向。

概言之，中国文明优越于西方文明。西方文明需要从中国文明中借鉴的是人性的、诗意的、敏感的、精致的审美精神。中国向迪金森敞开的这样一个丰富、丰盈的审美世界成了英国现代主义美学和现代主义诗学实践乃至美的生活实践的源泉。迪金森之后的几代剑桥和牛津现代派弄潮儿从中汲取了不同的养分，从而中国审美精神经过创造的转化之后流入他们的理论、创作、观念乃至生活方式。

与迪金森这位纯粹的剑桥人不同，劳伦斯·宾雍1893年毕业于牛津大学三一学院古典学专业。但是就人际交往和影响的圈子来说，两人又都受惠于剑桥和牛津共同形成的人脉和文化氛围。例如宾雍是迪金森的学生亚瑟·韦利的伯乐。他发现了韦利的才华并提携他，使他有机会进入大英博物馆东方印本与写本部工作，从而进入汉学这个全新的领域，成就终生事业。诚然，给韦利形成初始中国印象的是迪金森。又如在1913年前后宾雍将年轻的诗人埃兹拉·庞德领入远东中国和日本的艺术和文学世界，直接激发了庞德的现代主义诗歌创作和跨文化诗学借鉴的灵感。差不多在庞德沉醉于远东诗艺中时，韦利开始了在大英博物馆的工作。这个时候他也开始了与刚从美国到伦敦的 T. S. 艾略特的友谊，与布卢姆斯伯里小组圈子里的另一位中国艺术研究者罗杰·弗莱成为朋友。

所有这些丰富、错杂、像蜘蛛网状的人际交往和影响关系又都因对中国共同的审美兴趣、对中国诗艺的持续研究而变得明朗起来。其物质基础或考古档案基础无疑是斯坦因的第二次中亚考古大发现这一象征事件。而其最有力的推动者无疑又是宾雍。在近40年的时间里,宾雍持之以恒地研究远东中国和日本艺术。仅就中国艺术研究成果而言,他最早的研究论文《一幅四世纪的中国画》(1904年)集中研究中国古代绘画珍品顾恺之的《女史箴图》。其后连续问世的是《远东的绘画》(1908年)、《龙的腾飞》(1911年)、《亚洲艺术中人的精神》(1936年)。所有这些研究凭借的研究资料相当部分还是他多年悉心整理、编目、入藏的敦煌千佛洞艺术品。从研究价值以及在审美思想探索上与迪金森之间的延续性而言,无疑《亚洲艺术中人的精神》是探索精神的结晶。它更聚焦于中国古代艺术,更系统宏观地探究中国乃至亚洲古代艺术彰显的人的精神化运动的轨迹和痕迹。而这几乎在几个重要方面延续了迪金森的中国审美思想建构的主题,如人性、世俗性、自然以及绝对的精神向度。或者说,借助对中国乃至亚洲艺术演变发展网络的时空把握、对中国古代艺术中表现的人精神生命网络的审美重构,他揭示了中国古典文化和历史中人的观念、意识也是审美的层次,以及这种观念的和审美的精神探索浓缩的人的独特的生命感受和生命世界。

宾雍对人精神层面的放大和回归建立在四个前提基础之上。首先是对现代西方物质文明的批判。西方现代物质文明的发达和科技的进步使人们不但掌握了自然的奥秘而且成功地利用自然的力量,建立起发达的科学知识体系。但是人们普遍忽略了生活本身,冷落了现实世界背后及之上精美、敏感、幸福的精神生命。其次人的精神生命或人类精神化运动最真实的表现载体是艺术。他认为艺术是融合了精神与感官的载体:

不仅仅是诉诸他的理智,也不仅仅是诉诸他的情感或他的感觉。假如人们一定要找出一个名词,我只能说那是生活本身。那不是像我们从自身的穷愁潦倒、忧愁压身、朝不保夕的生活中得到的那种生活观念,而是我们所希望的那种生活,是我们不时地体验到的那种似乎活着比任何占有更要宝贵这样一种生活。①

因此艺术家的生命本身综合了情感、感官、情绪、想象、理智等人的生活的各个层面,他又创造出一个独具个性魅力、洞察力和精神召唤力的审美层次。再次他用一种系统的整体观来思考东方不同民族文化之间、西方与东方之间艺术和思想相互传播影响的关系。不同地域、不同民族、不同历史时代、不同思想观念之间的相互渗透和影响形成了一张巨大、复杂、经纬交错的多线头关系网络。这些线头牵出的路线或从西向东延伸。古希腊的雕塑影响古代印度的犍陀罗艺术,进而影响中国的佛教艺术;古代印度更早的阿旃陀艺术通过陆上丝绸之路和南部海上丝绸之路影响中国的佛教艺术;古代中国的艺术呈波浪式影响日本的艺术。或从东向西延伸,如古代中国融入禅宗和道家思想的宋代风景画艺术影响波斯艺术。最后是他对西方人的欧洲中心论的批判。他说:

> 对中国人来说是精神性的东西,对他来说不过是毫无益处的迷信,是崇拜者们的幻象,是些遭到轻视的东西。这是在亚洲的西方旅行者的基本态度。西方人的优越感以及生硬的制定一些表面性的标准的顽固态度,妨碍了他们对于东方艺术的认真的接触,这种状况一直延续到19世纪。②

其实这种状况一直延续到20世纪。正是这样一种根深蒂固的偏见和顽固态度使那些到中国的传教士、汉学家、外交官、商人和其他旅行者的心灵中长出一道厚厚的墙——一道将中国文化和历史深层的精神生命阻挡在欧洲文化视域之外的墙。

宾雍认为,中国艺术中人的精神之审美定型上迄远古,下止于南宋。其艺术阐释对象包括壁画、青铜器、玉器、皇陵、魏晋之际顾恺之的

---

① [英]劳伦斯·宾雍:《亚洲艺术中人的精神》,孙乃修译,辽宁人民出版社1988年版,第139页。

② 同上书,第120—121页。

《女史箴图》、唐三彩、佛教绢画、佛幡、宋徽宗临摹唐代张萱的《捣练图》、宋徽宗的《听琴图》、北宋郭熙的画论著作《林泉高致》、南宋夏圭的《长江万里图》和马远的画作，等等。通过对这些中国古典艺术品的品读，宾雍发现中国传统中人思想观念和精神嬗变的三个大的阶段以及相应的艺术表现类型风格、相应的心灵审美境界。

现存最早的中国绘画具有典型的世俗性质，表达的是人的生命与大自然生命之间的和谐共存和自由交往。这些画中动物不仅动态可爱，而且表现出强烈的生命力和灵动性。绘画中的线条因此奔放流畅。与人的生命世界对应，这个由鸟兽鱼虫甚至无生命的东西栖居的世界中，人生命感知和同情的领域推及浩渺的宇宙。在人与深远悠空、神秘无垠的超验世界之间，是这些性灵之物构成的中间世界。因此这些世俗绘画传谕的是这样一种精神的观念，即：对与日常生活比邻的、呼应的、此世的、永生的乐园的精神具象化。这个飘逸、灵动、鲜活的世界不仅与人的世界相依相通，而且充溢着与人一样的情感、情绪和快乐，甚至远离了尘世的烦恼痛苦。因此这样一个审美的世界与儒家思想灌输的利益成规，建立的人的道德秩序，规范的人的生活伦常是不同甚至对立的。

佛教从印度带来一种新的"更为崇高、庄严、温和的观念"①。这样一种新的、宗教的精神观念和信仰在唐代达到无比辉煌的顶点。在佛教艺术中，强烈的感官性与炽热的精神性令人吃惊地融合在一起。在本土世俗绘画艺术的基础上，中国艺术稳步地吸收了佛教思想的灵感和印度犍陀罗艺术的程式。原来中国的本土风格中混杂了印度的甚至更远的西方的风格。菩萨和飞天身上衣服的褶皱、浑圆的脸型、丰硕的体态、安详的表情、慈悲的目光、摇曳的飘带、亮丽的色彩表现出流动、空灵而又祥和的精神观念。运用有形、可感、物质的绘画，佛教艺术向饱受生之烦恼的人敞开了另一种生命的精神世界——一个处于"有限、处于缺陷之中的人类灵魂与无限、不灭、神灵之间创造出一个中间性的生命

---

① [英]劳伦斯·宾雍：《亚洲艺术中人的精神》，孙乃修译，辽宁人民出版社1988年版，第21页。

世界"①。

中国绘画艺术的第三次突变是两宋之际盛极一时的风景画艺术——一种同时体现了道教和禅宗思想观念的艺术。风景画昭示的是人的自由精神与宇宙之永恒精神的流动。而人的精神与宇宙精神之间的中间过渡精神世界就是这样一个由无限的虚空、无限的静寂、无限的开放占据的世界，就是这样一个由时间之流中的草木、花朵、鸟、沉思的人栖居的空与静的世界。因此那些中国风景画中的花被赋予了生命力，具有人一样的尊严和灵气；那些鸟表面的孤独和孤单却更巧妙地将人与周围的世界在精神上联系在一起。他认为，到了南宋，风景画臻于成熟。那些画家们从知识、技巧、想象、理智、精神上彻底地融入所画的对象之中。他们笔下的风景透出十足的情感和精神质素。人与景物达到完全的化和。树木的孤寂、水的荡漾、空间的寂静获得了活的情味，被吸收到画家的心里，又流入观赏者的心灵。他在评说夏圭和马远的风景画时指出："这种精神就象是含有着一切有关人生和声的旋律。在风中颤抖着的花枝蓦然间就象是来自紧张的人生世界的一个幻象，又象是在人心中开放着的一个隐秘的思想。"②

那么宾雍对中国绘画的人性、审美同时又是精神的艺术阐释是否在现代主义美学和诗学中进一步得到了回应呢？带着这个问题，我们探讨罗杰·弗莱美学理论中的中国审美元素。

杰奎琳·V. 法尔肯海姆（Jacqueline V. Falkenheim）在《罗杰·弗莱与形式主义艺术批评的开端》中这样评价罗杰·弗莱：

> 也许更妥帖地讲应将弗莱定位为历史学家而不是现代艺术批评家。他自己承认，正是对他能与之共鸣的结构性设计类型的探索驱使他远离现代派，回归意大利文艺复兴。他从意大利文艺复兴中寻觅到的形式表现深刻地影响了他对塞尚及其追随者的评价。正是他

---

① ［英］劳伦斯·宾雍：《亚洲艺术中人的精神》，孙乃修译，辽宁人民出版社1988年版，第38页。
② 同上书，第67页。

在过去的艺术与他同时代的人的创作之间进行的不间断对话成就了他在艺术批评史上的贡献。①

如果细读罗杰·弗莱的美学论集《变形》中的《美学中的几个问题》，我们发现弗莱确立其美学理论的基础，或者说他试图与之辩驳的对象，是 I. A. 瑞恰慈的文学批评理论。例如，瑞恰慈认为人们对艺术品的反应本质上类似于对其他情景的反应，而弗莱则指出审美反应具有独特的本性。② 此外他还批评了瑞恰慈在《文学批评原理》中提出的文学隐含着非审美的道德、宗教目的这种论点。③ 因之，弗莱的艺术美学理论表现出与瑞恰慈代表的文学批评理论对话并自立门户的理论意志。同时无论是弗莱还是瑞恰慈都与中国遭遇，尤其是中国古典艺术构成了弗莱美学思想有机的、重要的组成部分。这牵扯到几个有意义的问题：逐渐从文学批评中独立出来的现代主义艺术理论与现代主义文学理论的分离契合，使英国现代主义在理论探索之路上变得更为丰富多样；无论是现代主义艺术理论还是文学理论及其创立者在与中国遭遇过程中对异域文化及其精神采取的阐释态度，以及他们理论建构自身发生的曲折变化；无论是迪金森还是宾雍对中国艺术中人的精神的高度认同和彰显在弗莱所谓的更具理论自觉意识的中国艺术的现代主义美学阐释中保留了下来。

弗莱对中国艺术的现代主义美学阐释之代表作无疑是《变形》中的《中国艺术面面观》。在这篇文章中，弗莱首先从形式批评入手来揭示中国古代艺术与西方艺术的相似性、针对西方人审美脾性的亲切熟悉感。如果欧洲人以同等程度的专注和沉静心态来品味中国艺术，那么中国艺术会与欧洲人的感性极其吻合。

---

① Jacqueline V. Falkenheim, *Roger Fry and the Beginnings of Formalist Art Criticism* (Ann Arbor: UMI Research Press, 1980), pp. 109 – 110.
② Roger Fry, *Transformations: Critical and Speculative Essays on Art* (New York: Chatto & Windus, 1927), p. 2.
③ Ibid., p. 7.

……它是按照一定的设计原则、通过明确的节奏来表现的。巧合的是，无论是中国艺术的设计还是其节奏的本质在欧洲人眼中并不是多么陌生……相反它们如此相似，我甚至能指出哪些备受欧洲人青睐的欧洲艺术家在这方面相比于其他欧洲大艺术家与中国艺术更接近。①

除去魏晋、隋、初唐时期的佛教艺术，从商周的青铜器、宋代的山水画到明代的艺术，中国艺术呈现在欧洲审美视野中的是熟悉的、容易被认知把握的审美世界。例如中国商周时代的青铜器皿散发的审美意蕴使欧洲人认识到，它们是属于一个文雅、传统、深沉的民族。这个民族与欧洲人的生活方式和情感体验非常接近。这些远古的礼仪祭奠器皿产生一种强烈的古典审美战栗。

　　……毫无疑问，这些古青铜器令我们最初产生的原始的笨拙、粗陋印象很快变成了对它们刻意的讲究的感受。那种粗糙本身似乎就是对物的质性所具有的高度训练的识别力的表达……无论如何，不管我们回逆到什么时期我们都能发现中国艺术中渗透的那种对风格无与伦比的感觉。②

这种对风格的细腻感觉和迷恋形成了中国艺术中对传统的艺术表现形式和原则的高度遵从和继承。无论多么精微或强烈的感觉，无论历史岁月多么漫长，一脉相承的艺术表现程式和原则都没有中断。弗莱总结出中国艺术的六大特征：有节奏的线条；连绵的流动；中国式的形塑感；包容动植物的宇宙自然生命图式；悲剧精神的缺失；幽默感。无论是有节奏的线条还是连绵的流动，这两个特征其实都是指中国艺术在表现手法上突显的运动、绵延、流畅、不间断、无停顿的审美境界。弗莱将之

---

① Roger Fry, *Transformations: Critical and Speculative Essays on Art* (New York: Chatto & Windus, 1927), p. 68.
② Ibid., p. 70.

与印度艺术和欧洲艺术进行了比较。"它根本不同于印度节奏的缺乏活力或欧洲人所熟悉的某些节奏的突然中断、不平稳或碎裂。中国艺术中毫无德意志 15 世纪雕塑的节奏和荷兰当代绘画中表现出的粗俗和突兀。"[①]这种流畅、延绵的艺术观念导致了中国艺术的第三个特征——中国式的形塑感。为了避免运动的突然停顿、线条的突然中断，中国艺术中主要运用圆融、流转的鸡蛋形构图原理。那些中国艺术家们"避免僵硬的直线条，因为它比不上延绵的流动感，但是也不愿完全舍弃它。因此他们也避免曲线，因为它是圆环的分割部分，显得太张扬，无法与更复杂的中间曲线相比"[②]。中国艺术的上述形式特征并不妨碍欧洲人的理解和认识。但是中国艺术的内容却源自完全不同于希腊人本精神的另一种宇宙生命认知图式。在这个生命宇宙中，人只占据了自然秩序中的部分位置。因此人不是艺术表现的唯一中心，在人的世界之外又与人的世界相通、无限延伸人的世界的是动物和植物生命形态。这些生命形态充满了超凡的生命力，自成一个自足、独立的生命世界。这样一个独特的审美世界同样是欧洲人的审美意识能够认识的，因为这些有关动植物生命的艺术品恰好展示了中国艺术家高度发达的艺术和审美意识。这种意识在中国艺术史上一直延存下来。在两宋之际，它进一步浓缩成一种精巧无比的风景敏感和对外在世界的强烈好奇感。这种纯粹的艺术敏感和好奇心恰恰是现代欧洲艺术家凭天性来竭力展现的禀赋。无疑中国艺术中这种高度发达的艺术意识与欧洲的现代艺术意识是相匹配的。

> 这些中国艺术家，哪怕是最早的艺术家，都或多或少是我们的同类。他们已经是具有高度艺术自觉的艺术家；他们使用一种我们对之毫无障碍的形式语言。他们创作的对象似乎很清楚地为了闲淡的沉思、纯粹的审美享乐，这些正是我们赋予比如意大利文艺复兴艺术的……我们感到，我们分享了艺术家自己的欢乐，

---

① Roger Fry, *Transformations: Critical and Speculative Essays on Art* (New York: Chatto & Windus, 1927), p. 73.

② Ibid., p. 74.

我们与他的精神建立起交流，他在用我们自己的语言向我们传达与自然连通的依稀感，而我们的祖先很久以前就失去了对这种感觉的记忆。①

弗莱认为中国艺术缺乏悲剧精神，展示的是自由和快乐这样两种精神态度。究其原因，是过度泛滥的宗教情感塑造了中国人过分沉思的心灵气质，使他们远离了人行动的世界。同样因为这种沉思的心灵气质使中国艺术透露出第六个特征，即快乐的也是冷淡的幽默。从早期的青铜器开始，这种融合了想象、灵巧和嬉闹的幽默变得越来越明显。它几乎成了中国风的标志，成了"深沉、持久感觉的结果，这种感觉将自身独特的品味附加于那些伟大时期的更庄严的节奏中"②。

弗莱从形式批评入手，却最终深入中国艺术内在的精神。不管这种精神是缺乏悲剧意识还是具有强烈的、恒久的幽默意识，它其实都是宾雍发掘的人的精神或迪金森推崇的人性的、与自然通灵的、精致优雅的审美精神。尤为重要的是，弗莱指出了中国古典艺术与欧洲现代派艺术敏感性内在的契合和通转，也肯定了中国高度发达的古典艺术。这两个有关中国传统古典艺术的论断实质上印证了弗莱美学理论的两个核心观点，即：艺术征兆的文明人的温良文雅；从原始的初级阶段到现代的发达阶段的艺术史也是文明史的发展过程。无论是对人性的表现还是艺术意识的发达程度上，古典艺术不仅为整个中国艺术奠定了深厚、源远流长的传统，而且与欧洲现代文明中生发出的人本意识和艺术意识相似、相应、相通。正是在上述理论意义上，中国艺术为弗莱的美学理论提供了有力的证明，为现代主义美学昭示了新的境界，为现代欧洲人提供了鲜活的滋养。"……也许现代科学对我们虚妄观念的不断撞击最终迫使西方人接受中国人对自由和快乐的态度。中国艺术的影响似乎在西方持续升温，对我们的艺术来说没有什么比汲取这种精神的营养更受惠良多

---

① Roger Fry, *Transformations: Critical and Speculative Essays on Art* (New York: Chatto & Windus, 1927), p. 79.

② Ibid., p. 81.

的了……"①

因此，与其说弗莱是英国乃至欧洲艺术批评中现代主义形式批评的开端，毋宁说对中国古典艺术规律、审美精神和观念态度形态的把握才是其美学思想的精髓。而这种把握最终指向中国古典艺术与欧洲现代主义艺术探索之间的印证和转化。这种跨文化的艺术精神烛照和认同更是中英跨文化现代主义文学场中来自两个文化背景中的艺术和思想拓荒者们交流对话、认同融和的审美精神基石。

这种审美精神与观念、思想、知识、学术、生活等层面上的对话和认同又是密不可分的。它们共同构成了这个跨文化文学场之生态环境。

---

① Roger Fry, *Transformations: Critical and Speculative Essays on Art* (New York: Chatto & Windus, 1927), p. 81.

第 五 章

跨文化场的中国缘起：现代风的洗礼

中英现代主义文学场的中国缘起是西方现代风的洗礼。正是在西方现代风东来的狂潮与中国传统内在的创造性转化之间，诞生了中国文学现代性，形成了中英现代主义之间的对话和认同。因之，对中英现代主义文学场之中国缘起的叩问其实就是追问在中国现代性的诞生过程中，国际框架内跨文化的文学场的文化物质、跨文化迁徙、体制实践和精神诉求四个层面。这四个层面不仅表现出文化物质实践与精神化运动之间的相互关联，而且在跨文化意义上结成文化物质、体制和精神网络（而不仅仅是人际关系网络）。无论是作为文化物质实践还是精神化运动，我们将发现在这四个层面相应地形成了四种形态的文化联合体——有别于宏大的帝国主义、民族主义的文化共同体形态。在这个跨文化的文学场的生成过程中，最根本的文化物质实践是印刷资本主义，最实质性的跨文化迁徙是留学潮以及随之而来的中英文学文化交流对话，最有力的体制实践是英国文学学科的建构和发展，最执著于文化担当的精神诉求就是现代主义昭示的文学现代性的追求。这一部分论述以下问题：印刷资本主义：跨文化文学场的文化物质基础；《天下月刊》与跨文化的现代主义；林纾的英国文学翻译与中国的英国文学话语；北大、清华、西南联大的英国文学话语实践。

第一节 印刷资本主义：跨文化文学场的文化物质基础

从文化物质层面入手，进而探讨在中国独特的文化语境中现代主义赖以产生的文化生态及其与英国文化语境中现代主义的关联互动，不仅意味着中国深刻地影响了英国现代主义，而且意味着这两个文化语境之间的关联互动，意味着这个关联互动的文化网络基础上跨文化文学场的存在和演变。

在跨文化场的英国缘起部分，我们选取了英国汉学家翟理思的一个中国旅行札记文本，即《汕广纪行》。这本旅行札记 1877 年由上海一家英国人办的英文刊物《华洋通闻》办公室印刷，同时由位于上海的西书店别发洋行（Kelly & Walsh, limited）和伦敦的特鲁布纳尔公司（Trübner & Co.）出版。差不多半个世纪之后的 1935 年 8 月，由南京中山文化教育馆资助，吴经熊、温源宁等主编的全英文刊物《天下月刊》创刊，同样由西书店别发洋行面向海内外发行。在创刊号上，赫然入目的文章包括钱锺书的《中国古代戏剧中的悲剧》、英国现代主义作家哈罗德·阿克顿与青年诗人陈世骧合译的两首中国现代派诗（邵洵美的《蛇》和闻一多的《死水》）。紧接着在第二期上阿克顿和陈世骧合译了卞之琳的诗《还乡》，在第三期上合译了戴望舒的诗《我底记忆》和《秋蝇》。在第四期上哈罗德·阿克顿发表了评论文章《现代中国文学中的创造精神》。此处我们无须赘言翟理思和阿克顿对传播中国古典文学和现代主义文学的贡献，也无须讨论邵洵美、闻一多或戴望舒的浪漫情怀和精神眷恋。真正值得我们关注却又被批评界忽略的大问题是这半个世纪甚至更长的时间跨度中，在文化物质层面，无论是《华洋通闻》、西书店别发洋行还是《天下月刊》牵动的那张跨文化的、跨越时空的印刷出版网络，以及这张网络的历时变化及其逐渐凸显的现代主义文学主体性。

李欧梵审视作为民族－国家文化地理空间的中国之现代主义有三个立论前提。这三个厘清中国现代主义边界和主旋律的前提分别包含在他以中文出版的三部著作中。在《现代性的追求》中，他认为西方现代主义存在的文化地理语境是现代都市，表现的是都市题材。他以此类推中国的现代主义诞生于 20 世纪 30 年代的上海都市语境中，其始作俑者是那批属于"新感觉派"的作家文人。在《上海摩登》中，他从 1920—1930 年代的书刊出版文化中发现文学现代性的痕迹，重构现代性的想象地图和文化物质基础。这些书刊出版文化景观是由商务印书馆麾下的九大杂志(《东方杂志》《教育杂志》《学生杂志》《少年杂志》《妇女杂志》《英文杂志》《英语周刊》《小说月报》和《农学杂志》),商务印书馆推出的"东方文库"和"万有文库",商务印书馆和中华书局左右的教科书市场,良友图书印刷公司麾下的六家杂志(如《良友》画报、《银星》电影月刊、《近代妇女》、艺术周刊《艺术界》、体育季刊《体育世界》),商业月份牌等面向中产阶级、社会大众、家庭妇女等群体的书刊出版网络构成了想象景观。在这里都市文学现代主义与都市现代性之间出现了融合共生的关系。因此他认为,从《现代》和《现代小说》这类文学刊物、通俗文化产品《良友》画报到骨子里透着唯美情调的《金屋月刊》,从福州路上的饭馆茶室、南京路上的别发洋行到那些可以淘到波德莱尔、T. S. 艾略特、W. H. 奥登等西方现代派作家作品的旧书店,国际化的、繁华摩登的上海为现代主义的孕育诞生提供了得天独厚的文化物质语境。与上述观点并行的是他在《现代性的追求》和《现代性的中国面孔》中对中国现代性起源的重构,即晚清通商口岸由教会、洋行、流行报刊首次刮起的现代风。

撇开他的论述中现代主义与现代性纠结的连理,他试图重构的现代主义或现代性文化物质基础及其丰富的文化想象景观实质上是民族主义意识形态形成的理论乃至空间视域中呈现的推论景观。这种理论政治立场的局限性是他所依赖的主要理论资源——本尼迪克特·安德森在《想象的共同体》中提出的印刷资本主义与想象的民族-国家共同体理论——的局限性。[1] 因此对李欧梵有关中国现代主义和现代性起源之说的批判必须涉及对安德森印刷资本主义理论的批判。美国华裔学者谢永平和著名文学批评理论家乔纳森·卡勒编辑的《比较的基础:围绕本尼迪

---

[1] 他在《上海摩登》中表现出将本尼迪克特·安德森的印刷资本主义理论与尤·哈贝马斯的公共空间理论嫁接的意图,并坦承对安德森理论的认同(详见李欧梵《上海摩登》,人民文学出版社2010年版,第52页)。在《现代性的中国面孔》中,他再次论及安德森的想象的共同体和印刷媒体(而不是安德森本人所讲的印刷资本主义)理论(详见李欧梵、季进《现代性的中国面孔》,人民日报出版社2011年版,第59—62页)。

克特·安德森的研究》(2003年)中十位学者撰文反思批判安德森理论。① 真正颠覆性的理论重构是阿君·阿帕杜莱的《任性的现代性》(1996年)。阿帕杜莱认为，安德森的印刷资本主义理论针对的印刷技术物质基础已被新一轮的电子媒介资本主义和大众移民终结。

> 因为在过去一个世纪中出现了主要是交通和信息领域内的技术爆炸。这使得一个由印刷主宰的世界中的交往互动似乎难以固守老路，正如印刷革命导致了新的文化交流形式的出现一样。因为随着蒸汽船、汽车、飞机、照相机、计算机、电话的出现，我们不同邻里之间一起进入了一种全新的交往状态，哪怕与那些相距遥远的人也是如此。……我们今天生活于其中的世界似乎变成了根茎状……②

阿帕杜莱对想象的共同体理论进行了当代人类学和媒体研究改造，提出全球化状况下的后民族空间理论。他认为，针对新的全球秩序，我们需要重新定义"想象"这个安德森理论中至关重要的概念。"想象"（imagination）概念同时包容了"形象"（image）、"想象的"（imagined）和"镜像"（imaginary）三个关联概念。它本质上是社会实践行为，充斥着文化同质化与文化异质化之间的张力，将全球分割成断裂与流动矛盾并存的想象世界。

> ……想象已变成有组织的社会实践领域、一种工作形式（在劳动和有组织的文化事件意义上）、一种在行为场与全球性的可能范围之间的商榷形式。这种想象的解放将戏仿游戏（在某些环境中）与国家及其竞争者的恐怖和强力连在一起。如今想象是所有形式的行

---

① 陶家俊：《安德森－卡勒范式的摹仿诗学基础》，《外国语文》2010年第6期，第1—6页。
② Arjun Appadurai, *Modernity at Large: Cultural Dimensions of Globalization* (Minneapolis: University of Minnesota Press, 1996), p. 29.

为的核心,它本身就是社会事实,是新全球秩序的核心构成部分。①

这个多维、异质的想象景观、实践行为和族裔散居公共空间弥散到民族－国家、多国共同体、族裔散居共同体、次民族乃至本土共同体等多重文化联合体。②

对安德森印刷资本主义理论拷问的实证研究代表之作是克里斯托夫·A. 里德（Christopher A. Reed）的《上海的古登堡：中国印刷资本主义，1876—1937年》（2004年）。里德认为,有关中国现代思想文化的研究倾向于关注1860年之后西方传教士在华设立的教育机构、1895—1949年之间中国推动的教育体制改革或1895年之后西方政治哲学对中国人的影响。然而这些学者甚少关注近代中国思想变革的必要因素——物质文化尤其是通信技术。中国与现代西方的思想和物质文化结成复杂的关系,其主要表现就是1876—1937年、以上海为中心的中国印刷资本主义革命。以这场中国式的古登堡革命为个案,里德提出了三个崭新的理论观点。首先,从物质文化到思想文化,从印刷商到出版商,从出版公司到读者大众,这两极之间是相互关联、相互影响的动态关系,即黑格尔所讲的互认关系（reciprocity）。这种互联、互动关系甚至可推及新兴的机械化印刷技术产业与中国古老的人文智识文化。无论是社会分层、书籍流通和消费还是社会史意义上的上述几种力量同时促进了中国近代印刷资本主义。伴随着从中国传统的木刻板印刷术向西式机械化印刷术的转变,中国传统的印刷商业和印刷文化迈进了近代中国印刷资本主义的门槛。

其次,里德针对中国的文化和历史状况,提出了"印刷文化"、"印刷商业"和"印刷资本主义"三个概念。印刷文化泛指从初唐开始发展的木刻板印刷文化。从唐至清的八个世纪中,印刷文化构成的物质文化深刻地左右了中国传统的精英文化精神和思想。印刷商业指17世纪至19世纪末的三个世纪中民间日益发达、非官办、兼具商业盈利和文化传播

---

① Arjun Appadurai, *Modernity at Large: Cultural Dimensions of Globalization* (Minneapolis: University of Minnesota Press, 1996), p. 31.

② Ibid., p. 22.

第五章 跨文化场的中国缘起:现代风的洗礼 / 111

存继目的的出版和销售领域。从晚明至晚清,中国形成了一个庞大的、覆盖全国的印刷商业网。到明代中期,在南京、北京、杭州、徽州和建阳就出现了重要的文人出版和销售中心。晚明清初之际,印刷商业的中心集中到上海以西的长江下游区域,苏州、杭州、南京和扬州先后成为中心。到19世纪,北京的琉璃厂一跃成为中国乃至东亚的古董、艺术和书籍中心。

里德对本尼迪克特·安德森的印刷资本主义概念有如下批评:

> 也许因为印刷资本主义这个概念服务于他探讨的民族主义主题,所以安德森从来没有真正界定过它,那怕在他书的《概念和界定》这一部分也没有。然而我们总体上能推断,安德森所谓的印刷资本主义单纯指商业化、世俗化、非官方的、非慈善的、面向读者大众的文本生产。不管怎样,这个界定历史上是含混的,因此它很容易被用来指中华帝国漫长时期中的书籍生产,至少可能追溯至宋代。①

他对"印刷资本主义"这个概念的重新界定是:印刷和出版领域机械化过程产生的结果。② 印刷的商业化、世俗化、非官方性、非慈善性必须置于机器(而非手工作坊)促成的工业化和产业化这个前提之下才真正迎来印刷资本主义。如果说机器为中国近代印刷资本主义的产生提供了技术条件,那么在上海的西式股份有限责任企业运营模式和银行为其提供了资本,全国范围内对教科书、学术书籍和参考书籍的需求为其提供了巨大的市场和庞大的也是潜在的读者消费群,西方在华传教团体创办的翻译印书馆则为其提供了潜在的熟练技术工人储备。

最后,里德指出商务印书馆、中华书局和世界书局是中国印刷资本主义的领头羊。其典型的、中国式的也是成功的出版运作模式就是集编辑、印刷和发行于一体的模式。而旧上海福州路一带的文化街则集中了

---

① Christopher A. Reed, *Gutenberg in Shanghai: Chinese Print Capitalism, 1876 – 1937* (Vancouver: the University of British Columbia Press, 2004), p. 8.

② Ibid., p. 9.

大大小小三百多家出版社和书店。这些出版发行机构紧邻位于邦德街上的金融中心。位于外国租界内又使这些书商和出版商同时呼吸到来自世界的新鲜空气并感受到旧传统的脉搏跳动。因此文化街无疑是中国印刷资本主义推动的物质文化和思想文化的象征。而上述三家出版机构则是这片象征空间中崛起的最光亮夺目的象征符号。

里德重估中国现代性的意图是非常明显的。王德威（David Der-wei Wang）在该书出版后不久在《加拿大历史学刊》上撰文指出，里德从多视角揭示了近、现代中国印刷工业的技术、经济、文化和地理影响。美国加州圣玛丽学院的华裔学者肖玲（Ling A. Shiao）对该著的评论是："里德的研究依靠大量珍贵资料，包括档案文献、出版的原初材料、回忆录、访谈和小说。这本书为未来研究这一时期中国的出版业奠定了基础。"[①]

尽管里德在强调中国历史文化语境中印刷资本主义的独特表征的时候，试图将安德森粗陋的概念界定进一步文化物质和技术化并将之从民族主义的观念禁锢中剥离出来，但是他回避了印刷资本主义与传教士物质文化实践、与印刷出版市场的国际化、与印刷资本主义带动的公共空间中具有鲜明的文学现代主义特征的物质文化体制运作和思想探索等的关系。毫不夸张地讲，恰恰是印刷资本主义在这些方面累积式地建立的物质文化基础成了中英跨文化的文学场的物质文化基础和文化体制和话语实践基础，从而推动了中英跨文化的文学场中现代主义文学、文化、思想的勃兴。无疑这进一步印证了里德的互连互动论。认识不到这种深刻的跨文化逻辑，我们就只能局限于狭隘的民族主义视角或重复千人一腔的西学东渐论。例如历史研究学者熊月之在所著的《西学东渐与晚清社会》（1994 年）中系统地梳理了学校、报馆、出版机构在西学传播过程中的重要作用。学校主要指各类教会学校、京师同文馆、上海广方言馆、格致书院；报馆主要指《万国公报》《格致汇编》等；出版机构主要包括墨海书馆、华花圣经书房、广学会、美华书馆、益智书会、江南制

[①] Ling A. Shiao, "Gutenberg in Shanghai: Chinese Print Capitalism, 1876 – 1937," (review) *Enterprise & Society* 6.4 (December 2005): 714 – 716.

造局翻译馆。从文化传播角度分析这些文化机构后,他将西学的传播分为四个阶段,即:1811—1842年传教士以南洋为基地,通过广州和澳门向中国国内传播宗教和科学知识;1843—1860年以上海、宁波、广州等通商口岸为基地传教士进一步展开的西学传播;1860—1900年清政府积极参与的西学传播和接受;1900—1911年以日本为主要中转站的西学输入和引进。但是熊论不仅没有在理论上从文化传播深入物质文化和技术层面,而且仅仅停留在资料的梳理总结层面,没有触及文化传播现象背后具有决定作用的跨文化逻辑。

下面我们从实证层面症候式地关注同时具有跨文化的世界性、商业性和文化自主性特征,顺应印刷资本主义潮流的几个典型的出版传播个案,即:英国人创办经营的《中国评论》《字林西报》《华洋通闻》和西书店别发洋行。

1850年8月30日英国人亨利·奚安门(Henry Shearman)在上海创办了第一份全英文的报刊《北华捷报》(North China Herald)。1864年7月1日英商字林洋行将《北华捷报》的副刊《航务商业日报》改名为《字林西报》(North China Daily News)出版发行,《北华捷报》成为副刊。1951年《字林西报》停刊,结束其百年历史。《北华捷报》每周六出版对开四版,主要内容包括商业广告、进出口贸易统计、评论、新闻和读者来信,同时登发英国领事馆公告、租界工部局文告、新闻等。《字林西报》逐渐发展成拥有日刊、周刊、海外版、中文版、年刊、月刊、船期表的报业大王,如《字林沪报》《字林沪报·晚报》《消闲报》。其读者群主要是在华英国侨民和其他通晓英文的中外人士。仅就上海而言,1850年的英国侨民计157人,1865年为2000多人,1900年总计7000多人,分别占外国侨民总数的比例为60%以上、50%和40%。而在其他通商口岸旅居的外国侨民中英国侨民比例稳居第一位。[①]《字林西报》的内容涉及各类新闻、船期信息、物价行情、租界当局和领事馆的各类通告。尤其是它垄断了中国和世界时事新闻。这首先益于报馆与领事馆、租界

[①] 《中国海关1892—1901年十年报告》第2卷,转引自[美]雷麦著,蒋学楷等译《外人在华投资》,商务印书馆1959年版,第258页。

工部局密切的关系，使之成为英国殖民权力机构在华的宣传喉舌。其次得力于英国路透社总部的扶持。它在30年的时间内独享路透社电讯稿件这一特权。再次是它通过在中国各地的传教士构成的网络和一批中国知识分子来获取稿件和信息。这些中国撰稿人包括丁文江、宋美龄、武连德、王正廷、唐绍仪、胡适、蒋梦麟等具有留学英美背景的文化和学界精英。① 最后是在技术方面它得益于1871年上海与伦敦之间铺设的海底电缆，以及先进的印刷设备。例如1861年它接手了墨海书馆的中文铅活字机械。

英国人创办的第二份历时长久、具有重要影响的报刊是英文《文汇报》(*The Shanghai Mercury*)（从1879年4月17日至1930年6月11日）。《文汇报》的创始人是英国人开乐凯（John Dent Clark）和李闱登（C. Rivington）。该报的独特之处首先是它在中国率先使用煤气引擎轮转机印刷技术。其次是1900年它开始施行现代企业的股份制管理模式，将文汇报馆改组成文汇报有限公司。再次是开乐凯通过与英国路透社的成功交涉，打破了《字林西报》垄断电讯消息的局面。最后是日本和美国资本的渗透不仅改变了英商对公司的掌控地位，而且改变了报纸的政治立场，最后被美国人办的《大美晚报》并购。《文汇报》报道的新闻和信息包括：贸易、商务、船运信息；盗窃、凶杀案、动物保护等流行新闻；英国国内新闻时事。

与《字林西报》和《文汇报》不同，《中国评论》这份具有独特影响力的英文刊物只存在于清朝末年，即1872年7月至1901年。它由汉学家邓尼斯（N. B. Dennys）创办，是一份以汉学研究为主的通俗学术刊物，主要研究中国及日本、朝鲜的语言、历史和文化，由上海的别发洋行、香港的德臣报印字馆和伦敦的特鲁布纳尔公司（Trübner & Co.）隔月同时发行。共刊出25卷，每卷6期，总计150期。根据王国强的统计，《中

---

① 这些人撰写的稿件包括："Science and Progress in China" by V. K. TING（丁文江）；"Industrialism and the Chinese Woman" by MAY-LING SOONG（宋美龄）；"The Health of the People" by DR. WU LIEN-THE（伍连德），YUNG WING（容宏）；"Father of Young China" by TONG SHAO-YI（唐绍仪）；"From the Dead Language of China to a New and Living" by HU-SHIH（胡适）；"The Place of The University in the Rebirth of China" by CHIANG MON-LIN（蒋梦麟）。

国评论》已知作者 125 人，按职业分为传教士、外交官、海关职员和政府官员，"……国籍可考者有 119 人，分布如下：英国 74 人、美国 18 人、德国 14 人、法国 3 人、奥匈帝国 2 人、荷兰 2 人、瑞士 2 人、葡萄牙 1 人、丹麦 1 人、俄国 1 人、中国人 1 人，可见英国人占据了人数上的绝对优势。从职业来看，可考者 113 人，计有传教士 36 人、外交官 34 人、海关人员 20 人、学者 9 人、香港殖民政府人员 8 人、商人 4 人、医师 3 人、其余有银行职员和编辑以及记者各 1 人"[1]。从历史影响观之，《中国评论》与中国或英国现代主义文化没有直接关联。但是从文化物质观之，它无疑是印刷资本主义推动的中英跨文化的文学场的构成因素。

随着英帝国殖民主义的不断渗透，上海逐渐取代了香港、广州、宁波，成为印刷资本主义的大本营。但是值得我们注意的是英国商人在其他地方尤其是京津国脉和政治中心，立足租界创办的报刊。这些报刊包括：英籍德国人德璀琳（Gustav von Detring）和英商怡和洋行经理茹臣创办、李鸿章扶持的中文报刊《时报》（1886—1891 年）；英国人亚历山大·宓吉（Alexander Michie）主笔的英文报刊《中国时报》（*China Times*）（1886—1891 年）；英文报刊《京津泰晤士报》（*Peking and Tientsin Times*）（1894—1941 年）以及附属于《京津泰晤士报》的周刊《中华星期画报》（*China Illustrated Review*）；先后为英国人巴特（R. Bat）和弗薛拥有的英文报刊《华北每日邮报》（*North China Daily Mail*）（1905—1937 年）；英国人高文 1901 年创办的日报《益闻西报》；英国人辛博 1923 年创办的中英文混刊《东方时报》；英文报刊《中国公论》《天津星期西报》《中国广告报》《华北商务报》等。

上述报刊中，英国人裴令汉（William Bellingham）在天津创办的《京津泰晤士报》不仅历时久，而且影响最大。其有名的主笔包括裴令汉、伍德海、潘纳禄（彭内尔）。它最早由天津印字馆创办，与天津英租界工部局关系紧密，多采用路透社新闻电讯，主要涉及商务、政治、科技、社会、文学等综合内容，是与上海的《字林西报》、武汉的《楚报》

---

[1] 王国强：《〈中国评论〉与 19 世纪末英国汉学之发展》，《汉学研究通讯》26：3（总 103 期），2007 年 8 月，第 27 页。

(*Central China Post*)等影响相当的大报。1918年英籍华人熊少豪将该报中文版改办为独立的《汉文京津泰晤士报》，宣传激进思想，评论时政。《京津泰晤士报》最先是周报，1902年改为日报。

在华英国人除了创办英文报刊之外，还开设洋行负责书籍刊物报纸的发行销售。这些洋行中最著名者当推西书店别发洋行（Kelly & Walsh, Limited）（1876—1953年）。1862年英国人弗雷德里克·乔治·沃尔什（Fredrick George Walsh）和查尔斯·弗雷德里克·沃尔什（Charles Fredrick Walsh）俩兄弟在上海福州路开了一家印刷、销售外国文具用品为主业的洋行。1868年英国人约翰·M.凯利（John M. Kelly）在上海广东路上开设了以西洋书籍、文具、报纸等销售为主业的洋行Kelly & Co.。1876年5月9日两家洋行合并，并将办公地址迁至上海外滩11号香港上海汇丰银行旁。别发洋行在长崎、神户、横滨、香港、新加坡、伦敦等世界各地的主要城市建立了分店和代理机构，经常在英国伦敦、香港、上海、横滨、新加坡等地的英文刊物（如伦敦出版业的 *The Publishers' Circular*）上刊登广告，主要销售英文书籍（包括部分法文和德文书籍），成为19世纪后期至20世纪上半叶近一百年的历史上东亚地区最有影响的英资书店和印刷出版商。①

别发洋行销售书籍、报纸、杂志，而英文书籍又包括小说、传记、历史、教科书、哲学、学生字典、习字簿等。例如它销售的文学作品就包括查尔斯·狄更斯（Charles Dickens）、乔治·爱略特（George Eliot）、奥利弗·哥尔德斯密斯（Oliver Goldsmith）、华盛顿·欧文（Washington Irwin）、亨利·詹姆斯（Henry James）、瓦尔特·司各特（Walter Scott）、W. M.萨克雷（W. M. Thackeray）等符合英国读者大众口味的知名作家的作品。

别发洋行出版发行的英文书籍近五百种。庞大的作者群中既有旅居中国的英国人，如汉学家波乃耶（James Dyer Ball, 1847—1919年）、翟理思（1845—1935年）和庄延龄（Edward H. Parker, 1849—1926年），

---

① 黄海涛：《清末民初上海的西书店别发洋行》，《文史知识》2011年第12期，第33—41页。

也有中西兼通、英汉文俱佳的中国知识分子,如辜鸿铭、林语堂、温源宁。①②

这些英国人创办的报刊、书店、出版社共同构成了中英跨文化的文学场的文化物质基础。它们的发行、作者群、读者群构成了一个巨大的文化网络。正是在这个网络中,无论是旅居中国的各色英国人还是面向世界的中国近现代知识分子群体和都市中上层社会的成员共同绘制了一幅跨文化的想象地图,形成共同的、相似的关于世界、生活、时尚、时事、时代的风尚和精神的情感结构。但是,这种深深地根植于西方印刷资本主义技术及企业运营模式的文化物质实践,这种以英语为语言媒介、以英国人为业主、以英国侨民为主要的读者对象、以英国领事馆、英租界工部局和大英帝国路透社及金融资本为坚强后盾的印刷文化本质上是文化帝国主义实践。因此这样一张印刷文化网络必然产生两个结果。其结果之一就是近代中国以文化和政治民族主义为导向、以宣传变革图强、救亡图存为目的、以报刊为阵地的近代民族印刷文化的生成。其代表性的报刊包括康有为创办的《万国公报》《中外纪闻》和《强学报》、梁启超任主笔的《时务报》、京津地区严复办的《国闻报》、梁启超办的《新民丛报》。③ 其结果之二恰好是现代主义意义上具有高度文化自主、自觉、自立、自创意识的文化物质和文学文化体制实践。

有关第一个结果,值得我们思考的是,在为思想和政治民族主义呐喊呼吁的时候,文学民族主义的意识和民族文化自觉的意识也开始诞生。例如,严复在《国闻报》上积极阐明小说的社会功能。维新变法流产后流亡的维新人士所办的《清议报》专门开辟"政治小说"栏目。《时报》也开有"小说"专栏,刊登世界名著译文。换句话说,文学创作

---

① 辜鸿铭汉译英的中国思想经典译著《论语》、林语堂的 *A History of the Press and Public Opinion in China*、温源宁的 *Imperfect Understanding*。

② 有关中国近代知识分子与别发洋行的关系研究可参阅黄海涛《别发洋行考:兼论中国近代知识分子与别发洋行》,郑培凯、范家伟主编《旧新知集》(广西师范大学出版社 2008 年版)。

③ 蒋晓丽:《传者与传媒:中国近代知识分子对大众传媒话语权的争夺》,《湘潭大学社会科学学报》2003 年第 5 期,第 146—151 页。

和国外文学译介、思想言说和西方资产阶级政治思想和理论的评介与中国现代性的憧憬、设计和践行，与中国思想和政治民族主义的诞生和发展不仅有着内在的紧密关联，而且担负了不可替代的社会、文化、政治和思想功能。无论是严复的启民智目标、梁启超的新民思想还是后来胡适的文学革命蓝图都赋予了文学为现代性披荆斩棘、鸣锣开道的艰巨使命。这种使命内在的、必然的一个向度就是英国乃至西方的思想、文化、文学现代主义。因此我们可以这样认为，英国现代主义与中国成长中的文学现代性乃至其独特的现代主义表述之对话和认同的先决条件既是英国文化帝国主义推动的印刷资本主义，也是从这一印刷文化土壤中勃兴的中国思想和政治现代性。英国的文化帝国主义与中国的文学和文化现代性就这样在这个跨文化的文学场中遭遇相逢，也就这样在这个跨文化的文学场中产生了另一种崭新的、中国现代主义意义上的文化物质和知识话语实践——文化自觉、文化对话、文化唯美并存的话语实践。

从上述话语实践的主体立场和对象来看，从19世纪60年代到20世纪30年代，中英跨文化场中依次产生了三种主体立场。这就是大英帝国的文化帝国主义立场、晚清变法改革之际的文化民族主义立场、混杂着民族主义和世界主义的现代主义立场。从英式洋行主宰的出版业、襁褓中的文化民族主义战士自创的报刊业到新月派、现代派等文学社团创办的现代主义刊物，中国现代主义就这样扎根于印刷资本主义坚实的文化物质基础，确立了与民族文化空间、国家政治空间、跨文化的国际空间、自足的文学社团空间乃至同样处于成长之中却又变得日益重要的大学空间之间交叉重叠的网络关系。这些异质空间的交叉结合，无疑暗示了中国现代主义本身在话语实践和存在方式上的寄生性、话语表述的多样性、主体定位的混杂性。换句话讲，当现代主义的精灵通过跨文化场的潮汐引力游荡在这个多维、多层、多重的空间中的时候，它本身产生了强大的穿透力和磁场引力，从而渐渐显露出自身的精神轮廓、思想锋芒和文化指向。精神开始从文化物质的怀抱中，从都市的奢华、慵懒和刺激中实现对文化物质的超越和对自我的超越，从而与文化物质，与现代的时髦，也与现实的苟且拉开距离，之后再将精神的强光投射到生活的此在，探照出未来的一鳞半爪。

为了阐述清楚现代主义话语实践的特征，尤其是在文化帝国主义、民族主义意识形态、商业物质主义与唯美主义之间，在大型期刊、通俗流行期刊与纯文学的小型期刊之间，在西方人主笔的期刊与中国人主笔的期刊之间，在以英语为单一语言表述行为的期刊与以汉语为唯一语言媒介的期刊之间，在私人经营、合资股份制与自负盈亏的纯文学经营之间，在大众传媒公共空间与大学空间之间，最后是在想象的西方文化空间与想象的民族文化空间之间，我们选取《天下月刊》这份存在了6年之久的刊物，借以扫描跨文化场的侧面，探寻现代主义的印迹。

第二节 《天下月刊》与跨文化的现代主义

《天下月刊》（*T'ien Hsia Monthly*）创刊于1935年8月，终刊于1941年9月。这份全英文的文化月刊由留美归来的法学家吴经熊和剑桥毕业的英国文学教授温源宁倡导发起，由隶属于孙科掌管的国民政府立法院的孙中山文化教育馆赞助。《天下月刊》的编辑部先后设在上海豫园路1283号（1935年8月至1937年10月）、上海渡口路400号（1937年11月至1941年9月）。开始时编辑部的主要成员包括吴经熊（经理）、温源宁（主编）、全增嘏和林语堂，1936年8月姚莘农（姚克）加入编辑部工作，1939年8月叶秋原加入编辑工作。刊物每卷5期，每期当月15日发行；6月、7月两个月休刊，每年出2卷、10期。在7年的时间内共出版12卷、56期。其中1940年8月至1941年9月刊物双月发行，包括第11卷的5期和第12卷的1期（也是最后一期）。刊物的代理发行机构就是拥有庞大的国内外发行网的西书店别发洋行。以第一期为例，刊物详细标明了国内外定价（国内年定价9元；美国年定价6美元；英国和其他国家年定价30先令），邮资免费；所有稿件都寄给总编辑，稿费为每千字20元。

有关刊物的栏目和主要内容，我们仍以第一期为例。这一期除了孙科撰写的前言之外，主要包括温源宁的编辑评论、论文、翻译和书评四个部分。论文部分包括吴经熊、钱锺书和温源宁各写的文章一篇，也包括英国作家 D. H. 劳伦斯生前未发表的信件及美国著名汉学家、蒙古学家欧文·拉铁摩尔（Owen Lattimore）有关游牧民族的文章。翻译部分包括旅华英国唯美文人哈罗德·阿克顿和北大青年学生陈世骧合译的两首中国现代派诗、林语堂翻译的沈复的《浮生六记》。书评部分则是对 1935 年新出版的美国汉学家达格尼·卡特尔（Dagny Carter）的《了不起的中国：中国艺术五千年》及中国戏剧翻译家、戏剧家熊式一创作的英文话剧《王宝钏》的两篇评论。刊物基本上沿用了上述四个栏目分类。后来在部分期号上在论文部分增加了诗歌；增加了有关戏剧、诗歌、建筑、音乐、人类学、哲学、电影、出版、考古学、艺术、文学、图书馆、科学、中国大学、地质学、古生物学、教育等的历史综述部分。因此更准确地讲，《天下月刊》的五个主要栏目是编者评论、论文、学科知识史、翻译和书评。

《天下月刊》的经理兼编辑吴经熊（1899—1986 年），宁波人，1917 年在天津北洋大学攻读法律，与徐志摩为同窗。1920 年他赴美留学，先后在密歇根大学法学院、巴黎大学、哈佛大学法学院攻读比较法学。学成归国后做大学法学教授、开律师事务所、在立法院当差几不误，是享誉海内外的知名法学家。他在《天下月刊》发表了一系列英文文章，如《真实的孔子》《〈史记〉漫笔》《作为道家的莎士比亚》《日记自选》《幽默与感伤》等。但是他在《天下月刊》发表并堪称其代表作的著述是《唐诗四季》和《超越东西方》。

温源宁（1899—1984 年）获剑桥大学法学硕士，1925 年之后约 10 年的时间内在北京大学西方语言文学系、清华大学西洋文学系、北平大学女子师范学院外国文学系教授英国文学。他是在中国介绍现代派诗人 T. S. 艾略特和小说家 D. H. 劳伦斯的首批学者之一。10 年之后，他历任《天下月刊》主编、立法院委员、国民政府驻希腊大使。温源宁 1934 年连续给《中国评论》写了 20 多篇中国名人小传，评点 17 位当时的文化名人辜鸿铭、胡适、丁文江、吴宓、周作人、徐志摩、梁遇春、陈源、梁宗岱、顾维钧、盛成等。这些春秋笔法的文章在 1935 年结集出版，英文名曰 *Imperfect Understanding*。温教授的弟子钱锺书不仅为该集子写书评，而且将书名译为《不够知己》。① 如果说在清华、北大等学府的英国文学教学使温源宁成就了名教授、名系主任的美名，将英国文学尤其是英国现代主义文学在青年学生中讲解传播，那么《天下月刊》则使他迈上了新时期更广阔的文化、思想和政治舞台，从大学学府跻身文化的公共空间。

林语堂（1895—1976年）走的是留学、回国当名教授、进入期刊文化领域、再出国的路子。教书、英文写作、办刊物是他一生的志业。这位在上海圣约翰大学、清华大学、哈佛大学、德国的耶拿大学和莱比锡大学、北京大学、北京女子师范大学、厦门大学、新加坡南洋大学等中外高等学府求学、执教的世界级文化人与《天下月刊》结缘实属必然。② 1930年代的前六年左右林语堂在上海的文人名流圈子中是最耀眼的人物之一。他先后主编过《论语》《人间世》《宇宙风》，长期为《中国评论》"小评论"专栏撰写英文评论，为美国的《亚洲》《哈普》投稿。就在《天下月刊》创刊前夕（即1935年6月），林语堂的第一本向世界以中国人的声音讲述中国文化的英文著作《吾国吾民》在美国正式出版，并在不到一年的时间内多次重印。因此他1935年8月加入《天下月刊》编辑阵营，这与他向世界言说、彰显真实的中国之理想是完美契合的。作为已经是名满天下、蜚声世界文坛的英语作家，林语堂无疑提升了《天下月刊》的影响力和知名度。因此受赛珍珠（Pearl S. Buck）之邀，1936年8月林语堂举家迁往美国。之后他仍是编辑部的成员之一，仍是独一无二的文化象征符号。无疑，其象征价值在接下来的几年中，随着《生活的艺术》（1937年）、《京华烟云》（1939年）、《风声鹤唳》（1940年）等英文著作在美国的出版，是有增无减。林语堂在《天下月刊》刊登的文章包括：翻译沈复的《浮生六记》；论文《中国书法的美学》《当代中国的期刊文学》。

全增嘏（1903—1984年）系浙江绍兴人，毕生从事外国哲学和英国

---

① 关于温源宁教授其人其著，可参阅金克木先生的文章《代沟的底层——读温源宁〈一知半解〉》（《读书》1989年第6期）。

② 可参阅易永谊、许海燕《越界文学旅行者的英文书写（1935—1936）——〈天下月刊〉时期的林语堂》[《温州大学学报》（社会科学版）2012年第3期，第47—52页]。

文学研究与教学,翻译查尔斯·狄更斯的《艰难时世》。入清华留美预备学堂,获美国斯坦福大学哲学学士学位、哈佛大学哲学硕士学位。1928年后的10年间在上海历任中国公学、大同大学、大夏大学、光华大学、暨南大学等校教授。曾任《中国评论》编辑、《论语》主编。全增嘏在《天下月刊》登出的文章包括:《笛卡尔与伪智识主义》《曾国藩》《威廉·詹姆斯》《魏忠贤》《哲学史》《我痛恨战争》《〈高僧传〉札记》《侠士逸闻》《阮籍及其同道》等。中西哲学、历史在他笔下蔓生出一篇篇开阖有度、中西兼通的妙文。

姚莘农(1905—1991年)笔名姚克,杰出的翻译家、剧作家和进步文化活动家。他最先将《鲁迅短篇小说集》翻译成英文。在《天下月刊》发表有文章《元曲的主题及结构》《昆曲的兴衰》《戏剧史》《鲁迅:他的生活与作品》《中国电影》;翻译《贩马记》《打渔杀家》及曹禺的《雷雨》。

叶秋原(1907—1948年)年少时与施蛰存、戴望舒等交好。成年后赴美留学并获社会学硕士学位。归国后入申报馆。后追随吴经熊办《天下月刊》。

《天下月刊》的五位编辑有以下共同特征:同时承受中国传统教育和西方现代教育,都有留学欧美名校的共同经历;从学科知识结构上讲,他们分别在法学、西洋文学、语言学、西方哲学、社会学、戏剧学等领域接受专门教育并达到较深或极高造诣,形成编辑同仁之间的学科知识视野互补;他们都超越中国文化、西方文化和学科专业的局限,走向跨文化、跨学科的文化和思想对位阐释;他们都积淀了深厚的双语能力,如温源宁和林语堂的英文水平已达一流境界,无论是在翻译、创作还是评论等方面都是一流人才,这种双语基础上的中西文化阐释极大地增强了《天下月刊》这样一个思想文化交流平台的文化转化和对话交流力度,由此形成一个强大的跨文化、跨语言、跨学科的语言文化系统;他们既带着世界主义的宽广视野,又顺从心灵的召唤而回到民族精神的怀抱,真正达到了放眼天下、放言天下、心系天下、融入天下的境界。

《天下月刊》的编辑队伍决定了天下独特的撰稿群体——由中国学者、知识分子与旅居中国的西方(主要是英美)知识分子构成的撰稿群体。按照李红玲的统计，为《天下月刊》撰稿的中国知识分子有83位，外国作者78位。[①] 姑且不论该统计数据的准确性，仅就撰稿队伍中中外作者的比例，知名学者、文化人、作家、诗人的比例，以及中国作者中具有英美留学经历的人所占的比例，我们都可以得出以下结论：《天下月刊》具有突出的国际性、开放性、文化性、时代性、跨学科性和权威性。中国作者中当时已经名播四方的人士包括：戴望舒、梁宗岱、沈从文、陈受颐、凌叔华、俞平伯、萧公权、邵洵美、曹禺、陈依范、郭斌佳、钟作猷、冰心、金岳霖、胡先骕、萧红、巴金、鲁迅。后起之秀有钱锺书、卞之琳、陈世骧。梁宗岱留学法国，与保尔·瓦雷里（Paul Valery）为友，长于法国文学，兼诗人、翻译家、法国文学学者及教授于一身。陈受颐获美国芝加哥大学比较文学博士学位，文、史、哲、中西文化兼通，为一代名师。俞平伯为知名诗人、散文家、红学家，在《红楼梦》研究领域与胡适并称于世。萧公权获美国密苏里大学政治哲学博士学位，精研中外政治思想，是当时政治学大家。陈依范为归国华侨，知名画家。郭斌佳获哈佛大学史学博士学位，是著名历史学和外交学家。钟作猷获爱丁堡大学英国语言文学博士。胡先骕获哈佛大学植物分类学博士学位，是中国植物分类学的奠基人。这些中国作者在各方面基本上保持了与编辑队伍相似的特色。外国作者中知名人士包括：欧文·拉铁摩尔，哈罗德·阿克顿，加拿大籍汉学家福开森（John C. Ferguson），美籍犹太音乐理论家耒维思（John Hazedel Levis），英国布卢姆斯伯里小组第二代诗人朱利安·贝尔，美国知名汉学家卜德（Derk Bodde），美国旅中记者、作家项美丽（Emily Hahn），美国艺术品收藏家马赛厄斯·科默（Mathias Komor），美国教友派传教士托马斯·凯利（Thomas R. Kelly），英国汉学家亚瑟·韦利，《大美晚报》主持人高尔德（Randall Gould），英国《雅典娜神庙》编辑约翰·米德尔顿·默里（John Middleton Murry），英国现代主义派作家奥斯伯特·西特韦尔（Osbert Sitwell）、哈里·帕克斯顿·霍华德（Harry Paxton Howard）、厄尔·H. 利夫（Earl H. Leaf），美国作

[①] 李红玲：《〈天下月刊〉(T'ien Hsiah Monthly) 研究》，硕士学位论文，上海外国语大学，2008年，第15页。

家亨利·米勒（Henry Miller），澳门史史学家 C. R. 博克瑟（C. R. Boxer），等等。这些旅居中国或研究中国的英美知识分子主要分为三类：或为汉学家、传教士，或为执教于大学的作家诗人，或为英美刊物编辑、通讯作者、自由文人。

从中外作者群中我们发现一个活跃的也是独特的群体。这个群体的成员之间又结成紧密的人际关系，表达着相似的情感、思想。由此我们发现《天下月刊》并不仅仅是一份旨在向世界传谕中国文化的刊物。或者说，沟通中西文化的过程中同时积淀下了更具相的现代主义因素。在《天下月刊》这个网结上，人际的、情感的、思想的、创作的、中国的、英国的现代主义因素交汇在一起。从《天下月刊》发掘凸显中英现代主义的因素或从现代主义的视角反观《天下月刊》，为我们更深入地思考在中英跨文化场中怎样通过话语实践来寻找现代主义的印迹，通过差异化的话语立场来寻找现代主义的主体立场，发现现代主义独异的声音，提供了一个难得的切入点。

在对这个网结上交织的现代主义因素进行分解和阐释之前，我们按照《天下月刊》的栏目设计对直接评论、表述、译介现代主义的文章、作者、译者进行统计分类。

表5-1　　　　　　　　　　现代主义论文/诗歌

序号	卷/期	年月	名称	作者/译者
1	Vol. I/No. 1	August 1935	"The Unpublished Letters of D. H. Lawrence to Max Mohr"	D. H. Lawrence
2	Vol. I/No. 2	September 1935	"Lawrence to Max Mohr"	D. H. Lawrence
3	Vol. I/No. 4	November 1935	"Two Poems"	Julian Bell
4	Ibid.	Ibid.	"The Creative Spirit in Modern Chinese Literature"	Harold Acton
5	Vol. I/No. 5	December 1935	"Five Poems"	Julian Bell
6	Ibid.	Ibid.	"A. E. Houseman's Poetry"	温源宁
7	Vol. II/No. 3	March 1936	"Contemporary Chinese Periodical Literature"	林语堂
8	Vol. II/No. 4	April 1936	"Walter de la Mare's Poetry"	温源宁

续表

序号	卷/期	年月	名称	作者/译者
9	Vol. II/No. 5	May 1936	"William James"	全增嘏
10	Ibid.	Ibid.	"Reflections on the London Exhibition of Chinese Art"	John C. Ferguson（福开森）
11	Vol. III/No. 3	October 1936	"W. H. Auden and the Contemporary Movement in English Poetry"	Julian Bell
12	Vol. IV/No. I	January 1937	"Beyond East and West"	吴经熊
13	Vol. IV/No. 2	February 1937	"Notes on Four Contemporary British Poets"	温源宁
14	Vol. IV/No. 3	March 1937	"The Contemporary English Novel"	钟作猷
15	Vol. IV/No. 4	April 1937	"An Approach to Modern Art"	Herbert Read
16	Vol. IV/No. 5	May 1937	"What It Feels Like to be an Author"	Osbert Sitwell
17	Vol. V/No. 2	September 1937	"War, Poetry and Europe"	John Middleton Murry
18	Ibid.	Ibid.	"The Younger Group of Shanghai Artists"	陈依范
19	Vol. V/No. 3	October 1937	"Ting Ling, Herald of a New China"	Earl H. Leaf
20	Vol. V/No. 5	December 1937	"The Historical Novels of Walter Pater"	钟作猷
21	Vol. VI/No. 2	February 1938	"The Future of Civilization"	John Middleton Murry
22	Vol. VI/No. 5	May 1938	"Dylan Thomas"	William Empson
23	Ibid.	Ibid.	"Chinese Cosmopolitanism and Modern Nationalism"	Harry Paxton Howard
24	Vo. VII/No. 2	September 1938	"Confucius on Poetry"	邵洵美
25	Vol. VII/No. 4	November 1938	"Towards a Modern Conception of Art"	陈依范
26	Vol. VIII/No. 3	March 1939	"Modern Scottish Literature"	钟作猷
27	Vol. IX./No. 1	August 1939	"Some Observations on Bertrand Russell's Introduction to the Second Edition of the Principles of Mathematics"	James Feibleman
28	Ibid.	Ibid.	"Two Sonnets"	Emily Hahn
29	Vol. IX/No. 2	September 1939	"Prospero's Isle"	Lawrence Durrell
30	Vol. IX/No. 4	November 1939	"The Aesthetics of Surrealism"	Charles I. Glicksberg

表5-2　　　　　　　　　　　现代主义翻译

序号	卷/期	年月	名称	作者/译者
1	Vol. I/No. I.	August 1935	"Two Modern Chinese Poems"	Harold Acton and 陈世骧
2	Vol. I/No. 2.	September 1935	"The Return of the Native: A Poem"	卞之琳
3	Vol. I/No. 3	October 1935	"Two Poems"	戴望舒
4	Vol. I/No. 4	November 1935	"Two Poems"	李广田
5	Vol. II/No. I	January 1936	"Two Poems"	梁宗岱
6	Ibid.	Ibid.	"Green Jade and Green Jade: A Story by Shen Ch'ung Wen"	沈从文/Emily Hahn and 邵洵美
7	Vol. II/No. 2	February 1936	Ibid.	Ibid.
8	Vol. II/No. 3	March 1936	Ibid.	Ibid.
9	Vol. II/No. 4	April 1936	Ibid.	Ibid.
10	Vol. III/No. 1	August 1936	"What's the Point of It?"	凌叔华/凌叔华、Julian Bell
11	Ibid.	Ibid.	"The Florist"	俞平伯/伍铭泰
12	Vol. III/No. 3	October	"Thunder and Rain"	曹禺/姚莘农
13	Vol. III/No. 4	November 1936	Ibid.	Ibid.
14	Vol. III/No. 5	December 1936	Ibid.	Ibid.
15	Vol. IV/No. I	January 1937	Ibid.	Ibid.
16	Vol. IV/No. 2	February 1937	Ibid.	Ibid.
17	Vol. IV/No. 3	March 1937	"The First Home Party"	冰心/任玲逊
18	Vol. IV/No. 4	April 1937	"A Poet Goes Mad"	凌叔华/凌叔华、Julian Bell
19	Vol. IV/No. 5	May 1937	"Hands"	萧红/任玲逊
20	Vol. V/No. 1	August 1937	"Voice"	邵洵美/邵洵美、Harold Acton
21	Ibid.	Ibid.	"Star"	巴金/任玲逊
22	Vol. V/No. 2	September 1937	Ibid.	Ibid.
23	Vol. V/No. 3	October 1937	Ibid.	Ibidl
24	Vol. V/No. 5	December 1937	"Writing a Letter"	凌叔华/凌叔华
25	Vol. VI/No. 5	May 1938	"Revenge"	杨振声/马彬和、Emily Hahn

续表

序号	卷/期	年月	名称	作者/译者
26	Vol. VII/No. 3	October 1938	"Hsiao-Hsiao"	沈从文/李宜燮
27	Vol. X/No. 2	February 1940	"Three Modern Chinese Poems"	徐志摩、邵洵美、卞之琳/Trans by Arno L. Bader and 毛如升
28	Vol. XI/No. 3	December-January 1940–41	"Old Mrs. Wang's Chickens"	沈从文/Shih Ming

表 5-3　　历史综述

序号	卷/期	年月	名称	作者/译者
1	Vol. III/No. 3	October 1936	"Poetry Chronicle"	邵洵美
2	Vol. V/No. 4	November 1937	"Poetry Chronicle"	邵洵美

表 5-4　　现代主义书评

序号	卷/期	年月	名称	作者/译者
1	Vol. I/No. 4	November 1935	"My Country and My People"	林语堂
2	Vol. I/No. 5	December 1935	"The Spirit of Man in Asian Art"	Laurence Binyon
3	Vol. II/No. 1	January 1936	"Quack, Quack!"	Leonard Woolf
4	Vol. II/No. 2	February 1936	"In Praise of Idleness"	Bertrand Russell
5	Vol. III/No. 1	August 1936	"Eyeless in Gaza"	Aldous Huxley
6	Vol. III/No. 2	September 1936	"Religion and Science"	Bertrand Russell
7	Vol. III./No. 3	October	"Victoria of England"	Edith Sitwell
8	Vol. III/No. 5	December 1936	"Living China: Modern Chinese Short Stories"	Edgar Snow
9	Vol. IV/No. 1	January 1937	"The Ascent of F 6"	W. H. Auden and Christopher Isherwood
10	Vol. IV/No. 5	May 1937	"Bernard Shaw, Frank Harris and Oscar Wilde"	Robert Harborough Sherard
11	Vol. V./No. 4	November 1937	"The Years"	Virginia Woolf
12	Vol. VI./No. 2	February 1938	"Theatre"	Somerset Maugham

续表

序号	卷/期	年月	名称	作者/译者
13	Vol. VI/No. 4	April 1938	"The Silent Traveller, A Chinese Artist in the Lakeland"	Chiang Ye
14	Vol. VII/No. 2	September	"China Body and Soul"	E. R. Hughes
15	Vol. VII/No. 4	November1938	"The Black Book"	LawrenceDurrell
16	Vol. VII. /No. 5	December 1938	"Three Guineas"	Virginia Woolf
17	Vol. VIII. /No. 1	January 1939	"The Death of the Heart"	Elizabeth Bowen
18	Vol. VIII. /No. 3	March 1939	"The Old Century and Seven More Years"	Siegfried Sassoon
19	Vol. VIII. /No. 4	April 1939	"Christmas Holiday"	Somerset Maugham
20	Vol. IX. /No. 5	December 1939	"Journey to a War"	W. H. Auden and Christopher Isherwood
21	Vol. X. /No. 3	March 1940	"Moment in Peking"	林语堂
22	Vol. XI. /No. 2	October-November 1940	"Barbarians at the Gate"	Leonard Woolf
23	Vol. XII. /No. 1	August-September 1941	"Steps of the Sun"	Emily Hahn

根据上述统计，这四类栏目中有 84 篇文章直接表述现代主义主题，涉及的英国乃至美国现代主义人物共计 36 位。英国现代主义人物计 30 位，美国 6 位，英国与美国之比为 5∶1（见表 5-5）。这从一个侧面说明了英国现代主义的普遍影响力及其在跨文化场中的绝对优势。这些现代主义人物常常是同时涉足诗歌、小说、非小说、戏剧、美学、哲学、思想或评论等不同领域，因此仅仅用某个固定的文类或仅仅用严肃文学的标准来测量现代主义的能量和风向往往会挂一漏万。现代主义在不同文学类型、美学、政治、思想、哲学、评论最后是文学批评理论等领域同时勃兴，形成百花竞开、争奇斗艳的盛景。这种即时的、全方位的、大历史跨度的［从沃尔特·佩特（Walter Pater）到 W. H. 奥登］、多样的呈现不仅是在中英跨文化场中，也不仅是在文化期刊中，而且是在由一群中国文化人主持的文化推广工程中。在面向世界尤其是英美潜在的读者群的同时，它同样面向中国具有较强甚至很好英文水平、很高文化品位和文化视野、受过严格学术训练和中西文化熏陶、心系中国和世界之

现实和未来的潜在读者群。

表 5-5 　　　　《天下月刊》的英美现代主义人物分类表

国别	诗歌	小说/非小说	戏剧	美学	哲学、思想和评论
英国	D. H. Lawrence, Harold Acton, Julian Bell, Sir Herbert Edward Read, William Empson, Edith Sitwell, W. H. Auden, Robert Harborough Sherard, Lawrence Durrell, Siegried Sassoon, A. E. Housman, Walter de la Mare, Dylan Thomas	D. H. Lawrence, Harold Acton, Osbert Sitwell, Aldous Huxley, Christopher Isherwood, Robert Harborough Sherard, Virginia Woolf, Somerset Maugham, Lawrence Durrell, Elizabeth Bowen, Walter de la Mare, Dylan Thomas, Oscar Wilde	Lawrence Durrell, Bernard Shaw, Oscar Wilde	Harold Acton, Lawrence Binyon, Leonard Woolf, E. R. Hughes, Walter Pater	Sir Herbert Edward Read, John Middleton Murry, William Empson, Lawrence Binyon, Leonard Woolf, Bertrand Russell, Edith Sitwell, W. H. Auden, Robert Harborough Sherard, Virginia Woolf, E. Housman, Walter Pater, Charles Glicksberg
美国		Emily Hahn, Edgar Snow, Frank Harris			Harry Paxton Howard, Emily Hahn, Edgar Snow, William James, Frank Harris, James Feibleman

涉及的中国现代主义人物有 28 位（如果从广义的跨文化的思想现代主义角度讲，包括在第 1 卷第 1 期上撰写《中国古代戏剧中的悲剧》这篇文章的钱锺书）。他们是：温源宁、林语堂、全增嘏、吴经熊、钟作猷、陈依范、邵洵美、钱锺书、陈世骧、卞之琳、戴望舒、李广田、梁

宗岱、沈从文、凌叔华、俞平伯、武铭泰、曹禺、姚莘农、冰心、任玲逊、萧红、巴金、杨振声、马彬和、李宜燮、徐志摩、毛如升。关于这些人物，我们发现不能用前面有关英美现代主义人物的分类法（即文学类型分类法）来分类，因为那样会使部分中国现代主义人物难以归类，同样会使中国现代主义文艺和思想特有的表达模式处于隐匿甚至不被认知的状态。我们姑且按这些人物参与《天下月刊》相关栏目的类别来分类。

表 5-6 《天下月刊》的中国现代主义人物分类表

栏目类别	人物
论文/诗歌	温源宁、钱锺书、林语堂、全增嘏、吴经熊、钟作猷、陈依范、邵洵美
翻译	陈世骧、卞之琳、戴望舒、李广田、梁宗岱、沈从文、辛末雷、凌叔华、俞平伯、伍铭泰、冰心、萧红、任玲逊、曹禺、姚莘农、邵洵美、巴金、杨振声、马彬和、李宜燮、徐志摩、毛如升
历史综述	邵洵美
书评	林语堂

"论文/诗歌"栏目的文章按主题论，首先涉及中国现代的期刊文学、上海的年轻艺术家群体、中国古典诗学以及现代诗学；其次涉及英国现代派诗人诗作、小说及区域文学；再次涉及现代主义思想（威廉·詹姆斯）；最后涉及东西方文明。"翻译"栏目按文类分，涉及中国现代派诗歌、中篇小说、短篇小说、话剧、散文；按创作与翻译的分工，部分人物是单纯的创作主体（如沈从文、俞平伯、曹禺、冰心、萧红、巴金、杨振声、徐志摩），部分人物是翻译主体（如陈世骧、伍铭泰、姚莘农、任玲逊、马彬和、李宜燮、毛如升），部分人物同时是创作者和翻译者（如卞之琳、戴望舒、李广田、梁宗岱、凌叔华、邵洵美）。

仅从栏目分类来看，在"论文/诗歌"栏目中钱锺书的《中国古代戏剧中的悲剧》和吴经熊的《超越东西方》这两篇文章，以及整个翻译栏目中对中国广义的现代派和现代主义精神洗礼之优秀作品的翻译，严格地按照狭义的现代主义文学创作来归类，实际上是难以甚至无法归类的。

要么按照纯粹西方的批评规范和标准，它们是游历于现代主义之外的思想产物。要么我们提出崭新的、立足中国和跨越中西文化语境的标准来重新估量、估价现代主义的精神和思想内涵及其多样、复杂的表现语言和方式，重新划定现代主义的范围。

在进一步阐述跨文化场中中国现代主义人物推动的新的现代主义话语征兆的新的现代主义表达方式之前，我们有必要论述钱锺书和吴经熊的这两篇论文。1929年入读清华大学外文系的钱锺书与温源宁有师生之谊。应温源宁的邀约，钱锺书有两篇文章刊登在《天下月刊》上。第一篇是刊登在《天下月刊》1935年8月创刊号上的《中国古代戏剧中的悲剧》；第二篇是刊登在第4卷第4期上评论《吴宓诗集》的书评。钱锺书撰写《中国古代戏剧中的悲剧》，有其直接的文化背景。这就是中国戏剧表演在英美世界引起的轰动影响。其标志之一是1930年梅兰芳在美国巡演的巨大成功。《纽约时报》《纽约先驱论坛报》《纽约电讯报》等美国主流媒体争相积极报道。其标志之二是1934年中国旅英剧作家熊式一改编的英文剧《王宝钏》在伦敦的成功演出。因此钱锺书该文实际上是针对这一国人为之弹冠相庆的中国文化成功输出现象的理论反思。通览全文，钱锺书提出了两个核心的文学理论问题。首先，基于西方自古希腊、文艺复兴以来的戏剧，西方学者建构了系统的悲剧理论乃至文学批评理论。这些理论家包括亚里士多德（Aristotle，《诗学》）、I. A. 瑞恰慈（《文学批评原理》）、L. A. 瑞德（Louis Arnaud Reid，《美学研究》）、欧文·白璧德（《卢梭与浪漫主义》）、A. C. 布拉德雷（A. C. Bradley，《莎士比亚的悲剧》）。此外他还提及尼采、托马斯·哈代和E. M. 福斯特（《小说面面观》）。无论是按照西方的古典诗学理论、现代的文学批评原理、美学观念还是莎士比亚模式，王国维等中国学者从中国古代戏剧中发现的悲剧精神和悲剧因素，其实都是缺乏的、不存在的。换言之，严格按照西方文学史和文学批评的悲剧尺度来衡量中国古代戏剧，实质上是用西方的观念、理论和标准来估量中国文化。更进一步讲，我们对中国文学乃至文化的价值评判和肯定依赖的是西方的标准、西方人的价值观、西方人的审美情趣和品味。这样一种西方中心式的批评模式使中西文学交流互动过程中中国的标准、观念、价值和艺术情趣处于缺场状态。

这样的价值和观念缺场自然使中国文学的主体性、中国学者的声音处于受压制状态。因此钱锺书写作该文的目的是阐明这样一种观点，即：在中英跨文化的文学交流中，所谓的中国古代戏剧征兆的中国古代文学在西方引起的热烈反响和轰动效应，底子里隐藏着上述理论话语的不健全和价值失重。其次，为了进行跨文化的文学和价值重估以及相应的理论重构，钱锺书指出了比较文学研究的独特意义及其文化责任。撇开种族或文化差异，也无须奢谈社会学或人类学，要从根本上根治中国古代文学批评中理论和价值失重的现象，需要从中西比较视域来研究中西戏剧。我们不仅应关注中国古代文学与西方文学的区别并认识到西方批评家的偏颇和局限，而且应分析中国古代批评家提出的诗学理论和建构的价值体系与西方文学批评理论在核心的、根本的批评原理上的区别。在上述两步的基础上做到西方文学与中国文学、西方文学理论与中国文学理论的相互借鉴和观照。①

吴经熊在《天下月刊》发表的文章除了《唐诗四季》之外最有影响的莫过于他在《天下月刊》第4卷第1期上发表的文章《超越东西方》。说是文章，其实是以他1936年12月1日在南京写的日记为主，选取了他1936年11月17日日记的部分内容。而整篇文章中宏观的东西文化精神之熔铸和世界文明的更续图新之论述，集中在第五部分。如果说钱锺书的文章立论支点是文学比较以及比较鉴别基础上的文学借鉴，那么吴经熊的论述则指向另一种境界——融入东方或西方文化、融合东西方文化并最终哺化新的文明和新的人类。这是他提出的文明超越观的三重内涵或三步走的设想。无疑吴经熊的文明超越论已完全离开了严复的救亡图存呼吁或梁启超的新民思想，走向全新的世界视野和世界主义与人文主义融合的世界观。在这种开放的视野中，他发现莎士比亚（William Shakespeare）是一流的道教徒，罗伯特·伯顿（Robert Burton）是彻底的佛教徒。无论是中国的严复、胡适和林语堂，还是西方的G. L. 迪金森、约翰·杜威（John Dewey）、伯特兰·罗素、约翰·考柏·鲍维思（John

---

① Ch'ien Chung-shu, "Tragedy in Old Chinese Drama," *Ti'ien Hsia Monthly* 1.1 (August 1935): 45–46.

Cowper Powys），都从另一种文明中发现了崭新的自我和崭新的力量。他坚信中国文明与西方文明的结合，最终会是"未来人们回望这个世纪时将发现这是新文明的开端，是复数的人们开始进化成大写的单数的人的转折点"①。

这里出现了一个形式也是价值判断问题：钱锺书和吴经熊的上述思想表述与现代主义是什么关系？如果我们仅仅按照文学现代主义的程式和内容来衡量，那么现代主义无疑是现代主义小说、诗歌、戏剧的代名词。但是如果我们结合中国现代主义在其诞生、成长的历史、文化、物质语境中的实际状况和任务，那么我们无疑可以得出这样的论断：中国现代主义的探索和发展不仅面临着艺术探索的使命，而且面临着文化建设的任务，不仅要自觉地表现中国现代性的情感和经验，而且要在实现民族文化自觉意识的培育和民族文化与世界文化的融合这一大前提下积极引入并借鉴西方文学、文化和思想。因此中国现代主义不仅将文学、文化、思想甚至政治同时纳入其成长进程，而且一开始就确立了比较、跨文化最后是超越文化差异的文化民族主义与世界主义双重视域。正是在上述意义上，无论钱锺书提出的中西文学互借互鉴这一比较文学目标、吴经熊的中西文化汇通理想还是中国现代主义文学的英译实践都将现代主义推向了文学批评理论建构、世界文化建设、跨文化的文学译介共同支撑的中国文学和文化言说自我、彰显自我这一更高的层面和更宏大的跨文化场。这种现代主义价值的浓缩和现代主义表述方式的求新和扩展与《天下月刊》的指导思想是一致的。② 或者说，《天下月刊》各式各样的思想表述之上始终萦绕着现代主义的精神光环，这是《天下月刊》的第一个特征。

------

① John C. H. Wu, "Beyond East and West," *Ti'ien Hsia Monthly* 4.1（January 1937）：17.
② 孙科在《天下月刊》创刊号上指出："Culture traffics in ideas. It has no national boundaries, it enriches itself just as much by what it gives as by what it takes. …Culture is of the spirit. And unless the spirit of co-operation and good will is present in all our international undertakings, our efforts in organizing for peace will be in vain. …We welcome therefore contribution from Western scholars and others who are interested in ideas and who wish to bring about international cultural understanding."［*Ti'ien Hsia Monthly* 1.1（August 1935）：4-5］

用适合的方式表现个体的自我、成长中的自我、文化的自我、充满了情感悸动的自我最后是民族的自我。而个体的自我、充满了象征和情感的文化的自我又常常是民族的自我之提喻。因之，除了表述方式的扩展，中国现代主义乃至中英现代主义背后是丰富的人际关系。这无疑是《天下月刊》涉及的中国现代主义人物群体的第二个特征。温源宁与钱锺书的师生关系，沈从文与凌叔华等的京派文学关系，徐志摩、凌叔华与邵洵美同属新月派的关系，戴望舒、邵洵美、林语堂与海派文学的关系，新月派牵动的京派与海派的人际关系，新月派与现代派的关系，此外是凌叔华与朱利安·贝尔的爱恋关系，邵洵美与项美丽的爱恋关系，哈罗德·阿克顿与陈世骧、卞之琳及那一代中国诗人的关系。由单个的个体到私人间的情爱和友谊，从跨越国界和文化边界的迁徙流动到跨文化的情感和精神洗礼，从一代人到另一代人，由此形成了一张现代主义的也是跨文化的人际关系网络。这张人际关系网络蔓伸开来，基本上牵连着英国和中国现代主义文学、文化、思想和批评的关键人物。

《天下月刊》的第三个特征是语言文化的双重性和双向性。首先，就上述中国现代主义人物而论，他们基本上都经受过严格的中国传统教育和西方现代学术训练，既熟悉掌握两种文化深层的思想，又能娴熟地驾驭并运用英汉两种语言。这就是为什么吴经熊这样感叹："我甘愿认为自己是从两朵鲜花中汲取营养的整天忙碌的蜜蜂中的一只。……生为黄种人，接受白种人的教育，这是连亚里士多德都嫉妒的特权。……能像中国人那样去感悟，像西方人那样去思考，这是多么难能可贵啊！"[1] 这种中西文化的合璧和中英两种语言的并存产生了一种积极的、开放的、比较的、超越的文化意识。其次，从印刷资本主义这一文化物质基础中生成的英文刊物之文化传播和阐释模式发生了根本的裂变，即：从由英国人及文化帝国主义主导的单向传播逆转成由中国知识分子和西方知识分子共同参与的文化双向传播、阐释和接受。由此形成了英国现代主义与中国现代主义、印刷资本主义的文化物质与精神化运动之间的双向互动和双向认同系统。在这个双维度的双向互动和互认系统中，英国现代主

---

[1] John C. H. Wu, "Beyond East and West," *Ti'ien Hsia Monthly* 4.1 (January 1937): 17.

义参与中国现代主义并与中国传统文化认同；中国现代主义参与英国现代主义并与英国乃至西方现代性认同；印刷资本主义的文化物质为文化帝国主义、中国文化民族主义、中国现代印刷文化、中国现代主义乃至综合的文学现代性提供坚实的文化物质和技术环境，促成现代主义精神的孕育和勃兴；而文学现代性精神反过来又促进了各种以文学创作、文化传播、唯美情趣、摩登时尚等为旨趣的纯文学的、高雅文化的、通俗文化的甚至纯学术的刊物、社团、思潮、流派之形成。可以毫不夸张地讲，没有印刷资本主义奠定的文化物质基础，没有这个基础之上形成的双向互动和互认跨文化的文学场，就不可能产生英国现代主义与中国现代主义的对话和认同，也不可能产生英国现代主义和中国现代主义那充满了创新、包容、大气和多样性的精神化历程。

就是在这样一个文化物质和精神化取向、西方现代性与中国现代性之间的互动互认系统中，《天下月刊》存续了7年之久。也正是在这样一个系统中，从1920年代到1940年代，相继生长了《新月》《现代》《新诗》《诗刊》《时与潮》《文学杂志》《明日文艺》《东方与西方》《中国新诗》《诗创造》《大公报·星期文艺》《大公报·文学副刊》等中国文学现代性的喉舌。这些纯现代派文学和思想定位刊物向现代主义文学自律和文化主体性更近了一步，也更征兆了近30年的中国文学现代性历程中现代主义浪潮的起伏转折。

发展到极致，这种文化物质和精神化共同推动的浪潮中化生出浪漫、执著、奢华和激进。其象征性标志无疑就是邵洵美对现代主义的唯美眷恋——无论是他的诗，他与项美丽的情缘，他先后开办的金屋书店、上海时代图书公司、第一出版社，他创办的《狮吼》、《金屋》月刊、《时代画报》、《时代漫画》、《时代电影》、《文学时代》、《万象》月刊、《论语》半月刊、《十日谈》旬刊、《人言》周刊、《声色画报》等，他与人合办的《新月》月刊、《诗刊》，他与项美丽创办的《自由谭》月刊，他与项美丽合作翻译、连载、出版的毛泽东的《论持久战》，还是他那台先进的德国印刷机。所有这些谱写了一个时代的摩登、痴情、浪漫、奢华、深沉、激进融成的唯美情愫。

《天下月刊》是印刷资本主义滋养的印刷文化之征兆。《天下月刊》

这份面向世界、影响遍布中外的文化期刊成了现代主义文学作品、评论、译介的媒介。《天下月刊》的编辑和作者构成了一张复杂且丰富的人际关系网。这一张关系网中，离开北京大学、从北京南下上海的温源宁提携学生钱锺书。这张关系网中，在北京大学教授英国文学的哈罗德·阿克顿与自己的学生陈世骧联手向世界最早译介中国现代主义诗歌。这张关系网中，在1920年代初就已跻身徐志摩、胡适在北京的新月俱乐部的凌叔华与在武汉大学教授英国现代主义文学的朱利安·贝尔合作，将自己创作的小说翻译成英文。围绕着《天下月刊》这份刊物，从产生了那些诗歌、小说、评论的文化空间里，透过这张关系网的浮影暗光，我们不仅发现印刷文化、刊物与松散却又饱含着丰富情感的人际关系之间具有内在的、高度自律的同质性和关联性，而且发现这个相互关联的、同质的同时也是开放的场域系统连接着以北京大学、清华大学为核心的大学场域。更准确地讲，北京大学、清华大学的英国文学学科的诞生和成长不仅与英国现代主义、中国现代主义的发展共时同步，而且形成一种文学发生或文学生产意义上的哺乳现象，即：北大、清华的英国文学学科同时是现代主义作家、现代主义批评家和现代文学象征革命的栖息空间以及几代中国现代主义作家和批评家成长的摇篮。正是因为最现代的、最高等的大学中雄视中外、融化古今的英国文学学科，无论是中国现代主义的发展和传播、中国文学革命的持续发展还是中英现代主义的跨文化对话和认同才得以在1920—1940年代延绵不绝。从上述意义上来看，我们可以这样断言，姑且不论期刊、报纸等主导的印刷文化与大学文化之间的复杂关系，中国现代大学制度的先行者和领头者北大和清华的英国文学学科无疑是与印刷文化这一文化物质基础同等重要的、跨文化文学场的另一个体制性话语实践载体。

第三节　林纾的英国文学翻译
　　　　与中国的英国文学话语

中国语言文学表述系统中的英国文学话语发轫于19世纪末的英国文学翻译。此前，无论是传教士翻译，教会学校的教学，还是北京的同文馆、上海的广方言馆、江南制造局翻译馆、各类西书出版机构译介到汉语知识体系中的，差不多全是宗教、自然科学的声光电化、工程机械制造技术、医学或政治历史书籍。例如在同文馆的所有译书中，涉及外语语言的只有毕利干编的《汉法字汇》和汪凤藻译的《英文举隅》。[①] 1872年上海的《申报》刊载了英国18世纪讽刺小说家乔纳森·斯威夫特的小说《格利佛游记》的小人国部分，取名为《谈瀛小录》。这是有史可考的最早的英国文学翻译之一。同一年附属于《申报》的《瀛寰琐记》（1872—1875年）连载了英国作家爱德华·布尔沃-利顿（Edward Bulwer-Lytton）[②] 1841年问世的《夜与晨》，取名《昕夕闲谈》。但是最有影响、最成规模、最持久也最有坚实的奠基作用的开创工作是由林纾来完成的。特别具有文化启示意义的是，这位奠基型人物的英国文学翻译不仅哺育了整个中国现代文学的作家、学者、思想家和活动家群体，塑造了他们最初的也是最形象的关于西方社会和西方人的想象，也不仅以一种后发却超越的态势呼应了梁启超等发起的文学革命，从而超越了晚清洋务运动的器物科技诉求和变法改革的政治吁请，而且他本人进入现代大学话语场，参与现代文学象征革命的争鸣。

在论证林纾与英国文学话语实践的奠基关系之前，我们需首先考订他翻译的英国文学作品。林纾研究最权威的莫过于钱锺书收入《七缀集》中的《林纾的翻译》。钱锺书认为林纾一生共翻译外国小说170余种，前期翻译文笔劲朗舒展，后期翻译死沉支离，即袁枚论诗的"老手颓唐"。[③] 熊月之在《西学东渐与晚清社会》中认为，林纾从1897年开始翻译，至1924年去世，共翻译外国文学作品184种。[④] 他根据的是马泰来在《林纾的翻译》中的《林书翻译作品全目》来认定林纾翻译作品的数量。[⑤] 最

[①] 熊月之：《西学东渐与晚清社会》，上海人民出版社1994年版，第323页。
[②] 爱德华·布尔沃-利顿（Edward Bulwer-Lytton，1803—1873年）为英国19世纪维多利亚时期的政治家、诗人、剧作家和畅销小说家。他创作的大量畅销小说不仅使他家喻户晓，而且为他带来可观的财富。《夜与晨》是其畅销小说之一。
[③] 钱锺书：《七缀集》，上海古籍出版社1985年版，第92页。
[④] 熊月之：《西学东渐与晚清社会》，上海人民出版社1994年版，第702—703页。
[⑤] 马泰来：《林纾的翻译》，商务印书馆1981年版。孔庆茂在《林纾传》（团结出版社1998年版）的卷首也认可这个数量，即林纾翻译外国小说180多种。

新的也是最具颠覆性的论据是张俊才在《林纾评传》的附录二中详列林纾历年翻译的作品多达 246 种。① 借助张俊才的梳理考订，我们发现，从 1904 年至 1923 年的近 20 年时间里，林纾共翻译英国小说 101 种，涉及英国小说家 60 名。如果按照张俊才统计的原著者可查的 181 种计，林纾翻译的英国文学作品占总量的 55.7%，所涉及的英国小说家占外国作家总数（107 人）的 56%。如果我们更清楚地了解林纾翻译的其他国家作家作品的数量分布，我们就更清楚英国文学作家作品译介的绝对优势地位。其他国家的作家作品分布是：法国作家 20 名，作品 21 种；美国作家 15 名，作品 16 种；俄国作家 3 名，作品 11 种；希腊、德国、日本、比利时、瑞士、挪威和西班牙都是作家 1 名，作品 1 种。

表 5-7　　　　　　林纾翻译的英国文学作家作品一览表

序号	小说英文名（出版年份）	英文作者	小说汉语译名（出版年份）	中文笔译（中文口译）	中译本出版机构
1	The Second Punic War（1886）	阿纳乐德（Thomas Arnold）	布匿第二次战纪（1903）	（魏易）	京师大学堂官书局
2	Tales from Shakespeare（1807）	兰姆（Charles Lamb）	吟边燕语（1904）	（魏易）	商务印书馆（以下简称"商务"）
3	Eric Brighteyes（1891）	哈葛德（Henry Rider Haggard）	埃司兰情侠传（1904）	（魏易）	木刻本印行
4	Joan Haste（1895）	哈葛德	迦茵小传（1905）	（魏易）	商务
5	Cleopatra（1889）	哈葛德	埃及金塔剖尸记（1905）	魏易	商务
6	Montezuma's Daughter（1893）	哈葛德	英孝子火山报仇录（1905）	魏易	商务

---

① 这 246 种包括已出版的 222 种，未刊发的 24 种，原著作者有名可查的 181 种，原著作者无凭可考的 65 种，涉及国家 11 个，作家 107 位。详见张俊才《林纾评传》（中华书局 2007 年版），第 268—293 页。

续表

序号	小说英文名 (出版年份)	英文作者	小说汉语译名 (出版年份)	中文笔译 (中文口译)	中译本 出版机构
7	History of Napoleon Bonaparte (1829)	洛加德(John Gibson Lockhart)	拿破仑本纪(1905)	魏易	京师学务处官书局
8	Nada the Lily (1892)	哈葛德	鬼山狼侠传(1905)	曾宗巩	商务
9	Ivanhoe (1820)	司各德(Sir Walter Scott)	撒克逊劫后英雄略(1905)	魏易	商务
10	Allan Quatermain (1887)	哈葛德	斐洲烟水愁城录	曾宗巩	商务
11	Mr. Meeson's Will (1888)	哈葛德	玉雪留痕(1905)	魏易	商务
12	Life and Strange Surprising Adventures of Robinson Crusoe (1719)	达孚(Daniel Defoe)	鲁滨逊漂流记(1905)	曾宗巩	商务
13	Father Adventures of Robinson Crusoe (1719)	达孚	鲁滨逊漂流记续记(1906)	曾宗巩	商务
14	Colonel Quaritch V. C. (1888)	哈葛德	洪罕女郎传(1906)	曾宗巩	商务
15	Black Heart and White Heart, and Other Stories (1900)	哈葛德	蛮荒志异(1906)	曾宗巩	商务
16	Gulliver's Travels (1726)	斯威佛特(Jonathan Swift)	海外轩渠录(1906)	曾宗巩	商务
17	Beatrice (1890)	哈葛德	红礁画桨录(1906)	魏易	商务
18	Dawn (1884)	哈葛德	橡湖仙影(1906)	魏易	商务
19	People of the Mist (1894)	哈葛德	雾中人(1906)	曾宗巩	商务
20	The Talisman (1825)	司各德	十字军英雄记(1907)	魏易	商务
21	Chronicles of Martin Hewitt (1895)	瑟毛利森(Arthur Morrison)	神枢鬼藏录(1907)	魏易	商务
22	Micah Clarke (1889)	柯南达利(Arthur Conan Doyle)	金风铁雨录(1907)	曾宗巩	商务

续表

序号	小说英文名 (出版年份)	英文作者	小说汉语译名 (出版年份)	中文笔译 (中文口译)	中译本 出版机构
23	Nicholas Nickleby (1839)	却而司迭更斯 (Charles Dickens)	滑稽外史 (1907)	魏易	商务
24		几拉德	花因	魏易	中外日报馆
25	The Martyred Fool (1895)	大隈克力司蒂穆雷 (David Christie Murray)	双孝子喋血酬恩记 (1907)	魏易	商务
26	The Betrothed (1825)	司各德	剑底鸳鸯 (1907)	魏易	商务
27	The Old Curiosity Shop (1841)	却而司迭更斯	孝女耐儿传 (1907)	魏易	商务
28	David Copperfield (1850)	却而司迭更斯	块肉余生述 (前编, 1908)	魏易	商务
29	David Copperfield (1850)	却而司迭更斯	块肉余生述 (后编, 1908)	魏易	商务
30	A Study in Scarlet (1887)	柯南达利	歇洛克奇案开场 (1908)	魏易	商务
31	Uncle Bernac (1897)	柯南达利	髯刺客传 (1908)	魏易	商务
32	The Refugees (1893)	柯南达利	恨绮愁罗记 (1908)	魏易	商务
33	Oliver Twist (1838)	却而司迭更斯	贼史 (1908)	魏易	商务
34	More New Arabian Nights (1885)	路易斯地文 (Robert Louis Stevenson)	新天方夜谭 (1908)	曾宗巩	商务
35	Tales from Spenser, Chosen from the Faerie Queene (1890)	伊门斯宾塞尔 (Edmund Spencer)	荒唐言 (1908)	曾宗巩	商务
36	The Doings of Raffles Haw (1892)	柯南达利	电影楼台 (1908)	魏易	商务
37	For Love or Crown (1901)	马支孟德 (Arthur W. Marchmont)	西利亚郡主别传 (1908)	魏易	商务

续表

序号	小说英文名 （出版年份）	英文作者	小说汉语译名 （出版年份）	中文笔译 （中文口译）	中译本 出版机构
38	King Solomon's Mines（1885）	哈葛德	钟乳骷髅（1908）	曾宗巩	商务
39		约翰沃克森罕	天囚忏悔录（1908）	魏易	商务
40	The Scarlet Pimpernel（1905）	男爵夫人阿克西（Baroness Emma Orczy）	英国大侠红蘩蕗传	魏易	商务
41	Beyond the City（1892）	柯南达利	蛇女士传（1908）	魏易	商务
42		却洛得倭康、诺埃克尔司	彗星夺婿录（1909）	魏易	商务
43	Dombey and Son（1848）	却而司达更斯	冰雪因缘（1909）	魏易	商务
44	Jess（1887）	哈葛德	玑司刺虎记（1909）	陈家麟	商务
45	The White Company（1891）	柯南达利	黑太子南征录（1909）	魏易	商务
46		却洛得倭康、诺埃克尔司	彗星夺婿录	魏易	商务
47	The Secret（1907）	蛮立伯倭翰（E. Phillips Oppenheim）	藕孔避兵录（1909）	魏易	商务
48	A Man of Mark（1890）	安东尼贺迫（Anthony Hope）	西奴林娜小传（1909）	魏易	商务
49		司丢阿忒	脂粉议员（1909）	魏易	商务
50	From One Generation to Another（1892）	色东麦里曼（Henry Seton Merriman）	芦花余孽（1909）	魏易	商务
51	The Quests of Paul Beck（1908）	马克丹诺保德庆（M. McDonnel Bodkin）	贝克侦探谈（初编、续编，1909）	陈家麟	商务

续表

序号	小说英文名（出版年份）	英文作者	小说汉语译名（出版年份）	中文笔译（中文口译）	中译本出版机构
52	The Quests of Paul Beck (1908)	马克丹诺保德庆（M. McDonnel Bodkin）	贝克侦探谈（续编，1909）	陈家麟	商务
53	She (1886)	哈葛德	三千年艳尸记（1910）	曾宗巩	商务
54	Benita (1906)	哈葛德	古鬼遗金记（1912）	陈家麟	上海广智书局
55		倭尔吞	深谷美人（1914）		北京宣元阁
56		测次希洛	残蝉曳声录（1914）	陈家麟	商务
57	The Man Who Was Dead (1907)	马尺芒忒	黑楼情孽（1914）	陈家麟	商务
58		希洛	罗刹雌风（1915）	力树萱	商务
59	Fair Margaret (1907)	哈葛德	双雄较剑录（1915）	陈家麟	商务
60		马格内原	石麟移月纪（1915）	陈家麟	中华书局
61	Richard II (1597，戏剧)	莎士比亚	雷差得纪（小说，1916）	陈家麟	《小说月报》
62	Henry IV (1598，戏剧)	莎士比亚	亨利第四纪（小说，1916）	陈家麟	《小说月报》
63	Henry VI (1594，戏剧)	莎士比亚	亨利第六遗事（小说，1916）	陈家麟	商务
64	Julius Caesar (1623，戏剧)	莎士比亚	凯彻遗事（小说，1916）	陈家麟	《小说月报》
65	Henry V (1600，戏剧)	莎士比亚	亨利第五纪（小说，1925）	陈家麟	《小说世界》

第五章　跨文化场的中国缘起:现代风的洗礼 / 143

续表

序号	小说英文名 (出版年份)	英文作者	小说汉语译名 (出版年份)	中文笔译 (中文口译)	中译本 出版机构
66		威力孙	情窝(1916)	力树萱	商务
67	The Dove in the Eagle's Nest	杨支(Charlotte Mary Yonge)	鹰梯小豪杰(1916)	陈家麟	商务
68		希登希路	红箧记	陈家麟	《小说月报》
69	The Thane's Daughter(1850)	克拉克(Mary Cowden Clarke)	奇女格露枝小传(1916)	陈家麟	商务
70		鹮刚伟	云破月来缘(1916)	胡朝梁	商务
71		倩伯司	诗人解颐语(1916)	陈家麟	商务
72	Tales from Chaucer in Prose(1870)	曹西尔(Geoffrey Chaucer)	乔叟故事集	陈家麟	商务
73	The Ghost Kings(1908)	哈葛德	天女离魂记(1917)	陈家麟	商务
74	The Brethren(1904)	哈葛德	烟火马(1917)	陈家麟	商务
75		大威森	拿云手(1917)	陈家麟	《小说海》
76		利华奴	柔乡述险(1917)	陈家麟	《小说月报》
77	A Brighton Tragedy(1905)	布司白(Guy Boothby)	女师饮剑记(1917)	陈家麟	商务
78		陈施利	牝贼情丝记(1917)	陈家麟	商务
79		赖其铛女士	痴郎幻影(1918)	陈器	商务
80		参恩女士	桃大王因果录(1918)	陈家麟	商务
81	The Rosary(1909)	巴克雷(Florence L. Barclay)	玫瑰花(前编,1918)	陈家麟	商务
82	The Rosary(1909)	巴克雷	玫瑰花(续编,1919)	陈家麟	商务

续表

序号	小说英文名（出版年份）	英文作者	小说汉语译名（出版年份）	中文笔译（中文口译）	中译本出版机构
83		武英尼	鬼窟藏娇（1919）	陈家麟	商务
84		约翰魁迭斯	西楼鬼语（1919）	陈家麟	商务
85	The Witch's Head (1887)	哈葛德	铁匣头颅（前编，1919）	陈家麟	商务
86	The Witch's Head (1887)	哈葛德	铁匣头颅（续编，1919）	陈家麟	商务
87	Maiwa's Revenge (1888)	哈葛德	豪士述猎（1919）	陈家麟	《小说月报》
88		卡扣登	莲心藕缕缘（1919）	陈家麟	商务
89	The Phantom Torpedo	亚波得（Allan Upward）	赂史（1920）	陈家麟	商务
90		高桑司	欧战春闺梦（初编，1920）	陈家麟	商务
91		高桑司	欧战春闺梦（续编，1920）	陈家麟	商务
92	The World's Desire (1890)	哈葛德	金梭神女再生缘（1920）	陈家麟	商务
93		美森	妄言妄听（1920）	陈家麟	商务
94	The Lances of Lynwood (1855)	杨支	戎马书生（1920）	陈家麟	商务
95	Stories from the Opera (1914)	达威生（Gladys Davidson）	泰西古剧（1920）	陈家麟	商务
96	Queen Sheba's Ring (1910)	哈葛德	炸鬼记（1921）	陈家麟	商务
97	Windsor Castle (1843)	安司倭司（William Harrison Ainsworth）	厉鬼犯跸记（1921）	毛文钟	商务
98	A Journey from This World to The Next (1743)	斐鲁丁（Henry Fielding）	洞冥记（1921）	陈家麟	商务

第五章 跨文化场的中国缘起:现代风的洗礼 / 145

续表

序号	小说英文名 (出版年份)	英文作者	小说汉语译名 (出版年份)	中文笔译 (中文口译)	中译本 出版机构
99		伯鲁夫因支	怪董 (1921)	陈家麟	商务
100		威尔司	鬼悟 (1921)	毛文钟	商务
101		高尔忒	马妒 (1921)	毛文钟	商务
102		卡文	沧波淹谍记 (1921)	毛文钟	商务
103	The Island Mystery (1918)	伯明罕 (George A. Birmingham)	沙利沙女王小记 (1921)	毛文钟	商务
104		道因	情海疑波 (1921)	林凯	商务
105		路易	埃及异闻录 (1921)	毛文钟	商务
106		泊恩	瞶目英雄 (1922)	毛文钟	商务
107		克林登女士	情天补恨录 (1924)	毛文钟	商务
108	Carnival of Florence (1915)	巴文 (Marjorie Bowen)	妖髡缳首记 (1923)	毛文钟	《小说世界》

通过表5-7的统计,我们发现林纾实际翻译并刊发、出版的63位英国戏剧家、小说家、诗人[①]的小说、戏剧、诗歌作品总计108部。这个数据比张俊才统计的60位作家和101部作品分别多了3位和7部。

林纾的英国文学翻译始于1903年,终于1924年。这20年左右的时间正好与他北上京城,将个人的命运融入北京大学及中国现代文学运动的整个人生巨转是吻合的。1901年秋林纾的同乡好友陈壁刚任京兆尹即推荐他为金台书院讲席。1902年北京五城中学堂成立后,林纾出任国文

---

① 这63位作家是:阿纳乐德、兰姆、哈葛德、洛加德、司各德、达孚、斯威佛特、瑟毛利森、柯南达利、却而司迭更斯、几拉德、大隈克力司蒂穆雷、路易斯地文、伊门斯宾塞尔、马支孟德、约翰沃克森罕、男爵夫人阿克西、却洛得倭康、诺埃克尔司、薰立伯倭翰、安东尼贺迪、司丢阿忒、色东麦里曼、马克丹诺保德庆、倭尔吞、测次希洛、马尺芒忒、希洛、马格内原、莎士比亚、威力孙、杨支、希登能路、克拉克、鹊刚伟、倩伯司、曹西尔、大威森、利华奴、布司白、陈施利、赖其锃女士、参恩女士、巴克雷、武英尼、约翰魁迭斯、卡扣登、亚波得、高桑司、美森、达威生、安司倭司、斐鲁丁、伯鲁夫因支、威尔司、高尔忒、卡文、伯明罕、道因、路易、泊恩、克林登女士、巴文。

总教习。此时林纾与正担任京师大学堂总教习的桐城派古文大师吴汝纶认识并得到他的赏识。因此1903年严复任京师大学堂译书局总纂之时，林纾任副总纂，专职"笔述"。1906年他被聘为京师大学堂预科和师范馆的经学科教员，讲授古文辞。辛亥革命之后，曾经激进的林纾与北大的激进和反叛趋向渐行渐远。到了1917年新文化运动再倡更激进的文学革命之际，回护传统和古文的林纾自然卷入了新旧思潮的激烈战斗之中。这一时期他撰写发表了《修身讲义》（1916年）、《列女传》（1916年）、《论古文之不宜废》（天津《大公报》1917年2月1日）以及攻击诋毁陈独秀、钱玄同、胡适等的小说《荆生》（《新申报》1919年2月17日、18日）、《妖梦》（《新申报》1919年3月19—23日）。胡适在《文学改良刍议》（《新青年》1917年1月1日）、钱玄同在《寄陈独秀》的信中对林纾进行了影射贬低。钱玄同在《寄胡适之》的信中辱骂林纾是"桐城谬种"、"选学妖孽"。他与刘半农在《新青年》上假托王敬轩之名导演了批判林纾的双簧戏（1918年3月）。这样林纾独放异彩的时代已一去不返。林纾启发、影响的那一代后来的文化、知识也是文学先锋在争夺文化和思想的至尊地位过程中以反俄狄浦斯的方式阉割了这个哺育了他们的文化象征符号。林纾从南方走向京城，走上庙堂之高，走向辉煌。也正是在从京师大学堂向辛亥之后的北京大学的历史剧变中，他黯然退场。所有这些背后是一种什么样的力量在起作用？

带着这个问题，我们从跨文化的文学生产这个角度，而不是局限于林纾的纯个体翻译这个钱锺书先生所论的"媒"的环节，来透视林纾的英国文学翻译、他在英语语言文化体系与汉语语言文化体系之间的选择和干预以及他对汉语语言文化系统的影响。通过林纾笔译的英国作家作品既有14世纪乔叟（Geoffrey Chaucer）的《坎特伯雷故事集》，16世纪末至17世纪初的文艺复兴巨子威廉·莎士比亚的历史剧，18世纪的小说家丹尼尔·笛福的《鲁滨逊漂流记》、乔纳森·斯威夫特的《格利佛游记》、亨利·菲尔丁（Henry Feilding）的《冥洞记》、瓦尔特·司各特的历史小说《艾凡赫》，19世纪中叶杰出的小说大师查尔斯·狄更斯，19世纪末20世纪初的多产畅销小说家亨利·耐德·哈葛德（Henry Rider Haggard）、侦探小说之王阿瑟·柯南·道尔（Arthur Conan Doyle）。如果按照翻译作品的数量排序,首先是亨利·耐德·哈葛德,他有23部小说被林纾翻译成汉语;其次是柯南·道尔,他有7部小说被译成汉语;查尔斯·狄更斯有5部小说被译成汉语;莎士比亚的5部历史剧、司各特的3部历史小说被译成汉语。这些小说和戏剧都以历史、社会生活、侦探、历险、传说为主题。所余其他被林纾翻译成汉语的小说也基本上围绕情爱、传奇、历险、鬼怪这几类主题。因此,尽管涉及的英国作家作品众多,我们发现一种跨文化积极选择而非被动接受的现象。

首先,小说或小说表述模式是不变的基本原则。无论是莎士比亚的历史剧还是乔叟的古体英文诗在进入汉语系统后都被转换成小说——一种在当时的中国语言文化语境中,在文学类型风格等级秩序中开始享有积极、很高地位的文学类型和风格。其次,所有这些译作涉及的主题基本上是历史、社会生活、情感、侦探、历险、传奇、鬼怪七类。而这些主题又基本上是中国传统的传奇小说、志怪小说、演义、公案小说所力图表现的主题和内容。也就是说,这些作品是按照中国语境中读者或者隐含的读者的阅读期待标准,经过选择后被译成汉语的。正是因为这样一种文化选择机制的作用,无论是莎士比亚的悲剧、亨利·菲尔丁的代表作《汤姆·琼斯》还是19世纪末比哈葛德或柯南·道尔更具有西方文学经典价值的作家作品都没有进入林纾的翻译世界。最后,从翻译作品创作的时间来看,主要集中翻译的是与译者所处的文化时代同时或稍早一些的作品。这种在翻译作品选择中透露出的鲜明的共时性或同时性,无疑揭示了在翻译环节尤其是口译者这一环节与英国乃至西方社会历史的同时代意识——一种从传统中国的时间意识的厚茧中已破壳而出的现代时间意识,一种对西方现代风的敏感、认同、想象和传播。在此意义上,我们不难理解为什么位列排行榜首的是哈葛德和柯南·道尔;为什么选择了莎士比亚的历史剧和司各特的历史小说。当然,司各特的历史小说更传谕了一种迎合当时中国文化期待的声音,即新的、现代的、重生的也是自强的民族身份塑造。通过翻译来呈现的、通过阅读翻译小说来感知和想象的民族身份实际上达到了梁启超的政治小说或新民思想、严复的救亡绝论同样的效果。而一旦离开文雅的知识分子世界,翻译小说在市民社会中或许能产生更潜移默化的影响效果。这也正是林纾了不起的地方之一。

在英汉两个系统之间存在着一个独特的群体，即与林纾配合，提供原文作品并将之口述成汉语的口述者群体。这是一个被历史话语边缘化或沉默化的群体，尽管他们发挥着跨文化知识提供者（transcultural informant）的关键性作用。从1897年开始翻译法国作家小仲马的《巴黎茶花女遗事》，在此后长达28年的时间里，不同的口述者与林纾合作翻译。1897年前后，王寿昌、魏瀚最早与当时在福建的林纾合作。福州人王寿昌毕业于福建马尾船政前学堂制船科，后在法国巴黎大学留学6年，攻读法学，专修法文。1897年前后他学成归国，任马尾船政学堂法文教习。魏瀚同为福州人，著名造舰专家，求学于福州船政前学堂，后留学法国，归国后任船政工程处总工程师，监造中国军舰。1897年前后也是他离开福建船政的前夕。两位留学法国的科技人才与林纾为同乡好友，也是林纾翻译事业的领路人。

林纾英国文学翻译的口述合作者包括：魏易、曾宗巩、陈家麟、力树萱、胡朝梁、陈器、毛文钟、林凯。1901年初到北京的林纾与担任京师大学堂英文教习的魏易开始了长达9年的合作（1901—1909年）。出生于浙江杭州的魏易毕业于上海圣约翰大学。虽未留学海外，但是出众的英语水平使他在青年时就展露才华，担任上海《译林》编辑和教育部翻译。1909年后魏易离开教职，结束了与林纾的合作，步入仕途，担任大清银行正监督秘书一职；辛亥革命后曾任熊希龄内阁秘书长；后又步入商界，任开滦煤矿公司总经理。差不多与魏易合作的同一时段，林纾与曾宗巩合作翻译（1904—1910年）。曾宗巩为福建长乐人，毕业于天津水师学堂驾驶专业，英、法语兼通。毕业后他曾入京师大学堂任口述，开始与同乡林纾的合作。辛亥革命后，他离开京师大学堂，步入海军界，一帆风顺，获少将军衔。林纾与陈家麟合作的时间最长（1909—1922年）。陈家麟主要懂英文，他与林纾合作翻译的作品数量最多，但是无论是所选的原文作品还是翻译作品质量都不高，影响不大。林纾1912—1913年与力树萱合作，翻译了《情窝》《罗刹雌风》。1914年与陈器合作。与默默无闻的力树萱相比，陈器毕业于京师大学堂，后入仕在不同部门任秘书，再后来在北平大学、女子师范大学、北京大学等校任教。1915年与胡朝梁合作。胡朝梁曾求学于上海震旦、复旦大学，一生好诗修佛，著有《诗庐诗存》。林纾在生命的最后几年的合作者是毛文钟和林凯（1920—1923年）。

从教育背景看，这些口述者要么留学国外多年，要么是近代中国培养的杰出科技人才，要么是一流的教会大学和国立大学的高才生。明确的专业知识、娴熟的或较好的英语、法语水平既使他们能及时、敏感地了解、捕捉西方文学的信息并按照自己的文化修养来鉴赏、甄别待翻译的文学作品，又使他们必须与传统学问积淀深厚、长于古典文学文字表达的林纾配合。从这些口述者与林纾合作的时间来看，他们大部分是在林纾入京尤其是入讲京师大学堂之后开始与林纾的合作。而他们与林纾合作的时间也基本上是他们在京师大学堂、北京大学、清华大学等任教或求学的时间。后来随着他们离开大学，步入军界、商界、政界或科技界，他们与林纾的合作也就自然终止了。因此我们不难判断力树萱、毛文钟、林凯等合作者必然是北大、清华在校或刚毕业的青年大学生。林纾与上述知名或不知名的合作者的关系是通过京师大学堂、北京大学、清华大学这些高等教育学术研究机构这个界面来形成的。甚至部分合作者本人所从事的就是京师大学堂的英文讲席或译书局的口述。他们与林纾的合作是分内的事业。进一步讲，林纾与这些合作者一起进行的英国文学翻译开始于他们进入京师大学堂等高等教育、学术研究机构之后，他们共同实践的英国文学翻译既是大学自身体制化建立和发展过程中的话语实践，也是英国文学借助大学制度来展开的学科话语实践的开端。正是在上述意义上，我们说林纾是英国文学学科话语实践的象征性奠基人物，也是中国现代文学新眼界的第一位开启者，同样是中英现代文学交流对话的第一位集大成者。

关于林纾对英国文学的翻译及其在汉语言文化系统中的接受影响，我们从同时代的友人、受惠于他的新文学干将乃至后起的英国文学研究者的评说中可见一斑。1924年10月林纾病逝。约一月后郑振铎在《小说月报》（15卷11号）上发表纪念文章《林琴南先生》。他认为，通过林纾的翻译，中国的知识分子开始真正了解西方人和西方社会。曾经与林纾展开新旧论战的胡适1926年在评价林纾的白话诗的文章《林琴南先生的白话诗》中重新肯定林纾。"我们晚一辈的少年人只认得守旧的林琴南而不知道当日的维新党林琴南；只听得林琴南老年反对白话文学，而不知道林琴南壮年时曾做很通俗的白话诗——这算不得公平的舆论。"① 鲁迅坦承林纾对自己的影响。留学日本东京的鲁迅等人为了一阅林译小说为快，常跑到神田的中国书林去购买，还将译本拿到书店去装上硬纸板书面，背脊用青灰洋布包裹。周作人在《林琴南与罗振玉》一文中说："他介绍外国文学，虽然用了班、马的古文，其努力与成绩绝不在任何人之下。……我几乎都因了林译，才知道外国有小说，引起一点对于外国文学的兴趣。我个人还曾经很模仿过他的译文。"② 钱锺书在《林纾的翻译》中回忆道：

> 我自己就是读了林译而增加学习外国语文的兴趣的。商务印书馆发行的那两小箱《林译小说丛书》是我十一二岁时的大发现，带领我走进了一个新天地……接触了林译，我才知道西洋小说会那么迷人。我把林译哈葛德、迭更司、欧文、司各德、斯威佛特的作品反复不厌地阅览。假如我当时学习英语有什么自己意识到的动机，其中之一就是有一天能够痛痛快快地读遍哈葛德以及旁人的探险小说。③

从英国作家作品，经过林纾及其合作者的翻译，到鲁迅、周作人、钱锺书等两代人的接受，英国文学就这样与中国新旧知识分子、与中国的近现代文化象征革命、与诞生中的现代大学以及这个大学体制中发挥着独特作用的英国文学学科形成了跨文化的关联关系。

林纾最终与他的翻译影响、泽被的中国现代文学、思想先锋群体分道扬镳，根本的原因之一是林纾在自己掌握的两种文学的、文化的资源——以英国为主导的西方文学资源和以桐城派古文和中国传统文化为核心的中国古典文学、文化资源——之间进行并最终作出了价值判断和选择，即：回归传统经学，投入传统文化的怀抱。这就是为什么康有为

---

① 胡适：《胡适自述》，华东师范大学出版社2013年版，第132页。
② 周作人：《林琴南与罗振玉》，《语丝》1924年12月第3期。
③ 钱锺书：《七缀集》，上海古籍出版社1985年版，第82—83页。

在诗中盛赞"译才并世数严林"①,却令林纾烦恼不快,因为他的学术和文化指归根本上是中国古典资源。不难理解,为什么在前文中我们认为他英国文学翻译的参照系是中国传统文化。如果说林纾与合作者的关系是一种松散的个人间合作关系,缺乏严格的制度约束机制,他在大学体制中进行的英国文学翻译仅仅是话语实践的开端,那么无论是北大还是后来的清华在英国文学教学与科研方面的英文系科设置、教师队伍、课程设置、师生的文学实践、师生的英国文学研究则全面地推动了英国文学学科话语实践。

第四节 北大、清华、西南联大的英国文学话语实践

我们在前文分析《天下月刊》撰稿队伍中的中国现代主义人物,或为外文系学生,或为外国文学教授,或两者兼备,与外语学科密不可分的有15位,其中与北大、清华、西南联合大学甚至燕京大学的英国文学学科结缘的有13位。其具体分布情况见表5-8。

表5-8 《天下月刊》中国学者撰稿人及大学、学科分布

姓名	所在大学	所在系及身份	学习、研究领域
温源宁	北大、清华	英文系、教师	英国文学
钱锺书	清华、西南联大	英文系、学生/教师	英国文学
林语堂	清华、北大	英文系、教师	比较文学
全增嘏	清华留美预备学堂、复旦	外文系、学生/教师	哲学、英国文学
钟作猷	北大	外文系、学生	英国文学
陈世骧	北大	外文系、学生/教师	英国文学
卞之琳	北大	外文系、学生	英国文学
李广田	北大、西南联大	外文系、学生/教师	英国文学

---

① 《琴南先生写〈万木草堂图〉,题诗见赠,赋谢》:"译才并世数严林,百部虞初救世心。喜剩灵光经历劫,谁伤正则日行吟。唐人顽艳多哀感,欧俗风流所入深。多谢郑虔三绝笔,草堂风雨日披寻。"

续表

姓名	所在大学	所在系及身份	学习、研究领域
梁宗岱	北大、清华、南开	法语系、教师	法国文学
凌叔华	燕京	外文系（英、法、日）、学生	英国文学
曹禺	清华	外文系、学生	西方戏剧
姚莘农	东吴	外文系、学生	戏剧
冰心	燕京	外文系、学生	文学
徐志摩	北大	英文系、教师	英国文学
毛如升	中央大学	外文系、学生	英国文学

这其中与英国现代主义作家，尤其是参与北大、清华英国文学教学的英国现代主义作家、批评家关系最紧密的当属温源宁、钱锺书、陈世骧、卞之琳、李广田、梁宗岱、徐志摩。例如，温源宁将哈罗德·阿克顿推荐到北京大学教授英国文学；阿克顿又与陈世骧等有师生之谊和提携之恩；钱锺书直接受惠于 I. A. 瑞恰慈；卞之琳在北大英文系求学期间，受到徐志摩赏识，不仅将他的诗歌推荐给《诗刊》发表，而且请沈从文为其写题记。不难看出，以北大、清华的英国文学学科为界面，英中两国作家、学者、诗人、青年学生尽情地汲取着英国文学和英国现代主义的甘露，满腔热情地投身入中国新文学的文化象征革命，共同形成了以大学为堡垒的文学场中至关重要的文学创作、文学批评和思想探索群体，相互之间形成可资利用的文学资源和文化资本。

有关印刷资本主义土壤中成长起来的现代印刷文化之研究，英国学者贺麦晓（Michel Hockx）在《风格问题：现代中国的文学社团和文学期刊，1911—1937 年》（2003 年）中提出了比克里斯托夫·A. 里德的《上海的古登堡：中国印刷资本主义，1876—1937 年》（2004 年）更文学化的理论观点。贺麦晓立足皮埃尔·布迪厄的文学场理论，从文学生产活动涉及的文学实践关系角度，提出以下核心理论观点：在 1915—1949 年中国现代文学自足、职业化的共同体生成过程中，文学社团和文学刊物不仅是印刷资本主义推动的印刷文化的产物，而且是中国现代文学的主要存在方式、组织形式和表现手段。将对中国现代文学的研究从经典化的作家作品和主流的"五四"范式延伸到其社会维度以及中国激进的新文学革命之外的广阔场景,他发现我们通常所论的文学风格不仅仅指向语言的集合,而且与各种生活风格、组织风格(如社团)和出版风格(如期刊)关联。语言风格的多样和混杂事实上使现代文学僭越了我们划定的传统文学、通俗文学和新文学的边界。印刷资本主义推动的文学职业化和专业化最鲜明地表现为大量与出版业紧密关联的文学社团的形成。这些现代文学社团日益倾向于组织期刊、编辑丛书和出版,使这些期刊和丛书成为社团成员文学作品发表的主要载体,维系着成员之间、作者与读者群之间、作者与出版业之间的连接关系。例如1921—1947年存在长达26年的文学研究会在开始阶段主要得力于财大气粗的大出版商商务印书馆和上海的《中华时报》(China Times)、北京的《晨邮报》(Morning Post)这两家报馆的大力支持。贺麦晓从这些社团现象中发现三个基本因素:出版业性质的改变使文人群体不仅负责书籍出版,而且参与报纸和期刊的编辑;大量文人受雇于出版社或报馆,更直接地介入出版业;文学活动和出版具有了更为自足、更趋专业化的特征。因此他认为,从1910年代中期开始,文学期刊迅速成为文学文本传播的主要媒介。"事实上20世纪上半叶每部知名的文学作品最初都发表在文学期刊或副刊上,只是之后才以书籍的形式出版。这一事实本身要求研究中国现代文学的学者重新思考文学分析中最常用的观念和方法。"[1] 有关文学批评的概念和方法与文学传播的方式和途径之间的对应关系,不是此处分析的重点。但是文学传播作为文学生产活动的重要组成环节这种观点无疑超越了单纯的作家作品论。它将研究的视域扩展到文学的文化物质基础和文学创作之外的文学组织、文学交流、文学的商业生产、文学作品的流通、文学消费等环节。按照贺麦晓的论证,所有这些环节中至关重要的中转空间是印刷技术革命最彻底、印刷资本主义最发达的上海。

上海自然是文学生产的主要地点,但也是其他地方文学产品的

---

[1] Michel Hockx, *Questions of Style: Literary Societies and Literary Journals in Modern China, 1911–1937* (Boston: Brill, 2011), p. 29.

中转站。……特别是文学期刊似乎常常通过上海出版商的中介作用能面向更庞大的读者群。……简言之，为了在共和时期的中国获取文学成功，尽管并非绝对必要在上海安营扎寨，但是维系着与上海出版界的某种关系却是必要。[1]

贺麦晓从风格角度切入中国现代文学场中文学社团这种组织结构和文学期刊这种出版媒介，进而肯定上海在中国现代文学场的印刷文化物质和文学资源的分配方面不可替代的作用。这种肯定其实与李欧梵在《上海摩登》中对上海的现代都市文化物质空间中现代主义文学的生长这种观点具有内在的一致性，即：转向肯定文化物质的决定作用，从而肯定所谓的"海派"现代风以及扎根上海都市文化空间、表现现代都市想象、体验、情感、情调的"现代派"和"新感觉派"。这里并不单纯地涉及所谓的"京派"与"海派"的划分或对立问题，而是关乎在印刷资本主义基础上或者更准确地讲是否有与印刷资本主义文化并存且同等重要的其他的现代主义的也是跨文化的话语实践现象这个问题。这就回到我们前面强调的文化物质实践与文化知识实践和精神的智性探索这两极之间的互认互动这一理论认知原则。更具体地讲，这反证了中英跨文化的文学场之生成性建构必然存在一个符合文化现代性体制实践的知识和思想源头。这个源头必然是同样日益获得学术自律、思想自律和体制自律，为现代人文学者、知识分子提供强有力的文化象征资本，使他们更能得天独厚地占领并主导文学场内的首先是文学的、其次是文化的、最后是思想批判的文学象征革命运动。

结合上述观点，在进一步分析跨文化的文学场中中国现代英国文学学科的独特的生成建构价值之前，我们有必要首先关注季剑青和王彬彬这两位中国学者有关中国现代大学与现代文学关系的研究。季剑青在2007年完成的博士学位论文《大学视野中的新文学：1930年代北平的大学教育与文学生产》中同样借鉴皮埃尔·布迪厄的文学场研究方法，从

---

[1] Michel Hockx, *Questions of Style: Literary Societies and Literary Journals in Modern China, 1911–1937* (Boston: Brill, 2011), p. 89.

文学发生学的角度来揭示1920年代、1930年代北平的北京大学、清华大学、燕京大学等高等学府在中国新文学的发生和发展过程中不可或缺的地位和作用。以这些大学为核心构成的新文学场中，文学生产的机制建立在师生关系、同学关系、社团组织、社团刊物、大学教育、人际网络等基础之上。大学中文系和外文系的课程设置的导向、师资队伍的构成、师生的创作和批评实践、学者们的学术研究共同塑造了那些立足大学的新文学实践者关于新文学的想象。大学视野中的新文学实则牵扯到五对张力关系：文学运动与现代大学日趋增强的学术研究之间的张力；陷入文学失语症的大学国文系秉承的文学概论知识体系与视野开阔、融贯中外古今文学资源、倡导文学本体论的外文系代表的西方文学批评知识体系之间的张力；新文学创作与学术化的文学批评之间的张力；北大、清华形成的主导性的文学话语与其他在竞争中处于劣势、较少文学资源和文化资本支配权的大学内的师生甚至包括闯入北京、寄居陋室、在文学场内挣扎求生存的文学青年之间的矛盾张力；最后是在中国知识分子的现代心路历程上传统的官场帮闲文人与新式的思想启蒙主体的分裂。尤其值得我们注意的是他在论述上述张力现象时对北大、清华外文系在新文学的发生过程中独特的作用和价值的高度肯定。例如在区分中文系与外文系的教授们的知识传授及文学视野时，他指出：

> 在这里，大学的主要功能是知识生产，其中隐含的"学院的逻辑"投射到他们对新文学的反思及想象中，表现于课程设置、批评实践、学术研究等各个方面。而国文系和外文系之间在这方面又存在明显的差异，前者由于要面对五四反传统的"范式压力"，因而在处理新文学和古典传统的关系的时候充满了紧张，后者则更多地表现出一种超越"中/西""现代/传统"的"普遍性的视野"，然而这种视野却仍是在西方（特别是西方现代主义）的刺激下形成的。[①]

[①] 季剑青：《大学视野中的新文学：1930年代北平的大学教育与文学生产》，博士学位论文，北京大学，2007年，第6页。

因此就不难理解出现这样的现象,即:"反倒是当时带有外国文学背景的学人作家,更能意识到对古典文学资源的汲取和接受"①,兼通中西文学的人只能是具有留学背景、在外文系传道授业解惑的吴宓、徐志摩、梁实秋和朱光潜等。② 遗憾的是季剑青没有认识到,现代大学中的文学批评和学术研究是现代文学象征革命的展开和深化,而不是与文学创作活动分离或对立的思想活动;没有认识到外文系的学科实践是横跨中英文化边界的跨文化的知识话语实践,而仅仅将西方的文学批评和现代主义理解为对中国现代文学产生刺激效果的外来因素。

有别于季剑青的文学发生论,王彬彬在论文《中国现代大学与现代文学的相互哺育》中从起源/互动论角度来阐释中国现代大学与现代文学的影响关系。他将北大的《新青年》《新潮》这两种刊物和以这两种刊物为喉舌的胡适、陈独秀、鲁迅、周作人、钱玄同、刘半农、李大钊等北大教师视为新文学的发端,提出"中国新文学起源于大学"这一理论论断。此后的新文学发展道路上,大学与文学良性互动,相互哺育。"中国现代大学,是现代中国最富有自由和民主精神的地方,也是现代中国最富有人文气息的地方。这样一种环境,为新文学创作提供了极其适宜的土壤。"③ 他同样认识到外国文学资源在中国现代文学中的独特价值。他指出:

> 从事外国文学研究和教学的教师和在外文系学习的学生,同时又进行中国新文学的创作,这使得外国文学能够最直接真切、最大限度地成为中国新文学的资源,而在外国文学直接影响下进行中国新文学创作,又能使他们对外国文学产生更深刻的理解。冯至、卞之琳,以及以穆旦为代表的西南联大学生诗歌群体,就是这方面的典型例子。④

---

① 季剑青:《大学视野中的新文学:1930年代北平的大学教育与文学生产》,博士学位论文,北京大学,2007年,第24页。
② 同上书,第29页。
③ 王彬彬:《中国现代大学与现代文学的相互哺育》,《社会科学》2009年第4期,第171页。
④ 同上书,第171—172页。

从现代文学社团和文学期刊研究转向现代大学与现代文学之关系研究，也就自然地将我们的研究视野引向了对印刷文化物质与现代大学文化关系的反思，引向对跨文化的中英现代主义文学场中现代大学中发生的、波及整个文学场的知识话语实践——英国文学学科的话语实践及其传达的现代主义信息、建构的现代主义知识谱系以及推动的中英现代主义之间的对话和认同。这样我们进一步将互认、互动这一跨文化生成建构原则推及学科知识的话语实践研究之中。但是互认、互动这一跨文化生成建构原则基础上的理论反思和批判指向的是另一条有别于文学的非文学发生和起源论或非文学领域与文学互动论的文学现代性道路，即：普世的、具有强大穿透力和多样生存力的文学象征革命之旅上，跨文化意义上象征革命内在的辩证力量。因此辩证的互认和互动是生成性的文学象征革命内在的生命冲力。从这个意义上，具体到中国语境，我们可以断言，现代大学自诞生之日起就自为地设定了终极目标——民族文化的重建，民族的与世界的知识体系的打通和重构，现代认知、意识、人格和价值的重塑。文化、知识和价值三位一体，由此决定了现代大学在超越印刷技术、印刷文化、政治纷争的层面上凝聚着文化革命的卓绝精神，并从这个崇高卓绝、俯仰寰宇的制高点上引领着中国现代性的航程。认识不到中国现代大学的上述精神底蕴，就看不到中国文化象征革命的壮阔图景；就认识不到文学象征革命不仅是文化象征革命的驱导，而且与大学自身的象征革命历程水乳交融；就认识不到中国现代主义在这场革命中产生的不可替代的跨文化转化作用；也就认识不到像北大、清华这样的大学中英国文学学科的知识话语实践的文化象征力量以及它是跨文化意义上的现代主义的话语实践之基础这一事实。

中国大学体制下现代学科制度的正式确立是1903年颁布的《奏定京师大学堂章程》。1903年是旧历癸卯年，因此该学科制度又被称为"癸卯学制"。大学学科分为经学、政法、文学、医、格致、农、工、商八科。文学科下设九门，即中国史学门、万国史学门、中外地理学门、中国文学门、英国文学门、法国文学门、德国文学门、俄国文学门、日本文学门。这样在师法桐城派的林纾大力翻译英国文学作品之际，英国文学也正式、最早确立了自己在学科制度中的地位。或者说，无论是现代大学还是现代学科一开始建立，英国文学就是以文学科下的一个单独的门而存在，从而拥有了学科身份。按照张百熙等编的《奏定学堂章程》记载，此时的英国文学门为三年学制；课程设置分主课1门、补助课6门和随意课若干，即现今的必修课（主课和补助课）和选修课（随意课）（见表5-9）。①

表5-9　　　　　　　京师大学堂英国文学门课程设置

	课程	周学时/第一学年	周学时/第二学年	周学时/第三学年
主课	英语英文	9	9	9
补助课	英国近世文学史	3	2	2
	英国史	2	2	1
	腊丁语	3	3	2
	声音学	2	3	2
	教育学	2	2	3
	中国文学	3	3	5
随意课				

所有必修课7门三年一以贯之，英语英文课时最多，中国文学次之，而英国近世文学史比腊丁语还少一个学时，与声音学、教育学所占的比重相当。同时值得我们注意的是，此时大学课堂上的英国文学教学重在文学史而非作家作品。

1912年、1913年蔡元培主持修订了《大学令》和《大学规程》，取消癸卯学制中的经学科，分科、门、类三级来重建学科体系。修订后的学科包括文、理、法、商、医、农、工七科；文科包括哲学、文学、历史学、地理学四门；文学门包括国文学、梵文学、英文学、法文学、德文学、俄文学、意大利文学、言语学八类。英文学类的课程设置最初包括：英国文学史、言语学概论、英国文学、心理学、伦理学、希腊文学

---

① 张百熙等编：《奏定学堂章程》，清光绪三十年，中国国家图书馆藏，第21页。

史、罗马文学史、西洋哲学概论、美学、美术史。后来增加了文学概论、中国文学史、近时欧洲文学史；去掉了美术史，改美学为美学概论。[1] 此时英国文学进一步分为英国文学史与英国文学两门课。

1917年胡适从美国归国后，受陈独秀之约，成为英国文学教授，推动课程改革。1917—1918学年秋季第一学期的课程包括：英国文学、英国文、英国史、英文修词学及作文、中国文学史要略、亚洲文学名著、外国语。[2] 到了第二学期，课程设置和内容发生了巨大变化。这一学期的课程包括：英文学·散文、英文学·诗、英文学·戏曲、英国史、中国文学史大纲、英文修词学及作文、欧洲文学名著（英译史）、拉丁文。一年级课程的21学时/周中，英国文学占了6学时；二年级课程的21学时/周中，英国文学占了9学时；三年级的21学时/周中，英国文学和欧洲文学占了12学时。[3] 至此，英国文学的课程设置进一步从单一的文学史转向按文学类型设课；英国文学在课程设置中的比重明显增加了。这种巨大的变化显然是胡适极力推动并促成的。

如果聚焦承担这些课程教学任务的老师，我们会发现另一个有趣的现象。上述课程设置中的英国文学课任课教师包括胡适（英文学·诗、欧洲文学名著）、辜鸿铭（英文学·诗）、杨荫庆（英文学·散文）、陶履恭（英文学·戏曲）、威尔逊（外籍教师，英文学·戏曲）。胡适在美国哥伦比亚大学师从杜威，专攻哲学。辜鸿铭多年在英国爱丁堡大学、德国莱比锡大学等欧洲名校攻读文学、哲学等专业，后在中国传统思想文化上勤下功夫。杨荫庆毕业于美国康奈尔大学，专攻教育学。陶履恭即陶孟和，曾留学日本东京高等师范学校，攻地理学；留学英国伦敦大学经济政治学院（1910—1913年），转攻社会学和经济学，获经济学博士学位。他素有中国现代社会学奠基人之称。从这些任课教师的背景来看，他们要么本身就是西方人，要么在欧美一流大学留学并获得博士学位。这样在林纾的翻译中存在的中英文学传播过程中口述与笔译分离的现象

---

[1] 王学珍、郭建荣主编：《北京大学史料》第二卷（1912—1937），北京大学出版社2000年版，第73页。

[2] 《文科本科现行课程》，《北京大学日刊》第12号，1917年11月29日，第3版。

[3] 《文科本科第二学期课程表》，《北京大学日刊》第38号，1918年1月5日，第3版。

在英国文学话语转入学科话语实践后不复存在,代之而起的是一个崭新的、浸淫于西方现代学术、承受西方文化脱胎换骨洗礼,高度专业化、职业化、智识化,长于中西双向阐发的教师群体。但是我们亦应注意,这些英美留学知识分子所学的本业并非英国文学。换言之,从师资队伍本身的文化、学术、外语、专业素质来看是迈上了新的阶层,但是他们并不是专攻英国文学之士。这固然是因为在英美大学中英国文学学科此时也处于诞生的过程中。得等到英国剑桥派的实用批评和美国肯庸派的新批评完全从方法论、理论、对象、精神导向等方面将英国文学建构成大学体制中一门严肃的学科,中国大学中英国文学学科专业的教师乃至英美大学中英国文学专业的教师才真正成长起来。再者,上述学者从其他学科转向英国文学的跨学科转型之路其实也是部分英美大学中后来献身于英国文学的学者的成长轨迹。不难理解,当1919年北大的英国文学系正式成立时,胡适当之无愧地成为第一任系主任。温源宁、杨荫庆、凌子平在胡适之后先后执掌英国文学系。到1932年英国文学成为新合成的外国文学系下的英国文学组之时,温源宁是第一任负责人。

中国现代英国文学学科话语的另一个源头也是分水岭,就是1926年成立的清华大学西洋文学系(1928年改为外国语文学系)。清华外文系成立后很快汇聚了王文显、吴宓等一流学者,聘请到英国剑桥大学英文系奠基人、实用批评理论的开创者 I. A. 瑞恰慈。王文显1910年获伦敦大学文学学士学位,后来入美国耶鲁大学研究戏剧。他制订了外文系最早的《学程大纲及学科说明》。而吴宓则参照哈佛大学比较文学系的培养方案和课程设置,起草了《拟专门科西洋文学系课程表》。该大纲明确了该学科的目标是:培养博雅之士;创造新的中国文学;汇通中西思想精粹。[①]王文显开设的课程是外国戏剧、莎士比亚、近代戏剧。吴宓讲授的课程是西洋文学史、中西诗之比较、文学与人生、英国浪漫主义、翻译术。瑞恰慈1929—1931年讲授的课程是西洋小说、文学批评、现代西洋文学(分为诗、戏剧、小说)、比较文学、比较文化。仅从这三位教授开设的课程我们就发现英国文学学科在课程设置层面的以下变化:戏剧、浪漫

---

① 《百年清华,百年外文》,清华大学出版社2012年版,第8页。

主义、莎士比亚等专题或断代研究开始成为独立的课程；课程设置的内涵从英国文学放大到中英、中西比较文学的辽阔视域，文学的教学与人生的品格铸造和精神指向融合无间；文学批评或者我们今天所讲的批评理论开始进入大学的课堂，不仅成为学生知识结构的有机组成部分，而且将英国文学的知识体系进一步提升到批评和理论的高度。1930年秋，清华成立文科研究所外国语文学部，开始培养研究生。按照1937年《清华大学一览》中的介绍，英国文学指导教授包括王文显（莎士比亚研读）、吴宓（翻译术、文学与人生）、陈福田（乔叟）、吴可读（吴尔芙与乔埃斯）。1936—1937年学年的研究生课程中英国文学课程包括比较文学专题研究、莎士比亚研读、近代文学专题、乔叟、吴而夫与乔埃斯、密尔顿等。如果我们细化到课程讲授的内容，我们发现所有课程最终落到作家作品这个坚实的点上。例如1933年吴可读的西洋小说课集中讲授的是《爱玛》、《高老头》、《包法利夫人》、《罪与罚》和《还乡》。其中的《包法利夫人》、《罪与罚》和《还乡》是欧洲现代主义的经典。

我们试以1920年代末、1930年代初在北大、清华讲授英国文学的徐志摩、温源宁和叶公超的授课和演讲为例，进一步探究英国文学学科话语实践的实情。徐志摩曾两次被聘为北大英文系教授，第一次是1924年1月受聘；第二次是1931年2月受胡适邀请，徐志摩离沪北上，在北大英文系和北京女子师范大学任教。第一次任教北大英文系期间，徐志摩1924—1925学年教授的课程包括英汉对译、维多利亚时代文学、英国现代文学（研究托马斯·哈代等英国现代代表作家作品及其影响）、文学平衡（通过研读英国文学批评论作，掌握文学评论原理和方法）。[①] 1925—1926学年除了教授诗（一）（英国诗歌的变迁沿革及各时期诗歌代表作）、诗（二）（19世纪英国诗人诗作）之外，徐志摩还代替生病请假的胡适上英汉对译（二）和小说（三）（短篇小说选读及技巧研究）这两门课。徐志摩1926—1927学年教授的课程包括英汉对译（二）、十九世

---

① 《英文学系课程指导书》（十三年至十四年度），《北京大学日刊》1924年10月6日第3、4版。

纪英国文学、现代文学和诗（一）。① 1926 年暑期过后徐志摩事实上终止了在北大英文系的授课。从上述课程教学来看，并非如国内学界流行的看法那样，徐志摩主要受英国浪漫主义影响，他对英国现代派的借鉴始于 1931 年前后。② 准确地讲，徐志摩对英国现代主义的深切体悟和融入始于 1921 年初他到英国后结识 G. L. 迪金森并入学剑桥大学国王学院。此后他不仅跻身于布卢姆斯伯里小组，而且拜访托马斯·哈代、凯瑟琳·曼斯菲尔德、伯特兰·罗素等，同时翻译、评论这些现代主义先锋作家和思想家的创作和思想。

温源宁 1925 年开始在北大教授英国文学。有史可查的是他在 1930 年开始讲授今代诗。③ 在 1928 年 5 月他在清华作过题为"现代诗歌的形式与精神"的演讲；1932 年在万国美术研究所集中讲解现代英美四大诗人 [D. H. 劳伦斯、德·拉·梅尔（De La Mare）、卡尔·桑德堡（Karl Sandburg）、T. S. 艾略特]。有关这一时期温源宁在北大英国文学教学中发挥的作用，他对英国现代主义潮流的深度感知，可以从他与现代主义诗人哈罗德·阿克顿的亲密关系及阿克顿给予他的评价中窥见一斑。经温源宁引荐，阿克顿 1932 年来到北大教授英国文学。温源宁给他的印象是："温是外国语文系的主任，他为之注入了鲜活生机。他把中文的直觉带入对我们诗歌和散文的研读，能悟到西方批评家忽略的快乐。他总是在发现新的金线。《荒原》对他而言毫无秘密，没有人像他朗诵的那样绝妙。"④ 他对温源宁亲自建立并充实资料的系图书室更是赞不绝口："……看到一排排叶芝、E. M. 福斯特、诺曼·道格拉斯、弗吉尼亚·伍尔夫（她的《普通读者》极其畅销）以及上一代作家如佩特、乔治·穆尔、亨利·詹姆斯的杰作，这真令人振奋。桌子上摆着最近一期的《评衡》

---

① 《英文学系课程指导书》（十五年至十六年度），《北京大学日刊》1927 年 5 月 20 日第 2 版、5 月 21 日第 2 版。
② 季剑青：《大学视野中的新文学：1930 年代北平的大学教育与文学生产》，博士学位论文，北京大学，2007 年，第 35 页。
③ 《英文学系课程指导书》，《北京大学日刊》1930 年 10 月 21 日。
④ Harold Acton, *Memoirs of An Aesthete* (London: Methuen & Co. Ltd., 1948), pp. 328 – 329.

(*Criterion*),男女学生们勤奋地埋首于这些书中。"①

叶公超 1930 年开始在清华外文系教授英国文学。他讲授的课程包括现代西洋文学·诗歌、西方文学理论、英美当代诗人。1932 年他在北大外文系讲授的课程是近代诗,集中讲授的诗人包括豪斯曼(A. E. Housman)、T. S. 艾略特、哈代、叶芝等现代派诗人。这一年北大外文系英文组开设的课程包括小说、戏剧、诗、莎士比亚初步、作家与名家论文选读、英国文学史略、著名作品之研究。② 如果说徐志摩 1920 年代中期对文学批评方法和原理的讲授是传播西方文学批评理论的最初尝试,那么叶公超更是不遗余力地传播英文批评理论,且与瑞恰慈的教学和其他学者的翻译研究相互呼应,逐渐形成文学批评理论尤其是瑞恰慈的实用批评理论在英国文学教学研究中的影响气候。瑞恰慈 1929—1931 年在清华外国语文学系开设的课程有西洋小说、文学批评、现代西洋文学(一)诗、现代西洋文学(二)戏剧、现代西洋文学(三)小说等;在燕京大学主讲意义的逻辑和文艺批评两门课。③ 叶公超不仅在清华讲授西方文学理论课程,而且积极倡导瑞恰慈的实用批评理论。1932 年他开始主编《新月》第四卷,积极扶持学生常风、卞之琳等翻译介绍 F. R. 利维斯(F. R. Leavis)、T. S. 艾略特的批评理论。1934 年曹葆华将瑞恰慈的《科学与诗》译成中文,叶公超为之作序。后来叶公超又将所翻译的英美批评理论文章结集成《现代文论》(1937 年)一书。此外译介、研究瑞恰慈实用批评理论的还有瑞恰慈在燕京大学的朋友李安宅,学生吴世昌和萧乾。李安宅翻译了瑞恰慈的《意义底意义》;吴世昌撰写了毕业论文《吕恰慈的文艺批评学说》;萧乾撰写了毕业论文《书评研究》。

从上述分析中我们发现英国现代主义与中国留学英国的新一代知识分子,与北大、清华引领的英国文学学科话语实践结缘其实发生在徐志摩留学剑桥、在北大任教之际。随之温源宁、叶公超持续地推进了大学英国文学学科话语中英国现代主义的传播和研究。因此,从三位学者的

---

① Harold Acton, *Memoirs of An Aesthete* (London: Methuen & Co. Ltd., 1948), p. 330.
② 《国立北京大学外国语文学系英文组课程指导书》(二十一至二十二学年度),北京大学档案卷号 BD1932012。
③ 《百年清华,百年外文》,清华大学出版社 2012 年版,第 91 页。

实践中，我们可以得出以下观点：从1920年代前半时间开始中国的英国文学学科话语实践既与英国的现代主义文学实践，又与中国的英国文学学科话语实践和新文学的实践这两极之间保持着紧密的接触，这是这批身兼学者、诗人、作家、编辑、批评家的留学精英及其学生来推动实现的，也得力于英国现代主义作家、思想家和批评家的亲临指导和亲自参与；现代主义文学的教学开始进入北大、清华的课堂且逐渐成为固定的课程；文学批评、批评理论尤其是现代主义范式变革中具有理论和思想自觉意识的理论家的重要理论在大学的课堂上、在译介和研究中、在批评实践中开始扎下根来；这种自觉的批评理论思考和探索进一步渗透、影响了成长中的中国现代主义诗人、作家和理论家，这种影响一直持续到1940年代的"九叶诗派"；中国大学中的现代主义传播和研究与英国剑桥和牛津的现代主义批评和理论研究不仅是相互沟通的，而且是差不多同步发生的；这些从英国归来的留学生知识分子的专业导向中开始出现向英国文学学科专业更明确的归位，且他们及其影响下的学生同时连接着英国现代主义，大学的英国文学教学、英国文学研究和更广阔的文学场中现代主义文学的实践探索。

这种广阔的实践探索在中华民族反法西斯战争的具体的历史语境中，在民族精神的超绝磨砺中，进一步将英国文学学科的话语实践推向新的境界。面对抗战期间的西南联合大学创造的奇迹，谱写的辉煌，张曼菱女士在《西南联大人物访谈录》中这样感叹："战争冲开了象牙之塔，流亡使大学失去了它的高墙大院。西南联大与以往任何一所大学的不同还在于：它的学习、研究与生活之地散落在民间，在街巷、湖畔、寺庙、小镇、村落之中。"①

1937年11月初由北大、清华和南开三所大学组成的长沙临时大学正式开课。在湖南南岳的外国语文学系1937—1938学年度的学程表中安排的课程除了语言技能课之外，安排了多达14门英国文学和欧洲文学课程。具体课程安排和授课教授如下：西洋文学概要（吴宓）、英国文学史（柳无忌）、欧洲名著选读（吴宓）、英诗选读（燕卜荪）、英国小说（罗

---

① 张曼菱：《西南联大人物访谈录》，云南教育出版社2007年版，第237页。

皓岚)、莎士比亚研究(燕卜荪)、文学批评(叶公超)、英国戏剧(柳无忌)、短篇小说(罗皓岚)、英国十八世纪文学(翟孟生)、英国十九世纪文学(叶公超)、浮士德研究(杨业治)、现代英国文学(柳无忌)、欧洲古代文学(吴宓)。到了1938年三校外国语文学系的师生辗转千里,在云南昆明附近的蒙自落脚并恢复上课的时候,1938年春季学期的文学课程没有任何变动,只是授课教师进行了调整:陈福田上英国小说;莫泮芹上短篇小说和英国十九世纪文学,叶公超上英国十八世纪文学。授课教师队伍中增加了陈福田和莫泮芹。1938—1939学年,增开了英汉对译(吴宓、叶公超)、英国散文(莫泮芹)、现代诗(燕卜荪)、现代戏剧(陈铨)、现代小说(钱锺书)、文艺复兴时期文学(钱锺书)、人文主义研究(吴宓)。我们再看1944—1945学年度,仅英国文学课程就有21门之多:欧洲文学史(吴宓)、英文诗(温德)、西洋小说(陈福田、王佐良)、莎士比亚(温德)、欧洲名著(吴宓、莫泮芹)、文学与人生(吴宓)、浪漫诗人(莫泮芹)、现代小说选读(陈福田)、十八世纪英国文学(凌达扬)、英国文学史(李赋宁)、英诗选读(温德)、西洋戏剧(赵诏熊)、文学批评(杨业治)、弥尔敦(陈福田)、班琼生(Ben Jonson)(赵诏熊)、现代戏剧(陈嘉)、现代小说(白英)、现代诗(温德)、Elizabethan文学(白英)、詹姆士(Henry James)(卞之琳)、文学理论(钱学熙)。[①] 另根据《国立西南联合大学校史》的统计,整个西南联大期间,按照必修专业课程,选修国别文学史、断代文学史、类型文学史和作品选读、作家作品研究、文学理论等分类,总计开出的英国文学课程达30门之多。[②] 外国语文学专业的学生培养和师资队伍基本上是英国文学课程和英国文学教师一统天下。难怪校史编纂者发出这样的感叹:"外文系的课程以英语和英国文学为主,语言理论课程较少。"

从西南联合大学开设的英国文学课程来分析,我们发现它们共同构成了一个完整的体系,以英国文学为核心,欧洲文学和思想文化为宏大

[①] 张思敬主编:《国立西南联合大学史料》(教学科研),云南教育出版社1998年版,第118—119、134、150—153、205—207、236—239、271—276页。

[②] 西南联合大学北京校友会编:《国立西南联合大学校史》,北京大学出版社2006年版,第106—111页。

对象，中西文学和人文精神比较为参照系，史、作品、批评理论为多元知识维度。因此整个知识体系的建构、心智的培育、思想视界的开启既没有限于国别文学，也没有限于单纯的比较文学，更没有排除新锐的文学批评理论和顾恋传统的人文思想。它真正达到了中西相互借鉴，文、史、哲融通，文学知识、文学品味、批判精神与生命和现实之间无阻无隔。这种课程设置及其隐含的兼容并蓄、大气磅礴的人文精神使整个知识体系、知识的传播者和思想的启蒙者、新的文化象征革命的新兴一代都自觉地与文学的和文化的主体之总体性建构趋同。因此当时西南联大青年学生群体中文学象征革命的践行者之一郑敏在差不多60年后回忆联大岁月时，对联大人开放的世界视野，强烈的人文主义追求，超越于文化、历史和学科界限之上的磅礴胸怀有这样的总结：

> 因为我们在思考问题的时候，很多是接触到人类走的道路到底怎么走。我是哲学系的，就是会思考人类的问题。联大呢，是整个跟世界交流很（频繁的）……你知道清华、北大、南开，一直是从（20世纪）40年代以来，跟国际的学术交往是非常密切的。当时，（以）诗歌来讲，我讲英、美诗歌，几乎跟英国是同步的，比如像穆旦，他当时对艾略特的这种感受，绝不比一个在英国的一个英国诗人差。所以，那个时候是跟世界同步的，因为完全是开放的——学术是完全开放交流的。所以，这方面我感觉到——虽然是在战争时（期），因为我们跟西方（一些）国家属于是一个阵营的吧！所以，我们这种无论是各方面的交流——文、史、哲的交流是很多的。
>
> 给联大一种——宇宙性——是一个世界性的大学，并不是一个地方性的小的（大学）。它是一个打通了古今中外，好像一种非常宏观的教育。①

如果再细究联大外文系的课程设置，我们发现1944—1945学年袁家骅开设过一门英语语文学（English Philology）的课程。可惜不像学者们对

---

① 张曼菱：《西南联大人物访谈录》，云南教育出版社2007年版，第190—191页。

瑞恰慈倡导的实用批评理论乃至哈佛人文学者欧文·白璧德宣扬的人文主义那样积极传播，当时正在欧美文学乃至人文批评领域内发生的语文学批评范式变革没有引起中国从事英国文学和欧美文学研究的学者应有的关注。这客观上既印证了中英跨文化场域中英国现代主义文学、文学教学、批评理论所获得的文化和知识领导地位，也意味着中国的英国文学、欧美文学研究的学术、思想和历史选择曾失去了与其他西方学术和思想结缘的机会，因而也就单方面地承受了英美新批评范式的不能承受之重。

西南联大外文系的教师队伍主要由三个群体构成（见表5-10）。

表5-10 　　　　　　　　西南联大外文系教师分类表

群体分类	代表性人物
外籍和华裔教师	燕卜荪（William Empson）、温德（Robert Winter）、吴可读（Pollard-Urpuhart）、白英（Robert Payne）、翟孟生、陈福田（檀香山华侨）
留学归国教师	吴宓、柳无忌、罗皑岚、叶公超、莫泮芹、陈铨、陈嘉、凌达扬、赵诏熊
北大、清华外文系毕业的教师	杨业治、袁家骅、钱锺书、王佐良、李赋宁、卞之琳

在外籍和华裔教师中，无疑燕卜荪在英国文学尤其是批评理论上的建树最高。他代表了当时世界范围内最新的、最高的批评理论成就。留学归国教师都受过西方现代学术的严格训练和思想文化的全面洗礼。尤其是吴宓、叶公超、柳无忌、钱锺书、莫泮芹、陈嘉等代表了外文系中国教师的最高水平，即使在世界同一知识领域中他们不仅毫不逊色，而且在中西文学、思想和文化的相互阐发中每每抒发新声。尤其是从英国文学学科话语的自我反哺、话语主体的成熟、知识合法性的自觉证明、话语实践和学术生命的延续尤其是与现代大学的高度契合等方面反思，与上一代负笈海外的师辈相比，钱锺书、卞之琳、李赋宁、王佐良等崭

新的一代完全是北大、清华英国文学教育培养出来的杰出青年学者。①

从林纾的翻译开始，经过数次话语变革，英国文学话语最终形成了立足大学、兼顾学术研究、学科专业教育教学、思想探索、文学革命的成熟的话语实践模式。这样新一代的英国文学践行者，尤其是他们中间的杰出人物，往往是学术研究、大学教学、思想创新、文学创作等志业同时兼顾，且相互促进。如果由此反观英国的汉学学科的话语实践，我们发现中国的英国文学乃至以英国文学为主旋律的外国文学学科诞生、成长、成熟的道路也是中国20世纪初以来文化象征革命的方向。如果说从1903年京师大学堂恢复到1946年西南联大完成其历史使命，在43年的时间里，中国不仅走过了现代大学制度发展的历程，而且达到了毫不逊色于西方一流大学的辉煌成就，那么中国的英国文学话语同样在40多年的时间内完成了嫁接中西、哺化新知、完善知识体系、培养博雅通才、推动甚至引领中国现代主义文学运动的自觉使命。不能完整地阐释英国文学话语及其历史价值和意义，也就不能透彻理解中英跨文化场中现代主义的丰富内涵、内在精神底蕴以及印刷文化征兆的文化物质与英国文学学科话语征兆的文化象征精神之间的辩证互动。遑论从话语的流变中感知文化间的、人际的、代际的、精神的复杂关联网络。遑论我们能批判地介入中国北大、清华现代主义思想群体和英国剑桥、牛津现代主义思想群体。遑论我们能再认知在英国现代主义的精神之旅上，在中国现代主义的象征革命中，上述两个群体及其先锋人物是怎样进行跨文化想象的。

中国文学现代性的发轫和成长，现代、世界、自由主义意义上的印刷文化与大学是其最坚实的两块基石。它们也是我们从物质、制度、话语、知识、想象、精神上认知、建构中英跨文化场边界的参照。从这个参照系以及重构的文学现代性的文化物质、大学学科话语实践来反思，

---

① 例如温源宁非常赏识的钱锺书清华外文系毕业不久就在《天下月刊》第一期上，与温源宁、吴经熊等师长辈一起发表文章。卞之琳在北大英文系读书期间就得力于徐志摩提携，在徐志摩编辑的《诗刊》上发表诗作。李赋宁1941年在西南联大外文系完成毕业论文《莫里哀喜剧中的悲剧因素》（"Tragic Elements in the Comedies of Moliere"），1945年吴宓应成都燕京大学之聘离开昆明后，他即接手吴宓讲授的《欧洲文学史》课程。

文学现代性横跨巨大的社会空间，形成不同的价值诉求和话语表征，产生不同的思想范式和意识形态。或是"五四"范式，或是左翼范式，或是自由主义叙事，在相应的政治话语中占据了霸权地位，形成认识的盲点乃至意识形态的偏狭。在中国文学现代性的历程中，文学的象征革命被赋予了更深厚的文化内涵，承载了厚重的历史辩证力量，源于现代性催发的综合现代化工程。

因此文学的象征革命之路上奔跑前行的有作家、诗人，也有思想者和新知识的传播者。他们在共同探索一条文学的、思想的、文化的、学术的也是政治的道路。文学的象征革命之路即是文化的象征革命之路、精神走向自由和独立之路。惟其如此，现代感、现代风、现代想象以及成气候的现代主义才成为这场象征革命的一个又一个强有力的音符。惟其如此，这场象征革命才自我实现了对文化物质、政治的辩证超越，逼近自由、独立、自律的文学现代性也是现代主义的目标。也正是从对自由、独立、自律理念的实现，文学现代性及其独特的表现——现代主义——才凸显出历史场景中存在的轮廓，才在现代性的炼狱中脱胎换骨。如果用文学和思想与物质和政治之间的自律为尺度，我们发现，英国文学的话语实践具有独特的文学现代性哺化原动力，不仅牵引着中国文学现代性，而且支撑着跨文化场中中英现代主义间的对话与认同。

第三部分

远游的诗哲:流散的英国现代主义思想群体

20世纪上半叶剑桥、牛津的现代主义群落,这个群落内在的结构性张力,它与中国及中国现代主义的独特关联,是我们这部分集中探讨的命题。我们称剑桥、牛津的现代主义群落,这不仅是总体性意义上的话语认知和表述(这个群体具有其存在的历史和文化价值合理性,其内在的共性和同质性大于特殊性和差异性,其内在的历史具有明确的辩证指向),而且是英国现代主义景观的重组,是对英国现代主义英雄叙事的解构,更是对英国现代主义象征文化革命的价值重估和重构。

但是无论是对这个群落的总体性认知还是对英国现代主义的历史、文化和价值解构在这里隐含着三个推论前提。

其一,作为现代文化和思想孵化器的剑桥、牛津大学在英国现代主义文化象征革命,在中英跨文化的文学和思想交流中发挥了不可替代的作用。批评家、评论家、文学史家在论述英国现代主义的时候要么凸显艺术和文学创作个体天才的创新实验,要么将批评的聚光灯投射到布卢姆斯伯里小组这样的文化社团或霍伽斯出版社(Hogarth Press)这样纯文学的小型出版社,要么分析现代主义的先锋实验技巧或其政治立场。这种对个体才能、创作技巧、社团组合和文学生产的关注仅仅揭示了现代主义文学运动的表层,没有阐发其原动力、结构性张力和精神指向。

其二,以剑桥、牛津大学为切入点必然导致崭新的、立足大学这个思想文化制高点对自觉担当现代思想言说和文化建设使命的知识分子群体的聚焦。其不言而喻的观点是:大学在现代主义文学场,大学培育的知识分子在现代主义探索中,思想和文化创新在现代主义的不同表述程式中,发挥着引领作用。

其三,无论是大学体制,还是大学影响下的知识分子群体,产生三个向度中的辩证张力,即:在历史、社会空间和中英跨文化空间这三个向度中辐射式地形成互认互动(reciprocity)效应。在历史向度中,大学影响下的知识分子群体发生了怎样的代际转型。在社会空间中,大学及大学影响下的知识分子群体与文学社团、文学生产组织、社会政治之间又是怎样相互关联、相互哺育。在中英跨文化空间中，为什么是这个群体而不是其他群体参与了跨文化的文学场中的现代主义，他们又是怎样与中国及中国现代主义发生关联。尤其是在跨文化的文学场中他们实现了怎样的文化自觉、文化选择和文化价值重构。

基于上述思考，我们发现，不能在剑桥与牛津之间进行二度切割，也不能在剑桥、牛津与相应的文学社团之间进行简单的区分，更不能按照话语表述的方式和类型展开论述。因为所有这些共同构成了一个更大的关联系统，且它们只是这个关联系统显在的局部。其背后不仅存在着鲜活的人的情感、思想乃至生活内容，而且隐匿着更具有系统制约能量的结构性因素。正是为了捕捉这些鲜活的情感和思想，更是为了把握这样一个关联系统内在的结构性律动，我们在这一章中从文化物质与文化精神的辩证关联互动转向剑桥、牛津现代主义知识分子群落牵引的英国现代主义与中国现代主义的辩证关联互动。因为这涉及栖居于北大、清华的中国现代主义群落，所以这一部分的论述并不能厘清全部的脉络，而只不过试图呈现景观的一面。据此本部分的核心内容包括：凝视东方：剑桥使徒社－布卢姆斯伯里小组的中国情结；中国的诱惑：牛津之后的远行；理论旅行：剑桥现代批评在中国的传播。

第六章

凝视东方:剑桥使徒社－布卢姆斯伯里小组的中国情结

1912年至1913年,受"阿尔伯特·卡恩旅游基金"赞助,G.L.迪金森游历东方印度、中国、日本三国,终生不渝地钟情于中国,中国成了令他魂牵梦绕的精神故乡。1920年10月12日到1921年7月11日,应尚志学会、新学会、北京大学、中国公学之邀,伯特兰·罗素来华讲学。9个月的时间里,他游历了上海、杭州、南京、长沙等地。他在这些城市演讲的题目包括:《哲学问题》《心的分析》《物的分析》《社会结构学》《数学逻辑》《社会改造原理》《教育之效用》《爱因斯坦引力新说》《布尔什维克与世界政治》和《中国到自由之路》。罗素实地考察中国社会,全面反思西方文明的病因,回国后即完成《中国问题》这部考察札记。1935年至1937年,朱利安·贝尔在中国的国立武汉大学教授英国文学,最后离开中国去参加西班牙反法西斯战争,献出年轻的生命。

迪金森、罗素和朱利安·贝尔属于三代人——由剑桥的使徒社和伦敦的布卢姆斯伯里小组这两个知识分子社团的群体纽带连在一起的三代人。在中英跨文化的文学场中,他们无疑代表了剑桥、牛津知识分子群落中一个独特的群体。就这个群体内部而言,我们怎样理解其人际的、层级间的、空间的、代际的关联?就这个群体外部而言,我们怎样划定它与其他英国知识分子社团的边界?怎样发掘在与中国文化、地理和人物的复杂交往中沉淀下来的深层的、共通的、以大学为核心的模式和内容?本着文化互动互认这一原则,带着上述三个问题,我们试图在这里从探讨大学社团与社会公共空间里的社团之间的关系入手,分析剑桥使徒社－布卢姆斯伯里小组的中国情结的六个方面,即:剑桥使徒社与布卢姆斯伯里小组、迪金森、罗素和朱利安·贝尔的中国之行及跨文化人际网络;迪金森、罗素和朱利安·贝尔有关中国的思想探索及其话语修辞;迪金森、罗素和朱利安·贝尔从自由主义、激进主义到左派政治的转变;凝视中的中国镜像。顺带与两种有关的学术立场展开对话,其一是将剑桥使徒社与布卢姆斯伯里小组分离开来的立场,其二是对迪金森、罗素、朱利安·贝尔进行的孤立的、个体的、单纯文本的批评立场。这一章的主要内容包括:剑桥使徒社与布卢姆斯伯里小组;迪金森、罗素的中国之行及跨文化人际网络;朱利安·贝尔的中国之行及跨文化人际网络。

第一节　剑桥使徒社与布卢姆斯伯里小组

迪金森1881年进入剑桥大学国王学院,1884年夏以一等成绩通过古典学学士学位考试。直到1885年2月他才被选入剑桥使徒社(the Apostles)。1887年在罗杰·弗莱被选入使徒社之前,迪金森与这位后来的布卢姆斯伯里小组的核心成员在伦敦相识并结下深厚情谊。罗素1890年进入剑桥大学三一学院攻读数学。他很快结识了使徒社圈子中的成员,如G. E. 穆尔(G. E. Moore)和怀特海(Alfred North Whitehead),并于1892年入选使徒社。作为克莱夫·贝尔(Clive Bell)和瓦妮莎·贝尔(Vanessa Bell)的儿子,朱利安·贝尔从小就生活在布卢姆斯伯里小组的氛围中。他1926年进入剑桥大学国王学院,两年后的1928年入使徒社。无论是从生活的氛围、交往的圈子、思想观念和文化品位还是知识和价值取向来看,他们三人都与使徒社和布卢姆斯伯里小组发生了深度融合,是这两个社团共同结成的那张纵横交错、上下重叠的巨网上的众多节点中的三个网结。

有关这两个社团的关系,不同研究者说法不一。保罗·列维(Paul Levy)在研究20世纪初与怀特海、罗素齐名的剑桥哲学家G. E. 穆尔的著作《穆尔:G. E. 穆尔与剑桥使徒社》中认为使徒社是"布卢姆斯伯里小组产生的主要来源",是"布卢姆斯伯里小组的史前阶段"。[①] 克莱夫·贝尔在回忆录《旧时朋友：个人回忆》中将布卢姆斯伯里小组的诞生时空定格在1899年的剑桥大学三一学院，将利顿·斯特拉奇（Lytton Strachey）、撒克逊·西德尼-特尔纳（Saxon Sydney-Turner）、列奥纳德·伍尔夫（Leonard Woolf）、托比·斯蒂芬（Thoby Stephen）和克莱夫·贝尔视为小组的发起人。

另有一种从城市地理空间缘起来建构布卢姆斯伯里小组边界的论点。例如瓦妮莎·贝尔在回忆录中对1905年至1919年的老布卢姆斯伯里小组的诞生地定位到她们兄妹四人1904年新迁入的住址伦敦布卢姆斯伯里区戈登广场46号。杰阿夫里·穆尔（Geoffrey Moore）在《布卢姆斯伯里的意义》这篇文章中以一种特别怀旧、感伤、眷恋的口吻强调了这个独特空间独特的历史感和文化象征价值：

> 但是当弗吉尼亚·斯蒂芬、瓦妮萨·斯蒂芬和她们的兄长托比和亚德利安1904年在戈登广场46号安居下来之际整个街区仍是体面阶层的聚居区。在那里干家务杂活的仆从现在为房客"听差"，腰系镶褶边围裙的女佣被绅士淑女们呼来唤去，室外广场上传来过往双座小马车那令人安然的咯噔咯噔声，混杂着送牛奶工人和扫烟囱工人的吆喝声。这是一个人们都知道自己属于何处的世界，一个至少弗吉尼亚·斯蒂芬直到生命的最后时刻都在维持的世界，撇开她文学风格的变化和实验。……瓦妮萨·斯蒂芬与克莱夫·贝尔结婚之际，那时托比刚过世，弗吉尼亚和亚德利安搬到了菲茨罗伊广场29号——位于托特纳姆花园路另一边的那片衰落区。这有某种象征意义。"布卢姆斯伯里"这只变形虫已开始裂变。在以后的三十年中随着不断扩大的圈子中的那些剑桥和牛津朋友、熟人迁往英格兰其他地方，它一而再再而三地不停裂变……这些远行的成员带着共同、特有的举止和思维习惯，而正是这些举止和思维习惯成就了流行和

[①] Paul Levy, *Moore*: *G. E. Moore and the Cambridge Apostles*（Oxford：Oxford UP, 1981），p. 2.

教育公众领域"布卢姆斯伯里小组"这个英国思想生活独特样品的美名。①

无疑,第一种观点以一种绝对线型历史起源叙事将使徒社排除在前历史阶段;第二种观点偏重于人际的、存在意义上的时空偶然性以及起源的偶然性,而不是任何意义上从辩证的角度揭示剑桥这一文化境遇与布卢姆斯伯里小组这一历史存在之间内在的关联;第三种观点无疑强调的是布卢姆斯伯里小组与特定历史语境中的特定城市地理空间的寄生、起源、迁徙、变异关系,由此排除了剑桥这一具有更强大历史文化穿透力和辐射力的空间。

1820年剑桥大学圣约翰学院一位名叫乔治·汤姆林森(George Tomlinson)的本科生发起成立了包括12名成员的使徒社。作为一个面向现实,反思现代生活,摒弃狭隘陈腐的学院传统,倡导思想自由、独立和理智,追求真理和个体间友谊的青年学生秘密组织,使徒社的成立及其奠定的传统在很大程度上左右了剑桥人本主义传统,是1820年代至1920年代英国许多思想、政治、文化、文学、艺术精英成长的摇篮,也是他们终身受益的情感纽带。

使徒社从圣约翰学院、三一学院和国王学院的本科生或研究员中吸收成员。通过秘密考察和全体投票这一严格的选拔程序来吸收新成员。考察中的候选人被称为"胎儿",吸收入社的成员是"使徒",退社的老资格成员是"天使"。新入社的成员需要了解使徒社的历史和传统,签名并宣誓保守秘密。每周六晚上使徒社全体成员在某个社员的房间聚会,听预先抽签确定的主讲人就某个选定的题目宣读论文,展开讨论,然后针对论文投票,最后是选定下一周的主讲人和题目。社员们在交流讨论的同时享用沙丁鱼吐司(被取名为"鲸鱼")和咖啡。每年全体新老社员在伦敦市内有一次聚会晚宴。

使徒社每周例行的活动成了这群青年才子们磨砺思想,开阔视野,

---

① Geoffrey Moore, "The Significance of Bloomsbury," *The Kenyon Review* 17.1 (Winter, 1955): 119-120.

交流对话的舞台。更为重要的是，它逐渐形成了一条厚且广的人脉，编织了一张不断扩展、联系紧密的人际关系和情感网络。一旦入选，无论是在剑桥求学还是毕业后离开剑桥，每个成员都终生保持着与使徒社，与使徒社几代成员之间的联系。"更老的成员也重要，因为他们能给刚离开剑桥的使徒提供帮助，积攒了就业、赞助和人脉资源。这个圈子广，有影响力，在政治、法律、伦敦文坛和教育领域尤其如此。"①

有关使徒社的影响和意义，我们从罗杰·弗莱1887年5月26日写给他母亲的信中可见一斑：

> 自从我上封信以来我已部分被吸收进我之前提到社团。我看过社团的记录，很有趣，包括所有成员的名字，这些成员几乎囊括了过去五十年来在剑桥获得声誉的人。我记得曾告诉过你，丁尼生仍是成员……要成为这个如此杰出、秘密的社团的一分子，这令我倍感敬畏——它还有一个很令人惊喜的秘密仪式，目前我还不清楚具体细节，但肯定很令人难忘。②

这是弗莱在正式入社两天前写给母亲的信。尽管被要求保守秘密，但是即将置身这个精英社团的兴奋感，即将与那些政治、文化、文学精英们零距离接触的敬畏感，使年轻的弗莱按捺不住地告诉了他母亲有关他入社的细节及社团的内幕。由此我们似乎可以断定，有关使徒社的存在及其相关信息并不像其规则所要求的那样，处于真正秘密的状态，而是剑桥大学乃至更广阔范围内的知识分子圈中公开的秘密。

但是无论就使徒社与剑桥还是使徒社与社会的公共空间，无论是使徒社内在的人际关系还是其外在的延伸，1899年已入社12年的罗杰·弗莱见证了一个新时刻的来临、一种新现象的产生。这一年的10月，克莱夫·贝尔、列奥纳德·伍尔夫、托比·斯蒂芬、利顿·斯特拉奇和撒克

---

① Paul Levy, *Moore*: *G. E. Moore and the Cambridge Apostles* (Oxford: Oxford UP, 1981), p. 61.

② Denys Sutton ed., *Letters of Roger Fry*, Vol. 1 (Random House, 1972), p. 114.

逊·西德尼-特尔纳五位青年进入剑桥三一学院学习。他们意气相投，成立了一个读书俱乐部，周六晚上相聚在克莱夫·贝尔在剑桥的寓所，读书讨论。他们五人中后来有三人被吸收进使徒社。斯特拉奇和特尔纳于1902年、列奥纳德于1904年先后加入使徒社。1904年托比的父亲莱斯利·斯蒂芬（Leslie Stephen）去世，他也离开三一学院，返回伦敦，与弟弟亚德利安和两个妹妹（瓦妮莎和弗吉尼亚）住在布卢姆斯伯里区戈登广场46号。差不多从1905年夏天开始，他在剑桥结识的年轻朋友开始了在这里每周四晚上的定期聚会。这样在接下来的十多年中，随着托比1906年的英年早逝、1907年瓦妮莎与克莱夫·贝尔结婚，弗吉尼亚和亚德里安1907年春搬到菲茨罗伊广场居住，1911年又搬到布朗斯维克广场居住。伴随着剑桥三一学院五位朋友和斯蒂芬一家兄妹四人的成长，顺着他们在布卢姆斯伯里区不同居住地之间的搬迁，布卢姆斯伯里小组逐渐形成了一个松散的、不断延伸的知识分子圈子。

这里我们主要梳理瓦妮莎的回忆和列奥纳德·伍尔夫的回忆，来了解这个圈子里人员的变化及其人际边界的变化。

根据瓦妮莎·贝尔的回忆，戈登广场46号的聚会上最早入局的核心人物包括托比·斯蒂芬、撒克逊·西德尼-特尔纳、利顿·斯特拉奇、克莱夫·贝尔、查尔斯·丁尼生（Charles Tennyson）、希尔顿·扬（Hilton Young）、德斯蒙德·麦卡锡（Desmond MacCarthy）、西奥多·卢埃林·戴维斯（Theodore Llewelyn Davis）和罗宾·梅厄（Robin Mayor），等等。而瓦妮莎和弗吉尼亚姊妹俩此时尚为边缘看客。其他边际人物还包括利顿·斯特拉奇的弟弟詹姆斯·斯特拉奇（James Strachey）和妹妹玛嘉瑞·斯特拉奇（Marjorie Strachey）、E. M. 福斯特。1907年聚会地点搬到菲茨罗伊广场后，利顿·斯特拉奇的表弟邓肯·格兰特（Duncan Grant）、梅纳德·凯因斯（Maynard Keynes）、罗杰·弗莱、列奥纳德·伍尔夫、利顿·斯特拉奇的另一位弟弟奥利弗·斯特拉奇（Oliver Strachey）也先后加入了聚会圈子。1911年搬到布朗斯维克（Brunswick）广场后，更多的人光顾这个圈子的聚会。"正是在这几年，从1909年或1910年到1911年，出现了布卢姆斯伯里的大扩展和发展，生活似乎洋溢着各式各样的无穷情趣和希望。绝大部分成员都是作家或公务员，只有早些时候加入的两个成员,即邓肯·格兰特和我自己,是画家。"① 第一次世界大战之后,20 年代更年轻的一代开始崭露头角。西特韦尔圈子(the Sitwell Circle)、奥尔德斯·赫胥黎(Aldous Huxley)、T. S. 艾略特等的光芒开始遮挡了布卢姆斯伯里小组的余晖。②

1911 年在英国的锡兰殖民地做了六年半殖民行政官的列奥纳德·伍尔夫回到伦敦,与布卢姆斯伯里小组里昔日的剑桥挚友重续友谊。按照他在《重新开始:1911—1918 年的自传》中的说法,布卢姆斯伯里小组最初存在的时间是 1911 年至 1914 年之间的三年。最初的成员包括:瓦妮莎·斯蒂芬、弗吉尼亚·斯蒂芬、亚德里安·斯蒂芬、利顿·斯特拉奇、克莱夫·贝尔、列奥纳德·伍尔夫、梅纳德·凯因斯、邓肯·格兰特、福斯特、撒克逊·西德尼-特尔纳、罗杰·弗莱、德斯蒙德·麦卡锡和他的妻子莫莉。而到了 1920 年代和 1930 年代,老一辈的成员中利顿·斯特拉奇和罗杰·弗莱相继去世,新增加的成员包括朱利安·贝尔、昆廷·贝尔(Quentin Bell)和安杰莉卡·贝尔(Angelica Bell)仨兄妹以及大卫·伽尼特(David Garnett)。③ 除了上述圈子内部的核心成员,与之保持紧密联系甚至参与该圈子活动的还包括许多作家、艺术家、出版家。例如,以 1917 年弗吉尼亚和列奥纳德夫妇创办的霍伽斯(Hogarth)出版社为媒介,布卢姆斯伯里小组与 1920 年代主导英国现代主义文学潮流、蜚声西方世界的凯瑟琳·曼斯菲尔德、T. S. 艾略特、詹姆斯·乔伊斯以及弗吉尼亚·伍尔夫本人形成亲密的人际关系基础上的创作与出版紧密衔接的文学生产合作关系。④ 与这些圈子乃至出版社保持密切联系的人物还包括汉学家亚瑟·韦利,以及西特韦尔圈子的中坚人物伊迪丝·西特

---

① S. P. Rosenbaum ed., *The Bloomsbury Group*: *A Collection of Memoirs*, *Commentary and Criticism* (Toronto: University of Toronto Press, 1975), p. 82.
② Ibid., pp. 76 – 83.
③ Leonard Woolf, *Beginning Again*: *An Autobiography of the Years 1911 – 1918* (London: The Hogarth Press, 1964), p. 21.
④ Ibid., p. 237.

韦尔（Edith Sitwell）和奥斯伯特·西特韦尔姐弟。① 而那些先锋派艺术家和新的美学思想的追随者则聚集在瓦妮莎、罗杰·弗莱的周围。

从瓦妮莎和列奥纳德的回忆中，我们发现，围绕布卢姆斯伯里小组的渊源、成形的时间、成员、历史发展、空间场所、外部边界、组织方式和形构，存在不同的印象和阐释。而无论是这些亲历者在场的印象、对过去的回忆、带有理性思考痕迹的论断还是批评家们对布卢姆斯伯里小组的研究，无疑都没有将之与使徒社进行比较，并发掘两者在文化社会学和组织社会学意义上的异同和关联，以及那些异同决定的思想、情感、物质、组织等层面上的关联模式又是如何塑造了中英跨文化的文学场中迪金森、罗素和朱利安·贝尔与中国的交往、对中国的阐释。

因此我们有必要从多层面上揭示使徒社与布卢姆斯伯里小组的关联和辩证关系。

首先，两者之间存在明显的差异。使徒社扎根剑桥大学，是三所学院中优秀的青年学生之间结成的秘密的、封闭的，以思想训练、言说和交流为主要目的组织机构，追求思想现代性，是一代又一代思想、政治、学术、文化精英成长的摇篮，与剑桥大学的教育体系形成互补，或者说是剑桥大学精神本身的产儿。布卢姆斯伯里小组扎根伦敦的都市文化语境，立足家庭沙龙式的空间氛围，是以大学毕业后情趣相投、秉性相近、思想相趋、大胆叛逆的年轻文人才子交往交流的随性的、公开的、开放的圈子，没有严格的组织和纲领，因此是现代大学文化、资产阶级家庭文化和沙龙文化、出版文化等混杂而成，具有现代资产阶级公共空间性质和功能的文化聚合体。一方面人与人之间的情感的、思想的、生活的、品味的认同使一批批中产阶级的年轻儿女们相互之间找到强烈的共鸣。另一方面这个聚合体又打上了深刻的同学关系、家庭关系和文化群落关系的烙印。如1899年同期入读剑桥三一学院的五位志趣相投的同学之间结下的深厚情谊奠定了布卢姆斯伯里小组坚实的情感基础。又如斯蒂芬

---

① 可参阅：Arthur Waley, "Introduction," *One Hundred and Seventy Chinese Poems* (London: Constable, 1962), pp. 5 – 6; Edith Sitwell, *Taken Care of: The Autobiography of Edith Sitwell* (London: Hutchinson, 1965), pp. 81 – 87; Osbert Sitwell, *Laughter in the Next Room* (London: Macmillan, 1949), pp. 16 – 23.

家的兄弟姐妹四人、斯特拉奇家的兄妹四人及表弟、麦卡锡兄妹、亚德里安夫妇、伍尔夫夫妇、贝尔夫妇和儿子朱利安·贝尔，以及圈子外与之发生横向关系的西特韦尔姐弟和曼斯菲尔德夫妇，使斯蒂芬家的客厅成了众多年轻一代家庭之间联络聚会的场所。这些中产阶级的儿女们自发结成的文化聚合体逐渐形成了一个典型的文化群落。

自 1820 年以来，使徒社一直维持下来，就像剑河的水不分昼夜四季流淌，如同国王学院庭院中时光的静穆淡定，其历史绵延不断。变化的是入社和退社的成员，是一批批来了又离开的青年学生，是社会的广阔空间中人世的沉浮盛衰。而布卢姆斯伯里小组则经历了具有鲜明分界线的诞生、成长、繁荣、衰退和终结阶段。如果将 1899 年托比·斯蒂芬、克莱夫·贝尔等五人结成的剑桥读书俱乐部及五人中三人获得使徒社成员资格视为使徒社与布卢姆斯伯里小组之间最直接的纽带和过渡，那么 1905 年至第一次世界大战爆发到 1914 年是小组的诞生和成长期；1920 年代尤其是前五年是小组的繁荣期；1930 年代随着社会和时代气候风云的突变，第一代的小组风华不再。从 1899 年到 1941 年弗吉尼亚·伍尔夫去世，在 40 年左右的时间中，那群小组的中坚力量，那些任性、率真、无所顾忌的青葱少年少女，在理性、真、美和爱的信仰火炬照耀下，也经历了成长、成熟和衰老的生命旅程。

使徒社是一个强健的思想和批判精神的熔炉，是思想者、哲学家、政治家、经济学家等学问家和经世致用人才成长的摇篮。例如怀特海、穆尔和罗素都是比肩齐名、代表了当时最高境界的哲学家。迪金森横跨古典学、政治学、国际关系研究、哲学、东方学等领域且在这些领域中都是领跑者。与之对应，布卢姆斯伯里小组给圈子内外的人提供一个张扬个性、践行文化和生活信仰的氛围。它无疑给他们提供了一个发起并推动现代主义文学、艺术和文化运动的舞台，一个与同类交融的精神家园，一块艺术和文学实验的飞地。因此它将崭新的、以凸显自我为主旨的生活方式和生活情趣提炼为新奇的甚至是扣人心弦的生活艺术，将思想的真知灼见具体化为文学艺术的探索实验，将精神的启蒙、情感的宣泄甚至直觉的顿悟与现代都市空间中的文化物质基础（如聚会、出版、展览等）紧密结合起来。这种与其他现代主义文化群落的交错，与都市空间的文化物质的结合,与时髦和流行的政治及大众文化的距离,使之产生巨大的辐射力,从而成就了现代主义的英雄人物和丰碑业绩。

其次,两者之间存在不同层级的关联。这种关联是人际关联。结合前面所引瓦妮莎·贝尔和列奥纳德·伍尔夫的回忆,加上克莱夫·贝尔的回忆,我们大致可以推断出1905年至1914年布卢姆斯伯里小组圈子中经常往来的核心成员。按照瓦妮莎的回忆,他们是:托比·斯蒂芬、撒克逊·西德尼-特尔纳、利顿·斯特拉奇、克莱夫·贝尔、查尔斯·丁尼生、希尔顿·扬、德斯蒙德·麦卡锡、西奥多·卢埃林·戴维斯、罗宾·梅厄、瓦妮莎和弗吉尼亚姊妹俩、詹姆斯·斯特拉奇、玛嘉瑞·斯特拉奇、E. M. 福斯特、邓肯·格兰特、梅纳德·凯因斯、罗杰·弗莱、列奥纳德·伍尔夫、奥利弗·斯特拉奇。按照列奥纳德·伍尔夫的回忆,他们中有:瓦妮莎·斯蒂芬、弗吉尼亚·斯蒂芬、亚德里安·斯蒂芬、利顿·斯特拉奇、克莱夫·贝尔、列奥纳德·伍尔夫、梅纳德·凯因斯、邓肯·格兰特、E. M. 福斯特、撒克逊·西德尼-特尔纳、罗杰·弗莱、德斯蒙德·麦卡锡和他的妻子莫莉。而根据克莱夫·贝尔的回忆,这些活跃分子包括:托比·斯蒂芬、列奥纳德·伍尔夫、撒克逊·西德尼-特尔纳、克莱夫·贝尔、瓦妮莎和弗吉尼亚姊妹俩、邓肯·格兰特、罗杰·弗莱、梅纳德·凯因斯、H. T. J. 诺顿(H. T. J. Norton)、杰拉尔德·肖夫(Gerald Shove)、德斯蒙德·麦卡锡和夫人莫莉、E. M. 福斯特、大卫·伽尼特、弗朗西斯·比勒尔(Francis Birrell)、雷蒙·莫蒂默(Raymond Mortimer)、拉尔夫·帕特利奇(Ralph Partridge)和夫人弗朗西丝、斯蒂芬·汤姆林(Stephen Tomlin)、塞巴斯蒂安·斯普罗特(Sebastian Sprott)、F. L. 卢卡斯(F. L. Lucas)。[①]

如果根据贝尔夫妇都提到的成员加上7年后重返这个圈子的列奥纳德·伍尔夫提到的成员,我们基本上确定了1905至1914年布卢姆斯伯里小组有约13位核心人物。他们是:托比·斯蒂芬、列奥纳德·伍尔夫、撒克逊·西德尼-特尔纳、利顿·斯特拉奇、克莱夫·贝尔、瓦妮莎·

---

① S. P. Rosenbaum ed. , *The Bloomsbury Group*(Toronto:University of Toronto Press,1975),p. 87.

贝尔、弗吉尼亚·伍尔夫、罗杰·弗莱、德斯蒙德·麦卡锡、亚德里安·斯蒂芬、梅纳德·凯因斯、邓肯·格兰特、E. M. 福斯特。如果不算迪金森、穆尔、罗素这些布卢姆斯伯里小组的精神导师，仅在1901年至1910年加入使徒社的18名成员中，就有7名成员加入了布卢姆斯伯里小组。① 而这7名成员中有5名是在1903年前（即布卢姆斯伯里小组开始活动前）加入使徒社的（其中包括最初五人读书俱乐部中的列奥纳德·伍尔夫、撒克逊·西德尼-特尔纳、利顿·斯特拉奇）。另一方面，在布卢姆斯伯里小组的13位核心成员中，使徒社成员占了4名。从上述资料梳理和分析来看，使徒社与布卢姆斯伯里小组的成员交叉重叠，两个社团的成员之间形成同学、兄妹、上下代甚至相同的性爱取向或复杂的爱恋关系。仅仅从人际关系来说，它们之间就结成了一张多维网状关联关系。这里我们还没有考虑到迪金森、穆尔和罗素与小组不同成员之间的情感关系，与小组之间的思想启迪和精神导向关系。

这种关联更是思想传承和启蒙。但是与纯粹的学术研究和哲学思索不同，首先剑桥使徒社自身形成的思想风格和内驱力是建立在克服欧陆黑格尔抽象的辩证哲学传统、祛除学院派研究沉溺于古典学的取向、执著追求人心智的理智以及始终对人的自我、对生活的现实、对社会的境况最朴实、真实、真切、普世的认知这些基础之上。因之，这种逐渐融合了人文主义与自由主义的思想在19世纪与20世纪之交充满了鲜活的生命力、巨大的震撼力和质疑一切陈腐价值的新启蒙精神。其次，它游刃有余地将理论探索、思想言说、生活体悟与社会和文化担当完美融合，而不是将现代知识分子的这几重身份塑造和认同割裂开来。无论是迪金森、穆尔还是罗素都为成长中的现代知识分子树立了典范。而在剑桥使徒社独特的思想气候中，差不多同时走出了这个时代最杰出的哲学家群体——怀特海、麦克塔格特（J. M. E. McTaggart）、穆尔和罗素。罗素在《我的哲学的发展》中回忆他与穆尔挣脱德国启蒙哲学束缚时说道：

---

① 这7人是 E. M. Forster, Lytton Strachey, Saxon Sydney-Turner, Leonard Woolf, John Maynard Keynes, James Strachey, Gerald Frank Shove。

那是在接近1898年底的时候穆尔和我一起反抗康德和黑格尔。穆尔是领路人,而我则紧跟他的脚步。我认为新哲学最初发表的观点是由穆尔在《意识》上发表的文章《判断力的本质》来表达的。虽然无论是他还是我现在都没有坚持这篇文章中的观点,我自己,我想他也是,仍认可否定性的部分,即事实一般独立于体验这一观点。[1]

布卢姆斯伯里小组受这些思想家的启蒙,更多的是传承并践行他们提出的思想观念。同在1903年,罗素的《数学原理》和穆尔的《伦理学原理》问世。尤其是穆尔的思想直接影响了列奥纳德·伍尔夫那一代剑桥青年学生和两年后相聚在布卢斯伯里戈登广场46号的那群年轻人。在列奥纳德·伍尔夫看来,穆尔思想的魅力在于"他具有一种天赋,善于从思想、生活和人的性格中发现什么重要,什么不重要、不相关……他这种能力得益于他的第二个特性,即对真理的激情……这种激情像火焰一样在他心中燃烧"[2]。因此他认为穆尔的思想融合了清晰、完善、韧性和激情。穆尔的《伦理学原理》分辨了两种不同的源于理性的价值,即内在价值与外在价值。内在价值根植于内在的人性善和爱之中,它不依附于外在的行为。而外在的价值具有很强的功利性和目的性,是人的行为追求的结果,也是评判人的行为的标准,因此是工具价值。这两种价值观分别用工具性目的和人内在的善的道德律令来判断人行为的合理性。基于内在的、善的伦理,人内在的对善的感悟、对心智的完整把握其实就是人文理性,就是对人际间的和谐和纯本性交往、对张扬人性和情感的艺术精神的肯定和拔高。这种思想对布卢姆斯伯里小组而言无异于一场新启蒙,无异于善、美、和谐的人本精神的召唤。以反康德、黑格尔启蒙理性学说为前提而建构的新的思想学说恰恰顺应了辩证理性的逻辑,重新确立了崭新的、为时代而呼唤的、预示了时代精神的理性向度。就

---

[1] Bertrand Russell, *My Philosophical Development* (London: George Allen and Unwin, 1959), p. 54.

[2] S. P. Rosenbaum ed., *The Bloomsbury Group* (Toronto: University of Toronto Press, 1975), p. 100.

是在这个新的思想王国中,无论是迪金森还是罗素都紧跟着穆尔的步伐而共进。也正因为这样,布卢姆斯伯里小组乃至 I. A. 瑞恰慈选择了他们这些精神导师,自愿地长久承受他们思想的滋养。

因此使徒社与布卢姆斯伯里小组其实是在同一个战场上展开攻防战斗。在摧毁一切价值,重估一切价值的前提下,重建现代主义的价值体系和新的文化秩序。只有从这个高度来鸟瞰,我们才能从这两个文化社团中成员间不同的个性、选择的不同领域、从事的不同职业、经历的不同人生轨迹等林林总总的差异中发现其共同的基石;我们才能从他们与时俗、正统的文化规范、资产阶级的虚伪世故、现代文明的野蛮、国家政治的扼杀个性、战争的暴力等生活、文化和政治现实的反叛、抵制抑或消极的逃避中发现其根本的动因;我们才能明白他们中间的少数人甚至受这种精神力量影响的下一代人何以能义无反顾地背叛自己的家庭、自己的文化甚至挣脱现代欧洲文明的藩篱,带着同样的真诚,怀着普世情怀,走近、融进中国文化。这种关联必然将剑桥积淀传承却又吐故纳新的思想动能确立为现代文化更是现代主义象征文化革命的精神资源。

剑桥与布卢姆斯伯里小组的关联现象凸显了一种现代知识分子的文化认同模式:(1)它扎根大学空间,依托都市社会的公共空间;(2)以同学、师生、同行、恋人、兄弟姐妹、同僚等人际关系为基础,而又形成基于相同的品味、情趣、审美观的更亲密的人际圈子;(3)同时兼具排他性与包容性、对自我的肯定和彰显与对群体的文明存在合理性之焦虑;(4)对自我、个性乃至人性解放的推崇必然导致对现代资产阶级文化规范和价值体系的全面质疑和批判,也必然导致对与资产阶级主流文化规范及现代西方文明对应甚至对立的思想观念、文化规范、审美理念和风格、文化政治制度的积极肯定和创造性阐释。正是在上述文化认同的参照框架中,我们或许能更完整、透彻、全息地把握剑桥使徒社与布卢姆斯伯里小组的共同作用下成长起来的这个现代知识分子群落的生活、思想、审美、政治等层面的价值指向,能认识迪金森、罗素、朱利安·贝尔的中国情结并从这个角度反观、考量西方现代资本主义文明及其价值观。

第二节　迪金森、罗素的中国之行及跨文化人际网络

在第四章《跨文化场的英国缘起：通往中国的旅程》中重构源于英国汉学研究而又独具格局的英国现代主义美学思想中的中国情结时，我们将迪金森确立为中英跨文化审美世界的拓荒者并详细分析了他在《中国来信》中表达的唯美的、中国式的乌托邦理想。他与后继者劳伦斯·宾雍、埃兹拉·庞德、罗杰·弗莱乃至哈罗德·阿克顿构成了一道明丽的唯美中国风景。杰森·哈丁在2012年《剑桥季刊》专刊《剑桥英语与中国：对话》上发表一篇为数不多的迪金森与中国研究文章《戈尔兹沃塞·罗伊斯·迪金森与国王学院的中国官话》。[①] 他认为，迪金森是开启剑桥知识分子与中国沟通交流之旅的第一人。迪金森与后继的伯特兰·罗素、亚瑟·韦利、朱利安·贝尔共同形成了剑桥与中国的跨文化对话传统。梅尔巴·卡迪－凯恩（Melba Cuddy-Keane）在《现代主义/现代性》这份刊物上发表的文章《现代主义、地缘政治、全球化》中则立足全球想象而非地缘政治角度，将迪金森的中国想象重构为现代主义全球流动过程中跨文化互动的四种话语修辞模式之一，即"批判全球化话语模式"。其他三种话语修辞模式分别是：混杂模式、共栖模式和逃亡模式。迪金森以跨文化异位、异装、异声的方式"寄身于他者的身体中，置身于不同的信仰体系之中"[②]。这样他批判的、反观西方现代文明的凝视目光以中国社会为参照视域，"中国社会表现出通往理性、人性、道德和民主的替代性价值优势"[③]。梅尔巴·卡迪－凯恩将迪金森批评地建构为现代主义全球感知、想象、流动的第一位典型的也是象征型的西方知识分子。

---

① Jason Harding, "Goldsworthy Lowes Dickinson and the King's College Mandarins," *Cambridge English and China: A Conversation* (Special Issue), *Cambridge Quarterly* 41.1 (2012): 26–42.

② Melba Cuddy-Keane, "Modernism, Geopolitics, Globalization," *Modernism/modernity* 10.3 (September, 2003): 546.

③ Ibid., p.547.

第六章　凝视东方：剑桥使徒社－布卢姆斯伯里小组的中国情结

在剑桥使徒社－布卢姆斯伯里小组这个群落中，就与中国认同的程度、与中国知识分子交往的密切、对中国生活体验的程度以及在中国现代主义形成过程中发挥的作用等方面来看，迪金森无疑同样是第一人，而罗素和朱利安·贝尔则是他的追随者。对他们中国之行及其形成的跨文化人际网络的研究，必须放在剑桥使徒社－布卢姆斯伯里小组群落和中国现代主义群落及其话语实践这两个相互交织的经线和纬线中考量。

1921年11月从美国初到英国剑桥的徐志摩将1717年（清康熙五十六年）石印本的《唐诗别裁集》赠送给迪金森并在书页上题写献言和赞辞。在1924年2月21日给亚瑟·韦利的信中，远在北京的徐志摩提到迪金森送给他的亚瑟·韦利的中国诗歌翻译集，也提到他已寄送给韦利的温庭筠诗集和鲁迅的《中国小说史略》。最后他提到刚收到迪金森的来信，并希望韦利转达他对劳伦斯·宾雍的问候。迪金森在剑桥时头上常戴的徐志摩送给他的中国丝帽，这本《唐诗别裁集》，还有这封离开英国剑桥两年后写给韦利的信，足以说明徐志摩与迪金森交往的密切和他们之间友谊的深厚，更意味着在迪金森周围形成了一个对中国有着共同情趣的圈子——一个由迪金森、亚瑟·韦利、劳伦斯·宾雍等组成的圈子。这个圈子又横向地向当时留学或宦游英伦的中国知识分子张开双臂。例如，徐志摩从美国到英国，本是为了追随罗素读哲学。因罗素反战而被剑桥除名，所以他只得暂时在伦敦政治经济学院栖身。这段时间里，他先后结识了在伦敦大学学政治经济的陈西滢和在英伦宦游的林长民。在国际联盟的会议上，他通过林长民结识迪金森。后经迪金森推引才以特别生的资格入剑桥大学国王学院旁听。按照杰森·哈丁的介绍，早在20年前迪金森公开了自己的《中国来信》作者身份后，"他在国王学院吉布斯楼的寓所就成了访学英伦的中国学者朝圣的地方。得益于迪金森的支持，在剑桥成立了一个英中学会"①。但是哈丁并没有深入论证迪金森与这些中国学者交往的情况。

如果再究读迪金森带有自传或游记特征的东游札记，我们发现这次

---

① Jason Harding, "Goldsworthy Lowes Dickinson and the King's College Mandarins," *Cambridge English and China: A Conversation* (Special Issue), *Cambridge Quarterly* 41.1 (2012): 30.

纯粹以文化考察为目的的也是唯一一次亲临梦幻家园中国的旅行中，他耳闻目睹的基本上是中国市井社会，零距离接触的是中国草根阶层的穷苦百姓，流连忘返的是中国的山水自然和名胜古迹。这些社会场景、人、自然、文明遗迹包括：广州城里林立的店铺和市民，长江三峡、船工和沿江村落里的村民，北京的西山和皇城，神圣的泰山。

从上述不同材料的相互印证中，我们基本上能够厘清迪金森所形成的跨文化人际网络。这个网络分为想象的异位文化认同、与散居英伦的中国学者的友谊、在实地旅行中与中国下层社会民众的接触这三个不同的层次。对中国的想象有一个隐匿的中介环节，即翟理思等汉学家建构的有关中国的知识话语。这即是说他间接地指向19世纪后半叶的传教士汉学家、外交官汉学家等结成那张跨文化人际网络。至于迪金森在多大程度上、以何种方式颠覆了既有的汉学知识话语甚至东方学话语，不是我们在这里解答的问题。至于与散居英伦的中国学者的人际交往，最易考证的是他与徐志摩的友谊。但是从他写作《中国来信》的1901年到他与徐志摩开始交往的1921年，甚至到他去世的1932年为止，拜访他，或得到他提携帮助，或者进入他、亚瑟·韦利、劳伦斯·宾雍这个亲华的英国文人圈子的中国学者，应该不限于一个徐志摩或徐志摩周围的陈西滢、林长民、陶孟和等。我们甚至可以说即使是1941年游学英伦的年轻萧乾也享受到了迪金森慈爱的光芒带给他的隔世关怀和眷顾，从而得以轻松地、游刃有余地融入福斯特、阿克顿等的生活圈子。相比于这个层次的复杂情况和史料发掘的艰难，第三个层次的跨文化体验式考察实际上已经突破了局限于智识阶层的人际交往网络。他将迪金森真切的生命体验，将他对中国的认知，将他的象征生命，延伸到一个由民俗中国、乡土中国、艺术中国、自然中国、文明中国共同构成的人文精神世界。

综上所述，我们可以说迪金森的中国之行在三个层次上次第展开。每一个层次都是上一个层次的升华。这样在与中国的全身心的认同这个大前提不变的基础上，他与中国之间的距离也就经历了从文化想象上的异位、异装、异声，到人际关系上的亲密接触和交流，再到超越狭小的人际交往圈子的零距离地融入中国。在这样一个丰富的多层次跨文化交流对话网络中，仅仅将迪金森局限于迪金森/徐志摩关系、跨文化智识圈子或几桩中英文化交流的逸闻趣事,无疑会削弱以迪金森为情感、想象、思想源头的剑桥使徒社－布卢姆斯伯里甚至剑桥－牛津知识分子群落的价值力量。

但是同样毋庸置疑的是,迪金森没有直接进入成长中的中国大学场,没有亲自参与中国现代主义思想文化的进程。这种直接的、亲自的进入和参与是由他的朋友罗素、他的晚辈朱利安·贝尔来实现的。

1920年5月至6月中旬,伯特兰·罗素参加英国工党代表团,访问赤色苏俄。5月31日,一封由北京大学哲学系教师傅铜写的讲学邀请信经英国伯明翰大学缪尔赫教授转寄给罗素。因此结束了苏俄访问后不久罗素就到法国马赛,搭乘法国客轮"波尔多"号赴中国进行为期九个月(1920年10月至1921年7月)的讲学。

有关罗素的中国之行,最早公之于众的材料是1920年10月28日他结束了在长沙的访问讲学后前往北京的途中写的一篇旅行札记。这篇文章于1921年1月8日发表在英国的《民族》杂志上。最直接的自传性资料是他在《伯特兰·罗素自传,1914—1944年》中对中国之行的详细回忆。与此形成对照和补充关系的是关鸿、魏平以第一人称口吻整理的赵元任先生的传记《从家乡到美国》,以及罗素的传记作者雷·孟克(Ray Monk)撰写的《伯特兰·罗素:疯狂的灵魂,1921—1970年》。此外是中国学者研究罗素中国之行的相关研究文章,如冯崇义在《学术研究》1992年第6期上发表的《罗素访华缘起》、朱学勤在《读书》1996年第1期上发表的《罗素与中国:西方思想在中国的一次经历》、何立波在《史海纵横》2011年第6期上发表的《1920年罗素的中国学术之行》。这些当事人当时的记载、事后的回忆、参与者的传记材料以及研究者的史实考证和评论从不同的话语言说角度指向罗素中国之行的不同层面。如罗素在《民族》和自传中的记载偏重于行程和主观的感受,甚少涉及深层次的讲学内容及与中国知识界座谈讨论的专题问题。雷·孟克的传记则偏重对罗素思想的评说以及中国之行引发的他的明显的思想转变。而学者们的考订评论则重在梳理罗素中国之行讲学的内容以及他的思想与中国知识界的期盼之间的对接过程中的得失。

我们提出的问题是:罗素的中国之行前、中国之行期间和中国之行之后,他与中国之间形成了怎样的跨文化人际关系网络?透过这张人际关系网络、通过他对中国社会的实地考察,他有什么样的感受和观念?这个从感受上升到观念并最终升华为思想探索和批评的过程又表现为怎样的现代文明思想?最后是,他的这种现代文明批判思想是否与迪金森的现代文明思想契合?

如前所述,罗素访华前,主要是与曾留学英国牛津大学、伯明翰大学,与罗素有师生之谊,任教于北京大学哲学系的傅铜之间的交流。傅铜有中国学习研究西方哲学第一人之称。他创办了20世纪中国第一份哲学杂志,是最先参加国际哲学学术会议的中国人。① 从如愿以偿学习哲学,且能追随罗素而言,傅铜比徐志摩要幸运得多。罗素1920年10月12日到上海的当晚,为他接风洗尘的知识界名流包括徐谦、陈独秀、杨端六、张东荪。而前往上海专程迎接他的人包括赵元任(翻译)、叶景莘、丁文江等。11月9日,汪大燮、梁启超代表讲学社为罗素举行欢迎会。1921年7月6日为罗素举行的欢送会上,汪大燮、梁启超、范源濂、蒋梦麟、丁在君、邓萃英等到会参加。②

而从罗素的旅行札记和自传来看,哪些人给他留下了深刻的印象呢?

一到上海,他就发现自己置身于中国的青年学生和记者群体之中。这些学生给他留下了深刻的印象:"学生们对知识的渴求真是令人难忘。每当你开始讲话时,他们的眼中就充满了如饥饿之人开始饱餐盛宴那样的神情。"③ 到北京后,他主要在北京大学讲学。而北大的学生同样给他留下了难忘的印象:

> 这些学生们与教授传授给他们的知识融合无间。他们热烈地渴望知识,他们准备着为自己地国家英勇牺牲,付出一切也在所不惜。整个氛围像充足了电式的,希望一场伟大的觉醒。沉睡了几个世纪

---

① 郭兰芳、章修龙:《傅铜:最早学习西方哲学的中国人》,《纵横》2006年第3期,第35—37页。

② 何立波:《1920年罗素的中国学术之行》,《史海纵横》2011年第6期,第13—17页。

③ Bertrand Russell, *The Autobiography of Bertrand Russell 1914–1944* (Boston: Little, Brown and Company, 1951), p.197.

之后，中国开始认识到现代世界。那时候政府的卑鄙肮脏、奴性妥协和不负责任还没有降落到改革者身上。①

所有这些中国人中给他留下深刻印象的无疑是给他担任翻译的赵元任。在回到英国后，赵元任偕夫人还偶尔前去拜访他。甚至到了1960年代，赵元任还由凌叔华和陈源陪同，拜访罗素夫妇。

除了中国之行沉淀下来的人际关系，经过对中国社会的实地考察，罗素对中国有了更直观的感受。在上海，他既注意到上海欧洲化、国际都市化的程度和繁华胜景，也留心到租界区之外中国平民百姓甚至穷苦人生活的艰辛。在他眼中，那些在上海的欧洲冒险家和殖民者几乎都是一副邪恶、病态的嘴脸。杭州西湖的山水、寺庙、附近如画卷般映入眼帘的村舍，无不呈现出充满了世俗快乐和人情的田园情调。他眼中的中国充满了哲思般的沉静。

> 撇开来自欧洲的影响，中国给人的印象是欧洲可能的状况，如果自18世纪以来欧洲没有因工业革命或法国大革命而发生的巨变。人们似乎都是理性的享乐主义者，都明白怎样通过对他们艺术天赋和秉性的尽情发掘来获得快乐和精致品味。这使他们迥异于欧洲人，因为事实上他们在权力与享乐之间选择了后者。所有社会阶层的人都欢乐开怀，哪怕是身处社会最底层。②

与之相反，在危机四伏的欧洲，"……就像从突然间打开的炉门里冲出的炽热的热浪，疯狂的热冲击波似乎令人窒息"③。他到达北京之后，似乎时光都充满绝对的、完全的快乐。接触到的中国朋友快乐，工作是那么有趣，连北京城都是那么无法形容地美丽。同时，他更注意到中国面临的深层次问题，即：觉醒的中国开始意识到来自西方现代世界的冲击，

---

① Bertrand Russell, *The Autobiography of Bertrand Russell 1914 – 1944* (Boston: Little, Brown and Company, 1951), p. 183.
② Ibid., p. 199.
③ Ibid., p. 185.

改革甚至革命的力量正迅速地集结在一起。但是中国何去何从？是步西方现代病态和危机文明的后尘还是另辟蹊径？中国古老文明的精粹能否保存延续？罗素在离开中国前的1921年7月6日告别中国的演讲《中国的自由之路》，既是他九个月来考察中国社会的心得，也是给中国朋友和青年学生的忠告。中国社会的改造势在必行，堪当大任者必是进步、进取的青年一代；中国变革之路需自己探索，不能盲目尊崇西化思想；中国需忍痛与旧的思想肌体割裂，用新的思想锻造出新的文明；中国变革需从政治入手，用彻底变革的手段根除一切弊端和阻碍社会前进的反动势力。

因此，我们发现九个月的时间内，罗素对中国社会现实的认识经历了一个从印象和感受，从日常的生活情景向深邃的、敏锐的社会问题和现实矛盾之思考和阐述。而这些闪烁着思想火花和激进革命精神的洞见水到渠成地融入了他回到英国后不久即写成的《中国问题》。

第一次世界大战后的中国面临新的困境，充满内忧外患。外交无能，军力薄弱，债台高筑，强敌日本虎视眈眈。内则官僚政体腐败，在全盘西化与极端保守排外的十字路口徘徊。通过中西文明对比，罗素发现，中国人坚忍不拔，充满团结凝聚力，酷爱和平，是具有"宽容的美德、深沉平和的心灵"[①] 的尚礼民族。中国所缺的是西方的科技知识、资本主义公共精神、政治独立和文化独立。

为此他提出"少年中国"论：

> "少年中国"——在国外或中国国内的现代学校里接受教育的人们……这大概是当今中国最有希望的现象。受新教育的学生日益增多，他们的眼光和抱负令人钦佩，或许再过十年，其势力就足以改造中国。[②]

罗素将"少年中国"具体到现代教育启蒙下中国成长起来的两代知识分

[①] ［英］罗素：《中国问题》，秦悦译，学林出版社1996年版，第156页。
[②] 同上书，第59页。

子。这个群体接受了西式教育,掌握了西方的科技知识,秉承西方进步和公共精神。这个群体的努力和奋斗将培育出新的、更优秀的文化,"在我们这样一个令人失望的时代里,给人类一个全新的希望"①。

罗素从宏观的中西文明比较角度,以独特的问题思考方式,针对中国和欧洲文明现实并回应中国和欧洲文明现实。中国始终被置于与西方对立的位置。按照现代化的程度及在世界格局中的地位,率先完成现代化转型的日本成了欧洲之外罗素分析中国问题的另一个参照点。罗素对中国问题的分析最终是为了给人类文明找一条出路。罗素在 1921 年、1922 年这几年间撰写了大量有关中国的文章。这一时期所有以中国为题材的文章都收入了《罗素文集》第 15 卷《通往自由的不确定道路:俄罗斯与中国,1919—1922 年》。对中国问题的集中、持续关注和思考,都是因为中国对他而言具有"象征意义,代表着文明终将战胜第一次世界大战释放出的野蛮这种脆弱的希望"②。罗素这一时期的文章都是同一个主题——文明的生存——的变奏。这些文章包括 1922 年在《自由人》上发表的《自由思想的阻碍》、在《新共和》上发表的《与美国有关的希望和恐惧》。③

第三节　朱利安·贝尔的中国 之行及跨文化人际网络

其实,对西方现代文明的批判不仅仅限于迪金森和罗素。这也是朱利安·贝尔面临、思考并为之献出年轻生命的思想和价值选择问题。因此贯穿于他们三人思想、生活乃至生命中的现代文明危机问题将我们的视角也引向朱利安·贝尔的中国之行以及他结成的跨文化人际关系网络。

1991 年伦敦苏富比拍卖行将朱利安·贝尔写给凌叔华的信件拍卖给纽约公共图书馆伯格收藏馆（Berg Collection of the New York Public Librar-

---

① ［英］罗素:《中国问题》,秦悦译,学林出版社 1996 年版,第 198 页。
② Ray Monk, *Bertrand Russell*: *The Ghost of Madness 1921 – 1970* (New York: The Free Press, 2000), p. 15.
③ Ibid., pp. 15 – 17.

y)。在剑桥大学国王学院的现代档案馆也收藏着朱利安·贝尔的档案。1938 年,朱利安·贝尔的弟弟昆廷·贝尔编辑的《朱利安·贝尔:论文、诗歌和信件》由霍伽斯出版社出版,文集收入了朱利安生前所写信件中的 82 封,14 首诗歌,三篇以公开信形式写成的论文[《评罗杰·弗莱:一封信》《无产阶级与诗:致 C. 戴 - 刘易斯(C. Day-Lewis)的一封公开信》《战争与和平:给 E. M. 福斯特的信》]。1966 年彼得·斯坦斯基(Peter Stansky)和威廉·亚伯拉罕斯(William Abrahams)以朱利安·贝尔和约翰·康福德(John Cornford)为研究对象的《到前线去:通往西班牙内战的两条路》问世。2012 年彼得·斯坦斯基和威廉·亚伯拉罕斯推出了朱利安·贝尔最新研究成果《朱利安·贝尔:从布卢姆斯伯里到西班牙内战》。当然,与这对老搭档的研究交相辉映的是帕特丽夏·劳伦斯研究朱利安·贝尔/凌叔华关系的著作《丽莉·布瑞斯珂的中国眼睛:布卢姆斯伯里、现代主义与中国》。与这些文献、档案、作品集和研究著作对应的是虹影 2002 年出的英文版小说《K:爱的艺术》,凌叔华的侄女魏淑凌(Sasha Su-ling Wellard)2006 年出版的英文研究著作《家国梦影》。前者讲述的是朱利安·贝尔与凌叔华的跨文化爱恋故事。后者描绘的是凌叔华、凌淑浩姐妹不平凡的女性生命历程。

所有上述材料都以不同存在方式,在不同程度上,以不同的语言表现形式和风格,带着不同的历史和文化印迹,指向朱利安·贝尔以及围绕他而编织成的多样世界。透过这些材料,借助这些材料的相互印证和补充,通过那些信件而牵连起来的情感和友谊纽带,经过后来者的梳理和讲述,沉淀下来的、荡漾开来的且升华起来的是朱利安中国之行形成的迥然不同于迪金森或罗素的人际关系网、情感世界、现代主义文学表述和思想观念。

1934 年 5 月朱利安·贝尔开始与"剑桥任命委员会"接触,提出在远东的中国或日本谋求大学教职的申请。1935 年 7 月 16 日,他突然得到中国国立武汉大学文学院英语教授的聘任通知。按照合同规定,他在国立武汉大学文学院的英语教授任期为两年,第一年为试用期,教授"文学批评"和"现代英国文学选读",年薪 800 英镑。朱利安成功申请到武汉大学的教职,得益于剑桥使徒社 - 布卢姆斯伯里小组的影响力和人脉。

第六章 凝视东方：剑桥使徒社－布卢姆斯伯里小组的中国情结

时任武汉大学文学院院长的陈源（陈西滢）1912年16岁时就赴英伦读中学，后在爱丁堡大学和伦敦大学攻读政治经济学，在伦敦与徐志摩、迪金森等过从甚密。1922年回国后，他既当北京大学外文系英文教授，又主笔《现代评论》和《闲话》，撰写文章，翻译西洋小说。1929年离开北京大学到武汉大学，担任文学院院长。因此陈源同时连接着剑桥使徒社－布卢姆斯伯里小组、北京大学和武汉大学代表的中国现代大学场和外国文学学术话语圈子、社会空间中的新月派圈子。这种人脉关系的作用的其他例证包括：约翰·谢帕德（John Sheppard）和梅纳德·凯因斯（Maynard Keynes）为朱利安写推荐信；罗杰·弗莱的妹妹玛杰莉·弗莱（Margery Fry）通过中国的朋友疏通关系。梅纳德·凯因斯在推荐信中写道：

> 贝尔先生在这样一个英国生活圈子中成长，这使他有机会亲密接触近年来这个国家造就的杰出人物，或许是他们在文学和艺术领域的无私贡献影响了这个国家的品味和成就的方向。……这种教养和环境影响，我认为恰好证明了最真实的英国感受。①

1935年8月29日朱利安·贝尔在法国马赛搭乘日本客轮"伏见丸井"号，踏上前往中国的航程。这种剑桥使徒社－布卢姆斯伯里小组人脉的影响甚至延伸到他的印度洋、太平洋航程上。如他途经斯里兰卡的科隆坡时，列奥纳德·伍尔夫的朋友、代理总督用隆重的礼仪欢迎他，为他提供奢华的生活条件。在途经香港时，列奥纳德的妹妹在总督府设午宴招待他，并陪同他游览参观香港市容。1936年1月，朱利安利用寒假到北京游览。受朋友所托，他拜访了正在北京大学教授英国文学的哈罗德·阿克顿。阿克顿不仅设晚宴专门招待他和正寓居于北京的英国旅行作家罗伯特·拜伦，而且陪同他和凌叔华拜访了画家齐白石。这一年的12月，当他已决定前往西班牙，投身于西班牙的反法西斯战争时，正在中国推广"基本英语"教育的 I. A. 瑞恰慈专门写信劝阻他："别去西

---

① JHB3/I KCL.

班牙参战。我当然崇拜任何这样做的人,非常崇拜,就像有人羡慕某类犬一样。但是结果却与行为和代价名不符实,哪怕连不会算计的动物也能看出这一点——无论于你、英国、世界亦或是未来都是如此。"①

如果说剑桥使徒社-布卢姆斯伯里小组的人脉对于前往东方中国的朱利安来说提供了诸多便利,那么我们可以进一步指出,这张人际关系网的一个重要基础就是大英帝国的殖民事业在印度洋、太平洋、中国编织的脱胎于殖民传教、殖民贸易、殖民行政管理、殖民文化传播的人际关系网,另一个重要的基础是中国现代大学中成长的英国文学学科和中国现代主义文学运动。正是在这些基础之上,朱利安·贝尔利用剑桥使徒社-布卢姆斯伯里小组在英国文学场中掌握的话语权,主动地将他在武汉大学结识的恋人凌叔华和学生叶君健推向英国也是国际的现代主义文学舞台。

帕特丽夏·劳伦斯的《丽莉·布瑞斯珂的中国眼睛》客观上将朱利安·贝尔与凌叔华的男女爱恋关系阐释成英国的布卢姆斯伯里小组与中国的新月社、英国现代主义与中国现代主义发生关系的基础。彼得·斯坦斯基和威廉·亚伯拉罕斯在《朱利安·贝尔:从布卢姆斯伯里到西班牙内战》中偏重于探讨朱利安生活中与女性的性爱关系以及他的性心理结构特征。这样凌叔华就被放置在与其他女性同等的位置,尽管他与凌叔华的性爱关系有其独特的扣人心弦的激情和浪漫。而对于他的性心理结构特征,这两位学者既强调了瓦妮莎·贝尔的母爱对朱利安个体性心理成熟的妨碍,也肯定了朱利安性心理结构中暴露癖、多性恋、放荡等特征。例如,他们从他不断寻找、需要情妇的习惯中发现,"所有的事情共同促使他成了浪荡子:他有充足的理由继续坚持一种'对爱的性放纵观点'"②。又例如,他们特别强调朱利安在武汉期间从开始与凌叔华的爱恋关系发展到后期同时与凌叔华、英尼斯·杰克逊(Innes Jackson)和廖红缨的四角性爱关系这一事实以及朱利安日记中的自述。"我开始厌倦了

---

① To Julian Bell, Dec. 3, 1936 CHAI/519 KCL. Published in Constable, *Selected Letters of I. A. Richards*, pp. 98 – 99.

② Peter Stansky and William Abrahams, *Julian Bell: From Bloomsbury to the Spanish Civil War* (Stanford: Stanford UP, 2012), p. 197.

做爱，但是就是不可能放弃。像英尼斯甚至 S 这类女性——这些不得不在感情上需严肃对待、照顾、小心的女性——不再是我的茶杯了。只是令人感到糟糕的是，我从与英尼斯的相处中体会到，我确实有勾引有知识、有审美品味的女人的天赋。谁又能摈弃这样的天赋而不用呢？嗨，走着瞧。"[1] 对于贝尔/凌叔华关系更大胆的叙事建构是虹影在小说《K》中大肆渲染的凌叔华利用中国传统道家的《玉房秘籍》传授的性爱秘诀令朱利安飘飘欲仙的故事情节。

不如我们从朱利安·贝尔与凌叔华和叶君健之间的人际关系并为他们铺设的人际关系网这个层面来重新认识朱利安·贝尔，来重新认识他是怎样积极地搭建起中国与英国之间逆向的跨文化人际关系网络的。借此我们可以避免甚至颠覆那些过分地强调男女关系或对朱利安其人过度的性阐释。

朱利安·贝尔利用自己的剑桥使徒社－布卢姆斯伯里小组人脉，利用自己英国现代主义诗人的身份，不遗余力地为凌叔华和叶君健搭起通往剑桥和布卢姆斯伯里、通向国际英语文学世界的桥梁。或者说，作为女性作家和艺术家的凌叔华，作为记者、作家、学者的叶君健的成功和成就无疑是朱利安·贝尔中国之行形成的跨文化人际关系网络中沉淀下来的最有价值和意义的、中英现代主义对话和认同的财富之一。

对凌叔华来说，她与布卢姆斯伯里小组的联系始于朱利安·贝尔的牵线搭桥，她能跻身于布卢姆斯伯里圈子，得益于圈子里的瓦妮莎、弗吉尼亚、列奥纳德等因对朱利安的爱和思念而衍生出的对她的关爱和帮助。1936 年 2 月，瓦妮莎通过朱利安转赠给凌叔华一幅她自己的水彩画。这年的 5 月 16 日朱利安到武汉汉口的邮局给瓦妮莎寄去凌叔华和她女儿的照片以及他收集的中国古董的照片。8 月底他结束了到四川的旅行（从武汉出发，途经湖南、长江三峡、重庆、成都、雅安、西藏东部地区），然后从成都乘飞机到北京与凌叔华会合。凌叔华专门为朱利安的妹妹安吉莉卡买下一套被保存了 40 年的满族贵妇穿的宫廷服装。这些绘画、照

---

[1] Peter Stansky and William Abrahams, *Julian Bell: From Bloomsbury to the Spanish Civil War* (Stanford: Stanford UP, 2012), p. 235.

片、服装、首饰用形象可感知且实在的物的方式传达了细腻、生动、鲜活的情感和友谊。朱利安帮助凌叔华将她写的两个短篇故事翻译成英文。第一篇故事是发表在《天下月刊》1936年8月第3卷第1期上的《关键是什么》(英译名是"What's the Point of It");第二篇故事是发表在《天下月刊》1937年4月第4卷第4期上的《诗人变疯了》(英译名是"A Poet Goes Mad")。此外朱利安还将自己与凌叔华合译的、她写的三个故事寄给布卢姆斯伯里小组中的作家兼出版商大卫·伽尼特。伽尼特将英译稿转给瓦妮莎后,她曾试图将这些故事发表在当时颇负盛名的文学月刊《伦敦水星》(The London Mercury)上。1953年凌叔华的英文作品《古韵》由霍伽斯出版社出版。她自己绘插图,维塔·萨克维尔-韦斯特(Vita Sackville-West)亲自作序。凌叔华将《古韵》题献给维塔·萨克维尔-韦斯特和弗吉尼亚·伍尔夫这对同性恋情人。

凌叔华与瓦妮莎、弗吉尼亚、列奥纳德等布卢姆斯伯里圈子中核心成员之间的情感共鸣,他们对她的关爱和帮助最好的例证就是,朱利安在西班牙反法西斯战争中牺牲后瓦妮莎与凌叔华之间经常往来的信件。在1938年9月16日给凌叔华的信中,瓦妮莎写道:"我觉得他的去世使你与我之间的某种联系成为可能。如果他还活着也许我们之间不会这样。因此让我们竭力维护它,亲爱的苏。"[1] 在1939年12月5日给凌叔华的信中,瓦妮莎更动情地写道:"我仍爱你,如果我的爱能对你有任何帮助,你知道你拥有这份爱。……在任何情况下请尽可能保持乐观,我知道朱利安会告诉你同样的话。"[2] 这种情感共鸣是两位深爱着朱利安的女人对死者的共同悲悼,是在第二次世界大战的死亡阴霾中两个女人甚至她们所属的群体相互之间爱的慰藉。

叶君健是朱利安·贝尔在武汉大学教授的英文写作课上的学生,是除凌叔华之外他与之建立了深厚私人友谊的第二个中国青年知识分子。朱利安像帮助扶持凌叔华那样帮助叶君健。例如他特意把叶君健的作品推荐给刚回到伦敦并创办起现代主义文学刊物《新作品》的约翰·莱曼

---

[1] Berg Collection, New York Public Library.
[2] Ibid..

(John Lehmann)。由此使他与布卢姆斯伯里圈子结缘。到了1940年代，叶君健长住英国，到剑桥国王学院专门从事研究和写作，与布卢姆斯伯里圈子还保持着通信往来。

与朱利安牵动、推动的中英跨文化人际关系网络平行并置，被批评界忽略却对我们至关重要的是他在中国期间独特的现代主义文学表述。称其独特，是因为不仅在表现言说的话语形式上而且在自我的批判主体性建构上，他事实上在试图传谕剑桥使徒社－布卢姆斯伯里小组的文学和思想声音的过程中实现了对这一神圣的文化家族的反思、反叛和超越。正是在此意义上，我们从剑桥使徒社－布卢姆斯伯里小组与中国对话交流的历时演变中发现历史辩证超越的逻辑，也由此能从一个崭新的角度来揭示朱利安的家族反叛与他积极投身于西班牙反法西斯战争的英勇行为之间内在的一致性，以及家族反叛和法西斯抗争行为共同昭示的布卢姆斯伯里文化象征精神火焰的熄灭和新的文化象征精神的破壳而出。这种文化象征精神的生灭相继进而彰显了现代主义文化革命历程中旧时期的结束和新时代的来临。

朱利安现代主义文学表述的第一种独特的方式就是在武汉大学三个学期、长达一年零三个多月的英国文学教学。1935年10月5日抵达武汉大学后的第三天他就开始了教学工作。只是与聘任合同不同的是，他原定教授的两门课变成了莎士比亚①、写作和现代文学三门课、9个小时的教学工作，外加课外辅导；原定的年薪减少到700英镑。开始时中国人给他的印象是美妙、善良且乐于助人。"大学里的人们像极了剑桥人，非常友好、随和、乐于交际。我们都住在散落在山坡上的房子里，邻居之间经常串门，像随意的剑桥方式那样。"② 在1936年秋季学期的课程《现代文学：1890—1914年》中，他讲解的英国现代作家包括：罗伯特·布里奇斯（Robert Bridges）、托马斯·哈代、鲁珀特·布鲁克斯（Rupert Brooks）、豪斯曼（Housman）、威尔斯（Wells）、萧伯纳（Bernard

---

① 朱利安·贝尔在课堂上使用的教材是 *The Arden Edition of Shakespeare* [Peter Stansky and William Abrahams, *Julian Bell: From Bloomsbury to the Spanish Civil War* (Stanford: Stanford UP, 2012), p. 192]。

② Julian Bell, *Julian Bell: Essays, Poems and Letters* (London, Hogarth Press, 1938), p. 43.

Shaw)、塞缪尔·巴特勒（Samuel Butler）、奥斯卡·王尔德（Oscar Wilde）、约瑟夫·康拉德。在1937年春季学期的课程《现代文学：1914—1936年》中，除了讲授普鲁斯特和弗洛伊德之外，他集中向学生传输的是剑桥学派和布卢姆斯伯里小组的思想和文学成就。那些他选取的英国现代主义人物包括：I. A. 瑞恰慈、克莱夫·贝尔、拉姆塞（Ramsay）、穆尔、迪金森、梅纳德·凯因斯、罗素、罗杰·弗莱、弗吉尼亚·伍尔夫。但是这一学期中，随着他的教学重心转到他最熟悉的现代剑桥学派和布卢姆斯伯里小组，也随着他大量的阅读和亲身体验，他开始对中国现代文学、英国文学在中国的接受以及剑桥使徒社－布卢姆斯伯里传统进行反思，最终形成了自己的批判态度和立场。例如在1936年1月10日给弟弟昆廷·贝尔的信中，他认为中国现代文学简直是"一种奇怪的主张"[①]。到了这一年的5月份，他进一步认定中国历史传统中不存在牢固的智识（而非单纯的浪漫感伤）文学。因此尽管他们真诚、勤劳、忍耐，却缺乏理性、智识、观念传统。他们从英国文学中接受的只不过是二流作家的二流文学，如查尔斯·兰姆、史蒂文森（Stevenson）、罗斯金（Ruskin）。因此他所教的中国学生尽管知识面广，记忆力好，能大量地背诵唐代诗歌，能在写的作文中尽情宣泄脆弱的浪漫情怀，但是却不能进行抽象、大胆的理性思考。对中国人和中国文学传统中强烈的感性、浪漫、情感和柔美的批判最终使他转而批判整个布卢姆斯伯里传统的精神象征人物之一迪金森。如他在1936年5月22日给弗吉尼亚·伍尔夫的信中就毫不客气地批驳迪金森：

> 你知道，他实在是有点柔软——正是因为这一点他比不上罗杰给人留下的印象。人们总是看着他想屈服于情感，但是知道他不可能。能遇见如此温柔、圣洁、令人钦佩的人确实令人愉快，阅读他的作品也令人很愉快。但是我猜想，正是某种令他感到压抑、沮丧的东西使他——"感伤"差不多就是我想用的那个词。然而老罗杰拥有过所有他想要的女人之后，还有其他的，却似乎从来没有任何

[①] Julian Bell, *Julian Bell: Essays, Poems and Letters* (London, Hogarth Press, 1938), p. 72.

软弱的表现。撇开他充沛的精力和对任何碰到的事物的快乐,他从不将时光浪费在感伤、幻想等等上面。①

在他看来,迪金森之所以钟情于中国和中国人,是因为他们的柔和与多情善感,是因为他被压抑的情感的迸发。而所有这些温情、阴柔、平和的人性都不足以强硬、坚实、冷峻到使他和人类抵抗、遏制日益迫近的战争和暴力。我们也就不难理解在情感浓烈、追求挚爱的凌叔华面前,他为什么会发出困惑和疲倦的哀鸣:"我从来没有发现人心中有如此强烈的情感……我太厌倦感情了——我自己的和其他人的感情。这并非意味着我没有感情。……我如今真正、真诚地相信:我认为友谊比爱情更适合我。"②

朱利安现代主义文学表现的第二种方式就是从诗歌创作转向书信体式的散文和论说文创作。朱利安·贝尔最早显露出的文学才华是在诗歌创作领域。1927 年秋,他入剑桥大学国王学院攻读历史专业;两年后的 1929 年他从历史专业转到英语专业,导师是卢卡斯。1929 年 1 月开始,他连续在剑桥大学学生创办的文学刊物《冒险》(*The Venture*) 上发表诗作。1 月份朱利安的诗《蛾》刊登在《冒险》第 2 期上;4 月份他的诗《冬季运动:一首正式的颂歌》刊登在《冒险》第 4 期上。在《冒险》的最后一期上他登出了自己的诗论文章《略论诗的晦涩》("A Brief View of Poetic Obscurity")。1930 年他的第一本诗集《冬季运动》正式出版。1935 年 11 月、12 月,刚到中国 1 个多月的他就在面向世界的英文刊物《天下》上连续发表了 7 首诗作:《形而上的慰藉》《向马拉美致敬》《伦敦》《红脚鹬》《形而上的泛神论者》《尾声》《帕斯卡尔》。1936 年 1 月,正当他与凌叔华在北京度过冬季假期的时候,他的新诗集《为冬季而作》由霍伽斯出版社出版。

彼得·斯坦斯基和威廉·亚伯拉罕斯认为,早在 1929 年春朱利安实

---

① Julian Bell, *Julian Bell: Essays, Poems and Letters* (London: Hogarth Press, 1938), p. 123.

② Peter Stansky and William Abrahams, *Julian Bell: From Bloomsbury to the Spanish Civil War* (Stanford: Stanford UP, 2012), p. 209.

际上就已在朋友中间和剑桥确立了自己的诗人身份。"他现在是个不折不扣的诗人了,他自己、他的朋友乃至剑桥都这么认为。在与朋友的谈话中诗歌也许是最重要的话题。此外他在学生会也是个人物。他加入了使徒社。他还是个运动好手。"① 此外还得加上:他是一个论说文作者。他在诗歌、散文和论说文方面的才华服务于不同的目的,它们在不同的境遇中成为他表述自我情感和思想的手段。

无论从马赛登上驶往中国的船还是从香港登上回欧洲的船,在往返于西方与远东中国的航程中,在中国的一年零三个月中,朱利安用手中的笔写下的主要是三篇公开信式的评论和批判文章以及与亲人和朋友之间大量的信件。这三篇评论批判文章和信件不仅风格迥异,而且从不同层面连接着朱利安与剑桥使徒社-布卢姆斯伯里小组的政治思想和精神世界。实际上朱利安一踏上驶往中国的船,就开始转向新的文体和风格,尝试用崭新的方式来尽情地展露、展开甚至保存自己在中国生活的方方面面,用书信体和论说文体来言说自己日渐成熟、逐渐独立并最终与布卢姆斯伯里传统彻底告别的情感、思想、政治生命。因此,我们可以明确地认为,中国之行不仅促成了朱利安现代主义文学表述方式和风格的骤变,而且使他的个体生命发生了脱胎换骨的新生。他最终挣脱了母亲、长辈、朋友、剑桥等对他的情感、思想和政治羁绊。

对于他那些自成一体的大量书信,批评家们从中获取到不同的、与自己批评阐释的主观意图吻合的证据材料。但是除却那些有关私人两性情感、有关中国各地的见闻、对中国风景的审美凝视之外,朱利安不断强化的、日趋强烈的反法西斯决心和左派政治意识无疑被根本地忽略了。开始时他关注的是中国国内国民党与共产党的战争以及远东地区日本人与中国人的战争。接着他就密切关注着欧洲的局势。他在1936年4月13日给瓦妮莎的信中就大胆预测希特勒法西斯侵略的发生和反法西斯战争的不可避免。"至于希特勒——从你和弗吉尼亚写信谈论这个话题的方式我认为这是一个很严肃紧迫的问题。……但是如果战争不可避免——如

---

① Peter Stansky and William Abrahams, *Julian Bell: From Bloomsbury to the Spanish Civil War* (Stanford: Stanford UP, 2012), p. 68.

果他如此丧心病狂，他就不会被吓住——那么对我而言似乎无论从社会主义还是和平主义的角度看克莱夫都是对的。……就目前而言，如果制裁的结果必将导致战争，那么整个左派都举起了爱国主义的大旗。"① 到了 1936 年 10 月，他对欧洲局势的判断更使他坚定了反法西斯主义的决心，也促使他选择了一条与布卢姆斯伯里的自由主义乃至和平主义不同的激进道路。在 10 月 22 日给简·西蒙·布斯（Jane Simone Bussy）的信中，他写道："我从来没有像这样觉得政治是如此糟糕——如此糟糕以至于我根本不可能为共产党或自由派气恼——虽然我不再理解自由派或和平主义者们。……根本不存在任何和平的希望，无论是民族还是国际意义上，只有在战斗与屈服之间作出抉择。"② 在一个强权政治主宰的时代，自由主义信奉的价值观念和坚持的操守已经无济于事，弱不负重。诗歌充其量使人充满了感伤和悲哀。这种向务实的、行动的、政治的转变最终变成了他参加西班牙内战的决定。在 1937 年 1 月 7 日离开武汉前夕的信中，他这样为自己辩护："不可能让其他人去为自己信仰的事业战斗而自己却拒绝去冒险。……如果我不去，耻辱感将一辈子烙在我心中。……我对'左翼'和旧派持同样的怀疑态度——发现民主、自由主义就像老年人贪婪守财一样令人厌恶。"③

对于朱利安的叛逆行为，对于他的冒险心理和对革命的向往，最好的证明就是他 1935 年 9 月 26 日在香港时写下的、托好友转给他母亲瓦妮萨的两封信。一封信是他如果得了绝症或意外死亡时需要朋友寄给他母亲的；另一封信是如果他参加中国革命活动而遭受不幸时需要朋友寄给他母亲的。他告诉瓦妮萨："这样如果你听说我坐船船翻了或者卷入战争或暴乱，记住这是我应该选择的那种结局。"④ 无论是中国还是西班牙，都是他自觉的选择。

至此我们能更深刻地理解，他对迪金森代表的剑桥使徒社 – 布卢姆

---

① Julian Bell, *Julian Bell：Essays, Poems and Letters*（London：Hogarth Press, 1938），p. 105.
② Ibid., p. 165.
③ Ibid., p. 184.
④ Ibid., pp. 196 – 197.

斯伯里传统的反思和批判有其更鲜明的思想批判意图。这最集中地表现在1937年1月在通往欧洲的航程中他写的文章《战争与和平：给 E. M. 福斯特的信》之中。朱利安名义上是写给福斯特的一封公开信，实际上是与福斯特的挚友、剑桥使徒社－布卢姆斯伯里的精神领袖之一、国际联盟的创始人、自由主义思想的旗手、已经去世的迪金森之间的想象对话。诚然，迪金森具有常人所不及的美好品格，"宽容、谨慎、慈爱，对某些心灵状态的价值秉持清醒、深沉的信仰，对敌人的宽宏大量、对青年的同情呵护"[1]。他与迪金森、福斯特、瓦妮萨、弗吉尼亚乃至布卢姆斯伯里传统之间的分歧实质上是两种看待现实世界的方式和态度之间的分歧。自由主义者和保守派要么认为世界建立在稳固坚实的基础之上，要么认为人性的良好意愿能指引社会不断完善进步。马克思主义则强调过程和必然性，认为决定世界变化的力量不是人的意愿而是客观的物质和社会力量。

因此迪金森宣扬的自由主义，布卢姆斯伯里圈子信奉的和平主义，事实上是政治浪漫主义。而建立在这种信仰基础上的国联凭借的仅仅是理性和善良，而不是以坚强的实力为后盾。他们无视这样一种现实，即：除了少数善良、理智的人之外，整个世界充斥着愚蠢、习惯、贪婪以及眼里只有利益的大国和实力阶级。他认为，自由政治具有两大致命伤，其一是对实力和权力的忽视，其二是对权力的真正来源的无知。结果在危机四伏的现代世界，自由主义在英国却变得前所未有的强大。在战争和贫穷面前，英国人仍幻想靠同情、理性和善良来保护自己。

朱利安·贝尔用实际的激进行动和公开的准马克思主义批判相结合的方式告别了剑桥使徒社－布卢姆斯伯里传统。用他在《战争与和平》中的观点来讲，这是自由主义与马克思主义的区别。但是紧扣剑桥使徒社－布卢姆斯伯里群落与中国的跨文化对话和认同这一主题，我们必须深入思考迪金森、罗素和朱利安涉及的三个核心问题——现代主义文学话语表述的转变、汉学话语的转变和文明生存的焦虑。这三个问题也是

---

[1] Julian Bell, *Julian Bell: Essays, Poems and Letters* (London: Hogarth Press, 1938), p. 336.

牛津群落和剑桥英文研究学派涉及的核心问题。顺带提及的是，其实朱利安·贝尔部分涉及剑桥英文研究学派的中国化，只不过其更深邃的价值在于他既属于剑桥使徒社－布卢姆斯伯里传统，又是新的文明危机境遇中这一传统象征型的叛逆和终结者。

第 七 章

中国的诱惑：牛津之后的远行

如果说剑桥使徒社－布卢姆斯伯里小组的中国情结表现出鲜明的个体跨文化迁徙特征和代际特征，那么牛津才子的中国情结则表现为另一种迥然不同的文化现象，形成另一种独具个性的模式，产生难得的群体效应。说其是另一种迥然不同的文化现象，是因为它不是以大学社团或都市空间中的文化群落这样的社会组织形态的方式出现在中英跨文化的文学场中。它纯粹是差不多同一时代里先后进入牛津大学的同学之间，基于私人情感、个体间的友谊、共同的文学美学理想、类似的信仰危机，而形成的现代主义文艺探索群体和跨文化迁徙群落。这是一种十足松散的、自发的、共时的（只有从事后回顾归纳的角度才能总体把握的）文化现象。

在回顾的视野中，我们发现这种文化现象自成一种模式：以哈罗德·阿克顿为核心人物，以牛津大学的一批同学为中坚，以社团、刊物等为媒介，向大学空间和社会文化空间辐射。1920年代为第一阶段，这批阳光男孩相聚在牛津校园，追随现代主义的浪潮，传播现代主义的福音，探索现代主义的新路。1930年代为第二阶段，这群经受了现代主义光荣梦想洗礼的牛津才子先后踏上通往中国的旅程，与方兴未艾的中国现代主义形成对话和认同。这样英国现代主义历时的文化象征革命使命和国际现代主义共时的、跨文化的探索、传播、交流使命一起摆在了这群牛津才子面前。就与中国大学教育、中国现代主义文学运动的融入甚至参与程度来说，同时参照他们旅行到中国的先后时间顺序，这个群体中不同个体之间存在明显差别。

牛津大学无疑是英国现代主义文学运动在 1920 年代和 1930 年代的摇篮和大本营之一。他们中的部分人不仅旅行到中国，而且参与中国现代主义运动，成为中国现代主义群落中的外籍成员。由此形成中英现代主义交流互动的群体效应。无论是参与中国现代主义的深度还是在牛津现代主义中的核心作用，哈罗德·阿克顿无疑是关键人物。因此这一部分的研究在谋篇布局上以阿克顿为视点，进而兼论罗伯特·拜伦、彼得·昆内尔（Peter Quennell）、奥斯伯特·西特韦尔、彼得·弗莱明和 W. H. 奥登。论述的主要内容包括：1920 年代：牛津才子与现代主义运动；1930 年代：牛津之后的中国之行；哈罗德·阿克顿在中国的人际关系网。

第一节 1920 年代：牛津才子与现代主义运动

1984 年为了庆祝哈罗德·阿克顿 80 岁生日，他 1920 年代在牛津大学的一群同窗好友纷纷撰文回忆 60 年前的青春岁月、曾经的现代主义文学梦想和历久弥新的友谊。这些文章都收入纪念文集《牛津、中国与意大利》之中。英国传记作家、文学史家、评论家和诗人彼得·昆内尔回忆道：

> 现在仍令我难忘，我们这一代人是有趣的一代。在我们的本科同学中，除了伊夫林·沃（Evely Waugh）——他还是快乐的波西米亚一族，最喜欢光顾那些最低廉、最吵闹的牛津酒吧——之外，其他同学还包括格雷厄姆·格林（Graham Greene）、西里尔·柯诺莱（Cyril Connolly）、安东尼·鲍威尔（Anthony Powell）、亨利·约克（Henry Yorke）（他更为人所熟知的是他的笔名亨利·格林）、肯尼思·克拉克（Kenneth Clark）、大卫·塞西尔（David Cecil）、爱德华·萨克维尔－韦斯特（Edward Sackville-West）、罗伯特·拜伦、后来的左翼记者克劳德·科克伯恩（Claud Cockburn）和著名历史学家

理查德·裴瑞斯（Richard Pares）。[1]

昆内尔认为，哈罗德·阿克顿是当时牛津唯美运动当之无愧的领袖人物。克里斯托夫·霍利斯（Christopher Hollis）在《20 年代的牛津》中认为，"唯美者中的哈罗德·阿克顿在许多方面是他那一代人中知名度最高的本科生"[2]。"他将世界文化的空气带入牛津校园……我们毫无争议地认可他的领袖地位……"[3] 与霍利斯这种"世界文化"之说对应，马丁·格林（Martin Green）在研究 1920 年代英国唯美现代主义运动的著作《太阳的子嗣：1918 年后英国的"颓废"叙事》中使用了"国际现代主义"这个更准确的表述。他认为，阿克顿在牛津不仅探索出一种新的现代主义风格，将这种风格传给他的同道，而且将英国的西特韦尔三姐弟、旅居巴黎的美国女先锋作家格特鲁德·斯泰因（Gertrude Stein）、法国先锋派作家让·科克托（Jean Cocteau）等相互连接在一起，从而使牛津的现代主义唯美运动与国际现代主义运动深度接触。[4] 在马丁·格林重构的"颓废"叙事中，阿克顿同样是核心人物之一。这群人物构成了一个轮廓分明的现代主义文化群落，"在英国高雅文化中产生了一个新的审美时期"[5]。从英国公学、牛津到牛津之后的生活，他们参与现代主义文学运动，创作小说、诗歌、杂文、传记、游记，占据了《泰晤士文学副刊》（*Times Literary Supplement*）、《新政治家》（*New Statesman*）、《遭遇》（*Encounter*）、《新作品》（*New Writing*）、《地平线》（*Horizon*）、《观察者》（*The Observer*）、《星期日时报》（*Sunday Times*）等有影响的文艺刊物的评

---

[1] Edward Chaney and Neil Ritchie eds. , *Oxford China and Italy* (London: Thames and Hudson, 1984), p. 57

[2] Christopher Hollis, *Oxford in the Twenties: Recollections of Five Friends* (London: Heinemann, 1976), p. 33.

[3] Ibid. , p. 97.

[4] Martin Green, *Children of the Sun: Narrative of "Decadence" in England After 1918* (Mount Jackson: Axios Press, 1976), p. 3, p. 11.

[5] Ibid. , p. 22.

论和编辑位置。① 撇开"颓废"这个有待商榷的概念，格林对 1920 年代现代主义唯美运动的另类解读无疑从宏观的、纯研究的角度论证了牛津唯美运动的特征以及哈罗德·阿克顿在这场运动中的地位。

具体到哈罗德·阿克顿、罗伯特·拜伦、彼得·昆内尔、奥斯伯特·西特韦尔这个圈子在 1920 年代的现代主义文学之路，我们必须探讨他们相互之间以及与其他现代主义先锋人物之间的人际关系网络；他们承受的文艺精神启蒙；他们所从事的文学事业。而所有这些在文化地理版图上的两点就是伊顿公学和牛津大学。从伊顿到牛津，一条个体成长之路、精神探索之路、文学创新之路渐次展开。

哈罗德·阿克顿的生活和成长本身就构成了一张精巧的世界跨文化人际关系网络。他出生在意大利佛罗伦萨古城外的拉·彼得拉（La Pietra）别墅，他的父亲是位意大利艺术收藏家和经纪人，母亲是美国金融家族米歇尔家族的继承人。阿克顿在意大利度过童年时代，先后求学于英国维克森福德（Wixenford）预备学校、瑞士日内瓦附近的兰西城堡（Chateau de Lancy）国际学校。1918 年第一次世界大战刚刚结束，14 岁的阿克顿进入英国温莎附近的名校伊顿公学。与他同期在伊顿求学的英国作家和文人包括：小说家乔治·奥威尔（George Orwell）、文学评论家和作家西里尔·柯诺莱、传记作家和历史学家大卫·塞西尔、作家罗伯特·拜伦、小说家彼得·弗莱明和伊恩·弗莱明（Ian Fleming）俩兄弟、诗人和记者布莱恩·霍华德（Brian Howard）、艺术家和舞台设计师奥利弗·梅塞尔（Oliver Messel）、小说家安东尼·鲍威尔、小说家亨利·格林。但是所有这些同学中阿克顿和布莱恩·霍华德不仅是最早慧的，而且是自觉的现代主义诗歌和艺术的追随者和领唱人。

阿克顿走上诗歌之路的启蒙老师是奥尔德斯·赫胥黎。这位毕业于牛津大学贝列尔（Balliol）学院、主编过 1916 年《牛津诗歌》、暂时还默默无闻的文学才子在伊顿教法语。从同学大卫·塞西尔处打听到赫胥黎要求他阅读约翰·多恩诗歌的指导建议后，阿克顿撇开 19 世纪末的诗

---

① Martin Green, *Children of the Sun: Narrative of "Decadence" in England After 1918* (Mount Jackson: Axios Press, 1976), pp. 464–465.

人，如饥似渴地阅读多恩的诗歌，而且将阅读面自觉地延伸到多恩之外的安德鲁·马维尔（Andrew Marvell）等其他17世纪玄学派诗人。然后他再次回到现代主义文学的大潮中，少年的心性中无比地敬仰西特韦尔姐弟和T. S. 艾略特的诗歌。作为新起的先锋派诗人，他们都还没有创作出自己的代表作，还没有巩固他们在现代主义文学场中的崇高地位，因而还没有被多少人认识接纳。但是阿克顿却从西特韦尔姐弟的诗歌中发现了法国象征派诗人兰波和魏尔伦、音色亮丽的俄罗斯芭蕾舞的影响，喜爱上他们那硬瘦、简练的诗风。而T. S. 艾略特诗歌中法国式的爽利和玄学派式的幽深同样征服了他的心灵。

受绘画老师伊万斯女士（Mrs. Evans）鼓励，阿克顿、布莱恩·霍华德、罗伯特·拜伦等同学不仅培养了最初的审美认识，而且自发地创立了"伊顿艺术社"。此外，阿克顿与布莱恩联手创办了伊顿的文学杂志《伊顿烛》。借助这两块文艺平台，他们试验自己的审美主张，发表自己最新的诗歌。经受过《伊顿烛》的磨炼和鼓励，阿克顿的诗歌开始发表在《新证人》（*The New Witness*）、《旁观者》（*The Spectator*）等刊物上。看到自己创作的诗歌变成铅字，被印刷在精美的刊物上，阿克顿心中的感觉是：

> 在完稿后经过搁置在一边或格外的算计，这些诗歌一旦变成铅字几乎就认不出旧模样了。我怀着忐忑不安的心情重新阅读它们，面颊发烫，声音发抖。是的，印刷给了它们一种永生的气息。它们现在再也离不开我了：我与它们的亲密关系堪比婚姻——一种令人愉快的婚姻形式。①

《伊顿烛》1922年一出版就受到评论家们的好评。同一时期彼得·昆内尔的诗歌被收入理查德·休斯（Richard Hughes）选编的诗集《公立学校诗集》。布莱恩、阿克顿和昆内尔开始进入伊迪丝·西特韦尔、爱德蒙·戈斯（Edmund Gosse）、谢恩·莱斯利（Shane Leslie）等的视野。他们给这

---

① Harold Acton, *Memoirs of An Aesthete* (London: Methuen & Co. Ltd., 1948), p. 100.

些刚刚尝试诗歌创作的新人以极高的评价,认为他们代表了开始成长的新一代的英国作家。牛津同学约翰·A. 伍德（John A. Wood）也高度评价了阿克顿最初顺应现代主义风向的诗歌创作："1922 年的《伊顿烛》上发表了阿克顿的 11 首诗。这是他作为诗人的公众身份的开始。阿克顿和布莱恩·霍华德联手创办的《伊顿烛》是个不同寻常的事件,从内容、纸张到版面设计,整个刊物的方方面面都征兆了现代主义。"① 正是这些最初发表在《伊顿烛》上的诗歌使阿克顿进入了当时颇有影响的达克沃思（Duckworth）出版社负责人托马斯·鲍尔斯顿（Thomas Balston）的视野。他决定扶持这位青年诗人,1923 年编辑出版了阿克顿的第一本诗集《水族宫》。

在伊顿数年的求学生活奠定了阿克顿后来成长和发展的人际关系网络,确定了他执著追求的诗歌志业,历练了他在文学社团组织和文学刊物创办方面的才华,磨砺了他对诗歌、时尚、生活诸方面的审美品味。这种人际关系网络既包括同辈同学之间的意气相投,更指向现代主义先行者的赏识、点拨、鼓励和提携。与同一代的同学朋友相比,阿克顿无疑发展了自己三个方面的才能和禀赋:文学组织和编辑才能;对尚在形成中的西特韦尔姐弟、艾略特等杰出的现代主义诗人新的诗歌风格、意蕴的感受力和高度认同,以年轻的心灵感悟捕捉到现代主义时代风潮的流向;超越时空、超越艺术表现形式地汲取 17 世纪英国玄学派诗歌、法国象征派诗歌、俄罗斯芭蕾舞、意大利文艺复兴艺术和思想等之中的精粹。

1923 年 10 月,阿克顿进入牛津大学基督教堂学院,登上牛津唯美现代主义的舞台。1923 年至 1926 年,阿克顿、罗伯特·拜伦、彼特·昆内尔、伊夫林·沃等发起的唯美现代主义运动主要包括对 1890 年代的世纪末唯美风潮的颠覆、诗歌创作和诗刊编辑、文学社团活动、对现代主义先锋人物的积极推介和宣传四个大的方面。

以阿克顿为首的新唯美者认为,英国社会中普遍的对艺术的偏见都

---

① Edward Chaney and Neil Ritchie eds., *Oxford China and Italy*: *Writings in Honour of Sir Harold Acton* (London: Thames and Hudson, 1984), p. 27.

根源于世纪末的唯美风潮影响下的矫揉造作、拿腔拿调、低俗乏味的品味和做派。经历了第一次世界大战的震撼，在新的时代里需要重新确定唯美者的使命。"我们必须抵制丑恶；我们必须创造清晰，用以取代混乱；我们必须克服大众的冷漠；我们必须根除虚假的预言者。"[①] 与 T. S. 艾略特向 17 世纪英格兰的田园牧歌世界的回望和回归理想不同，他们提倡恢复早期维多利亚时代的风尚和时髦。早期维多利亚时代的器物、灰色高顶圆帽、长筒袜、男士喜欢留的络腮胡、带宽边翻领的夹克衫、打褶的宽松裤，这些都成了他们表现自己审美品味和理念的媒介。

阿克顿入牛津后不久第一本诗集《水族宫》出版。同时为了清除世纪末唯美风尚的余势，在伊夫林·沃、罗伯特·拜伦等的协助下，他开始办起了刊物《牛津金雀花》。他与彼得·昆内尔的合作则主要是编辑 1924 年度的《牛津诗歌》。这时昆内尔已经在 1922 年由夏多风（Chatto & Windus）出版社出版了他的第一本诗集《面具与诗歌》（*Masques & Poems*）。在负责编辑这一年度的《牛津诗歌》时，阿克顿和昆内尔不仅站在为今日之牛津诗坛和未来之英格兰诗坛发掘优秀诗人这个高度，而且有开启新诗风、新诗派的文学自觉。两年之后，这种新的文学自觉和创新精神由 W. H. 奥登有力地继承并发扬，他分别与查尔斯·普拉姆（Charles Plumb）和塞西尔·戴－刘易斯合作编辑了 1926 年和 1927 年两个年度的《牛津诗歌》。在进入牛津的前一年（1922 年），阿克顿心仪的现代主义诗坛圣手 T. S. 艾略特的《荒原》发表。在 1923 年、1924 年这两年间牛津基督教堂学院的"草地楼"周围的一大胜景就是，阿克顿手里挥舞着麦克风，通过扩音器向过往的师生们任性尽情地喊叫艾略特和他自己的诗歌。1925 年阿克顿由昆内尔建议题目的第二部诗集《印度蠢驴》出版。1926 年昆内尔的第二部诗集《诗歌》出版。1927 年根据诺曼·道格拉斯（Norman Douglass）的建议，阿克顿的第三部诗集《五圣及附录》出版。甚至到了 1930 年，还有南希·古纳德（Nancy Gunard）编辑、时光出版社（the Hours Press）出版过阿克顿限量版的第四部诗集《这场混乱》。

[①] Harold Acton, *Memoirs of An Aesthete* (London: Methuen & Co. Ltd., 1948), p. 111.

牛津时期的阿克顿、昆内尔、罗伯特·拜伦、伊夫林·沃等都参加过各种社团活动，试验过各种生活主张。这些社团既包括昙花一现的"伪君子俱乐部"、"意大利圈子"，也包括一直维持了十多年之久的"铁路俱乐部"。但是他们先锋文学活动的大本营是"普通社"（the Ordinary Society）。"普通社"不仅是他们这帮大学才子加文学先锋新锐的据点，而且是连接牛津校园与社会空间中文学先锋的纽带。这根纽带同样紧紧地握在阿克顿手中。因此无论是这一段时间阿克顿、昆内尔、罗伯特·拜伦甚至是牛津之外的奥斯伯特·西特韦尔之间的文学交往，还是"普通社"的活动以及牛津现代主义潮流与英国社会空间乃至国际空间中现代主义潮流的互动，都坚实地建立在这些牛津才子与西特韦尔姐弟、格特鲁德·斯泰因等密切交往和交流的基础之上。因此文学史家们常常将与布卢姆斯伯里小组保持距离又与之有一定交往的西特韦尔姐弟以及围绕在他们周围的一帮文学才子称为"西特韦尔圈子"。换句话说，以阿克顿为核心的牛津唯美现代主义群落具有十足的开放性，因此也具有十足的国际视野、国际交流，承受了校园以外的先锋思想和诗艺的充足滋养。

1923年10月，阿克顿拜访了寓居在伦敦莫斯科路彭布里奇公寓顶楼的伊迪丝·西特韦尔。这第一次见面给他留下了至深的印象。"……伊迪丝，个子很高、纤细，优雅，飘然而入，穿着翠绿色的锦缎……从外表看她简直就是骑士时代贵妇的复活版。当她开口说话时，那是多么美妙悦耳的声音，毫无一丝的矫揉造作，没有许多女作家向男性挑战的女权做派！"[1] 1924年6月，阿克顿带着伊夫林·沃、德斯蒙德·哈姆斯沃思（Desmond Harmsworth）、弗朗西斯·帕尔默（Francis Palmer）出席了伊迪丝·西特韦尔和奥斯伯特·西特韦尔在爱林厅（Aeolin Hall）举行的首次"假面"诗歌朗诵会，然后参加了在奥斯伯特位于卡莱尔广场的寓所里举行的晚会。

阿克顿邀请伊迪丝给"普通社"做讲座。伊迪丝大胆抨击文学评论界针对他们三姐弟的偏见，缅怀伊丽莎白时代这个属于诗人的黄金时代。

---

[1] Harold Acton, *Memoirs of An Aesthete* (London: Methuen & Co. Ltd., 1948), p. 130.

对语言文字实验的兴趣使他们自然地亲近巴黎的先锋派实验,尤其是詹姆斯·乔伊斯和格特鲁德·斯泰因对英语语言的前卫实验。受阿克顿的邀请,在伊迪丝、奥斯伯特和萨谢弗雷尔(Sacheverell Sitwell)姐弟的陪同下,斯泰因到"普通社"作了一场有关语言的先锋派实验的报告。① 按照阿克顿的回忆,"普通社"曾邀请 T.S. 艾略特、瓦尔特·德·拉·梅尔、哈罗德·门罗(Harold Monro)、罗伯特·格雷夫斯等交流座谈。但是他们的讲话"都比不上伊迪丝·西特韦尔和格特鲁德·斯泰因的讲话那样善于激发讨论"②。

阿克顿、彼得·昆内尔、罗伯特·拜伦等推动的牛津唯美现代主义运动不仅是 1920 年代英国现代主义运动的一部分,而且从一个侧面反映了牛津现代主义运动与英国现代主义乃至欧洲现代主义的多重对位接触和交流。更为重要的是,他们营造的氛围、搭建的平台、提出的文学和审美主张、在诗歌创作方面形成的集体效应为更年轻一代的牛津才子的成长铺平了道路。唯一的也是根本的区别在于,紧跟他们、紧接着他们的更年轻一代的牛津才子很快将牛津现代主义运动推向了新的更引人注目的高度,推向了 1930 年代蓬勃兴起的左翼文化政治舞台。他们形成了以同样就读于基督教会学院的 W. H. 奥登为核心人物,以斯蒂芬·斯彭德(Stephen Spender)、塞西尔·戴-刘易斯、路易斯·麦克尼斯(Louis McNeice)为中间力量的"奥登小组"。但是更值得我们深入思考的是,从牛津现代主义运动中脱颖而出的这两个志趣不同的群体都远行到中国,且与中国现代主义彼此唱和,相互影响。只不过被学界忽视的"阿克顿小组"(我们不妨使用这个便利、对应的称号)群体迁徙到北京,与中国的现代主义运动和大学才子们深度交融。而"奥登小组"的领头人奥登携友人克里斯托弗·伊修伍德(而不是小组的其他三员干将),带着红色左派大诗人的光环深入中国抗日战争的前线,巡游到处弥漫着日寇侵华紧张空气的中国城镇和乡村。他们的中国之行融入了中国现代主义新的转向、新的吁求、新的成就。因此就"阿克顿小组"在牛津乃至英国现

---

① Harold Acton, *Memoirs of An Aesthete* (London: Methuen & Co. Ltd., 1948), p. 162.
② Ibid., p. 132.

代主义运动中的功绩以及与后起之秀的关系,阿克顿本人的陈述应该是具有大视野的,是辩证的,也是中肯的。

> 但是我的后继者们如奥登、斯蒂芬·斯彭德、塞西尔·戴-刘易斯、路易斯·麦克尼斯组织得如此之好以至于牛津诗歌获得了更长久的生命。他们只把我视为附庸风雅的诗人,因为我的诗缺少政治信息。可他们忘记了是我在《牛津诗歌》和《牛津金雀花》上为他们准备了土壤。……因为我与西特韦尔姐弟间的自然亲密而被贴上"西特韦尔派"的标签……结果人们用粗俗的态度评论我……
>
> 年轻的一代很精明,做出了非常顺时的选择,即:将政治信息附加在艾略特的诗歌技巧上,借以博取公众的视听。……他们幻想自己是革命的代言人。然而他们实际上仅仅是时代精神的应声虫,顺从扑面而来的政治风潮。祝他们好运!他们的心脏在合适的地方,尽管他们所写的是散文而不自知。①

阿克顿指出了他们诗歌的混合本质,即:将 T. S. 艾略特的诗艺与政治相加;点明了他们与时代精神之间的影响关系,即:反法西斯、反极权主义氛围中文学和文学人被迫从唯美转向左派激进政治。当然,宣扬美、纯诗的阿克顿以居高临下的口吻指出了他们的文学创作与诗歌美学的背离。

这样第一次世界大战后成长起来的阿克顿一代竭力克服世纪末和战争带来的阻碍和负面影响,力图恢复人类文化秩序中的美、精致、优雅、宁静。他们属于战后一代。紧接着他们的奥登一代将目光投向更远处,而这种远处的时空前景上很快蒙上了战争和文明劫难再次来临的乌云。他们是两次大战间喘息的一代,也是为人类新的苦难而嘶吼的一代。因此,阿克顿一代在有意识的颠覆和拒绝基础上开拓先锋美学的新路;奥登一代在无意识继承的基础上打破新的现代主义权威和戒律,开启现代主义诗艺唱响反法西斯独裁和文明灾难焦虑的新的现代主义的主

---

① Harold Acton, *Memoir of An Aesthete* (London: Methuen & Co. Ltd., 1948), pp. 163 – 164.

旋律。

第二节　1930 年代：牛津之后的中国之行

　　1930 年代，无论是剑桥使徒社 – 布卢姆斯伯里小组第二代中的朱利安·贝尔，还是"阿克顿小组"中的哈罗德·阿克顿、罗伯特·拜伦、彼得·昆内尔还是奥斯伯特·西特韦尔，抑或是"奥登小组"的 W. H. 奥登，他们的中国之行都是跨文化旅行和文化认同层面上英国现代主义运动进程中的"远东之行"和"中国热"的表现和明证——融跨文化体验、认同和文化书写于一体的话语表征。它截然不同于 18 世纪开始在英国乃至欧洲刮起的"中国风"、19 世纪中叶开始泛滥的"黄祸"（Yellow Peril）论或"中国恐惧症"（Sinophobia）乃至 19 世纪末叶开始兴盛的学院派"汉学"。在当代学术界普遍关注、一边倒地重构"中国风"和汉学话语体系的研究现状下，我们必须思考并建构牛津乃至剑桥现代主义文学和思想中"中国之行"话语的独特性和独立性，将之从英国现代主义话语和汉学话语的双重束缚中解放出来。

　　杰瑞米·白梅（Geremie Barmé）在分析彼得·昆内尔的中国之行时指出英国作家中流行的远东体验热。"作家们去远东体验成了一种时尚。萨默塞特·毛姆（Somerset Maugham）（昆内尔的朋友）、诺尔·科沃德（Noel Coward）、哈罗德·阿克顿、奥斯伯特·西特韦尔、威廉·燕卜荪仅仅是这些作家中的一部分。他们在亚洲旅行、生活、写作，用中国作为他们作品的背景。"[①] 奥斯伯特·西特韦尔自己的剖析是，中国之行是西方现代文明危机压力下的逃避心理使然，更是中国美的生活的召唤。"例如我旅行去中国，绝大部分原因是为了逃离欧洲，但更特别的原因是为了去看看中国，见识那里的生活体系中令人难以想象的美——在其消亡之前。我去中国不是为了考察那里的社会斗争形式……也不是出于对漫游纯粹的喜爱，不，很不幸！为了满足我的出版商要我写部有关这个

[①] Peter Quennell, *A Superficial Journey through Tokyo and Peking* (Oxford: Oxford UP, 1986), p. viii.

国家的观点左倾激进的书籍的要求。"① 这种对中国特有的宁静、美的生活的迷恋和认同是这批牛津才子的中国之行中沉淀下来的共通的心灵感受、文化体验和情感慰藉。因而它既充满了生命个体对中国文化底里恒久而又鲜活、优雅而又天然、美妙而又自然的文化精神生命敏锐的、细腻的感知和眷恋，充满了这样一个文化和精神生命探索之旅上对自我生命中与中国相通、与西方现代文明相异因而受压抑的深层次性情的再发现，又洋溢着这个文化群体向崭新的美的领域的探索、将纯美的追求与生活融合无间的情愫、将生命个体的救赎与中国文化精神大胆地也是不由自主地维系在一起的信仰。这种对自我的再发现，这种中国文化催发的个体生命的重生，甚至表现为一杯中国绿茶的宁神镇定效用，表现为城市里夜空下如潮似水的声音。牛津毕业后寓居伦敦阿德尔菲（Adelphi）区约翰街5号期间，哈罗德·阿克顿养成了每天吃中国菜、喝中国绿茶的习惯。"我整天饮的绿茶使我的头脑清醒，获得更加宁静的生活。我已一半在中国了。随着时间推移，我渴望整个儿地生活在中国。"② 奥斯伯特·西特韦尔在南京住进一家英国人开的宾馆后，为了喝一口中国茶，甚至不顾英国绅士的体面，直接从街上买来一杯中国下苦力的人喝的绿茶。住在北京城的胡同里，晚上传来的各种叫卖声、吆喝声、敲击声、乐器声简直令他着了迷，无异于天籁地籁。"……我开始意识到所有这些叫声和信号的合奏——由打击乐器、风与弦乐器混合成的声音。它们数量众多且各式各样，就像自然界昆虫发出的声音——蜜蜂、飞蛾、甲壳虫、蝉发出的声音，还有温暖地方的夏夜里所有其他不知名的飞虫飞舞鸣叫的声音。"③

这批牛津才子中最先游访中国的是彼得·昆内尔。1930年昆内尔受聘到日本东京文理大学教英国文学。一年之后他辞去教职，回到英国伦敦。正是在旅日期间，他在1930年的春假（每年的2月下旬至4月上

---

① Osbert Sitwell, *Escape with Me! An Oriental Sketch-Book* (Oxford: Oxford UP, 1984), p. vii.
② Harold Acton, *Memoirs of An Aesthete* (London: Methuen & Co. Ltd., 1948), p. 196.
③ Osbert Sitwell, *Escape with Me! An Oriental Sketch-Book* (Oxford: Oxford UP, 1984), pp. 184–185.

句）期间和夏天两次从日本到北京旅行。① 到中国一游,是昆内尔中学时就产生的梦想。1930年春假他从东京坐火车到神户,然后搭乘游轮跨过日本与中国之间的内海,抵达大沽。他再从大沽乘船到天津,然后从天津乘火车到北京。初次来到中国,给他留下最初的也是最深刻印象的是荒坟遍野、辽阔苍凉、黄褐色的地貌风景。

> 令人压抑、无足轻重但却辽阔。如果甘愿将自己的想象力加于大地的魅力,那么空寂的风景中蕴含着奇异的美;茶灰色与黄色是如此和谐;村庄或住家的土屋是如此干净、错落有致;河岸上缓慢、悠闲行走的人影是如此令人产生巨大的孤寂感和哲思。②

昆内尔从黄褐色的、空旷的中国北方大地上品读出美、和谐、哲思,还有沉淀下来的历史。

初春北京的故宫、街头木桶里的金鱼、北海公园和公园里的佛塔、街头巷尾有关少帅张学良的传闻都令他感到新奇有趣。京郊的温泉、颐和园、春绿跳动的原野,都给他留下了深情的记忆。在离开北京的那个晚上,他是怀着难舍的惆怅而去。"很快我们就将坐火车回家了,我甚至怀着恨意踏上了归途。为什么要离开中国去日本——一个那么小、令人窒息的国度?"③

昆内尔在《东京、北京浅行记》(1932年)之后出版的《至爱:肖像与论说》(*The Singular Preference*: *Portraits and Essays*)(1953年)中更进一步阐述了他对中国地形地貌的雄浑美和北京人生活中弥漫悠长的奇特美的心理感受。他认为:"中国的地貌风景似乎是巨大的真空,而你,

---

① 研究者们通常只注意到彼得·昆内尔1930年春天的北京之行,而忽略了当年夏天他与妻子的第二次北京之行。他两次北京之行最可靠的证据是他在《东京、北京浅游记》中的记载。"We returned to Peking that same summer, and my recollections of the city and the country near are made up for the most part of double images, like two photographs superimposed on a single plate." [Peter Quennell, *A Superficial Journey through Tokyo and Peking* (Oxford: Oxford UP, 1986), p. 170]

② Peter Quennell, *A Superficial Journey through Tokyo and Peking* (Oxford: Oxford UP, 1986), p. 163.

③ Ibid., p. 216.

游客,站在边缘,孤独、渺小得如同以前从来没有过这种感觉,偶尔泛起身心的沮丧绝望。"① 甚至街头黄包车夫嘶哑的嗓音、沉重的脚步声、水车车轮吱吱嘎嘎的声音都回荡着独特的韵味。

紧接着彼得·昆内尔之后多次到中国旅游探险的是牛津毕业生彼得·弗莱明。弗莱明不属于"阿克顿小组",但是他同样迎合了中国热——不是审美中国热,而是传奇和探险中国热。且以更普遍受关注的方式拉近了中国与西方的距离,缩短了西方人与中国之间的文化心理差距,将中国从中国风、汉学和"黄祸论"引入真实的、可感知的、与西方同时的中国。

1926年秋弗莱明进入牛津基督教堂学院时,阿克顿刚刚毕业。弗莱明同样是他那一届学生中的佼佼者。他积极参加牛津大学戏剧社的活动,1928年夏季被选为戏剧社社长,同时他开始给与《查韦尔》(Cherwell)齐名的另一份牛津文学期刊《伊西斯女神》(The Isis)撰稿。牛津毕业后的弗莱明无心进入家族银行业,一心想在文学事业上有所成就。因此他先后到BBC、《旁观者》文学编辑部应聘编辑工作。1931年夏他开始计划自己的远东之行。9月份他被委派为查塔姆皇家国际事务研究所(Chatham House)的两位名誉秘书之一,出席一个叫"太平洋关系研究所"的组织在中国举办的会议。他首次中国之行的路线是:渡英吉利海峡,从巴黎乘火车到苏俄首都莫斯科,然后坐跨西伯利亚火车到中国的满洲里,再乘坐中东铁路跨越中国东北。他此次在北京小住休息后即南下上海,按计划与负责怡和洋行(Jardine Matheson)家族企业在上海及远东业务的约翰·凯瑟克(John Keswick)和托尼·凯瑟克(Tony Keswick)兄弟俩相聚。11月份他离开上海后南行到广东的汕头,乘船沿江游览了十天左右,然后乘船到新加坡。12月1日他抵达缅甸首都仰光,经印度的德里、伊拉克的巴格达、土耳其的伊斯坦布尔,横穿欧亚大陆,回到伦敦。在三个半月的时间里,他的行程总计约一万五千英里。

更令他铭心刻骨的是,首次中国之行他就自然、本能、深深地爱上

---

① Peter Quennell, *A Superficial Journey through Tokyo and Peking* (Oxford: Oxford UP, 1986), p. 179.

了中国和中国人。这种对中国和中国人的不假雕饰、发自内心的情感和认同终生温暖着他的心灵。尽管他只掌握了一些基本的汉语口头语，但是一进入中国，他就意外地也是欣喜地找到了回家的感觉。弗莱明的传记作者达夫·哈特－戴维斯（Duff Hart-Davis）对他的这种中国情结之根源的分析是：" 原因仅仅是他的天性（尽管直到那时他还没有任何理由去留意它）中拥有许多中国特征——他有耐性，性情平和，面部总是泰然自若的神情，尤其是精于算计、保留或让'面子'，他在他最适合的国家碰到了最适合的人群。"① 与昆内尔乃至阿克顿、奥斯伯特等的唯美天性不同，情感从不外露的弗莱明甚至在写作中都克制着情绪，控制着情调。但是他内在骨子里的浪漫天性在一次又一次的异域探险中得到了宣泄；在一次又一次地深入心灵的家园"中国"中，他实现了与另一个真实的却又陌生的自我的相遇、相知和认同。

　　1933年6月2日，弗莱明第二次启程到中国。他这次是以《泰晤士报》特约记者的身份专门报道中国政局，尤其是中国东北境内日本扶持的伪满洲国和南方江西境内与国民党政权对立的红色区域。他像上次一样乘火车跨越欧亚大陆，从满洲里进入中国境内。然后从北往南，依次经过哈尔滨、长春、蘑菇屯、热河，从大连坐船到大沽，从大沽坐火车到北京。在北京与在英国大使馆工作的老朋友南希（Nancy）和哈罗德·卡西亚（Harold Caccia）夫妇一起待了十天，之后他到上海、南京。从南京专程到桂林拜见了蒋介石之后，他前往江西国共交战的前线采访。10月底他乘船横渡太平洋，途经美国回到伦敦。第二年他出版了第二本异域探险畅销书《独行中国》（One's Company）（第一本畅销书是1933年出版的《巴西历险》）。对中国、中国人乃至他短暂停留过的北京，他都留下了令人回味无穷、清新甜美的记忆。而这些又透过《独行中国》中着墨不多的描写保存下来。在离开上海回英国前的某个早晨，他和托尼·凯瑟克坐在河岸上。他们的视野中呈现出一幅男耕女织的乡村中国图画。

　　一片苍白的阳光照在稻田里。有些稻田里的稻子已经收割完了，

---

① Duff Hart-Davis, *Peter Fleming* (Oxford: Oxford UP, 1974), pp. 77 – 78.

堆放在淤泥上。在另外几块稻田里，男男女女正在挥动镰刀割稻子。极目远眺，满眼除了沟渠就是农田，除了农田就是沟渠，不时看见坟茔周围有些树木，或者看见一条舢板张着白帆，急速驶下某条看不见的河道，或者看见一只喜鹊慢悠悠地飞过。远方孤零零地耸立着一座高高的宝塔。

……你会觉得即使天都翻了——即使你眼前的景色突然间倾斜到一边了——他们依然会吸附在棋盘上，依然在他们指定的棋格里一英寸一英寸地劳作。即使宝塔倒了，喜鹊飞到天外了，我们那艘挂着英国国旗的游艇被冲走了，他们依然劳作不停，他们依然劳作不休，直到地球、他们的田地，在他们脚下破裂瓦解为止。

中国只要有人在，就会继续存在下去。①

与中国的认同除了性情与中国和中国人相通之外，外在的欧洲现代文明的喧嚣、人的异化、时局世事的变幻莫测也是他与中国和中国人亲近并认同的原因。中国田园山水间的宁静、淡定及和缓，中国人的勤劳、朴实和坚韧，农耕文明的顺应自然、回归自然、自给自足的生活方式，令他心中充满了信心和力量。而这又超越了浪漫的天性和冒险的刺激，逼近对中国传统农耕文明的情调、情趣和精神层面的感悟。

在北京停留的十天里，北京人的热情好客、北京的重重庭院、北京的花鸟鱼虫、北京城大街小巷里传来的各种声音、天空里一群群鸽子飞过带来的鸽哨声，这一切都使他感受到北京无穷的魅力，带给他无限的快乐。

麻雀在屋檐上的恶魔和飞龙图案间叽叽喳喳叫个不停。头顶蓝天上，一群鸽子忽闪而过，盘旋在空中。鸽子的翅膀上系着一些小小的竹管，飞翔的时候就会发出嗡嗡声，这种奇妙的声音此起彼伏，和别的声音完全不同。好一片安宁静谧的气氛。②

---

① ［英］彼得·弗莱明：《独行中国：1933年的中国之行》，侯萍、宋苏晨译，南京出版社2006年版，第218—219页。

② 同上书，第127页。

而这又在他的中国情怀中拨动了唯美的情致，使他发现了在北京的生活环境中自我性灵的天性的展露。

1934年8月24日，他再次踏上了去中国的旅程，再次在北京与卡西亚夫妇见面。之后他就从东向西，继美国汉学家欧文·拉铁摩尔之后深入中国甘肃、新疆等中亚腹地。1936年他出版了第三次中国之行纪实之作《来自鞑靼的消息》。1938年春夏之交，彼得·弗莱明再次踏上了中国的土地，采访报道中国人民的抗日战争。①

牛津毕业后，怀着文学梦的哈罗德·阿克顿在巴黎漂流了一段时间，与威廉·萨默塞特·毛姆成为过从甚密的忘年交。之后他到伦敦碰运气。正是住在伦敦阿德尔菲区约翰街5号的这段时间里，他到位于古吉街（Goodge Street）的"中国劳工俱乐部"雇了个名叫宋忠（Chong Sung）的中国广东籍厨子，开始一日三餐享受起鲜美的中国饭菜，美滋滋地品尝宋忠给他沏泡的中国绿茶。宋忠成了将阿克顿引进中国文化和生活的第一人。阿克顿在《唯美者回忆录》中这样回忆与宋忠相处的日子。为了让阿克顿更多、更直接地了解中国，不通英文的宋忠从街上买来国民党刊发的英文版报纸和小册子。借此阿克顿开始了解中国的现代民族独立革命及建国思想。宋忠无意识地"浇灌开了一颗在我心中长眠的种子——超越理性分析之上的对中国发自肺腑的爱，一种有某种事业在那里召唤着我的本能直觉。除非我去中国，否则我的生活就不会完整圆满，我清楚这一点"②。

站在生活和文学事业的十字路口，第一次世界大战的创伤和另一场可怕战争的阴影，既削弱了他在文学道路上的进取心，也使他日益将自己视为欧洲的局外人，迫不及待地逃离欧洲。因此诺曼·道格拉斯要他到远东去的建议，毛姆要阿克顿像他那样走向广阔的人生世界去历练、去吸取营养的建议，从不同程度上促成了阿克顿到中国去。值得一提的

---

① 彼得·弗莱明在河南睢州、江西南昌、浙江金华深入抗日前线采访，在浙江兰溪、汤溪一带与奥登和克里斯托弗·伊修伍德数次相遇。参见：W. H. Auden and Christopher Isherwood, *Journey to a War* (London: Faber and Faber, 1973), pp. 191, 197。

② Harold Acton, *Memoirs of An Aesthete 1939 – 1969* (New York: the Viking Press, 1970), p. 199.

是，在赴中国前，阿克顿掌握了充足的汉学知识，基本上通读了当时英国汉学界权威专家的汉学典籍翻译成果，如亚瑟·韦利翻译的中国古诗、翟理思翻译的庄子和《聊斋》、理雅各翻译的儒家经典。此外他还收集掌握了中国历史、地形学、地理学等方面的研究文献。

1932年1月阿克顿从法国的勒阿弗尔港口（Le Havre）乘船出发，途经美国纽约市、波士顿、洛杉矶、夏威夷。在日本短暂停留后，他乘船到汉城，然后从陆路进入伪满洲国。在蘑菇屯待了几天后，他从大连乘船到天津，最后到达北京。在从天津到北京的路上，迎面吹来的尘土、旷野里荒坟周围腾起的黄色雾霭、如海浪般起伏连绵的平原，令他陡然间产生如归故土的感觉。"一种巨大的宁静降到我心中，如同在罗马远征那样。我奇怪地觉得自己这是到家了。"[①]

到北京后，阿克顿很快就融入了周围的生活圈子和生活氛围，游览了故宫、琉璃厂、京郊的西山和妙峰山。5月份他开始了长达半年之久的南行之旅。先到南京，然后到上海。在上海期间，他跻身于中外文人圈子，与伯娜丁·佐尔德-弗里茨（Bernardine Szold-Fritz）、项美丽、林语堂等交往。之后他到广州、澳门和香港，在香港见到了约翰·凯瑟克和托尼·凯瑟克兄弟俩。然后他旅行的路线进一步延伸到东南亚的新加坡、马来西亚、爪哇、暹罗、柬埔寨、越南。最后从越南的海防乘船回到香港，途经上海，在冬季返回北京。

阿克顿在北京的7年间，开始时在甘雨胡同与美国人汤姆·汉福斯（Tom Handforth）和劳伦斯·西克曼（Laurence Sickman）合住。1934年他租下东安门附近北河沿的一套房子。正是在这段时间，奥斯伯特·西特韦尔和罗伯特·拜伦先后来到北京。他们朝夕相处，一起沉浸在北京美好的生活之中。1936年45岁生日之际，他搬到位于王府井大街的弓弦胡同的一座四合院里居住。值得一提的是，1934年、1935年他数次出游到山东的曲阜、济南和江南的苏州；1935年夏他还专程到巴厘岛一游。1937年秋他回到欧洲不长时间后又回到北京，此后一直在北京待到1939

---

① Harold Acton, *Memoirs of An Aesthete 1939 – 1969* (New York: the Viking Press, 1970), p. 275.

年夏天。他这次离开北京回欧洲，心中充满了无言的愁绪。他坐的是早晨六点钟从北京到塘沽的火车。面对一群前来道别的朋友，他"只能用儒家的克制来控制我的感激之情。……我发誓我会回来的"①。

按照奥斯伯特·西特韦尔在《跟我逃亡！东方素描》序言中的回忆，他对古都北京的向往乃至对"Peking"这个神奇地名的兴趣始于儿童时期观看的童话剧。促使他远行到北京的原因之一是1933年11月他去看望住在英国韦斯顿（Weston）的弟弟萨谢弗雷尔时，萨谢弗雷尔给他的建议。1933年岁末，奥斯伯特和大卫·霍纳（David Horner）乘法国游轮"达达尼昂"（D'Artagnan）号，途经印度洋、锡兰、柬埔寨的吴哥，最后到达北京。但是最主要的还是因为哈罗德·阿克顿已经住在北京数年，一边学习汉语一边在北京大学教授英国文学。这样阿克顿无疑会给他提供很多方便。阿克顿也确实给他提供了许多方便，如将他安顿在甘雨胡同的一套四合院中居住，"带有两个石头庭院，满是开花的树和温馨的房间，装修完好，每周的租金是2.10英镑。还有很棒的仆人"②。阿克顿还陪他游览各处的名胜古迹，参加各种社交聚会，了解北京的风土人情、民俗饮食。他在给萨谢弗雷尔的信中认为干练的阿克顿"与以前相比更友好、更睿智了"③。按照他的传记作家菲利普·齐格勒（Philip Ziegler）的记载，奥斯伯特在北京的生活很有规律。他上午写作；下午在城里闲逛，流连于店铺、寺庙、胡同、院落和故宫；有时赴饭局，品尝中国美食。

但是有关奥斯伯特北京之行的详细情况最真实地记录在《跟我逃亡！》（1939年）这本由麦克米伦出版社特约出版的畅销纪实游记之中。④奥斯伯特·西特韦尔在1934年2月初中国旧历新年进入中国广东，然后到上海，从南京乘火车北上。在北京他一共待了四个月——从2月初到6

---

① Harold Acton, *Memoirs of An Aesthete 1939 - 1969* (New York: the Viking Press, 1970), p. 7.

② Philip Ziegler, *Osbert Sitwell* (New York: Alfred A. Knopf, 1999), p. 206.

③ Ibid.

④ 奥斯伯特·西特韦尔北京之行的文章最先在《哈泼的巴扎》（*Harper's Bazaar*）、《双周刊》（*Fortnightly*）等期刊上登载。《跟我逃亡！》出版后一度脱销。有评论家在《泰晤士报文学副刊》和《星期六评论》上撰文称赞该书是半个世纪以来用英文写作的六部最优秀的游记作品之一，是堪比《马可·波罗游记》的永恒的经典。

月初。

最值得我们品读琢磨的是奥斯伯特的游记《跟我逃亡!》中与其他牛津客相比（甚至与哈罗德·阿克顿相比）的独特处。其中最强烈、最具自我意识的是他精雕细琢后重构了北京之行。其中跳动不止的是对日常生活的唯美体验。从唤醒了的跨文化审美感知角度，他对这种唯美体验细腻地捕捉，总体把握，进行知性梳理。其实这种重构意图背后是他深层的唯美现代主义阐释思想，即：源于生活、面向生活、回归生活和人性的唯美阐释主旨。他在序言中就明确表示，他对北京乃至中国的认知立足于视觉和感觉组合成的角度而不是知识或学问的角度（像汉学家那样）。对北京的这种体验式的观察和聚焦无疑渗透了地中海文化的影响，而不是局限于本位的中国文化。

《跟我逃亡!》中北京之行的八章经过了奥斯伯特精心的雕琢。整体安排和布局就如同一幅声色鲜活亮丽、远近错落有致的画，或是一曲高低起伏、急缓有度、婉转动听的音乐。单论这种别具匠心的谋篇布局，我们可以说短短四个月的时间里奥斯伯特抓住了中国美内在的神韵。这八章起于最刺激感官的色彩，承于最有穿透力和感染力的声音，转向北京人的情趣、性情和性格，还有断垣残壁、故宫废庙间存留的历史印迹，最后合于夜半时分北京城各行各业的草根民众和穷困人家为生计而踯躅于寒夜街头巷尾、发出的各种声音的合奏以及超越优雅的爱美层面之后对困难和贫穷的人本关怀，还有这种人本关怀中<u>丝丝缕缕</u>的同情、怜悯和共苦意识。

乘火车北上北京的途中，黄褐色的大地、中国各阶层人衣服普遍的蓝色、春节期间家家户户悬挂张贴的红色饰物，使其他色彩黯然失色。这些色彩无不折射出中国人不竭的生命力、韧性、开朗和尊严。北京城里沿街叫卖的剃头匠、卖帽子和扇子的生意人、瓷器贩子等的叫卖声充满了奇异的、浪漫的余韵。徘徊在天空中的鸽子身上的鸽哨声是令人放飞心灵、释放情感的快乐之源。北京人操持各行各业生计，练就的娴熟技艺使生活本身充满了自然的艺术情趣。"普通中国人（不仅仅限于北京市民）所有的需要和渴望就是被允许以自己的方式有条不紊地过自己的日子。进一步讲，被允许将自己的自然的艺术天分应用到自己的行业

(需要重复强调的是,他从艺术家的角度来衡量每一个行业,无论是制鞋业还是银行业)。"① 古董店里的店主和客户、花店里精挑细选的客人、饭店里精致讲究的菜肴无不体现出这种对生活的美的态度。当他最后落笔在北京半夜之后的声音上时,声音被赋予了白昼的体面和阳面,夜晚的残破和阴面,体面人家的快乐,悲苦人家的辛酸和绝望。这是对北京之行开始部分感受到的和谐之音的回音,是对北京城里生活更全面、真实的把握,同样是对唯美这一牛津唯美现代主义精神诉求向生活、人性和仁爱层面上的拓展和深化。他这样表达自己对北京生活的认识:

> 在今天的世界上没有哪里像这里这样机敏、诙谐的劳动得到的是如此微薄的报酬;哪怕在最落后的欧洲国家里也看不到像这里这么多的瞎子、乞丐、瘸子、麻风病人和其他各种弱者;无论有多少令人惊艳的美都不能宽恕他们的苦难之源,尽管这个民族天性中的好脾气使这些可怜的人们在哀嚎与卑微的处境中还能嘲笑自己的痛苦。②

中国和中国人教会了他怎样将唯美的追求和爱美的天性结合,怎样从生活美的面纱下发现苦难,怎样从朴实无华的生活中发现美的律动。而这一切他尽力去从生活中、从生活的日常场景中、从生活中普普通通的男男女女中发掘、阐释。

罗伯特·拜伦的北京之行可以说是一时的心血来潮。1935年9月罗伯特·拜伦以《泰晤士报》记者的身份参加在苏联的列宁格勒举办的波斯艺术与考古国际大会和展览会。在此期间他向苏方提出到中亚和乌兹别克斯坦的撒马尔罕城(Samarcand)游览的申请。他的申请被拒绝,但苏方同意将他的护照签证时间延长两个月。因此罗伯特·拜伦收拾好简单的行装后乘火车前往西伯利亚。在到达新西伯利亚城之后,他突然产

---

① Osbert Sitwell, *Escape with Me! An Oriental Sketch-Book* (Oxford: Oxford UP, 1984), p. 202.

② Ibid., p. 331.

生了到北京去拜访老朋友德斯蒙德·帕森（Desmond Parson）和哈罗德·阿克顿、完成《通往中亚之路》书稿的想法。他在10月9日给母亲的信中写道："我已决定继续去中国——我现在这样好的机会不会再有，我有更充裕的时间给你写信时会向你解释的。"①

1935年11月罗伯特·拜伦到了北京。德斯蒙德·帕森因病回欧洲治疗。罗伯特就住在帕森在北京租的寓所——位于东城的翠花胡同8号。1936年6月初他离开北京前往日本，然后从日本乘船横渡太平洋，取道美国回英国。在北京的7个月左右的时间里，他交往最密切的朋友是哈罗德·阿克顿，主要的精力放在《通往中亚之路》书稿的撰写上。他本想在北京待下去，因此向《泰晤士报》提出任命他为远东记者的请求。直到1936年5月《泰晤士报》的国际部编辑才发电报否定了他的请求。因此他只有收拾行囊，离开北京。

刚到北京不久，他就游览了长城、故宫等古迹，开始学习汉语，学中国画。他经常和哈罗德·阿克顿一起赴宴，见阿克顿的学生，与从武汉到北京度寒假的朱利安·贝尔会面，与那些漂到北京的美国和欧洲富家女应酬。更有趣的是，他开始渐渐学会欣赏中国艺术，喜欢上北京的气候和生活氛围。在北京可爱、干燥、寒冷的天气里，在浅蓝色的天空下，"每天的黎明和黄昏时分，成千上万只腿上绑着哨子的鸽子飞过城市，天空里回荡着哨音——声调低沉的哨音"②。令人咋舌的美食，精致的绘画，院落重重的胡同，宋代的瓷碗，做工考究的鸽哨，所有这些点缀着北京人的日常生活，都令他心旷神怡。因此他把北京视为唯美者的天堂。"他们根本没有思想力。所有的是审美感知力。他们是世界的唯美者。"③

渐渐地他内心的躁动和不安平息下来，开始过上一种淡定、平和的生活。他在1936年2月20日给他母亲的信中写道："我在这里过着非常安静的生活，已戒酒，只是每天喝两瓶啤酒，午饭后休息，然后按时去

---

① Robert Byron, *Letters Home*, Lucy Butler ed. (London: John Murray Publishers Ltd., 1991), p. 247.
② Ibid., p. 260.
③ Ibid., p. 274.

散步。"① 在 2 月 29 日给他母亲的信中,他列出的作息时间是:"午饭后睡眠,六点和十点喝花茶,下午散步一个小时,不出门。"② 无疑,北京安宁、舒缓、古朴的生活氛围最终改变了他的心性,哪怕是暂时的。到了 5 月中旬开始安排回英国的事宜之时,他反而对北京恋恋不舍,对英国的人和事产生排斥心理。"我得说这真是写作的理想地方。如果我是小说家我就会呆在这里。在英国我害怕的是人,别指望我回家后去拜访任何人。"③

离开北京,意味着他必须离开他在北京住的四合院、所有那些可爱的仆人,还有这个唯美者的天堂中一切温馨、美好、静雅的人和物。因此他带着忧伤而去。这种离愁化为对浊世独立的北京的含混情感。6 月 7 日,他在下榻的日本东京帝国宾馆写的信中就表达了这种中国的出世生活与西方令人烦恼的入世生活之间的对立以及他的复杂情感。"我所有对物的兴趣在北京尘世的氛围中死亡了,可如今又复活了。但是我悲痛地憎恨孤独的失去,几乎无法忍受与其他人在同一家餐馆中用餐。我怕我回家时你真会发现我变得有点奇怪……"④

离愁是在北京的美好生活在他心里烙下的印迹。烦恼是在北京经过了脱胎换骨的心灵洗涤后英国的人和事、繁华喧嚣的现代物质生活在他暂时宁静的心里激起的涟漪。而他就将这一切曾经的美好、不复存在的宁静尘封在对北京的记忆中,收藏在一封封给母亲的家书里——不是为了博取文名,不是为了刺激读者,而仅仅是为了默默地自省,为了忠实地记录他与北京的邂逅。

W. H. 奥登是 1930 年代最后一位,也是唯一一位带着左翼革命和反法西斯政治意图、远行到中国的牛津客。他的左翼革命政治与阿克顿及追随他到中国的奥斯伯特·西特韦尔、罗伯特·拜伦的唯美革命之间的区别和分离,同样体现在他们到中国的不同目的之中。1937 年夏天,从

---

① Robert Byron, *Letters Home*, Lucy Butler ed. (London: John Murray Publishers Ltd., 1991), p. 270.
② Ibid., p. 272.
③ Ibid., p. 276.
④ Ibid., p. 279

西班牙战场回到英国的 W. H. 奥登和朋友克里斯托弗·伊修伍德受伦敦的费伯出版社和纽约的蓝登书屋委派，前往东方并写作一本游记。他们选择了具有革命和反法西斯象征意义的中国，因为刚刚爆发的中日战争使中国成了继西班牙之后备受世界关注的焦点。

1938 年 1 月 19 日奥登和伊修伍德出发前往战时中国。2 月 28 日，他们渡过日寇封锁下的东江，从香港乘"泰山"轮进入中国大陆并前往广州。然后他们从广州乘火车北上武汉。之后他们到郑州、徐州、西安等地采访，又回到武汉。最后他们奔赴东南前线，前往江西南昌，浙江的金华、温州等地，最后到日军占领下的上海，6 月 12 日从上海离开中国。在三个半月的时间里，从南到北，从西到东，他们的足迹踏遍了中国。从英国教授、传教士、领事、蒋介石的德国和英国顾问到美国左翼革命女记者史沫特莱，他们接触到在华的形形色色带着不同目的、为了不同利益的外国人。从乡间到大都市，从码头到车站，从前线的战壕到暂时平静的小村庄，从贩夫走卒、普通士兵到高官显贵乃至国民党政府领袖蒋介石及夫人宋美龄，从青年学生到教授名流，他们基本上接触到了战时中国社会的各个阶层，对中国的抗战以及战争的本质还有战争考验、摧残的人性有了更理性的认识。

尤其值得我们关注的是他们在武汉和上海与中国现代主义人物的接触。4 月 22 日前后，即他们从西安再次返回武汉之后，武汉文化界举办了专场联欢会。奥登与中国戏剧家田汉用诗彼此唱和，成为文坛一段佳话。① 他在联欢会上认识了朱利安·贝尔的学生、激进青年作家叶君健。第二天叶君健还专门拜访了他。他访问了武汉大学。在离开武汉大学的时候，凌叔华特意赠送给他们两把中国纸扇，扇面上是凌叔华当天下午画的山水画。凌叔华还交给他们一个装着精雕细琢的象牙头骨的小盒子，让他们带给弗吉尼亚·伍尔夫。在上海期间，邵洵美与他们结识，为他们翻译了游击队战歌。

从 1939 年出版的《战地行》这本诗、照片、日记体散文合璧的旅行

---

① 田汉的诗是："信是天涯若比邻，血潮花片汉皋春；并肩共为文明战，横海长征几拜伦?!"而奥登的诗是收入《战地行》的《中国士兵》。

游记中他们在中国不同的环境中对战争、对中国与世界、中国人与西方人等问题的思考,我们能发现他们在表面的政治取向殊途背后与"阿克顿小组"的相似之处。3月8日这天与宋美龄一起品茶并见到蒋介石之后,他们这样看待中国在世界未来文明发展中的作用:

> 这个国家在世界的未来将发挥历史性的作用。这里滥觞于希腊、罗马的西方文化巨流受到了犹太教和吸收的外来技术的影响,将与受到印度影响、排斥技术、源自孔子的伟大人文主义潮流汇聚在一起。这将是崭新的世界文明的摇篮……①

在5月9日的日记中,他们表达了对战争的另一种看法。战争是炸弹炸死年迈的妇女,是带着肌肉腐烂的伤腿躺在马棚里,"战争是等待许多天,无所事事;对着没有回响的电话话筒喊叫;没有睡眠,没有性,没有澡洗。战争是肮脏,拖沓低效,猥琐,很大程度上靠运气"②。这里没有英雄主义,没有惨烈的厮杀,没有连天的炮火。有的只是战争对和平宁静生活的破坏,对无辜生命的杀戮,还有漫长的等待。因此经历了长时间、长距离的艰苦采访,当他们在温州的乡间享受难得的安逸和秀美的山水之时,田园牧歌般的乡野、那些令他们之前远行到中国的牛津客们魂牵梦绕的中国风物仅仅成了他们的梦想,成了他们唯一愿意记住的画卷。

> ……这些不再是我们刚刚留在身后的美丽、迷人的乡村的特征。它们是远行客梦中的风景……在未来的岁月中的记忆宁愿选择这纯粹令人惊奇的画卷,而不是过去几个月来那些细微、混乱的印象。我想,撇开所有我们的所见所闻和经历,这就是我将终生难忘的中国。③

---

① W. H. Auden and Christopher Isherwood, *Journey to a War* (London: Faber and Faber, 1973), p. 42.
② Ibid., p. 192.
③ Ibid., p. 224.

这些看似零散，与中国抗战的战时气氛、与他们曾经信仰的左翼革命道路乃至与西方主流的自由主义思想和中国观格格不入的言论，折射出他们思想转变的印迹。奥登研究专家爱德华·卡伦（Edward Callan）在《奥登：才智的狂欢》（*Auden: A Carnival of Intellect*）中指出，奥登的中国之行征兆了他从1937年初参加西班牙内战到1939年定居美国期间剧烈的思想转变。这种转变不仅表现在《战地行》中，而且体现在1939年他出版的诗集《另一个时间》（*Another Time*）之中。这种从激进左翼革命政治向基督教存在主义世界观的转变进一步成为他这一时期的论文和评论的主题，即：西方文明的盛宴已接近尾声，自由主义的蛊惑已是痴人说梦。例如1941年6月在评论莱因霍尔德·尼布尔（Reinhold Niebuhr）的《人的本性及命运》时，奥登说："过去一百年来西方的自由主义死死地抱住这种信念，即：西方的艺术科学、伦理和政治价值与基督教信仰的关系仅仅是历史的关系。希特勒的出现让我们明白了自由主义实难自圆其说。"①

有关奥登的中国之行，莫林·莫伊纳赫（Maureen Moynagh）在《政治旅行及其文本》中从朱迪丝·巴特勒（Judith Butler）的表演理论角度进行了一种很前卫的阐释。1930年代的反法西斯战争为奥登（甚至包括朱利安·贝尔）提供了获取文化资本的机会。奥登远赴中国并见证中国的反法西斯抗日战争，其参照点无疑是西班牙内战。因此他们的中国之行本质上是政治旅行，是一种文化异装表演；他们撰写的旅行文学报告《战地行》融十四行诗组、文献式的照片、旅行日记体叙事等异质文类于一体，文本中不同肤色、不同阶层、不同性别取向、不同意识形态、不同政治诉求的人在同一个时空中承受着战争的考验。因此无论是这次政治旅行还是旅行文学书写都是一种见证行为。见证历史场景中的两位英国左翼作家和记者复杂的不自信的心理，见证文化、社会、性别乃至审美危机不和谐的奏鸣。这些使纯真的革命信仰和行为变成了时髦的、波西米亚式的化装表演，共同指向奥登的思想和信仰危机。② 这从当代批评

---

① W. H. Auden, "The Means of Grace," *New Republic* 104 (June 1941): 765.
② Maureen Moynagh, *Political Tourism and Its Texts* (Toronto: University of Toronto Press, 2008), pp. 75 – 108.

理论的角度得出了与爱德华·卡伦类似的观点，即：奥登经历的思想和信仰危机以及随之而来的从左翼革命政治立场向基督教存在主义的转变、从振兴并开创英国一代诗风的民族诗坛领袖向离弃祖国、放弃爱国主义、逃离反法西斯战争主阵地欧洲、在美国安身立命的遁世者的转变。这种转变既与阿克顿等牛津唯美现代主义者的避世取向和对欧洲现代文明世界的怀疑批判具有内在取向上的同质性[①]，同时它又与哈罗德·阿克顿的转变形成新的强烈的对照。阿克顿一心想逃离欧洲，不问政治，醉心于北京唯美的生活氛围。但是当反法西斯战争的号角在欧洲和亚洲吹响之后，他毅然返回欧洲，报效自己选定的祖国英国。

就中英现代主义之间的交流对话这一主题而言，奥登与叶君健、凌叔华、邵洵美之间仅仅是在战争的环境中匆匆的相识，他没有主动积极地与他们形成深度的文学交流和对话。但是奥登中国之行对中国现代主义文学的影响无疑是强烈且持久的。中国新一代的现代主义诗人卞之琳、穆旦等积极地选择了奥登，向奥登学习，用清新的空气、有力的诗行、刚健的诗魂、深沉的主题和内容来革新中国抗战时期的文学，来鼓舞抗战时期的民众。

在结束这一部分之后，我们再次回到阿克顿，细致地梳理他1930年代在中国的人际关系网络。这是他与其他旅行到中国的牛津才子们最不同之处。

第三节　哈罗德·阿克顿在中国的人际关系网

从彼得·昆内尔到W. H. 奥登，这群人中与中国尤其北京结缘最深，

[①] 《战地行》最后对西方世界的持续质疑和审问是这种所谓的反叛和批判取向最有力的注解。"In our world, there are the garden-parties and the night-clubs, the hot baths and the cocktails, the singsong girls and the Ambassador's cook. In our world, European business men write to the local newspapers, complaining that the Chinese are cruel to pigs, and saying that the refugees should be turned out of the Settlement because they are beginning to smell. In our world 'the only decent Japanese' (as all the British agree in describing him) defends the wholesale bombing of Canton on the ground that it is more humane than a military occupation of the city." [W. H. Auden and Christopher Isherwood, *Journey to a War* (London: Faber and Faber, 1973), pp. 242-243]

与中国现代主义文学和古典文学同时发生深层交融阐发的，莫过于哈罗德·阿克顿。在《牛津、中国和意大利》的前言中，爱德华·钱尼（Edward Chaney）和尼尔·里奇（Neil Ritchie）根据哈罗德·阿克顿的成就，称他为诗人、翻译家、历史学家。如果细考阿克顿一生的经历，尤其是他在中国期间及离开中国后的经历和成就，那么我们发现阿克顿也是教授、小说家、独特的汉学家和文学活动家。为了揭示他在这些领域的成就及其价值，尤其是作为 1930 年代旅居北京的牛津客中融入北京本土生活、融入中国古今文化、融入北大的英国文学教学以及现代主义文学场最彻底的一位，我们有必要梳理他 1930 年代在中国形成的丰富的人际关系网络，借此探测阿克顿跨文化认同的程度。

在北京期间乃至回到英国后的一段时间，阿克顿与之密切交往的西方人是一批美国、德国和英国汉学家以及在中国生活的西方文化人。他住在北京甘雨胡同期间，与美国汉学家汤姆·汉福斯合住。汉福斯出生于美国华盛顿州的塔科马（Tacoma），先后在华盛顿大学和巴黎的高等美术学院（L'Ecole des Beaux Arts）学习艺术，到印度、北非、墨西哥等地旅居。1930 年代初到北京安顿下来后，经常出入于街巷、集市、天桥等地采风，画笔下描绘的多是市井平民和天桥一带的杂耍艺人、摔跤手、手工艺人等。其中国题材的儿童连环画书《李梅》曾获 1939 年度凯迪柯克奖（Caldecott Medal）。通过汉福斯的介绍，阿克顿与另一位美国汉学家劳伦斯·西克曼（Laurence Sickman）成为终生朋友。西克曼当时刚从哈佛大学毕业，受哈佛－燕京学社奖金资助，到中国旅居并为堪萨斯城的纳尔逊－阿特金斯艺术博物馆（Nelson-Atkins Museum of Art）收集购买中国传统绘画、雕刻、家具等艺术品。他在协和胡同的家是阿克顿经常光顾的地方，他们一起分享淘到各种艺术珍品时的喜悦。通过汉福斯，阿克顿还结识了一群背负第一次世界大战创伤、心仪古代中国，在清华大学、燕京大学、辅仁大学教书的德国汉学家。其中给他印象最深刻的是洪涛生（Vincenz Hundhausen，1878—1955 年）和古斯塔夫·艾克（Gustav Ecke，1896—1971 年）。洪涛生在北大教书，醉心于中国古代戏曲和诗歌，将《牡丹亭》《西厢记》等元、明戏曲，李白的诗歌和杜甫的诗歌翻译成了德文。[①] 古斯塔夫·艾克给自己取了个中文号"锷风"。他的专业是艺术史和哲学史，1923年到中国后先后在厦门大学、清华大学、辅仁大学任教，教授西洋文学。在中国多年的生活和研究最终使他开辟了明式家具研究这一崭新领域，先后撰写了《几个未曾发表的郎世宁设计的家具及室内设计图案》(1931年，《辅仁大学学报》)、《中国硬木家具使用的木材》(1940年，《收藏家》，北京)、《关于中国木器家具》(1952年5月，《檀香山美术馆旬刊》14卷5期) 等文章和专著《中国花梨木家具图考》(1944年)。在阿克顿的记忆中，这些德国汉学家喜爱用中国精美的印花信纸写信，在信末盖上优雅的中国印章。

与阿克顿深度合作的非学院派汉学家当属L. C. 阿灵顿（L. C. Arlington）。美国西部牛仔阿灵顿1879年到中国，一直在中国的海关和邮政系统工作，是地道的中国通。清王朝崩溃后，他开始沉迷于中国戏曲。因为他对中国戏曲的深厚知识和长期体验，他自然不将那些刻板的学院派汉学家放在眼里，翟理思是他唯一服膺的汉学家。英国戏剧家萧伯纳因此专程拜访过他。阿灵顿1935年前后开始与阿克顿合作翻译《著名中国戏曲》。而他自己早在1930年就出版了《从最初到今天的中国戏曲》(*Chinese Drama from the Earliest Time Until Today*)；1931年出版了自传《透过龙的眼睛：一个外国人在中国政府工作50年的经历》(*Trough the Dragon's Eyes: Fifty Years' Experiences of a Foreigner in the Chinese Government Service*)；1935年完成《寻找老北京》(*In Search of Old Peking*)。

阿克顿在上海期间受到在伦敦和巴黎结识的朋友、《纽约客》驻巴黎女记者伯娜丁·佐尔德-弗里茨的盛情款待。弗里茨把阿克顿引入了上海五光十色的上流社会和中西合璧的文人圈子。通过她认识了《纽约客》派驻中国上海的女记者项美丽。

阿克顿最初与英国汉学家亚瑟·韦利认识，是在牛津读书期间在伊迪丝·西特韦尔的寓所里。1939年回到伦敦后，他经常光顾亚瑟·韦利位于伦敦戈登广场50号顶层的家。这段时间上海的西书店别发洋行正在

[①] 参见吴晓樵《中德文学姻缘》中的《德国汉学家洪涛生及有关他的研究》（上海外语教育出版社2008年版）。

印刷阿克顿翻译的《牡丹亭》《桃花扇》等中国戏剧。亚瑟·韦利给他以极大的鼓励。在第二次世界大战爆发后艰难、令人沮丧的日子里，他们在一起谈论中国戏曲，听京戏唱片，沉浸在白蛇娘子、孙悟空等中国传奇之中。亚瑟·韦利的家当时无疑也是中国文化人聚集的地方。胡适给阿克顿讲与亚瑟·韦利探讨禅宗的趣事。当时中国驻英大使郭泰祺、中国驻英使馆参赞梁鋆立夫妇、青年作家萧乾等常在韦利家聚会。阿克顿对韦利的评价是："学者们很少能写出漂亮的散文，更不用说好诗了。但是亚瑟·韦利却以学者难得的精确，全身心地投身于研究。他不仅是语言学家，而且是文化史家，对研究对象几百年来的背景非常熟悉。"[1]

阿克顿在北京七年，形成的另一张人际关系网络是与在北京和上海的中国文化人、北大的教授、艺术家、作家等之间建立的朋友、师生、同事关系。这些人包括清末代贵胄容龄公主和画家溥儒。他还曾拜颇得马远、夏圭神髓的溥儒为师，学中国画。阿克顿自然与北京大学一批曾留学欧洲和美国的教授以及致力于西方现代主义文学在中国的译介的年轻教师频繁交往。刚到北京，阿克顿就认识了获哈佛英国文学博士学位、在北大外文系教英国文学的张歆海。开明、博学、理性的张歆海颇有英国18世纪文士的风范。不久又认识了在北大外文系教法国文学、深受法国诗人瓦雷里影响的梁宗岱和另一位教师杨宗翰，他们一起游妙峰山。1933年时任北大外文系主任的温源宁邀请他到北大任教。因此他进一步与张谷若、钟作猷、袁家骅等青年教师结成同事之谊。当时张谷若正在翻译托马斯·哈代的《德伯家的苔丝》《还乡》，钟作猷正在研究英语语法并撰写《英语修辞学基础》（1939年，中华书局），袁家骅正在翻译约瑟夫·康拉德的《吉姆爷》。他们经常到阿克顿家里请教各种问题。抗日战争爆发后，当时已赴四川大学任教的钟作猷还曾邀请阿克顿到川大去。1932年的上海之行，阿克顿不仅结识了项美丽等美女记者，而且认识了林语堂这样的知名作家。阿克顿在北京结交的另一位中国画家是齐白石。1936年初，由凌叔华带路，阿克顿、朱利安·贝尔和凌叔华一起拜访了

---

[1] Harold Acton, *Memoirs of An Aesthete 1939－1969* (New York: The Viking Press, 1970), p. 26.

齐白石位于西城胡同里的家。① 阿克顿与康有为的女儿康同璧也交谊不浅。在他 1939 年离开中国时，康同璧不仅为他画了一幅罗汉打坐画，而且题诗相赠："学冠西东，世号诗翁。亦耶亦佛，妙能汇通。是相非相，即心自通。五百添一，以待于公。"

阿克顿应温源宁的邀请到北京大学外文系教英国文学，由此他与中国现代主义发生深度关联。他这样评价北大在中国现代主义文学场中的地位和影响："几乎所有最优秀的现代作家都曾在北大（人们通常这样叫这所大学）做过教师或学生。"② 那么阿克顿进北大教书始于何时？按照他自己的回忆，他是在 1933 年经陈世骧介绍认识已从北大毕业的卞之琳。而他与陈世骧真正的友谊开始于 1933 年夏季的暑假。暑假里陈世骧和其他没有回家的同学一起到阿克顿的家里为他庆祝生日（他的生日是 7 月 5 日）。另一条考证的渠道是张歆海、温源宁先后离开北大的时间，因为阿克顿是在张歆海离开北大之后、温源宁赴上海之前到北大任教。张歆海 1932 年 1 月离开北大，任国民政府外交部欧美司司长，1933 年 5 月任驻葡萄牙公使。温源宁 1934 年离开北大到上海，同时为《中国评论》撰写专栏文章，1935 年开始与吴经熊等办《天下月刊》。阿克顿在北大开始教授英国文学，当在 1933 年春季学期。

阿克顿授课的地点是位于紫禁城西北角的北大红楼，离他的住处步行只需五分钟。他第一堂课以英国诗人雪莱的名句"诗人是世界不被承认的立法者"为主题。整个学期讲授三门课——英国文学史、莎士比亚悲剧、复辟时期喜剧。英国文学史使用的教材是斯托普福德 - 布鲁克（Stopford-Brooke）编写的《简明英国文学史》。戏剧课上涉及的剧作家及其作品包括：莎士比亚的《麦克白》、康格里夫（Congreve）、威切利（Wycherley）等。温源宁与胡适闹矛盾，挂冠而去之后，阿克顿仍留下来教书。胡适开始只让阿克顿每周上一次讲座课，即"现代英诗"。他在课

---

① 按照阿克顿《唯美者回忆录》的记载（第 376 页），他和朱利安·贝尔是由"陈寅恪夫人陪同，她本人也是有天赋的艺术家"。根据其他各种资料，此处实为错误。陈寅恪当为陈源（陈西滢），自然这位有天赋的女艺术家是凌叔华，而不是陈寅恪的夫人唐晓莹。

② Harold Acton, *Memoirs of An Aesthete 1939 – 1969*（New York：The Viking Press, 1970），p. 330.

堂上尽情地向学生讲授他最熟悉的 T. S. 艾略特、杰西·L. 韦斯顿（Jessie L. Weston）、叶芝、德·拉·梅尔、D. H. 劳伦斯的诗歌。看到阿克顿的真学问和教学效果，胡适登门表示歉意并请他"讲授济慈、莎士比亚和《英诗金库》中的诗，此外上两门英文写作课。他不停地表扬，甚至说要设立一个英国诗歌讲席"①。这样他每周都需要花整整两个下午的时间与学生们待在一起。

在北大的教学不仅使阿克顿有机会向学生传播英国现代主义，而且使他有机会接触学生中间的青年诗人，与他们建立起亲密的师生友谊和切实有效的合作关系。1933 年 6 月因日本飞机轰炸，北大提前结束春季学期，学生们纷纷返家。这段时间，在北大读三年级的陈世骧走进了阿克顿的生活。陈世骧给阿克顿最深刻的印象是："北方人，身体健壮，宽鼻子，厚嘴唇，友善的圆眼睛，浓眉朝上弯曲，精力充沛……"② 7 月 5 日晚是阿克顿的生日。在阿克顿家用完晚餐，他们坐在院子里，夜空中飘荡着陈世骧吹奏的笛声。笛子清丽的曲调深深地刺激了阿克顿。"突然间我生命的每一根纤维都意识到我在魂牵梦绕的中国，如同狂热的古希腊爱好者意识到自己在希腊。这是我人生里醉心的时刻之一。……我所拥有的现代中国文学知识都得力于陈世骧。主要是因为他的缘故我继续在北大授课。"③ 陈世骧已经是北大学生作家群体中的一员。他已经开始在刊物上发表短篇小说和文章，很快将他的一帮爱好诗歌的朋友如卞之琳、李广田等介绍给阿克顿。这些诗友中阿克顿熟悉、了解最深的当数刚刚出版了诗集《三秋草》的卞之琳。阿克顿听卞之琳为他朗诵诗歌《朋友与香烟》，极其欣赏卞之琳诗歌创作中表现出的直白、自然的节奏、口语表达、来自日常生活的意象。

阿克顿与北大的青年作家的最初合作是与陈世骧合作选编中国现代主义诗人诗作，并将之翻译成英文。这些最早的英译中国现代主义诗歌最先刊登在芝加哥的《诗刊》、上海西书店别发洋行面向世界发行的英文

---

① Harold Acton, *Memoirs of An Aesthete 1939 – 1969* (New York: The Viking Press, 1970), p. 341.
② Ibid., p. 335.
③ Ibid., pp. 335 – 336.

刊物《天下月刊》和北京的《北平纪事》(The Peiping Chronicle) 上，1936年由伦敦的达克沃思出版社出版了合集的第一本英文版的《现代中国诗选》。这无疑是中英现代主义跨文化场中最杰出的成果之一。阿克顿与陈世骧等中国青年学生和教师合作的另一个领域是中国古典小说、戏曲为主的古典通俗文学。1936年起他开始大量翻译中国明、清古典戏曲，如《长生殿》、《牡丹亭》的春香闹学片段，明、清小说，如《镜花缘》《如漆似胶》。阿克顿在这一古典通俗文学领域的传世之作首数他与李宜燮合译的《如漆似胶》。1941年该译本由金色小公鸡出版社（The Golden Cockerel Press）出版。译本用的是手工纸，封面用的是羊皮，中间配以艾瑞克·吉尔（Eric Gill）画的插图，十分考究。这个译本主要选译了《醒世恒言》中的《赫大卿遗恨鸳鸯绦》《陈多寿生死夫妻》等四篇作品。第二个传世译作是1948年夏天，阿克顿访问旧金山，与已在加州大学伯克利分校教授比较文学的陈世骧再度联手翻译孔尚任的《桃花扇》。这个译本的手稿被尘封在伯克利山边陈世骧的"六松室"（Six Pines Studio）里，复印本则放在意大利拉·彼得拉（La Pietra）别墅里阿克顿的书架上。1971年陈世骧过世后，阿克顿才将这些译稿交给加州大学出版社出版（1976年）。

关于阿克顿与北大、与中国现代主义的深度融合，他在初到北京时就认识并与之维系了终生友谊的美国汉学家劳伦斯·西克曼的分析是非常中肯的。

> ……我相信，正是传统北京的整个氛围激发了哈罗德的热烈反应，他比我所认识的在中国的任何外国人都更理解北京。
>
> 哈罗德自然地亲近诗人、画家、作家和学者们，这确保他融入了以北京大学为中心的新中国的思想萌芽。那里是白话运动（在文学创作中使用口语）的中心，且第一次对西方文学产生浓烈的兴趣。
>
> 通过与大学的联系，哈罗德积极地参与到北京当时的思想生活

中，在年轻作家中结交了许多朋友。①

从彼得·昆内尔、彼得·弗莱明、哈罗德·阿克顿、奥斯伯特·西特韦尔、罗伯特·拜伦到 W. H. 奥登，这群牛津客群体旅行迁徙到中国，形成了又一个跨文化的群落。撇开个体之间，"阿克顿小组"与"奥登小组"尤其是阿克顿与其他牛津客之间的区别，我们需要指出以下几个方面的群体特征。

从地理空间中迁徙旅行的路线来看，这批牛津客往来于中国的路线主要有三条，即：乘火车跨越欧亚大陆，从满洲里进入中国；横渡大西洋、跨越美国，然后横渡太平洋，经日本停留后从朝鲜半岛或大沽进入中国；从法国乘轮船过地中海、印度洋、南洋，从广东或上海口岸进入中国。当时联通全球的铁路交通网和轮船运输线为他们的中国之行提供了交通便利。而遍布运输交通线沿线的邮政和电报服务系统则为他们与亲人、朋友、报纸杂志社、驻外机构保持定期联系和信息交流提供了便利和保障。

从人际关系网络和体制关系来看，他们在旅行过程中主要依靠三类人和机构的帮助。一是《泰晤士报》等新闻机构派驻俄罗斯、香港、中国各地的记者设立的记者站。二是英国驻各地的外交使馆和领事馆。三是旅居中国的英国、德国、美国游客、生意人、汉学家以及他们依附于其上的传教士机构、跨国金融商贸机构、学术研究组织等。例如无论是彼得·弗莱明还是阿克顿在上海和香港期间都得到凯瑟克兄弟的帮助和照顾。而奥登和伊修伍德在奔赴中国各地期间，遍布各地的传教士和教会为他们提供了物质帮助和重要信息。

从跨文化认同的角度看，他们都摒弃了西方主流的中国观，从政治、文化、生活等多层面了解历史的中国和变化中的中国。而所有这一切又聚焦到两个点上。其一是北京这个巨大的中国文化和精神符号。其二是北京这个独特的唯美时空和中国传统的乡土世界发射出的唯美魅力及其

---

① Edward Chaney and Neil Ritchie eds., *Oxford China and Italy: Writings in Honour of Sir Harold Acton* (London: Thames and Hudson, 1984), p. 69.

形成的唯美生活磁场效应。这两个焦点形成的生活、生命、自然、精神存在在这群牛津客的生命中或隐或显地左右着生活的选择，改变了思想和信仰的方向，塑造了新的精神品格。

　　从文学话语实践来看，他们几乎都运用日记、回忆录、游记、书信这四类叙事文体来书写他们的跨文化旅行体验和感受。而这些叙事文体与西方现代主义文学主导的诗歌、小说相比具有文类和文学性界定上的混杂、非文学性特点，与学院派汉学系统的知识和学问建构相比又带有显著的个人痕迹、体验和感悟效果以及叙事特征。无疑，利用这些文体来记载并传播的中国知识和跨文化体验与英国乃至西方的现代主义文学话语表述以及汉学话语表述处于张力状态。更准确地讲，这种跨文化旅行话语处于英国现代主义话语和学院派汉学的双重话语压制之下。或者说，这群牛津才子中国之行的旅行书写拓展了现代主义的也是文学的表现空间，建构了与学院派汉学不同的另一种样态的中国知识。因此现代主义是复数意义上的现代主义，中国学（而不是汉学）是复数意识上的有关中国的知识话语。

　　无论是在中英现代主义之间的对话交流还是在拓展甚至超越学院派汉学方面，无论是与中国认同的程度还是对中国的创造性阐释，尤其是在积极深入中国现代主义文学象征运动方面，哈罗德·阿克顿所取得的成就无疑是最广泛的、突破性的也是最成功的。因此对哈罗德·阿克顿与中国现代主义关系的研究既是对阿克顿研究本身的发展，也是对牛津唯美现代主义的新探索，更是对中英现代主义话语和学院派汉学话语的知识重估和价值拷问。

第八章

理论旅行:剑桥现代批评在中国

  人际的、群体间的关系网络往往在时空的某些点上连接交叉。这些交叉连接的点在历时的和空间的地理版图上显露出群体的而非个体的迁徙旅行轨迹。因此为了捕捉独特群体在历史和空间上的影像,为了感知群体旅行的特征以及与之对应的精神层面的律动,我们仍坚持关联、互动、互认的网络认知模式。从这种网络认知模式中我们既能有效地、切实地还原知识个体和群体存在的境遇,又能透视这些看似分离的、孤立的、独立的境遇并发现它们之间连接的纽带。

  1936年1月,朱利安·贝尔在寒假期间离开武汉大学,乘火车到北京,拜访了哈罗德·阿克顿和罗伯特·拜伦。这年夏天,朱利安·贝尔离开武汉大学,途经湖南、重庆、成都、雅安、川藏结合地区,最后乘飞机到北京,专程拜访了5月初从英国返回中国的I. A. 瑞恰慈和夫人多萝西娅。朱利安·贝尔成了一个关键的人际纽带,将远游的牛津客与东来传经的剑桥高士连接起来。更有意思的是,1936年5月初返回北京后,瑞恰慈夫妇搬了几次家,最后在7月末才选中了一处幽静的四合院。这就是奥斯伯特·西特韦尔在北京期间住过的甘雨胡同15号。这里也是哈罗德·阿克顿刚到北京时住过的胡同。

  我们在此强调乃至重复这些因为他们而获得了独特意义的时间、地名和空间居所,旨在强调北京对于他们而言所具有的不同寻常的、多重的象征价值和意义,旨在还原一种真实的历史和空间场景——因孤立的文本、抽象的观念而被遮蔽起来的深层的也是本真的连理。这种连理甚至延伸到剑桥、伦敦和东京。在剑桥的瑞恰慈与朱利安·贝尔等一样承受了 G. E. 穆尔的思想洗礼。T. S. 艾略特对瑞恰慈而言是志同道合的朋友，是思想和灵感的源泉；对哈罗德·阿克顿来说是先锋艺术的代言人，也是唯美现代主义运动的领路人；对威廉·燕卜荪来讲，艾略特在他生活困顿之际给予了慷慨的帮助和支持。甚至在走投无路之际，燕卜荪接替了彼得·昆内尔在东京文理大学的英国文学教职。

这是一个十分独特的现代主义群落。他们之间的连接网络就像人体中的血脉，如同树在地下延伸交缠的根茎。他们迁徙旅行的印迹、迎风吟诵的声音就这样在时光的某个点上、在空间的某个地方交错。

正是在连接、延伸、交缠的过程中，在时光的倒置中，在空间的交错中，他们又循着各自的信仰，探着各自的思想，实践着各自的理想。这些信仰、探索和实践共同构成了现代主义文化象征革命辉煌的历程。如果说剑桥使徒社－布卢姆斯伯里小组几代人的自由主义探索是混合了审美、人文的文明生存和复活主题，如果说牛津群体执著践行的是爱美信仰，那么剑桥现代批评派则尤为奇特地表现为 I. A. 瑞恰慈和威廉·燕卜荪师徒推动的中英现代大学中的现代批评话语互动互认基础上的理论旅行。英语现代批评或者说现代文学批评革命（而不是被后人反复咀嚼而变味甚至被异化了的"新批评"）一开始就扎根于中国和英国相联通的语境中，一开始就积极地、开放地、创造性地吸纳两种知识话语体系中的精粹。

对 I. A. 瑞恰慈和威廉·燕卜荪在英国与中国之间推动的现代批评的理论旅行之透视，既是继续对牛津、剑桥知识群体跨文化旅行的描摹，又是对与之对应的、作为现代主义文学革命运动重要构成部分的现代批评理论的谱系梳理，同样是对现代学科意义上的现代文学批评以及以现代主义知识分子为代表的现代大学精神的反思。为此这一部分的主要内容包括：文学革命：剑桥现代批评学科的诞生；游走于学科和文化之间：I. A. 瑞恰慈的剑桥岁月 1929—1931 年；I. A. 瑞恰慈的中国之行；威廉·燕卜荪的中国之行。

第一节 文学革命：剑桥现代批评学科的诞生

安·L. 阿迪斯（Ann L. Ardis）在《现代主义与文化冲突，1880—1922年》中将英文研究的兴起与文学现代主义获取文化合法性相提并论。"英文研究的兴起不仅仅与历史上的先锋派向现代主义——一种文化上被认可、制度上有根基的现象——的转型一致。文学现代主义推动了它。那就是，不仅是作为有效的批评研究对象的现代主义'代表作'推动了英文研究的兴起，而且也包括文学批评分析使用的现代主义核心范畴的标准化对英文研究的推波助澜。"① 阿迪斯在这里提出了一个考量英文研究的参照框架，即从共时的影响与历时的一致和平行这样一个深度的历史透视角度来审视先锋文学和先锋批评思想获取合法性的过程。但是她根本的局限在于没有能够从社会学和政治学的高度来揭示这个为获取合法性而展开的历史过程的本质和能动性，也没有能够真正从批评精神的历时运动中揭示比英文研究更深邃的现代批评的根源及其持久的价值化进程。其实早在1983年克里斯·巴尔迪克（Chris Baldick）的批评史研究专著《英文批评的社会使命，1848—1932年》中，巴尔迪克就对英文批评的历史谱系和历程进行了系统的建构和激进的阐释。他认为，从1848年至1932年，马修·阿诺德、沃尔特·佩特、T. S. 艾略特、I. A. 瑞恰慈到F. R. 利维斯，形成了一场持续的英国文学批评的现代运动。这场旷日持久的现代运动始终肩负着介入并干预现代资本主义文化危机的社会使命。而第一次世界大战则是这场现代运动的分水岭，此后T. S. 艾略特、瑞恰慈和利维斯共同促成了1920—1930年代的文学-批评复兴。② 巴尔迪克的研究更贴近英国现代文学批评史，建构了以阿诺德为起源、以社会使命为导向的现代批评运动发展历程。但是这种历史建构在肯定阿诺德以降的现代批评运动的同时，又特别强调艾

---

① Ann L. Ardis, *Modernism and Cultural Conflict 1880 – 1922* (Cambridge: Cambridge UP, 2002), p. 176.
② Chris Baldick, *The Social Mission of English Criticism 1848 – 1932* (Oxford: Clarendon Press, 1987), pp. 1 – 2, 18.

略特、瑞恰慈乃至利维斯等推动的文学－批评复兴的革命性。

> 战争和革命的现代时期的开始激发了其边际涟漪之一，即某位参与者所描绘的"英文研究革命"。这场"革命"只有等到1932年《细绎》创刊之时才臻至成熟，但是该刊物所宣扬的理念的历史性开端却是在战争时期及刚停战之后提出来的。巴兹尔·韦利（Basil Willey）后来回忆道："最有意义的事——真正的革命——是独立战争，从此英文成了一个自足的学科，从所有外来的暴政和传统偏见中获得自由。"①

无疑这里出现了两个概念意指对象的混乱以及由此引起的历史分期的疑难。首先是"现代批评"的分水岭是阿诺德、第一次世界大战还是第一次世界大战后的利维斯？英国文学的"现代运动"是否等同于或是有别于"现代批评"？其次是"革命"是否是整个英国文学的现代运动的本质还是仅仅局限于1920—1930年代的"剑桥批评派"？如果我们将阿诺德及其之后的英国文学批评史理解成一场旷日持久的现代文学－批评革命，那么我们就势必重构英国文学现代性的地图，重新反思文学社会学意义上英国文学现代性地图上的文化象征革命，重新建构文学－批评与同步演变的文学在长达80多年的英国文学场中的生成－结构关系，最后是重新绘制现代主义的而不仅仅是文学现代主义的地形图。

问题的复杂性在于学界围绕这两个概念所形成的具有导向性的共识。例如彼得·斯坦斯基和威廉·亚伯拉罕斯在《朱利安·贝尔：从布卢姆斯伯里到西班牙内战》中认为瑞恰慈领导了批评实践领域的革命。他们甚至认为是瑞恰慈真正促成了现代文学批评的诞生，是他赋予了英文研究现代形式，使之挣脱了语文学传统的影响。② 阿肖克·库马尔（Ashok Kumar）在《I. A. 瑞恰慈与新批评》中更进一步地将瑞恰慈的《实用批

---

① Chris Baldick, *The Social Mission of English Criticism 1848 – 1932* (Oxford: Clarendon Press, 1987), p. 86.

② Peter Stansky and William Abrahams, *Julian Bell: From Bloomsbury to the Spanish Civil War* (Stanford: Stanford UP, 2012), pp. 59 – 61.

评》奉为现代批评的圣经,将《现代批评》出版的 1924 年划定为现代批评的开端。这样围绕英国文学批评话语,形成了两种不同的观点,即:以阿诺德为开端的现代文学批评运动和以瑞恰慈为开端的现代批评。

尽管这里进一步出现了两个概念——"现代文学批评"与"现代批评"——之间的含混和矛盾,尽管上述各家所持的论点基本上都归于历史分期这个认识论前提,但是他们在三点上为我们提供了批评借鉴。其一是现代意义上的批评有其自身的起源和发展史。其二是文学现代主义与批评之间是一种话语压制关系,即:现代文学批评在建构文学现代主义的英雄和丰碑叙事,在推动它问鼎文化合法性和文化领导权的同时,在批评话语中失去了自我的主体性建构,文学现代主义压制了批评现代主义。其三是对现代批评话语的认识和建构离不开对瑞恰慈的透彻理解和把握,反过来说要精准地把握瑞恰慈就必须厘清现代批评话语上独特的一支——剑桥现代批评学科。

需谨记,英国文学批评学科的话语实践最先并不是发生在剑桥。其体制化的实践,包括教授职位的设立、考试、教材等,最早是与殖民地管理、成人教育、妇女教育等这些并非纯学术的教育导向发生联系的。随着工业资本主义的发展,帝国殖民管理、工人阶级的教育和修养、妇女的教育等对已获取文化领导地位的资产阶级提出了新的要求。英国资产阶级不仅要建构自己崭新的核心价值体系,而且要用崭新的价值载体和价值观来统领殖民事业和其他社会阶层,构建自足的"英国性"和高度自律的价值体系。这就是克里斯·巴尔迪克所讲的社会使命的核心内涵,也是英国资产阶级的知识分子群体肩负的意识形态和文化价值建设任务。因此英国文学批评话语发生的先决条件必然首先是资产阶级自身的意识形态和价值诉求,即:资产阶级文化自身足够成熟、已具备了文化生产和文化引领的能力;其次才是这种话语实践的物质、制度性、社会性基础,即:米歇尔·福柯所谓的权力话语的物质性。这种物质性和实践性就是克里斯·巴尔迪克所讲的三类影响因素:"这些包括:首先是大英帝国的独特需要,表现在准许入职印度殖民行政管理队伍的规定中;其次是各种成人教育运动,包括机械学院、工人学校、公开授课;最后是在上述大潮流中为妇女教育提供的特殊条件。"① 正是在这些因素的作用下，经过约翰·丘顿·柯林斯（John Churton Collins）的不懈努力，1884 年牛津大学开始设置"英语语言文学默顿（Merton）教授"席位；1894 年成立一所牛津英语名誉学院的决定被写进大学令；1896 年进行了首次英语语言文学考试。但是牛津的首任默顿教授 A. S. 内皮尔（A. S. Napier）是德国培养的传统语文学家，首次考试的内容以语言和语文学知识为主。只有在 20 世纪初沃尔特·罗利（Walter Raleigh）担任默顿教授期间情况才开始改变。因此在"剑桥批评学派"真正产生影响之前，柯林斯那种以伟大的作家和不朽的作品为基础、偏重文学教育的设想仅仅停留在理念层面。与牛津大学相比，格拉斯哥大学 1861 年由维多利亚女王资助设立了"英国语言文学皇家教席"（Regius Chair of English Language and Literature），第一任教授是约翰·尼科尔（John Nichol，1862—1889 年）。利物浦大学在 1881 年设立了"英国文学阿尔弗雷德教席"（King Alfred Chair of Englilsh Literature），第一任教授是莎士比亚研究专家 A. C. 布拉德雷（1881—1889 年），第二任教授是沃尔特·罗利（1890—1900 年）。

剑桥大学于 1878 年成立了一个"中世纪和现代语言委员会"（Board of Mediaeval and Modern Languages），开始设立"现代语言学士荣誉学位考试"（Modern Language Tripos）。英语是下面的一个分支，秉承的是日耳曼语言学传统。1910 年由英国报业巨子、联合报业有限公司（Assoicated Newspaper Ltd.）② 所有人哈罗德·西德尼·哈姆斯沃斯爵士（Sir Harold Sidney Harmsworth）为纪念爱德华七世的去世，捐资在剑桥大学设立了"英国文学爱德华七世教授席位"（King Edward VII Professhorship of English Literature）。1911 年在剑桥被任命的首任"英国文学爱德华七世教授"是亚瑟·伍尔伽·维拉尔（Arthur Woollgar Verrall）。维拉尔教授在任仅一年就去世。值得注意的是，维拉尔教授是来自剑桥三一学院的

---

① Chris Baldick, *The Social Mission of English Criticism 1848 – 1932* (Oxford: Clarendon Press, 1987), p. 61.

② 该公司旗下拥有的报纸包括：伦敦的《每日邮报》《每日镜报》、格拉斯哥的《日志报》。

古典学教授。他 1872 年在三一学院获得古典学学士学位，1874 年获得古典学研究员资格，此后一直担任学院讲师。他的研究专长不是英国语言或文学，而是古希腊戏剧和拉丁学，其研究成果包括《理性主义者欧里庇得斯》《文学论文集：古典与现代》《希腊和拉丁研究论文集》。占据这一教授职位时间最长（1912—1944 年），也是第一位名副其实的剑桥英国文学教授是亚瑟·托马斯·奎勒－库奇（Arthur Thomas Quiller-Couch）。

在奎勒－库奇接替维拉尔并将英国语言文学研究朝着英国文学批评的道路上推进的同时，剑桥英国语言文学学科发生了另一个导向性的变化，即：古典学者 H. M. 查德威克（H. M. Chadwick）被任命为"盎格鲁－撒克逊埃尔林顿与博斯沃思教授"（Elrington and Bosworth Professorship of Anglo-Saxon）。该教授席位最早设立于 1878 年，源自牛津大学盎格鲁－撒克逊教授约瑟夫·博斯沃思（Joseph Bosworth）的一笔捐资，每年的教授薪俸是 500 英镑。查德威克是第二任教授。他根本性的贡献是对盎格鲁－撒克逊研究的范式变革和学科边际拓展。查德威克本是剑桥克莱尔学院的语文学家和历史学家。但是执掌盎格鲁－撒克逊教授席位之后，他开始将古英语的语文学研究与人类学和历史学嫁接，将盎格鲁－撒克逊语与整个古代北欧文化联系在一起，使盎格鲁－撒克逊研究成为横跨语文学、文学、历史学和考古学的领域。1928 年他最终将古英语研究从英语学院剥离出来，使之与考古学和人类学学院融合，成立了"盎格鲁－撒克逊语、挪威语和凯尔特语系"。同时他的这种跨学科拓展使得剑桥英语学院在 1917 年正式成立时客观上获得了更鲜明的文学定位。

与查德威克的古典学者出身不同，亚瑟·托马斯·奎勒－库奇爵士从牛津大学三一学院毕业后不久即离开牛津，成为向《演说者》等撰稿的记者，并积极投身于自由党的政治活动。1896 年他的系列批评文集《批评历险》（Adventures in Criticism）出版；1898 年他续写了罗伯特·路易斯·史蒂文森没有完成的小说《圣艾夫斯》（St. Ives）；1900 年他出版了代表作《牛津诗歌集：1250—1900 年》；1910 年他写作的《源自古法语的睡美人和其他童话故事》出版。因此 1912 年他荣任"英国文学爱德华七世教授"时已是著作等身，兼学者、作家、政治家于一身的知名绅士。此后他的文学批评著作包括：他的就职讲座集《论写作的艺术》《新莎士比亚》《论阅读的艺术》。他是剑桥第一位名副其实的文学批评教授。或者说他是英国文学批评真正的奠基人之一。

之所以称他为奠基人之一，是因为在1910年代的剑桥文学批评领域同时还活跃着 E. M. 提尔亚德（E. M. Tillyard）、曼斯菲尔德·福布斯（Mansfield Forbes）、亚瑟·克里斯托弗·本森（Arthur Christopher Benson）这三位学者。提尔亚德饮誉英国文学批评界，主要是因为1942年出版的《伊丽莎白时代的世界图画》。但是作为一位文学批评家，早在1910年代他就开始投身于文学批评，于1914年出版了《雅典帝国与恢弘的幻想》。福布斯本是克莱尔学院的历史研究员，第一次世界大战后期即参与剑桥英语学院的建立，是剑桥英文研究的思想根基人物，更是 I. A. 瑞恰慈的学术和人生引路人。本森毕业于剑桥国王学院，长期在麦格德伦学院（Magdalene College）讲授英国文学。1917年本森和福布斯一起将英语从"现代语言学士荣誉学位考试"中分离出来，设置了独立的"英语学士荣誉学位考试"。1919年举行了首次"英语学士荣誉学位考试"。因此到第一次世界大战结束，在约8年的时间内，这批拓荒者基本上完成了英语学科的开创工作，为之后1920年代瑞恰慈、燕卜荪奠定了成长的摇篮和著书立言的舞台，为作为一个独立学科的现代批评之产生做好了前期准备。

这种前期准备主要包括以下几个方面。首先是从专业委员会的成立、教授职位的设立、教授课程和考试到学院体制建设，剑桥英文学科最终在1917年完成了英语学院的体制建设。其次是研究对象的选定和确立。从古典希腊语和拉丁语、盎格鲁–撒克逊语、凯尔特语、中古英语文学最后到文艺复兴及之后的英国文学，研究的对象不断发生位移，逐步调整到现代时期，逐渐分化出语言与文学两个支流。最后是研究范式的推陈出新。19世纪以来的古典学研究因袭了日耳曼语文学研究范式。但是到了1910年代，在查德威克的努力下，主导的语文学研究范式式微，历史学、考古学、人类学、文学的认识观和方法论相互融合发酵。我们可以这样论断，这十年间历史学、考古学、人类学、文学与语文学认识论和方法论的碰撞形成了以语言为界面，以人文精神为指归，兼具古典文化与现代文化，以19世纪以来成熟的人文学科为边界的人文学科科际渗透和整合。这五类人文学科的相互渗透和整合，形成了从语文学向现代批评过渡阶段典型的科际间特色。由此我们可以说，科际间的相互影响和补充是英文研究成长过程中强有力的认识论和方法论资源，这种跨学科特征是该学科自身始终具有且自觉实践并不断发展的基础；这五类人文学科的相互影响和促进为1920年代瑞恰慈推动的更大范围内、更新的不同学科研究成果的整合奠定了基础；1920年代末盎格鲁-撒克逊语言研究与文学批评的分离是自然生长的结果。

如果我们坚持现代文学革命这样一种观点，那么从范式和方法论角度看这场革命的源头恰恰在这10年间。而如果我们立足文学批评的自觉意识和文学批评革命的使命，那么这场革命前起马修·阿诺德，后止于1930年代的《细绎》运动。待到1920年代生成的现代批评变异成"新批评"削足适履的细读法和文学文本自足论之时，这场革命实际上走向了终结。

第二节 游走于学科和文化之间：I. A. 瑞恰慈的剑桥岁月

无论是对英文研究学科的关注还是对英美新批评起源史的重构，中外学界在认知论、知识建构和思想观念等层面上具有三个方面的失误或者说研究盲点。如果我们聚焦到瑞恰慈和燕卜荪师徒在1920—1930年代推动的理论旅行，这三个研究盲点会更耀眼地进入我们的批评视野。首先，无论是剑桥英文研究学科还是孕育了新批评的现代批评剑桥学派都表现出人文学科与自然学科之间大跨度的科际整合及理论渗透现象。这在文学批评中既表现为上述剑桥英文研究学科学者自觉地将古典学、语文学与历史学、考古学等学科结合在一起的努力，又表现为剑桥大学制度下学者成长过程中在不同学科之间的迁徙以及由此产生的自发的哲学、心理学、医学等学科知识、方法论和观念对文学批评的冲击、塑造，也表现为源于其他学科知识和理论基础上的对人文精神的重估和颠覆，即瑞恰慈表现的反美学主义和反历史主义倾向。其次，与现代自然科学和哲学（道德科学）逆向哺育现代批评，催生瑞恰慈代表的剑桥文学批评学派并行，瑞恰慈在为期10年的现代批评理论探索过程中持续地从中国古代儒家思想中汲取核心理论观念，然后又用这些观念基础上建构的现代批评理论和方法反哺中国成长中的英国文学学科和成长中的现代主义。从儒家思想到瑞恰慈的现代批评思想再到反哺中国现代英文批评和现代主义，这整个理论旅行构成了一个完整的循环。无论是对瑞恰慈现代批评理论中儒家思想要素的认识还是进而对英美新批评根子上中国思想的跨文化影响之承认都处于当代学术话语失语的状态。哪怕是少数中国学者认识到儒家思想对瑞恰慈的影响，但是他们都没有从理论旅行循环、从瑞恰慈的现代批评与中国语境中的英文学科和现代主义之影响关系、从滥觞于瑞恰慈且与英美新批评平行的一支中国现代主义批评流派的生成这三类宏大的跨文化研究视角来立论求证。最后，对瑞恰慈研究沿上述三个方面的拓展必然颠覆中外学界盲目接受的现代批评理论和方法论定见，即：以瑞恰慈和 T. S. 艾略特为鼻祖，形成波澜壮阔的英美新批评现象。与这种成见对立，我们提出的反话语暴力论断是：以瑞恰慈为第一个媒介点，西方现代新兴的学科理论与中国古代儒家思想对话融合；以瑞恰慈尤其是其弟子燕卜荪在中国大学的教学实践和知识传播为第二个媒介点，西方现代批评理论和方法论进入中国大学话语体系并推动中国现代主义批评话语的建构。在这整个跨学科、跨文化的理论旅行过程中，英国汉学相应地发挥作用并发生变异。第一轮变异是英国汉学家理雅各翻译的儒家经典经过瑞恰慈的吸收和改造，儒家思想观念进入瑞恰慈的现代批评理论，进而融入剑桥批评学派的血脉；第二轮变异是瑞恰慈代表的剑桥批评思想进入中国现代批评话语，在这一过程中无论是作为传播者的瑞恰慈和燕卜荪还是作为能动的接受者的中国大学知识界都遮蔽了儒家思想而不是彰显之；同时瑞恰慈从间接的儒家思想接受者自觉地转变为从现代批评理论和跨文化视域直接阐释儒家思想。

  基于上述理论修正意图，我们有必要重构瑞恰慈的剑桥岁月中由人际关系网络、学科迁徙、跨文化的思想译介和接受等层面构成的复杂、动态、多维的理论旅行网络。这种重构自然凸显出瑞恰慈/燕卜荪模式与剑桥使徒社－布卢姆斯伯里小组模式、牛津唯美现代主义模式的差异，也旨在修正爱德华·萨义德的单向、线型的理论旅行模式，同时也超越以地理边界为唯一参照的旅行理论阐释局限。换言之，这有益于我们更客观地认识中英现代主义跨文化的文学场隐匿的却又实在的边界。

承受剑桥岁月洗礼的瑞恰慈已经是中英跨文化的文学场的构成要素，剑桥现代批评一开始就指向中国，一开始就与跨文化生产关系基础上新兴的英国汉学学科结缘。在此意义上，儒家思想同时又是以现代学科话语——汉学——的形态进入了瑞恰慈的思想视野。因此，我们从人际关系网络和跨学科智识生命实践这两个交叉重叠、互补的角度来审视剑桥时期的瑞恰慈。这里我们提出跨学科智识生命实践这个观念，意在强调人际关系网络与学术实践之间自然连接的纽带，强调人生命存在内在的智识取向与思想和理论探索可能产生的高度的同质性。

1911年10月18岁的瑞恰慈进入剑桥大学麦格德伦学院。1919年上半年，经过他的老师和朋友曼斯菲尔德·福布斯力荐，瑞恰慈获得在麦格德伦学院教书的机会。从1911年到1919年，瑞恰慈在剑桥逐渐建立起自己的人际关系网络，从不同学科和不同研究领域的师辈获取教益。

瑞恰慈1911年秋入麦格德伦学院攻读历史专业，指导教师是弗兰克·索尔特（Frank Salter）。但是志不在历史专业的瑞恰慈不久选修文学专业，接受文学批评学者、麦格德伦学院副院长本森的指导，开始与诞生中的剑桥英国文学学科结缘。本森"给予鼓励，像父亲一样关心，仔细批改每周的论文，要求瑞恰慈解释清楚提出的每个观点"[①]。本森奉行的审美式文学批评无疑给刚入剑桥的瑞恰慈留下了深刻的烙印，使他在以后独立、成熟的现代批评理论探索中能够游刃有余地批判反思19世纪末以来英国文学批评中盛行的审美主义风气。而他对历史专业的放弃则反映了他个性中对传统和历史知识的排斥，这在其成熟的理论建构中则表现为反历史主义的取向。这两种取向暗合了时代的空气中孕育的新的文学现代主义精神和哲学领域中的反历史主义潮流。1912年初，通过与

---

① John Paul Russo, *I. A. Richards: His Life and Work* (Baltimore: The Johns Hopkins UP, 1989), p. 18.

C. K. 奥格登（C. K. Ogden）的交流，瑞恰慈对整个剑桥知识界的状况有了更清楚的认识，从历史学转到强调经验、分析和数学能力，将伦理关怀和心理学融合的道德科学（即哲学）专业。由此瑞恰慈进入了当时剑桥大学由 G. E. 穆尔、罗素、维特根斯坦、怀特海等思想巨人统治的显学领域哲学。瑞恰慈新的指导教师是当时剑桥大学乃至英伦三岛独树一帜的新黑格尔主义哲学家、三一学院的 J. M. E. 麦克塔格特。后来他转投到国王学院的逻辑学家 W. E. 约翰逊（W. E. Johnson）门下。麦克塔格特已培养出两位最得意的门生罗素和穆尔，当时一边撰写其代表作《存在的本质》，一边讲授从笛卡尔、黑格尔到他自己的理性主义哲学史。但是情趣和禀性的差异使瑞恰慈 1913 年转向约翰逊教授，在接下来的两年本科学习中接受约翰逊的哲学心理学指导。与麦克塔格特闲散的指导不同，约翰逊的指导更符合瑞恰慈的禀性，哲学心理学比黑格尔主义更吸引他。按他自己的回忆，约翰逊"更明智慎审、更周备圆融，更喜欢认同、重申别人的思想。麦克塔格特更专注于他自己的思想，总是试图推销他的理论"[1]。1915 年 6 月瑞恰慈接受了学士荣誉学位考试。考试的内容涉及逻辑学、心理学和伦理学，外加两篇论文。考官则是麦克塔格特和穆尔。瑞恰慈获头等荣誉学位。此后的两年间，因身患结核病，瑞恰慈免于兵役，过着负笈闲游的生活。

瑞恰慈的传记作家约翰·保罗·拉索（John Paul Russo）特别强调穆尔对瑞恰慈的影响。瑞恰慈在道德科学专业学习的时候，穆尔主讲的课程是每周三次的《哲学心理学》。穆尔的思想以直接面对面交流对话的方式而不是枯燥的书面方式来影响瑞恰慈。这种思想影响的方式恰恰是穆尔哲学本身所强调的直接体悟和共通意识。而穆尔哲学强调的"善"这一核心伦理观无疑在方法论和认识论上塑造了瑞恰慈的智识观和理论取向——既强调理论思考对当下的回应和观照，又注重核心价值观的归纳和提炼。"懂得某事意味着对该事物有直观体悟。这些体悟最大限度地保

---

[1] John Paul Russo, *I. A. Richards: His Life and Work* (Baltimore: The Johns Hopkins UP, 1989), p. 46.

障了宇宙独立于观察的心智而存在。"①

　　1918年秋瑞恰慈返回剑桥校园，一边寻找工作机会，一边继续学习。这一阶段他学习的内容主要包括：在卡文迪什实验室（Cavendish Laboratory）获取生理学和化学知识，为进入新兴的心理分析研究领域作铺垫；涉猎理论语言学和心理学知识；旁听穆尔的讲座。这样我们既可以说他在生理学、语言学、哲学、神经病学、心理学等不同学科之间徘徊，又可以积极地肯定他在更自由灵活的范围内，通过阅读、听课、交谈等方式全方位地捕捉不同学科的知识和信息，调整自己的跨学科知识储备。

　　除了以哲学学科为主、兼顾其他新兴学科这种跨学科求索，瑞恰慈在剑桥求学期间奠定的第二个重要人脉就是他与另一位英文系创始人福布斯教授的友谊。或者说，在上述跨学科背景后面，他与剑桥英文研究的两位重要的推动者本森和福布斯分别建立了师生关系和师友关系。换句话说，瑞恰慈自进入剑桥以来就一直感受着剑桥英文研究的变化发展，与剑桥英国文学的学科体制建设保持着零距离接触的关系。瑞恰慈在成为本森的学生不久后的1913年就因为对文学和登山运动的共同爱好与福布斯教授成为亦师亦友的至交。约翰·康斯托伯（John Constable）编辑的《I. A. 瑞恰慈书信选集》中，瑞恰慈与福布斯教授的通信集中在1919年3月至1920年夏季，共计有7封。在1919年3月9日的信中瑞恰慈谈到了他对科学与艺术之间关系的关注，这无疑指向他后来撰写的《科学与诗》。在5月17日的信中他向福布斯讲到他在文学批评和现代小说这两个方面的观点和认识。对于文学批评，他的认识是："我唯一的怀疑就是它也许太与众不同了。我的意思是我的方式绝然不同于任何传统批评家的方法。且只有从我的角度我才能发现那些联系和发展。"② 而对于小说，他的感受是："那促使我开始研究小说。它们将是令我烦恼的问题。这么多我不得不提到的小说实际上仅仅是泡水发肿式的令人索然无味的东西。小说这种独特的形式，从贝雷斯福德、坎南、史密斯、西奇威克、

---

① John Paul Russo, *I. A. Richards: His Life and Work* (Baltimore: The Johns Hopkins UP, 1989), p. 54.

② John Constable ed., *Selected Letters of I. A. Richards* (Oxford: Clarendon Press, 1990), p. 8.

沃波尔、本尼特到乔治，都是病态的东西。"① 显然这种阅读后的感受是负面的，尤其是那些当红的小说家的小说给他一种盛名之下其实难当的印象。更重要的是，从这封信的内容，联系到他在1919年秋季开始在麦格德伦学院开讲的课程，我们可以断言，经过福布斯的力荐，本来已放弃了在剑桥谋职的梦想、准备去做登山运动向导的瑞恰慈终于留了下来，已敲定了授课职位，正在精心准备授课内容。如果将这一年夏季他给福布斯的两封信与他给母亲的两封信相互参照，我们对处于现代批评事业开端的瑞恰慈有更清晰的认识，尽管这个开端具有相当的偶然性。② 首先瑞恰慈对自己的理论取向有了更明晰的认识。他已形成了自己的批评理论，而这个新形成的批评理论排斥"任何诸如古典主义、浪漫主义这类问题。感伤（历史意义上的）或任何历史性问题。它们都不够精确，因此不适合我。我也对它们了解有限，不能糊里糊涂地对待它们"③。其次他开始在米德尔顿·默里主编的《雅典娜神庙》（Athenaeum）和《艺术与文学》（Art & Letters）上发表《情感与艺术》《批评的工具：表现》《四类陈腐的美学观》等文章，开始陈说他的反美学主义观念。最后，我们了解到他即将开始的教学工作。每周讲一次《批评理论》，每两周讲一次《当代小说》；听课的学生有60—70人；所得的课酬约为150英镑。在给福布斯的信中，他详细谈到"批评理论"课的教学大纲。④

瑞恰慈与中国儒家思想的结缘具有多重性，即他不是从某个单一渠道、以单一的方式来接受儒家思想的洗礼。从围绕瑞恰慈对儒家思想的接受而结成的人际关系而言，一方面是他与G. L. 迪金森共同的情趣和心

---

① John Constable ed., *Selected Letters of I. A. Richards*（Oxford：Clarendon Press，1990），p. 8.
② 根据瑞恰慈自己的回忆，1919年上半年，失望之际的他到福布斯家中请他写推荐信，以便他寻找登山运动向导工作。之后两人坐在火边漫谈华兹华斯。两个小时后福布斯撕掉了已写好的推荐信，重新写信推荐瑞恰慈在剑桥授课。
③ John Constable ed., *Selected Letters of I. A. Richards*（Oxford：Clarendon Press，1990），p. 10.
④ 教学大纲包括七讲：第一讲，阅读及阅读的标准、意义的产生；第二讲，经验与经验的意义之间的根本区别；第三讲，诗歌中的"真理"何指；第四讲和第五讲，具有自明的、内在说服力的、展现真理的现实主义；第六讲，情感与感觉；第七讲，愉悦与纯粹偶然的情趣（*Selected Letters of I. A. Richards*，pp. 14 – 15）。

态、与詹姆斯·伍德（James Wood）之间的合作关系；另一方面是他与在剑桥的中国留学生徐志摩等结下的友谊。[1] 从学科形构和科际间交流而言，以理雅各为核心的英国汉学二度传播给瑞恰慈，形成中国儒家经典、英国19世纪后半叶的汉学、1920年代剑桥现代批评这几个学科和思想领域之间的顺势传播、阐释和创新。与这种知识体系间和学科间的传播链不同，瑞恰慈与迪金森、伍德之间共同的对中国思想文化的兴趣既可以说是这一代或这一批剑桥人文知识分子共享的情感结构；也是得益于跨文化体验和汉学的发展，他们能直接或间接深入了解中国或接受汉学新成果的影响，从而形成以中国古典思想和古典文化为资源和对象的态度和参照结构。与此相比，瑞恰慈与徐志摩等的交往以及从这些中国留学生处感悟到的儒家思想，则主要属于跨文化的人际交往和影响。上述多渠道的、多方式的儒家思想接受无疑证实了在瑞恰慈的现代批评理论发端之际儒家思想开始影响并进入这个崭新的、不断完善的理论。

　　迪金森对瑞恰慈的影响建立在对古希腊伦理观和儒家伦理观的人文主义阐释基础上。这种阐释最恰当不过地表现在迪金森的《中国来信》和《现代会饮篇》中。瑞恰慈在《开端与过渡》这篇文章中承认迪金森"对我巨大的政治影响。那时我甚至能背诵《现代会饮篇》"[2]。詹姆斯·伍德毕业于剑桥大学耶稣学院。1920年8月瑞恰慈与C. K. 奥格顿和詹姆斯·伍德开始合作撰写《美学基础》。这段时间伍德"激励了瑞恰慈对中国的兴趣"[3]。与伍德的激励对应，这段时间初到英国剑桥的徐志摩与奥格顿结识，通过奥格顿认识了瑞恰慈，经常参加奥格顿、瑞恰慈圈子的

---

[1] 按照中国学者葛桂录的研究，1920年前后比徐志摩更早对瑞恰慈产生影响的是中国山东籍的留学生初大告，且有语云："1920年代执教剑桥时，瑞恰慈还认识了来自中国山东的留学生初大告。初大告当时在剑桥做研究生，瑞恰慈便开始研究中国哲学。"［《I. A. 瑞恰慈与中西文化交流》，《福建师范大学学报》（哲学社会科学版）2009年第2期，第70—71页］国内其他个别学者基本上沿用了这种说法。就文献考证及影响而论，徐志摩/瑞恰慈影响关系论更具说服力。

[2] "Beginnings and Transitions: I. A. Richards Interviewed by Reuben Brower," *I. A. Richards: Essays in His Honor*, ed. Reuben Brower, Helen Vendler and John Hollander (New York: Oxford UP, 1973), p. 31.

[3] John Paul Russo, *I. A. Richards: His Life and Work* (Baltimore: The Johns Hopkins UP, 1989), p. 97.

活动。1922年《美学基础》出版时，他们请正在剑桥留学的徐志摩在书的首页上用毛笔写下"中庸"两个汉字。作者的意图非常明显，即：打通使用他们在这本书中使用的核心概念"联觉"与儒家的"中庸"。徐志摩与他们的友谊甚至延续到他从剑桥回国之后。如他在1923年5月10日给奥格顿的信中还特意要他"代我向瑞恰慈和伍德问好"①。

瑞恰慈与汉学的对接主要表现为理雅各翻译的儒家经典《中庸》对他的影响。根据王辉在博士学位论文《后殖民视野中理雅各的儒家经典翻译：聚焦他的两个〈中庸〉译本》的观点，理雅各先后三次重译《中庸》，而1861年和1885的两个译本则表现出更明显的对中国儒家思想的态度和观念的变化。② 撇开王辉对理雅各的后殖民评说以及不同时期译本之间的区别，经他翻译的《中庸》乃至其他汉学成果对瑞恰慈的影响是深刻且持久的。乃至到他1920年代现代批评理论系列的定调之作《实用批评：文学判断力研究》中他集中引证理雅各翻译的《中庸》，用中庸的观点来验证其批评理论中持续建构的精神秩序观。他在详细阐释中庸思想后添加的一则注释中这样总结：

> 我已在其他几个地方详尽、鲜明地指出了我心目中的精神的类型（《美学基础》第十四部分；《文学批评原理》第二十二章；《科学与诗》第二部分），但是却没有能回避我希望自己能抵制的某些显著的误解。因此艾略特先生在评论我在《日晷》上发表的《科学与诗》的时候将我的理想秩序描绘成"有效——一个精密运行的罗尼钢橱柜系统"。在《标准》上评论《文学批评原理》的里德先生似乎将我所谓的"各种动力的组织"理解为正常有序的铁路或大的商店的控制者必须实现的有目的的计划和安排。但是我所谓的"组织"指的是我们所讲的各部分之间的相互依赖，恰如我们讲到生物时所

---

① 刘洪涛译注：《徐志摩致奥格顿的六封英文书信》，《新文学史料》2005年第4期，第74页。

② Wang Hui, *A Postcolonial Perspective on James Legge's Confucian Translation: Focusing on His Two Versions of Zhongyong*, Hong Kong Baptist University, January 2007（UMI Number 3266749）.

说的"有机体",而"秩序"这个我认为如此重要的范畴并不是整洁。①

但是有关瑞恰慈批评理论中其他学科理论与他的现代批评理论以及中庸思想与他的现代批评理论之间的借鉴和融合并不是我们在此处需要深究的问题。我们这里着意的是在1910年代、1920年代这二十年中瑞恰慈智识生命和学术探索中沉淀定型的跨学科、跨文化背景上的思想理论资源和人际关系网络。借以阐明两个突出的特征:他与中国的认同先于他在空间地理版图上的中国之行;他与中国的认同以儒家中庸思想为基石。此后他的中国之行基本上是在前置、预设的认同模式中不断扩大对儒家思想的体悟和认知,并从现代批评转向跨文化实践和理论思考。

第三节 1929—1931年I. A. 瑞恰慈的中国之行

从1927年至1979年,瑞恰慈先后六次到中国旅行、工作和访问。②就瑞恰慈与中国关系的变化,1927年、1950年无疑是两个分水岭。1927年之前,瑞恰慈主要通过汉学英译典籍、旅英中国留学生和关注中国的英国剑桥知识分子等途径来了解、接受、阐释中国古典思想。这种通过跨文化传播而进入他视野的中国知识话语在其约10年间的现代批评理论建构中浓缩为儒家中庸思想及其与西方现代最新学科知识和生成中的现代批评的交流、共鸣和融合。无论是对瑞恰慈还是其思想理论而言,中国被彰显为儒学中国,中国传统中庸思想与西方现代批评的交流对话形成了深沉、深厚的思想和价值移位。因此我们一方面可以说瑞恰慈的跨文化精神指向与迪金森、阿克顿相似;另一方面我们更应该留意到他们

---

① I. A. Richards, *Practical Criticism: A Study of Literary Judgment* (Cambridge: Cambridge UP, 1930), pp. 285–286.
② I. A. 瑞恰慈1927年第一次游历中国;1929年9月14日—1931年1月5日第二次中国之行;1936年5月7日—1937年1月第三次中国之行;1937年4月—1938年9月第四次中国之行;1950年第五次中国之行;1979年第六次中国之行。国内外学界认为他一生有五次到中国,实为不精确之统计。

之间的差异,即:瑞恰慈更偏重于人际交流、个体的精神化、内在的价值和道德自律等为核心内容的儒家中庸思想,这些核心内容与他竭力提炼的思想相通相融。

1927年及之后,瑞恰慈跨越东西方的地理距离,逐渐脱离了剑桥的学院象牙塔,带着现代教化启迪和启蒙的使命,直接体验中国文化和社会的方方面面。由此形成了跨文化传播的话语实践链条中典型的反哺和二度接受现象。作为现代批评也是剑桥派文学批评的奠基人,瑞恰慈在其创造性的理论探索晚期放弃了在剑桥的教职和研究员职位,自觉、亲自、以教学的方式到中国的清华大学、北京大学、燕京大学传播其文学批评理论。同时这个传播过程进一步促进了瑞恰慈自身的转变,也充满了中国现代批评学者中选择性的二度阐释和接受行为。尤为重要的是,瑞恰慈更直观地深入儒家思想且将研究的视点从子思的《中庸》转到了孟子的《孟子》,而中国语境中由外移入/译入的现代批评理论中内在化的、核心的儒家思想却被遮蔽掉了。这样在中国语境中无论是1930年代的瑞恰慈实用批评还是后来的新批评被彻头彻尾地建构为纯粹西洋的也是现代的从而也是"先进"的文学批评理论。在这个过程中同样被遮蔽掉的还有瑞恰慈在现代批评学科伊始即为其奠定的跨学科、跨文化参照系。

1950年中华人民共和国诞生之初,瑞恰慈冲破重重阻力,从香港进入中国内地并北上北京。但政治体制和意识形态决定了此次的中国之行无疑是一种告别仪式。此后他与中国社会和生活之间相互阻隔了差不多30年。直到他生命的最后时刻,他才得享荣归中国的殊荣,他对中国的眷恋和挚爱最终得到国家层面的承认和嘉许。在60多年的时光中,瑞恰慈先后跨越了思想、地理、文化、政治上的边界,往来于中国与西方世界之间。但是无论是就他自身的思想、他在中国结下的人际关系网络还是现代批评本身而言,瑞恰慈1929—1931年的第二次中国之行是我们研究的重心。

瑞恰慈的夫人多萝西娅·埃莉诺·瑞恰慈在1928年12月9日这天的瑞恰慈日记中这样写道:"结果整个上午都头疼。艾弗则穿着睡袍坐在打字机前构思寄往中国的一封复杂的信。"① 瑞恰慈这封信是给国立清华大学外国语文系提出聘请他为1929—1930年度访问教授的来信的回复。居间商谈聘任事宜的人是在清华教授英国文学的英国人吴可读（Arthur Pollard-Urquhart）。1929年1月6日吴可读在给瑞恰慈的回信中陈述了相关的聘任条件：从1929年8月1日至1930年7月31日总计12个月的薪酬，外加瑞恰慈夫妇乘跨西伯利亚火车往返英伦的路费，教学工作附带在北大每周约三个小时的讲座。② 1929年9月14日，瑞恰慈夫妇抵达北京，清华外国语文系美籍教师翟孟生（Raymond Duloy Jameson）和瑞恰慈在英国大使馆工作的朋友斯坦利·班尼特（Stanley Bennett）到火车站迎接。9月18日瑞恰慈开始授课。到了1930年3月，瑞恰慈接到哈佛大学于1931年春季赴哈佛授课一学期的邀请。他在4月18日给 T. S. 艾略特的信中专门谈及此事。"我们从6月至12月都会一直呆在这里，然后去哈佛教授春季学期的实用批评课程。经历了中国的满目破败中的即兴讲授后也许我们会更喜欢美国。"③ 1930年6月中旬开始瑞恰慈夫妇在暑假期间到日本度假6个星期。1931年1月5日，瑞恰慈启程赴美国哈佛大学讲学，由此结束了他在清华、北大、燕京大学为期一年零三个月的批评理论和英国文学教学工作。

瑞恰慈此次中国之行无论对中国现代主义批评、中英思想学术的交流对话还是中英现代主义之间的进一步对话和认同都具有非比寻常的意义。为了多层面地凸显此次中国之行的价值和意义，下面从五个方面予以论述：瑞恰慈对中国的印象；瑞恰慈在中国建立的人际关系网络；瑞恰慈在清华等大学的教学；瑞恰慈的儒家孟子思想研究；瑞恰慈批评理论在中国的接受和传播。

瑞恰慈夫妇住在清华附近、北京西郊圆明园的正觉寺（即他们在日记和信件中所讲的"喇嘛庙"）。整个寺庙周围的生活环境使他们同时能

---

① Richards diary, Dec. 9, 1928. Richards Collection, Magdalene College, Cambridge.

② Rodney Koeneke, *Empires of the Mind: I. A. Richards and Basic English in China, 1929 – 1979* (Stanford UP, 2004), p. 60.

③ I. A. Richards, *Selected Letters of I. A. Richards*, John Constable ed. (Oxford: Clarendon Press, 1990), p. 54.

亲近中国传统的建筑艺术、园林景致和乡村生活。瑞恰慈在刚到北京不久给艾略特的信中称自己是生活在天堂——由鲜花、桂花香、苍松、青铜香炉、黛绿远山、白色大理石阶、红漆亭台交相辉映的天堂。① 瑞恰慈夫人惊叹这是"世上最美好的花园之一"②。罗德尼·寇尼克（Rodney Koeneke）将瑞恰慈此时的生活情感解释成与现代生活对照的"童话感"——一种追求宁静平和生活的牧歌模式。"喇嘛庙的宁静生活，在附近美丽西山的烘托下，将是未来许多年里占据这对夫妇心灵的主要印象。"③ 也有中国研究者从这些有关中国生活的正面甚至积极的描绘中选择性地评说瑞恰慈有关中国的美好印象。例如容新芳在《I. A. 理查兹在清华大学及其对钱钟书的影响》中根据1929年2月25日清华大学校刊刊登的瑞恰慈来信，1930年11月21日、12月5日、12月13日等的日记记载，笼统、单一地得出类似的结论。④ 其实这些可资考究的资料的内容基本上是瑞恰慈及夫人对中国自然和名胜古迹的观感和印象。往深里探究，随着他们对中国人的思维观念、习惯、中西文化差异越来越真切的体会，随着他们对中国现实社会和政治动荡时局的切身感受，他们的中国印象变得更复杂，充满了起伏和变化。

1929年11月14日多萝西娅在日记中开始表现出思念剑桥生活的乡愁。"现在我们觉得怅然若失，剑桥似乎成了宁静的家园。"⑤ 对瑞恰慈来说，随着对中国学生了解的深入，他越来越认识到他们的缺陷。在课堂上讲授托马斯·哈代的《苔丝》时，学生们按照儒家伦理将苔丝最后被判死刑理解为罪有应得，她应该为她在小说开始部分表现出的对她父亲的不敬和不孝受到惩罚。在智力方面，中国传统的教育方式使学生"……在来听我们的课之前在学校学的尽是许多无聊的东西。他们的头脑

---

① I. A. Richards, *Selected Letters of I. A. Richards*, John Constable ed. （Oxford：Clarendon Press，1990），p. 53.

② Richards diary, Sept. 20, 1929. Richards Collection, Magdalene College, Cambridge.

③ Rodney Koeneke, *Empires of the Mind：I. A. Richards and Basic English in China，1929 - 1979*（Stanford UP，2004），p. 63.

④ 容新芳：《I. A. 理查兹在清华大学及其对钱钟书的影响——从 I. A. 理查兹的第二次中国之行谈起》，《清华大学学报》（哲学社会科学版）2007年第2期。

⑤ Richards diary, Nov. 14, 1929. Richards Collection, Magdalene College, Cambridge.

中多半被灌输的是他们无法理解的糟粕"①。中国学生在考试中公开的欺骗、敲诈、投机等行为也给瑞恰慈留下了抹不去的印象。进而他怀疑中国人是否具有现代公民责任感,因为他们是"一个没有希望的民族,或者说在自豪的外表下面是彻底缺乏对自己的信心"②。到了 1930 年夏,这些负面的印象使他进一步质疑中国人的智力水平。

  他们似乎没有开发出许多我们拥有的最重要的认知概念图示,例如:思想,主观意义上的意志和感情/真理,客观意义上的物质——属性。这些没有在古典中国"思想"(心智?或者我们怎么来称呼它呢?)中出现,乃至在晚近的文学中也若有若无。当然他们现在通过翻译来努力改进——我得说,还是有变化的。关键是需要创新开发出参照框架,借以描绘中国人与英国人之间的差异(如果确实存在差异)。③

  因此我们必须深入瑞恰慈更真实的内心世界和生活体验来全面考证其中国印象和感受。这种正面和负面印象和感受并存的事实其实是瑞恰慈走出剑桥的象牙塔,进入中国现实的生活场景后面临的跨文化困惑和困境,也是真实的中国生活境遇对他的跨文化认知和认同底线的考量。站在中英文化的连接线上,瑞恰慈在认可、认同中国的部分文化、思想和生活的同时,用西方的文化、生活和思维标准来衡量现实中的人和事。更吊诡的是,自觉肩负知识和思想传播使命的他其实是西方文化帝国主义的实践者,而中国现实的苦难、中国人所谓现代意识的缺乏、中国人中间弥漫的幻灭和失望情绪之根源恰恰是西方列强的殖民掠夺所致。换句话说,在认同并融入中国的程度上,瑞恰慈无疑逊色于迪金森和阿克顿,因为他没有彻底自觉地实现文化换位,没有从坚实的情感和价值立场来认同中国并融入北京的日常生活。他游淌于其中的群体基本上是清

---

  ① Richards diary, Sept. 29, 1929. Richards Collection, Magdalene College, Cambridge.
  ② I. A. Richards, *Selected Letters of I. A. Richards*, John Constable ed. (Oxford: Clarendon Press, 1990), p. 54.
  ③ Ibid., p. 55.

华、北大、燕京大学受西方文化和生活方式濡化的教授学者群体。下午茶、聚餐会、周末的爬山交流、到京郊和山东的旅行基本上占据了他的业余生活。因而他的生活中没有与市井百姓的交流，没有对中国中下层乃至底层民众的切肤之爱。

虽然瑞恰慈在中国建立的人际关系网几乎都属于社会的中上层阶级，但是因时间和空间跨度大而形成显著的变化和交缠现象。为了透视这个动态的、复杂的人际关系网络。有四个参照指标：一是时间参照，即他在不同时间建立的人脉；二是事务或事业参照，即他从1919年至1938年先后因现代批评理论创新、中国大学中的英国文学和批评理论教学、在中国的"基本英语"推广而建立的人际关系网；三是人际交往对象的身份参照，即他交往对象所属的体制、在体制中的身份和地位；四是地理参照，即他形成相应人际关系网络的地理空间。

这个以瑞恰慈为连接点的关系网络在1919—1929年以剑桥"邪说会"为中心，发生跨文化横向关系的对象主要是徐志摩。换言之，如果从人际交往而言，瑞恰慈早在1920年代初就牵连进中英跨文化的文学场。但是徐志摩与瑞恰慈之间单向的影响关系决定了徐志摩没有积极地、持续地了解瑞恰慈开拓性的现代批评理论建构，从而使瑞恰慈的理论也是剑桥派的现代批评迟至1929年前后才由瑞恰慈和其他中国学人引入中国。

1929—1931年以清华大学、燕京大学、北京大学为核心场域，瑞恰慈形成与这三所大学的中国教师、外籍教师、青年学生、在华外交官等不同对象的人际关系。这个关系网中的中国教师和学者包括吴宓、叶公超、温源宁、朱自清、王文显、李安宅等；外籍教师包括清华大学的温德、翟孟生、吴可读，燕京大学的博晨光。中国学生包括清华大学的钱锺书、曹葆华。此外有北京大学场之外的英国驻华外交官斯坦利·班尼特。这一段时间瑞恰慈教学和研究的中心主要是英语、英国文学、现代批评理论的教学和讲授，对以孟子为代表的儒家思想和中国传统语言和文化的跨文化体悟、认知和研究。无论是剑桥现代批评在中国的传播还是瑞恰慈对中国传统儒家思想新的认知和研究，甚至对瑞恰慈个体思想和心路历程的探本求因，这一段时间具有突出的研究价值和意义。

第八章 理论旅行:剑桥现代批评在中国

1936年3月中旬瑞恰慈夫妇再次离开剑桥大学麦格德伦学院,于5月7日抵达北京,5月16日庆祝了吴可读的40岁生日,夏天在北京见到了刚游历完川藏地区的朱利安·贝尔,年底回到剑桥。1937年2月初他向剑桥大学申请并得到一年免薪的长假,然后又匆匆赶回中国。同年8月,北京城被日本军队占领后,他在刚到中国的学生威廉·燕卜荪的陪同下,偕夫人避走天津,辗转到达香港,又从香港乘飞机到湖南长沙。此后的数个月之内,他的足迹遍布桂林、云南等地。与5年前相比,瑞恰慈这一次坚韧地待在中国并在战乱环境下千里跋涉,辗转各地,目的就是建立发展中国正字学院(the Orthological Institute),推广"基本英语"(Basic English),促进文化间的沟通和人的思想认识。以这项由美国洛克菲勒基金会资助的事业为中心,瑞恰慈新构成的人际关系网络分为四个层面。第一个层面是与他最得意的门生燕卜荪在中国的相遇和患难与共。第二个层面是与上一次在北京结识的外籍教师和中国外语专家这个中国"基本英语"核心和中坚团队的关系。这个团队的成员包括:外籍教师温德、翟孟生;中国外语教师水天同、赵诏熊和吴富恒。第三个层面指当时由国民政府教育部支持、中国正字学院尤其是瑞恰慈亲自主导的中学英语教学委员会,其核心成员包括叶公超等。第四个层面是支持"基础英语"的政界人物如时任教育部长陈立夫。

有关1930年代瑞恰慈的心路历程之变化可以从他给吴可读和T. S. 艾略特的信中窥见一斑。1931年12月1日他在给清华的外教吴可读的信中写道:

> 我们俩都觉得,不久后再回到你的世界会很有趣,你的世界与我们在这里经历的世界很不同。事实上在这里人们敏锐地发现我们身上留下的中国痕迹,尽管我们在中国浸泡的时间很短。他们表现出的不是对远东的好奇,而是不安——微弱的惧怕。……那里的事物的可能性几乎不可理解,这与他们确信的事物迥然不同。正是这令人厌恶的不确定感使他们感到忧惧。①

---

① Richards diaries, Dec. 9, 1931. Richards Collection, Magdalene College, Cambridge.

从这封信的字里行间我们发现瑞恰慈夹在两种力量之间：一种是中国的吸引力和对中国日趋自然的归属感以及理性的、独立的文化立场；另一种是英美主流文化对中国的蓄意贬损和本能排斥，其根源既包括西方文化优越至上意识，又有19世纪中叶以来的"黄祸论"持续的负面影响。这种理性的、独立的也是视界日益开阔的文化意识逐渐形成了他新的文化使命感。他也就自然地告别了剑桥现代批评舞台，转而从事一项更实际的、更具有启蒙价值的、更具挑战性的工作——在中国普及推广"基本英语"。在1938年2月20日给弟弟D. E. 瑞恰慈的信中他讲道：

> 但是我并不抱有同等的热情。我在剑桥所能做的充其量不过是对误导教育做些修修补补的工作，如我在寄给你的这两篇评论中所做的……把它们销毁掉。整个战后的文学批评世界已完全不再是我目前的兴趣了。另一方面我坚信基本英语事业，我们日复一日的劳动正在取得实质性的成效。在较小程度上，我对美国的学校中的滑稽做派也试图修补矫正。为什么我不可以是批评领域的兰波？（如你回忆的那样，他放弃了法国新诗人旗手的角色，在撒哈拉地区改行经商！）考虑到为了未来中国的需要，我为什么不能辞去剑桥和麦格德伦学院的工作？将来，在完成这里的基本英语工作、在加利福尼亚州和纽约度过夏天之后，再回到云南府，用八年的时间将云南建设成世界领先的思想中心（我这么设想）。①

下面为了能以点带面地透视这张人际关系网络及其沉淀下来的思想和跨文化影响，尤其是中英现代批评的双向影响和跨文化阐发，我们聚焦瑞恰慈与吴宓间的同仁关系；瑞恰慈的现代批评理论经其在清华教过的学生钱锺书和曹葆华而展开的研究和译介；在李安宅、博晨光等的协助下他的新研究成果《孟子论心》。

瑞恰慈与吴宓之间有着与其他曾留学英美的中国学者不同内涵的关

---

① I. A. Richards, *Selected Letters of I. A. Richards*, John Constable ed. (Oxford: Clarendon Press, 1990), p.101.

系。瑞恰慈在 1930 年 7 月 13 日给 T. S. 艾略特的信中十分明白地解释了吴宓这个独特的中国知识分子所具有的文化象征内涵:

> 他年轻、天真,像印第安休伦人那样单纯,旧式的博学之士,反白话文学语言运动的领袖,支持使用古文。他也讲授浪漫主义诗歌! 在清华大学。(天知道他怎样评价它!) 也是一份近似于北方中国文学副刊的刊物的编辑。……他是少数精通古典中文的年轻学者之一,被尊奉为古文作家。①

瑞恰慈在这里运用三个参照点来确定吴宓的文化象征形象。第一个参照点是北美洲的印第安休伦族人——西方中心文化视域中的异域本土人原型。第二个参照点是与日渐勃兴的现代语言和文学运动对立的日渐消退的古典文化传统及其典型的文人形象。第三个参照点是英国式的,也是现代主义的,及吴宓编辑的《大公报·文学副刊》与《泰晤士报文学副刊》比照,而吴宓则不言而喻地成了现代批评意义上中国文学批评的旗手和吹鼓手。这三个形象叠加在一起,使吴宓明显地不同于瑞恰慈见惯不惊的洋派知识分子。他成了瑞恰慈心仪、积极认同的古典人文传统的代言人和时代的激流中执现代批评牛耳的人文巨子。也就是说无论是古典意义上还是现代意义上吴宓都是人文主义在中国延续血统的象征人物。

上述两人间关系内涵的论断从吴宓于 1929 年、1930 年、1931 年三年间所写的日记中相关的记载能得到更充分的印证。1929 年 9 月 18 日下午 3 点至 6 点,即瑞恰慈抵达北京后的第四天,瑞恰慈就与吴宓在温德家中聚谈。"Richards 愿代授一年级英文二小时,而宓则允助 Richards 君研究中国文字学术云。"② 从瑞恰慈执著于汉学研究来说,这无疑确立了俩人间实质的师生情谊。因此吴宓在 10 月 29 日的日记中记有瑞恰慈邀至所居寺庙茶叙,"谈英文教授法,及中英文语句规例之比较"③。1930 年 1 月 8

---

① I. A. Richards, *Selected Letters of I. A. Richards*, John Constable ed. (Oxford: Clarendon Press, 1990), p. 57.
② 吴宓:《吴宓日记,1928—1929》,生活·读书·新知三联书店 1998 年版,第 292 页。
③ 同上书,第 308 页。

日的日记中记有赴瑞恰慈居所夜宴并"诵释诗词若干首"和"讨论仁义正名等问题"①。也就是在这一天晚上,瑞恰慈夫妇建议吴宓专心著书立说,弘扬中国人文主义。2月26日晚吴宓又赴瑞恰慈家夜宴,为他译诵中国诗词。3月12日晚吴宓赴瑞恰慈家夜宴,"谈中国文字文法"②。

1930年9月吴宓带着瑞恰慈写的介绍信,开始踏上游学欧洲和英伦的长路。在英国期间,他借瑞恰慈的介绍,先后五次拜访T. S. 艾略特。前三次扑了空。直到1931年1月16日第四次拜访才在费伯(Faber&Faber)书店见到艾略特。1月20日吴宓与艾略特在一家"世界大酒店"(Cosmo Hotel)共进午餐,谈论他们共同的老师欧文·白璧德。艾略特"又为书名片,介绍宓见英、法文士多人"③。这天下午他接着拜访了著名中国文物收藏家乔治·尤摩弗帕罗斯,并在尤家观赏多种藏品。在伦敦期间,吴宓两次前往拜会亚瑟·韦利而未遇。1930年12月7日这天下午吴宓专程拜访了汉学家理雅各博士在牛津班伯里路115号的旧宅,受到理雅各儿子儿媳的热情招待。期间他观赏了有正书局印售的中国画册、收藏的善本书,拜祭了理雅各博士的遗像遗物。此后在法国巴黎期间他还专程拜访了法国汉学家伯希和。但是由于没有像瑞恰慈这样的名流引荐,吴宓实际上在伯希和处受到冷遇。他在日记中如是记载:"彼乃一考据家,又颇有美国人的气习。迨宓述王国维先生及陈寅恪君之名,又自陈为《学衡》及《大公报·文学副刊》编辑,对宓始改容为礼。"④以吴宓于中国传统学问之造诣,又通西学理路,自然发出如此感叹:"宓晤汉学家(西人)既有数人,虽佩其记诵考据之精博,心殊失望也。"⑤

吴宓此次游学欧洲,因了瑞恰慈的介绍推引,既结识了英美现代主义诗坛和批评舞台上的领袖人物T. S. 艾略特,又参观大英博物馆和私家博物馆,拜访汉学名家。因而也就有机会一探英法汉学的玄妙,比较反思其学理学力方面的优劣,进而因自己同时擅长治中西学问而产生评点

---

① 吴宓:《吴宓日记,1928—1929》,生活·读书·新知三联书店1998年版,第6页。
② 同上书,第38页。
③ 同上书,第170页。
④ 同上书,第196页。
⑤ 同上。

西方汉学人物的优越感和俯视视角。这更映衬了瑞恰慈求教问学于吴宓的慧眼,也佐证了瑞恰慈于汉学各门各家自然是了然于胸的,且有相当积淀和精微阐发。不然他是入不了吴宓的法眼,也不能在短短的数月时间内写成《孟子论心》。进一步讲,瑞恰慈虽无心专治汉学,但是其对汉学融化之力不可忽视。是他将汉学研究的成果进一步淬炼融化之后纳入现代批评理论之中。因此他与吴宓间独特的认同关系内在的驱动力是他对中国传统思想和文化高度的认同和深刻的认知。

瑞恰慈在清华教授的课程主要包括一年级英文、西洋小说、文学批评和按诗歌、戏剧和小说文类划分的现代西洋文学。后来还增加了比较文学和比较文化两门课程。他还在燕京大学主讲意义的逻辑、文艺批评。按照他1930年7月13日给T. S. 艾略特的信中所记,这两门课应该是以每周研讨班的形式讲授。此外他还作了相关的学术报告和讲座,如:1929年12月19日下午作了"语言和逻辑"的讲座;1930年11月24日做了"美与真"的报告。

瑞恰慈到清华后第一学期就给第三年的学生讲授文学批评,涉及的西方文学批评名家包括亚里士多德、郎吉努斯、但丁、弥尔顿、布瓦洛、德莱顿、柯勒律治、阿诺德等。他在讲课中试图将文学批评与当代中国和当代社会联系起来,因此他涉及的话题拓展到美国广告业对语言和逻辑的影响、印刷的商业化和识字的普及对文学的冲击等。这些话题实际上已经从狭义的文学批评延伸到文化批评。而他教授的现代西洋文学涉及托马斯·哈代、D. H. 劳伦斯、瓦尔特·德·拉·梅尔和乔治·穆尔。①

从上述课程设置和教学内容来看,瑞恰慈基本上沿袭了他在剑桥大学授课的主要内容,且将自己在现代批评理论领域研究的成果和思考的问题有机地结合进教学过程之中。当然也有新增加的内容,这就是单纯的英语语言教学尤其是"基本英语"教学。这些课堂教学、研讨班讨论、学术报告和讲座直接将他建立的现代批评理论和思想灌输给学生和教师,并通过这些学生和教师传播开来。由此奠定了剑桥现代批评在中国现代

---

① Rodney Koeneke, *Empires of the Mind: I. A. Richards and Basic English in China, 1929 – 1979* (Stanford: Stanford UP, 2004), pp. 65 – 66.

文学批评中的坚实地位，尽管在这个传播过程本身之中以及在中国现代文学批评学科后来的演变中，批评事业逐渐缩小到新批评的细读法和脱离了社会和文化现实关怀的纯作家作品论。这种基本上仍保存了瑞恰慈现代批评理论精粹、还没有变味的中国学术语境中的回应和独立探索之代表人物无疑是瑞恰慈在清华教过的学生钱锺书。1929 年秋入读清华外国语文系的钱锺书正好由瑞恰慈教授大一英文课。此后钱锺书在大学三年级的时候，于 1932 年 12 月 1 日在《新月》月刊第 4 卷第 5 期上发表了受瑞恰慈现代批评理论启发而写的文章《美的生理学》。[①] 钱锺书在《美的生理学》中已开始表现出深受瑞恰慈影响的跨学科、跨文化、跨历史的比较学术和思想视界。他能从方法论和学理上抓住瑞恰慈进而现代批评这个新兴学科的精髓。这种从本科阶段就已经确立的学术气度和理路基本上贯穿了他此后终生的学术探索。

在青年钱锺书从瑞恰慈处得现代批评精髓之际，他的现代批评著述开始陆续被译介进中国，其思想理论开始通过这些译介传播开来。瑞恰慈理论译介在中国最早的是 1929 年由伊人翻译、华严书店出版的《科学与诗》。曹葆华 1927 年至 1931 年夏在清华外国语文系，1931 年至 1935 年进入清华研究院学习。他在清华读大三和大四的时候正是瑞恰慈在清华外文系传道解惑的时候。他继伊人之后再次翻译了《科学与诗》（商务印书馆出版）。此外他翻译的瑞恰慈作品包括《诗中的四种意义》《实用批评》。1934 年商务印书馆出版了李安宅结合瑞恰慈和奥格顿的《意义的意义》而编译的《意义学》。在该书中李安宅融入了自己对中国古代思想的研究心得，书后的附录收了翟孟生的《以中国为例评〈孟子论心〉》一文。

正如前面分析瑞恰慈与吴宓之间的关系所示，瑞恰慈在中国的教学中日益发现一个根本的困惑或者说问题，即：中国多义、含混的语言与西方逻辑性很强、明晰的语言之间的区别造成的跨文化认知和理解上的

[①] 继《美的生理学》之后钱锺书在《天下月刊》1935 年 8 月创刊号上发表了更具有中国批判自觉意识的《中国古代戏剧中的悲剧》，旗帜鲜明地提出，西方文学与中国文学、西方文学理论与中国文学理论应相互借鉴，彼此观照，以推动文学和价值重估、批评理论重构。

障碍。在学习汉字的过程中,在燕京大学的黄子通、博晨光和李安宅的具体帮助下,他开始究读儒学经典《孟子》。通过比较研究他发现了孟子有关心性和敬、义、礼、智等儒家伦理品格所蕴含的多义含混指向中国传统思维迥然不同于西方,也与现代中国受西方影响的新的思维转型相去甚远的一种独特的思维形态——一种与包容诗相通的诗化的思想言说形式,一种不拘泥于书写文字因而书写文字仅仅是其表征和意指的思维传统。因此瑞恰慈超越了当时以译介、编撰、字句考据、版本考订等为主要形式的汉学程式;开始将研究的重心转移到这些研究对象涉及的翻译过程中的问题和制约因素;开始思考在中英乃至中西跨文化交流过程中怎样可以实现真正的文化认知和思维模式同时也是文化态度、视角和立场的异位问题;开始探索中国传统思想、西方思想与现代中国思想之间价值异位的问题。他在该著中明确地指出:

> 将古代中国思想与英语表述为一种工具这种努力将是有价值的,如果它仅仅揭示的是两种思想方法和两种语言之间的不一致。……西方概念正大量地涌进汉语。在不久的将来中国学者在思想方法上与孟子的距离不会比亚里士多德和康德的西方学生更近。除非我们能用西方概念来解释清楚对历史中国而言根本的思想方法,否则这种思想方式不可避免地注定会被遗忘。当然在一定意义上它已经丢失了,一同丢失的还有所有过去的思想。不会再有人以孟子的方式来思考孟子的思想。当代的心智就像夹在中间的一面哈哈镜。[1]

诚然瑞恰慈以探究语言表征的思想方式和思维模式的方式试图同时看到镜子的两面——一面是英语及重逻辑和条理的西方思维模式,另一面是中国传统的多义含混的诗化思维模式。但其目的不是促进两个语言和思想系统间的交流和转化,而是提出第三种超越性的语言和思维系统,

---

[1] I. A. Richards, *Mencius on the Mind: Experiments in Multiple Definition* (Chippenham: Curzon, 1997), p. 9.

即他力推的"基本英语"。①

　　无疑,《孟子论心》是一项基于人际深入的交流和共同的合作而完成的研究工作。与吴宓的交流学习,学习汉语的初衷,与李安宅等私人间的友谊,竟然形成这个思想的结晶。这有力地佐证了瑞恰慈与中国认同明显不同于剑桥使徒社－布卢姆斯伯里小组或阿克顿小组之处:将与中国的认同深化到语言和古典儒家思想的核心,用现代先进的科学的研究方法来发现中西文化间交流对话的真问题。在上述意义上,瑞恰慈的《孟子论心》不能像部分学者界定的那样算作汉学研究成果,至少不能算作与当时既定的汉学研究套路和问题意识对等的成果。

第四节　威廉·燕卜荪的中国之行

　　1937年6月2日在北京发行的《京报》刊登了这样一条消息:

> 　　国立北京大学文学院英文系,下学期将聘英国名批评家伦敦剑桥大学教授恩溥森(Empson)氏来华,讲授文艺批评,闻恩氏已就聘,俟将剑桥大学功课,座椅结束,即可启程来华。按恩氏为英国当代大文艺家(心理学派)瑞卡尔滋(Richards)之大弟子,瑞氏所著之实用批评艺术,现北大清华两校,均采为西洋文学系课本。②

　　这则消息中的恩溥森即威廉·燕卜荪(William Empson),瑞卡尔滋即瑞恰慈。但是这则消息中不实之处有三:一是燕卜荪当时已被剑桥大学除名七年多,根本不是剑桥大学教授;二是他既然不是剑桥大学教授,何来剑桥大学功课;三是无论是瑞恰慈还是燕卜荪都不是什么心理学派,尽管他们从当时的心理学学科中汲取了营养。诚然无论是对瑞恰慈还是燕卜荪的赞扬都不过分,因为他们师徒二人不仅是当世批评大家,

---

① I. A. Richards, *Mencius on the Mind: Experiments in Multiple Definition* (Chippenham: Curzon, 1997), p. 87.

② 王学珍、郭建荣主编:《北京大学史料》第二卷(1912—1937),北京大学出版社2000年版,第442页。

而且是英美语境中现代批评的奠基人和夯实者。燕卜荪不仅是瑞恰慈的大弟子，而且是有名有实的唯一传人。师傅先到清华，六年之后弟子到北大乃至西南联大。在相继长达十年的时间（1929—1939年）内，瑞恰慈及其传人燕卜荪将剑桥现代批评的思想种子在清华、北大、西南联大的教室里播种，惠及这十年间在这个有形的大学场域中的外文系师生。

不仅仅是为了澄清上述报道中的不实之处，而是为了从个体智识生命的发展中持续地勘测剑桥现代批评发轫处思想、学科知识、精神乃至体制等多种因素对现代批评的拓荒者、对现代批评的肌理、对现代批评内在的精神化取向的塑造，我们有必要探讨作为现代批评夯实者的燕卜荪之智性、精神层面的构成性元素，即：跨学科定位、思想反叛、文学实验和批评理论。

1925年10月，19岁的威廉·燕卜荪进入剑桥大学麦格德伦学院数学专业学习，他的导师是数学家A. B. 拉姆齐（A. B. Ramsay）。在第一年的数学学习中，他还选修了力学、微积分、动力学、电学、光学、流体静力学、立体几何、方程论等课程。这一阶段他受到导师拉姆齐的儿子、颇有数学和哲学天赋的弗兰克·拉姆齐（Frank Ramsay）的影响。因此燕卜荪在专修数学的同时开始涉猎G. E. 穆尔和维特根斯坦（Ludwig Wittgenstein）的哲学，开始思索美、意义、价值等概念。他阅读了维特根斯坦的《逻辑哲学论》，瑞恰慈与奥格顿、詹姆斯·伍德合著的《美学基础》，瑞恰慈的《文学批评原理》以及西格蒙·弗洛伊德（Sigmund Freud）的心理分析学著作。大一阶段的燕卜荪很快从单纯的数学学习转向对数学、哲学和文学批评的广泛兴趣。1926年6月举行的第一部分数学学士荣誉学位考试中，燕卜荪获得一等好成绩。但是他在1929年第二部分数学学位考试中失利，因此在10月份转而攻读第二学位英国文学批评，师从I. A. 瑞恰慈。无疑他在数学、哲学、文学批评以及心理学等学科领域的积淀为他转向文学批评专业作了很好的铺垫。

燕卜荪不循规蹈矩的学习方式正是他反叛精神的表现。而这种反叛精神同样促使他参加了1909年由奥格顿发起成立的剑桥大学"邪说会"（the Heretics），也注定了他自由的思想探索支配的自由行为与校方的决裂。剑桥"邪说会"的目标是促进对宗教、哲学和艺术（后来还包括人类学、社会史、心理学、社会学和经济学）学科领域涉及的问题的讨论。加入社团的成员必须在讨论宗教等问题时具有反对权威、独立思考的精神。在十多年的时间内它相继吸收 G. L. 迪金森、J. M. 凯因斯、G. E. 穆尔、伯特兰·罗素、萧伯纳、E. M．采维利安（E. M. Trevelyan）等学界名流为荣誉会员。E. M. 福斯特、G. E. 穆尔、利顿·斯特拉奇、伊迪丝·西特韦尔、克莱夫·贝尔、I. A. 瑞恰慈等针对自由、伦理、艺术、情感等主题展开座谈。在这些每周星期天的讨论会上，燕卜荪接触到各种各样的思想。例如在 1926 年至 1927 年，他就参与过温德姆·刘易斯、理查德·休斯、赫伯特·里德（Herbert Read）、列奥纳德·伍尔夫等作家的座谈会并参与讨论，也聆听过人类学家马林诺夫斯基、经济学家菲利普·弗洛伦斯（Philip Sargant Florence）的讲话。燕卜荪逐渐成为邪说会的核心成员。在 1928 至 1929 学年他被选为邪说会的主席。这一年中他邀请到的知名学者包括罗斯·麦考利（Rose Macaulay）、丹尼斯·阿伦德尔（Denis Arundell）、S. R. 斯拉夫森（S. R. Slavson）、安东尼·阿斯奎斯（Anthony Asquith）和刚回到剑桥的维特根斯坦。

燕卜荪没能主持 1929 年 10 月维特根斯坦为邪说会进行的座谈，因为在这一年的 8 月初他被迫离开了剑桥大学，放弃了他刚在 6 月 15 日获得的准研究员资格（bye-fellowship）。麦格德伦学院的《学院制度和备忘录，1907—1946 年》有这样的文字记载："经审议决定取消威廉·燕卜荪的准研究员资格，并立即将他的名字从学院名录中删除。"究其原因，是在被选为准研究员后，学校的杂役收拾他原来的寓所、往校内安排的住房搬运私人物品的过程中发现他收存有避孕套，由此散布他行为不检点、有伤道德风化的谣言。谣言四播的状况下，麦格德伦学院被迫商讨应对之策并最终作出上述决定。其实燕卜荪不仅被取消了准研究员资格，他的名字被从学院名录上删去，而且他的所有学习档案都被销毁。这样的结果就仿佛威廉·燕卜荪这个人从来就没有在麦格德伦学院存在过一样，学院纯洁的美名和良好的声誉由此似乎得到了保护。唯一遗憾的是，学士和硕士学位证书已发给了燕卜荪，自然是没法追讨回来的。掌握的知识和本领，尤其是在现代批评领域亦步亦趋跟紧瑞恰慈，在诗歌创作领域独领风骚,因而获得的功名和影响力也是学院无力抹杀掉的。

在被迫离开剑桥的时候,燕卜荪在现代主义先锋文学实验和现代批评这两个领域都差不多取得了令人瞩目的成就。1928 年 11 月他与一群剑桥大学的学生创办了剑桥先锋文学刊物《实验》(Experiment),他成为该刊物的两个编辑之一。① 在燕卜荪等人的手中《实验》成了与约翰·莱曼、朱利安·贝尔等支持的《冒险》(The Venture)分庭抗礼的刊物。但是燕卜荪在英国 1920 年代末的诗坛上博得诗名,得益于 1929 年列奥纳德·伍尔夫和弗吉尼亚·伍尔夫在霍伽斯出版社出版的《1929 年剑桥诗选》。《诗选》收入了包括朱利安·贝尔、威廉·燕卜荪、约翰·莱曼等在内的 23 名剑桥学生的诗歌,而燕卜荪被收入的诗歌多达 6 首。同一年燕卜荪的单首诗《第四封信》由剑桥 W. 赫弗父子出版社(W. Heffer & Sons)出版。紧接着在 1930 年 4 月他的现代批评里程碑之作《含混七型》由查托与温达斯(Chatto & Windus)出版社出版。无论是他的诗歌创作还是批评理论研究都得到了批评界普遍的认可和高度的肯定。F. R. 利维斯在 1931 年 1 月 16 日的《剑桥评论》上发表《智识与情感》一文,评价燕卜荪的《含混七型》是"这个时代最有生命的思想的结晶,这样的著作具有不同寻常的重要性"②。在 1932 年出版的《英国诗歌的新方向》的后记中利维斯认为,燕卜荪属于约翰·多恩和 T. S. 艾略特的传统。"多恩对他的影响同时也是艾略特先生对他的影响……燕卜荪先生的重要性在于他不仅在感情和用字方面而且在观念和科学上都是一位兴趣浓厚、极其聪慧的人……"③ 以新的科学和观念入诗,正是多恩传统的特色。此后无论是 1931—1934 年在日本东京文理大学教英国文学期间,1935 年、1936 年在伦敦靠卖文度日期间,还是 1937—1939 年在北大、西南联大教英国文学期间及之后,他都不断有诗作问世。这些诗作包括 1934 年他在日本的学生编辑、狐狸与水仙出版社出版的《诗歌》、1940

---

① 另一位编辑是 Jacob Ronowski。
② F. R. Leavis, "Intelligence and Sensibility," *Cambridge Review* (16 January, 1931): 187.
③ F. R. Leavis, *New Bearings in English Poetry* (London: Chatto & Windus, 1932), pp. 159-161.

年费伯出版社出版的《聚集的风暴》，等等。

1930年代的燕卜荪大部分时间是在远东度过的——先在日本，后在战火中的中国。1931年彼得·昆内尔提前结束了他在东京文理大学的教职。燕卜荪由此有机会接替昆内尔，在日本东京待了三年，教英国文学。在1933年他利用休假时间第一次旅行到北京。紫禁城、北海公园、长城等名胜古迹给他留下了难忘的印象。

1937年初，I. A. 瑞恰慈授意，由叶公超出面协调，燕卜荪与北京大学签订了为期三年的教学合同。8月12日燕卜荪离开伦敦，从陆路横穿欧亚大陆，进入中国境内后从哈尔滨换乘火车到天津，然后到北京。8月29日燕卜荪到达北京火车站，由翟孟生、吴富恒等四位在中国正字学院任职的教师接站。到北京后燕卜荪最先住在东城区的遂安伯胡同5号。后因日军占据北京，局势混乱危险，他与瑞恰慈夫妇入住德国人开的"六国饭店"（the Grand Hotel des Wagon-Lits）。9月中旬他们三人从北京到天津，然后从海路到达香港。9月下旬他们从香港飞到长沙，之后到桂林、昆明等地旅行。10月下旬燕卜荪只身一人绕道成都、重庆，回到湖南长沙，准备投身于在湖南南岳圣经学校临时安顿下来的长沙临时大学文学院外文系的教学工作。

1937年12月到1938年初，燕卜荪在长沙临时大学文学院外文系开设的课程包括：三年级英文、四年级英文、英诗选读、莎士比亚研究。[1]由于缺乏现成的教材，燕卜荪全凭记忆在打字机上打印出整段整段的莎士比亚、弥尔顿作品。这些课程涉及的英国作家包括莎士比亚、弥尔顿、利顿·斯特拉奇、奥尔德斯·赫胥黎、弗吉尼亚·伍尔夫、T. S. 艾略特等。这种惊人的记忆力、他对英国文学娴熟掌握的程度、对教学工作的投入给流亡中的外文系师生留下了不可磨灭的印象。[2]而燕卜荪对临时大学的师生们也是由衷地叹服。

---

[1] 张思敬编：《国立西南联合大学史料》（三，教学、科研卷），云南教育出版社1998年版，第119页。

[2] 《百年清华，百年外文》，清华大学出版社2012年版，第105页。

  毫无疑问主要原因是学生的水平很高。我正在发现中国努力消化欧洲的成就的最初效果,一位受过良好教育的中国人与受过最好教育的欧洲人差不多。我的同事们习惯了用三四种语言同时交流,不是为了哗众取宠,仅仅是为了便利。如果他们想起我在听就更多地用英语。当然对中国文学的娴熟掌握是理所当然的。①

在南岳短短的两个月,燕卜荪与中国师生之间建立起深厚的情感和学术认同关系。南岳下那群虽在流亡中却仍执著传播知识和思想薪火、虽困顿却充满精神力量的知识群体,与深秋中巍峨的南岳融化成卓绝的精神象征。他在《南岳之秋》这首他创作的唯一长诗中讴歌这种流亡、苦难路途上涅槃再生的精神生命:

> 我们住在那里的圣山
> 已对某些神秘诗人有影响。
> 圣洁的佛陀,一位神
> 他自己,横跨两种命运;
> 施加的是畸形
> 你梦中沿着它所有的路径和门。
> 他们也可能睡梦全无。真奇怪
> 听见他们喊叫出笑与恨
> 朝圣者们穿过筛眼,
> 用篮子或箱子带到那里。
> 朝圣者们飞跑因为他们步履艰难。
> 最高的住持已越过了山巅。
> (The holy mountain where I live
>   Has got some bearing on the Yeats.
> Sacred to Buddha, and a god

---

① William Empson, "Teaching English in the Far East and England," *The Strengths of Shakespeare's Shrew* (Sheffield: Sheffield Academic Press, 1996), pp. 211–212.

Itself, it straddles the two fates;
And hasdeformities to give
　　You dreams by all its paths and gates.
They may be dreamless. It is odd
　　To hear them yell out jokes and hates
And pass thepilgrims through a sieve,
　　Brought there in baskets or in crates.
The pilgrims fly because they plod.
　　The topmost abbot has passed Greats.)①

　　1938年春季学期，北京大学、清华大学、南开大学迁移到云南昆明，成立西南联合大学。在南岳的临时大学文学院先迁移到云南的蒙自，下半年迁移到昆明。在蒙自的春季学期，燕卜荪继续教授在南岳时开设的四门课程。1938—1939学年，他开设的课程是：英国诗、莎士比亚壹、现代诗、英文肆。1937年1月离开南岳之后，燕卜荪转道香港、越南等地旅行。到4月下旬他到暂时安顿在云南蒙自的外文系继续教学。他通常是上午上课。下午到蒙自街上一家越南人开的咖啡馆一杯接一杯地喝黑咖啡，一支接一支地抽烟，认真地批改学生的作业。到了晚上则喝希腊葡萄酒，通常喝得酩酊大醉。他在蒙自教过的学生李赋宁在回忆中认为，燕卜荪十分尽职尽责，哪怕是生病后身体极度虚弱的情况下他也坚持上课。②

　　如果说瑞恰慈参与培养了钱锺书这样傲视宇内的一流学者，那么燕卜荪则精心雕琢了1937—1939年在西南联大外文系高年级学习的查良铮、李赋宁、王佐良、许国璋、杨周翰、周珏良等中国现当代英语语言文学教学和研究的栋梁之材。因此如果我们要梳理燕卜荪在此次中国之行期间建立的人际关系网，我们会发现它主要包括三个层次的人际关系。在

---

① William Empson, *The Complete Poems of William Empson*, John Haffenden ed. (Gainesville: University Press of Florida, 2000), p.92.
② John Haffenden, *William Empson: Volume I: Among the Mandarins* (Oxford: Oxford UP, 2005), p.487.

最开始到中国的时候，他无疑利用了瑞恰慈已经建立的人际关系网络之便利。例如他受北大聘用，是因为有瑞恰慈和叶公超在中间穿针引线。他到北京火车站时，前去迎接他的是瑞恰慈领导的中国正字学院的四位中外教师。他跟随瑞恰慈夫妇逃到香港后，有幸结识当时中国知识界的领袖人物胡适。第二个层面是他在中国期间利用假期到香港、越南、云南等地旅行过程中有机会会旧朋识新友。例如1938年1月到香港后他遇见了正准备到战时中国考察的W. H. 奥登和克里斯托弗·伊修伍德。这一年的8月，他旅行到云南大理，前去拜访人类学家C. P. 菲茨杰拉德（C. P. Fitzgerald）。此后他前往新加坡，拜访在弗莱士学院任教的朋友格拉哈姆·霍夫（Graham Hough）。他真正高度认同的、超越文化偏见和私人好恶之上的、恒久的人际关系还是在南岳、蒙自和昆明与外文系的师生们之间的思想共鸣和知识传授。一方面，他在狼烟四起、山河破碎的时候到中国，不是出于什么特别高尚的目的，仅仅是为了一份有薪酬的教学工作。当1939年8月他留下所有的书籍和留声机唱片、离开中国的时候，战争、艰苦的环境、艰巨的教学工作已使他变得精疲力竭、形容消瘦。另一方面，他朴实的、实际的行为和作风，他如春风化雨般的知识点化，使他在两年多的时间里教过的学生心目中成了神圣、高贵、大爱无私的文化英雄，一位身先垂范、有涵养的先生，现代主义的浪潮中诞生的中国英国文学批评家群体的导师。燕卜荪之功可谓文脉绵延，书香留世。

　　离开中国后燕卜荪横渡太平洋，再从美国西海岸的洛杉矶、旧金山到东海岸的纽约市、波士顿和新泽西州的普林斯顿大学等地。他在纽约与奥登重逢，又去麻州的剑桥看望了老师瑞恰慈夫妇。在普林斯顿大学做了一场讲座《批评中的基本英语》，且与美国新批评的两位核心人物艾伦·泰特（Allen Tate）和理查德·布莱克默（Richard Blackmur）结识。燕卜荪人虽离开了中国，但是心灵与中国相通相连。在各种聚会和公开场合，他向认识的和不认识的人讲述有关中国的真实状况，呵斥那些不了解因而不理解中国正在经历的苦难和英勇的中国人民的人。"他的中国朋友们正在进行生死搏斗，在面对最凶残的日本人时他们竭力维系着思想文化和大学生活。可是这里的这帮哈佛的世故之徒——更关心的是维持虚假的体面、社交礼节……以及漠不关心。"①

1940年1月28日,燕卜荪乘轮船到达英国利物浦港,从日寇蹂躏下的中国回到纳粹德国狂轰滥炸下的英国。不久他就加入英国广播公司(BBC),负责远东服务中国部的广播报道和宣传。这一次燕卜荪用手中掌握的广播传媒为中国人民的抗战而斗争。他坚持向自由中国实时报道鼓舞人心、振作士气的消息,坚持为西南联大那群执著地坚守思想高地和知识堡垒的师生提供必需的物质援助,坚持要求BBC国内频道定期报道中国的消息。离开了漂泊中的西南联大,告别了那群朝夕相处的师生,燕卜荪用最有效的传媒手段继续为中国服务,继续为中国的自由和解放而战斗。

那群他曾患难与共的师生,他没有忘记。在西南联大的教室里播撒的现代批评的火种,没有熄灭。待到第二次世界大战的硝烟散去,燕卜荪又回到了他在中国的学生中间,回到了他曾与之擦肩而过的北大的校园。之后他到美国的肯庸学院,加入美国新批评的阵营。

如果说燕卜荪的《含混七型》影响了美国新批评的发展,那么燕卜荪在中国的英国文学教学与瑞恰慈的努力共同融入了诞生、成长中的中国英国文学批评家、现代主义作家诗人、英语语言文学教授学者这三股力量构成的群体。中国的现代批评作为现代主义文学的也是文化的象征革命之一部分,无论是与剑桥现代批评学派还是美国的新批评学派都是同步发生的。而在瑞恰慈和燕卜生心灵的最深处,中国占有不可替代的位置。对诗人、科学家、批评理论家和英国文学教授威廉·燕卜荪而言,中国不是瑞恰慈探究的思想和价值哺育的中国,而是与万里山河同在的中国,是山野田间的中国,是在蜿蜒曲折的道路上前行不止的中国。他在诗歌《中国》中写道:

水稻田是蜜蜂的翅膀
(长城像巨龙爬行——)

---

① John Haffenden, *William Empson*: *Volume I*: *Among the Mandarins* (Oxford: Oxford UP, 2005), p. 544.

对飞行类或关注者而言
(——它们的墙扭曲的轮廓)

一只绵羊的肝脏吸虫同意
最有理由为她的满足而骄傲
和蜗牛他们如此紧密地结成一团
所有历史上最苦难的和最漫长的

[The paddy-fields are wings of bees
(The Great Wall as a dragon crawls—)
To one who flies or one who sees
(—the twisted contour of their walls)

A liver fluke of sheep agrees
    Most rightly proud of her complacencies

With snail so well they make one piece
    Most wrecked and longest of all histories.][1]

---

[1] William Empson, *The Complete Poems of William Empson*, John Haffenden ed. (Gainesville: University Press of Florida, 2001), p. 90.

第四部分

天路历程：中国现代主义知识群体

我们有必要重复我们阐述的理论立场。中英跨文化的文学场之生成和发展是独特的跨文化话语实践。其文化物质基础是 19 世纪末以来联通中国与世界、传播西方现代性的印刷资本主义。其知识谱系是以现代主义为表征的文化现代性和思想现代性。其话语实践方式是以大学为辐射源，以文学刊物和精英出版机构为媒介，逐渐具有公共空间能量的英国文学学科话语实践与现代主义文学话语实践。因此作为这个文学场中话语实践主体的知识分子群体具有十分独特的两栖性——同时扎根于北大、清华等大学和以文学刊物为喉舌的现代文化生产体制。其跨文化逻辑是辩证、动态的互认、互动和互转。这种辩证的文化认同和对话既包括文化物质实践与精神化运动这两极，又涵盖以北大、清华为首的现代大学与大学哺育下的文化生产体制和公共空间；既根源于全球景观中英国剑桥、牛津现代主义群体与中国北大、清华现代主义群体，又涉及人际的关系网络与制度化的实践；既涉及异质空间中的跨文化旅行、传播和生产与历史-文化语境中现代主义象征革命的精神指向和自我实现，又表征为现代主义文学与文化、思想现代主义尤其是跨文化场中多元现代主义话语表述程式及其内在的话语张力。

这种理论立场实际上是对各类主流的、既定的、习惯性的中国现代主义界定和认知的理论修正和考量。它摈弃了既定的所谓"京派"和"海派"之争。它聚焦的中国现代主义知识群体的两栖性使之有别于扎根上海都市文化和声光化电带来的新感觉的施蛰存、穆时英、刘呐鸥、张爱玲等。它所形构的现代主义话语颠覆了狭义的现代主义文学的边界，诗歌、小说、自传体叙事和日记、批评、翻译、大学教学、社会组织和社团活动、人际交往等共同实践了现代主义话语。它将现代主义话语阐释为跨文化的文学场中中国现代主义艺术自觉、文化自觉、批评自觉分层次、分先后，逐渐走向成熟和自律的过程，英国文学学科日渐成熟的过程，现代主义知识群体逐渐与大学这个精神家园高度融合的过程，现代主义话语不断丰富且逐渐内生出中国现代批评格局的过程。因此有别于各种狭隘的、扭曲的、断裂的现代主义批评观念，立足这一理论立场，我们必然视现代主义为文化象征革命，是置身大学与社会文化生产体制间的现代主义知识群体的天路历程——自我发现并走向现代批评和启蒙的历程。

作为中英跨文化的文学场中与剑桥、牛津现代主义知识群体对应、对话甚至合作、前后相继的一个群体，其存在和发展横跨1920—1940年代，其影响延续到1980年代。它以1920年代的北大、清华为中心，随人际关系、文化生产体制、文化生产关系和政治生态的变化在空间上不仅延伸到北京、天津、上海和抗战时期的长沙临时大学和昆明的西南联合大学，而且远及英国。因此以北大、清华、燕京大学、辅仁大学的教师和学生为主，这个群体既形成了核心中间力量，如徐志摩、温源宁、叶公超、钱锺书、陈世骧、卞之琳、穆旦、袁可嘉等，又牵涉到看似不在中心的人物，如凌叔华、叶君健、萧乾等。

从这个群体中现代主义个体借以发声的刊物而论，多达数十种。

人物	刊物
徐志摩	《现代诗评》周刊、《晨报副刊》、《晨报诗刊》、《新月》月刊、《诗刊》
凌叔华	《晨报副刊》、《燕大周刊》、《晨报增刊》、《现代评论》、《新月》、《小说月报》、《北斗》、《文学杂志》、《大公文艺》、《文学季刊》、《武汉日报》副刊《现代文艺》、《国闻周刊》、《中国文艺》、英文杂志《天下月刊》、商务印书馆的"现代文艺丛书"、良友图书出版公司的"良友文学丛书"
叶公超	《晨报副刊·剧刊》、《英文日报》、《远东英文时报》、《新月》、《学文》、《大公报》、《独立评论》、《文学杂志》、《益世报》增刊、《北平晨报》
温源宁	《中国评论周报》、《天下月刊》
钱锺书	《清华周刊》、《大公报》、《新月》、《天下月刊》、《国风》月刊、《学文》月刊、《文学杂志》、《新语》半月刊、《文艺复兴》
陈世骧	《天下月刊》
卞之琳	《诗刊》《新月》《学文》《天下月刊》《中国评论周报》
萧乾	北新书局、英文周刊《中国简报》、《大公报·文艺》、《大公报》
曹葆华	《北平晨报·学园》附刊《诗与批评》、《新月》

续表

人物	刊物
叶君健	英文版刊物《中国作家》、《世界知识》、《新作品》
穆旦	《清华学刊》、香港《大公报》副刊、昆明《文聚》、沈阳《新报》
袁可嘉	《大公报》副刊、天津《大公报·星期文艺》、《益世报·文学周刊》、上海《文学杂志》、《诗创造》、《中国新诗》

这还不是完全的统计，且不包括出版他们著作的中国和英国出版社。例如陈世骧与哈罗德·阿克顿合译的《现代中国诗》1936年由英国牛津的肯特厅出版社（Kent Hall Press, Ltd.）出版。叶君健的《山村》1946年由帕特南（Putnam）出版社出版，《无知的与被遗忘的》1946年由伦敦的森林女神出版社（Sylvan Press）出版。凌叔华1930年代末创作的《古韵》1953年由霍伽斯出版社出版。

因此对这个群体的研究涉及兼顾对个体经历、文学文本、历史档案、出版业、社团组织的实证考究与批判性的重构。如果局限于个案的考证、个体经历的年谱或纯文学文本的细读，会形成狭小的视野、浅层面的梳理和经验式的解读。如果走向批判性的重构这个极端，又会产生脱离历史真实的过度诠释和失重。对上述两者的兼顾需要我们透过人际关系、文学创作、思想言说、跨文化生产、历史演变的自然脉络来凸显显在的也是散乱的现象背后的话语实践特征及其精神化运动。这种谱系式的重构必然与深度的历史、文化和精神阐释紧密地结合，才能彰显我们前面提到的多维多层的辩证关系。从方法论和学理层面看，无论是埃里希·奥尔巴赫（Erich Auerbach）和皮埃尔·布迪厄都给我们提供了有益的借鉴。奥尔巴赫在《论摹仿》（*On Mimesis*）中实践了历史透视法和形象阐释。[1] 而布迪厄则从辩证综合的方法论角度融合现象学与结构主义，践行一种同时观照客观物质存在和人的精神存在的生成－结构思想。[2] 具体到

---

[1] 参阅陶家俊《欧洲古典诗学的现代重构——论艾瑞克·奥尔巴赫的历史形象诗学观》，《外国文学》2016年第6期，第100—108页。

[2] 参阅陶家俊《辩证的综合与超越——对皮埃尔·布迪厄的方法论批判》，《当代外国文学》2016年第4期，第146—153页。

中英跨文化的文学场，我们提出的问题是：在中英现代主义话语实践结构性的对话中，英国现代主义是怎样传播、接受的？中国现代主义的历史进程中又怎样生成了不同的话语表述程式？这种跨文化的传播和历史向度中的发展又怎样形成了文化象征形象之间的辩证精神启示和实现？换言之，跨文化的文学场中，始终立足大学空间却又辐射到社会公共空间，中国现代主义话语的发生和发声具有什么样的特征？

紧扣上述问题，从跨文化对话与传播、历时透视和话语场内在的发声立场及表述程式相互交叉的视角，我们对中国现代主义知识群体这个独特的文化和精神现象的谱系研究分以下四个递进的层次来展开：现代主义的中国使徒：徐志摩的英国现代主义感知和传播；叶公超的中英诗学新境界；钱锺书的理论对话与转化：中国现代批评的格局；中国的自我再现：未完成的现代主义。

在此我们仍需强调这样一种至关重要的认识论，即：跨文化的文学场中对现代主义的感知、体验和表述的共时性和现代主义话语实践的同步性。只有这样我们才能客观公允地审视并评价英国语言文化系统与中国语言文化系统之间的关联互动和相互影响。这即是说，无论是英国剑桥、牛津知识群体还是中国北大、清华知识群体作为跨文化的行动者和传播者，推动的不是单向的文学和文化影响，也不是被动消极的文化接受。这同样隐含了这样一个认识前提，即：这两个知识群体各自内在的文化精神动能既来源于自我探索、发现和革命这一现代性意图，又根源于自我/他者二元转化这一进步的全球世界主义意识形态，更脱胎于现代文化精神固有的人文主义诉求和焦虑。

因此我们在文化认识论上有必要批判根深蒂固的文化帝国主义，警醒狭隘的文化民族主义，摒弃削足适履的文学批评保守立场和政治亵渎，僭越现当代学科分化封闭而成的知识和思想囚笼，祛除包裹着思想和学术探究的庸常性。例如，徐志摩到底是位浪漫主义诗人还是现代主义诗人？众多研究者基本上没有反思质疑这种浪漫主义的界定。究其原因，是学者中基本上局限于他的诗歌语言风格和他个人的气质和情感来武断的评价，却没有从文化总体性和世界主义的高度，也没有从与具体的文化史境遇相联系的基础上来进行批判性的建构。又比如，钱锺书批评思想赖以产生的知识范式是什么？他的批评思想与作为现代性工程的现代主义之间存在怎样的内在关联？其知识合法性何在？这些问题基本上钱学研究者没有提出当然也就无从正面思考。其他的例子既包括西方代表性的学者如帕特丽夏·劳伦斯对中国现代主义历史叙事的断裂性论断，也包括华裔学者李欧梵对中国现代主义的通俗文化解读和政治误读。

这种认识论立场上展开的研究实质上确定了其话语立场——把被遮蔽的群体意义上的文化实践和精神化实践凸显出来，将顺应历史精神、适应知识合法性、承诺思想启蒙的深层结构剖露出来。

第九章

现代主义的中国使徒：徐志摩的英国现代主义感知和传播

我们说现代主义是跨文化的双向对转事件，其中的一层现象就是现代主义的感知和传播是两个知识分子群体来实现的。第一个知识分子群体是我们在前面分析的剑桥、牛津知识分子群落。第二个群体就是我们这里试图勾画的同时兼容北大、清华、剑桥、牛津影响的北大、清华知识分子群落。但是往深里讲，这两个群落事实上由中英文化历史境遇中的四所大学体制建构了其坚实的文化物质基础，因此分属这两个群落的现代主义思想个体基本上都扎根于这个文化物质土壤之中，栖居于这个流动的文化精神空间，从两个象征性的文化、知识和精神秩序的双向开放式交融中推动现代主义的文化象征革命。这既意味着这是一个具有高度的辩证同一性和身份认同的群体，又表明这个跨文化的文学场中的群体内在的位置差异及对话。

在整个1920—1940年代，无论是对英国现代主义的感知和传播还是对中国现代主义的推动，无论是对中国的英国文学话语的建设还是对与这一话语相互砥砺的以现代自由主义和人文主义为思想资源的现代主义文化象征革命来说，徐志摩无疑是现代主义的中国使徒。

从严肃的文学批评到通俗的文学赏析，从学院书斋到市井坊间，徐志摩被演绎成了一个独具魅力、放射着浪漫情怀和怀旧情愫的现代文学神话。剑桥、新月派、浪漫主义、诗人基本上是众多文学批评家、传记作家在诠释这个由中国现代文学批评话语建构的现代文学神话时使用的关键词，也是他们借以立论的参照系。这个参照系以地理空间上的剑桥、文学社团新月派、文学流派浪漫主义、文学的象征形象诗人为多维参照。依照这个参照系来建构的徐志摩从而获得了这样一个形象，即：在异域的文化象征空间剑桥中承受异域的文学思潮浪漫主义洗礼的、以新月派为文学话语实践手段的、极具浪漫气质且放射出浪漫精神的诗人。

我们提出以下四个问题：徐志摩跨文化之旅是否仅限于剑桥？徐志摩与北大和新月派之间，乃至北大与新月派之间，是什么力量发挥了决定的作用？徐志摩仅仅是与浪漫主义认同，他与浪漫主义的认同之本质是什么，在1920年代的中国语境中浪漫主义精神具有什么特别的内涵？徐志摩仅仅是一位具有浪漫气质、昭示浪漫精神的诗人吗？顺着这些问题，我们将进一步发掘徐志摩的现代文学神话建构中遮蔽了什么，以及这种话语建构内在的话语暴力。从上述问题意识形成的批判视角，我们试图分层重构：1918—1928年围绕徐志摩这个核心所形成的多层面的跨文化人际关系网络；在这个人际关系网络中显现的徐志摩的跨学科轨迹，以及在大学、社团和现代报刊媒介中徐志摩的英国文学尤其是现代主义传播；上述两个层面底里更深厚、更宽广的徐志摩的思想革命探索历程。最后我们再聚焦这样一个知识和价值判断——作为文化象征革命英雄的徐志摩及其在中国语境中的话语误现（discursive mis-representation）。

第一节　徐志摩的跨文化人际关系网络：1918—1928年

徐志摩一生与北京大学结下不解之缘。1914年秋年方18岁的徐志摩从江南北上，入北京大学预科学习；1916年转入天津的北洋大学预科，1917年升入北洋大学法科学习。不久北洋大学法科并入北京大学法科。这样徐志摩又回到了北京大学。1918年8月14日，徐志摩乘中国远洋客轮"南京号"赴美国留学。在太平洋上，21岁的徐志摩以激荡之少年胸怀写下《赴美致亲友书》。"国难方兴，忧心如捣。室如悬磬，野无青草。嗟尔青年，维国之宝。慎尔所习，以磐我脑。诚哉，是摩之所以引惕而自励也。"① 1928年6月中旬，徐志摩第三次也是最后一次赴美国、英国、印度旅行。11月航行在中国海上，他写下了旷世奇篇《再别康桥》。

> 轻轻的我走了，
> 正如我轻轻的来；
> 我轻轻的招手，
> 作别西天的云彩。

如果说他的《赴美致亲友书》充溢着少年意气、壮怀激烈的政治意识和文化担当意识，那么《再别康桥》则彰显了一种意蕴幽深绵长的自我精神。这个精神的自我与令之心醉神迷的精神意境之间的离合充满令人回味无穷的现代主义审美特质——无奈、沉默、惜别、愁丝、轻盈交织而成的心灵境界。

就是在这十年间，从美国到英国，再回到北大，徐志摩精心编织并煞费苦心地维系着一张色彩斑斓的人际关系网络。

徐志摩在美国的两年（1918年8月至1920年9月）中交往、相互切磋的主要是在美国的中国留学生。刚到美国克拉克大学时与他同宿舍的中国留学生有董任坚、张道宏、李济。1918年12月他邀约李济、周延鼎、向哲浚到波士顿，主动结识在哈佛大学的中国留学生吴宓、梅光迪、赵元任等。1919年6月他利用暑假参加夏令营，目的主要是"此来盖为有多数国人会集，正好借此机会唤起同人注意"②。

1920年9月24日，在哥伦比亚大学修完硕士研究生学业的徐志摩从纽约乘船赴英伦求学。从1920年10月至1921年4月前后约7个月的时间内，徐志摩交游活动的空间主要限于伦敦。徐志摩与友人刘叔和到伦敦后，进入伦敦政治经济学院，拜政治理论家、经济学家和英国工党活动家哈罗德·拉斯基（Harold Laski）为师。因为刘叔和的缘故，徐志摩结识了同在伦敦政治经济学院、同在拉斯基门下的中国留学生陈源（字

---

① 韩石山：《徐志摩传》，十月文艺出版社2004年版，第39页。
② 徐志摩：《徐志摩未刊日记外四种》，北京图书馆出版社2003年版，第93页。

伯通，笔名陈西滢）。又通过陈源引荐，结识了到英伦考察的章士钊、林长民及其幼女林徽因、英国名作家 G. H. 威尔斯、汉学家亚瑟·韦利和劳伦斯·宾雍。1921 年初，国际联盟在伦敦举行的一次讨论会上，徐志摩通过林长民结识了剑桥大学知名人文学者、酷爱中国的 G. L. 迪金森。

徐志摩很快与这些在伦敦结识的朋友、师长建立了牢固的纽带，从他们那里得到不同的滋养，或向他们积极地介绍中国文化。他曾到过威尔斯位于沙士顿（Sawston）的家里，从威尔斯处他对现代英国小说和思想有了第一手直接的体验和认识。他帮助亚瑟·韦利解答过不少关于唐诗的疑难困惑。正是因为有幸结识了迪金森，他才有机会通过迪金森的推荐以特别生的资格进入心仪的剑桥大学国王学院。对于伦敦期间的徐志摩，亚瑟·韦利在 1940 年写的回忆文章《欠中国的一笔债》中认为，他似乎是一下子就从中国士子儒雅生活的主流跳进了欧洲的诗人、艺术家和思想家的行列。[1] 伦敦的求学、交往在徐志摩眼前打开了一扇崭新的窗子，使他整个的智性生命开始真正发生脱胎换骨的变化。从纽约到伦敦两个月之后，他在给父母的家书中喜不自禁地写道："更有一事为大人所乐闻者，即儿自到伦敦以来，顿觉性灵益发开展，求学兴味益深，庶几有成，其在此乎？儿尤喜与英国名士交接，得益倍蓰，真所谓学不完的聪明。"[2] 那时的英国名士还仅限于威尔斯、亚瑟·韦利和宾雍。他在《吊刘叔和》一文中对几位志同道合的留学生生活简短的回忆则从另一个侧面折射出他们彼时彼地的情感和精神生活。

> 通伯在他那篇《刘叔和》里说起当初在海外老老与傅孟真的豪辩，有时竟连"呐呐不多言"的他，也"免不了加入他们的战队"。这三位衣常敝，履无不穿的"大贤"在伦敦东南隅的陋巷，点煤汽油灯的斗室里，真不知有多少次借光柏拉图与卢骚与斯宾塞的迷力，欺骗他们告空虚的肠胃——至少在这一点他们三位是一致同意的！但通伯却忘了告诉我们他自己每回入战团时的特别情态，我想我应

---

[1] Arthur David Waley, "Our Debt to China," *The Asiatic Review*, Vol. 36, July 1940.
[2] 徐志摩：《徐志摩全集》第六卷（书信），天津人民出版社 2005 年版，第 7 页。

得替他补白。我方才用乱泉比老老,但我应得说他是一窜野火,焰头是斜着去的;傅孟真,不用说,更是一窜野火,更猖獗,焰头是斜着来的;这一去一来就发生了不得开交的冲突。在他们最不得开交时,劈头下去了一剪冷水,两窜野火都吃了惊,暂时翳了回去。那一剪冷水就是通伯;他是出名浇冷水的圣手。

啊,那些过去的日子!枕上的梦痕,秋雾里的远山。①

在伦敦期间,徐志摩更借助导师拉斯基的关系,直接体验了英国民主政治的实际。他曾陪伴拉斯基的夫人前往伦敦附近的一个选区为工党领袖麦克唐纳德竞选进行游说和宣传。亲身体会到英国老百姓在参与民主政治过程中表现出的分寸、老练、见识和自由。②

1921年4月至1922年9月,徐志摩在剑桥生活了一年半的时间。在这一年半的时间里,他建立的人际关系网络主要包括中国留学生和以剑桥为底色的英国现代主义知识分子这两个群体。他交往的中国留学生范围非常广,从剑桥扩展到欧洲大陆。他在剑桥交往深厚的朋友包括温源宁和郭虞棠。温源宁当时正在剑桥大学国王学院攻读法学。郭虞棠则与他合住在沙士顿的寓所。1921年8月,他请在爱丁堡大学攻读英国文学的袁昌英到沙士顿他租的房子中用餐。1922年3月他从剑桥赴德国柏林,在吴经熊的家里,由吴经熊、金岳霖作证,与妻子张幼仪签署了离婚协议。

但是他最大的收获是在剑桥更深入、全方位地融入英国知识分子群体。这些引领英国乃至西方文化、文学和思想的先锋人物包括迪金森、伯特兰·罗素、C. K. 奥格顿、I. A. 瑞恰慈、詹姆斯·伍德、罗杰·弗莱(他日记中的傅来义)、约翰·米德尔顿·默里和凯瑟琳·曼斯菲尔德。当然还包括英国汉学界的新锐亚瑟·韦利和劳伦斯·宾雍。这个人际交

---

① 徐志摩:《徐志摩全集》第二卷[散文(2)],天津人民出版社2005年出版,第213页。此处的通伯即陈源;"老老"即刘叔和;傅孟真即傅斯年,他当时在伦敦大学研究院研究实验心理学。

② 徐志摩:《政治生活与王家三阿嫂》,《徐志摩全集》第一卷[散文(1)],天津人民出版社2005年出版,第382页。

往的圈子包括了英国哲学、政治学、文学批评、艺术评论、权威文学刊物、现代主义小说、以中国古典文学和艺术研究为主的汉学等方面的引领人。同时与剑桥使徒社、剑桥邪说会、布卢姆斯伯里小组发生直接、深度、长时间的关联。而所有这些人中他又与迪金森、奥格顿、伯特兰·罗素、罗杰·弗莱、亚瑟·韦利的交往最为深厚。他与这些他心中崇拜的英国现代主义弄潮儿之间的通信是最有力的证明。

在 1922 年 8 月 7 日给罗杰·弗莱的信中他由衷地感叹迪金森对他巨大的影响。"我一直认为，自己一生最大的机缘是得遇狄更生先生。是因着他，我才能进剑桥享受这些快乐的日子，而我对文学艺术的兴趣也就这样固定成形了。也是因着他，我跟着认识了你。"[①] 约在 1921 年 10 月经奥格顿介绍，他才开始真正与罗素建立起直接的交流关系。现存于加拿大麦克马斯特大学（McMaster University）威廉·雷迪档案与研究数据库（The William Ready Division of Archives and Research Collections）的奥格顿通信档案中有 6 封徐志摩给奥格顿的信。这些信件的时间从 1921 年 7 月到 1924 年 2 月。信件中谈到的圈子中人物包括瑞恰慈、罗杰·弗莱、剑桥数学家和哲学家弗兰克·拉姆齐（威廉·燕卜荪的老师）、迪金森、亚瑟·韦利、詹姆斯·伍德、曼斯菲尔德·福布斯、罗素夫妇等。中国方面提到的则是梁启超和胡适。所涉及的事项包括约会见面、圈子中人物新近出版的著作、计划用英语出版梁启超和胡适的书、购买在中国急需的英文书籍，讲学社已安排和计划中的罗素、约翰·杜威、汉斯·杜里舒（Hans Dreisch）、泰戈尔、格雷厄姆·沃拉斯（Graham Wallas）、罗杰·弗莱到中国的讲学。他甚至在回到中国后给奥格顿的信中直抒对英伦和剑桥的不舍之情。"我真的很想听到剑桥的消息。只要是英国信封的款式和味道就能让我激动，更不必说大家的字迹了。为什么瑞恰慈和福布斯从未有片言只语？还有伍德和布瑞斯维特？"[②]

有档可查的徐志摩与罗素的通信有 6 封——从 1921 年 10 月至 1922

[①] 徐志摩：《徐志摩全集》第六卷（书信），天津人民出版社 2005 年版，第 421 页。
[②] 刘洪涛译注：《徐志摩致奥格顿的六封英文书信》，《新文学史料》2005 年第 4 期，第 78 页。

年8月。这些信中有两封颇能说明徐志摩在剑桥的交往情况。在1921年12月6日的信中,徐志摩代表中国留学生约罗素夫妇参加12月10日为他们的新生儿准备的庆祝活动。在1922年1月22日给罗素的信中,徐志摩表达了对罗素夫妇到剑桥邪说会发表演讲的期盼。这就是3月5日罗素夫妇在国王学院广场10号发表的演讲《工业主义与宗教》。

徐志摩与罗杰·弗莱的通信可查的有从1922年8月至1928年长达6年的时间内的4封信。罗杰·弗莱是布卢姆斯伯里小组的核心成员。但是在最初的几年中,徐志摩与布卢姆斯伯里小组的交往仅限于罗杰·弗莱。他对小组中的瓦妮莎和弗吉尼亚姐妹抱有明显的成见。这种态度十分明显地表露在他刚回国后不久在1923年5月10日的《小说月报》上发表的《曼殊斐尔》中。他认为弗吉尼亚·伍尔夫、瓦妮莎·贝尔等"近代女子文学家更似乎故意养成怪癖的习惯,最显著的一个通习是装饰之务淡朴,务不入时,务'背女性'……和这般立意反对上帝造人的本意的'唯智的'女子在一起,当然也有许多有趣味的地方,但有时总不免感觉她们矫揉造作的痕迹过深,引起一种性的憎忌"①。从这些信件中我们发现他对弗吉尼亚·伍尔夫态度明显的变化、对她的小说艺术真正的了解和接受是在1928年。在这一年8月的一个星期日他在剑桥大学国王学院给罗杰·弗莱的信中说:"我正在拜读弗吉尼亚的《到灯塔去》,发现它真是精彩之至。罗杰,请你一定想想办法让我有幸膜拜这样一位美艳敏慧的作家。"② 虽与罗杰·弗莱无关,却同样与20世纪20年代的现代主义文学紧密相关的另一个事实是,1931年初徐志摩回到北京后暂时住在胡适家里。3月5日晚,他拿出艾略特的诗集给胡适看,胡适丝毫不解诗意。"志摩又拿乔伊斯等人的东西给他看,他更不懂了。有的连志摩也承认不懂得。"③ 尽管具体的时间我们无法判定,但至少我们可以肯定的是,在这前后几年中,继弗吉尼亚·伍尔夫之后,T. S. 艾略特、詹姆斯·乔伊斯等崭新的、高度实验性的现代主义小说和诗歌已经进入了徐志摩的世界。

---

① 徐志摩:《徐志摩全集》第一卷[散文(1)],天津人民出版社2005年版,第226页。
② 徐志摩:《徐志摩全集》第六卷(书信),天津人民出版社2005年版,第433页。
③ 陈占彪:《略论鲁迅的反现代主义艺术观》,《学术探索》2008年4期,第106页。

第九章 现代主义的中国使徒:徐志摩的英国现代主义感知和传播 / 297

徐志摩与亚瑟·韦利的通信可查的只有一封。但其内容很丰富且能印证两人间交往交流的文化深度。首先他谈到刚收到迪金森寄给他的韦利有关中文诗和中国艺术的新著。其次他讲到筹划中的《新月》月刊和拜伦百年纪念会。最后,他寄给韦利一本温庭筠的《温飞卿诗集》、一本鲁迅的《中国小说史略》。这种交往已经从单纯肤浅的人际交往深入到跨文化的文学、思想交流互动层面。

徐志摩与瑞恰慈的交往同样是真诚且长久的。1921年初徐志摩刚到剑桥就通过奥格顿与瑞恰慈交往,向瑞恰慈传输儒家的中庸思想,甚至为他们刚完成的新著《美学基础》题写汉字"中庸"。1932年9月瑞恰慈在《细绎》上发表了《中国的文艺复兴》一文。他深情地回忆了徐志摩给他留下的难忘印象:"在剑桥他广泛地实验翻译。我记得有一天一大早他急匆匆地来看我,欢快地嚷着'昨晚我翻译了［柯勒律治的］《文学传记》!'"① 刚刚离开北京大学的瑞恰慈从徐志摩和胡适等推动的文学和文化运动中发现了新的希望。"这种东方与西方的融合孕育着一个新的时代。那些历史上对人类抱有信心的人将嫉妒中国人拥有这笔属于他们的融合后的丰厚遗产。"②

1925年和1928年徐志摩又两次回到英伦,重归剑桥。1925年3月11日从北京出发,乘火车横越西伯利亚。柏林、巴黎、威尼斯、佛罗伦萨等都是他流连之处,曼斯菲尔德、波德莱尔、小仲马、卢梭、伏尔泰、歌德、雪莱、济慈等的墓地都是他凭吊的所在。7月初他才从欧洲到英国,看望了旧友迪金森和罗素。尤为难得的是,因为有了迪金森的引荐信,他才有幸到多切斯特乡下见到托马斯·哈代。按照他在《谒见哈代的一个下午》中的说法,他在三年前(即1922年)在剑桥的时候就崇拜上了哈代。回到中国后,他1923年10月至12月连续翻译了哈代的诗《她的名字》《窥镜》《分离》《伤痕》,并将这些诗发表在《小说月报》上。1924年他翻译了8首哈代的诗。1924年1月25日他在《东方杂志》第21卷第2号上发表评论哈代的文章《汤麦司哈代的诗》。无论在翻译

---

① I. A. Richards, "The Chinese Renaissance," *Scrutiny* 1/2 (Sep. 1931): 110.
② Ibid., p. 113.

还是评论方面,他在 1920 年代的中国都算哈代研究第一人。因此与哈代的见面不仅扩展了他与英国现代文学圈子交往的范围,而且是在跨文化的文学场中以翻译、评论、面对面的交流为主要方式的象征事件。

1928 年 6 月 15 日徐志摩乘加拿大客轮"皇后号"从上海出发,沿途经过日本、美国,最后于 8 月 14 日抵达英国。此次赴英,他先拜访了罗杰·弗莱,重游故地剑桥。然后他到好友恩厚之(Leonard Knight Elmhirst)位于德文郡的达廷顿庄园。此后他前去拜访罗素,最后在法国马赛与匆匆赶来的迪金森见面。这第三次也是最后一次的剑桥和英伦之行所激起的心灵震撼、审美悸动和自我理想的云烟全部浓缩在诗《再别康桥》之中。他告别的不仅仅是剑桥,也不仅仅是曾经的青春岁月。巧合甚至命定式地,《再别康桥》为他的跨文化之旅画上了句号,是他十年来游走于中西文化之间的峥嵘岁月的诗性抒发和结晶。

第二节　徐志摩与英国文学的缘分

紧接着我们需关注的是徐志摩与上述多线条、多层次、长时间的跨文化人际关系网络交织的跨学科轨迹。无论是在北洋大学还是北京大学,徐志摩的专业都是法科。他在美国先入位于马萨诸塞州乌斯特(Worcester)的克拉克大学历史系。其间于 1919 年 6 月末到康奈尔大学举办的夏令会学习。他在克拉克大学学习的课程分为历史学、经济学、心理学、社会学、语言五类(见表 9-1)。

表 9-1　　　　　　徐志摩在克拉克大学历史系修课一览表[①]

历史学	经济学	心理学	社会学	语言
欧洲现代史(半年) 19 世纪欧洲社会政治学(一年) 1789 年后的国家主义、军国主义 外交及国际政治(一年)	商业管理(半年) 劳工问题(一年)	心理学 (半年)	社会学 (一年半)	法语(一年半) 西班牙语(一年)

---

① 梁锡华:《徐志摩新传》,台北:联经出版事业公司 1994 年版,第 4—5 页。

细考徐志摩1919年留美日记，我们可以梳理出他在克拉克大学及其他大学体制中汲取现代各门学科知识、迅速打开知识视野的各种方式（见表9-2）。

表9-2　　　　　　　　徐志摩1919年参与讲座一览表

时间	地点	方式	题目	负责人/主讲人
2月28日	克拉克大学美察米大厅	音乐会	小提琴演奏	Mr. Cormack &Mr. Beath
3月24日		讲座	俄罗斯的实况	杰罗姆·戴维斯（Jerome Davis）
4月9日	波士顿心理病医院	讲座	心理病	
7月5日	康奈尔大学夏令会	演讲	国际联盟	施密特教授（Prof. Schimidt）
7月29日		自学	心理学概念"本能"	徐志摩
11月5日		阅读	《新大陆教育谈》	黄任之
11月6日		阅读	《教育及平民政治》	杜威
11月8日		交谈	家庭制度研究及威斯脱马克的《人类婚姻历史》	葛廷斯
12月3日	中华教育研究会	讨论	中国女学	
12月16日	经济学会	讲座	商团社会主义	蓬小姐

徐志摩在克拉克大学的学习以历史学为主，实际上包含了经济学、政治学、社会学、国际政治、教育学、心理学等诸多学科的知识。这些学科基本上构成了现代人文社会科学中以务实为取向的知识建构。同样值得我们注意的是，徐志摩在此期间实际上同时在学习掌握英语、法语和西班牙语三门外语。但是所有这些课程和其他途径的知识建构中，唯独没有徐志摩后来竞相被批评话语肯定、放大的大学学科意义上的文学或哲学。

1919年末从克拉克大学本科毕业后徐志摩立即到纽约的哥伦比亚大学政治学系攻读硕士学位。到1920年9月赴英国伦敦，徐志摩在不到一年的时间内就完成了在哥大的硕士学业。但是他研究中国女性问题的硕士学位论文《中国妇女的地位》是在1921年在英国期间完成后提交给哥大政治学系的。在当时女禁初开、男女自由平等思想深入人心的时代背景下徐志摩选择这个中国妇女研究题目是颇能赢得美国教授的欣赏和肯定的。在当代美国大学中这类选题更成了显学。撇开徐志摩到英国是否是如他后来补白的那样要随罗素这个学界质疑的问题，有两点是确定无疑的。一是他入伦敦政治经济学院随拉斯基教授攻读政治学——延续他在哥伦比亚大学的专业。二是在从美国纽约赴英前后，或者说入读哥伦比亚大学之后，他开始转向现代哲学尤其是现代哲学思想的撒旦式天才尼采。他在《吊刘叔和》这篇文章中记载了这段心路历程。

　　……但最不可忘的是我与他同渡大西洋的日子。那时我正迷上尼采，开口就是那一套沾血腥的字句。

　　我仿佛跟着查拉图斯脱拉登上了哲理的山峰，高空的清气在我的肺里，杂色的人生横亘在我的脚下。①

到伦敦不久徐志摩就写出一篇介绍评论爱因斯坦相对论的文章《安斯坦相对主义——物理界大革命》。但是到剑桥后，徐志摩整个的知识形构和汲取知识的方式发生了根本的变化，即从大学体制下的学科、跨学科知识拓展转向自由的、感悟体验式的、特别贴近人际交往层面的人文修养和修炼。这种人文修养和修炼又自然地、自发地以文学和审美品格的塑造为底蕴。他曾谦逊地也是坦诚地自承这种非学院、非学科的事实。"我不但不是专门学文学的，并且严格的说，不曾学过文学。我在康桥仅仅听过'Q'先生几次讲演，跟一个Sir Thomas Wyatt的后代红鼻子黄胡子的念过一点莎士比亚，决不敢承当专门文学的头衔。"②

　　对于他所受的"参野狐禅"式的人文教育和文学知识积累，徐志摩

---

① 徐志摩：《徐志摩全集》第二卷［散文（2）］，天津人民出版社2005年版，第212页。
② 徐志摩：《再添几句闲话的闲话乘便妄想解围》，《徐志摩全集》第二卷［散文（2）］，天津人民出版社2005年版，第345页。

在《吸烟与文化》、《我所知道的康桥》和《济慈的夜莺歌》这三篇文章中有十分精练到位的总结。他自称自己有限的文学知识没有师承。一个下雨天他在一家旧书店躲雨时无意间发现了沃尔特·佩特。在阅读普通版的 R.L. 史蒂文森的《写作的艺术》时发现了歌德评传。一次在浴室里无意间想起要阅读柏拉图的著作。因为自己离婚的缘故才同情上与己遭遇相似的浪漫主义诗人雪莱。正是靠这样的邂逅而不是中规中矩的课堂学习和师傅传授，他渐渐积累起有关陀思妥耶夫斯基、托尔斯泰、波德莱尔、卢梭等的文学知识。这样的文学知识积累烹饪出的文学品味也自有着野趣天味。"领略艺术与看山景一样，只要你地位站得适当，你这一望一眼便吸收了全景的精神；要你'远视'的看，不是近视的看；如其你捧住了树才能见树，那时即使你不惜功夫一株一株的审查过去，你还是看不到全林的景子。所以分析的看艺术，多少是杀风景的；综合的看法才对。"①

在《吸烟与文化》中他在大学教育层面细数牛津剑桥独特的人文教育魅力。他认为牛津和剑桥是"英国文化生活的娘胎"②。形象地讲，这种文化生活的品味、真知和精髓是靠抽烟抽出来的。"多少伟大的政治家，学者，诗人，艺术家，科学家，是这两个学府的产儿——烟味儿给薰出来的。"③ 这指的是剑桥教育自由随性的人文方式和氛围。闲谈、辩论、散步、划船、看闲书、导师与学生间亲密的情谊等使教育融入了生活，生活渗透了教育，知识的汲取充满了情趣和风趣，生活在智性和灵性的溪流中舒缓流淌。这样教育的目的不是给个体生命套上知识的枷锁，束缚个性的舒展，而是启迪人生的精神内涵，发掘性灵的涌泉，重新开启被世俗事务蒙蔽了的心灵眼睛。"我不敢说康桥给了我多少学问或是教会了我什么。我不敢说受了康桥的洗礼，一个人就会变气息，脱凡胎。我敢说的只是——就我个人说，我的眼是康桥教我睁的，我的求知欲是

---

① 徐志摩：《济慈的夜莺歌》，《徐志摩全集》第一卷［散文（1）］，天津人民出版社 2005 年版，第 481—482 页。
② 徐志摩：《徐志摩全集》第二卷［散文（2）］，天津人民出版社 2005 年版，第 330 页。
③ 同上。

康桥给我拨动的,我的自我的意识是康桥给我胚胎的。"①

《我所知道的康桥》在境界上又升了一个层次,即从人文教育上升到自然审美滋养,或者说从现代文明向自然的回归。"我们不幸是文明人,入世深似一天,离自然远似一天。离开了泥土的花草,离开了水的鱼,能快活吗?能生存吗?从大自然,我们取得我们的生命;从大自然,我们应分取得我们继续的滋养。"② 但是这种自然审美滋养或回归自然是被时间和文化分割开来的一个超越的精神存在。投射到真实可感的时空上,这就是他1922年春尽情吸收其生命甘露的剑桥——灵魂的补剂、脱俗的圣境。"尤其是它那四五月间最渐缓最艳丽的黄昏,那才真是寸寸黄金。在康河上过一个黄昏是一服灵魂的补剂。阿!我那时蜜甜的单独,那时蜜甜的闲暇。一晚又一晚的,只见我出神似的倚在桥阑上向西天凝望……"③ 剑桥,一个象征的、精神的、自然的、审美的所在,在时空和文化的分割过后洋溢着永恒的神性、灵性和人性。

从自由散漫的文学知识汲取、牛津剑桥独具魅力的人文教育到自然审美滋养,这三个互补、逐层提升的层面共同塑造了全新的徐志摩。

徐志摩在中国的英国文学传播情况我们可以分评论、翻译、教学讲座这三种传播形式统计。

表9-3　　　　　徐志摩的英国文学评论一览表(12篇)

被评论的英国作家及其时期	评论题目	登载刊物	发表时间
凯瑟琳·曼斯菲尔德,20世纪现代主义时期	《曼殊斐尔》	《小说月报》第14卷第5号	1923年5月10日
托马斯·哈代,19世纪末至1920年代	《汤麦司哈代的诗》	《东方杂志》第21卷第2号	1924年1月25日

---

① 徐志摩:《吸烟与文化》,《徐志摩全集》第二卷[散文(2)],天津人民出版社2005年版,第331页。
② 徐志摩:《徐志摩全集》第二卷[散文(2)],天津人民出版社2005年版,第341页。
③ 同上书,第338页。

续表

被评论的英国作家及其时期	评论题目	登载刊物	发表时间
乔治·戈登·拜伦，18世纪末至19世纪初浪漫主义时期	《拜伦》	《小说月报》第12卷第4号	1924年4月10日
约翰·济慈，18世纪末至19世纪初浪漫主义时期	《济慈的夜莺歌》	《小说月报》第16卷第2号	1924年12月2日作，1925年2月发表
凯瑟琳·曼斯菲尔德，20世纪现代主义时期	《再说一说曼殊斐尔》	《小说月报》第16卷第3号	1925年3月10日
托马斯·哈代，19世纪末至1920年代	《厌世的哈提》	《晨报副刊·诗刊》第8期	1926年5月作，1926年5月20日
	《汤麦士哈代》	《新月》月刊第1卷第1号	1928年3月10日
	《谒见哈代的一个下午》	《新月》月刊第1卷第1号	1928年3月10日
	《哈代的著作略述》	《新月》月刊第1卷第1号	1928年3月10日
	《哈代的悲观》	《新月》月刊第1卷第1号	1928年3月10日
伊丽莎白·巴雷特·勃朗宁，维多利亚时期	《白朗宁夫人的情诗》	《新月》月刊第1卷第1号	1928年3月10日
威尔·戴维斯，20世纪现代主义时期	《一个行乞的诗人》	《新月》月刊第1卷第3号	1928年5月10日

表9—4　　徐志摩的英国诗歌翻译一览表（重要诗人的20首）

诗人及时代	诗作	刊登刊物	翻译或发表时间
威廉·华兹华斯	《葛露水》/ "Lucy Gray or Solitude"	未发表	1922年1月31日译
伊丽莎白·巴雷特·勃朗宁	《内含》/ "Inclusions"	未发表	1922年8月前译

续表

诗人及时代	诗作	刊登刊物	翻译或发表时间
A. C. 司文朋（A. C. Swinburne），19世纪	《晨浴》/ "Early Bathing"	未发表	1922年8月前译
S. T. 柯勒律治	《爱情》/ "Love"	未发表	1922年8月前译
约翰·济慈	《致范妮·布朗》/ "To Fanny Brown"	未发表	1922年8月前译
E. 弗莱彻（Elioy Flecher）	《约瑟夫与玛丽》/ "Joseph and Mary"	未发表	1922年8月译
乔治·戈登·拜伦	《海盗之歌》/ "Song from Corsair"	《小说月报》第15卷第4号	1924年4月10日
爱德华·卡本特（Edward Carpenter），19世纪维多利亚晚期至现代主义时期	《海咏》	《晨报·文学旬刊》	1923年11月21日
克里斯蒂娜·罗塞蒂（Christina Rossetti），19世纪维多利亚中晚期	《新婚与旧鬼》/ "The Hour and Ghost"	《晨报·文学旬刊》	1924年4月11日
爱德华·卡本特	《性的海》/ "The Ocean of Sex"	《晨报副刊》	1924年12月27日
马修·阿诺德，维多利亚中期	《诔词》	《晨报副刊》	1925年3月22日
拜伦	《唐琼与海》/ "Don Juan"	《晨报·文学旬刊》	1924年4月15日译，1925年4月15日发表
阿瑟·西蒙斯（Arthur Symons），维多利亚晚期和现代主义时期	《我要你》	《晨报副刊》	1925年11月25日
D. G. 罗塞蒂	《图下的老江》	《现代评论第一周年纪念增刊》	1925年冬译，1926年1月1日发表

续表

诗人及时代	诗作	刊登刊物	翻译或发表时间
阿瑟·西蒙思	《译诗》	《晨报副刊·诗刊》	1926年4月22日
克里斯蒂娜·罗塞蒂	《歌》	《新月》第1卷第4号	1928年6月10日
凯瑟琳·曼斯菲尔德	三首诗：《会面》《深渊》《在一起睡》	南京《长风》半月刊第1期	1930年8月15日
威廉·布莱克（William Blake），18世纪末19世纪初浪漫主义时期	《猛虎》	《诗刊》	1931年4月20日

表9-5　　徐志摩的哈代诗歌翻译一览表（18首）

诗名	刊登刊物	翻译或发表时间
《她的名字》／"Her Initials"	《小说月报》第14卷第11号	1923年10月16日译，1923年11月10日发表
《窥镜》／"I Look into my Glass"	《小说月报》第14卷第11号	1923年10月16日译，1923年11月10日发表
《分离》／"The Division"	《小说月报》第14卷第12号	1923年12月10日
《伤痕》／"The Wound"	《小说月报》第14卷第12号	1923年12月10日
《在火车中一次心软》／"Fain Heart in Railway Train"	《晨报·文学旬刊》	1924年6月1日
《我打死的那个人》／"Time's Laughing-stocks"	《文学》周刊第140号	1924年9月22日
《公园里的座椅》／"The Garden Seat"	《晨报副刊》	1924年10月29日
《两位太太》／"Two Wives"	《晨报副刊》	1924年11月4日译，1924年11月13日发表
《多么深我的苦》／"How Great My Grief"	未发表	1924年译
《致生活》／"To Life"	未发表	1924年译
《送他的葬》／"At His Funeral"	未发表	1924年译

续表

诗名	刊登刊物	翻译或发表时间
《在心眼里的颜面》	未发表	1924 年译
《在一家饭店里》	《语丝》第 17 期	1925 年 3 月 9 日
《哈代八十六岁诞日自述》	《新月》月刊第 1 卷第 3 号	1927 年 4 月 20 日译，1928 年 5 月 10 日
《一个厌世人的墓志铭》	上海新月书店《翡冷翠的一夜》	1927 年 9 月
《文亚峡》	《现代评论第三周年纪念增刊》	1927 年
《一个星期》	《新月》月刊第 1 卷第 1 号	1928 年 2 月译，1928 年 3 月 10 日发表
《对月》	《新月》月刊第 1 卷第 1 号	1928 年 2 月译，1928 年 3 月 10 日发表

表 9-6　徐志摩的英国短篇小说翻译一览表（11 篇，曼斯菲尔德 9 篇）

作者，文学时期	作品名	刊登刊物	翻译或发表时间
凯瑟琳·曼斯菲尔德，20 世纪现代主义时期	《一个理想的家庭》	《小说月报》第 14 卷第 5 号	1923 年 5 月 10 日
	《巴克妈妈的行状》	《晨报五周年纪念增刊》	1923 年 10 月 26 日译完，1923 年 12 月 1 日发表
	《园会》	《晨报五周年纪念增刊》	1923 年 12 月 1 日
	《夜深时》	《小说月报》第 16 卷第 3 号	1925 年 3 月 10 日
	《幸福》	《晨报五周年纪念增刊》	1925 年 12 月 1 日
	《刮风》	《晨报副刊》	1926 年 4 月 10 日
	《一杯茶》	《晨报副刊》	1926 年 9 月 15 日
	《毒药》	上海北新书局《英国曼殊斐尔小说集》	1927 年 4 月
	《苍蝇》	南京《长风》半月刊第 1 期	1930 年 9 月 1 日
大卫·伽尼特，20 世纪现代主义时期	《万牲园里的一个人》	《新月》月刊第 1 卷第 4 号	1928 年 6 月 10 日
奥尔德斯·赫胥黎，20 世纪现代主义时期	《半天玩儿》	《小说月报》第 22 卷第 1 号	1931 年 1 月 10 日

徐志摩发表的 12 篇英国文学评论从 1923 年 5 月到 1928 年 5 月，时间跨度为 5 年。发表的刊物主要是《小说月报》、《东方杂志》、《晨报副刊》和《新月》月刊。当时的《小说月报》是文学研究会的阵地，以郑振铎为主编，是规模最大、影响最广的新文学刊物。《东方杂志》是商务印书馆继《绣像小说》后办的第二种杂志，以"启导国民，联络东亚"为宗旨，是一家百科综合式的大型刊物。徐志摩 1925 年 10 月 1 日接掌《晨报副刊》，随后以此为阵地集结同道，发表文章，介入、引导新时期的文学、文化和思想争鸣。而《新月》月刊则是在他积极推动下新月派创办的刊物。这 12 篇文章从一个侧面反映了徐志摩介入、推动、引导当时日新月异的中国文学场的动态进程。他从剑桥一回到中国，就积极入主时代文学和思想的主流阵地并积极传播英国文学的新声。难怪他迅速成为时代的文学舞台上的弄潮儿。这 12 篇评论涉及的英国作家分布在浪漫主义诗歌（拜伦、济慈）、维多利亚诗歌（勃朗宁夫人）、20 世纪初以来的诗歌和小说（哈代、曼斯菲尔德）。而哈代独占 6 篇，曼斯菲尔德占了 2 篇，这样整个 20 世纪初以来的现代主义文学占了 12 篇中的 8 篇。由此我们可以得出结论——20 世纪英国现代主义文学是徐志摩在中国传播的重心。

根据瑞恰慈的回忆，徐志摩在剑桥时曾翻译过柯勒律治的《文学传记》，但是否在中国发表已无从考证。根据现有的资料，徐志摩在 1922 年 8 月之前——他在剑桥期间——翻译有华兹华斯、勃朗宁夫人、济慈、柯勒律治、司文朋等的诗歌。这样我们无疑可以将徐志摩主观上尝试译介传播英国文学的时间从 1923 年 5 月提前到 1921 年 4 月前后他到剑桥的时候，后推到 1931 年 4 月。徐志摩可考的英国主要诗人诗歌翻译计有 36 首。与他的文学评论类似，这些译诗主要发表在《小说月报》《晨报》《新月》及同样属于自己圈子中人办的《诗刊》上。所译英国诗人同样集中在浪漫主义时期（5 首，5 人），维多利亚时期（6 首，5 人），20 世纪以来的现代主义时期（25 首，4 人）。从译诗的数量来看，现代主义时期占了 36 首中的 25 首。这 25 首中哈代独占 18 首，曼斯菲尔德有 3 首。同样的，现代主义时期诗歌翻译是徐志摩诗歌翻译的重心。

在徐志摩 1923 年 5 月至 1931 年 1 月翻译的 11 篇英国短篇小说中，

曼斯菲尔德占了9篇，其他两篇同样是现代主义作家的作品。换言之，他的短篇小说翻译毫无例外地都是英国现代主义小说之结晶。

1923年夏徐志摩在南开大学暑期班开了题为"近代英国文学"的系列讲座，共计10讲。讲座中涉及的重要英国作家约20位。他们包括：威廉·莎士比亚、约翰·济慈、威廉·华兹华斯、雪莱、拜伦、简·奥斯丁（Jane Austen）、麦考利（Rose Macaulay）、约翰·罗斯金、沃尔特·佩特、迪金森、约瑟夫·康拉德、王尔德、阿瑟·西蒙斯、萧伯纳、G. H. 威尔斯、托马斯·哈代、凯瑟琳·曼斯菲尔德、詹姆斯·乔伊斯、弗吉尼亚·伍尔夫、D. H. 劳伦斯。徐志摩曾两次被聘为北大英文系教授。第一次是1924年1月受聘。第二次是1931年2月受胡适邀请，他在北大英文系和北京女子师范大学任教。他主讲的英国文学课程包括维多利亚时代文学、英国现代文学、文学平衡（文学批评原理和方法）、诗（一）（英国诗歌的变迁沿革及各时期诗歌代表作）、诗（二）（19世纪英国诗人诗作）、短篇小说选读及技巧研究、十九世纪英国文学、现代文学。1927年至1930年旅居上海期间，他先后在上海光华大学外文系、苏州东吴大学法律学院、南京中央大学外文系讲授英国文学。

徐志摩无疑是继林纾之后传播译介英国文学的第二人。他的英国文学传播无疑以20世纪以来的英国文学尤其是现代主义为主，同时兼顾浪漫主义和维多利亚时期文学。其传播的方式是多样的——以翻译始，以评论来阐发，以讲授来启迪。这多种传播方式同时依靠两个舞台——大学讲台和出版传媒。而达到的效果则是顺应并导引时代的潮流和品味。

但是英国文学知识的传播不是徐志摩自觉投身于其中的文化象征革命的目的，它仅仅是手段。因为他建构的丰富牢实的跨文化人际关系网络底里，在他的跨学知识汲取以及从美式教育向牛津剑桥人文教育的回归这一过程深处，在英国文学的跨文化传播背后，是他执著、不懈的思想革命探索之旅。

第三节　徐志摩的思想革命探索

对于徐志摩思想革命内在的历时变化，我们从路易·阿尔都塞

（Louis Althusser）的症候式阅读的角度能更清晰地理出其脉络。1920年身在伦敦的徐志摩开始在国内由梁启超、张东荪等主编的《改造》月刊上发表关于西方科学、思想和社会革命的文章。1928年在《新月》月刊创刊号上，他发表一组4篇哈代研究文章，也发表了由他执笔撰写的《新月》月刊的思想宣言《〈新月〉的态度》。这样，从1920年到1928年的8年里，徐志摩走完了借鉴西方思想、中西互鉴、为中国新时代的文化革命摇旗呐喊、论理铸魂的思想旅程。在1920年至1923年的第一个阶段，各式西方革命进入徐志摩的视野，成为他思考消化的对象。其最终形态是他对英国式的自由主义的民主政治的肯定和颂扬。在1924年至1925年的第二个阶段，徐志摩对革命的探索从现实、文化和政治层面攀升到精神层面。自由的反叛、生命的本体复活再生、人性的回归成了这两年间他思考的焦点。因此他从拜伦的浪漫主义、德国的青年运动、泰戈尔伟岸的人格和热烈的讴歌中阐发出革命的精神，提炼出自由的、革命的精神化原动力。在1926年至1928年的第三个阶段，徐志摩转向更综合、更自如、更成熟的思想革命言说。诚然，这种思想革命的立论最完整地浓缩在《〈新月〉的态度》一文中，又以二度阐发的方式来重新过滤曾经进入他思想视域的革命实践和革命学说。例如，他通过反思俄国布尔什维克革命来提炼自己的自由主义政治理想；通过对自我的解剖和批判来批判社会现实；通过对他生活现实中的劳工问题之关注来反思马克思主义和社会主义。

1920年至1923年进入徐志摩视野的西方革命主要包括哲学和思想革命、科学革命和社会政治革命。在哲学和思想革命方面，对徐志摩影响最深刻的莫过于德国哲学家尼采、英国小说家和社会革命家G. H. 威尔斯、英国哲学家伯特兰·罗素。按照徐志摩自己的回忆，他1920年在离开美国前往英国时就已经接触尼采的哲学思想。在乘船穿越大西洋上的巨浪狂涛时他将自己想象成从理性的山峰无畏地搏击人生险阻的查拉图斯特拉。之后在伦敦的半年里他与威尔斯成了好朋友，也承受了威尔斯新锐思想的洗礼。到剑桥后才得以亲耳聆听罗素的教诲。

在徐志摩这一阶段乃至所有著述中直接征引并评价尼采的哲学思想有两篇文章。在《罗素游俄记书后》（载1921年6月15日《改造》第3

卷第 10 期）一开始他引用尼采的话来阐明变革求新的自然法则。"蛇不能弃蜕则僵，人心亦然，其泥执而不变者，岂心也乎哉。"① 在1923年夏南开大学暑期学校的系列讲座中他讲解了尼采的道德批判和超人思想。尼采在诅咒僵死、沉睡的欧洲。欧洲人信奉的道德是受基督教蛊惑的诳语，因此是奴隶的道德；是懦弱者的表现，是妇人的、弱者的自欺欺人，因此是恶而不是善。尼采激烈地预言拯救现世的人物必定是新降世的超人。② 这些仅仅是尼采思想在徐志摩的思想中留下的显在的痕迹。但仅从这些评说征引中我们也能勘定其对应的思想原典（《查拉图斯特拉如是说》《善恶的彼岸》《道德的谱系》）。

徐志摩结识威尔斯早于结识罗素。但罗素对他的影响远大于威尔斯。且他对罗素的哲学之路的整体把握和认识经历了一个渐次深入的过程。此外相互交缠的另有两点。一是在1920年前后徐志摩接触到爱因斯坦的相对论，且从西方科学革命史上从哥白尼、伽利略、牛顿、达尔文到爱因斯坦的科学知识突破创新中解读出鲜明的革命意义。这种明确的认识之结果是1921年4月15日他在《改造》上发表的《安斯坦相对主义——物理界大革命》。他指出："其实不单是政治革命，在旧政府盛威之下不免受罪，就是科学革命，在旧观念牢锁之下，初期的时候，也不免受同样的苦楚。"③ 二是徐志摩对俄国布尔什维克革命乃至现代社会政治革命的认识和思考主要是通过罗素和威尔斯的思想棱镜折射出来。因此他对罗素和威尔斯的思想之阐释和批判，既指向哲学、思想革命，又指向社会政治革命。

1920年5月至6月中旬罗素随英国工党代表团访问苏俄之后，很快在同一年出版了《布尔什维克主义的实践与理论》。徐志摩的《罗素游俄记书后》以该著为切入点并通览罗素思想的转变过程。罗素在该著中表达的核心思想是：与马克思和布尔什维克的经济不平等说不同，社会之不平等根源在权力不平等，只有通过长期渐进的和平之路而不是暴力革

---

① 徐志摩：《徐志摩全集》第一卷［散文（1）］，天津人民出版社2005年版，第59页。
② 同上书，第326、328页。
③ 同上书，第42页。

第九章 现代主义的中国使徒:徐志摩的英国现代主义感知和传播 / 311

命才能根除之。罗素上述的和平渐进论和反暴力革命观既与他赴俄之前激进的亲苏俄布尔什维克主义立场全然相反,又是其思想发展的新标识。从最初埋头于数理哲学,第一次世界大战期间的反战,到战后信奉基尔特社会主义,到最后的脱尽红气、批判激进革命,罗素骨子里留存的是自由主义之灵魂。同样在1920年威尔斯访问了苏俄,并在同年出版了《阴影中的俄罗斯》。徐志摩在《评韦尔思之游俄记》中通过比较发现了威尔斯截然不同于罗素之处。作为哲学家的罗素常常从理性的角度俯察求真,而一旦涉及苏俄革命则前后态度大变,心灰意懒,不合哲学家之常理。作为小说家的威尔斯紧贴生活和现实,常常依情随性,一旦目睹苏俄社会现实,反而能平和持中,为布尔什维克辩护。最终徐志摩对社会变革——苏俄布尔什维克革命、法国大革命、英国的光荣革命——提出自己的见解:

> 使俄以共产而民安之,英留王室而民亦安之,则自有史乘民族殊特之关系,不可得而齐也。就使俄革命一旦完全败灭,非必共产之遂不可复行于他国,亦非必其败亡之原因在于共产制自身之不可行也。天下愦事之多,举二谚足以概之,"削足纳屦"、"因噎废食"是矣。①

在《罗素与中国》(1922年12月3日《晨报副刊》)和《罗素又来讲话了》(1923年12月10日《东方杂志》第20卷第23期)这两篇罗素评论文章中,徐志摩借评论罗素的《中国问题》和《余闲与机械主义》,从中提炼出罗素的思想精髓。罗素推崇中国传统的农耕生活和日常审美文化。这是因为他认为现代人类面临的首要问题是文化问题。中国传统的文化提倡真和美,反对暴力,寻求本能的快乐,满足于单纯朴素的生活,注重人内在的心灵修养和充实,充满了民族的创造精神。这无疑是医治西方工业文明温床上滥生的实用主义和工业主义的灵丹妙药。而罗素的《余闲与机械主义》更集中地批判西方现代工业主义。徐志摩认为,

---

① 徐志摩:《徐志摩全集》第一卷[散文(1)],天津人民出版社2005年版,第69页。

罗素是继法国的伏尔泰、英国的戈德温之后的又一位思想革命的巨人。他十分认可罗素的人生观，即光明、快乐的人类有赖生命的乐趣、友好的感情、爱美的能力、对纯粹知识的追求这四个条件。只有这样才能祛除以成功、竞争、捷效为目标的工业主义的弊端，回复生命自然的乐趣。罗素对西方现代工业文明的锐利批判使他成了"现代最莹澈的一块理智结晶，而离了他的名学数理，又是一团火热的情感，再加之抗世无畏道德的勇敢，实在是一个可作榜样的伟大人格……他所厌恶的……是工业文明资本制度所产生的恶现象"①。

这一阶段徐志摩最服膺的是英国式的政治。现代英国人对政治的执著使之深入他们生活的根里，对自由的偏好不离日常生活中的柴米油盐。可以说英国人是天生持重守衡的政治动物。"英国人是'自由'的，但不是激烈的；是保守的，但不是顽固的。……唯其是自由而不是激烈，所以历史上并没有大流血的痕迹（如大陆诸国），而却有革命的实在，唯其是保守而不是顽固，所以虽则'不为天下先'，而却没有化石性的僵。"②但是在中国，社会政治革命却步入歧路，失去了任何理想的感召。因此他用堪比鲁迅式的批判言辞嘲讽道："到处只见拍卖人格'贱卖灵魂'的招贴。这是革命最彰明的成绩，这是华族民国最动人的广告！……我们从前是儒教国，所以从前理想人格的标准是智仁勇。现在不知道变成什么国了，但目前最普通人格的通性，明明是愚闇残忍懦怯，正得一个反面。"③ 面对中国市井百姓对现代政治的冷漠及中国社会现实的昏暗卑污，他这样表达了一种自由主义意义上的无畏的政治革命启蒙的精神："总不能掩没这风潮里面一点子理想的火星。要保全这点子小小的火星不灭，是我们的责任，是我们良心上的负担；我们应该积极同情这番拿人格头

---

① 徐志摩：《罗素又来说话了》，《徐志摩全集》第一卷［散文（1）］，天津人民出版社2005年版，第179页。
② 徐志摩：《政治生活与王家三阿嫂》，《徐志摩全集》第一卷［散文（1）］，天津人民出版社2005年版，第380—381页。
③ 徐志摩：《就使打破了头，也还要保持我灵魂的自由》，《徐志摩全集》第一卷［散文（1）］，天津人民出版社2005年版，第213—214页。

颅去撞开地狱门的精神!"①

　　1924年至1925年，徐志摩进一步思考并憧憬的是精神化革命。这种精神化革命的第一尊光焰四射的形象就是英国浪漫主义革命诗人乔治·戈登·拜伦——"一个美丽的恶魔，一个光荣的叛儿"②。徐志摩在《拜伦》这篇最先载于《小说月报》1924年4月10日的第20卷第4号的文章中豪迈、浪漫地描绘了拜伦形象的多重反叛精神。与神相比，拜伦是比神更可怕却又更可爱的凡人。他的不凡、他的伟丈夫气概、他的天纵骄子雄姿使他似"怪石一般的峥嵘，朝旭一般的美丽，劲瀑似的桀傲，松林似的忧郁"③。人间的蹊径挡不住他的脚步，世上的镣铐锁链禁锢不了他奋飞的羽翼，风雷的怒吼压不住他勃发的精神。因此遥想1816年乘一叶轻舟与巨浪对抗的拜伦，他是"在近代革命精神的始祖神感的胜处，在替地震怒的俄顷"的伟大的诗魂和反叛者。而在1824年初的梅锁朗奇海滩，在美丽的暝色中，拜伦如松涛海潮的吟诵声里传来战士告别人世时最后的自由呐喊：

　　　　再休眷念你的消失的青年，
　　　　此地是健儿殉身的乡土，
　　　　听否战场的军鼓，向前，
　　　　毁灭你的体肤！

　　　　只求一个战士的墓窟，
　　　　收束你的生命，你的光阴；
　　　　去选择你的归宿的地域，
　　　　自此安宁。④

---

　　① 徐志摩：《就使打破了头，也还要保持我灵魂的自由》，《徐志摩全集》第一卷［散文（1）］，天津人民出版社2005年版，第215页。
　　② 徐志摩：《拜伦》，《徐志摩全集》第一卷［散文（1）］，天津人民出版社2005年版，第431页。
　　③ 同上书，第432页。
　　④ 同上书，第438页。

1924年5月到秋天的几个月内，徐志摩通过演讲和撰文较集中地阐述了其精神革命的第二个主题——人本精神。1924年5月12日，在泰戈尔结束在华演讲之际，徐志摩在北京的真光剧场的演说《泰戈尔》赋予了印度诗人泰戈尔伟岸的人格力量和奔涌不休的人类同情和爱。泰戈尔昭示的人本精神首先是自然的。它如泉水，像生命的精液，是穿林过石的瀑布，是百灵鸟的放歌和子规的啼血。它也充满了真挚的同情和理解。因此他所做的一样是启蒙，"清理一方泥土，施殖一方生命，同时口唱着嘹亮的新歌，鼓舞在黑暗中将次透露的萌芽"①。这里我们开始发现一种徐志摩思想内在的连线，即用不灭的火星、破土而出的萌芽、冲破黑暗的新月等意象来比附艰难的、渐进的、执著的思想启蒙进程。最后这种人本精神同样是人道的，因为它最富情感，呼唤人道的温暖和安慰、人情和爱。接近美丽的薄暮的泰戈尔一样放射出革命的精神。"他一生遭逢的批评知识太新，太早、太激进、太激烈，太革命的，太理想的。他六十年的生涯只是不断的斗奋与冲锋，他现在还只是冲锋与斗奋……他顽固斗奋的对象只是暴烈主义，资本主义，帝国主义，武力主义，杀灭牲灵的物质主义；他主张的只是创造的生活，心灵的自由，国际的和平，教育的改造，普爱的实现。"②

　　1924年秋徐志摩在北京师范大学发表了演讲《落叶》。他继续宣扬真诚的人的感情、人道的同情、人超越物的负累之上的精神救赎。但是与此同时他更将批评的矛头指向污秽的现实。罪恶、猜忌、谎言、懦弱、卑鄙、贪婪、肉欲等招摇过市。"差不多更没有一块干净的土地，哪一处不是叫鲜血与眼泪冲毁了的；更没有平安的所在，因为你即使忘得了外面的世界，你还是躲不了你自身的烦闷与苦痛。"③ 他同样将希望寄予在这苦难、苦痛的现在中孕育、降世的光荣的、新的、美丽的生命。

---

①　徐志摩:《泰戈尔》，《徐志摩全集》第一卷［散文（1）］，天津人民出版社2005年版，第431页。
②　同上书，第444—445页。
③　徐志摩:《落叶》，《徐志摩全集》第一卷［散文（1）］，天津人民出版社2005年版，第456页。

第九章　现代主义的中国使徒:徐志摩的英国现代主义感知和传播 / 315

这对新生命的期盼和守望在1925年3月13日《晨报副刊》上发表的《青年运动》中更直接地变成了对青年象征的生命本体的复活再生主题——恢复性灵、回归自然、追求纯洁和健康。深陷现代文明沼泽的现代文明人备尝诅咒、恐怖、痛苦、厌世和怀疑等病症的折磨。无论是宗教训道、教育改良、政治宣传，还是主义的刺激或党规的强迫，无论是书斋里的整理国故，还是空洞理论，都不能根治。唯一出路在于彻底的重生，重铸洁净、健康的灵魂、躯体和生活。回归自然的单纯和朴素，恢复蒙上了尘垢的性灵，"在生命里寻得一个精神的中心"[①]。

1926年至1928年，徐志摩的思想反思进入第三个也是更为成熟的阶段。他在《列宁忌日——谈革命》（1926年1月21日《晨报副刊》）中明确地表明了自己反暴力、渐进的自由主义民主政治革命观念。列宁的强力意志，他的狂热的、危险的思想鼓动，他的激烈的政治革命手段，都不能效法。在这同一年发表的《南行杂纪》中他回忆了1920年在美国纽约时马克思主义尤其是早期人道的、乌托邦的马克思主义给他的深刻影响。他开始关注社会主义和劳工问题，在朋友眼中变成了一个"鲍尔雪微克"。回到中国后，曾经激进的、亲社会主义的他开始转向自由主义立场。这仅仅是徐志摩自己的剖析和反思。从他在英国期间所受的革命思想影响之驳杂，我们可以说英国式的自由主义思想其实就在他的骨子里。到了1928年他发表《〈新月〉的态度》时，徐志摩走完了自己的思想革命探索之旅，基本上形成了成熟的自由主义革命思想。

新月，是思想革命从发端而臻于圆满的象征，包容了期望与实现之间动态的张力。按照埃里希·奥尔巴赫的历史形象阐释观，思想革命的期望与其实现共同构成了历史的也是人的精神化运动轨迹。这种自由的思想革命建立在两个原则——健康和尊严——基础之上。以这两个原则为尺度，我们才能克服妨碍真正自由思想革命的两个极端——要么是绝对的思想专制之下的奴性的沉默，要么是无政府状态下绝对的自由。徐志摩例举了思想领域中十三种形形色色的思想流派——感伤派、颓废派、唯美派、功利派、训世派、攻击派、偏激派、纤巧派、淫秽派、热狂派、

[①] 徐志摩:《徐志摩全集》第二卷［散文（2）］，天津人民出版社2005年版，第17页。

稗贩派、标语派和主义派。这其中有些是人类下流粗陋的根性使然,有些是从西洋舶来的洋投机货色。针对这些思想流弊,徐志摩提出了五点主张。首先是抵制唯美和颓废的德性。其次是克服伤感和热狂的理性。再次是超越偏激的情感、情爱和互助。复次是反对与功利朋比为奸的思想的惰性,而应熔铸鲜活的思想之流。最后是祛除标语和主义的理智,用理智来解剖迷离的现象,用理智来辨别真伪。

这五点主张服务于文化的前途和民族的活力,也就是激发民族文化的活力和创造力。民族文化的推陈出新既需要保存延续民族文化的记忆,又需要孕育乃至创造性地孵化民族文化的想象。在前瞻与后顾之间,民族文化的历史、民族生存的现实、民族未来的兴盛辩证地相互作用,从而实现民族文化建设的双重使命——创造未来并终结现实。这其实又回到了新月象征的历史内在的张力和动力。但是这种为民族文化而呼唤的前提必须是思想的也是人生的健康和尊严,而不是任何宏大的解放事业和疾风骤雨式的暴力革命,也不是任何严密的党派组织和制度建设。徐志摩倡导的思想的民主自由与生活的民主自由相互渗透,因而它是事关个体生命的。他倡导的思想的民主自由指向民族文化的存续和前途,因而它又是集体的、民族的,或者说它是文化民族意义上的凤凰涅槃。它必须以健康和尊严为评判一切的价值标准,因而从价值公理看它又以人性、人本、人道为核心价值,从而含蓄地指向一种特别的自由主义价值体系——一个同时囊括了个体生命、民族文化生命、人性、人本和人道的价值体系。这个价值体系超越了物质、政治、道德、宗教乃至世俗伦理的范畴,指向个体和民族本体生命的再生和价值重构。"来罢,那天边白隐隐的一线,还不是这时代的'创造的理想主义'的高潮的前驱?来罢,我们想像中曙光似的闪动,还不是生命的又一个阳光充满的清朝的预告?"[①]

从《改造》、《小说月报》、《东方杂志》、《大公报副刊》文艺副刊到《新月》,徐志摩逐渐占领了1920年代中国文学革命的阵地,且发出独特

---

① 徐志摩:《〈新月〉的态度》,《徐志摩全集》第三卷〔散文(3)〕,天津人民出版社2005年版,第199页。

的声音。这种声音是诗歌、翻译、评论等混合而成的多声合奏。当我们仅仅看到徐志摩浪漫的气质而忽略了他思想的锐利和深邃，这不过是浅尝辄止。当我们过分看重他诗人的一面而忽略了他在跨文化的文学场中开辟的翻译、批评乃至思想革命的领域，这不过是在兜售陈词滥调。徐志摩既见证并参与了英国现代主义文学、思想和文化的发展，又见证、参与、推动了中国现代主义且开辟了新的领域。他的深邃，他的独立探索，他的影响力，他的反叛的革命精神，他的自由、人本的生命观，他为中国民族文化的焦虑，他在中英跨文化的文学场中积下的深厚的人脉和获取的文化象征资本，使他有资本与胡适、梁实秋等携手合作，也使他有力量、能量和胆量与鲁迅展开口诛笔伐。

然而徐志摩与英国现代主义和中国现代主义的对接是有选择的。正是这种选择使他与剑桥现代批评派的人际交往没有形成思想理论层面的相互哺乳。这个任务是由1920年代活跃在清华、北大的更严肃也更学院派的叶公超来推动的。

第十章

叶公超的中英诗学新境界

1925年10月徐志摩执掌《晨报副刊》后,于1926年4月1日创办了《晨报副刊·诗刊》。1926年6月10日《晨报副刊·诗刊》出了11期后停刊。接着他在6月17日出了《晨报副刊·剧刊》。从他发表在《诗刊》和《剧刊》第1期上的文章《〈诗刊〉弁言》《〈剧刊〉始业》,以及在《诗刊》第11期上的文章《〈诗刊〉放假》来看,徐志摩已经心怀高度自觉的精神革命意识,积极地探索与他的诗歌创作、思想革命具有内在的高度统一性的新诗学问题。《诗刊》的创办目的之一就是刊载"关于诗学的批评及研究文章"[①]。其崇高的精神指向是民族的精神解放和精神革命:

> 我们信我们这民族这时期的精神解放和精神革命没有一部像样的诗式的表现是不完全的;我们信我们自身灵性里以及周遭空气里多的是要求投胎的思想的灵魂,我们的责任是替它们搏造适当的躯壳,这就是诗文与各种美术的新格式与新音节的发见;我们信完美的形体是完美的精神唯一的表现;我们信文艺的生命是无形的灵感加上有意识的耐心与勤力的成绩;最后我们信我们的新文艺,正如我们的民族本体,是有一个伟大美丽的将来的。[②]

[①] 徐志摩:《〈诗刊〉弁言》,《徐志摩全集》第二卷[散文(2)],天津人民出版社2005年版,第414页。

[②] 同上书,第416页。

这种自觉的民族精神解放和革命（而不仅仅是狭义的文学或文化革命）不是停留在抽象的观念或意气勃勃的情感状态。它更具体地表现为徐志摩所代表的崭新的诗学观点。例如他在《〈诗刊〉放假》这篇总结文章中指出了叶公超后来也极力辩护的诗的音乐化特质。诗的秘密在于它内在的音乐、匀整和流动，而不是形式上的整齐和刻板。"一首诗的字句是身体的外形，音节是血脉，'诗感'或原动的诗意是心脏的跳动，有它才有血脉的流转。"[①]

但是徐志摩的这种诗学探索毕竟是零星、不成体系的。正当他思考着从精神的巅峰来俯察诗学的律动之际，真正开创了中国现代批评理论，也实际上将剑桥现代批评引入中国的另一位剑桥才子叶公超踏上了归国之路。23岁的叶公超比徐志摩晚从剑桥回国4年，比温源宁晚从剑桥回国半年。与这两位才华横溢、意气风发的学兄相比，叶公超在1926年至1940年的14年间在中国的大学空间和文艺刊物表征的文学批评空间中开辟了另一块现代主义的根据地——中国的现代比较诗学。因此徐志摩在1926年的《诗刊》和《剧刊》上吹响了第一声号角。接下来轮到叶公超登台了。

第一节　叶公超的留学足印：1912—1926年

叶公超（1904—1981年）在他所属的那一代人中接受了最深厚的英美人文教育。1912年年方9岁的他受叔父叶恭绰资助，先到英国读了两年小学，然后又到美国读了一年小学。1915年他回国，后于1917年考入天津南开学校。在南开读初三时在作文《自振》中直抒志向："盖人之成伟大者，非安逸慎然而成之也，非恃他势而成之也。是必出于万难之中，而拔于怆痛之海，琢磨切磋，而后有此成之也。"[②] 在南开学校读了三年中学后，叶公超于1920年8月下旬再次赴美国，入伊利诺伊州的乌尔班

[①] 徐志摩：《〈诗刊〉放假》，《徐志摩全集》第三卷［散文（3）］，天津人民出版社2005年版，第86页。

[②] 傅国涌：《叶公超传》，河南人民出版社2004年版，第22—23页。

纳（Urbana）高级中学。高中毕业后他进入缅因州的贝茨（Bates）大学。一年之后（即1922年夏）他考入美国有名的艾姆赫斯特学院（Amherst College）。在艾姆赫斯特学院求学的三年中，叶公超有幸成为驻校诗人罗伯特·弗罗斯特（Robert Frost）的入室弟子。作为大诗人，弗罗斯特不仅用自由无拘束的人文主义教育方式熏陶培育叶公超，而且用心雕琢他的文才诗艺，教他创作诗歌和小说写作的技法。因此在艾姆赫斯特学院的最后一年，叶公超出版了自己的英文诗集《诗歌》（Poems）。叶公超在英文诗创作上的天赋和发展潜力给弗罗斯特留下了极其深刻的印象。叶公超1930年代在北大教过的学生林振述（笔名艾山）1940年代末在美国哥伦比亚大学见到老诗人弗罗斯特时，他还念念不忘自己二十多年前亲手调教过的中国学生叶公超，"说他很有才气，若果继续把诗写下去，加上中国固有的丰富诗歌传统，则在太平洋的彼岸，不让泰戈尔……专美于前"[①]。

1925年夏获艾姆赫斯特学院学士学位后，叶公超于当年秋季进入英国剑桥大学麦格德伦学院攻读现代批评硕士学位。这样叶公超不仅与当时尚在剑桥的温源宁成为同学，而且直接受惠于 I. A. 瑞恰慈奠定的现代批评，与 F. R. 利维斯、威廉·燕卜荪这些继瑞恰慈之后的剑桥才子们成为同门师兄弟。正是在这个意义上，也正是在此后的14年间他秉承并匡护的批评精神这个意义上，同样是在此后的相当长的时间内叶公超与瑞恰慈和燕卜荪之间共同的志趣和相互的帮助这个意义上，我们肯定地说叶公超是剑桥现代批评学派的中国成员。

在1920年代的英国现代批评发端之处，另一位举足轻重的人物是诗人兼批评家 T. S. 艾略特。在1920年代英国乃至英美文化思想地图上艾略特和瑞恰慈在年轻一代知识分子眼中是最宏伟的地标。[②] 尤其 T. S. 艾略特是充满了革命精神的保守知识分子原型。他在创作现代主义不朽诗篇

[①] 艾山：《文采风流、音容宛在：叶公超侧记》，朱传誉主编《叶公超专辑资料》（一），台北：天一出版社1985年版，第26页。

[②] 可参阅 Iain Wright, "F. R. Leavis, the *Scrutiny* Movement and the Crisis," *Culture and Crisis in Britain in the Thirties*, Jon Clark, Margot Heinemann et al., eds. (London: Lawrence and Wishart, 1979), pp. 37–65.

的同时，开创了现代主义诗学；在拥抱现代性的同时，批判地拒斥现代性。F. R. 利维斯在《批评出什么问题了？》这篇文章中承认："瑞恰慈先生巨大地改进了分析工具……艾略特先生不仅提炼了批评的观念和方法，而且让决定性的、重新组合、重新定向的观念和评价流行起来。"① 在剑桥的一年中，叶公超与 T. S. 艾略特结下了师友之情，直接承受了艾略特诗学思想的影响，对艾略特的现代主义诗歌巨作《荒原》及其他诗篇有了与一般读者和寻常批评家相比更透彻、更亲切、更直观的感悟。在与 T. S. 艾略特相交的中国学人中，无疑叶公超给他留下了最深刻的印象。因之多年后当中国诗人和批评家卢飞白在伦敦与艾略特见面时，他首先问到的是叶公超。

与徐志摩相比，叶公超似乎没有广泛地与英美现代主义人物建立起人际关系网络，并长时间地在私人情谊上维系沟通和交流。但是叶公超是在更深厚的背景中，在更亲密的人文主义传统中，在更长的时间内从英美教育体制内部接受思想熏陶和人文教育。尤其是他不同于同时代的诗人、批评家、学者之处在于：首先他是在英美人文教育浓厚的大学中从深厚的人文思想传统出发来感知现代主义；其次是机缘巧合，他得天独厚地同时得到英美两位最杰出的诗人弗罗斯特和 T. S. 艾略特的教诲；最后是他同时承受了剑桥学派的两个源头——瑞恰慈和艾略特——的滋养，因之无论是在跨学科视域（文学与心理学等学科的结合）、批评方法论还是思想观念上他自然地能将两个源头的批评精髓调剂、融合并创新。

1912 年至 1926 年的 14 年间，叶公超超越了常人的成长轨迹，结下了中英跨文化交流的奇缘，得到了绝世高人的口传心授，深入西方现代主义文学和现代主义批评最前沿、最腹心的地带，通晓且打通了剑桥现代批评学派的玄门正宗功法，且对英美乃至西方文明深厚的人文传统精神心领神会。所有这些为他开创继徐志摩之后中英跨文化的文学场中中国现代比较诗学的崭新局面，为中国现代批评话语的建构提供了得天独厚的条件。也使他为引领中国现代批评的自由人文主义话语做好了充分的准备。一旦进入北大、清华的大学场及与之调剂互补的文学场，一旦

---

① F. R. Leavis, "What's Wrong with Criticism?" *Scrutiny* 1. 2（September 1932）: 132.

将西学新知与中国的诗学传统和时代精神嫁接融合，他将以超越的姿态开现代比较诗学的新门户。这就是他在接下来的 14 年（1926—1940 年）中持续展开的事业。

第二节 大学教授和文学理论家
叶公超：1926—1940 年

1926 年 6 月叶公超回到北京后，吴宓为他到清华大学外国语文系任教一事积极奔走，最终未能如愿以偿。这年秋季学期他在北京大学外文系担任讲师。1927 年春上海暨南大学校长郑洪年聘请他担任外文系主任兼图书馆馆长。1929 年夏他结束在暨南大学的工作，入清华外文系任教。

在北大期间，他与剑桥同学温源宁、学长徐志摩成为同事，主要讲授英文作文、英国短篇小说。他同时做两份兼职工作：一是在北京师范大学兼英文课；二是经叔父叶恭绰引荐，为《北京英文日报》（*Peking Daily News*）和《远东英文时报》（*Far Eastern Times*）撰写评论和社论。在北大的半年间，他赏识并在此后积极扶持的得意门生是外文系的废名和梁遇春。

在暨南大学叶公超与梁实秋、林语堂、饶孟侃、余上沅成为同事。后来他还兼任胡适任校长的吴淞中国公学西洋文学系教授。在这两年半的时间内，他最大的收获是成为"新月派"的一员，参与《新月》月刊的创刊、编辑、撰稿等事务中。由于政治和社会动乱，北京的知识分子群体中相当部分人迁徙到上海。得力于叶公超在暨南大学的独特地位和影响，梁实秋、林语堂、饶孟侃、余上沅等相继在暨南大学外文系任教。客观上叶公超主持的暨南大学外文系为这些学者提供了栖息地，解决了他们的职业之忧，为他们推动"新月"事业提供了稳定的物质和社会保障。叶公超在暨大的得意门生是戴淮清（后转入燕京大学外文系）和温梓川。

从 1929 年到 1940 年的 11 年（除去 1935 年出国游学休假），叶公超或受聘于清华外文系，或受聘于北大外文系，或主持长沙临时大学外文系的系务，或吟诵在西南联大的讲台上。但是他基本上同时在北大和清华外文系从事教学工作,因此也就在 10 年的时间里持续地给在清华和北大外文系求学修课的青年学子讲授课程。

1929 年秋至 1934 年夏,叶公超被正式聘为清华外文系教授。他讲授的课程包括:大学一年级、二年级、三年级的英文,英国散文,现代英美诗,文学批评,翻译,等等。他在北大外文系兼授的课程有戏剧、翻译、英诗、文学批评、18 世纪文学。大学一年级英文使用的教材是简·奥斯丁的《傲慢与偏见》。到了 1933 年大学一年级英文使用的教材是合选的英美名作家名篇,如爱默生的《自助》("Self-Reliance")、赛珍珠的小说《大地》中的选段。戏剧使用的教材是英文版的《英国戏剧杰作选》。而文学批评则是融合最新知识后的系统启发和传授。赵萝蕤在《怀念叶公超老师》中回忆道:

> 我上的课是文艺理论。他在这方面信息灵通,总能买到最新的好书,买多了没处放就处理一批,新的源源不断而来。他一目十行,没有哪本书的内容他不知道……他只是凭自己的才学,信口开河,说到哪里是哪里。反正他的文艺理论知识多得很,用十辆卡车也装不完的。①

翻译课是与吴宓合开。吴宓上英译汉,叶公超上汉译英。他选用的翻译材料主要是唐宋诗词和元曲。在教法上"除了承受牛津、剑桥的传统,对诗、对文学的理解和创作,着重旁敲侧击的方法,也是熏陶式、启发式的方法"②。按照他在北大教过的学生林振述(笔名艾山)的进一步解释,这是融合了英美人文主义传统与中国书院传统的身教和自由切磋法。更有意义的是他在课余给予学生们的指导。例如他指导赵萝蕤翻译 T. S. 艾略特的《荒原》,并亲自为她的翻译写序。赵萝蕤通过比较外籍教师温德与叶公超的指导,发现叶公超超出常人、令人叹为观止的理论功底和

---

① 叶崇德编:《回忆叶公超》,学林出版社 1993 年版,第 69—70 页。
② 艾山:《文采风流、音容宛在:叶公超侧记》,朱传誉主编《叶公超专辑资料》(一),台北:天一出版社 1985 年版,第 26 页。

学问修养。

温德教授只是把文学典故说清楚，内容基本搞懂，而叶老师则是透彻说明了内容和技巧的要点与特点，谈到了艾略特的理论和实践在西方青年中的影响与地位，又将某些技法与中国唐宋诗比较。他一针见血地评论艾略特的影响说："他的影响之大竟令人感觉，也许将来他的诗本身的价值还不及他的影响的价值呢。"①

在教学中对学生的启发熏陶、对学生学术上的点化和提携，更进一步就是对自己以及自己开创的批评事业与本土文化认同和价值阐发的现实反省。他谆谆告诫北大学生常风说："咱们学外语的人总须另找个安身立命之处。只教外文、讲外国文学，不过是做介绍、传播外国文化的工作，这固然重要，可是应该利用从外国学来的知识在中国语言和文学方面多钻研，认真做点一砖一瓦的工作，为建筑一座宏伟的殿堂做基础。"②

与最初在北大及暨大相比，叶公超在这5年中亲手调教了一群才华出众、资质一流的未来学术和文化栋梁之材。这群叶门弟子，在清华有钱锺书、王锡熹、季羡林、杨联陞、王辛笛、赵萝蕤、张骏祥、王岷源、孙晋之、傅幼侠，在北大有卞之琳、陈世骧、王学曾、常风、林振述等。

从欧洲游学归国后，叶公超于1936年任北大教授，同时在中华文化教育基金会任职。1937年北大迁往湖南长沙后，他先是被推选为长沙临时大学13人组成的课程委员会委员，接着被推选为外国语文系教授会主席。考虑到战时特殊情况，他极力主张免除大四学生的毕业论文。他还积极参加穆旦等同学组织发起的诗歌讨论会，强调诗与时代的意义，激励学生大胆创作反映抗战的新诗。临时大学迁往云南之际，他奉命担任驻香港办事处主任，负责安排过港师生的食宿、交通、联络事宜，展露出精明干练的办事能力。在长沙临时大学他讲授过二年级英文、文学批评两门课程。在国立西南联合大学他讲授的课程包括文学批评、英国十八世纪文学、大一英文、英汉对译、印欧语系语文学概要、西方文学名著选读、英诗选读。大一英文使用的教材是清华编的《英文读本》，所选

---

① 叶崇德编：《回忆叶公超》，学林出版社1993年版，第70页。
② 傅国涌：《叶公超传》，河南人民出版社2004年版，第71页。

文章多以中国为主题，内容包括毛姆的《苦力》、赛珍珠的《荒凉的春天》、兰姆的《论烤猪》、林语堂的《生活的艺术》。在与吴宓等合上的《欧洲文学名著选读》中，他负责讲解列夫·托尔斯泰的《战争与和平》、陀思妥耶夫斯基的《卡拉马佐夫兄弟》。这一时期他教过的得意门生包括穆旦、李赋宁、王佐良、许渊冲、金丽珠、杨静如、杜运燮、赵瑞蕻、吴其昱、李博高、吴景荣，等等。尽管是在战乱流离的状况下，叶公超在治学育人上用功勤勉。李赋宁在回忆这一时期的恩师时有这样的感叹："……仍必须读书到凌晨两、三点钟。由于先生不断接触新思想、新概念，因此先生的讲课总有新的内容，使学生努力跟上时代，了解时代的脉搏和动向。但是先生更为重视基本理论和历史事实，使学生做到言之有物，持之有据。"[1]

纵观这十多年间叶公超所教授的课程，文学批评是贯穿始终的课程。加上他在1930年代初开出的现代英美诗课程和发表的批评理论文章，承受他教益的学生眼前展开了一个全新的现代批评理论世界。例如卞之琳在回忆叶公超的教泽时认为"是叶师第一个使我重开了新眼界，开始初识英国三十年代左倾诗人奥顿之流以及已属现代主义范畴的叶慈晚期诗"[2]，而他撰写的诗论文章《论新诗》"不仅是叶先生最杰出的遗著，而且应视为中国新诗史论的经典之作"[3]。

作为第一位真正意义上的，也是新月派的现代批评理论家，叶公超的理论建树首先在于他是1920年代末至1930年代末10年间新月派和后一新月派重要的组织者之一，在《新月》月刊、《学文》和《文学杂志》这三份刊物的创办和发行中发挥了骨干甚至核心作用。这在根本上决定了与他的北大、清华教授对应甚至相辅相成的另一个重要的文化角色——占据公共空间中高雅、严肃、以文化象征革命为自觉使命的文学刊物这一文化制高点的策划者、组织者、赞助者、撰稿人、评论家、理论家。这个角色既不同于普通的为赚稿费的职业撰稿人或作家，也还没

---

[1] 叶崇德编：《回忆叶公超》，学林出版社1993年版，第67页。
[2] 同上书，第20页。
[3] 同上书，第22页。

有发展成熟到现代意义上的公共知识分子。准确地讲,叶公超参与并推动的是现代主义文学革命。在占领了大学讲台这个现代知识和思想舞台的同时,他及其同道试图占领文化媒介栖息的公共空间中的制高点(也是文学场的制高点)。因此我们认为这个重要的文化角色实为现代主义文学革命的理论喉舌。他是名副其实的以现代批评为己任的文学和思想革命者。

1926年6月21日,刚刚从巴黎大学回到北京的叶公超就在徐志摩主编的《晨报副刊·戏刊》上发表了他的第一篇文章,即评论爱尔兰戏剧家约翰·米林顿·辛吉(John Millington Synge)的文章《辛额》。他还在《晨报副刊》上发表自己创作的十四行诗。与他为了赚取稿酬而为《北京英文日报》和《远东英文时报》定期写评论相比,这篇文章具有不同寻常的象征意义,因为这标志着叶公超直接融入欧美同学会这个圈子,成为徐志摩、胡适等主导的"新月社"、"中国戏剧社"的新成员。这也就十分自然地决定了他在新月派中的地位、作用和分工。

1928年3月《新月》创刊号上叶公超发表了英国现代主义小说批评文章《写实小说的命运》。这一年的夏天他选编的《近代英美短篇散文选》(一套四辑)由新月出版社出版。该选集第一、第二辑收入杂感50余篇,第三、第四辑收编散文40余篇。所用的体例是:每篇正文后附作者生平、风格和代表作品目录。此外新月出版社还出版了他与闻一多合编的《近代英美诗选》(两册)。

从《新月》1928年10月第1卷第8期开始,叶公超开辟了"海外出版界"专栏。其目的是让读者了解海外新出的名著,跟踪介绍英美文学、批评和出版界等为主的文坛现状。这个栏目的主要撰稿人为叶公超本人和他在北大最早教过的梁遇春。叶公超为这个栏目一共撰写了约14篇评论。梁遇春在1932年6月去世前为这个栏目共写了18篇书评书话。这栏目的另一位撰稿人是他在清华的学生钱锺书。

叶公超主编《新月》,可分为两个时间段。首先是1929年4月至7月,当他还在上海暨南大学教书时,与梁实秋、潘光旦、饶孟侃、徐志摩共同主编第2卷第2期至第5期。1931年11月19日徐志摩去世后,《新月》出了第4卷第1号"志摩纪念号"。之后休刊达半年以上。此时身在北平清华大学的叶公超挺身而出，独撑危局，单独主编了 1932 年 9、10 月《新月》第 4 卷的第 2 号、第 3 号。接着他又与胡适、梁实秋、余上沅、潘光旦、邵洵美、罗隆基合作主编了 1932 年 11 月至 1933 年 6 月《新月》最后的 3 期——第 4 卷第 5 期至第 7 期。实际上最后 3 期的编务主要由叶公超负责。甚至由于其他作者欠稿太多的缘故，叶公超只好用白宁、白苧、棠臣等笔名来亲自捉刀，为刊物写各类文章。

叶公超参与发起了《新月》，在创刊号上发表重要的理论文章，在刊物上开辟海外文坛专栏。在《新月》难以为继、濒临瓦解的状况下，他勇挑重担，独撑危局，使刊物延续了 10 个月的时间。因此在新月最后的一年中身在清华的叶公超发挥了举足轻重、不可替代的作用。这种作用更大的影响在于，他发现并提携了一批北大、清华的青年学子，使他们在文学批评上得到了切实的锻炼，迅速成长为 1930 年代青年一代中崭露头角的新秀。他不仅延续了《新月》的生命，而且培养了新一代的批评家、翻译者和作家。这些新秀包括北大的卞之琳、李广田，清华外文系的曹葆华、钱锺书、常风、石璞，中文系的余冠英，历史系的孙毓棠，哲学系的李克植，历史研究所的张德昌，外文研究所的杨绛。

从更长的时间范围来看，叶公超 1926 年回国伊始就进入欧美同学会的圈子，深入徐志摩、胡适主导的文学象征革命的激流，并迅速展露出自己的人格魅力和凝聚力、组织才华和现代批评功力。尤为难得的是他利用《新月》这个舞台来从实战中锻造自己的门人弟子，来培养新生力量。从这个意义上讲，他不仅推动了而且竭力保障了新月精神历久弥新，在众声喧哗的中国现代文学场中迅速发出现代批评的声音并集结起自己的同道。正如他的学生林振述（笔名艾山）所感叹："叶师未曾留下一部中国新文学运动史。他是这运动或前或后的重要参与者之一，其本身便是一部活生生的记录。"[①] 无疑新月精神的精髓就是自由主义精神，就是以自由主义和人本主义精神为底色的剑桥学派精神借《新月》的喉舌，在北大、清华和高度文学化和思想化的刊物共同建构的文学场中的嬗变

---

① 艾山：《文采风流、音容宛在：叶公超侧记》，朱传誉主编《叶公超专辑资料》（一），台北：天一出版社 1985 年版，第 28 页。

和中国本土化。因此在舶来的基础上，经过与中国文学现代性的熔铸，它成为徐志摩所认定的维护"健康"和"尊严"、自由和人性的号角。而这第一声号角的变奏就是叶公超一手操持办起的《学文》。

1934年余上沅在北京欧美同学会宴请梁实秋、叶公超、胡适、闻一多等人。众人商议创办新的刊物《学文》。《学文》刊名出自《论语·学而》："子曰：'弟子，入则孝，出则悌，谨而信，泛爱众而亲仁。行有余力，则以学文。'"5月1日由叶公超任主编、余上沅任发行人的《学文》开始发行。1934年8月出了第4期后，主要是因为叶公超在清华任教满五年后赴欧洲休假游学，再加上经费拮据等原因，《学文》停刊。

继承《新月》的品味和格调，《学文》月刊的封面是由林徽因设计的汉砖图案，古朴典雅。4期刊物上刊登的代表性文章颇能证明其高远的文学和批评指向。第1期上刊登有可算中国最早的意识流小说——林徽因的《九十九度中》。第2期上刊登了杨联陞经叶公超指导修改的随笔小品文《断思——躺在床上》、叶公超重要的批评文章《从印象到评价》。第3期登有钱锺书最早剖露文艺圆通思想的《论"不隔"》。除了刊载诗歌、小说、散文随笔外，《学文》最显著的特征就是对英美批评理论的译介。第1期刊登了卞之琳在叶公超指导下翻译的T.S.艾略特的现代批评名文《传统与个人才能》。第3期刊登了爱德蒙·威尔逊（Edmund Wilson）的《诗的法典》。第4期刊登了赵萝蕤翻译的A.E.豪斯曼的《诗的名与质》。

沿袭《新月》后期的做法，叶公超在《学文》上自己仅发表了一篇文章，却不遗余力地培养北大和清华的学生。尽管《学文》只出了4期，但在刊物上发表过各类文章的清华学生就有季羡林、李健吾、钱锺书、杨联陞、赵萝蕤，北大学生有包乾元、何其芳、徐芳、闻家驷、卞之琳等。按照叶公超在1977年10月16日发表在台北《联合报》副刊上的《我与〈学文〉》中的回忆，《学文》更延续了《新月》的主张和希望。[①]很显然这种回忆带有强烈的意识形态痕迹。但是撇开这种意识形态的分歧和纷争，我们看到了《学文》在文学场中打出了与《新月》一样的

[①] 陈子善编：《叶公超批评文集》，珠海出版社1998年版，第255—256页。

旗帜。

叶公超尽力参与的第三项文学革命事业是《文学杂志》月刊。1936年下半年沈从文、叶公超、杨振声萌发了创刊的念头。1937年1月整个班底和机制安排就绪。由朱光潜担任主编，商务印书馆负责出版发行并提供编辑经费。成立了编辑委员会，成员包括朱光潜、杨振声、沈从文、叶公超、周作人、朱自清、林徽因、废名、李健吾和凌叔华。可惜不久北平沦入日寇之手，叶公超及其他同道纷纷南下，北大和清华也迁往湖南。《文学杂志》只出了4期就被迫停刊了。叶公超在创刊号上发表了中国新诗诗论的经典之作《论新诗》，在第2期上发表了书评《牛津现代诗选》。

作为剑桥现代批评在中国的传人和中国现代批评的奠基人，叶公超在14年的时间内先后发表了大量文章，积极介绍英美文坛现状，译介英美文学佳作，阐发剑桥现代批评精髓，开创中国现代批评理论。可考证的文章从类别来看，包括英国现代主义批评、英语研究、英美文坛研究、散文随笔、中英比较诗学研究、英美现代批评研究、翻译研究、中国本土批评理论建构、中国新文学批评乃至现代大学教育研究。此外，叶公超还为朋友梁实秋和学生赵萝蕤、伍光建、梁遇春和曹葆华的翻译写序和跋。这些文章主要刊登在《晨报副刊·剧刊》、《新月》、北京英文刊物《中国社会政治科学评论》、天津《大公报·文学副刊》、天津《大公报·文艺》、《清华周刊》、《清华学报》、《学文》、《自由评论》、《独立评论》、天津《益世报》增刊、北平《世界日报》副刊、《文学杂志》、《北平晨报·文艺》、《今日评论》、重庆《中央日报·平明》16家报刊上。除英文刊物《中国社会政治科学评论》和两份清华刊物外，剩下的13家报纸和刊物的主编分别是徐志摩（《晨报副刊·剧刊》）、沈从文（天津《大公报·文学副刊》、天津《大公报·文艺》）、叶公超（《学文》）、梁实秋（《自由评论》、天津《益世报》增刊、北平《世界日报》副刊、《北平晨报·文艺》、重庆《中央日报·平明》）、胡适（《独立评论》）、朱光潜（《文学杂志》）、潘光旦（《今日评论》）。这即是说新月人物掌控了如此宽广的阵地。或者说这些刊物都是叶公超所属的圈子中的同道和朋友任主编。从影响的角度看，叶公超借助徐志摩、沈从文、胡适、梁实秋、朱光潜、潘光旦以及自己掌握的传媒平台，使自己的现代批评思想从北大和清华,由《新月》、《学文》和《文学杂志》向外、向更广阔范围内的读者大众传播,由此产生累积的、广泛的、连续的影响。

在这样一个基本上由新月人物控制的传播影响范围内,从1926年至1940年叶公超总计发表文章47篇,撰写序和跋6篇,编写英美散文选和诗歌选两套。而在整个53篇文章中,直接评论、译介的20世纪英国和美国现代和现代主义剧作家、小说家、哲学家、诗人、批评家共计约14位以上。他们主要是:辛吉、康拉德、哈代、乔伊斯、高尔斯华绥(John Galsworthy)、罗素、曼斯菲尔德、辛克莱·刘易斯(Sinclair Lewis)、弗吉尼亚·伍尔夫、奥尔德斯·赫胥黎、J. B. 普里斯特利(J. B. Priestley)、赛珍珠(Pearl S. Buck)、T. S. 艾略特、瑞恰慈。

表10-1至表10-3是叶公超1926年开始发表的可考证的文章、著述统计情况。

表10-1　　　叶公超发表报、刊文章一览表(1926—1939年)

文章	英美现代主义作家	类别	刊物	卷/期
《辛额》	辛吉	英国现代戏剧批评	《晨报副刊·剧刊》	1926年6月21日第3号
《写实小说的命运》	约瑟夫·康拉德、托马斯·哈代、詹姆斯·乔伊斯等	英国现代主义小说批评	《新月》	1928年3月第1卷第1期创刊号
《牛津字典的贡献》		英语研究	《新月》	1928年9月第1卷第7期
《〈伦敦爱佛黛娣〉的出现》		英国刊物评论	《新月》	1928年10月第1卷第8期
《〈患忧郁病者〉》	詹姆斯·鲍斯韦尔(James Boswell)	英美书评	《新月》	1928年10月第1卷第8期
《〈天鹅的歌〉》	约翰·高尔斯华绥	英美书评	《新月》	1928年10月第1卷第8期
《爱伦坡的〈乌鸦〉和其他的诗稿》	爱伦·坡	英美书评	《新月》	1928年11月第1卷第9期

续表

文章	英美现代主义作家	类别	刊物	卷/期
《怀疑主义的论文集》	罗素	英美书评	《新月》	1928年11月第1卷第9期
《〈人类之趋向——近代文明之面面观〉》		英美书评	《新月》	1928年12月第1卷第10期
《〈冬日的话〉》	托马斯·哈代	英美书评	《新月》	1928年12月第1卷第10期
《〈曼殊斐尔的信札〉》	曼斯菲尔德	英美书评	《新月》	1929年1月第1卷第11期
《〈叔伯特个人和他的朋友〉》		英美书评	《新月》	1929年2月第1卷第12期
《施推茜·奥蒙纳（Stacy Aumoaice）逝世》		英国文坛近况	《新月》	1929年3月第2卷第1期
《〈近代短篇小说选〉》		英美书评	《新月》	1929年3月第2卷第1期
《〈美国诗抄〉（1671—1928）、〈现代英美代表诗人选〉》		英美书评	《新月》	1929年4月第2卷第2期
《〈多池威士〉》	辛克莱·刘易斯	英美书评	《新月》	1929年4月第2卷第2期
《小言两段》（《扑蝴蝶》《谈吃饭的功用》）		短评	《新月》	1929年5月第2卷第3期
《〈墙上一点痕迹〉（The Mark on the Wall）译者识》	弗吉尼亚·伍尔夫	英国小说批评	《新月》	1932年1月第4卷第1期
《〈英勇的新世界〉》	奥尔德斯·赫胥黎	英美书评	《新月》	1932年10月第4卷第3期
《"现代"的"评传"》		书评	《新月》	1932年10月第4卷第3期
《小品文研究》		书评	《新月》	1932年10月第4卷第3期
《〈施望尼评论〉（Swanee Review）四十周年》		英美文坛近况	《新月》	1932年10月第4卷第3期

续表

文章	英美现代主义作家	类别	刊物	卷/期
《〈浦利斯特利散文自选集〉》	J. B. 普里斯特利	英美书评	《新月》	1932年12月第4卷第5期
《美国〈诗刊〉之呼吁》		英美文坛近况	《新月》	1932年12月第4卷第5期
《论翻译与文字的改造——答梁实秋》		翻译批评	《新月》	1933年3月第4卷第6期
《反映中国农民生活的史诗——评赛珍珠的〈大地〉》	赛珍珠	英美小说批评	北京英文刊物《中国社会政治科学评论》	1931年10月第3期
《志摩的风趣》		人物评论	天津《大公报·文学副刊》	1931年11月30日
《文学的雅俗观》		中西文论比较	天津《大公报·文艺》	1933年9月27日
《"无病呻吟"解》		短评	天津《大公报·文艺》	1934年3月7日
《现实世界与艺术世界》		文学批评理论	天津《大公报·文艺》	1934年7月21日
《谈书评》		短评	天津《大公报·文艺》	1935年9月29日
《音节与意义》		诗歌批评	天津《大公报·文艺》	1936年4月17日、5月15日
《门》		短评	《清华周刊》	1933年4月21日第37卷第6期

续表

文章	英美现代主义作家	类别	刊物	卷/期
《爱略特的诗》	T. S. 艾略特	英国诗歌批评	《清华学报》	1934年4月第9卷第2期
"Basic In Teaching: East and West"	I. A. 瑞恰慈	书评	《清华学报》	1935年10月第10卷第4期
《从印象到评价》		文学批评理论	《学文》	1934年6月第1卷第2期
《谈读者的反应》		文学批评理论	《自由评论》	1936年7月18日第33期
《留学与求学》		短评	《独立评论》	1935年9月1日第166号
《大学应分设语言文字与文学两系的建议》		大学教育评论	《独立评论》	1935年9月第168期
《关于非战士的鲁迅》		人物评论	天津《益世报》增刊	1936年11月1日
《买书》		短评	北平《世界日报》副刊	1936年11月26日
《论新诗》		文学批评理论	《文学杂志》	1937年5月创刊号
《〈牛津现代英诗选〉（1892—1935）》		英美书评	《文学杂志》	1937年6月第1卷第2期
《鲁迅》		人物评论	《北平晨报·文艺》	1937年1月25日
《再论爱略特的诗》	T. S. 艾略特	英国诗歌批评	《北平晨报·文艺》	1937年4月5日第13期
《文艺与经验》		文学批评理论	《今日评论》	1939年第1卷第1期
《谈白话散文》		散文批评	重庆《中央日报·平明》	1939年8月15日

表10-2　　　　叶公超所写序、跋一览表（1926—1939年）

序/跋	作者	译者	书名	出版社	出版日期
跋	驭聪①	无	《泪与笑》	上海开明书店	1934年6月
序	T. S. 爱略特	赵萝蕤	《荒原》	上海新诗社	1937年
序	高尔斯密（Oliver Goldsmith）	伍光建	《诡姻缘》	新月书店	1929年11月
序	巴利（J. M. Barrie）	梁实秋	《潘彼得》	新月书店	1929年10月
序	狄福（Daniel Defoe）	梁遇春	《荡妇自传》	上海北新书局	1931年7月
序	瑞恰慈（I. A. Richards）	曹葆华	《科学与诗》	商务印书馆	1937年4月

表10-3　　　　叶公超1940年后发表文章一览表②

文章	类别	刊物/著作	卷/期
《英国战时妇女》	讲演（沈婉整理）	《妇女共鸣》	1944年第13卷第6期
《深夜怀友》	人物回忆	台北《文星》	1962年3月1日 第9卷第5期
《六十年来之中国绘画》	艺术史批评	《二十世纪之人文科学艺术篇》绘画部分第一章	1966年10月 台北正中书局
《〈二十世纪之人文科学艺术篇〉结语》	艺术史批评	《二十世纪之人文科学艺术篇》	1966年10月 台北正中书局
《中国裱褙艺术——亚太地区博物馆研究会发言》	艺术批评	香港《大成》月刊	1976年9月1日第34期
《我与〈学文〉》	回忆	台北《联合报》副刊	1977年10月16日
《文学·艺术·永不退休》	回忆	台北《中国时报》副刊	1979年3月15日
《〈新月小说选〉序》	序言	《新月小说选》	1980年台北雕龙出版社
《〈火鸟之歌〉序》	序言	《联副三十年文学大系·散文卷·火鸟之歌》	1981年10月 台北联合报社
《新月旧拾——忆徐志摩二三事》	人物回忆	台北《联合报》副刊	1981年11月19日

---

① 即叶公超在北京大学教过的学生梁遇春（1906—1932年），又名秋心，中国现代散文家。

② 值得我们一提的是叶公超旅居台湾后出版的著作：《国语辞典》；英文著作《英国文学中之社会原动力》（Social Forces in English Literature）、《介绍中国》（Introducing China）、《仁的概念》（The Concept of Jen）以及《中国古代文化生活》（Cultural Life in Ancient China）等。

如前所论，叶公超与英美现代主义人物之间没有像徐志摩那样形成广泛的人际关系网络，而是集中在美国的罗伯特·弗罗斯特、英国剑桥大学麦格德伦学院的英文系和以瑞恰慈为首的现代批评派以及现代主义诗歌和诗学的杰出大师 T. S. 艾略特。更为重要的是，他与这三方面的交往超越了人际关系层面，拓展到更深厚的思想批判纵深。换句话说，他是在两种文化系统之间，借助他所透彻把握的英国现代批评思想理论，促成英美现代主义批评话语在中国的本土化，建构中国面向新文学革命现实和未来的理论话语，召唤、培育、锻炼中国新一代的、真正现代主义批评意义上的、以推动中国文学现代性和中国学院派英国文学话语为使命的学院派现代主义思想群体。

从这个角度来观照叶公超从 1926 年至 1940 年的人际交往网络，我们发现它主要由三层构成。

第一层主要是他与 I. A. 瑞恰慈和威廉·燕卜荪之间，基于共同事业的，在剑桥学派血脉关系基础上的交往。因此当瑞恰慈真正开始在中国的"基本英语"推广事业之后，叶公超积极主动地加入了他的阵营。当燕卜荪沦入生活和事业的低谷之际，由于瑞恰慈的嘱托，他居间协调，成功地将燕卜荪延揽到北大英文系，使他的理论与教学实践相结合，也使成长中的一代青年学子零距离地感悟现代批评的精髓，接受最前沿学术思想的洗涤，打下坚实的英国文学功底。或者说，他与瑞恰慈和燕卜荪的合作实际上使北大、清华乃至后来长沙临时大学和西南联合大学的英国文学学科话语与英美现代批评话语长时间地处于动态的交流对话状态。

第二层是他与新月核心阵营中具有相同的留学欧美背景的新文学革命者顺应新月精神的召唤，在十多年的时间内执著甚至顽强地推动新月事业。在长期的相互激励、共同协作、并肩前行中，他与徐志摩、胡适、闻一多、朱光潜、朱自清、梁实秋、潘光旦等结下了深厚的友谊。也正是在上述意义上，我们对新月派的理解不能狭隘地局限于以上海为基地的《新月》月刊和新月出版社。无论是《新月》月刊还是新月出版社只是我们姑且称为"新月精神"的希望之光照耀下的两点闪亮的星光。真正的新月精神在 1920 年代中期直到 1940 年代是长放光彩的，是自由主在当时的中国文学现代性语境中最真切、独异、嘹亮的言说和呼唤。

第三层是叶公超不遗余力地发掘、熏陶、磨砺的北大、清华高足。经过他耳提面命的北大清华才子群体中佼佼者包括废名、梁遇春、卞之琳、王辛笛、杨联陞、陈世骧、曹葆华、常风、林振述、季羡林、李赋宁等。他们在差不多十年内受教于两所大学及长沙临时大学、西南联合大学外文系，后来成为中国语境中的现代批评和英美大学中的中英比较文学研究的栋梁之材。他们的成长渗透了叶公超及其他教授的心血。他先将钱锺书的书评《美的生理学》刊登在《新月》1932年12月的第4卷第5期上，后将他的论文《论"不隔"》刊登在1934年7月《学文》第1卷第3期上。差不多在这一时间前后，钱锺书也受到另一位老师温源宁的特别点拨和提携。温源宁不仅让他为自己的《一知半解》写书评，而且在全英文的《天下月刊》创刊号上刊登了刚刚从清华毕业的钱锺书的文章《中国古代戏剧中的悲剧》。而这几篇文章基本上奠定了钱锺书学术研究的底色，他后来治学的理路基本上可从这几篇早年的文章中考辨出来路。由于与 T. S. 艾略特和瑞恰慈之间独特的关系，叶公超不仅写文章评介这两位师友，而且指导卞之琳、杨联陞、曹葆华、常风、赵萝蕤等研读、翻译、评论相关著作。而他以及他指导下的学生共同产出的这些成果奠定了20世纪中国的艾略特研究、瑞恰慈研究、剑桥学派研究的基础。①

第三节　叶公超的中英比较诗学思想

置身于中英跨文化的文学场，同时需要面对甚至协调剑桥现代批评与中国新文学革命现实、北大清华与社会公共空间这两极，叶公超的中英比较诗学思想既是这两极间相互作用的产物，又是他的批评主体性诉求与这些外在的影响源头相互激荡的症候。他以剑桥现代批评为学理理

---

① 他曾让杨联陞细读瑞恰慈的《意义的意义》，让常风为 F. R. 利维斯的新著《英诗新评衡》写书评，指导卞之琳翻译艾略特的《传统与个人才能》，指导赵萝蕤翻译艾略特的《荒原》，指导曹葆华翻译瑞恰慈的《科学与诗》并为之作序。

据，以新月精神来烛照，以对中英诗学的阐发和创新为旨趣，形成了典型的比较诗学风格。

如果以中国语境中英国现代批评的引入及其创造性的转化、面向中国文学现代性的诗学重构为叶公超比较诗学之理论自觉和文化自觉，那么在1926年至1940年的14年间他发表的代表性文章有12篇。中国语境中T. S. 艾略特和瑞恰慈研究的文章有5篇：《爱略特的诗》、"Basic In Teaching：East and West"、《再论爱略特的诗》、《赵萝蕤译〈荒原〉序》[①]、《曹葆华译〈科学与诗〉序》。有关英国现代批评的创造性转化以及面向中国文学现代性的诗学重构这两个主题的文章有6篇：《文学的雅俗观》《现实世界与艺术世界》《从印象到评价》《谈读者的反应》《论新诗》《文艺与经验》。

叶公超的《爱略特的诗》和《再论爱略特的诗》这两篇文章重在从宏观和比较视角提炼艾略特的诗学理论，交互阐发艾略特的诗论与中国传统诗论。这意味着在方法论上他采用的是对较印证法，即艾略特的诗与诗学理论、艾略特的诗学理论与中国传统诗论的对较和打通研究。他认为，艾略特的诗歌创作技巧与诗歌理论是其诗学的两翼，两者可以相互印证。"爱略特是否先有严格的理论而后才写诗的，我们不敢断定；从他发表诗文的年月上看来也不容易证明，不过从他这集子里我们至少可以看出他的诗，尤其是以《荒原》为代表作品，与他对于诗的主张确是一致的……"[②]

艾略特诗学有四个特征。第一是艾略特独创地使用典故、旧句和历史事件来表现态度和意境。第二是艾略特通过奇妙地运用隐喻，来暗示态度和意境。他甚至认为艾略特所有诗歌技巧中最出彩的就是对隐喻功能的发挥，"要彻底的解释爱略特的诗，非分析他的 metaphor 不可，因为这才是他独到之处"[③]。第三是艾略特为了生动鲜活地表现意境，大量运

[①] 叶公超为赵萝蕤译《荒原》所作的序与《再论爱略特的诗》实际上是同一篇文章。序言是为上海新诗社1937年年初出版的《荒原》而作。同样内容的文章则刊登在同年4月5日的《北平晨报·文艺》上。

[②] 陈子善编：《叶公超批评文集》，珠海出版社1998年版，第112页。

[③] 同上书，第119页。

用实际动作和会话。他将实际动作置于具体可感的时空生存环境中，避免了抽象玄妙。所运用的会话"好像有声电影一样，只是转换的速度加快了几十倍就是"①。第四是自由地在不同格式之间转换，而不是拘泥于固定的格式和章法。每一种格式都具有独特的功用，烘托出特殊的情绪和感情。而要表现错综复杂、变化跳跃的内心世界，就需要综合运动各种不同的格式。"如《荒原》，我们应当有许多不同的格式错综在里面，有拍律的，无拍律的，有韵脚的，无韵脚的，有标点的，无标点的。"②

T. S. 艾略特的诗学理论集中在1932年出版的《自选文集》中，尤以选集中的《传统与个人的才能》《但丁》《玄理派诗人》《〈庞德诗选〉序》《菲力普·马生格》《奇异神明的追求》最为重要。与他的诗学创新对应，艾略特的诗学理论精髓可概括为四点。第一是与用典、用事、用旧句、用动作和情节技巧对应的"客观的关联物"理论。将古今知觉、情绪、情感融汇在一起，使古往今来的欧洲文学同时并存，在异质性中营造共时效果，将抽象的观念点化成可感觉、可观察的意象、意境。第二是艾略特异类异象对较论，其心理效果类似于瑞恰慈论述的文艺通感。借鉴英国17世纪玄学派和法国19世纪象征派，将两种极端相反的事物或印象并置，打破读者的习惯感觉，产生惊奇反应，从而激发新的联想、感觉和认识。第三，无论是古今并置、不同格式的综合、各种感觉的杂陈还是不同语言、文学、政治、宗教、神话等的杂糅，其目的是表现整个生活、整个时代乃至整个欧洲文明的心灵和精神境界。"他的诗其实已打破了文学习惯上所谓浪漫主义与古典主义的区别……因为他的'历史的意义'原是包括古今的……他的重要正在他不屑拟摹一家或一时期的作风，而要造成一个古今错综的意识。"③ 为了印证艾略特的这一理论，他特别引用了艾略特的观点："大概我们文明里的诗人，尤其是现代阶段中的诗人，必然是不容易了解的。我们的文明包括极端的参差与复杂的成分，这些参差与复杂的现象戏弄着一个精敏的知觉，自然会产生差异

---

① 陈子善编：《叶公超批评文集》，珠海出版社1998年版，第124页。
② 同上书，第125页。
③ 同上书，第119—120页。

的与复杂的结果。"第四，艾略特的诗艺的精神指向不是过去或现在，而是欧洲文明希望的未来。这种希望不是来自马克思主义者或社会变革者信奉的社会变革乃至革命，而是奠定在人的内心世界的改造、人发自心灵深处的虔诚的信仰这个基础上。只有通过洗涤灵魂，恢复信仰，才能根治人的贪欲、利欲和仇恨。这无疑与徐志摩祈祷的健康、尊严为标准的新月精神是一致的。只有恢复人内心中善、真的崇高的道德律令，才能复活文明。

艾略特的诗和诗学是一个完整的同一体。它们共同形成了英美乃至西方1920年代以来的新传统，产生不可估量的影响价值。1920年代末以来迅速成长的"奥登诗派"就是新传统的受惠者。但是新一代的诗人基本上学习了艾略特的诗歌技法，而偏离甚至叛离了他的思想主张，日益走上激烈的左派的、变革社会的路子。

为了化解艾略特崭新的现代主义诗学理论与中国文化之间的隔膜，叶公超进一步用对较互照的方法来阐发其诗学理论中与中国传统诗学相通之处。这种打通研究，求中西诗学间无阻无隔之圆融通照剔透之境界，在学理上就是钱锺书在《论"不隔"》中提出、在《谈艺录》乃至后来的《管锥编》中全面铺陈开来的研究方法。钱锺书的《论"不隔"》是在叶公超指导下撰写，1934年7月发表在《学文》上。叶公超的第一篇艾略特研究文章1934年4月发表在《清华学报》上，第二篇发表于1937年4月5日的《北平晨报·文艺》上。若仅从发表时间看，比较诗学的打通研究是钱锺书先于叶公超。若考虑到师承、具体的文章指导、中英文学批评的造诣和功力，应该说是叶公超深刻地影响了钱锺书。这就是说，叶公超在探索中西诗学比较打通之路上，不仅有了传人，而且有了同道。或者说，钱锺书一踏上治学道路，很快就找到了独特的、终身为之耕耘的治学方法和理想目标。至于学力和成就，那是除天赋之外需要靠恒久的勤奋来逐渐实现的。

叶公超认为，艾略特的诗学分别与中国传统诗学的"夺胎换骨"论和"文以载道"论相通。北宋僧人惠洪（1071—1128年）有介于笔记和诗话体之间的《冷斋夜话》传世。他在卷一至卷五中论诗及诗坛佳话，多称引苏东坡、黄庭坚等宋代元祐年间的诗词家。其中就记载了原出于黄庭坚的诗论"夺胎换骨"。该法讲究"不易其意，而造其语，谓之换骨法。规摹其意而形容之，谓之夺胎法"。这正好对应于艾略特的讲求用典故、用旧句、用史事。其目的是延续激活传统，弥补个人才能之不足，用旧材料熔铸新作。艾略特在《菲力普·马生格》中更具体地划分出"夺胎换骨"的三种境界。低级的诗人模仿；一般的诗人剽窃；高明的诗人借用旧的东西并将之改造成上品，"把他们所窃取的溶化于一种单独的感觉中，与它脱胎的原物完全不同"。如杜甫的诗句"落月满屋梁，犹疑照颜色"被黄庭坚换成"落日映江波，依稀比颜色"。19世纪诗人马维尔的"But at my back I always hear//Times winged chariot hurrying near"被艾略特改为"But at my back in a cold bleast I hear//The rattle of the bones, and chuckle spread from ear to ear"。

儒家诗学首起于《论语》。"子曰：'《诗》三百，一言以蔽之，曰：思无邪。'"（《为政》）"子曰：'《关雎》，乐而不淫，哀而不伤。'"（《八佾》）这是强调传统经典诗歌《诗经》所确立的、诗学应遵循的健康的品味和情感标准。"子曰：'小子何莫学夫诗？诗，可以兴，可以观，可以群，可以怨。'"《阳货》这是在强调诗的不同社会、情感功能。从《论语》中的诗学观来看，儒家诗学在根子上强调诗的社会功能。但是具体到"文以载道"论，它主要是宋代儒学大师周敦颐在韩愈的"文以明道"基础上，进一步阐发儒家思想，在《通书·文辞》中提出来的。"文所以载道也。轮辕饰而人弗庸，徒饰也，况虚车乎。"这里的道就是合乎四季兴衰更迭、仁义敬孝的天道和人道。而在艾略特诗学中就是"他在《奇异神明的追求》里所提出的tradition和orthodoxy的两种观念。假使他是中国人的话，我想他必定是个正统的儒家思想者"[①]。

毋庸置疑，叶公超不仅彻底地吃透消化了艾略特的诗艺和诗学，而且在古今、中英诗学间架起了一座桥梁。这已经是中西学问的融通这极高明的境界，也已经超越了极端的文化本位立场。当然，其最终的落脚点是促成中国现代批评的建构。

叶公超为曹葆华译瑞恰慈的《科学与诗》所作的序实际上是一篇视

[①] 陈子善编：《叶公超批评文集》，珠海出版社1998年版，第126页。

野开阔、综合论述剖析瑞恰慈现代批评的论文。他所论述的对象不仅是《科学与诗》，而且包括瑞恰慈的《文学批评原理》、《实用批评》和《意义的意义》。从英国浪漫主义时期的诗论家柯勒律治到瑞恰慈，从《意义的意义》到《科学与诗》，叶公超抓住了瑞恰慈现代批评思想所涉及的关键问题。与艾略特一样，瑞恰慈提出了诗歌与信仰的关系问题。基于这个问题，他提出了文学的价值论和传达论。文学的价值在于协调人的各种反应和情感，将心灵调和到平衡和谐的状态。而这些理论观点尽可以追溯到柯勒律治在《文学自传》中提出的批评观点。但是当时的学术尚没有进步到产生现代心理学、生物学、语言学等学科知识的状态，因此柯勒律治对文学的价值和传达这些问题探讨是"八分玄学和二分呓语"，"直觉找不着明晰的文字"①。因此文学理论的创新突破与学术的进步有着直接的因果和影响关系。往深里讲，现代批评之产生自有其必然的学术土壤和历史条件，建立在现代新生的不同学科的基础之上。叶公超精准地指出了瑞恰慈开创的现代批评话语的跨学科本质。这足以证明他作为中国现代批评拓荒者的洞见和修为。

不过瑞恰慈毕竟是活在20世纪的人，他书里无处不反映着现代智识的演进。他所引用的心理学、语言学、逻辑，以及其他必要的工具都只比柯勒律治的晚不过一百年而已，但是这一百年间人类智识的进步与普通的智识至少相差八十年。②

而这种立足中国语境的洞见更在于他认识到瑞恰慈现代批评理论在中国的实用价值——超越于各种文学思潮、服务于文学文本阐释的价值。当然也有遗憾。这就是：能打通艾略特诗学与中国传统诗学的叶公超没有深入挖掘瑞恰慈的价值论和传达论与中国儒家中庸思想之间内在的影响关系。

叶公超面向中国文学现代性的、创造性的诗学建构，按时间顺序排列，主要表现在《文学的雅俗观》（1933年）、《从印象到评价》（1934年）、《现实世界与艺术世界》（1934年）、《谈读者的反应》（1936年）、

---

① 陈子善编：《叶公超批评文集》，珠海出版社1998年版，第147页。

② 同上。

《论新诗》（1937年）、《文艺与经验》（1939年）这6篇文章中。这6篇文章的时间跨度为7年。7年间叶公超致力于比较诗学探索和建构。从症候式阅读和谱系考证的角度来重构这6篇文章征兆的这7年中叶公超学术观点和治学方法的嬗变，我们发现两个突出的特点。首先是早在1933年的《文学的雅俗观》中叶公超就从观念辨析的层面，用哲学和语文学相结合的路数，围绕雅俗观来打通中西古典诗学。这无疑实在地印证了前文中的论点，即：叶公超开中西诗学打通先河且至深影响了钱锺书的文章《论"不隔"》及其治学理路。其次从叶公超诗学探究和建构主题发展深化的结构性模式来看，其诗学建构呈现出交替向前并深入的特点，即：诗学主题之间没有明显的断裂而是在交叉重叠的同时引向新的主题。例如《从印象到评价》在继续关注中西诗学打通的同时主要引入读者反应主题；而读者反应主题又贯穿了《从印象到评价》、《谈读者的反应》和《现实世界与艺术世界》；在《从印象到评价》中更埋下了他诗学建构的崭新主题——中国新文学、现代批评的文学性、民族性和时代性。这样我们发现在1934年6月《学文》第2期上发表的《从印象到评价》中三个主题的交叉重叠。可以说在1934年夏叶公超在1930年代的诗学探索和建构基本上形成了内在的核心点。也可以说与后现代、后结构的断裂说相反，这6篇文章表征出的叶公超诗学理论症候是：相互关联，逐渐拓展，不断完善，且顺应中国的时代精神。

　　叶公超诗学理论动态衍化的三个主题是：中西诗学比较与打通；读者反应理论；具有鲜明文学性、民族性和时代性的中国诗学。

　　叶公超在《文学的雅俗观》中围绕"雅俗"这个文艺观念，多层面地梳理中国古典诗学。他分析批评的角度是西方哲学和批评理论中对核心观念或者说关键词在批评观念史上的重新认知和界定这种套路。这样我们发现相关的核心观念是流动不定的，从这些观念入手我们尽可以探知批评家的思想。或者说在历史的维度中批评理论就是观念史，如西方古典诗学中由亚里士多德的"高雅的风格"、朗吉努斯的"崇高"、昆体良的"高雅"、德莱顿的"才智"构成的有关雅俗观念的历史。在中国古典诗学中，从唐代的韩愈、宋代的黄庭坚、清代的陈用光到桐城派的姚鼐的文学主张都贯通了雅俗观。

中国古典诗学中的雅不是文人的风流不羁，而是学养和涵养上勤用功夫而积淀的修养。他考证出这个观念的最早出处是孔子的《论语·述而》和《周礼》。其初始意思是"正"，是可资遵守的典则。一方面，对典则的遵守需要遵守、践行传统的格式、风格和观念。另一方面，在传统的典则基础上推陈出新，创立新规。这暗合艾略特的《传统与个人才能》，即：艾略特所讲的"过去的过去性"和"过去的现存性"。"……文学里所谓'新'的典则，或'新'的格式，远非一个作家凭空幻想出来的，乃根据以前的格式变化成功的。……'雅'绝不是杂乱无章，或随性因循的格调。"① 传统与现在相互包容衍生，在传统的基础上开创新的顺应时代的传统，这种受艾略特启发的观点在《论新诗》中变成了他的主要论点。

有关俗的批评，多见于宋代和清代诗话，流于对俗字的规避。其发端还是唐代的韩愈的"陈言务去"这种观点。但是俗也包括俗情、追求新奇的心理、新旧诗词中的无病呻吟等种种弊端。南宋的姜夔，清代石涛的画论、刘大櫆的《论文偶记》、章学诚的《古文十弊》则从书法、绘画、作文中需遵从的"疏简"原则来论雅避俗。

最后他再将中国文学传统中的雅与西方文学批评中的"正统的节制"（classical restraint）通约。其意思是"用他理智的感觉来弹压他自己，使他不至于发生情绪的泛滥"②。无疑叶公超借中西方古典诗学中的雅俗观，旨在强调传统与创新的关系，目的是强调理性、理智以及这个基础上的文艺创造和批评这一诗学原理。

在《从印象到批评》中他沿着这个逻辑进而反思与实际的批评对应的理论批评。西方的亚里士多德、贺拉斯、布瓦洛等皆有《诗论》。中国古代有刘勰的《文心雕龙》、严羽的诗禅说、王士禛的神韵说、袁枚的性灵说。他们超越具体的作家作品，旨在提炼出文学恒久的法则，因此他们的批评是理论的批评。他们的理论具有两种价值——固有的价值和历史上附加的价值。这决定了理论的批评所凭借的文学作品是既有的、现

---

① 陈子善编：《叶公超批评文集》，珠海出版社1998年版，第24页。
② 同上书，第26页。

存的作品,而无法顾及以后的作品。因此前人的理论批评是为所根据的作品和时代负责,不能被用来作为实际批评的标准,我们也不能用现成的法则来判断新作品的价值。这实际上颠覆了理论法则的恒久性这种设定,在指出理论批评的时代局限性的同时肯定了实际批评的合理性、创造性和时代价值。

叶公超在《从印象到评价》、《现实世界与艺术世界》和《谈读者的反应》这三篇文章中,从文艺心理学角度较系统地阐述了读者反应这一主题。他的读者反应理论主要论述:作为特殊读者的批评者的反应;艺术世界生成的心理学解释;普通读者的反应。批评者展开实际批评的目的是:通过对文学作品的反应来进入作者的经验世界,把握作者的创作心理,即他所讲的"去领悟他的动机,态度,以及他所经过的情绪状态"[①]。因此研究批评者的反应是关注批评者的阅读心理。它是批评者的经验与作者的经验相互接触和互动。但是在这两种经验中,一方面看似被动的批评者的经验实际上处于主动地位,其落脚点是批评者的反应力以及对自己经验的评价。另一方面,批评者必须避免个人的情绪活动自由甚至泛滥。我们不是沉溺于自己的主观心理反应,而是"要往作品里去讨经验",从作品中获取"新异的感觉,或扩大他的经验的面积,或使他对于已有的经验感觉更深刻的意义"[②]。有了上述两种经验相互作用下的反应,我们的批评建立在三个根据之上:"一,关于作品与作家的各种事实;二,以往所有同类的作品以及当时的评论;三,批评者个人的生活经验与环境。"第一种根据指历史事实和文献档案;第二种根据就是福柯所谓的话语;第三种根据可理解为发生批评行为的语境以及制约批评行为的个体和社会的条件。在批评中最重要的仍然是作品里的经验。在这个基础上,批评家才能反思自己经验的意义,才能分析社会生活中的各种实际的经验。叶公超的这种关于文学批评的认识实际上将批评建立为一种协调文学的虚构世界与现实世界、历史体验与当下体验、个人的文学阅读反应与社会现实之间接触、交流的实践活动。

[①] 陈子善编:《叶公超批评文集》,珠海出版社1998年版,第17页。
[②] 同上书,第19页。

艺术世界生成的心理学，或者说不同于现实世界、情感世界的艺术世界的心理学解释，是《现实世界与艺术世界》的主要论点。如果说现实世界是外在的，情感世界是人与外界接触后产生的，那么艺术世界则完全是"人意愿、欲望，以及观察所创造的"，"全是人类心灵（the human mind）的流露"[1]，与现实世界是分离的。首先，文学和艺术创造者对现实世界的认识受自己的心理定律限制，对材料的选择、情节的安排、意义的隐含等受个人情感、偏见深刻影响。与摹仿说不同，叶公超认为，文学的根据是作者心灵的感应（而不是现实世界）。其次，人创造艺术世界的动机是用文学来替代现实世界，"为了显示不能直接给我们情感或理智的满足，我们乃创造一个艺术世界来替代它"[2]。为实现这样动机的艺术世界比现实更形象逼真，更充满了情感的力量和生命的张力，是"一个独立的天地人间，绝非现实世界可与相提并论者"[3]。最后，艺术世界塑造我们的情感和观念，也构成伽达默尔意义上我们的"先见"（prejudice）。我们的传统忠孝侠义等伦理观念多从旧小说中吸收，我们对现实世界和艺术世界的感受、反应和评价以我们既有的艺术世界体验为根据，以我们从既有的艺术世界中扩大了的视野、提炼出的洞见来反观甚至批判。甚至艺术创作中实验的新技巧、新表现方法也有助于读者从新的角度观察人生。

对普通读者反应的研究是《谈读者的反应》的主题。普通读者的心理误区是完全受自己情绪左右，沉溺于自己的情感世界。叶公超把陷入这种心理误区的读者称为"手淫的读者"。"因为他们的心理状态与手淫者相同。他们有一种欲望，一种迫切的生理需求，但是得不着正当的满足机会，或是满足的程度不够，所以只能借自己的身子为对象来发泄一下。"[4] 其具体的表现方式要么是以个人情绪为主，用作品中的经验来验证自己的情绪，要么因个人的情绪和态度而留恋于个别具体的字句、人

---

[1] 陈子善编：《叶公超批评文集》，珠海出版社1998年版，第32页。
[2] 同上书，第33页。
[3] 同上书，第34页。
[4] 同上书，第38页。

物、情境,"结果是切线一般地脱离了整个作品,而终于流入个人的梦幻中"①。这两种表现的读者都停留、禁锢在自己的经验之中,放弃了对新经验的探索。他实际上修正了在《从印象到评价》中有关批评家读者的经验与作者经验互动的观点,即:读者在接触作品时必须使自己的心灵处于空洞、清醒的状态,通过深入体会作品中的经验来扩大读者经验的范围。这样对于普通读者来说,积极乃至理想的心理状态就是通过阅读来洞察作品中所传达的情绪和心理,而不是用自己的心理为参照来衡量或选择。

换言之,普通读者的阅读反应是一个复杂的过程——一个由接受与接受之后的反应构成的复杂过程。首先,从接受到反应不是直线或因果关系,两者之间没有必然性。他这样解释这两个环节之间复杂的关系:"同样的接受常有不同的反应结果,不同的接受有时倒可以产生同样的反应。"② 其次,由于读者自身的识字、理解力、心理敏感性、知识积淀和人生积累这些影响接受程度的因素,对文学作品的接受有时是完全的,有时是不完全的。而在反应环节的极端现象是过度反应,即所谓的"手淫的读者"的反应。

无论是从文化批评还是从跨文化的批评主体性之重构角度看,叶公超的批评理论最具文学革命思想的闪光之处在于他在打通古今、沟通中英的基础上,积极地探索具有鲜明文学性、民族性和时代性的中国新诗学。其最初萌芽是在《从印象到评价》中从大视野中关注大格局中文学批评与人类文明、与时代生活的内在关系,提倡文学批评价值论。

> 文学批评的范围自然就变成整个文明的批评了,因为惟有从整个文明的前途的眺望上,我们才可以了解生活中种种状况的意义。所以历史上的大批评家多半都不免带着几分道德与训世的色彩。要指明一种作品的价值就是推阐那作品的经验的意义,推阐的标准最

---

① 陈子善编:《叶公超批评文集》,珠海出版社1998年版,第38页。
② 同上书,第42页。

主要的就是这些经验在当下生活中的价值。①

文学批评的价值在于从文学的经验角度来观照生活的现实，来为现实中的生活提供有益的滋养，来积极地展望人类文明的光明前途。文学批评本质上就是生活批评和社会估价，是人的批评，同样也是文明批评，具有内在的趋向人类文明未来的精神化动力。

他中国新诗学的成熟之作是《论新诗》和《文艺与经验》。中国新诗发展最根本的问题就是传统与现代、旧诗与新诗之间创造性转化的问题；就是新诗人的出路、新诗的出路和新文学出路的问题；就是现代主义文学革命的前途和发展方向的问题；就是以新诗的发展为里程碑，以现代主义文学革命为推手，以传达时代精神为己任的文学的民族主义。新诗乃至新文学"把自己一个二千多年的文学传统看作一种背负，看作一副立意要解脱而事实上却似乎难于解脱的镣铐，实在是很不幸的现象"。他认为新诗人对旧诗和新诗应该兼收并蓄，而不应将旧诗视为镣铐。尤其是对诗的格律——无论是旧诗的格律还是新诗的格律——他提出了与徐志摩类似的观点，即：格律是诗的必需条件。他指出："惟有在适合的格律里我们的情绪才能得到一种最有力量的传达形式；没有格律，我们的情绪只是散漫的、单调的、无组织的，所以格律根本不是束缚情绪的东西，而是根据诗人内在要求而形成的。"② 但是他更辩证地指出，西方诗的格律外在于中国传统，中国传统格律的依据是古典文字，所以以白话文为媒介的新诗人真正的使命、最大的责任是开创中国新的诗的格律的传统，也就是开创新的诗的传统。

要在西方诗与中国传统诗的基础上创造中国新的诗的传统，新诗人应扩大意识的范围，融化传统文化和时代新知。以所有历史上的文学作品为养料和原料，在综合历史与现实的基础上表现最具包容力的人类进步精神和理想。在此基础上倾听时代的声音，表现时代的精神，使所有传统的文学与新时代的精神重新发酵、融合。此外新诗人必须真切地聆

---

① 陈子善编：《叶公超批评文集》，珠海出版社1998年版，第20页。
② 同上书，第51页。

听民族心灵的跳动。

> 假使文学里也要一个真正的民族主义,这就是,诗人必须深刻的感觉以往主要的潮流,必须明了他本国的心灵。如果他是有觉悟的人,他一定会感到这个心灵比他自己私人的更重要几倍;它是会变化的,而这种变化就是一种发展。这种发展是精炼的,错综的;以往的伟大的作家的心灵都应当在新诗人的心灵中存留着,生活着。旧诗的情境,咏物寄托,甚至于唱和赠答,都可以变态的重现于新诗里。[1]

不难辨析,叶公超的新中国诗学渗透了 T. S. 艾略特的包容古今、化合六合的包容传统理念。

在《文艺与经验》中叶公超进一步阐述了文学的民族性和时代性。这篇文章是在中华民族全民抗战的背景下写的,因此无论是叶公超继续阐释的诗学观还是他所强调的民族性和时代性都具有特别的意义。他几乎是站在抗战时期的民族和时代高度来俯瞰新文学的来路和去路。回顾20多年的新文学历程,他发现其弊端或缺陷主要是表现题材的肤浅、脱离现实和文艺意识的狭隘。在表现题材上脱离了乡土中国尤其是传统社会分崩离析这一最迫切、逼人的现实。新小说充斥着个人的感伤和哀怨,套用恋爱—电影—失恋—革命这一时髦肤浅的公式。新诗表达的情调过于单调,多偏向表达个人小悲哀的抒情诗。每一个时代有其独特的知觉和灵感,与时代同气相吸的文学尤其是伟大的作品自然地传达时代的知觉和灵感的声音,自然地流淌着时代的知觉和灵感。因之,作家本人应具有相当的知觉和灵感。他知觉的范围决定了他对生活和社会环境认识的程度,他灵感的深度决定了他对各种社会现象感悟的程度以及对其意义理解的程度。有了相当的知觉和灵感,能探索、感悟生活和社会现象之间深刻的关系,深刻地意识到时代的知觉和灵感。抗战时期是一个伟大的时期。中国社会的经济状况,中国内地的贫穷,文化生活的匮乏,

---

[1] 陈子善编:《叶公超批评文集》,珠海出版社1998年版,第63页。

民族性的优点和缺点,更急迫地进入了作家们的文艺的、文化的、政治的意识。伴随着意识的扩大,他们的知觉和灵感变得更为丰富。在这样一个大时代里,"一般作者要在这个时期里把他们知觉的天线树立起来,接收着全民抗战中的一切"①。

叶公超的中国新诗学在两个层面上设定了中国文学现代性。首先中国文学现代性必然是文学的民族主义。这必然意味着中国新文学的道路、中国现代主义的发展必须坚持民族主义并追求民族更为光明的未来,也必然意味着中国现代批评在经历了与西方现代主义文学和现代批评的相互碰撞、相互对话、相互砥砺之后必须走向自我创新和发展之路,也是民族诗学或中国新诗学之路。其次中国文学现代性也必须具有强烈的时代性和社会性。只有与时代同呼吸共命运,只有关切广阔的社会中波澜壮阔的事业和严肃的现实,新文学才有生命力,才能创造新的文学传统,才能产生无愧于伟大时代的伟大作品,才能表现时代的问题并传达时代的声音。

因此叶公超中国新诗学设计的中国文学现代性同时具有文学性、民族性、时代性和社会性四个基本要素。当他的诗学探索最终设计了中国文学现代性的宏伟工程,当抗战的时代精神呼喊咆哮之际,他结束了在大学舞台和文化公共空间舞台上的学术和思想事业,投笔从戎,成为一名在国际反法西斯战线前沿英勇抗击的宣传战士。

1940年6月他离开西南联大前往香港。自此告别清华和北大,自此为自己14年的中英比较诗学探索之路画上了句号。

---

① 陈子善编:《叶公超批评文集》,珠海出版社1998年版,第78页。

第十一章

钱锺书的理论对话与转化：中国现代批评的格局

将钱锺书置于中英跨文化的文学场，从中英现代主义的对话与认同角度来重构以钱锺书为知识集合点和诗学原创点的谱系图，进而建构沿时间纵轴的学脉和跨中英文化横轴的学脉融合生成的文化精神，这是该部分探究的核心问题。

上述研究问题的提出既是根植于本书探讨的核心问题，也是立足于近年来的钱锺书研究。这些研究的第一大类是传记生平资料汇集和研究，如孔庆茂的《钱钟书传》（江苏文艺出版社1992年版）、朱传誉编的《钱锺书传记资料》（台湾天一出版社1986年版）、杨绛的回忆录《我们仨》（生活·读书·新知三联书店2003年版）、吴宓女儿吴学昭根据杨绛回忆整理出的《听杨绛谈往事》（生活·读书·新知三联书店2008年版）。此外有钱锺书生前好友宋淇的儿子宋以朗撰写的《宋家客厅：从钱锺书到张爱玲》。这些传记资料和研究中可信度最高的无疑是杨绛的回忆和吴学昭的书写。第二类研究成果是回忆文集、纪念文集和研究集刊，如韩石山主编的《和钱钟书同学的日子》（陕西人民出版社2007年版）、《钱锺书先生百年诞辰纪念文集》（生活·读书·新知三联书店2010年版），杨联芬编的《钱钟书评说七十年》（文化艺术出版社2010年版），谢泳主编的《钱钟书和他的时代》（上海辞书出版社2009年版），冯芝祥主编的《钱锺书研究集刊》三辑（上海三联书店1999年、2000年、2002年版）。2014年3月在江南大学召开了钱锺书国际学术研讨会，会后出版了论文集《"从无锡到牛津：钱锺书的人生历程与学术成就"国际学术研讨会论文集》。第三类是钱锺书专项研究成果，如许龙的《钱锺书诗学思想研究》（中国社会科学出版社 2006 年版）、季进的著作《钱锺书与现代西学》（复旦大学出版社 2011 年版）、台湾汪荣祖的著作《槐聚心史：钱锺书的自我及其微世界》（台大出版中心 2014 年版）。此外有《陈寅恪与钱钟书：一个隐含的诗学范式之争》（胡晓明）、《陈寅恪与钱钟书学术思想及治学方法之比较》（刁生虎）、《钱锺书与陈寅恪》（刘梦溪《中华读书报》2015 年 5 月 27 日）这类研究论文。第四类是对独一无二的钱锺书著述成就之外的笔记、札记的整理出版。这主要指杨绛亲力亲为之下而面世的《钱锺书手稿集》。第五类是尚未有人整理的钱锺书先生在 1930—1940 年代在当时的各类中英文刊物报纸上发表的众多文章以及他生前不同时期留下的大量诗作。这五类研究资料相互印证，在原始文献资料与评价论述研究资料这两个层面推动着钱锺书研究向前发展。例如 2014 年台湾台大出版中心出版的汪荣祖先生的力作《槐聚心史：钱锺书的自我及其微世界》在《外篇：钱锺书的微世界》中以钱锺书青年时代的大量文章为基础探讨其哲学、文学、诗学和史学共栖的智识世界。

简而言之，从对原始资料的充分发掘和利用来说，学界对钱锺书的手稿集、文章、诗歌创作的关注和透彻研究非常不够。从对钱锺书学术思想的价值和意义的阐释来说以对《谈艺录》、《管锥编》和《围城》的单面研究和对钱锺书生平史实的考据为主，充其量有数篇论文比较研究了钱锺书与陈寅恪。钱锺书学术思想的精髓是什么？它与时代的思想变迁和世界的思想迁徙有着何种水乳交融、瓜熟蒂落的关系？在中英之间跨越地理边界和文明藩篱的场域中是哪些以人、物质、观念为表征的文化实践和文化形态深刻地影响了钱锺书？得力于这些人、物质、观念的塑形力量，钱锺书从中英乃至东西方知识话语体系中钩玄、激活、阐发了哪些具有普适价值的观念？对这些问题的探索和解答，实际上将我们前面围绕徐志摩、叶公超的探究引向了文化现代主义和跨文化的知识传播和创造性建构。

据此，该部分的探讨以 1929 年钱锺书北上入读清华大学为时间上限，1949 年栖居上海的钱锺书二度北上并走向庙堂之高为时间下限，依次围绕以下主题展开：一、钱锺书的人际关系网络与出版发表媒介网络；二、钱锺书著述的比较诗学格局；三、钱锺书1930—1935年文章中的知识秩序；四、钱锺书牛津英文笔记中隐在的英国现代主义；五、钱锺书《谈艺录》的中西比较诗学体系与文明自觉意识。

第一节 钱锺书的人际关系网络与出版发表媒介网络

1929—1933年清华大学：1929年秋至1933年夏钱锺书在清华大学外国语文系攻读英国文学学士学位。这四年间钱锺书结成的人际关系网络主要包括与同辈同学朋友的交往、与从欧美留学归来的前辈师长的交谊这两层。综合分析钱锺书清华四年的同学朋友的回忆，我们发现大学期间的钱锺书主要的精力放在勤奋读书上而不是与同辈同学之间的交际和交往上。

他是一个礼拜读中文书，一个礼拜读英文书。每礼拜六他就把读过的书整理好，写了笔记，然后抱上一大堆书到图书馆去还，再抱一堆回来。他的中文笔记本是用学校里印的16开大的毛边纸直行簿。读外文的笔记用的是一般的练习本。他一直是这样的习惯，看了书每天要写笔记。[1]

与他相交深厚的同学主要是同样受师辈叶公超器重的才子常风和许振德。他们四年中朝夕相处，相互切磋学问。1933年春假期间钱锺书唯一一次离校与两位好友去颐和园、碧云寺、香山游玩。1979年客居美国旧金山的许振德在赠给常风的钱锺书1948年版《谈艺录》扉页上的手写题跋中，仍念念不忘这段怡同学少年的美好时光。

> 镂青砚兄：忆自1929年秋清华三院订交，于今年秋恰为半世纪。昔者弱冠轻裘肥马，今则鬓发苍然，垂垂老矣。西山之夜与中书兄三人共话，拊掌而谈，抵足而眠，恍惚犹如昨日耳。1947年秋弟自

---

[1] 韩石山主编：《和钱钟书同学的日子》，陕西人民出版社2007年版，第6页。

第十一章 钱锺书的理论对话与转化：中国现代批评的格局 / 353

川经申返鲁，得与中书兄在沪一聚；1949 年弟离申赴台前又得一叙；今春中书兄因公来美，在金山又得畅叙半日。彼苍昊可为厚哉矣。惟与吾兄则故都一别，竟如是其久。中美建交，四人帮失势，鱼雁相通，心焉喜之，然笔谈总不及面谈也。吾兄北方之强定有同感乎。万里迢迢，相见何日，但愿兄我双方多自珍摄。畅叙话旧当在无远也。奉寄此书，聊证友情之老而益坚耳。

学愚弟许振德持赠。
1979 年七月十五日于三藩市。

这里的镂青即是常风的字。中书即是钱锺书。许振德在文章《水木清华四十年》中仍清晰地记得钱锺书这位挚友的诸多细节："大一上课无久，即驰誉全校，中英文俱佳，且博览群书，学号为八四四号，余在校四年期间，图书馆借书之多（借书卡片须签本人学号）恐无能与钱兄相比者，课外用功之勤，恐亦乏其匹。"[①]

另一位与钱锺书相交笃厚、终生不渝的清华学子就是 1932 年 3 月在清华相识继而相知相爱的杨绛。这期间留下的是钱锺书对杨绛的无限爱恋，如他在诗作《壬申年秋杪杂诗》中所感："良宵苦被睡相谩，猎猎风声测测寒；如此星辰如此月，与谁指点与谁看！"他们之间更多的是志趣相投。"他的信很勤，越写越勤，一天一封。钱锺书和我说他'志气不大，只想贡献一生，做做学问'。"[②]

从可考证的资料看清华期间钱锺书与同辈同学的深度交往范围是狭小的，这与勤奋读书所拓展开来的恢宏智识世界形成了极其强烈的反差。这种反差也恰恰印证了他自青年时代起就立志于学问并开始心无旁骛地践行这一高远的人生志趣这一事实。

钱锺书入读清华后即得到清华前辈师长的培育、指导和提携。这些师长包括罗家伦、吴宓、叶公超、温源宁、张申府等。首先他直接从这

[①] 许振德：《水木清华四十年》，台湾《清华校友通讯》新四十四期校庆专刊，台湾清华校友通讯杂志社 1973 年 4 月出版，第 30—31 页。

[②] 吴学昭：《听杨绛谈往事》，生活·读书·新知三联书店 2008 年版，第 77 页。

些师长的课堂上和零距离切磋点化中承受教益。如他大一上学期修了冯友兰的《逻辑学》课程，"……不但记下了冯友兰先生讲的亚里士多德，而且还把冯先生讲课中的引语、英文书上的原文全都写了下来"[①]。大一、大二、大三修了叶公超讲授的英文、英国散文、现代英美诗、文学批评、翻译。大四修了吴宓的中西诗的比较研究、温源宁的密尔顿。清华哲学系高年级学生开学术研讨会，每次冯友兰教授都派秘书邀请钱锺书参加谈论。四年中他和常风相互邀约经常去叶公超教授家里向他请教。1933年春钱锺书将诗集《中书君诗》赠吴宓，吴宓在诗作《赋赠钱君锺书即题中书君诗初刊》中赞叹道："才情学识谁兼具，新旧中西子竟通。"大二第二学期教授他西洋哲学史的名流张申府教授不仅让他替自己将写好的书评代送到《清华周刊》，而且给予他极高的评价，认为他与乃弟张岱年是国宝级的人物。

通过这些恩师的提携和关照，钱锺书自然地融入大学课堂之外、以出版刊物为喉舌的文学场之中，由此在本科阶段就在学术思想的熔炼和发表方面崭露头角。张申府让他去《清华周刊》代送文章实际上是将他领入了《清华周刊》的发表大门。后来张申府受聘于天津《大公报》，担任《大公报·世界潮》栏目主编，在该栏目上发表了钱锺书的数篇文章。叶公超主持后期《新月》后有计划地提携钱锺书等，在相关栏目中发表钱锺书的文章。本科期间的钱锺书也在南京国风社出版的《国风》刊物上连续发表文章。国风社是吴宓曾主导的学衡派的延续，其主要成员是学衡派在南京的成员。其学术定位是通过发掘中国文化精粹和介绍世界最新学术，继承中国学统，发扬儒家文化，开展人文复兴。不能说钱锺书与《国风》及国风群体的价值认同和学术参与没有吴宓的影响。这期间钱锺书以学术发表为手段而与之建立起群体和价值认同关系的刊物还有《中国评论周报》（*The China Critic*）。与《国风》相似，《中国评论周报》同样强调中国本土文化的重建，其主导者同样是张歆海、潘光旦等欧美留学精英。但不同的是，该刊自觉地将自己放置到跨文化的文学场中。在美国纽约、法国巴黎设有海外代理处。不少国际知名大学的教授

[①] 韩石山主编：《和钱钟书同学的日子》，陕西人民出版社2007年版。第3—4页。

等外国作者向该刊投稿,在外国有读者群。

梳理清华本科四年间钱锺书所建立的人际关系网络,我们发现以下典型特征。首先钱锺书不擅长于社交、应酬、生活层面上与人沟通交流并积攒人脉资源,与社交活动乃至日常生活保持了极大的距离。其次钱锺书已明确立下著书立说、穷究学问的志向,因此他的人际关系网络是一张经过理性和才智的筛子过滤后的网络,沉淀下来的是志趣相投、智识匹配、价值取向一致的同辈挚友和前辈恩师,这其中的相当部分人际关系经过时间的打磨后成了终生不渝的情谊,实乃君子之交,淡泊宁静致远。再次,正是因为这些人际关系超脱于浮华的物质和肤浅的名利,超越了日常生活的琐碎和媚俗,钱锺书才得以一开始就跻身中英跨文化的文学场的中心,与众多视界开阔、兼容中西、畅扬学术、弄潮思想、容纳不同学科的报纸刊物及其背后的群体达成价值认同和学术思想砥砺,这中间发挥媒这个环节作用的正是他在清华的一班恩师。复次,钱锺书一开始就显露出上述特色的人际关系网络具有极强的文化符码化特征。这意味着这张关系网络为早慧早熟的钱锺书提供了得天独厚的象征文化资本,使他免却了天才人物多经历的早期磨难和苦闷;也使他一开始在文学场中发声就催生了思想的快速发酵和成熟,使他免却了一般治学者经年在学理、方法、目标、价值等问题上的痛苦摸索挣扎甚至徒然无功。最后,我们必须认清这张关系网的文化符码化特征决定了钱锺书学理也是文化价值上终生未变的取向,即:立足诗学总体性的高度,从比较打通的超越视角出发,提炼中西诗艺和哲思共享、共通的精神资源。

1933—1935年上海光华大学:钱锺书计划争取中英庚款留英奖学金去英国留学,因此大学毕业后即根据需要到上海光华大学任英语讲师。他这是步老师叶公超的后尘,也有缘与父亲钱基博同校任教。这期间值得关注的人际关系网络构成要素可概括为三个人、四份刊物,即:杨绛、温源宁、叶公超三人;《天下月刊》《中国评论周报》《学文》和《国风》四份刊物。

钱锺书研究中被忽视的重要部分无疑是杨绛。从性别话语的角度批判,这无疑是性别话语暴力的表征。从清华开始,杨绛不仅陪伴着钱锺书一路前行,而且是琴瑟合鸣,在学术和思想上比翼齐飞。因此当钱锺书在上海光华大学教书之际，杨绛正在清华文科研究所外国语文学部攻读研究生。其间钱锺书于1934年4月北游探望杨绛。

1935年8月开始，温源宁与吴经熊合作主编英文《天下月刊》。在《天下月刊》第一期上温源宁就刊出了他这位钟爱的学生的英文论文"Tragedy in Old Chinese Drama"。温源宁早于钱锺书一年离开清华大学的教职，在上海光华大学教授英国文学。昔日的师生成了同事。这份交谊更衍生到《中国评论周报》和《天下月刊》。1934年温源宁在《中国评论周报》第七卷各期的"人物志稿"、"亲切写真"等专栏连续刊登民国风云人物小传英文短文。1935年温源宁从20多篇短文中抽出17篇，以书名"Imperfect Understanding"合集由"别发洋行"出版。钱锺书即发表书评，对温师的文集极力推崇，盛赞其轻快、干脆、顽皮甚至偶尔尖刻的英式讽刺文笔。"在过去的一年，温先生为《中国评论周报》写了二十多篇富有《春秋》笔法的当代中国名人小传，气坏了好多人，同时也有人捧腹绝倒的。"[①] 而钱锺书与叶公超的师徒交往最实在的例证就是在继《新月》之后的《学文》刊物上，叶公超仍孜孜不倦地提携钱锺书，相继在《学文》1、2、3期上发表了他的文章《中国古代戏剧中的悲剧》《苏东坡的文学背景及其赋》《论"不隔"》。

如果说钱锺书与《学文》《天下月刊》的关系中叶公超、温源宁起到了媒介的作用，那么他仍继续以自己的笔耕维系着与《国风》的关系，在两年的时间内在该刊上发表了四篇诗文。更重要的是，钱锺书开始摆脱主要靠师长辈提携推荐的被动角色，以独立文化人的身份跻身《中国评论周报》的英文编辑群体，这是对他的英文水平、才华、学术造诣最好的肯定。因此也就不足为奇的是，温源宁在《中国评论周报》上发表文章以及出版文集之际，他有足够的底气甚至文名来为之造声势。

1935年9月至1937年8月英国牛津大学埃克塞特学院：根据学者刘桂秋考证1935年8月、9月份的《申报》，钱锺书、杨绛及同批庚款留英

[①] 钱锺书：《写在人生边上　人生边上的边上　石语》，生活·读书·新知三联书店2002年版，第335页。

学生1935年8月6日乘"凯森"号轮船离开上海,9月14日抵达英伦。①离开上海时温源宁、邵洵美为他们送行。在《听杨绛谈往事》中杨绛回忆她与钱锺书离开牛津埃克塞特学院（Exeter College）到巴黎的时间是1937年8月下旬。在牛津的两年中钱锺书和杨绛的人际关系网络可大致分为四类。第一类是在英伦留学的钱氏家族子弟。他们夫妇最初到伦敦时到车站接他们俩的是无锡钱氏本家、在伦敦大学学院攻读物理学的钱临照。陪他们俩在伦敦游玩观赏的是在伦敦帝国理工学院读书的堂弟钱中韩。第二类是在英国伦敦、牛津访问的中国学者和留学生。刚到伦敦时正在英国讲学的李四光夫妇接待了他们俩。到牛津埃克塞特学院后经常来往的是前一年获庚款资助，同样在牛津大学攻读英国文学的俞大䌽和姐姐俞大縝。不太常往来的是在墨顿学院（Merton College）攻读古希腊罗马文学的杨宪益和其他中国留学生。第三类是在牛津读书的师友。到牛津后学校给钱锺书指定的导师是英国文学学者赫伯特·弗朗西斯·布雷特－史密斯（Herbert Francis Brett-Smith）。布雷特－史密斯教授毕业于牛津大学基督圣体学院，是多产的作家和文学编辑，特别擅长于17世纪英国剧作家乔治·伊瑟瑞治爵士（Sir George Etheredge）和19世纪英国诗人托马斯·洛夫·皮科克（Thomas Love Peacock）研究。品行导师是A. E. 巴伯·贾尔斯（A. E. Baber Giles）。同学中与钱锺书最亲密的是来自南非的唐纳德·邓肯·斯图亚特（Donald Duncan Stuart）。甚至在1938年他们夫妇离开牛津一年多以后两位同学之间还相互写信。斯图亚特后来参加了西班牙内战，成为一位英勇的反法西斯主义战士。钱锺书的毕业论文的两位主考是基布尔学院（Keble College）的列奥纳德·赖斯－奥克斯利（Leonard Rice-Oxley）和林肯学院（Lincoln College）的欧内斯特·雷查德·休斯牧师（Rev. Ernest Rechard Hughes）。前者专攻英国文学，后者研究中国宗教哲学。第四类则是几乎极容易被忽略却至关重要的与剑桥学派的关系。

换言之，我们认知钱锺书在中英跨文化的文学场中的位置不能仅仅局限于他与牛津的关系，也不能仅仅局限于他在牛津求学两年的时间跨

---

① 《从无锡到牛津：钱锺书的人生历程与学术成就国际学术研讨会论文集》，第115页。

度上来考量牛津、剑桥于他的分量。严格讲，钱锺书与牛津那批远赴中国追寻唯美梦的才子们没有什么生活、情谊和思想交集。相反他与剑桥学派的交往则可回溯到1929年他刚入清华大学之际。如前文专论瑞恰慈部分所讲，瑞恰慈1929年秋开始的一学年中在清华教授的课程主要是一年级英文、西洋小说、文学批评、现代西洋文学、比较文学和比较文化。此外他还作了一系列学术讲座和报告。作为他在清华教过的学生，钱锺书无疑接受了这些课程和学术报告的洗礼，受到了瑞恰慈学术思想的影响。这种影响以及钱锺书对瑞恰慈思想积极的消化和阐发无疑体现于1932年12月他发表在《新月》第4卷第5期上的的文章《美的生理学》，甚至包括他后来所写文章《通感》（可参阅《七缀集》，上海古籍出版社1983年版）。瑞恰慈是叶公超昔日在剑桥的恩师，他在清华时与吴宓相交亦深，说通了原来都是同道师友。由此也就不难理解为什么1936年初钱锺书在牛津搬家到花园路（Park Road）瑙伦园（Norham Gardens）之前威廉·燕卜荪来拜访他们俩。"英国朋友、诗人燕卜荪（William Empson）来访，见阿季临帖，甚欣赏她有此雅兴。"① 1930年燕卜荪被剑桥除名后，于1931年到日本东京文理大学教了三年书。钱锺书入读牛津之际他也正好回到英国。一年后瑞恰慈通融，叶公超出面，燕卜荪开始了在北京大学近三年的教学生活。因此当1938年秋钱锺书从法国回到中国任教于昆明西南联合大学时又与燕卜荪成了同台授业的同事。

除了上述四类关系构成的人际关系网络，同样值得我们留意的是在牛津的两年中钱锺书仍与国内的学术界保持着文墨关系，先后在《国风》《天下月刊》《文学杂志》上发表诗作和文章。《国风》《天下月刊》的编辑是老朋友和师长，仅仅办了四期的《文学杂志》也是清华师长叶公超、朱光潜等新创的园地。

但是上面五层人际关系网络尚不能全面揭示钱锺书在英伦的人际关系网络嵌于其中的思想和精神世界。因为这其中还有两个超越于这五层人际关系且更为重要的因素。第一个因素是他与杨绛夫妇比翼齐飞，共同切磋学问，融亲情、友情、恋情于一体的相濡以沫。因此这样一个在

---

① 吴学昭：《听杨绛谈往事》，生活·读书·新知三联书店2008年版，第111页。

生活上、智识上、情感上都几乎完美的结合为他的心灵提供了温馨、宁静、滋润的栖息空间。第二个因素是他与杨绛朝夕流连忘返于牛津大学图书馆"饱蠹楼",发奋苦读,勤做笔记,由此留下来厚厚近几十册的英文笔记。要较如实地把握他牛津岁月的人际关系网络的内涵,是不能撇开这两个关键因素的,尽管第二个因素不是主体间交往意义上的人际关系因素。

这样我们发现牛津两年间围绕钱锺书结成的人际关系网络的六个维度。这六个维度的影响力逐次减弱,而其情感和智性黏合力却依次增强。就钱锺书智识个体的发展和中英文学场的构架来说,无疑第四、第五和第六个维度发挥了重要作用。顺便讲开来,钱锺书的牛津生活并不是如个别学者所讲的那样纯粹埋首于书斋,其延伸泛滥开来的枝节连理既通向广阔的跨文化的文学场中的文化物质层面,也维系着学术群体间的往来交流,更指向生活中情感和智性的内核。这是一个多维的、淡定的、滋润的世界。

1938年9月至1939年7月昆明西南联合大学:1937年8月下旬钱锺书杨绛夫妇带着刚出生的女儿到巴黎大学求学。1938年8月一家三口离开法国返回日寇蹂躏中的祖国。船到香港后钱锺书与杨绛母女告别,经越南海防入云南,就任西南联合大学文学院外文系教授。钱锺书在法国的一年之间的人际关系网络不是本书论题涉及的范围,因此略过不表。且说他1938年9月至1939年7月在云南昆明西南联大一年之间的人际交往和教学。

尽管从地理空间上讲昆明偏远闭塞,但是特殊的历史状态下文化人群体迁徙至此,使钱锺书在这个独特的地理空间和人文空间组合体中结成了独特的人际关系网络。这一年中钱锺书住在昆明大西门文化巷十一号这座院子里。同院子租住的教师有1935年清华外文系毕业的助教顾宪良。叶公超、吴宓、金岳霖三人合住一室。同住在这里的学生有李赋宁、周珏良。他们一起成立了一个椒花诗社。除了他们这般人,杨周翰也来参加诗社的活动。

考证西南联大校史,钱锺书教授的课程共计四门:英文壹(读本)(大一),4学分;英文贰(本系)(大二),6学分;现代小说(大四下），2学分；文艺复兴时代文学（大三大四合开），4学分。① 西南联大的规定是教授必须给大一学生开课，因此与钱锺书同时给大一学生上英文课的还有吴宓、叶公超等。与钱锺书给大三、大四学生所开设的课程形成体系的课程包括：燕卜荪开的英国诗、莎士比亚、现代诗；叶公超开的文学批评；吴宓开的欧洲文学史、人文主义研究。

承受钱锺书教益的学生中的佼佼者包括李赋宁、杨周翰、王佐良、周珏良、许国璋、查良铮（穆旦）、许渊冲、李博高等。根据许渊冲的回忆，钱锺书上大一英文课"只说英语，不说汉语；只讲书，不提问；虽不表扬，也不批评"②。与叶公超比，钱锺书授课重质，叶公超重量。与吴宓比，钱锺书是理性主义者，理智多于情感；吴宓是浪漫主义者，情感重于理智。③ 他为高年级开的两门课都是自己编写讲义。文艺复兴时代文学重在呈现自古希腊以来欧洲文学的全貌。现代小说与燕卜荪的现代诗、叶公超的文学批评呈现了现代主义文学和批评思想的全貌。他在课堂上将欧洲现代主义的名家名作细细讲来，如马塞尔·普鲁斯特（Marcel Proust），安德烈·纪德（Andre Gide）。

钱锺书这期间发表了数篇创作性文章，刊登在《今日评论》周刊和《中央日报》副刊上。这些文章他统称为"冷屋随笔"——冷屋者皆因远离在上海孤岛的妻女，独身一人在昆明。这些随笔文章包括《论文人》《释文盲》《魔鬼夜访钱钟书先生》。

这里需提请注意的是这一年中钱锺书与老师叶公超之间的关系。有关两人关系的详情有不同说法。吴学昭根据吴宓日记将两人的矛盾缘由归咎于叶公超在处理钱锺书所购外文书款时的不妥当，也把钱锺书后来不能回返西南联大续聘归咎于叶公超等。④ 汪荣祖从心理分析角度指出，叶钱矛盾皆因"深深感受到'业师'的压抑，在内心深处自会有不平与

---

① 张思敬编：《国立西南联合大学史料》，北京大学出版社2006年版，第150—153页。
② 杨联芬编：《钱钟书评说七十年》，文化艺术出版社2010年版，第29页。
③ 同上书，第30页。
④ 吴学昭：《听杨绛谈往事》，生活·读书·新知三联书店2008年版，第164—165、172—173页。

'逆反'的心理反射，对某些师尊的学问与人品也就相当不服气"[①]。如果从文学场中人际关系网络的角度来分析，我们对钱叶关系变化的理解就不能仅仅停留在纯粹的二人关系和昆明的西南联大这个时空来思考。

首先从历时的角度看，从1929年入读清华大学开始钱锺书就受到叶公超、温源宁、吴宓等师长的极度赏识、关爱和提携。这说明了文学场中向外开放的程度和长幼提携培育的风气是其特征。钱叶交恶源于琐碎的经济因素，不能以这个因素来妄解文学场层面的人际关系。如果从现代文学场中长幼师徒关系嬗变的通例来解释，钱叶关系的变化其实更是钱锺书追求独立自由的文化思想主体性、智识生命走向成熟、急于挣脱以叶公超为象征符号的文化象征秩序之束缚的重要征兆。尽管此后缺少了这些师长的庇护和关爱，经历了生活的磨砺，但其创作、思想和学术却能在自由独立的状态下日臻完善，独放异彩。

其次从结构性的构成来看，这一年中围绕钱锺书所结成的人际关系网络不是简单地复制前几个阶段的结构模式。它变得更为开放和异质，同时容纳了燕卜荪代表的英国剑桥学派和现代主义，叶公超等代表的受英美现代主义思想、文学和批评洗礼的师长，王佐良、周珏良、穆旦等新生代。

最后从话语发声的角度看有两个显著的特点。其一是他与燕卜荪、叶公超一起从小说、诗歌、批评三个向度集中向新生代灌输传播现代主义的诗艺和思想。其二是他尝试用随笔这种文体来磨炼自己的文艺风格和思想风度。

可以说这一年看似他在重温1930年代初与师长们彼此唱和的美好时光，其实是一个重要的转折点——转向更成熟、独立、自由诚然也是孤独地潜沉于智性生命的深处，以超脱于外在纷乱时局的方式思考诗学的永恒和文明的永恒。这种转折的痕迹在时空上更外化为1939年11月至1941年夏的两年时间中他在湖南偏远山镇蓝田的思想和精神内省。从外在的人际关系网络来看，他基本上脱离了西南联大以及由此铺陈开来的人际网络，以尽孝道之名随侍父亲钱基博左右，往来声气相通的无非是

[①] 汪荣祖：《槐聚心史：钱锺书的自我及其微世界》，台北：台大出版中心2014年版，第58页。

徐燕谋等三两朋友。换言之，他这两年间过的基本上是与世隔绝的生活。从内在的智性拓展来看，国破家离，飘零无定，反而促使他定下心来开始撰写传世之作《谈艺录》。"……都写在了镇上买到的一种极其粗糙的毛边纸直行本上。据蓝田的同事回忆，《谈艺录》他每晚写一章，两三天后修改增补，改动很大，填写很密，有的纸页天地间夹缝中，全写满了字。"[①] 战争对文明的破坏反而催发文明代言人内在的精神勃发。好有一比：钱锺书此时此地勾连东西、乳化六合的努力恰如德国犹太裔学者埃里希·奥尔巴赫第二次世界大战期间在土耳其的君士坦丁堡避难时穷一生学历而写就的《论摹仿》。

1941年夏至1949年夏在上海：1941年夏结束了蓝田国立师范学院的课程后钱锺书回到上海与妻女团聚。1949年8月24日钱锺书一家三口离开上海蒲石路的"且住楼"北上京城执教于清华大学。这期间整整八年的时间钱锺书都呆在上海。从1929年入读清华大学到1949年执教清华大学的20年中，上海时光几乎占了一半。与清华本科四年和牛津研究生两年相比，上海时光还要更长。无论是从文学场、人际关系网络还是个体内在的智性发展来看，我们应该怎样来评价这八年中的钱锺书？

首先从人际关系网络来看，钱锺书基本上与整个1930年代在清华和牛津建立起来的人际关系网络淡离开来。他在上海重构了一个崭新的人际关系网络。当然这个网络中仍包括他1930年代在光华大学执教时结识的旧友如邵洵美。但是网络主要是由新朋知交来组成。上海沦陷期间这个圈子主要包括老辈人物徐鸿宝、李拔可、郑振铎、李玄伯，同辈或更年轻的人物包括郑朝宗、王辛笛、宋淇、许国璋、傅雷、夏志清、陈麟瑞、黄佐临、李健吾等。上海光复以后因与中央图书馆、暨南大学外文系、英国文化委员会的工作关系，钱锺书的人际关系网络中新增了中央图书馆馆长蒋复璁、暨南大学文学院院长刘大杰、英国文化委员会主任英国人贺德立（G. Hedlay）。钱锺书和贺德立曾策划了一套汉译"英国文化丛书"共计12种。这些译作的译者都是彼此有交谊的学人，包括曾经的《天下月刊》编辑、当时的复旦大学外文系主任全增嘏、商务印书馆

[①] 吴学昭：《听杨绛谈往事》，生活·读书·新知三联书店2008年版，第172页。

总经理朱经农、旅英作家记者萧乾、邵洵美等。

这张人际关系网可分为四个层次。第一个层次是从时间上看与钱锺书交往最长的邵洵美，有据可查的是早在1935年8月他与温源宁一起到上海轮船码头送别远渡英伦的钱锺书和杨绛。第二个层次是中国古典学问、学养和修养俱一流的文化名人徐鸿宝、李拔可、郑振铎、李玄伯和蒋复璁。徐鸿宝精于古籍收藏和版本学，是图书收藏界的权威，与蒋复璁交谊深厚，更是赏识抬爱钱锺书的伯乐。李拔可发于旧学科举，是商务印书馆的元老。郑振铎长于文艺批评、翻译和诗歌创作，精究图书收藏和训诂，1930年代以来先后执教于燕京大学、清华大学、暨南大学，可算钱锺书的师长。李玄伯毕业于法国巴黎大学，在法国文学、中国古典学、历史学等领域皆擅长。蒋复璁毕业于德国柏林大学哲学专业，精于图书馆学、善本收藏和版本学。这五位德高学富的长者代表了中国传统古典学问、图书收藏和刊印实业的一流水平。与他们切磋问道无疑对钱锺书浸淫于中国古典诗学和典籍学，于乱世中慎独问学提供了得天独厚的机缘。第三个层次是与钱锺书年龄上更靠近、交谊更平等亲切的文化人陈麟瑞、黄佐临、李健吾、傅雷、郑朝宗、王辛笛、许国璋、宋淇、夏志清。陈麟瑞、黄佐临、李健吾、傅雷都年长钱锺书二至五岁。郑朝宗、王辛笛比钱锺书小两岁。许国璋是钱锺书在昆明西南联合大学教过的学生。宋淇和夏志清比钱锺书小了差不多十岁。陈麟瑞留学欧美多所大学，长于英美文学和戏剧研究，在上海复旦、暨南、光华等校任教。黄佐临受业于英国戏剧大师萧伯纳，入剑桥大学专攻莎士比亚戏剧，在伦敦戏剧学院学过戏剧导演。李健吾当时已是有影响的文艺评论家、作家、戏剧家和翻译家，比钱锺书早几年毕业于清华大学外文系，后赴巴黎专攻法国文学。傅雷毕业于法国巴黎大学，勤于欧洲文学翻译，精于西方美术和音乐。郑朝宗、王辛笛都毕业于清华大学外文系。宋淇毕业于燕京大学。这群人与钱锺书的关系乃至钱锺书对他们的影响，可从宋淇之子宋以朗的研究中得到证明。[①] 与第二个层面不同但与邵洵美类似，这个群体长于阐发西学和译介西方人文艺术经典，同时又积极地从事诗

[①] 宋以朗：《宋家客厅：从钱锺书到张爱玲》，花城出版社2015年版，第95—125页。

歌、戏剧等文艺创作和表演。第四个层次是这个圈子外却因钱锺书所主持的刊物和参与英国文化委员会事务而相互交集的人物如全增嘏、朱经农、萧乾和刘大杰。值得一提的是朱经农当时是商务印书馆经理；萧乾刚从英国回到中国，与英国现代主义文学圈结下了不解之缘。

就钱锺书而言，这张人际关系网的文化物质实践基础也是非常重要。这类文化物质实践在日常生活中表现为这个圈子中的人定期在傅雷、宋淇家里或上海生活书店的聚会。"至少有段日子，他们每星期都聚会。……那年头，父亲喜欢在家中开派对，亦即文学沙龙，钱氏夫妇都是座上客。正如杨绛所记：'李拔可、郑振铎、傅雷、宋悌芬、王辛迪几位，经常在家里宴请朋友相聚。那时候，和朋友相聚吃饭不仅是赏心乐事，也是口体的享受。'也全赖这些'宋淇饭局'，傅雷、朱梅馥、夏志清等才有缘结识钱锺书和杨绛。"[①] 在文艺实践方面表现为他们在文艺创作和戏剧表演领域的相互激励和合作。在陈麟瑞、黄佐临等的鼓励帮助、合作下，杨绛先后创作了《称心如意》《弄真成假》《游戏人间》《风絮》等讽刺喜剧。这些剧被成功地搬上舞台演出。王辛笛不断探索新诗创作的题材和技法，成了"九叶派"诗人群体的核心人物。自然也就不难理解，在这样浓郁的文艺创作氛围中钱锺书在撰写《谈艺录》的同时创作了亮如长虹的小说《围城》。在图书整理和出版发行方面有徐鸿宝、蒋复璁为延续保存中华文脉所做的古籍善本珍本的收藏保护；有郑振铎、李健吾合编发行的《文艺复兴》刊物；抗战期间（1940—1944年）钱锺书任袁同礼主编的国立北平图书馆英文馆刊《中国图书季刊》的首席编委；抗战胜利后受蒋复璁邀请，担任中央图书馆英文总纂的钱锺书主编《书林季刊》；傅雷、周煦良主编《新语》半月刊。这些刊物构成了一个文化实践平台。钱锺书的牛津学位论文、小说《围城》、这期间的中文和英文文章基本上是在这些刊物上发表的。

同时值得一提，第二次世界大战胜利后钱锺书又回到了大学的讲台，也因他的文化影响而受到英国文化委员会的礼遇。1946年夏开始他应刘大杰的邀请在暨南大学外文系教授欧美名著选读和文学批评两门课。同年秋他开始在震旦女子文理学院教授英国小说、散文等课程。英国文化

[①] 宋以朗：《宋家客厅：从钱锺书到张爱玲》，花城出版社2015年版，第99—100页。

委员会主任贺德立请他担任顾问。因此他能定期浏览《泰晤士报·文学副刊》《伦敦书评》《纽约时报书评》《纽约书评》《大西洋月刊》,跟踪了解英美文学和批评现状。他也借此机会与贺德立一起策划了一套介绍1939年以来英国人的生活、思想和文化的丛书"英国文化丛书"。丛书共出十二种,有关英国文学和艺术的译著包括杨绛翻译的《一九三九年以来英国散文》、傅雷翻译的《英国绘画》、邵洵美翻译的《一九三九年以来英国诗》、全增嘏翻译的《一九三九年以来英国小说》。

钱锺书的著述、小说和文集主要是由上海开明书店和晨光出版公司出版的,如开明书店所出的1941年的钱锺书第一个集子《写在人生边上》、1946年的短篇小说集《人·鬼·兽》、1948年6月的《谈艺录》,晨光出版公司1947年出版的小说《围城》。

这样经历了1938年至1940年的转折期,钱锺书在一个崭新的人际关系网络构成的环境中迎来了学术、思想和创作上的第二个高峰期,也正是在这个时期问世的学位论文、《谈艺录》诗学巨著和小说《围城》奠定了他不朽的地位。

我们再回到前面提出的问题:无论是从文学场、人际关系网络还是个体内在的智性发展来看,应该怎样评价这八年中的钱锺书?无论是这个时期的文学场、人际关系网络还是个体智性的发展,都表现出三个鲜明的特征——同构特征、同质特征和开放式跃升特征。同构特征指它们都坚实地扎根大学、文学圈子、出版、刊物这些典型的现代主义文化物质实践基础。同质特征指不同时期的人际关系网络都立足清华师友、欧美留学群体、中西思想学术兼容互济这些核心构成因素。开放式跃升特征指圈子和网络的不断扩展和更新、青年一代的成长乃至钱锺书智性生命和学术思想的真正成熟。在这个时期钱锺书不再依附于昔日的师长,也不再需要凭借上一代掌握的文化资源来言说自己的思想。他开始成为圈子的核心人物,开始掌握自己的文化资源,开始用成熟的、全新的诗学范式和诗学思想来诠释中西诗艺和中西文明。

纵观1929年至1949年的钱锺书,围绕他所形成的人际关系网络和出版发表媒介网络既是历时动态的发生演变,是鲜活生动的文化物质实践,也是在辽阔的地理空间中迁徙的文学和知识个体和群体互联互动互通的网络，同样表征了他学术思想发展成熟的过程。这两个网络交互作用，从中沉淀下来的是钱锺书极富学科间张力、极富中西诗学和思想对话、极富民族文化自觉精神和普适价值取向的思想阐释和诗学创新成就。对20年成就内在经络和精髓的阐发得以使我们从两个网络表征的文化物质实践一极走向文化精神一极，仰望崇高卓绝的文化精神高峰上钱锺书在中英跨文化的文学场中，在从徐志摩、叶公超到他自己的中国现代主义文学的、文化的、诗学的象征革命的历程中磅礴深邃的思想。在进行上述阐发之前，我们有必要用图表的形式再次梳理这20年间钱锺书所发表的文章和著作以及相关的出版载体。这样较系统全面的文献梳理也恰恰是我们进行进一步思想阐释和理论认知的前提和基础，因为他思想和诗学的经络所依附的物质性实体正好是这些文章和著作。

表11-1 　　　钱锺书1930—1940年代主编、参编的刊物一览表

时间	刊物名
1933—1935年	英文《中国评论周报》编辑
1938秋—1939年夏	"牛津大学东方哲学宗教丛书"特约编辑
1940—1944年	《中国图书季刊》编委
1946年6月—1948年6月	英文《书林季刊》主编
1946—1947年	"英国文化丛书"编委

表11-2 　　　钱锺书1930—1940年代师友主编刊物一览表

主编	刊物	办刊地	时间
张申府	《大公报·世界潮》	天津	1933—1934年
叶公超	《新月》	上海、北京	1932年9月—1933年6月
张歆海、潘光旦	《中国评论周报》	上海	1928年5月—1946年4月
温源宁、吴经熊	《天下月刊》	上海	1935—1941年
叶公超	《学文》	北京	1934年5—8月
郑振铎、李健吾	《文艺复兴》	上海	1946年1月—1947年11月
傅雷、周煦良	《新语》	上海	1945年9—12月
袁同礼	《中国图书季刊》	北京	1940—1944年
柳诒徵、张其昀、缪凤林、倪尚达	《国风》	南京	1932年9月—1936年12月

表 11-3　　　　钱锺书 1930—1940 年代著述、文章考订表①

序号	文章/著作	报、刊/出版社	期/页码	发表/出版时间
1	《小说琐徵》	《清华周刊》	34 卷 4 期，7—9 页	1930 年 11 月 22 日
2	"Pragmatism and Potterism"	《清华周刊》	35 卷，93—99 页	1931 年
3	"Book Note I"	《清华周刊》	35 卷，761—762 页	1931 年
4	"Book Note II"	《清华周刊》	36 卷，747—748 页	1932 年
5	《为什么要穿衣》	《大公报》（天津）	第 2 张第 8 版《世界潮》第 5 期	1932 年 10 月 1 日 星期六
6	《大卫休谟》	《大公报》（天津）	第 2 张第 8 版《世界潮》第 5 期	1932 年 10 月 15 日
7	《一种哲学的纲要》	《新月》"海外出版界"	4 卷 3 期，14—16 页	1932 年 11 月 1 日
8	《休谟的哲学》	《大公报》	《世界潮》	1932 年 11 月 5 日
9	《中国新文学的源流》	《新月》"书报春秋"	4 卷 4 期，9—15 页	1932 年 11 月 1 日
10	《美的生理学》	《新月》"书报春秋"	4 卷 5 期，108 页	1932 年 12 月 1 日
11	"On 'Old Chinese Poetry'"	The China Critic《中国评论周报》	6 卷 50 期	1932 年 12 月 14 日
12	《落日颂评论》	《新月》"书报春秋"	4 卷 6 期，19—28 页	1933 年 3 月 1 日
13	《旁观者》	《大公报》	《世界思潮》29 期	1933 年 3 月 16 日
14	"Great European Novels and Novelists"	The China Critic《中国评论周报》	6 卷 20 期，505 页	1933 年 5 月 18 日
15	《近代散文钞》	《新月》"书报春秋"	4 卷 7 期，1—4 页	1933 年 6 月 1 日
16	《作者五人》	《大公报》	《世界思潮》第 56 期	1933 年 10 月 5 日
17	《中国文学小史序论》	《国风》月刊（南京）	3 卷 8 期，5—14 页	1933 年 10 月 16 日

---

① 这里尽可能全面统计钱锺书的思想和文学评论类文章，他所写的散文和诗歌部分没有考证统计，如：1939 年 4 月《今日评论》1 卷 14 期上发表的《冷屋随笔之三》、同一年《中央日报》副刊上发表的《魔鬼夜访钱锺书》；在蓝田国立师范学院创作的散文《窗》《论快乐》《吃饭》《读伊索寓言》《谈教训》，等等。

续表

序号	文章/著作	报、刊/出版社	期/页码	发表/出版时间
18	《壬申年秋抄杂诗并序》十首	《国风》月刊（南京）	3卷11期，56页	1933年12月
19	"Myth, Nature and Individual"	The China Critic《中国评论周报》	7卷6期，138页	1934年2月8日
20	"A Critical Study of Modern Aesthetics"	The China Critic《中国评论周报》	7卷14期，329—330页	1934年4月5日
21	《中国古代戏剧中的悲剧》	《学文》	1卷1期	1934年5月1日
22	《苏东坡的文学背景及其赋》	《学文》	1卷2期	1934年6月1日
23	《诗录》（一）	《国风》月刊	4卷11期，50—51页	1934年6月1日
24	《与张君晓峰书》	《国风》月刊	5卷第1期	1934年7月1日
25	《论"不隔"》	《学文》	1卷3期	1934年7月
26	"Apropos of the 'Shanghai Man'"	The China Critic《中国评论周报》	7卷44期，1066—1077页	1934年11月1日
27	"A Chapter in the History of Chinese Translation"	The China Critic《中国评论周报》	7卷45期，1095—1097页	1934年11月8日
28	"Foreword to The Prose-poetry of Su Tung-P'o"	The Prose-poetry of Su Tung-P'o by Le Gross Clark	Kelly and Walsh, Ltd., pp. xiii—xxii	1935年
29	"Tragedy in Old Chinese Drama"	Tien Hsia Monthly	1卷1期，37—46页	1935年8月15日
30	"来伦敦，小雨斑斑，中国此时已入伏，执热可念"等十首	《国风》月刊（南京）	8卷12期，28—29页	1936年12月1日
31	"Correspondence: To the Editor-in-Chief of T'ien Hsia"	T'ien Hsia Monthly	4卷4期，424—427页	1937年4月
32	《谈交友》	《文学杂志》	1卷1期，187—197页	1937年5月
33	《中国固有的文学批评的一个特点》	《文学杂志》	4期，116—134页	1937年8月

续表

序号	文章/著作	报、刊/出版社	期/页码	发表/出版时间
34	《论文人》《释文盲》	《今日评论》周刊		1938 年
35	《中国诗与中国画》	蓝田国立师范学院《国师季刊》	6 期	1940 年 2 月
36	"China in the English Literature of the Seventeenth Century"	*Quarterly Bulletin of Chinese Bibliography*《中国图书季刊》	1 卷 4 期，351—384 页	1940 年 12 月
37	"China in the English Literature of the Eighteenth Century：I"	*Quanrterly Bulletin of Chinese Bibliography*	（New Series）2 卷 1—2 期，7—48 页	1941 年 6 月
38	"China in the English Literature of the Eighteenth Century：II"	*Quarterly Bulletin of Chinese Bibliography*	2 卷 3—4 期，113—152 页	1941 年 12 月
39	《燕谋诗草·序》			1940 年
40	《写在人生边上》	上海开明书店		1941 年
41	"Chinese Literature"	*The Chinese Year Book 1944–1945*《中国年鉴》	7 期，115—128 页	1945 年
42	《小说识小》（一）	《新语》半月刊	4 期，22—24 页	1945 年 11 月 17 日
43	《小说识小》（二）	《新语》半月刊	5 期，29—30 页	1945 年 12 月 2 日
44	《谈中国诗》（连载）	《大公报》（天津）	第 1 张第 4 版，《综合》第 19 期，星期三	1945 年 12 月 26 日
45	《谈中国诗》（连载）	《大公报》（天津）	第 1 张第 4 版，《综合》第 20 期，星期四	1945 年 12 月 27 日
46	《围城》（长篇连载，第 1 章）	《文艺复兴》月刊	1 卷 2 期，159—171 页	1946 年
47	《围城》（长篇连载，第 2 章）	《文艺复兴》月刊	1 卷 3 期，284—295 页	1946 年

续表

序号	文章/著作	报、刊/出版社	期/页码	发表/出版时间
48	《围城》[长篇连载,第3章（上）]	《文艺复兴》月刊	1卷4期,478—494页	1946年
49	《围城》[长篇连载,第3章（下）]	《文艺复兴》月刊	1卷5期,569—586页	1946年
50	《围城》（长篇连载,第4章）	《文艺复兴》月刊	1卷6期,704—715页	1946年
51	《围城》[长篇连载,第5章（上）]	《文艺复兴》月刊	2卷1期,77—90页	1946年
52	《围城》[长篇连载,第5章（下）]	《文艺复兴》月刊	2卷2期,204—217页	1946年
53	《围城》（长篇连载,第6章）	《文艺复兴》月刊	2卷4期,313—329页	1946年
54	《围城》（长篇连载,第7章）	《文艺复兴》月刊	2卷5期,480—501页	1946年
55	《围城》（长篇连载,第8章）	《文艺复兴》月刊	2卷6期,686—721页	1947年
56	《围城》（长篇连载）序	《文艺复兴》月刊	2卷6期,722页	1947年
57	"Critical Notice of *The Le Père Matthieu Ricci et la Société Chinoise de son Temps（1551–1610）*"	*Philobiblon*《书林季刊》	1卷1期,13—19页	1946年6月
58	"Critical Notice of *The Chinese：Their History and Culture*"	*Philobiblon*	1卷2期,30—37页	1946年9月
59	"Critical Notice of *The Rapier of Lu，Patriot Poet of China*"	*Philobiblon*	1卷3期,40—49页	1946年12月
60	《人兽鬼》	上海开明书店		1946年
61	"The Return of the Native"	*Philobiblon*	1卷4期,17—26页	1947年3月

续表

序号	文章/著作	报、刊/出版社	期/页码	发表/出版时间
62	"Correspondence: To the Editor of *Philobiblon*" "To Paul E. Burnand"	*Phlobiblon*	2卷1期，27—30页	1947年9月
63	《围城》	上海晨光出版公司		1947年
64	"An Early Chinese Version of Longfellow's 'Psalm of Life'"	*Philobiblon*	2卷2期，10—14页	1948年3月
65	"A Note to the Second Chapter of *Mr. Decadent*"	*Philobiblon*	2卷3期，8—14页	1948年9月
66	《谈艺录》	上海开明书局		1948年

第二节　钱锺书著述的比较诗学格局

表11-4　　钱锺书1929—1949年作品主题与研究领域一览表

序号	文章/著作	主题内容	学科领域	发表/出版时间
1	《小说琐徵》	中国古典小说	中国古典小说研究	1930年11月22日
2	"Pragmatism and Potterism"	实用主义哲学批评	西方哲学研究	1931年
3	"Book Note I"	吴可读《英国散文选》书评	英国散文研究	1931年
4	"Book Note II"	论中国古诗与汉学	海外汉学研究	1932年
5	《为什么要穿衣》	散文	散文创作	1932年10月1日
6	《大卫休谟》	休谟哲学评论	西方哲学研究	1932年10月15日
7	《一种哲学的纲要》	外国学者讲哲学书评	西方哲学研究	1932年11月1日
8	《休谟的哲学》	休谟哲学评论	西方哲学研究	1932年11月5日
9	《中国新文学的源流》	评论周作人的书《中国新文学的源流》	中国文学史研究	1932年11月1日

续表

序号	文章/著作	主题内容	学科领域	发表/出版时间
10	《美的生理学》	评论 Arthur Sewell 的书《美的生理学》	西方美学与跨学科研究	1932 年 12 月 1 日
11	"On 'Old Chinese Poetry'"	与前面的 Book Note II 同	海外汉学研究	1932 年 12 月 14 日
12	《落日颂评论》	评曹葆华的诗歌集《落日颂》	中国现代诗人诗集个案研究	1933 年 3 月 1 日
13	《旁观者》（缺文章）	评论西班牙哲学家加赛德的《现代论衡》	西方哲学研究	1933 年 3 月 16 日
14	Book Review "Great European Novels and Novelists"	书评 A. L. Pollard 的同名书	西方小说研究	1933 年 5 月 18 日
15	《近代散文钞》	评传统散文	中国古典散文研究	1933 年 6 月 1 日
16	《作者五人》（缺文章）	评西方哲学家五人	西方哲学研究	1933 年 10 月 5 日
17	《中国文学小史序论》（缺文章）	书的序论	中国文学史研究	1933 年 10 月 16 日
18	《壬申年秋钞杂诗并序》十首	诗歌创作	诗歌创作	1933 年 12 月
19	Book Review "Myth, Nature and Individual"	评 Frank Baker 论神话的同名书	西方神话研究	1934 年 2 月 8 日
20	Book Review "A Critical Study of Modern Aesthetics"	评 the Earl of Listowel 的有关美学的博士论文	西方美学研究	1934 年 4 月 5 日
21	《中国古代戏剧中的悲剧》	中西戏剧比较研究	中西比较诗学研究	1934 年 5 月 1 日
22	《苏东坡的文学背景及其赋》	书评，苏东坡研究	中国古典赋研究、海外汉学研究	1934 年 6 月 1 日
23	《诗录》（一）（缺文章）	诗歌创作	诗歌创作	1934 年 6 月 1 日
24	《与张君晓峰书》	给张晓峰的信：论白话文与古文融合	中国诗学研究	1934 年 7 月 1 日
25	《论"不隔"》	中英诗论	中西比较诗学研究	1934 年 7 月

第十一章　钱锺书的理论对话与转化:中国现代批评的格局　/　373

续表

序号	文章/著作	主题内容	学科领域	发表/出版时间
26	"Apropos of the 'Shanghai Man'"	论上海人的散文	散文创作	1934年11月1日
27	"A Chapter in the History of Chinese Translation"	批判严复的翻译理论	跨文化与翻译研究	1934年11月8日
28	"Foreword to The Prose-poetry of Su Tung-P'o"	中国古典诗学,为Le Gross Clark的翻译写的序	中国古典赋研究,海外汉学研究	1935年
29	"Tragedy in Old Chinese Drama"	中西戏剧比较研究,同21	中西比较诗学研究	1935年8月15日
30	诗录(二)"来伦敦,小雨斑斑,中国此时已入伏,执热可念"等十首	诗歌创作	诗歌创作	1936年12月1日
31	"Correspondence: To the Editor-in-Chief of T'ien Hsia"	在牛津,评吴宓的《吴宓诗集》	现代诗人诗集个案研究	1937年4月
32	《谈交友》	散文	散文创作	1937年5月
33	《中国固有的文学批评的一个特点》	中西诗学比较研究	中西比较诗学研究	1937年8月
34	《论文人》《释文盲》(缺文章)	散文	散文创作	1938年
35	《中国诗与中国画》(见《七缀集》)	中国文艺批评	中国古典诗学研究	1940年2月
36	"China in the English Literature of the Seventeenth Century"	汉学研究	英国文学与汉学研究	1940年12月
37	"China in the English Literature of the Eighteenth Century: I"	汉学研究	英国文学与汉学研究	1941年6月
38	"China in the English Literature of the Eighteenth Century: II"	汉学研究	英国文学与汉学研究	1941年12月

续表

序号	文章/著作	主题内容	学科领域	发表/出版时间
39	《燕谋诗草·序》	书的序言	现代诗人诗集个案研究	1940 年
40	《写在人生边上》	散文集	散文创作	1941 年
41	"Chinese Literature"	中国文学批评	中国文学综述	1945 年
42	《小说识小》（一）	中西小说比较研究	中西小说比较研究	1945 年 11 月 17 日
43	《小说识小》（二）	中西小说比较研究	中西小说比较研究	1945 年 12 月 2 日
44	《谈中国诗》（连载）	中国诗歌研究	中西比较诗学研究	1945 年 12 月 26 日
45	《谈中国诗》（连载）	中国诗歌研究	中西比较诗学研究	1945 年 12 月 27 日
46—56	《围城》（长篇连载）	小说创作	小说创作	1946 年
57	"Critical Notice of *The Le Père Matthieu Ricci et la Société Chinoise de son Temps (1551–1610)*"	耶稣会传教士书评兼西方汉学研究	海外汉学研究	1946 年 6 月
58	"Critical Notice of *The Chinese: Their History and Culture*"	西方汉学著述评价研究	海外汉学研究	1946 年 9 月
59	"Critical Notice of *The Rapier of Lu, Patriot Poet of China*"	西方汉学陆游诗翻译评价研究	海外汉学研究 翻译研究	1946 年 12 月
60	《人兽鬼》	散文集	散文创作	1946 年
61	"The Return of the Native"	中西哲学思想与诗艺研究	中西比较诗学与比较思想跨学科研究	1947 年 3 月
62	"Correspondence: To the Editor of *Philobiblon*" "To Paul Eburnean"	给 Paul E. Burnand 的回应信，续谈 "The Return of the Native"	中西比较诗学与比较思想跨学科研究	1947 年 9 月
63	《围城》	小说创作	小说创作	1947 年
64	"An Early Chinese Version of Longfellow's 'Psalm of Life'"	从比较文学和跨文化研究论诗歌接受传播个案	跨文化接受与译介个案研究	1948 年 3 月

续表

序号	文章/著作	主题内容	学科领域	发表/出版时间
65	"A Note to the Second Chapter of *Mr. Decadent*"	评论晚清小说刘鹗的《老残游记》	中国近代小说个案研究	1948年9月
66	《谈艺录》	中西诗学比较打通研究	中西比较诗学研究	1948年

1929—1949年的20年中钱锺书的文章主要发表在15家刊物上，即：《清华周刊》（1930—1932年，4篇）、《大公报》（1932—1945年，7篇）、《新月》（1932—1933年，5篇）、《国风》（1933—1936年，5篇）、The China Critic（《中国评论周报》1932—1934年，5篇）、《学文》（1934年，3篇）、Tien Hsia Monthly（《天下月刊》1935—1937年，2篇）、《文学杂志》（1937年，2篇）、《今日评论》（1938年，2篇）、蓝田国立师范学院《国师季刊》（1篇）、Quarterly Bulletin of Chinese Bibliography（《中国图书季刊》，学位论文，1940年12月—1941年12月分三期刊载）、《新语》半月刊（1945年，2篇）、The Chinese Year Book 1944 - 1945（《中国年鉴》，1篇）、《文艺复兴》月刊（1946—1947年，分11次连载《围城》）、Philobiblon（《书林季刊》，1946年6月—1948年9月，7篇）。其小说和著作主要由上海开明书店和上海晨光出版公司出版。但是这些刊物和出版社仅仅是钱锺书置身其中的文学场中表征人际关系网络的文化物质实践基础，因而是外在的条件却不是其思想学术内在的脉络。

要探寻钱锺书著述中西方文艺和思想的脉络，我们必须用典型的结构主义深层透视分析方法来多层次、多维度地聚焦钱锺书在20年的时间内发表的66篇/次/部作品。在这66种作品中古体诗、现代白话散文、散文集、长篇小说占21种（包括在《文艺复兴》上《围城》的11次连载）。其中散文和散文集计6种；古体诗3种；长篇小说1部。如果从影响看长篇小说《围城》冠绝20世纪上半叶，那么从分量看散文则是钱锺书创作的重头戏。进而论之，钱锺书的散文和长篇小说共同之处无疑是其独特的语言风格——一种主要借鉴英国18世纪文坛尤其是文坛领袖约翰逊博士（Samuel Johnson）幽默讽刺风格的语言。其余的45种作品为研究性批评和思想论述，从语言表述风格来讲主要包括书评、序、综述、专题研究和文艺批评研究。特别值得注意的是，这些论述中相当部分是书评——一种迥然不同于书斋里严肃学问表达也绝对异于专业学术期刊上中规中矩的学术论述和论证，灵活自如，收放有度，文辞纵横的评论形式和风格。这种现代西方报刊体的评论风格最般配地对应着他在《谈艺录》中使用的中国古文中常用的笔记体诗话风格。

从上面的论述我们抓住了钱锺书创作和著述的风格问题，尤其是中英文学共同滋养的三种风格的交相辉映、彼此融合现象。撇开这一问题和现象，我们暂且转向这45种著述和论述涵盖的学科领域问题。从宽泛的学科研究领域而不是学科这个角度看，这45种著述和论述主要涵盖了24个学科研究领域：1. 中国古典小说研究；2. 西方哲学研究；3. 英国散文研究；4. 海外汉学研究；5. 中国文学史研究；6. 西方美学与跨学科研究；7. 中国现代诗人诗集个案研究；8. 西方小说研究；9. 中国古典散文研究；10. 西方神话研究；11. 西方美学研究；12. 中西比较诗学研究；13. 中国古典赋研究．海外汉学研究；14. 中国诗学研究；15. 跨文化与翻译研究；16. 中国古典诗学研究；17. 英国文学与汉学研究；18. 中国文学综述；19. 中西小说比较研究；20. 海外汉学．翻译研究；21. 中西比较诗学与比较思想跨学科研究；22. 跨文化传播与译介个案研究；23. 中国近代小说个案研究；24. 中西比较诗学研究。

如果按照学科来进一步将上述24个领域归纳归类，我们发现这45种著述和论述可归入6个学科：中国古典诗学（24类中的1、5、9、13、14、16、18、23）、中国现代（主义）诗学（24类中的第7类）、西方汉学（24类中的4、13、17、20）、中西比较诗学与跨文化（24类中的12、15、19、20、21、22、24）、西方哲学与美学（24类中的2、11）、英国文学（3、17）。在上述更简约的分类中我们需注意三种情况。一是原来24类中的第10类西方神话与这6个学科不吻合，因此我们将之视为例外情况，并不强行纳入这个分类系列。二是上述6个学科下有内容重复的情况，如20同时出现在西方汉学和中西比较诗学与跨文化中；13同时出现在中国古典诗学与西方汉学中；17 同时出现在西方汉学与英国文学中。这说明什么问题呢？其实这涉及一个根本问题的两个方面——一方面是我们按学科来分类仍不够简约概括，另一方面是这些研究跨越了这些学科分类的边界。用结构主义的表述来讲，这些分类的最简公理是什么呢？是比较视野统摄了一切还是某个学科统摄了一切？讲比较视野其实是很虚空的，讲某个学科统摄了一切其实是无限度地夸大了这个学科的边界，不符合历史状态中的知识秩序原样。我们更大胆地假设，我们论断钱锺书开辟了一个崭新的学科知识领域及其配套的认识论和方法论。如果这个假设成立，那么这个新的学科知识领域是什么？三是这个分类客观上淡化甚至抹掉了钱锺书对历史的认知和探讨。这既包括他对中国文学史的探源，也包括他对古典断代文学个案的研究和对现代主义浪潮下的新诗运动中的现代诗学个案的关注，更关乎他对中西两大文明的人文和诗学精神的探究。如果我们澄清了第二个问题，这个问题自然也就被化掉了。

在从学科知识创新这个根源上穷究钱锺书学术思想的脉络之前，我们暂且留意钱锺书研究中的两项成果。一个是汪荣祖的《槐聚心史》；另一个是胡晓明的论文《陈寅恪与钱钟书：一个隐含的诗学范式之争》①（也涉及刁生虎的论文《陈寅恪与钱钟书学术思想及治学方法之比较》）。汪荣祖在《槐聚心史》的《外篇：钱锺书的微世界》中仍受制于学科认知束缚，将钱锺书的学术思想分割成哲学、文学、诗学和史学四个部分来梳理阐发，更不用说他将文学与诗学分离开来且与哲学、史学平行并列这种违制之论。胡晓明文仅限于从中国诗学历时的角度来比较钱锺书与陈寅恪所主导的治学方法，将两者的治学方法解读为两种不同的诗学范式。这种论点实质上用诗学论来阐发钱锺书的学术思想，遮蔽了钱锺书的哲学、史学内涵；用传统意义上的诗学论来解读现代学科意义上的学术传承与创新，实为偏狭的民族传统主义；仅从治学方法层面来介入，忽略了钱锺书学术思想的知识论和认识论。上述两项成果基本上代表了

---

① 胡晓明：《陈寅恪与钱钟书：一个隐含的诗学范式之争》，《华东师范大学学报》（哲社版）1998 年第 1 期，第 67—73 页。

对钱锺书学术思想认知的两种论调。

如果我们将钱锺书置于中英跨文化的文学场，置于中西文明交流对话的大潮之中，我们发现钱锺书所有的学术探索和文学创作在本质上历时地前承林纾、徐志摩、吴宓、叶公超等，跨文化地承受开放视野中西方现代人文而不仅仅是文学知识的洗礼，在大学课堂和知识起点上以英国文学为出发点，以中国传统人文知识为底蕴，然后铺陈泛滥开来，形成了上述24个研究领域、6大学科的总体格局。对这样看似庞杂的格局，有学者概括地论之为"打通"——不同学科打通、中西打通、古今打通。这里所谓的打通论其实还是没有跳出现代学术方法论意义上的心法论这种思维定势，同样没有解答相关的知识论和认识论问题。最简要地讲，钱锺书在前行者尤其是他的老师吴宓和叶公超的启迪培养之下，一开始就自发乃至自觉地参与并创造性地建构比较文学这一中国现代学科话语体系中崭新的人文学科。这即是说上述学科领域或表面上的跨学科、多学科涉猎实质上是统摄于新的、中国的、现代的比较文学。只有在这样一个全新的学科和学术视域中我们才能从辩证总体性的意义上完整圆满地解答钱锺书学术思想的知识论、认识论和方法论，自然也就真正明白了他所谓的学科知识的庞杂、心法的玄妙之缘由及其隐含的精神指向。

欧洲比较文学和世界文学论的先驱、德国伟大诗人约翰·沃尔夫冈·冯·歌德（Johann Wolfgang von Goethe）在1827年与助手约翰·彼得·艾克曼（Johann Peter Eckermann）的对话中从日益繁盛的不同民族不同文化之间的交流互动中热烈地预言：

> 我因此喜欢关注我周围的其他民族，也建议每个人都这样做。民族文学现在其实是一个空洞的表述；世界文学的时期正破壳而出，每个人必须尽力加快其来临。但是当我们如此看重什么是外国的时候，我们绝不能将自己捆绑在某些特定的对象上，并将之奉为榜样。我们绝不将这种价值赋予中国文学、塞尔维亚文学、卡尔德隆文学或尼伯龙根文学；但是如果我们确实需要一种典范，我们必须始终

回到古希腊人那里,在他们的作品中人类之美得到持久的再现。①

歌德的这种历史目的论式的展望尽管以欧洲文明精神的普适价值为底色,但是它成为现代世界文学或比较文学的先声。各国的思想文化精英们在世界文化和民族对话交流的大背景下,立足本土文化传统的承继和文化现代性的建设,自 19 世纪末 20 世纪初以来推动着世界文学和比较文学学科的建设。例如欧洲德语世界比较文学学科的奠基人之一雨果·梅茨尔（Hugo Metzl）在 1877 年发表在比较文学的第一份刊物《世界比较文学研究》（*Acta Comparationis Litterarum Universarum*）上的宣言式文章《比较文学目前的任务》就从哲学、美学、民族学、人类学等多学科的交界处来界定比较文学学科的领域,提出比较文学学科构建的三大原理——比较原理、翻译原理和多语言原理。在中国这种宣言式的论述当数郑振铎 1922 年在《小说月报》上发表的文章《文学的统一观》。他认为应撇开地理距离和种族差异,人类的精神和情感是相通的。如果以上述比较文学和世界文学论为比较维度而不是参照系和出发点,我们能更清楚认识到钱锺书对比较文学学科的独特的甚至是开创性的贡献。对这种学科开创性意义上的知识论、认识论和方法论的梳理实际上是我们前面立足的结构主义视角和分析路数所不能解决的问题。美国当代比较文学研究学者雷瓦锡·克里希纳斯瓦米（Revathi Krishnaswamy）在《通往世界文学知识：全球化时代的理论》这篇论文中从后殖民批判视角检讨美国乃至西方比较文学理论和方法论的欧洲中心主义意识形态底色,提倡重建比较文学及世界文学的知识体系,将非西方的比较诗学知识话语置于与西方比较诗学知识话语平行并列的地位。在论及比较文学在中国的发展时他认为："其实,东亚比较文学的兴起导致了'中国'比较文学学派的出现。……'中国'学派提倡这样的方法论：将西方的理论应用于中国文本。虽然这种方法论原则上承诺开创解读中国文本、检验西方理论自诩的普适性的新路径,但是在实践上它却变成了简单化地、机械地将外来

---

① David Damrosch, *World Literature in Theory* (Chichester: John Wiley & Sons, Ltd, 2014), pp. 19 – 20.

的方法论应用于本土材料。"① 这种论调将中国的比较文学学科的起点勘定在"五四"新文化运动，却无视此前王国维、林纾等的筚路蓝缕之功；用模仿修辞来置换欧洲中心论的二元对立修辞，却无视钱锺书为原创点的超越于殖民主义二元对立模式和后殖民抵抗政治模式的独创。这无疑说明了片面地立足西方模式、后殖民民族主义模式是无力估价钱锺书的学术思想的。也恰恰证明了我们从跨文化的文学场这一理论认知模式出发将钱锺书放置于现代主义文化运动大潮中中西文明对话与认同的宏大场景中进行阐发的可行性、必要性和自律性。

那么钱锺书学术思想的最核心大脉络到底是什么？它又与跨文化场中中英现代主义的对话与认同有什么关系？这里我们试图简要地回答第一个问题。为了更具象地阐述知识论、认识论和方法论为经纬的钱锺书学术思想脉络，我们选取具有代表性的三类文本。第一类文本以公开发表的文章为主，具体是1930年至1935年8月这六年间发表的29篇文章。这些文章中《清华周刊》上的"Book Note Ⅱ"与《中国评论周报》上的"On 'Old Chinese Poetry'"、《学文》上的《中国古代戏剧中的悲剧》与《天下月刊》上的"Tragedy in Old Chinese Drama"、《中国评论周报》上的《苏东坡的文学背景及其赋》与"Foreword to *The Prose-poetry of Su Tung-P'o*"是重复发表之作，再排除数篇诗歌创作、随笔文章和书信，因此实际上我们在此聚焦的文章是22篇。这22篇文章按时间顺序分别是：《小说琐徵》、"Pragmatism and Potterism"、"Book Note Ⅰ"、"Book Note Ⅱ"、《大卫休谟》、《一种哲学的纲要》、《休谟的哲学》、《中国新文学的源流》、《美的生理学》、"On 'Old Chinese Poetry'"、《落日颂评论》、《旁观者》、"Great European Novels and Novelists"、《近代散文钞》、《作者五人》、《中国文学小史序论》、"Myth, Nature and Individual"、"A Critical Study of Modern Aesthetics"、《论"不隔"》、"A Chapter in the History of Chinese Translation"、"Foreword to *The Prose-poetry of Su Tung-P'o*"、"Tragedy in Old Chinese Drama"。"Tragedy in Old Chinese Drama"既是这

---

① David Damrosch, *World Literature in Theory* (Chichester: John Wiley & Sons, Ltd, 2014), p. 140.

个时期最后发表的一篇文章,也是这一时期具有代表性学术价值的宏论,因此可被视为时间上和学术思想上的表征之作。该文发表时,钱锺书正在驶往英国伦敦的轮船上。此后数年全心在牛津大学侍弄学问。第二类代表性文本就是钱锺书在牛津读书开始所作的数十本英文笔记——一种未公开在文学场中流通的、隐匿状态的、原始的也是最质朴地刻写知识和思想印迹的文本。第三类文本是整个 20 年的时间中钱锺书的扛鼎之作,也是在文学场中和文人圈中流通且流行的畅销之作《谈艺录》。这三类文本无论是在时间上、文类上、文本在世界中的存在和栖居样态上还是在文学场中的流通状态上都能使我们从异类互补、异中证同的原理基础上确证我们试图提炼的核心论题。

第三节　钱锺书1930—1935 年文章中的知识秩序

钱锺书 1930 年至 1935 年发表的 22 篇文章中,"Pragmatism and Potterism"、《作者五人》、《论"不隔"》和 "Tragedy in Old Chinese Drama" 这 4 篇文章是钱锺书的专论,其他 18 篇文章都是书评和序论。所有这些文章我们可分为四组。第一组文章以欧美哲学和美学为主题和对象,包括 "Pragmatism and Potterism"、《大卫休谟》、《一种哲学的纲要》、《休谟的哲学》、《旁观者》、《作者五人》、"Myth, Nature and Individual"、《美的生理学》、"A Critical Study of Modern Aesthetics"。第二组文章以英国和欧洲文学为主题和对象,包括 "Book Note I"、"Great European Novels and Novelists"。第三组文章以中国文学和诗学为主题和对象,包括《小说琐徵》《中国新文学的源流》《落日颂评论》《近代散文钞》《中国文学小史序论》。第四组文章以欧洲汉学、翻译和比较诗学为主题和对象,包括 "Book Note Ⅱ"、"On 'Old Chinese Poetry'"、《论"不隔"》、"A Chapter in the History of Chinese Translation"、"Foreword to *The Prose-poetry of Su Tung-P'o*"、"Tragedy in Old Chinese Drama"。

第一组以欧美哲学和美学为主的文章中的 "Pragmatism and Potterism" 和《作者五人》是哲学批判文章而不是单一的书评。"Pragmatism and Potterism" 以作家罗斯·麦考利作品中讽刺挖苦的闲荡主义(Potterism)为参照和切入点检讨美国以威廉·詹姆斯（William James）、杜威、席勒博士（Dr. Schiller）为代表的实用主义哲学，兼举与实用主义对簿公堂的哲学潮流。钱氏认为培根主义实乃实用主义的思想源头，但美式实用主义已抛弃了培根的科学取向，蜕变得肤浅庸俗至极。其致命缺陷包括：赤裸裸地宣扬利己主义和功利主义；缺乏价值自足；反对逻辑，规避事实；以貌似科学的姿态反科学；在哲学思想上与古希腊柏拉图、亚里士多德传统和中世纪哲学传统隔膜深厚。站在实用主义对立阵营的哲学家包括罗素、普拉特（James Bisett Pratt）、布拉德雷（Francis Herbert Bradley）、G. E. 穆尔、桑塔亚那（George Santayana）五位英美世界的睿智哲人。由此不难看出钱氏对不同哲学主张和派别的好恶。钱氏在《作者五人》中以语言文辞风格为标准，高屋建瓴地分辨、评价1880年代至1930年代的半个世纪中欧美最具文学价值和哲学灼见的五位哲学家穆尔、布拉德雷、罗素、威廉·詹姆斯、桑塔亚那。这五人分别是伦理哲学、英国唯心主义哲学、分析哲学、美国实用主义哲学、心理美学（或价值美学）的倡导者。五人的哲学语言表述风格迥异，各有千秋，但相比较而言以桑塔亚那最为杰出，他真是多才多艺，融诗人、评论家、美学家、艺术家、哲学家于一体。

上述20世纪新派哲学家离弃甚至超越了英国经验主义哲学传统。但是钱氏并没有局限于同时代的哲学思想而止步。相反他对英国经验主义哲学的代表人物之一大卫·休谟（David Hume）有专门研究，借以弥补有关20世纪哲学知识的单向度。他的休谟研究专论是两篇书评《大卫休谟》和《休谟的哲学》。前者评论格雷格（J. Y. T. Greig）的《大卫·休谟传》，后者评论英国新现实主义流派哲学家约翰·莱尔德（John Laird）有关休谟人性论的专著《休谟的人性哲学》（1932年）。前一篇文章在评价休谟的时候建构了一个包括洛克（John Locke）、休谟、穆勒（John Stuart Mill）等英国经验主义哲学家，英国19世纪新自由主义政治学家、道德哲学家、休谟研究专家托马斯·希尔·格林（Thomas Hill Green）、德国哲学家康德、黑格尔、斯宾格勒，德国犹太裔科学家阿尔伯特·爱因斯坦（Albert Einstein）的参照系。后一篇文章在点评莱尔德对休谟人性论理解的偏差之时论及斯托特（Stoute）的《分析心理学》和布拉德雷的《逻辑原理》。这样两篇文章中以休谟为点，钱氏通论英国经验主义哲学传统，旁及哲学脉络和科学新境。

《旁观者》是评论西班牙哲学家、新康德派信徒加塞特（Jose Ortega Y Gasset）的新作《现代论衡》（*The Modern Themes*）的一篇书评。将该著与加塞特的另一部著作《群众反叛》联系在一起看就会显露出现代哲学的另外两大主题。主题之一是卢梭、马克思的政治哲学阐述的现代社会制度、阶级和革命。主题之二是现代以及当代历史哲学极力张扬的时代精神及历史内在的辩证逻辑，这既是史学认知，更是对历史的哲学透视。书评《一种哲学的纲要》评论作者本尼特（E. S. Bennett）的同名书。这本书可取之处不多，但是透过钱氏的评论我们发现他引入了与现代哲学密切相关的心理学。例如他在分析评价时就论及沃德（Ward）的《心理学原理》、英国分析心理派斯托特的论点。

《美的生理学》和"A Critical Study of Modern Aesthetics"这两篇述评涉及的主题是科学理论和方法与文艺美学的关系以及西方美学的进境。《美的生理学》评论亚瑟·西惠尔（Arthur Sewell）的著作《美的生理学》（*The Physiology of Beauty*）。文艺批评传统上并不排斥科学方法。例如文学批评家圣茨伯里（Saintsbury）就看重欧几里得（Euclid）的几何学和逻辑思辨。但是这看重的是形式或演绎逻辑，看轻实验和归纳科学；可以进行科学训练，却无法利用科学发现。瑞恰慈的《文学批评原理》将科学的发现应用于文学批评理论的创立，可谓创新之举。倡导文艺审美的科学化趋向的马克斯·伊士曼（Max Eastman）在《文心》（*Literary Mind*）中将瑞恰慈称为教文学的心理学家。钱氏真正批判的是西惠尔基于生物学的行为主义心理学而提出的艺术传达论。这样的学理基础决定了他对 G. E. 穆尔等前辈极尽贬斥颠覆之词，唯独推崇巴甫洛夫的动物条件反射论。第二篇文章评论利斯托韦尔爵士（the Earl of Listowel）的博士学位论文《现代美学批评研究》（*A Critical Study of Modern Aesthetics*），实则理出了美学理论思想发展的主线——一条以伯纳德·鲍桑葵（Bernard Bosanquet）、费希纳（Feehner）、克罗齐（Guyau Croce）、桑塔亚那、瑞恰慈、罗斯金（John Ruskin）等点缀的主线。同时钱氏借批评该论文的遗漏之处点出了西方美学研究的新成果，如路易斯·格卢丁（Louis Grudin)的《美学入门》(*Primer of Aesthetics*)(1933)和西惠尔的《美的生理学》。

对第一组文章我们总结如下：涵盖了西方哲学尤其是美国哲学和英国哲学、美学、心理学，兼及生物学及物理学，对西方主要哲学家及流派的认知达到了融合、批判的高度，敏锐地感知到文、史、哲、科学之间的学科交叉、互借互鉴，但最终的指归还是文学研究；分别论述的哲学、美学等流派包括：美国实用主义哲学、培根主义、古希腊柏拉图、亚里士多德传统、中世纪哲学、英国伦理哲学、英国唯心主义哲学、英国经验主义哲学、英国新现实主义哲学、英国新自由主义政治学、英国分析哲学、英国心理美学、德国启蒙哲学和20世纪文化哲学、英国分析心理学、西班牙新康德派、历史哲学、剑桥文学实用批评学派、生物学的条件反射论、19世纪末20世纪初的欧美美学。

第二组文章以英国和欧洲文学为主题和对象，包括"Book Note I"、"Great European Novels and Novelists"。"Book Note I"评论清华外籍教师吴可读的《英国文学作品选集》(*Selections of English Prose from Chaucer to Hardy*)。该选集选编的文类是英国历代散文，包括小说。入选的作家包括瓦尔特·司各特、狄更斯、曼德维尔（Mandeville）等。选集的编排体例是选文之外加上选文脚注、作家生平注解、英国散文发展综述。

"Great European Novels and Novelists"评论吴可读的书《欧洲优秀小说和小说家》(*Great European Novels and Novelists*)。内容精华包括：主要作家、评论家；意识流技巧；小说的翻译。选集的重点是英国、法国、俄罗斯作家，时间段止于第一次世界大战前。入选作家包括亨利·詹姆斯、歌德、威尔斯、本涅特。文中论断所资批评权威包括丽贝卡·韦斯特小姐（Miss Rebecca West）、圣茨伯里教授、莱斯利·斯蒂芬爵士、沃尔特·罗利爵士、E. M. 福斯特等。重点评价了现代主义小说的创作技巧"意识流"。其代表人物是普鲁斯特。作者认为意识流技巧的思想源头不是常以为的柏格森的生命直觉哲学或弗洛伊德的心理分析理论，而是大卫·休谟的哲学（这恰恰又印证了作者对休谟哲学的研究程度和水平）。再借鉴奥托·魏宁格（Otto Weininger）有关女性和英国人气质的论析，弗吉尼亚·伍尔夫能以意识流小说创作冠绝文坛就不足为奇了。另外论及叶芝有关意识流与法国作家左拉的自然主义小说、哲学中的新现实主义之间的联系之论。转了一个弯，作者比叶芝更高地指出所有这些与休谟哲学的承接关系，当然包括新现实主义哲学。最后纵论欧洲小说在中国的翻译种类译本之繁多。

上述两篇文章主要评论以英、法为代表的欧洲小说文类。尤其是第二篇文章历数文学评论的权威批评家，深入浅出地剖析现代主义小说的"意识流"技巧的哲学根源及其与自然主义文学、新现实主义哲学的内在精神贯通性。真正做到了将文学分析与哲学融通，从文学和哲学的潮流中勘测其共同的休谟思想源头。这既是通论，也是大胆无畏的学术立言，践行的却是文学、哲学之间的平行研究，以期异中见同。如果说第一组文章钱锺书以文学入哲学，那么这一组文章尤其是第二篇是以哲学入文学、以思想源头为万法根源。

第三组文章中《小说琐徵》《中国新文学的源流》是大气磅礴、纵横捭阖的中国古典诗学和现代诗学宏论；《落日颂评论》《近代散文钞》则是有关20世纪现代新诗和古典文（而不是诗）的独到见解。《小说琐徵》主要考证《西游记》《儿女英雄传》《牡丹亭》中特定的人物及故事情节与其他叙事、文献、历史人物、现实事件之间的影射、派生、参照关系。按传统的说法是考证；按后结构主义的观念来解释则是以三个文本案例为切入点，在多层异质文本的底色上来重构古典小说的知识话语。举例说，《西游记》出于唐人小说题材，其依据是焦廷琥《读书小记》的记载《旧唐书杨虞卿传》、唐人张读的《宣室志》中载乾元初会稽杨叟事。《儿女英雄传》与袁枚《小仓山房文集》卷二十四《论语解》、朱存《丽书堂外集》卷下、翁方纲《小万卷斋文集》卷七的互文指涉。汤显祖《牡丹亭》中杜丽娘死而复生这一传奇故事与现实中太仓王世贞侄女云阳之间的讽射扭曲关系，究其因是汤显祖发泄私愤。探其据可依鼎传靖《明事杂咏自注》、朱彝尊《静志居诗话》卷十五、徐树丕《识小录》、朱珪《知不足斋文集》卷六、彭允升《一行居文集》卷二、王世贞《弇州山人续稿》卷七十八、汪曾武《外家纪闻》。这种对中国古典小说知识话语和文本话语的重构展示了钱氏的诗学观和史学观，其认识论和方法论确实与当代新历史主义尤其是福柯的理论颇多契合。钱氏关注的文类是古典诗学阐释的诗、词、赋之外的小说、传奇、戏曲文类，考订连贯的文本主要是传奇、诗话、文集、纪闻、私传、笔记等类书写。换言之，他的聚焦点是与主导的、中心的文学知识话语和文本话语对立的边缘话语、底层话语，建构的诗学话语是与主流诗学话语平行甚至对其颠覆的选择性话语或反话语。

这种诗学和史学认识论在《中国新文学的源流》和《近代散文钞》中进一步加强了，形成了对古典诗学话语的系统颠覆、重构和认知。《中国新文学的源流》是对周作人的同名书的书评。钱氏通过澄清核心概念和基本历史事实来辨析"文以载道"与"诗言志"。首先文学革命不仅仅是明末公安派、竟陵派的新文学运动、民国的新文学革命特有的精神。它史实上是贯穿中国文学史的一般规律，如韩愈、柳宗元推崇两汉三代、革初唐的命；欧阳修、梅尧臣尊颂杜甫、韩愈，革西昆的命；公安倡导白居易、苏东坡。这些文学革命都不满于极端形式文学，趋向自我表现。其次是有关古典诗学中诗言志和文载道的真意。中国古典诗学没有文学这个综合概念，而是零星分类的诗、文、词、曲。诗与文异类，各有自己的规律和使命。文通指古文或散文，而不是现代的涵盖一切的文学。文所载的道原意出于《文心雕龙·原道》篇，指抽象的"理"，是客观存在的。诗乃文之余事，品类较低，目的仅仅是抒发主观感情（即言志），没有文那样的大使命。客观的道与主观的志在传统诗学中并行不悖。《近代散文钞》是对沈启无的同名书的书评。钱氏在文章中纵论魏晋以来他所命名的家常体与骈体的分别，顺论其在唐、宋、明、清历朝的流变。按照格调或形式（而不是所谓的言志、载道的题材或内容）来分，品文可分为小品、一品、极品。小品文的格调即是不衫不履的家常体（familiar style）。家常体开始于魏晋。魏晋六朝骈体成为正统格调，却又横生出新的文体。这种新文体不骈不散，亦骈亦散，不文不白，亦文亦白，不为声律对偶所拘，也不有意求摆脱声律对偶，它是一种最自在、最悠闲的文体——家常体。家常体的代表包括《世说新语》、魏晋六朝人的书信、王右军的碑帖。书信类如江淹《与交友论隐书》《报袁叔明书》等。家常体在苏东坡、黄山谷的手里大放光明，如苏东坡、黄山谷的题跋。

《落日颂评论》评价现代青年诗人曹葆华的诗集《落日颂》。在该文中钱氏指出了文学与非文学、成熟的文学作品与幼嫩的文学作品间的区别。文学与非文学的区别：耐读与可读。《落日颂》作者的雕琢功夫很初浅，在他手里文字还是呆板的死东西，缺乏文字基本训练。这些毛病从声韵、文法到修辞等方面都存在。所选诗作结构重复，情绪单调，都是重复一个不变的情调——英雄末路，才人怨命。

第四组文章以欧洲汉学、翻译和比较诗学为主题和对象，包括"Book Note Ⅱ"、"On 'Old Chinese Poetry'"、《论"不隔"》、"A Chapter in the History of Chinese Translation"、"Foreword to *The Prose-poetry of Su Tung-P'o*"、"Tragedy in Old Chinese Drama"。其实钱锺书在中西文明的比较参照结构中阐发学术思想并不局限于这几篇文章和这类题材。如他在《中国新文学的源流》书评中论及周作人的为文学而文学的文艺观时就将其与西方现代主义的"为艺术而艺术"的唯美主义文学自足论比附。在《落日颂》书评中他分别引用英国诗人托马斯·格雷（Thomas Gray）、西方修辞学、波德莱尔和兰波的诗论、亚里士多德的崇高诗学观来佐证他自己的论点。

"Book Note Ⅱ"和"Foreword to *The Prose-poetry of Su Tung-P'o*"这两篇文章以苏东坡为核心，以西方汉学研究为对象，以西方诗学理论为参照，以宋代批评精神为指向，提出了苏轼及宋代文学研究的独特论点。这两篇文章分别是对英国汉学家李高洁（Le Gros Clark）苏东坡作品英译本《苏东坡作品选集》（*Selections from the Works of Su Tung-P'o*，1931年）和《苏东坡的赋》（1935年）的评价。前一篇主要评价李高洁英译19首苏赋的质量问题。通过评价翻译质量并与英国学者维尔纳（E. C. Werner）的可翻译性理论观点商榷，钱氏指出了汉学翻译涉及的关键问题，即：翻译过程中风格丢失的问题；可读性问题；译文与历史文化事实契合的问题。"Foreword to *The Prose-poetry of Su Tung-P'o*"最为重要的是用比较参照的方式勾勒出中国古典诗学的谱系。这个谱系真正的发端是刘勰、陆机，继之有钟嵘、司空图、纪昀、袁枚、陆游、杨万里、程颐、朱熹、黄庭坚、苏辙、许顗、李耆卿、钱谦益、韩愈、柳宗元、欧阳修、庾信、唐子西、郎晔。与上述中国古典诗学话语对应，钱锺书分别援引哈兹里特（William Hazlitt）、桑塔亚那、席勒、塞缪尔·约翰逊、德莱顿、蒲柏

(Alexander Pope)、马修·阿诺德、荷马、亚瑟·韦利、翟理思、尼采等西方文人学者来阐发比附。钱氏认为，中国文学和文化的批评精神集大成者是宋代，真正严肃的文学批评理论之形成也是在宋代，诗话成了中国文学批评的合理载体。恰恰是在这样的思想、批评和文化心理背景中苏东坡以其冠绝古今的赋的成就展示出与时代精神相比的三大独异特质，即：与现实的融合；反道学说教；有别于感伤的纯真朴质。因此苏赋表现出鲜明的朴素、自然的风格。他将这种风格的文学比喻成一眼源源不竭的泉水，穿石破云，肆意无羁，"当行则行，当止则止"。钱氏对苏东坡的成就之肯定回应了他在《近代散文钞》中对苏东坡、黄庭坚在中国古代家常体风格流变中登峰造极的地位之论。

钱氏在"Book Note Ⅱ"中提出的翻译问题之一——可读性——在《论"不隔"》中被进一步放大开来，成了好翻译也是好文学的基本标准"不隔"。中国诗学中王国维最先在《人间词话》中提出文艺"不隔"论，后有严复提出翻译的传达论。如果往前追溯，钟嵘《诗品》中告诫的诗词炼字中避免的套语典故之说可算与王国维之论类似。而在西方马修·阿诺德对荷马史诗翻译的评价、柯勒律治对神与人之间的神明融合，其实都是在论述翻译和文学的不隔境界。因此王国维与瑞恰慈一样，提出了文学的不隔标准问题。通过举例分析西方现代派作家詹姆斯·乔伊斯、格特鲁德·斯泰因和亨利·詹姆斯等的作品和观点，钱氏给文艺传达中的不隔化境这样定论："'不隔'不是一桩事物，不是一个境界，是一种状态，一种透明动澈的状态——'纯洁的空明'。"

钱锺书对翻译问题的拓展思考的另一篇文章就是"A Chapter in the History of Chinese Translation"。他通过梳理严复与桐城派古文家吴汝纶的关系，指出吴汝纶思想对严复翻译三论（信、达、雅）的影响。进而他从前文中所论的翻译风格问题和可读性问题来质疑严复的"雅"标准。"严复所谓的好风格实为装饰性的、外来的，是附加的而非原作本身具有的。……这不仅是一种危险的翻译理论，而且是对风格粗陋、粗俗的理解。"[①] 因此

---

① Ch'ien Chung-shu, "A Chapter in the History of Chinese Translation," *The China Critic* (Shanghai) 7.46 (November 8, 1934): 1096.

要祛除严复理论的流弊,我们应向公元 3 世纪至 7 世纪间的佛经翻译家、16 世纪英国都铎王朝的翻译家借鉴学习。

"On 'Old Chinese Poetry'"和"Tragedy in Old Chinese Drama"是从中西文学比较的宏大视角出发,以西方诗艺和诗学为参照,发掘中国古代诗歌和戏曲有别于西方诗歌和戏剧的本质特征。换言之钱氏的目的是剖析中国文学固有成因,从而反观西方文学精粹。钱锺书凭借的西方诗学思想主要来源于桑塔亚那、翟理思、亚里士多德、马修·阿诺德、怀特海、华兹华斯、迪金森、弗朗西斯·汤普森(Francis Thompson)、阿纳托尔·法郎士(Anatole France)。他借以立论的中国古代诗人主要包括杜甫、李白、李商隐、屈原、陶渊明、阮籍、司空图等。分析的主要是中国古诗中的两大类——情诗和哲理诗。中国古代情诗主要以回忆方式书写,使用间接表现方法,很少直接面对、描写、表现男欢女爱的炙热感情和情感欲望。这种对个体情感的压抑、对性的回避的根源之一应该是男女不平等。而中国古代的哲理诗缺乏精神内审的高度,回避生活的现实问题,更多充溢字里行间的是怀疑情绪和虚无论调。其表现题材主要是山水自然——一种契合中国人享乐气质而非沉思品格的诗歌题材。"Tragedy in Old Chinese Drama"立足亚里士多德的《诗学》、I. A. 瑞恰慈的《文学批评原理》、布拉德雷的莎士比亚悲剧研究成果,深刻剖析中国古代戏曲的代表作《梧桐雨》《长生殿》《窦娥冤》《赵氏孤儿》等悲剧因素的缺乏——悲剧的痛苦审美体验、悲剧性缺陷、悲剧结构等的缺乏。悲剧审美自律性的缺乏之根源是中国古代伦理道德价值的严格等级化。细细考究,该文中钱锺书的西方悲剧学理论主要来源于亚里士多德的《诗学》、查尔斯·兰姆的风俗喜剧论、20 世纪初以易卜生为代表的现代问题剧、瑞恰慈在《文学批评原理》中对悲剧体验的论述、L. A. 瑞德《美学研究》中的悲剧论、欧文·白璧德在《卢梭与浪漫主义》中论及的中国悲剧、布拉德雷的《莎士比亚悲剧》、托马斯·哈代的悲剧小说、E. M. 福斯特的《小说面面观》。钱氏在立论上颠覆的是王国维在《宋元戏曲考》中的中国悲剧论。联系《论"不隔"》中钱氏对王国维"不隔"说的褒扬阐发,我们可以看出他对王国维诗学所持的辩证扬弃态度。

第四节 钱锺书牛津英文笔记中隐在的英国现代主义文学场

1936年2月4日在牛津埃克塞特学院读书的钱锺书在英文笔记的《饱蠹楼读书记》中写道:"与绛约间日赴大学图书馆读书各携笔札露钞雪纂聊补三箧之无铁画银钩虚说千毫之秃是为引。"① 他在1936年3月30日英文笔记的《饱蠹楼读书记》中写道:"心同椰子纳群书金匮青箱总不如捉要钓玄留指爪忘筌他日并无鱼。"② 1936年夏钱锺书与杨绛赴巴黎、瑞士小住,离开巴黎时他在英文笔记本中引用陆游诗句"病里正须周易,醉中却要离骚"抒怀。

钱锺书记英文笔记,初衷是为了记录下牛津大学博德林图书馆博览群书的龙津凤声,但是这种隔日赴图书馆阅览钩抄的习惯一直延续到离开英伦之后的岁月。根据德国汉学家莫芝宜佳(Monika Motsch)、莫律祺(Richard Motsch)与吴学昭等协助杨绛整理完工、由商务印书馆2014年首次印刷出版的《钱锺书手稿集·外文笔记1》的编排顺序,钱锺书在牛津期间的英文笔记主要指该三卷本第一卷和第二卷前半部分,即:整个英文笔记第一号(No.1)至第五号(No.5)。这是我们在此试图聚焦的核心内容。它们以原初质朴、笔意汪洋、隐而不宣的方式表征了一种极其独特的知识和思想存在的方式、一种知识和思想跨文化流动迁徙的样态——栖居于英文的公开出版、收藏的书籍文本与钱锺书公开发表的文章和出版的书籍文本之间的私人文本,类似于他所关注发掘的中国古代家常体文本。

这五册英文笔记总计205条,表面上处于静止、孤立、散乱状态,实际上却有着自身内在的秩序、核心和生命。它们不仅以别样存在的方式言说着笔记主人的思想和精神生命的烛影梅香,而且丝丝缕缕地透露出笔记主人投入了浓厚兴趣、精心选择的跨文化对象客体的生命律动。

---

① 钱锺书:《钱锺书手稿集·外文笔记1》,商务印书馆2014年版,第5页。
② 同上书,第201页。

这个对象客体以英国现代主义为亮点，现代文学研究和评论为旨要，西方哲学、心理学和史学等多学科知识为延伸旁枝。因此经过还原重构之后，牛津英文笔记整体在三个维度中凸显出知识价值和精神魅力：英国现代主义文学场、英国诙谐讽刺文学作家群、英美文学研究和评论家群体。

英国现代主义文学场：钱锺书牛津英文笔记中涉及的英国、法国现代主义人物多达28位，作品31部。

表11-5 钱锺书牛津英文笔记中的英国、法国现代主义人物简况表

笔记编号	姓名	作品
No. 1-4	T. S. Eliot	The Sacred Wood
No. 1-6	Vivian de Sola Pinto	Rochester
No. 1-11	Richard Aldington	Literary Studies and Reviews
No. 1-25	Edmund Gosse	Critical Kit-Kats
No. 2-7, 8	Harold Nicolson	Swinburne and Baudelaire; Paul Verlaine
No. 2-10	Arthur Waugh	Tradition and Change
No. 2-12	Arthur Ransome	Bohemia in London
No. 2-15	Frank Harris	Contemporary Portraits
No. 2-27	C. K. Scott-Moncrieff	Marcel Proust: An English Tribute
No. 2-34	Desmond MacCarthy	Portraits; Experience
No. 3-8	Michael Sadlier	Bulwer: A Panorama
No. 3-25	H. H. Munro Saki	The Chronicles of Clovis
No. 3-38	George Moore	Esther Waters
No. 3-52	W. Somerset Maugham	The Explorer
No. 3-58	Aldous Huxley	Chrome Yellow; Ends and Means
No. 3-70	J. C. Squire	Books Reviewed
No. 3-75	Herbert Jenkins	The Night Club
No. 4-7	Alfred Douglas	Oscar Wilde and Myself
No. 4-9	Edwin Muir	Latitudes
No. 4-17	J. A. Symonds	Studies of the Greek Poets

续表

笔记编号	姓名	作品
No. 4 – 23	Paul Valery	*Choses tues*
No. 4 – 27	Remy de La Gourmont	*Le Latin Mystique*
No. 4 – 33	Ernest A. Boyd	*Appreciations and Depreciations*
No. 4 – 36	Ivor Brown	*Brown Studies*
No. 4 – 38	E. V. Lucas	*Over Bemerton*
No. 4 – 39	Alfred Douglas	*The Autobiography of Lord Alfred Douglas*
No. 5 – 12	Patrick Braybrooke	*Considerations on Edmund Gosse*
No. 5 – 15	F. W. Maitland	*The Life and Letters of Leslie Stephen*

在两年的时间内透过饱蠹楼的藏书，钱钟书对现代主义的认知从单纯的作家作品扩展到对以伦敦为中心的英国现代主义的全方位把握。这种全方位系统的把握首先聚焦现代主义文学评论。

现代主义诗学和新批评的开创者 T. S. 艾略特的《圣林》是他最先阅读的经典。维维安·德·索拉·平托（Vivian de Sola Pinto）是现代主义小说大师 D. H. 劳伦斯的首席研究专家，参加过第一次世界大战的反战诗人西格弗里德·沙逊（Siegfred Sassoon）的密友。理查德·沃尔丁顿（Richard Aldington）集诗人、小说家、评论家、编辑于一身，其生活和文学活动与庞德的意象派、劳伦斯夫妇、T. S. 艾略特多重紧密交集。他第一次世界大战前与现代派女诗人希尔达·杜丽托恋爱结婚；与庞德、T. E. 休姆（T. E. Hulme）并肩开辟意象派潮流；评论温德姆·刘易斯的诗作；与福特·马多克斯·福特（Ford Madox Ford）频繁联系；1915 年后一度与 D. H. 劳伦斯夫妇成为近邻密友。沃尔丁顿对刚出道的 T. S. 艾略特爱护扶持备至，让艾略特接替自己在《利己主义者》的编辑职位，并将他介绍给《泰晤士文学副刊》的编辑布鲁斯·里齐蒙德（Bruce Richmond）。可以说在 1910 年代的伦敦现代主义文学圈中，在庞德、劳伦斯、艾略特的发迹过程中，他深度参与，功不可没。与沃尔丁顿不同，身为评论家和编辑的欧内斯特·A. 博伊德（Ernest A. Boyd）不仅编辑乔伊斯和叶芝的作品而且对其进行评论。艾弗·布朗（Ivor Brown）则以反现代主义的姿态来评价庞德和艾略特。

埃德蒙·戈斯（Edmund Gosse）少年时是小说家罗伯特·路易斯·史蒂文森的密友。出道时做的是大英博物馆助理馆员。经朋友介绍进入"先拉斐尔兄弟会"这个文雅圈子。他不遗余力地将挪威剧作家易卜生的戏剧翻译介绍到英国。在1910年、1915年全力解决了困居伦敦的爱尔兰诗人叶芝和小说家乔伊斯的生计之苦。因此透过埃德蒙·戈斯我们窥见了伦敦现代主义文学场的另一道风景。戈斯的权威评论家无疑是帕特里克·布雷布鲁克（Patrick Braybrooke）。钱锺书阅读的正是布雷布鲁克的《埃德蒙·戈斯考》。

钱锺书切入的伦敦文学场中不同人物和事实与剑桥"使徒社"及伦敦的"布卢姆斯伯里小组"有着千丝万缕的牵连。爱尔兰人弗兰克·哈里斯（Frank Harris）既是小组的圈内人，又在圈外交友广泛，熟知圈子内外的文坛秘闻趣事。由他操笔记录的《当代群像》揭示了众多文人才子名流不为外人所知也不为正史所载的八卦。例如他笔下的萧伯纳面孔瘦削多骨，因为他凡事爱追根究底；达尔文走红之时，身边围着一群嚼舌女士，似蜜蜂叮在一碟子糖块上。钱氏阅读涉猎的德斯蒙德·麦卡锡横跨"使徒社"和"布卢姆斯伯里小组"，与斯特拉奇、罗素等都是老朋友。与喜欢八卦的哈里斯不同，G. E. 穆尔则是这个群体的精神领袖。难能可贵的是钱锺书还从图书馆挖出了为弗吉尼亚·伍尔夫的父亲莱斯利·斯蒂芬作传编信的评论家 F. W. 梅特兰（F. W. Maitland）的传世之作《莱斯利·斯蒂芬生平与书信集》。

钱锺书的英文笔记自然不会漏掉奥斯卡·王尔德这位出了名的乖张风流时髦人物以及围在他身边的倾慕者。他两度摘抄王尔德的同性恋情人阿尔弗雷德·道格拉斯（Alfred Douglas）的《自传》；还不忘搜罗深受王尔德艺术理论和风格影响的著名短篇小说家 H. H. 门罗·萨基（H. H. Munroe Saki）的作品。在英文笔记中钱锺书阅读摘抄的其他现代主义名家包括毛姆、奥尔德斯·赫胥黎等。

在伦敦文学场中对法国现代主义情有独钟的人物无疑是哈罗德·尼科尔森（Harold Nicolson）。他是职业外交官，同时也是作家和评论家。

他的妻子是大名鼎鼎的维塔·萨克维尔－韦斯特——20世纪20年代伦敦文学场中的知名女作家、前卫女性、弗吉尼亚·伍尔夫的同性恋密友。受维塔影响，尼科尔森涉足文学评论和创作，在法国现代主义诗人的传记研究和创作领域独树一帜，为法国现代主义诗人如魏尔伦、波德莱尔、圣－伯夫（Sainte-Beuve）乃至英国作家拜伦和司文朋写传立名。苏格兰作家C. K. 斯科特－蒙克里夫（C. K. Scott-Moncrieff）以翻译普鲁斯特的小说而闻名。庞德专门翻译了法国象征派诗人雷米·德·古尔蒙（Remy de Gourmont）的诗。

对伦敦文学场的现代前卫先锋风尚最权威的评论人物无疑是集评论家、记者、作家于一身的亚瑟·兰塞姆（Arthur Ransome）。他1907年问世的那本《伦敦的波西米亚群》无疑是了解伦敦的波西米亚文学艺术群体史实、代表人物、逸闻趣事的捷径。但是构成伦敦现代主义文学场的另一个重要部分自然是那些出入各种先锋文学圈子、掌握了出版社和文学期刊话语权的出版商和编辑们。这也是钱锺书牛津英文笔记的另一个亮点。前面提到的"布卢姆斯伯里小组"成员弗兰克·哈里斯开始时就是靠给《伦敦新闻晚报》（*London Evening News*）、《双周评论》（*Fortnightly Review*）、《星期六评论》（*Saturday Review*）做编辑而扬名伦敦文坛。20世纪知名小说家伊夫林·沃的父亲亚瑟·沃（Arthur Waugh）是第一个为诗人阿尔弗雷德·丁尼生（Alfred Tennyson）立传的作家，曾为黄色期刊《黄书》首期撰稿，长期任《纽约评论家》（*New York Critic*）记者，主笔《每日电讯报》（*The Daily Telegraph*）的文学评论栏目。20世纪的头30年他一直是查普曼与霍尔出版社（Chapman and Hall）的总经理和董事长。迈克尔·萨德利尔（Michael Sadleir）是有名的现代艺术和文学手稿收藏家。他收藏的现代艺术品包括德国表现主义艺术家，还将康定斯基（Kandinsky）论表现主义抽象艺术的《论艺术中的精神》翻译成英文。1914年该译文的节选刊登在漩涡派文学杂志《爆炸》上。除了任过康斯特布尔与鲁滨逊出版社（Constable & Robinson）经理外，他还是安妮女王出版社（Queen Anne Press）发行的《书籍指南》（后来更名为《书籍收藏家》）的总编和撰稿人。弗兰克·斯温纳顿（Frank Swinnerton）是多家出版社的编辑，曾为奥尔德斯·赫胥黎、斯特拉奇、

H. G. 威尔斯、约翰·高尔斯华绥、阿诺德·本涅特等编辑润色书稿。他为《真理》(Truth)、《伦敦新闻晚报》(London Evening News)、《观察家》(The Observer)等期刊做过文学评论。

J. C. 斯夸尔（J. C. Squire）在 1920 年代的伦敦文学场中是一方人物。他最早开始为《新时代》(The New Age)做评论，1912 年前后被任命为《新政治家》(New Statesman)的文学编辑，兼为该刊做评论（包括评说劳伦斯的新小说《虹》）。到第一次世界大战结束时他已升任该刊的执行编辑，在伦敦文学出版业中掌控了实力雄厚的人脉。战后到 1934 年他一直担任《伦敦水星》(London Mercury)的编辑。他周围形成的文人圈子被"布卢姆斯伯里小组"戏称为"斯夸尔党"（Squirearchy）。弗吉尼亚·伍尔夫讽刺他粗俗、令人生厌。T. S. 艾略特认为斯夸尔一派必是现代主义的灾难，指责他利用《伦敦水星》，用新闻式的流行评论来污染伦敦文学场。其实上述文人之间的口水仗暴露的无非是先锋派的小杂志与顺应大众市场消费的期刊之间的不同取向和策略，表征了不同现代主义作家群体的生存之道。赫伯特·乔治·詹金斯（Herbert George Jenkins）1912 年创立了自己的赫伯特·詹金斯出版公司（Herbert Jenkins Ltd.）。他的这家小众出版社积极适应读者群不断变化的品味，别具慧眼地发现文学新秀。他自己的创作中最受欢迎的是以侦探马尔科姆·塞奇（Malcolm Sage）为核心人物的系列短篇侦探故事。爱德华·维拉尔·卢卡斯（Edward Verrall Lucas）16 岁时开始给布莱顿的一位书商当学徒，后来受雇于《苏塞克斯每日新闻报》(Sussex Daily News)。然后他到伦敦碰运气，加入《全球晚报》。1904 年他开始加入幽默杂志《笨拙》(Punch)。同时在近 15 年的时间里他也是梅休因出版公司（Methuen and Co.）雇佣的专业审稿人，最终于 1924 年主掌该出版公司。

这就是钱锺书英文笔记中隐在的伦敦文学场鲜活、动态、立体多维的图景。这种对英国 20 世纪上半叶文学生态的零距离感受和记载甚至扩大到现代主义群落之外，打上了钱锺书特有的文学品味的烙印。例如，钱锺书一生在文学创作、学术探索乃至待人接物中余味悠长、入木三分的讽刺幽默风格就可从其牛津两年中摘录的英国文学中以幽默、诙谐、历险为主题、文类和文风的作家作品中寻找到影响根源。

英国诙谐幽默文学作家群：钱锺书牛津英文笔中记载的第二个独特群体是19世纪末以来以诙谐幽默饮誉英国文坛的作家群。这个群体共同雕琢出的英伦诙谐幽默风格与钱锺书同样热烈拥抱的18世纪以塞缪尔·约翰逊等文人的幽默诙谐文风，不仅共同形成了典型的英伦幽默诙谐风格，而且深刻地影响了钱锺书的文学风格观和文学创作实践。《围城》中扑面而来、弥漫全篇的幽默诙谐语言和风格无疑是最好的例证。对上述作家群体的发掘和研究有利于我们从根源上厘清钱锺书的知识构建以及他精雕细琢、回味无穷的幽默诙谐风格的影响因素。这在方法论上不仅暗合比较文学和跨文化研究的影响研究路数，而且将一个钱锺书研究中乃至我国英国文学研究中被忽略的作家群和文学范畴显现出来。

表11-6　　钱锺书牛津英文笔记中的英国幽默诙谐作家简况表

笔记编号	姓名	作品
No. 3-4；-43；-47	F. Anstey	*The Travelling Companions*；*A Fallen Idol*；*The Man from Blankley's*
No. 3-5	J. K. Jerome	*Three Men on the Bummel*
No. 3-6	J. B. Morton	*Skylighters*
No. 3-9	W. W. Jacobs	*Salthaven*
No. 3-19	W. L. George	*The Stranger's Wedding*
No. 3-20；-30；-31；-33；-37	John Buchan	*Mr. Standfast*；*The Island of Sheep*；*Salute to Adventurers*；*The Three Hostages*；*The Courts of the Morning*
No. 3-25	H. H. Munro Saki	*The Chronicles of Clovis*
No. 3-29	Barry Pain	*Humorous Stories*
No. 3-36	P. Herbert	*Holy Deadlock*
No. 3-40	H. C. Bailey	*Mr. Fortune Speaking*
No. 3-57；-62	P. G. Wodehouse	*A Century of Humour*；*My Man Jeeves*
No. 3-64	Philip Guedalla	*Fathers of the Revolution*
No. 4-38	E. V. Lucas	*Over Bemerton's*

托马斯·安斯蒂（Thomas Anstey）原名托马斯·安斯蒂·格斯里（Thomas Anstey Guthrie，1856—1934年）。这位剑桥毕业的才子以幽默故

事《父子替身》(*Vice Versa*，1882 年) 一举成名，此后发表的《黑色贵妇犬》(*The Black Poodle*)、《彩色维纳斯》(*The Tinted Venus*)、《堕落的偶像》(*A Fallen Idol*)、《贾伯吉 B. A. 先生》(*Baboo Jabberjee B. A.*)、《来自孟加拉的勇敢者》(*A Bayard from Bengal*) 持续奠定了他的文名。他是《笨拙》杂志的重要成员，在《笨拙》上他发表了自己的代表作《谬论》("voces populi") 和《窃贼比尔与C》("Burglar Bill, & C")。杰罗姆·克拉普卡·杰罗姆 (Jerome Klapka Jerome，1859—1927 年) 初出道时靠演戏和写剧本谋生。1889 年他根据自己结婚蜜月体验而写成的《三人同舟》(*Three Men in a Boat*) 融喜剧情景与泰晤士河历史一体，出版后立刻产生轰动效应。此后 20 年间该书销售超过百万册，且被改编为电影、电视剧、广播剧、舞台剧甚至音乐剧。此君曾接替吉卜林 (Rudyard Kipling)，负责编辑《懒汉》(*The Idler*) 杂志——一份满足绅士阶层悠闲嗜好，以插图版讽刺故事为特色的月刊。1893 年他自办《今日》(*To-Day*) 杂志。后来根据到德国旅行的经历写过《三人同舟》的姊妹篇《三懒闲游记》(*Three Men on the Bummel*)。J. B. 莫顿 (J. B. Morton) 的幽默文名靠他从 1924 年至 1975 年长达 50 年的时间内以笔名"比奇科默" (Beachcomber) 为《每日快讯报》(*Daily Express*) 的《闲话》专栏撰写稿件。小说家伊夫林·沃认为他具有"英格兰人天生的最充沛的喜剧细胞"。他步入文坛始于第一次世界大战后基于对战争亲身体验的小说《皮特尼的理发师》(*The Barber of Putney*)。同时他开始在《星期日快报》(*Sunday Express*) 上开出每周专栏。值得一提的是他编写的《闲话》专栏是如此引人入胜，以至于"BBC"将其录制成 18 期节目，从 1989 年至 1994 年连续播出。更值得关注的是，在伦敦文学场中，莫顿属于 J. C. 斯夸尔的圈子，又混迹于希莱尔·贝洛克 (Hilaire Belloc) 的圈子"切斯特顿-贝洛克圈子" (the Chesterton-Belloc Circle)。W. W. 雅各布斯 (W. W. Jacobs) 擅长写作幽默短篇，尤以收入短篇小说集《游艇女士》(*The Lady of the Barge*) 中的恐怖故事《猴子的爪》("The Monkey's Paw"，1902 年) 最受欢迎。雅各布斯的文笔颇有狄更斯遗风。W. L. 乔治 (W. L. George) 在法国巴黎出生长大，成年后才回到英国，成名作包括小说《玫瑰床》(*A Bed of Roses*，1911 年)、《晨之子》(*Chil-*

dren of the Morning，1926 年）。约翰·巴肯（John Buchan）贵为加拿大总督，位列贵族男爵，却以《三十九级台阶》（1915 年）和其他冒险故事享誉文坛。萨基（Saki）是诙谐作家赫克托·休·门罗（Hector Hugh Munro）的笔名。他的诙谐、淘气甚至惊恐故事肆意讽刺英国爱德华时代的社会文化。他一方面受到奥斯卡·王尔德、刘易斯·卡罗尔（Lewis Carroll）和 R. 吉卜林影响，另一方面又影响了 P. G. 沃德豪斯（P. G. Wodehouse，1881—1975 年）等一代人，是与美国的欧·亨利并驾齐驱的英国短篇幽默故事大师。萨基《每日快讯报》（Daily Express）、《晨邮报》（Morning Post）等做过记者。巴里·潘（Barry Pain）的文笔风格是诙谐模仿和轻淡幽默。他最初给《康希尔杂志》（Cornhill Magazine）做编辑，发表短篇《百扇门》（"The Hundred Gates"），后来为《笨拙》和《演讲者》（Speaker）撰稿，受雇于《每日纪事报》（Daily Chronicle）和《黑与白》（Black and White）。同时他在 1896—1928 年是《温莎杂志》的固定撰稿人。罗伯特·史蒂文森将他比作莫泊桑。A. P. 赫伯特（A. P. Herbert）（1890—1971 年）1910 年 8 月在《笨拙》上发表了题为《维纳斯的石头》的组诗，此后定期为《笨拙》撰稿；同时也开始在《观察家》（The Observer）、《名利场》（Vanity Fair）上发表文章。1924 年他应邀加入《笨拙》编辑阵营。他在《笨拙》上刊出的文章针对英国立法和司法制度，以法律报道或评论的形式发表讽刺文章，代表作包括《判例法中的离奇案件》（"Misleading Cases in the Common Law"）、《国税局对薄黑鳕鱼》（"Board of Inland Revenue v. Haddock"）。H. C. 贝利（H. C. Bailey）专写侦探短篇故事，多发表在《冒险》（Adventure）、《埃勒里·奎因秘闻杂志》（Ellery Queen's Mystery Magazine）等杂志上。其笔下第一个系列围绕类似福尔摩斯的医学侦探福神雷吉（Reggie Fortune）展开。这些故事阴暗，情节多涉及谋杀、警界腐败、金融欺诈、虐待儿童、司法不公等内容。第二个系列围绕的核心人物是伪善律师约书亚·克朗克（Joshua Clunk），揭露的是地方政治中的钩心斗角、腐败欺诈。其代表作是 1935 年出版的《阴沉天之秘》（The Sullen Sky Mystery）。

P. G. 沃德豪斯（1881—1975 年）是 20 世纪英国最受欢迎的幽默小说大师之一。他的早期小说以学校题材为主，后来转向喜剧题材。他笔下备受读者欢迎喜爱的喜剧人物包括笨拙型的伯迪·伍斯特（Bertie Wooster）和他精明世故的男仆吉夫斯（Jeeves）、迟钝型的埃姆沃斯爵士（Lord Emsworth）及布兰丁斯·卡斯尔（Blandings Castle）、饶舌多嘴的"元老"（Oldest Member）和马利纳（Mulliner）先生。沃德豪斯的喜剧幽默经典以英格兰1920—1930年代为时代背景，雕琢的是一幅遗世独立的童话般生活画卷，字里行间流淌着轻松自如、豁达开朗的生活情趣。沃德豪斯既拥有查尔斯·狄更斯和查尔斯·卓别林那种展现个体对社会的喜剧式反叛的才能，又能充分地汲取英国文学先辈大师的菁华。此外他为美国音乐剧的发展和好莱坞演艺也做出独特贡献。第一次世界大战期间及之后，他长期与美国同行合作，创作了一系列脍炙人口的百老汇音乐喜剧。1930年代他又参与好莱坞电影剧本的创作。他一生多产，创作了90多本书、40个剧本、200多篇短篇小说等。坦率讲，菲利普·格达拉（Philip Guedalla）在伦敦文学圈中并不是有名之辈。E. V. 卢卡斯则是前文伦敦现代主义圈中的主将。

英美文学研究和评论家群体：

表11-7　钱锺书牛津英文笔记中的英美文学评论和研究群体一览表

笔记编号	姓名
No. 1	T. S. Eliot
	Vivian de Sola Pinto
	Benjamin Ifor Evans
	Edward Shanks
	Richard Aldington
	Oliver Elton
	H. Herford
	John Churton Collins
	Edmund Gosse
	Irving Babbitt

续表

笔记编号	姓名
No. 2	A. T. Quiller-Couch
	Orlo Williams
	Harold Nicolson
	Van Wyck Brooks
	C. H. Conrad Wright
	C. H. Herford
	S. T. Coleridge
	Mona Wilson
	Ernest Boyd
	Burton Rascoe
	Desmond Mac Carthy
No. 3	F. Anstey
	Frank Swinnerton
	J. C. Squire
	G. H. Lewes
	J. W. H. Atkins
No. 4	Gerge Saintsbury
	James Laver
	Edward Dowden
	Coventry Patmore
	J. A. Symonds
	Remy De Gourmont
	B. Walkley
	Ivor Brown
No. 5	Fortunat Strowski
	Patrick Braybrooke

按照与伦敦现代主义文学场中各类团体契合的程度、与现代主义文学场中的各类文学期刊或专栏的融合程度、在大学中的文学批评学科中的作用、所属国别以及影响力这四项指标来分类,上述文学评论家和学

者分七类：现代主义主流群体中的文学评论家；现代主义文学场中依附于各类刊物且交往多元庞杂的文学评论家；英国大学中的文学研究学者；美国大学中有影响的文学研究学者；法国文学评论家；浪漫主义和维多利亚时代的文学评论家；其他不知名的文学研究者。

知名度不高的文学研究者包括奥洛·威廉姆斯（Orlo Williams）、J. W. H. 阿特金斯（J. W. H. Atkins）和蒙纳·威尔逊（Mona Wilson）。奥洛·威廉姆斯著有《波西米亚：巴黎的浪漫》。阿特金斯著有两卷本的《古希腊罗马文学批评简史》。蒙纳·威尔逊在英国女作家简·奥斯丁研究领域有专著留世。

主流现代主义评论家分属于艾略特-庞德群体、布卢姆斯伯里小组、斯夸尔圈子、爱尔兰文学复兴圈子。这样来分，自然位列第一的无疑是T. S. 艾略特。第一次世界大战前的T. S. 艾略特在剑桥大学与伦敦之间往返徘徊。1914年9月庞德向T. S. 艾略特敞开了友谊的大门，开始扶持打造这位未来的诗坛领袖，将他引入文学圈子。1920年在前往巴黎的旅途中T. S. 艾略特结识了詹姆斯·乔伊斯，此后俩人维系着亲密关系。1925年T. S. 艾略特加入费伯（Faber and Faber）出版社，借助这个平台他先后提携了年轻诗人W. H. 奥登（W. H. Auden）、斯蒂芬·斯彭德、特德·休斯（Ted Hughes）。T. S. 艾略特不仅是整个现代主义先锋群落的领袖，也是举足轻重的大评论家。其文评思想被美国新批评派奉为圣经。其名篇如《传统与个人才能》《玄学派诗人》《哈姆莱特和他的问题》等皆收入钱锺书阅读的《圣林》。前文我们就论述过，理查德·沃尔丁顿是意象派运动的悍将，与庞德、T. E. 休姆等发起了意象派运动，编辑过温德姆·刘易斯在《利己主义者》上发表的作品。同时又与福特·马多克斯·福特过从甚密。因此沃尔丁顿是艾略特-庞德圈子中的重要成员。他在文学编辑和评论方面的影响和作用可从他参与的文学刊物编辑状况中得到证实。1914—1916年他是《利己主义者》的文学编辑和专栏作家；后来成为《泰晤士文学副刊》的法国文学编辑；1919—1921年他与艾略特、刘易斯、奥尔德斯·赫胥黎等同为伦敦文学季刊《圈子》（*Coterie*）的编委会成员。

进入钱锺书阅读视域的布卢姆斯伯里小组成员之一是德斯蒙德·麦

卡锡。德斯蒙德私密的朋友包括利顿·斯特拉奇、罗素、G. E. 穆尔。1917 年他加入《新政治家》(New Stateman) 刊物,做戏剧评论,1920 年升任该刊文学编辑。在该刊上他长期开辟周专栏。1928 年他的兴趣从《新政治家》转到其他刊物。担任过《生活与文雅》(Life and Letters) 的第一编辑,做过《新季刊》(New Quarterly)、《目击者》(Eye Witness)、《星期日泰晤士报》(Sunday Times) 的文学编辑。其文学评论和随笔包括《宫廷剧院》(The Court Theatre, 1907 年)、《群像》(Portraits, 1931 年) 以及钱锺书没有来得及阅读的《戏剧》(Drama, 1940 年)、《剧院》(Theatre, 1955 年)。哈罗德·尼科尔森亦算布卢姆斯伯里小组的成员。

J. C. 斯夸尔虽素来为布卢姆斯伯里小组和艾略特－庞德系的名流高雅之士所恶,但其文学影响力和评论水平实不能小视。他最先与《新时代》(The New Age) 结缘,1909 年在该刊发表讽刺文,后来持续在该刊发表评论文章。其中一篇就是评论劳伦斯的新作《虹》。1912 年成为该刊文学编辑,1917—1918 年任执行编辑。借此他掌控了一个资源庞大的文学出版阵地,形成了伦敦文学场中的"斯夸尔党"。1919—1934 年他还任过月刊《伦敦水星》的编辑,与约翰·米德尔顿·默里编辑的《雅典娜神庙》(The Athenaeum) 竞争。其可圈点的文学评论和选集包括《诗歌与波德莱尔之花》(Poems and Baudelaire Flowers, 1909 年)、《现代诗人诗作选》(Selections from Modern Poets, 1921 年)、《戏剧家莎士比亚》(Shakespeare as a Dramatist, 1935 年)。

爱尔兰复兴运动的吹鼓手评论家无疑是欧内斯特·博伊德。他 1916 年的评论专著《爱尔兰文学复兴运动》(Ireland's Literary Renaissance) 最先将爱尔兰文学复兴定义为民族运动,将乔伊斯、叶芝奉为精神拓荒者。其他有影响的评论包括《鉴赏与贬评》(1917 年)、《当代爱尔兰戏剧》(1917 年)、《真实的和想象的肖像》(1924 年) 等。

前文论及的埃德蒙·戈斯无疑是上述现代主义闯将的前辈。他率先将挪威戏剧家易卜生译介到英伦。1884—1890 年在剑桥大学三一学院教过英国文学。他在托马斯·格雷、威廉·康格里夫(William Congreve)、约翰·多恩、杰里米·泰勒(Jeremy Taylor)、考文垂·帕特莫尔(Coventry Patmore) 等英国 17、18 世纪作家研究上造诣很高。是《大不列颠百科全书》1911年版的文学编辑。其批评力作有：《17世纪研究》（1883年）、《18世纪文学史》（1889年）、《现代英国文学史》（1897年），等等。另一位投身出版界、提携过奥尔德斯·赫胥黎、利顿·斯特拉奇等文坛弄潮人，又与约翰·高尔斯华绥、阿诺德·本涅特等老派作家交好的编辑兼评论家是弗兰克·亚瑟·斯温纳顿。他最先给查图与温德斯（Chatto & Windus）出版社做编辑，后来在1929—1932年给《真理》（Truth）、《伦敦晚报》（London Evening News）做文学评论家，1937—1943年给《观察家》（The Observer）做文学评论。他最负盛名的评论之作是《乔治时代的文学场景》（The Georgian Literary Scene，1912年）。其他有价值的著作是《R. L. 史蒂文森：批评研究》（R. L. Stevenson：A Critical Study，1914年）和研究文学书籍出版业的《作者与书业》（Authors and the Book Trade，1932年）、《书籍评论与批评》（The Reviewing and Criticism of Books，1939年）、《书商的伦敦》（The Bookman's London，1951年）、《手稿历险记》（The Adventures of a Manuscript，1956年）。

在钱锺书的知识视野中存在与上述现代主义阵营关联度不高却同样栖息于各类出版社、文学期刊和文学评论栏目，在现代文学评论中谋职抒趣的文学评论家。爱德华·尚克斯（Edward Shanks）1912—1913年做过《格兰塔》（Granta）的编辑。第一次世界大战后他于1919—1922年为《伦敦水星》（London Mercury）做文学评论；1928—1935年是《标准晚报》（Evening Standard）的首席作家。传世之作有《萧伯纳》（1923年）、《爱伦·坡》（1937年）、《R. 吉卜林：文学与政治观研究》（1940年）。詹姆斯·拉弗（James Laver）在牛津新学院时就薄有诗名。毕业后在维多利亚-阿尔伯特博物馆谋生，业余为各类期刊撰写书评、剧评、戏剧翻译等。一度在大学开过英国文学课程和艺术课程。有《剧院设计》（1927年）、《奥斯卡·王尔德》（1968年）传世。同样在戏剧表演和评论领域有建树的是亚瑟·宾汉·沃克利（Arthur Bingham Walkley）。他出道时与萧伯纳在《星报》（The Star）共过事；在《泰晤士报》做过长达26年的戏剧评论。除了戏剧评论他晚年还在《泰晤士报》上发表对简·奥斯丁、约翰逊博士、狄更斯、兰姆的评论文章。其评论思想尽可从《戏剧评论》中掬取。艾弗·布朗同样热衷戏剧评论。他最先为《新时代》撰稿，1919 年在《曼彻斯特卫报》(The Manchester Guardian) 谋得差事。他 1923 年成为《星期六评论》(Saturday Review) 的戏剧评论，1926 年成为利物浦大学戏剧艺术讲师，1929 年受聘为《观察家》的戏剧评论。1930 年代他成为饮誉英国传媒界的大戏剧评论家，顺理成章他在 1939 年被任命为皇家文学学会大戏剧教授。布朗老成持重，不愿追随现代主义时髦叛逆之风，对艾略特、庞德等多讽刺挖苦。

第三类是英国大学的文学研究学者。这些学者包括：维维安·德·索拉·平托、艾弗·埃文斯 (Ifor Evans)、奥利弗·埃尔顿 (Oliver Elton)、查尔斯·哈罗德·赫福德 (Charles Harold Herford)、约翰·丘顿·柯林斯、亚瑟·托马斯·奎勒-库奇、乔治·圣茨伯里、爱德华·道登 (Edward Dowden)。平托在第一次世界大战期间与挚友战争诗人西格弗里德·沙逊并肩战斗。战后入牛津大学。后来长时间（1938—1961 年）任诺丁汉大学英语系教授。其主要学术影响是 D. H. 劳伦斯研究。埃尔顿在曼彻斯特大学做讲师时发表《奥古斯丁时代》(1899 年) 而引起学界关注。此后 1901—1925 年在利物浦大学担任英国文学教授，负责完成四卷本《英国文学通览》(Survey of English Literature)，勤于弥尔顿、丁尼生、亨利·詹姆斯等作家领域著述讲授。赫福德先后在威尔士大学学院、曼彻斯特的维多利亚大学任教授，最大的学术贡献是为本·琼森 (Ben Jonson) 立传，编辑了由牛津大学出版社出版的 11 卷本·琼森作品集。亚瑟·奎勒-库奇受业于牛津大学三一学院，又在统一学院任教职。早期批评系列文章是《批评历险》(Adventures in Criticism)，编辑了 16、17 世纪英国抒情诗人诗选《金萃集》(The Golden Pomp)。后来编辑出版了扛鼎之作《牛津英诗集：1250—1900 年》(Oxford Book of English Verse, 1250-1900)。此外编辑整理了《源自古法语的睡美人和其他童话故事》(The Sleeping Beauty and other Fairy Tales from the Old French)。成名后的奎勒-库奇 1912 年被任命为剑桥大学"英国文学爱德华七世教授"，从而成为剑桥英文研究的创建者之一。乔治·圣茨伯里做过曼彻斯特文法学校校长，为《学苑》(The Academy) 撰写过评论文章。长达 10 年为《星期六评论》效力。最终于 1895 年成为爱丁堡大学修辞与英国文学教授。他在法国文学史研究领域勤用功夫。他在英国文学研究领域的成就有：

修订 18 卷的约翰·德莱顿作品集；《伊丽莎白朝文学史》（History of Elizabeth Literature，1887 年）、《19 世纪文学史》（History of Nineteenth Century Literature，1896 年）、《英国文学简史》（A Short History of English Literature，1898 年）等文学史；三卷《批评史》（A History of Criticism，1900 – 1904）。爱德华·道登 1867 年开始在爱尔兰都柏林大学任英国文学教授。其专长之一是莎士比亚研究，著述包括《莎士比亚、他的思想与艺术》（Shakespeare，His Mind and Art，1875 年）、《威廉·莎士比亚十四行诗》（The Sonnets of William Shakespeare，1881 年）等。他最受瞩目的成果是诗人雪莱的传记《雪莱生平》（Life of Shelley，1886 年）。他在英国浪漫主义研究领域的成果包括《罗伯特·骚塞》（Robert Southey）。

钱锺书关注的第四类批评家是美国大学中的文学研究学者，如欧文·白璧德、范·威克·布鲁克斯（Van Wyck Brooks）、伯顿·拉斯科（Burton Rascoe）等。钱锺书对白璧德的新人文主义之娴熟了解自不在话下。而他关注的布鲁克斯亦非等闲之辈。他在美国文学研究领域的建树真是功不可没。曾获美国第二届非小说类国家图书奖、1937 年度普利策历史奖；甚至在 1944 年登上《时代杂志》封面。他关注的第五类评论家是维多利亚时代的文胆评匠，如乔治·亨利·刘易斯（George Henry Lewes）、考文垂·帕特莫、约翰·阿丁顿·西蒙兹（John Addington Symonds）。

第五节 钱锺书《谈艺录》的中西比较诗学体系与文明自觉意识

钱锺书在《谈艺录》1948 年初版《序》中有两段发人深省的文字。其一是："《谈艺录》一卷，虽赏析之作，而实忧患之书也。……如危幕之燕巢，同枯槐之蚁聚。忧天将压，避地无之，虽欲出门西向笑而不敢也。销愁舒愤，述往思来。……苟六义之未亡，或六丁所勿取；麓藏阁置，以待贞元。"其二是："东海西海，心理攸同；南学北学，道术未裂。"这两段话本质上设定了《谈艺录》的三重学术和思想前提。第一是其产生的现实语境。从他苟全性命于乱世的日本侵略者占据下的上海到整个日本侵略下的中国,广而推及整个法西斯战争蹂躏下的欧洲和亚洲,其实是天崩地裂,避祸无地。第二是西方文明与远东华夏文明之间的分歧差异。第三是古今学术思想以及中西学术思想之间的断裂。因之,从现实、历史、文明到学术思想整体上呈现出命脉虚弱、生机僵死、纷争不断、分歧差异重重叠叠的混乱状态。钱锺书著书解艺的主观期许是文明劫难后的承平昌达盛世。他的学理预设是华夏文明与西方文明在最高也是最精微的"心"和"理"上必然有着高度的内在同一性和通融性。他的学术理论命题是作为人类共同体思想和精神生命彰显形态的"道"和"术"超越战争、历史、文明的藩篱和鸿沟,具有延续重生、生生不息的有机生命力。他就是在上述思想展望、学理预设和学术命题构成的精神境界中来具体观照阐发其诗学。借助对中西诗学的打通烛照,来揭示诗学及其背后的精神和思想以及精神和思想最内核的"心"和"理"的趋同相通。

在具体展开对钱锺书在《谈艺录》中对诗学精髓以及最核心的"心"和"理"、"道"和"术"的发掘重构之前,我们先以实证的方式来整理该著中中西诗学打通论述的相关章节,然后再在中学本位与中西比较两个维度中来验证,最后回到《谈艺录》的思想与现代主义之间的契合问题。《谈艺录》中中西诗学打通论述的章节总计约24章,占总体91章的约四分之一。具体情况见"钱锺书《谈艺录》中西诗学打通专论一览表"。

表11-8　　　　钱锺书《谈艺录》中西诗学打通专论一览表[①]

序号	章节	题目/诗学主题	中西诗学融通菁华
1	一	诗分唐宋:文学的历史规律	英国18世纪文坛,Augustan Age;席勒诗分古今(第2页)
2	二	黄山谷诗补注:文学修辞	英国玄学派之曲喻(第22页)
3	三	王静安诗:西学精髓与化合	严复、柏拉图、Protagoras等西洋哲学(第24—25页)

[①] 此统计章节体例及页码以中华书局1984年版钱锺书《谈艺录》为准。

第十一章　钱锺书的理论对话与转化:中国现代批评的格局 / 407

续表

序号	章节	题目/诗学主题	中西诗学融通菁华
4	四	诗乐离合：诗体演变存续之规律——诗与其他体裁	西方美学中的利害冲突观——L. A. Reid, Roger Fry, etc.（第31—39页） 罗马修辞学（第33页） 西方诗学及生物学、文学史、考古学、罗马史——Wordsworth, Hugo, Schlegel, Victor Shklovsky, John Bailey, T. S. Eliot（第34—39页）
5	六	神韵：文学中的精神	刘勰，Walter Pater, Henri Brémond, Maupassant, 新约，严复翻译，Plotinus, Lucretius, 宋学，德国哲学家（第42—44页）
6	九	长吉字法：诗中的意象物性	Gautier, Allen Poe, F. Hebbel, Baudelaire（第48页） Byron, Shelley, T. L. Beddoes（第50页）
7	一一	长吉用啼泣字：诗中的情与景的融合交互问题	Brousson（第54页） Durkheim, H. Delacroix, W. Ehrlich（第55、56页）
8	一五	摹写自然与润饰自然：诗与自然的关系问题	诗学两派——师法自然、功夺造化：柏拉图、亚里士多德、西塞罗、莎士比亚。摹仿论：韩愈、克利索斯当、普罗提诺、培根、Muratori, Edmond et Jules de Goncourt, Baudelaire, Whistler, Dante, 李贺、莎士比亚。"二说若反而实相成，貌异而心则同。"（第60—62页）
9	二五	张文昌诗：诗中的"烛"喻	中英"烛"喻——Robert Burton, Edward Young, Tobias Smollet, J. Melford,《征妇怨》,《阳明传习录》,《四库提要》（第94页）
10	二八	妙悟与参禅：诗的悟性或性灵问题	"学道学诗，非悟不进"，分解悟，证悟——《困学记》、《思辨录辑要》、Graham Wallas-illumination vs verification, 王渔阳、禅人唐圭峰《禅源诸诠集都序》、张载《正蒙》、严羽《诗辨》、程伊川、《宋元学案》、Kierkegaard、庄子，《参同契》、《人天眼目》、H. Vaihinger,《传灯录》、《大学》、《藏春集》、Helmholtz（第98—102页）

续表

序号	章节	题目/诗学主题	中西诗学融通菁华
11	三一	说圆：诗艺的最高境界问题	圆通、圆觉——Y. Comiti、古希腊哲学人、A. de Morgan、《易》、《论语》、《空洞歌》、《人天眼目》、《太极图》、《太极图说解》、《喻道诗》、帕斯卡尔《思辨录》、Emoedocles, Marguerite de Navarre, Sir Thomas Browne, Henry Vaughan（第111—117页）
12	四八	文如其人：诗品与品人	观人，文如其人：Buffon, Seneca, Cicero, J. L. Vives, Ben Jonson（第161—165页）
13	五八	文通：文辞的通顺与印象	意大利 Alessandro Tassoni, Saintsbury（第195页）
14	五九	随园诗话：语言文字的明白晓畅	Arthur Waley 推崇白香山（第195页）
15	六〇	随园非薄浪沧：中西光喻、灯喻	佛、西的光喻，灯喻：《四十二章经》、《智度论》、《华严经》、《维摩诘经》、《传灯录》、《性地颂》、儒贝尔（第203—204页）
16	六一	随园主性灵：诗歌创作中的性灵与辛劳"天机凑合"	创作中的"性灵""辛劳"：袁枚、William James *Principles of Psychology*、孟子、韩愈。西人论创作：Lessing, Friedrich Schlegel, Balzac, Croce, G. C. Lichtenberg。"夫艺也者，执心物两端而用厥中。兴象意境，心之事也。"（第205—212页）
17	六九	随园论诗中理语：诗中的理趣及诗学修辞	"理之在诗，如水中盐，蜜中花，体匿性存，无痕有味，现相无相，立说无说。所谓冥合圆显者也。"诗中理趣—Plato, Aristotle, Hegel。比兴/allegory—T. S. Eliot 的诗与英国玄学派。Wordsworth 状诗人心与物凝之境（第222—240页）
18	七二	诗与时文：诗学对修辞学的借鉴必要	诗词/时文。诗学/修辞学（第243页）
19	七五	代字：诗中的借代修辞"以不直说为文章之妙"——代字、代名	不直说为妙。代字代名：Somaize, Moliere, Virgil, Vida（第249—250页）
20	八二	摘陈尹句：诗意诗句的新旧	Horace and Virgil, Keats, Fontenelle, Plato, Phaedrus, Meno（第255页）
21	八四	道术之别	Marcel Mauss 的人类学理论中 religion 与 magic 之别（第256页）

续表

序号	章节	题目/诗学主题	中西诗学融通菁华
22	八八	白瑞蒙论诗与严浪沧诗话:"纯诗"的诗学原则,如:"诗无邪"、"韵未尽"、诗的境界、象征诗、神秘经验	纯诗:法国 Henri Bremond, Valery, Verlaine, Mallarme。英国 Herbert Read, Shelley, Allen Poe, Walter Pater, Edmund Gurney, Charles Magnin, Matthew Arnold, Paul Claude。德国浪漫派。Plotinus 与庄子。基督教的异端说。中国诗学——严羽论,诗无邪。神韵派。论山水。//道、佛家言,神秘经验,破我相。基督教言。//儒家思想的真我(第 268—291 页)
23	八九	诗中用人地名	
24	九一	论难一概:散文、戏剧、乐、政论	Abraham Cowley, Addison, Lessing, Shakespeare, Aristotle, Voltaire, Chateaubriand, Byron, Pope, Verlaine(第 302—304 页)

表 11-8 统计中的 24 章中,第三章讲王国维的诗,意旨是西学的精髓及其与中国学术的化合;第八四章征引法国人类学家马塞尔·摩斯有关宗教与科学的区别,旨在阐述道与术之别。除了这两章之外,其余 22 章都从不同角度打通中西诗学,形成肌理细密、印证互鉴频繁、诗学论题和论点层层铺陈的诗学阐发和重构特色。仅从单个、个别的论证来看,钱锺书的论证阐发似乎主要停留在中国古典诗学与西方古今诗学的互鉴互证这个层面,没有创新性的立论和系统的诗学理论建构。但是如果我们从整体性的角度来凸显他在《谈艺录》全书中的中西诗学打通之论又会是什么样的结果呢?诚如前面所论,除了表面上不吻合、隐含意义上同旨的两章外,所余 22 章都是实实在在的中西诗学通论。这里需要特别指出的是,这种统计完全是按照文本内容主题随机归类的结果,而不是按照预设的论题进行有目的的选择结果。从结构形态的意义上讲,按照这种随机统计结果得出的论断与原文本有着自然、有机的思想生命契合,能最大限度地反映出钱锺书本真的学术思想和精神。

接下来的问题是,我们对上述 24 章的结构性重组和总体性阐发以什么诗学参照结构为基础?以中国古典诗学为参照,学者们得出的结论大同小异，即：钱锺书选取中国传统笔记体文体和文言文，用短小的文字篇幅点评中国传统诗歌，大量引证各种知识来源的材料，各篇之间没有主题、逻辑、思想上的内在连贯性和系统性。也就是说《谈艺录》无非是本各种独立诗艺解析的散论串在一起的一本书。换一个世界文学大俯角看，在钱锺书的《谈艺录》问世的背景上有三类诗学著述。第一是比他更早的王国维的《人间词话》；第二是他在清华读本科时的英国剑桥文学批评派奠基人 I. A. 瑞恰慈的《实用批评：文学判断力研究》；第三是美国批评家 R. 韦勒克的《文学理论》。王国维深受叔本华哲学影响，其《人间词话》将叔本华哲学思想隐入其中，从而立中国古典词学新论。其方法是援西入中，以西学为理论指导。瑞恰慈的《实用批评》的理论精华在第三部分，分别分析阐述意义的不同种类、形象语言、意义与感觉、诗的形式、无关联的联想与僵化的反映、感伤与禁忌、诗的原则、技巧预设与批评预想。韦勒克的《文学理论》的菁华是第三和第四部分。第三部分探讨从外部视角研究文学的方法，如：作家传记研究、心理学研究、社会学研究、观念研究、文艺类型研究。第四部分探究从内部视角研究文学的方法，如：文学艺术品的存在模式、和谐、节奏与格律、风格与文体学、意象、隐喻、象征和神话、叙事小说的本质和模式、文学类型、鉴赏、文学史。韦勒克 1930 年代初开始关注 I. A. 瑞恰慈、F. R. 利维斯、威廉·燕卜荪等剑桥派批评家，在布拉格学派的刊物《文字与文学》上发表评论和研究文章。1936 年夏天，他在剑桥大学见到利维斯。1937 年他在《细绎》（*Scrutiny*）上发表的一封公开信中批评利维斯，这引起利维斯的反驳乃至误解，也由此标志着韦勒克在文学理论上的新进境。上述三种诗学理论的划时代之作各有千秋。王国维局限于古典词类，瑞恰慈聚焦诗歌体裁。相比而言韦勒克的理论建构最为完备周到。更巧合的是，在英美新批评如日中天之际，韦勒克另辟蹊径、独树一帜的《文学理论》1942 年出版问世。而此时的钱锺书则在上海与湖南蓝田之间颠沛流离，静夜于黄灯下枯卷中钩玄钓奥，探究中西诗学之规律法则。

如果我们以韦勒克的《文学理论》之谋局运思为镜子，我们发现仅仅是上述随机筛选出的章节整体上隐含着内在固有的棋路和脉络。沿着这些纵横交错的棋路和脉络，钱锺书重构了一种崭新的甚至比韦勒克更胜一筹、恢宏勃发、通照圆览、永恒高绝的诗学理论。其结构性脉络包括：诗学的历时规律和作者创作探源，或曰历时诗学；诗学的精神本体观照和形式本体探究，或曰本体诗学。以下我们重点重构其历时诗学和本体诗学菁华。

历时诗学：历时诗学探究动态的历史维度中文学的规律和规范，因之是从时间之异中叩问诗学之同与异的规律。在《谈艺录》初版的1946年德籍犹太语文学家和比较文学奠基人埃里希·奥尔巴赫的《论摹仿：欧洲文学中的现实观》问世。奥氏从欧洲古典诗学的风格论入手探究欧洲两千年文学史，借以把握欧洲两千年的文明进程中文明精神传承更新的脉搏和脉络。极其吻合的是，钱锺书的《谈艺录》中一、四、八二、九一这四章中同样以诗学风格和类型为经纬，以中国古典诗学和西方诗学为比较参照系，来钩织历时诗学。

"一"以诗学风格为经，提出"诗分唐宋"的风格论。所谓诗分唐宋，就是以文学自身的风格变化来建构文学史，而不是以政治政体的兴衰存亡为主线。唐诗与宋诗分别创造且代表了两类典型的诗学风格。"唐诗多以丰神情韵擅长，宋诗多以筋骨思理见胜。"[1] 因此唐诗和宋诗被从具体的诗人、具体的文学时期中分离出来，成了两种极具代表性的诗学风格，以之既可以分辨一个时期文学的演变发展，又可以厘清文学史演变过程中重复出现的规律和现象，也可以解释诗人作家个体早晚期的风格变化。这就是为什么他论述道："诗自有初、盛、中、晚"；"非曰唐诗必出唐人，宋诗必出宋人也"[2]；"少年才气发扬，遂为唐体，晚节思虑深沉，乃染宋调"[3]。

钱锺书在论述其历时风格诗学时充分征引了中西实例。英国18世纪文学在风格上近古罗马奥古斯丁时期文学。18世纪文坛领袖约瑟夫·艾迪生（Joseph Addison）则被奉为19世纪维多利亚时代文学的先驱。西方诗学中与钱锺书持论一致的首推德国的席勒。席勒认为诗分两派——朴

---

[1] 钱锺书：《谈艺录》，中华书局1984年版，第2页。
[2] 同上。
[3] 同上书，第4页。

素的诗与抒情的诗。法国的福楼拜与席勒持相似的观点。在此基础上钱锺书引申出超越诗学范围的结构性比较，即以唐诗和宋诗风格来厘定文学的历时演变，其认知结构模式与太极说的两仪论、卡尔·荣格（Carl Jung）的内向与外向心理结构论存在类通。按照上述论点，他总结出中国诗学史的普遍规律是："高明者近唐，沉潜者近宋，有不期而然者。故自宋以来，历元、明、清，才人辈出，而所作不能出唐宋之范围，皆可分唐宋之畛域。唐以前之汉、魏、六朝，虽浑而未划，蕴而不发，亦未尝不可以此例之。"①

《谈艺录》"四"则转向论述类型意义上的诗学历时规律。其立论辩驳、设定问题的出发点是以焦循为代表的诗乐差异论。焦循在《雕菰集》中的立论是：非乐不成诗，晚唐以后诗与文杂，诗失其本；"诗亡于宋而遁于词，词亡于元而遁于曲"②。西方与焦循等的诗乐同体论相呼应的观点又分三种。其一是诗乐利害冲突论，以 L. A. 瑞德（L. A. Reid）的《美学研究》（*A Study in Aesthetics*）为代表。其二是意大利美学家克罗齐、英国美学家罗杰·弗莱的诗乐相互妨碍论。其三是诗乐同源论，以德国学者施马苏（A. Schmarsow）为代表。钱锺书认为焦循之流是"先事武断"③。文体的历时规律应该是："夫文体递变，非必如物体之有新陈代谢，后继则须前仆。"④ 针对诗与文杂合的现象，他认为诗分诗情诗体，文、词、曲都极富诗情。"盖吟体百变，而吟情一贯。"⑤ 例如文又分为对、联、表、代。代就是揣拟古人圣贤之意作文，即八股文。而八股文源出骈体，在明清之际又与南曲相通，因此与诗、乐通杂而非截然分离。以文入诗的另一例体是文人之诗，"杜虽诗翁，散语可见，惟韩苏倾竭变化，如雷霆河汉，可惊可快，必无复可憾者，盖以其文人之诗也。诗犹文也，尽如口语，岂不更胜"⑥。

---

① 钱锺书：《谈艺录》，中华书局 1984 年版，第 3 页。
② 同上书，第 27 页。
③ 同上书，第 29 页。
④ 同上书，第 28 页。
⑤ 同上书，第 30 页。
⑥ 同上书，第 34 页。

西方诗学中对诗学类型的理论同样分别涉及诗与乐、诗与文、诗与史的关系。诗与乐的西方论述前面已谈到，不赘言。首说诗与文的关系，钱锺书历数西方诗学中的华兹华斯、雨果、施莱格尔（Karl Wilhelm Friedrich von Schlegel）和什克洛夫斯基（Viktor Shklovsky）。浪漫主义诗人华兹华斯在《抒情歌谣集》序言中力戒辞藻，提倡"以不入诗之字句，运用入诗也"①。雨果认为一切都可作为题材，施莱格尔认为"诗集诸学之大成"②。什克洛夫斯基为俄国形式主义诗学先锋，他文学类型品相中的新品大都出身卑微，只是一时蟒袍加身，荣登时流上端。次说诗与史的关系，西方如维科（Giambattista Vico）、克罗齐、杜威等皆有论述。诗与史发端之初，混而难分，皆因"先民草昧，词章未有专门"③。同时先民的历史意识处于粗糙状态，"不知存疑传信，显真别幻。号曰实录，事多虚构；想当然耳，莫须有也。述古而强以就今，传人而借以寓己"④。因此诗与史在历时发展之端虽然同体未分，但是两者有本质上的差异。"史必征实，诗可凿空。"⑤ 上述种种例子，都在阐述对诗学类型的历时演变需在认知上求总体周观圆照。"此所以原始不如要终，穷物之幾，不如观物之全。"⑥

"八二"章征引古罗马贺拉斯、英国浪漫派的济慈、法国的方德耐尔和古希腊的柏拉图，看似简短散论，其实取旨立意都在论述诗传情达意中的故声旧意，即：新词章表达弥久的情愫和人性共通的感受。唯惜钱锺书对这一点的阐发不及艾略特的诗论，自然不及其师叶公超在阐发"夺胎换骨"诗论时的见解。但是这种新词旧调的论说还是在论述诗的历时相通。而作为《谈艺录》压轴宏论的"九一"则更进一步拓宽了历时诗学的内涵，即：历时诗学不仅是异中见同，而且也须同中掘异。因此

---

① 钱锺书：《谈艺录》，中华书局1984年版，第35页。
② 同上。
③ 同上书，第38页。
④ 同上。
⑤ 同上。
⑥ 同上书，第37页。

这一章的主旨是:"知同时之异世,并在之歧出。"① 就中国诗学而言,同一个诗人个体笔下的诗与文殊异,如初唐陈子昂、宋代穆修;同一时代同一地方孕育出不同派别,如南宋的江西诗派与理学中的象山学派皆出于江西。就西方历时诗学而言,同样受这一诗学规律左右。英国18世纪的作家亚伯拉罕·考利(Abraham Cowley)的散文影响后继者约瑟夫·艾迪生,而诗歌却取法17世纪的玄学派诗风;德国的莱辛既尊崇莎士比亚,又推崇亚里士多德诗学;19世纪英国文学上的浪漫主义与哲学中的经验主义相左并立于世。如此论述,钱锺书实际上已经不单单是在论述诗学问题,而是放大到文化、文明的全局。如果论诗学仅局限于诗学,必导致偏颇偏激;如果仅局限于语言文明的藩篱,局限于地域空间,必导致偏执无知、故步自封。如此则能全解钱氏此论:"学者每东面而望,不睹西墙,南向而视,不见北方,反三举一,执偏概全。"②

本体诗学:从诗歌和诗学本体意义上洞察梳理中西诗艺诗学,阐发两者共同的诗学思想和诗学规律。严格地讲,钱锺书对中西诗艺诗学本体理论的提炼淬化分别包含了诗艺诗学本体精神的提炼与诗艺形式本体的修辞剖析这两个层面。此处着重阐述钱锺书对纯粹的诗艺诗学本体精神观照的四大论点——神韵论、境界论、圆通论、理趣论。

(1)神韵论:《谈艺录·六》的核心是中西诗学中的神韵论。概言之,钱锺书主要从中国古典诗学中的神韵论谱系建构、中西诗学、哲学中有关心、神、意/mind、soul、spirit三者的辨析及比较。后者是前者进一步的提升和展开。中国诗学中神韵诗学观可探源至严羽。从严羽的《沧浪诗辩》、陆游的《与儿辈论文章偶成》、王士禛、明末陆时雍的《古诗镜》《唐诗镜》的《绪论》、清代翁方纲的《复初斋文集》卷三中的《神韵论》、明代胡应麟的《诗薮》内编卷五、清代姚薑坞(范)的《援鹑堂笔记》卷四十四到清代姚鼐的《古文词类纂》,钱锺书勾勒了神韵观的谱系脉络。严羽提出诗学的五法、九品、二概和一极。所谓"一

---

① 钱锺书:《谈艺录》,中华书局1984年版,第304页。
② 同上。

第十一章　钱锺书的理论对话与转化：中国现代批评的格局　/　415

极"就是诗的极致，"曰入神。诗而入神，至矣尽矣，蔑以加矣"①。钱锺书的解释更透彻，"可见神韵非诗品中之一品，而为各品之恰到好处，至善尽美"②。钱锺书最终为神韵的诗学阐释是：

> 古之谈艺者，其所标举者皆是也；以为舍所标举外，诗无他事，遂取一端而概全体，则是者为非矣。诗者，艺之取资于文字者也。文字有声，诗得之为调为律；文字有义，诗得之以俦色揣称者，为象为藻，以写心宣志者，为意为情。及夫调有弦外之遗音，语有言表之余味，则神韵盎然出焉。③

钱锺书借以为此说注解的诗学论点一是刘勰《文心雕龙》中融形、声、情于一体的情采，二是西方意象派诗坛领袖庞德包容诗形（Phanopoeia）、诗乐（Melopoeia）、诗意（Logopoeia）的天然佳品。因此钱锺书的神韵专指形、音、义三者皆达到完美契合的诗学效果或状态。

那么在概念认知和思辨层面"神韵"何指呢？英国19世纪末的沃尔特·佩特在《鉴赏》（*Appreciation*）中论风格时区分了 mind 与 soul。法国的亨利·白瑞蒙（Henri Brémond）指出了 Animus/spirit 与 Anima/soul 之间的对应及区别。钱锺书辨析道：soul/anima 对应于中国诗学中的"神"，spirit/animus 则对应于中国诗学中的"意"——言外之意。更进一步钱锺书通过征引普罗提诺（Plotinus）、古罗马诗人卢克莱修（Lucretius）等西方论点，分辨出 soul 与 mind 的区别。所谓 mind 就是宋代心学中的"心"。由此分而形成两个序列：神、soul、Anima；意、心、mind、spirit。后来西方哲人如波伊提乌（Boethius）、柏格森等所标举的 intelligence、intuition 都近神意。宋代心学的"心"仅仅是"神"的意思之一。通过辨析《文子·道德篇》、晁迥《法藏碎金录》等，钱锺书觉悟到"神"的三层境界。一为身体感官获得的觉触；二为用"心"思辨获得的觉悟；

---

① 钱锺书：《谈艺录》，中华书局1984年版，第40页。
② 同上书，第40—41页。
③ 同上书，第42页。

三为用"神"悟彻的觉照，超越思虑见闻，证妙境，合圣谛。诗学中的"神韵"就是透彻、无阻无碍、流转自如的觉照。它在艺境上与圆通、理趣、神妙都指向诗学的最高境界。

（2）境界论：如果说神韵论剖析的是诗学形、音、义三者交融的完美状态，那么境界论则重在分辨诗学中内在的情与外在客体世界中的物或者说主观的我与客观的物之间的物我关联美学。物我关联的第一种境界是以物拟人。"象物宜以拟衷曲，虽情景兼到，而内外仍判。只以山水来就我之性情，非于山水中见其性情；故仅言我心如山水境，而不知山水境亦自有其心，待吾心为映发也。"[1] 第二种境界是物我性、情相通相契。"要须流连光景，即物见我，如我寓物，体异性通。物我之相未泯，而物我之情已契。相未泯，故物仍在我身外，可对而赏观；情已契，故物如同我衷怀，可与之融会。"[2]

（3）圆通论：《谈艺录·三一》专论圆通。一反惯常的从诗或诗学问题入手引出论题论点，这一部分以参照梳理中西哲学中"圆"的观念切入问题。西方从古希腊的恩培多克勒斯（Empedocles）、毕达哥拉斯（Pythagoras）、柏拉图、亚里士多德、普罗提诺，古罗马的贺拉斯，中世纪的圣·托马斯·阿奎那（St. Thomas Aquinas），18世纪法国的帕斯卡尔（Pascal）至19世纪初德国的黑格尔（G. W. F. Hegel），都持续地认为，从形体、宇宙主宰、尽美人格、精神道体、心灵流动到哲学思辨最周备完美莫过于圆。西方此论与中国思想中的论述契合无间。从《易经》、《论语》、西汉刘安的《淮南子》、唐代张志和的《空洞歌》、宋代周敦颐的《太极图说》到明代刘念台的《喻道诗》都一脉相承，秉持这样一种"圆"的观念，即：以圆喻德的周备圆转或鉴包六合；以透照性灵自然的明珠喻诗艺的通灵通达状态。

西方诗学中从英国诗人亨利·沃恩（Henry Vaughan）、小说家蒂克（Tieck）、批评家弗农·李（Vernon Lee）、诗人歌德、缪塞（Musset）、丁尼生至亚历山大·史密斯（Alexander Smith）都从不同角度阐述揭示诗

---

[1] 钱锺书：《谈艺录》，中华书局1984年版，第53页。
[2] 同上。

学中的圆通论。如亨利·沃恩的诗《六合》将道体无垠的天人合一状态喻为光明朗照的巨圆。蒂克将艺术的至善至美至真状态形容为"无起无讫,如蛇自嘬其尾",好文章的结构布局环环紧扣流转圆通。诗人丁尼生盛赞苏格兰诗人彭斯(Robert Burns)的诗"体完如樱桃,光灿若露珠",彭斯的诗达到了体圆,故神韵勃然。与西方诗学并行相契,中国诗学中从谢朓、元稹、司空图、梅尧臣、苏辙、张建、何子贞、曾国藩、李廷机到袁枚也都论述诗学中的圆通境界。"作诗不论长篇短韵,须要词理具足,不欠不余。如荷上洒水,散为露珠。"① 这是在讲用字造句中的义韵表达。"所谓圆者,非专讲格调也。一在理,一在气。"② 这是在讲文以载道和意义表达的流畅顺达。"有水月镜花,浑融周匝,不露色相者,此规处也。"③ 这是在讲诗学的不执于我、不碍于物的奇妙境界。因此诗学上的圆通囊括了形式、义理、性灵通合几层内涵。

(4)理趣论:《谈艺录·六九》论理趣,在方法上又别具一格。钱锺书分别从中西有关理趣、理的观念内在梳理,理趣与其他表现形式的外在比较,对理趣全新的阐发这三个方面来破论立论。中国古典诗学中袁枚指出诗中理语,清代沈德潜的《息影斋诗钞序》《说诗晬语》《国朝诗别裁集》,纪晓岚批点《瀛奎律髓》中对理趣进行了较详细的界定。更进一步理趣说可追溯到严羽的《沧浪诗辩》"诗有别趣,非关理也"之论。但钱锺书将沈德潜的论述参照点定到胡应麟的《诗薮·内编》。那么袁枚、沈德潜、胡应麟的说法分别如何呢?袁枚的理语之论包括人伦规劝、见道悟境两层。沈德潜在《息影斋诗钞序》中明确提出"诗贵有禅理禅趣,不贵有禅语",在《说诗晬语》中借评价杜甫的诗句如"水深鱼极乐,林茂鸟知归"等提出理趣观,在《国朝诗别裁集》中有"诗不能离理,然贵有理趣"之语。胡应麟在《诗薮·内编》中说:"禅家戒事理二障,作诗亦然。"如此梳理之后钱锺书认为古典诗学中只提出了理趣问题却缺乏精微阐发。在西方柏拉图、亚里士多德、黑格尔皆对理有阐发。

---

① 钱锺书:《谈艺录》,中华书局1984年版,第113页。
② 同上。
③ 同上。

柏拉图的理念和摹仿论将理置于诗之上;亚里士多德则认为诗能见理证道;黑格尔认为理与事交互彰显,"黑格尔以为事托理成,理因事著,虚实相生,共殊交发,道理融贯迹象,色相流露义理"①。按照黑格尔的理论,诗中理趣天然凑泊。

钱锺书对理趣的理解是:"理趣作用,亦不出举一反三。然所举者事物,所反者道理,寓意视言情写景不同。言情写景,欲说不尽者,如可言外隐涵;理趣则说易尽者,不使篇中显见。……举万殊之一殊,以见一贯之无不贯,所谓理趣者,此也。"②而诗中的理趣只可意会,不可言传,"理之在诗,如水中盐,蜜中花,体匿性存,无痕有味,现相无相,立说无说"③。这实际讲的是诗性语言的意义和意味之分别。贵在含蓄圆显的理趣自然就不同于中国古诗中的比兴手法或西方诗学中的讽喻手法。与这两种诗通史、玄的手法相比,理趣才是极致。他认为例概和凝合是理趣表现的两种手法。"若夫理趣,则理寓物中,物包理内,物秉理成,理因物显。赋物以明理,非取譬于近(Comparison),乃举例以概(Illustration)也。或则目击道存,惟我有心,物如能印,内外胥融,心物两契;举物即写心,非罕譬而喻,乃妙合而凝(Embodiment)也。"④

本体诗学阐发的神韵、境界、圆通、理趣诸说其实都是在引向诗艺的神妙。在《谈艺录》"八八"中他引用严羽的《沧浪诗话》来说明何谓诗的神妙:"不涉理路,不落言诠。羚羊挂角,无迹可求。妙处莹彻玲珑,不可凑泊,如空中之音,相中之色,水中之月,镜中之象。"这种神妙几乎近神秘莫测之境界——一种中西诗学诗艺俱向往的纯净明澈、超越语言和意义表述边界的境地。法国的瓦雷里称之为文外的"独绝之旨"、"难传之妙"、"空际之韵,甘回之味"⑤。而诗艺本体通达道原的功夫是需要靠积淀积累的功夫。这就是他在"二八"解析妙悟时所阐述的

---

① 钱锺书:《谈艺录》,中华书局1984年版,第230页。
② 同上书,第227—228页。
③ 同上书,第231页。
④ 同上书,第232页。
⑤ 同上书,第268页。

"解悟"("因悟而修")与"证悟"("因修而悟")之别。① 也是他在"六一"通览性灵时所讲：

> 今日之性灵，适昔日学问之化而相忘，习惯以成自然者也。神来兴发，意得手随，洋洋只知写吾胸中之所有，沛然觉肺肝所流出，人已古新之界，盖超越而忘之。故不仅发肤心性为"我"，即身外之物，意中之人，凡足以应我需、牵我情、供我用者，亦莫非我有。②

无论是钱锺书自身在《谈艺录》中还是我们在本章选取的三类钱锺书文本都秉持着这样一个诗学、观念、思想、文明互涉互指的认识论公理，即：异类互补、异中证同。这种超越地域、语言、艺术、思想等分歧差异的趋同不仅揭示了诗艺的最高通玄化境，而且彰显了超越于现实的人类精神共通境界。这个神异透彻的精神世界是通过诗艺、诗学而显露出永恒此在的存在样态的。与这个人类借诗艺的媒介而通达的永恒光明的精神圣境相比，仇恨、战争、分歧、个体的磨难、虚假的主义、日常生活的媚俗等等都显得多么肤浅、脆弱、短暂，只不过是历史的叹息或虚妄的幻景。这种容性灵、智慧和通灵于一体的精神状态不仅仅是诗艺的化境，也是崭新的中国比较文学超越欧美比较文学之上的最恢宏的视域和精神导向，更是现代主义精神航程的终极家园。恰如弗吉尼亚·伍尔夫在现代主义小说的杰作《到灯塔去》中借拉姆齐太太、灯塔和认识拉姆齐太太的过程、到灯塔去的航程所象征的那样，无论是个体、群体还是人类精神自我的发现之旅还是交往对话、共生共荣的希望之旅，都将人类文明推上超越于现代物质文明和政治乱象的精神化航程。这反过来印证了英国20世纪最伟大的历史学家阿诺德·约瑟夫·汤因比（Arnold Joseph Toynbee）在《历史研究》中提出的重要文明史观：人类文明最高的成就是彰显人和人性的文艺成就，因为只有这种渗透了人类心灵感悟和智慧的文明高峰才是永远屹立不倒的。

---

① 钱锺书：《谈艺录》，中华书局1984年版，第99页。
② 同上书，第206页。

因此钱锺书沿着思想的太阳普照的精神圣途，用人类普世的性灵甘露滋养诗艺的神奇，将现代主义的批判精神和救赎意识熔炼锻造，提升到空灵清澈、晶莹无暇、哺化万类、度厄苍生的崇高境界。

在同时代的世界范围内的诗学的、批判的诸巨擘中，钱锺书是最独特的，也是最慈悲的，同样是最高贵的，更是攀升思想巨峰最高的。这种超越中西文明差异，对纯美纯诗的召唤，最恰好不过地与迪金森、弗莱、阿克顿等剑桥才子们和牛津才子们对中国永恒纯美精神的召唤形成双向交流对话。

第十二章

中国的自我再现：未完成的现代主义

　　从徐志摩、叶公超到钱锺书，我们沿着英国文学话语和现代主义理论批判的经络勾勒了中英跨文化文学场中与现代主义遭遇相逢的三种状况。这三种状况发生的文化物质基础具化为以清华大学、北京大学、剑桥大学和牛津大学为代表的现代大学体制以及相应的文学和学术出版体制。换言之，上述三种状况重在凸显跨文化文学场中中英文化遭遇碰撞过程中偏重中国文化自我本位的文学挪用和文化理性反思。底色上是一种被动的接受、嫁接和回响。其发生模式基本上仍然局限于大英帝国中心/现代主义中心→半殖民地中国边缘/现代主义边缘的单向结构。其发声模式基本上是文化自我内在的文学、理论和思想觉醒、焦虑和超越，因此总体上是不同样态的文化腹语，却没有自觉走向多元文化遭遇语境中的跨文化对话发声模式。这三种状况在与英国乃至西方现代主义遭遇过程中基本上都回避了现代主义典型的话语表述方式，尽管他们以各自的方式表征了现代性进程中的现代主义诸种疑难，如传统与现代、自我与革命、文化救赎等。这样我们也就不难理解在1930年代末期至1940年代末期的十年间，当英国现代主义在第二次世界大战的阴霾中发生新一轮裂变之际，我们不可能从上述三种状况中寻找出崭新的、对应的艺术和思想症候，尽管钱锺书的《谈艺录》的现实背景是第二次世界大战，其思想预设前提是诗学对话和文明救赎，因为他们都终止了用现代主义特有的话语表述方式来言说、介入文明劫难和人性沦丧。综上所述，对中英跨文化文学场在这十年间变异或者发育的精准把握和透视，要求我们将研究的目光投注到这个文学场中另一个崭新的群体上。

这个崭新的群体的核心人物无疑是萧乾和叶君健。如果我们不是把他们分开来看，而是将他们作为中英跨文化文学场中同时在中心与边缘、自我与他者之间双向交流的群体来看，我们无疑将揭示出现代主义风潮崭新的景象。这种景象在跨文化的文学发生、发声模式上非常独特，在现代主义表述方式上不仅没有循规蹈矩而且超越了常规和常识所能估量的范围。这个群体构成的经典案例所承载的文学、文化和思想价值完全是华裔学者如李欧梵等没有认识和发现的。如果我们回过头来反思我在绪论中所梳理的李欧梵等对中国现代主义发生和表述的知识建构，我们发现这种重构的知识地图非常狭小、转瞬即逝，其价值导向肤浅粗陋。不是现代主义如他们所设想的那样仅仅限于都市声色和感官自我，而是他们对现代主义的认知步入了死胡同。这种认知障碍的深层根源主要是意识形态的。

在此我们需要重申的是，我们赖以分析的理据并没有变。它们是：以现代大学和现代出版业尤其是现代主义先锋试验刊物为表征的文化物质；文学场中不同人物间结成的人际关系网络和对话交往模式；现代主义的精神救赎与文化物质、中心与边缘之间的辩证互认；横跨欧亚的海上和陆上交通线路的畅通无阻。换一个角度，我们将萧乾、叶君健纳入我们依靠上述理据而建立的知识话语推论中，实际上也是进一步验证上述理据的知识合理性和合法性。借此我们能真正建立起中英跨文化文学场内在的多元多位、丰富多彩、历时和共时的张力，当然还有无论何种情况下现代主义的文化包容和文明救赎精神取向。

目前西方和国内学界有一种过分定论定性化的论调，就像众多学者集体失忆式地忽视徐志摩的政治内涵一样。这就是将萧乾、叶君健（包括凌叔华）无一例外地视为英国"布卢姆斯伯里小组"的中国成员或与之有撇不清的关系。如果按照我们上述的分析理据来看，这类论调基本上是一成不变地局限于狭小的人际关系网络来单向度的误读误判。其实把文学和文化事件简单地归咎于人际关系，在破除文本中心论的同时又是多么经不起社会学尤其是马克思主义社会学思想的掂量。在本章开篇我们认清与上述论调的区别，旨在激发我们从严肃的文化社会学和文化生产角度来重构有关他们的知识谱系。

这种用西方的文学社团和群体来厘定中国作家身份认同的认知模式根子上仍脱不了欧洲中心论的负面影响。具体到对现代主义的认知，这种认知模式隐含的文化逻辑无疑是：现代主义是单数的、西方主导的、以西方文学主题和诗学为规范的、以西方现代文明及其境遇中的西方现代人为表征的文学潮流。如果我们仅仅从前面论述到的徐志摩、叶公超和钱锺书来看，他们对现代主义文学的反应和反思基本上是在被动单方面接受基础上的两种反应。其一是如何借鉴现代主义的技巧和元素来创造中国新时期的新文学，其二是如何打破中西诗学和文明之间的差异和隔阂。前者指向的是西方文学艺术本土化的问题，即跨文化互动中弱势文化对强势文化的模仿（mimicry）和挪用（appropriation）策略。后者力图冲破强势文化与弱势文化、西方文明与中华文明、传统与现代性之间的异质性，追求弥合文化差异和文明冲突、救赎现代文明普世劫难的文明同质性，彰显文明对话逻辑和诗学蕴含的普适价值及精神化力量。但是这两种取向都是在中国文化语境中发生的，其能量之矢没有超越这个语境的边界，从而没有逆向进入中英跨文化的文学场并产生立竿见影的效应。恰恰是萧乾、叶君健身体力行地从第二次世界大战魔爪蹂躏下的中国克服千难万险，深入同样战争阴霾笼罩下的英伦和欧洲，用书写和言说的方式在英国现代主义文学的腹心阵地上发出东方中国的声音，由此促成中英跨文化的文学场中别开生面的中心与边缘的双向旅行。

第一节　跨文化的现代主义文学旅行者萧乾

在本书中我们设定研究问题和研究对象范围的一个前提是进入研究范围的人物主体与中国的清华大学和北京大学、英国的剑桥大学和牛津大学有着直接的体制化关系。但是这种体制上的隶属和存在关系并不是封闭、固化的铁板一块，而是动态、开放、鲜活、充满了浓浓的人情味和扑面而来的生活气息。其动态性和开放性首先扎根于广阔的社会场景和鲜活的生活境遇。其次，其动态性和开放性表现为：以这类大学为现代文化思想摇篮，以出版传播媒介为喉舌，吸纳不同文化主体参与进来。这样在广阔的跨文化地图上，产生两个向度中的向心与离心张力。第一个向度是微观的大学制度，文学场中的跨文化的文学实践者在两类大学体制之间双向旅行。第二个向度是宏观的跨文化的文学场，这些文学实践者、思想探索者和文化传播者在帝国/现代主义中心与半殖民地/现代主义边缘之间游走旅行。从而形成相对的向心与离心张力，即自我文化与异域文化之间展开的跨文化交流互动。但是有两点我们必须澄清。

首先，相对的向心与离心张力背后隐匿的现代文化结构性逻辑是帝国中心与殖民地、半殖民地，西方与东方的二元对立。因此对于来自殖民地、半殖民地东方的作家面临的不仅是现代主义的使命，而且还肩负着后殖民文学革命的重任。这必然使他们既有别于英美现代主义先锋作家，又不同于中国语境中面向中国读者大众的作家群体。因此他们既不是被动地承受英国现代主义乃至欧美现代主义的洗礼，又不可能如中国语境中面向都市读者群体的现代主义实验作家那样沉溺于都市生活境遇和现代个体的自我声色感受（如施蛰存、刘呐鸥的创作）。他们必须用自己鲜明、本色的文化主体性来介入英国现代主义，否则他们极易迷失在西方现代文明的荆棘林中，因自己被动裸露的文化对象性而沦为沉默的羔羊。其实英国乃至整个西方现代主义探索本身就是西方现代文明的二律背反。其揭示的文化生存之路要么是从东方中国文明中找出路，要么返回西方前现代文明，要么为西方现代文明殉道。

其次，如果我们用封闭、固化的思维方式来定位跨文化的文学场边界，我们实际上与现代主义的认知话语暴力在共谋，将看似处于边缘位置的作家和思想主体排除在外。这样的结果是，恰巧萧乾、叶君健等被排除在外。因此我们确定的大学参照系仅仅是一个认知参照系，其边界处于动态、开放的商榷过程中。这种边界商榷恰恰能最充足地证实他们在文学场中的独特性，从而充足地反证跨文化的文学场内在的规律。

那么我们会提出这样的问题：萧乾、叶君健等在文学场中存在的独特性何在呢？在这样独特的存在境遇中，围绕他们建立了一张怎样血肉丰满、立体多维的跨文化网络？从社会和文化存在意义上讲，我们试图从跨文化的人际关系，跨越地理空间的交通和通讯，包括资助、管理、出版传播在内的文化体制以及意识形态这四个向量中建构萧乾、叶君健在跨文化的文学场中建立的网络，进而论证他们作为跨文化的文学主体存在的独特性。阿君·阿帕杜莱在《任性的现代性：全球化的文化维度》中描摹了跨文化的想象共同体的五种景观——种族景观、技术景观、经融景观、媒介景观和意识形态景观。① 阿帕杜莱研究的方法论基础是人类学，对象是当代全球化时代的族裔散居现象，核心是人的文化实践及相应的文化形式。我们这里研究的同样是跨文化境遇中的文化实践，但是我们的着眼处是独特的文学实践在跨文化境遇中涉及的人、文学、思想的交融流动，透过这类交融流动我们揭示的跨文化境遇中人的文化精神化内生的跨文化对话及其与文化物质之间的辩证关系。因此我们此处试图提取的四个向量指向人的情感纽带和群体观念以及对应的文化物质实践。

1939年初夏，因在伦敦大学东方学院教学的好友于道泉举荐，萧乾收到伦敦大学亚非学院赴任讲师的邀请函。9月1日萧乾乘法国轮船"阿米拉斯"号从香港九龙码头启程，在越南西贡换乘法国"若望·拉博"号，经印度洋、地中海和法国，过英吉利海峡后从福克斯通港口进入英国。1946年3月他乘货轮"格林诺高"号返回香港。约七年的时间里，萧乾先后担任伦敦大学亚非学院的现代汉语讲师（1939年秋至1942年夏）、英国剑桥大学国王学院研究生（1942年夏至1944年6月）、《大公报》驻英特派记者（1944年6月至1946年3月）、第二次世界大战欧洲战场盟军战地记者、联合国成立大会采访报道、波茨坦会议采访报道、纽伦堡纳粹战犯审判采访报道。在伦敦大学亚非学院任教期间，先后负责英国"英国广播公司"（"BBC"）对华广播、英国公谊会（the Religious Society of Friends）援华救护队的华语培训、英国援华会（the China Campaign Committee）组织的在英国各地的几十场巡回演讲（1939—1944年）、在伦敦华莱士画馆的专题系列演讲"龙须与蓝图"。在剑桥的两年间，他积极参加各类活动，如辩论会、电影学会、读剧会、"五月周"、青年旅行会。七年的时间内萧乾全方位地融入英国社会和文化，足迹遍布英伦三岛、法国、德国和北美大陆。毫不夸张地讲，他是在与英国人

---

① Arjun Appadurai, *Modernity at Large: Cultural Dimensions of Globalization* (Minneapolis: University of Minnesota Press, 1996), pp. 27–47.

民同呼吸共命运,是在用自己嘹亮的声音和手中的笔,向遭受纳粹战争暴力蹂躏的不屈英国人民和中国人民传播希望和战斗的勇气和力量,向英国人大声地宣讲中国的独立、自强和文明之道。七年中经历的这样波澜壮阔、色彩斑斓的生活、工作和精神世界是我们准确定位萧乾在跨文化的文学场中的地位和影响的第一个前提和语境。

在英伦的七年中萧乾和许多与他命运一样在异文化中漂泊,来自大英帝国殖民地,怀揣光荣和梦想的黄皮肤、黑皮肤青年结下了友谊,分享着相似的情感、想象和观念立场。这些人中从中国来的有于道泉、罗孝建、陈西滢、张迈可、蒋彝、熊式一、杨宪益、吴元礼、顾宪成、陈纮。他初到剑桥时与于道泉、罗孝建同住一处。最后离开英国前与陈西滢、凌叔华在瑞士旅行。与张迈可和他的英国情人常聚会。与杨宪益等游览大湖区。与吴元礼相约去威尔士旅行。为了躲避伦敦的大轰炸,晚上躲到顾宪成家打桥牌。作为战地记者奔赴欧洲前线时燕京的旧时同学陈纮到伦敦维多利亚车站为他送行。

这些相识朋友中从大英帝国殖民地来的有在伦敦同住一个公寓的锡兰姑娘,新加坡留学生拉贾拉南,有献身于民族独立的印度作家穆勒克·拉杰·安那德(Mulk Raj Anand),有在爱丁堡大学学医的马来亚华侨林苍祐,有在刚到伦敦时入住同一家旅馆"威尔顿旅馆"的西印度群岛巴哈马黑人姑娘。这个肤色、国籍各异的知识分子群体与白皮肤的英国人乃至欧洲人形成了鲜明的文化身份对比。他们之间形成了超越个体和个体间私人情感的共同意识,尽管这种意识的产生与个体间、私人间的亲密接触和交流分不开。例如在一次例行的向中国的广播中当英方刻意删除他在广播文字中鼓励印度民族独立的内容后他明确提出书面抗议并拒绝参与广播节目录制。这种对印度反殖民独立的公开支持与他从流散在英伦的印度作家穆勒克·安那德那里受到的影响是分不开的。在数十年后的回忆中他还回忆起这位献身印度民族独立伟业的作家:

> 我同旅居英伦的印度作家穆勒克·安那德一直很要好——他曾把他用英文写的一本书献给我和"伟大的中国人民"。我则几次为了印度独立问题同英国人吵过嘴。记得第一次是在东方学院教授休息

室。一个在印度当过殖民官的同事一听说印度终有一天会独立的话,马上就忘记了绅士教养,同我粗脖子红筋地吵起来。从那以后,我再也没进过那间发霉的休息室。①

其实发霉的不是休息室,而是大英帝国公立学校培养出来的这些殖民地官员衰弱的心脏和顽固的灵魂。他也与来自马来亚的华侨林苍祐建立了真挚的友情。俩人曾一起参加英国的青年旅行会,背上行囊,游遍了苏格兰。无论是安那德还是林苍祐都与 E. M. 福斯特有交集。在给萧乾的信中福斯特数次还提到他们。例如在1942年12月26日给萧乾的信中福斯特特别提到了他正在审阅安那德准备让企鹅出版社出版的18篇短篇小说合集的打印稿。在1943年9月的一个星期四福斯特特别提到他可能对一起聚会的林苍祐的冒犯和歉意:

> 谢谢你的信和告诉我林的地址。我可能在香港餐馆说了一些冒犯他的话,对此我甚感不安。我简直想不起来我做了什么。当时我可能是要顺便向他祝贺,祝贺他有自己的独立见解,可是却表达得拙劣。你见到他时,请一定转告他我决无无礼之意,——我很高兴你告诉了我他的误解,我准备给他写信,告诉他我希望他来南方时能和他再次见面。我想我写信时,最好不表示道歉——这也许会把事情弄糟。大概那天坐在我另一边的伊林沃恩先生分散了我的注意力,让我们责怪他吧!②

这种共同的后殖民体验是我们准确定位萧乾在跨文化的文学场中的地位和影响的第二个前提和语境。

梳理萧乾与散居英伦的中国人,不能漏过温源宁和叶君健,尽管在萧乾自己的回忆中因为某种原因略掉了与他们的人际交往。其实这种交往不乏其他的旁证资料,例如目前仅存的福斯特给萧乾的"友谊公报通

---

① 萧乾:《未带地图的旅人》,江苏文艺出版社2010年版,第83—84页。
② 萧乾:《友谊公报通信》,《世界文学》1988年第3期,第276页。

信"。只不过此处我们略过不表。

对萧乾在中英跨文化的文学场中的位置和影响的估量，容易出现以下几种盲点。一是拘泥于萧乾在第二次世界大战的欧洲舞台上多姿多彩的社会活动和多样角色，忽略了他本色上的文化人和作家身份，忽略了他在智性生命和情感体验上与同气相息、心灵相通的作家圈子的高度融入。二是过分看重他与作家圈子及相应的公共空间的关联渗透，将鲜活的社会生活和严酷的战争现实切割掉，通过抽空生活和现实的厚重来臆想一片纯净的文学天空。三是在批评认知上将批评主体对象化，排他地过分渲染萧乾与英伦作家文人的友谊及其在英伦文化舞台上博得的掌声和高度认可，忽略甚至刻意将萧乾的中国声音沉默化，将反帝国主义反殖民主义的时代强音替换掉。因此只有从前述两个前提和语境出发我们才能重新估量萧乾在文学场中的人际交往和文学、文化活动。

总结萧乾在英伦七年的工作、学习和生活，他融入英国社会的人际交往圈子的主要方式包括：伦敦大学东方学院的教学工作，包括给公谊会的援华救护队授课；参与英国援华会的活动，在英国各地巡讲；参加剑桥大学的研究及各种活动；参与"BBC"的远东广播节目；参加英国笔会的活动。这些活动中有助于萧乾深度融入文学场的无疑是援华会的活动、英国笔会的活动和剑桥大学的研究生生活。尽管他在"BBC"的对华广播受远东组组长乔治·奥威尔（George Orwell）领导，但俩人间并没有深入的私人情感交往，而伦敦大学东方学院的同事大多数是殖民地退休官吏或其他国家浪迹英伦的遗老遗少。

援华会帮助萧乾打开了进入英国优秀文化人圈子的大门。"由于当时我是新近从中国来的，又是个记者，所以抵英不久，就同援华会发生了密切关系，成为他们的主要演讲者。"[①] 援华会的核心成员包括"'左翼读书会'会长维克多·高兰兹（Victor Gollancz）、《新政治家与民族》周刊主编金斯利·马丁（Kingsley Martin）、妇女社会活动家玛杰莉·弗莱（Margery Fry）、共产党理论家拉斯基、英共机关报《每日工人》外交记者阿瑟·克莱戈（Arthur Clegg）以及社会上及文化界许多知名人士。主

[①] 萧乾：《未带地图的旅人》，江苏文艺出版社2010年版，第91页。

持经常工作的是专门研究太平洋问题的政治家多洛兹·伍德曼（Dorothy Woodman）"①。正是这位金斯利·马丁1941年5月9日在英国笔会在伦敦康伟厅举行的泰戈尔追悼会上将萧乾引荐给E. M. 福斯特。借此萧乾与剑桥使徒社和布卢姆斯伯里小组圈子发生了直接联系，为深入英国现代主义文学场铺平了道路。经由福斯特和汉学家亚瑟·韦利联名推荐，1942年夏萧乾进入剑桥大学国王学院攻读英国心理小说研究生，师从福斯特和韦利的好友、著名艺术评论家乔治·莱兰兹（George Rhylands，与叶君健的同一位导师），具体研究现代主义小说家D. H. 劳伦斯、弗吉尼亚·伍尔夫和E. M. 福斯特。后来同样经由福斯特介绍，萧乾专门拜访了弗吉尼亚·伍尔夫的丈夫列奥纳德·伍尔夫，专门凭吊了盛年离世的一代现代主义文学巨匠，细细究读弗吉尼亚的手稿。在这次拜访后不久，福斯特在1943年10月16日给萧乾的信中特意谈道："说到萨·塞克郡，伦纳德·吴尔夫来信说，他对你的访问非常高兴。说起你的访问，我想你仍然可以去我在基斯克的公寓住。当这个允许有更改时，我会告诉你的。同时请把所有信件转给金斯利看，他可以在他们专栏里提一下。"②信中的金斯利就是金斯利·马丁。在剑桥读书期间萧乾照例少不了去拜望与中国文明息息相通的科学史学家李约瑟（Joseph Terence Montgomery Needham）和哲学家伯特兰·罗素。需要提到的是，援华会的玛杰莉·弗莱是布卢姆斯伯里小组中的罗杰·弗莱的妹妹，也是她1935年帮助过朱利安·贝尔应聘武汉大学的教职。这样从福斯特、亚瑟·韦利、列奥纳德·伍尔夫到伯特兰·罗素，萧乾完全融入了剑桥使徒社和布卢姆斯伯里小组的圈子。如果再加上早在1933年底就认识的哈罗德·阿克顿，萧乾同时横向地与剑桥和牛津的现代主义文学圈建立了联系。

在所有这些与萧乾交往的剑桥和牛津出生的英国现代主义文人中，萧乾与之相交情深的无疑是哈罗德·阿克顿、E. M. 福斯特和亚瑟·韦利。1933年秋萧乾与沈从文、林徽因开始结下文缘，涉足林徽因等举办

---

① 萧乾：《未带地图的旅人》，江苏文艺出版社2010年版，第91页。
② E. M. 福斯特：《爱·摩·福斯特致萧乾的信》，李辉译，《世界文学》1988年第3期，第278页。

的聚会活动，由此结识哈罗德·阿克顿。

> 家宅宽敞的朱光潜和林徽因二位又喜举行一些沙龙式的茶会，所以我常同艾克顿碰头。他个子很高，为人谦逊，跟人谈话总低下身子，声音柔和，眼神里充满着理解和赞赏。他经常在前门戏园里或说书唱大鼓的场所出现，恨不得一头扎进中国文化里。①

1939 年到英国后不久，萧乾去伦敦过圣诞节时联系上了住在伦敦西区皮卡迪利的阿克顿。1940 年春他们一起参加伦敦国际笔会和英国笔会的活动。萧乾请过阿克顿、印度作家朋友安那德到伦敦的上海饭馆餐聚。当萧乾作为战地记者途经法国巴黎时，阿克顿陪他游览孟巴那斯的酒吧和"月亮公园"。这段友谊一直延续到 1980 年代。当阿克顿从英国"BBC"渠道得到萧乾的消息后即与他取得联系，将两卷本的回忆录《唯美者回忆录》赠送给他，并在给美国纽约大学的捐赠遗嘱中要求校方邀请萧乾赴美小住。

如前所论，福斯特和韦利帮助萧乾打开了通往英国剑桥文化精英群体的大门。如今萧乾与福斯特之间的友谊最真实地记录在萧乾 1944 年重新打印备存的福斯特给他的 47 封信中。这些信的时间从 1941 年 6 月 9 日到 1944 年 2 月 29 日。信的内容非常丰富，主题涉及相关的聚会拜访、俩人共同熟悉的朋友、生活中的困难、饲养的宠物猫、健康问题、所送的书籍、明信片和礼物，等等。但是尤其引人注意的是这些信中的中国情结、有关福斯特自己创作和思想的讨论、有关现代主义文学的讨论。例如到伦敦后不久萧乾就鼓励福斯特继《印度之行》之后再写一部《中国之行》，并在 1941 年 10 月 3 日邀请福斯特等人在伦敦的上海餐馆聚会。1942 年 10 月萧乾送给福斯特《是中国而不是华夏》一书。1944 年 1 月萧乾、温源宁曾与福斯特一起度过一个晚上。福斯特在 1944 年 2 月 7 日的信中特别谈到了自己对萧乾创作的短篇小说的理解：

---

① 萧乾：《萧乾全集》第四卷（散文卷），湖北人民出版社 2005 年版，第 813 页。

我不想为那些小说写序言。① 要写好、写得居高临下很难。只有当作者不太为人所知，第二个人的名字会引起人们对他的注意时，我才这么做，而你却不需要这么做。多亏你的另外两本书，你现在在英国非常知名了。我很喜欢你的这些小说，如你〈带点调皮地〉所预见的一样！你的小说我已大半都朗读给母亲听了，她也被吸引住了。这些作品读起来朗朗上口，真让人难以想象它们本来不是为英国读者写的。我最喜欢的也许是《篱下》，每个人物都刻划得很好，时间对命运的推进，是不可避免的。当然《栗子》也非常精彩。服从于对双方的尊重，这描写得非常妥帖。《蚕》作为你的创作起点说明前程远大。

你确已向我们介绍了中国的北方，在我心目中那是比中国还要大的地方。我总是悲伤地想到一些国家。特别当我读到《栗子》一书中那个集邮家的故事时，就想到，在特殊的经济和政治环境里——正像目前幸福地存在于中英之间的情景——当强者入侵时，他们会像君子那样起而奋战，成为英雄，而平时他们却不过是一群小人物。我这是哲学上的无政府主义〈巴枯宁或是易卜生〉。如果准许从哲学角度谈论一个人的国家观的话，我不知道还能有旁的什么观点。②

萧乾与福斯特之间纯真的友谊在1949年他离开香港赴北京之后彻底中断了。唯一留下的就是这份"友谊公报"，还有那些浸透了福斯特修改心血的英文文章和著述。

萧乾在认识福斯特的英国笔会活动上同时也认识了亚瑟·韦利。为了纪念俩人之间的友谊，韦利效法中国古代文人之间铭记友谊的方式，将自己仿中国诗体而创作的诗《检查》题赠给萧乾——这首诗在英国名刊《地平线》上以《检查——仿中国诗体并赠萧乾》之名发表。

阿克顿、福斯特和韦利，甚至放大到我们在本书前面论述的剑桥和

---

① 此处指出版社建议萧乾请福斯特为他即将出版的英文短篇小说集《栗子》写序。
② 萧乾:《友谊公报通信》,《世界文学》1988年第3期，第281—282页。

牛津背景中的英国现代主义精英文化群体,他们与东方和东方的中国有着千丝万缕的情感、人际和信念上的联系。这种联系根源于他们开放辽阔的视野,兼容并蓄、博采众长的胸襟,对自由和平等不带文化和肤色偏见的挚爱,对超越地理、肤色、意识形态、文明藩篱之上的人际交往和友谊的不懈追求。置身于这样现代人类文明出类拔萃的伟岸人物之中,难怪萧乾能文思泉涌,文气勃发,文章灼灼,迅速地确立了自己在英国现代主义文化圈和文坛上的一席之地。

第二节　跨文化的现代主义文学旅行者叶君健

1943年在重庆中央大学外文系任教授的叶君健结识了英国文化委员会派到中国的专家、牛津大学希腊学教授 E. R. 道兹(E. R. Dodds)。道兹代表英国战时宣传部正式邀请叶君健到英国做战时宣传工作。因此1944年2月叶君健从重庆搭乘飞机,经印度加尔各答、阿拉伯、北非,最终到达英国伦敦。此后的一年半中叶君健到英国各地巡回演讲,宣传中国人民的抗战功绩。1945年8月下旬叶君健结束战时巡回演讲工作,在英国文化委员会的资助下进入剑桥大学国王学院进行研究工作和文学创作。1949年9月上旬叶君健离开生活了整整4年的剑桥、6年的英国,告别了英国文学和文化的精英圈子,返回中国并投身于民族自强自立的新中国建设事业。

与我们对萧乾的认知类似,我们对中英跨文化的文学场中叶君健的认知同样基于两个认知前提和语境。第一个前提和语境是左翼进步革命思想和活动。第二个前提和语境是后殖民体验和民族主义理想。1930年代叶君健在上海光华大学附中读书时开始接触世界语及世界语宣扬的世界主义理想。此后在武汉大学以及大学毕业后的日本生活、武汉沦陷后的香港生活中他始终与世界语的同行保持着紧密联系。激进、开放的世界视野正是他与英国老师朱利安·贝尔不同寻常友谊的基础。叶君健与左翼激进革命活动和思想的深度融合主要是他1938年初至1939年底近两年的时间内,先后在武汉的国民党军事委员会政治部第三厅、在香港由宋庆龄领导的"中国保卫同盟"及在上海与左翼作家群体的接触。例如他在武汉第三厅做外宣工作期间结识了英国现代派作家 W. H. 奥登、克里斯托弗·伊修伍德、"世界学生联合会"负责人伯纳德·佛洛德（Bernard Floud）、美联社驻华记者伊斯雷尔·爱泼斯坦（Israel Epstein）、美国记者史沫特莱、苏联塔斯社记者符拉基米尔·尼古拉耶维奇·罗果夫（Vladimir Nicolaevich Rogoff）。在香港期间，他一方面与戴望舒、徐迟、冯亦代等紧密合作，另一方面与在港的外国人如匈牙利世界语工作者布朗、在香港岭南大学教英国文学的美国学者堂·爱伦、爱泼斯坦等一起工作。但是更为重要的是在宋庆龄领导下，他充分利用自己的英语翻译专长翻译共产党解放区的革命文学作品、毛泽东的抗战新作《论持久战》和《新阶段》等。在上海期间他则与资深左翼作家群体中的许广平、巴金、郑振铎、李健吾建立起友谊。这种对左翼进步革命思想和活动的青睐也是他旅居英伦六年间重要的生活内容。例如他刚到伦敦的第三天，在英国发起成立支持东南亚被殖民民族独立解放事业的组织"民主同盟"的女性政治活动家多萝西·伍德曼（Dorothy Woodman）就设宴欢迎他。六年后在他离开英国之际多萝西专门到码头为他送行。第二次世界大战后在剑桥从事研究期间，叶君健有幸与在香港结识的旧友美国人堂·爱伦重逢。爱伦带他到巴黎领略了萨特（Jean-Paul Sartre）和阿尔伯特·加缪（Albert Camus）的风采。意义特别重大的是在 1948 年秋天，叶君健作为东方国家和民族的作家代表参加了在波兰召开的"世界知识分子保卫和平大会"。他与法国的伊雷娜·居里（Irène Joliot-Curie）、毕加索（Picasso）、阿拉贡（Louis Aragon）、国际笔会秘书长赫曼·奥尔德、印度作家安那德等文化界知名人士一起为人类和平和正义呼吁。

其实早在 1936 年春叶君健陪伴朱利安·贝尔去四川旅行的途中就深刻地体验了欧洲白人殖民主义种族歧视。朱利安·贝尔沿途联络、吃住的地方都是西方在华殖民官员和传教士的官邸和享乐窝。

> 沿长江各埠都有基督教和天主教的教堂，也有英、美洋行的分公司，还有教会学校，所以西方的传教士、洋行经理和教员这类的洋人不少。为了便于他们在中国的商业和旅游活动，他们在中国建立了自己的交通网络和俱乐部、招待所之类的机构。……贝尔利用

他的英国人身份,在他们之中找了一些关系,所以每到一埠,歇脚的地方都不太成问题……①

他们俩在重庆住在教会办的招待所,在四川内江住在由白俄司机安排的教会里,在成都住在一位在中国邮政任高级官员的意大利人雕梁画栋的私人府邸里,在四川雅安住在一位美国牧师的教堂里。在康定他们投宿在一家天主教堂。

在离开重庆飞往英国的途中,叶君健在印度的加尔各答结交了印度英语作家艾哈迈德·阿里(Ahmed Ali)。在英国他结识了印度作家安那德。安那德积极地鼓励叶君健进行创作,并把他介绍给进步的文化界人士,由此他结识了更多出版社和文学刊物的编辑。在伦敦期间叶君健结识了来自缅甸的佛教徒德度(Tetoot)、来自西印度群岛牙买加的黑人女诗人乌娜·马森(Una Marson)。从德度那里叶君健接受了佛教的精神洗礼。从乌娜那里他感受到了西印度群岛黑人的激情和乐观。在他的英文短篇小说集《无知的与被遗忘的》出版遇到困难时威尔士青年作家德尼斯·瓦尔·贝克(Denys Val Baker)倾力提供帮助。通过这些人和事,叶君健真切地体验到了现代西方文化中的种族主义,与这些来自不同殖民地的受压迫者分享了共同的后殖民体验。这是我们重新认知跨文化文学场中叶君健的第二个前提和语境。

这里同样值得留意的是在英伦六年中叶君健交往并结下友谊的中国人。蒋彝1933年到英国求学,1934年任伦敦大学东方学院中文教授。此后长期作画撰文评点西方风物,宣扬中国书画艺术。《新政治家与民族》周刊主编大卫·伽尼特对蒋彝的文艺作品极其推崇,经常在该刊上撰文品评蒋彝的作品。1944年叶君健巡回演讲到牛津后,蒋彝闻讯亲自登门拜访。此后两人常相约在伦敦会面,成莫逆之交。叶君健1930年代在武汉大学外文系读书时直接上过文学院院长陈西滢的课《欧洲小说》,经常受邀去陈西滢家茶聚,与凌叔华、朱利安·贝尔畅谈交流。叶君健对老

---

① 叶君健:《叶君健全集》第十七卷[散文卷(二)],清华大学出版社2010年版,第365页。

师陈西滢的印象是"一个相当羞涩的人，说话有时还显出一点脸红，虽然他在语气中也常表现出某种英国绅士的冷静、'幽默'和讥诮风"[1]。他对师母凌叔华的印象则是"对政治没有兴趣。他们所谈的主要是绘画和美学方面的问题，我对此也受到吸引，坐在一旁静听，这自然也使我加深了对她的理解。她是一个极为温存的人，有中国传统的所谓'大家闺秀'之风"[2]。大学毕业后直到1944年秋在英国叶君健才再见到陈西滢。此时的陈西滢在伦敦中英文化协会工作，因此叶君健每次回到伦敦都争取去看他。1946年陈西滢改任国民政府驻联合国教科文组织常驻代表。1947年凌叔华开始侨居英国后，叶君健常去看望他们，与凌叔华探讨文学问题。1949年9月叶君健离开英国时陈西滢专程到轮船码头为他送行。多年以后的1956年凌叔华回到古都北京，叶君健再次与她恢复了联系。萧乾是1939年秋至1946年3月侨居英国，其间于1942年至1944年6月在剑桥大学国王学院读研究生，1944年6月至1946年3月做《大公报》驻英特派记者。在时间上与叶君健在英的时间有两年的交集。叶君健和萧乾同时都与印度籍英语作家安那德、《新政治家与民族》主编金斯利·马丁、"民主同盟"领导人多萝西·伍德曼、哈罗德·阿克顿等结下了深厚的友谊。更为重要的是，这先后就读于剑桥大学国王学院的两位中国英才都是受同一个导师乔治·莱兰兹指导。据此我们肯定地讲俩人不仅同属同一个文学文化圈子，而且彼此之间交往频繁。但是无论是有关两人的研究资料还是他们各自的回忆文章中都缺乏直接的文字资料来证明。唯一的一处是叶君健在自传性回忆《我的青少年时代》中有这样的话："临别时她送给我一部厚书，名《伟大的法国罗曼斯小说》（*Great French Romances*），以便我在'船上消遣'。她还交给了我一张关于猫的照片——她是一个非常喜欢猫的人——托我转给她另一位中国朋友。"这里的"她"是多萝西·伍德曼，"另一位中国朋友"无疑就是萧乾，如果我们再细读萧乾与E. M.福斯特往来信件中有关猫的话题及相关的他与多萝西·伍德曼之间友谊的文字的话。两人在英国其间的交往和

---

[1] 叶君健：《欧陆回望》，九洲图书出版社1977年版，第144页。
[2] 同上书，第143页。

熟悉更可从新中国成立后的政治运动中留存下来的资料得到反证。例如叶君健在1957年9月1日《文艺报》第21期上同时发表了两篇文章《萧乾和猫》《脚踏两只船的萧乾》，来揭露他在英国所熟知的萧乾的"丑事"。两人间的交恶根源在1949年后的政治运动和一代知识分子的卑微命运。这更说明了在意识形态和政治运动的压力下建立在人际交往上的文学情谊和文学纽带又是多么的脆弱不堪一击。

叶君健与英国文学场中的人物、群体和出版媒介的直接关联互动大致分为三个时期。第一个时期是1935年9月至1937年8月，这一时期他有幸在武汉大学成为英国现代派诗人、布卢姆斯伯里小组第二代人物朱利安·贝尔的学生和朋友，并通过朱利安与朱利安的朋友、《新作品》的主编约翰·莱曼及朱利安的母亲瓦妮莎·贝尔发生间接联系。第二个时期是1944年2月至1949年秋。这一时期他深度融入英国文坛并饮誉英语文坛。第三个时期是1980年代，他重新恢复与在英国的旧友的联系，重叙友谊，并在现代派权威的费伯出版社出版英文小说《寂静的群山》三部曲《山村》、《旷野》和《远程》。

在武汉期间，大学生活使他有缘结识朱利安·贝尔。在英国的六年中他先后结识了《新作品》主编约翰·莱曼，诗人斯蒂芬·斯彭德，德高望重的现实主义左翼作家J. B. 普利斯特利及其家人，《新政治家与民族》三任主编大卫·伽尼特、金斯利·马丁、V.S. 普里契特（V. S. Prichette），森林女神出版社（Sylvan Press）老板查尔斯·罗斯奈尔（Charles Rosner），玛丽·哈钦森（Mary Hutchinson）（罗斯柴尔德勋爵夫人），《地平线》主编西里尔·柯诺莱，哈罗德·阿克顿，T. S. 艾略特的密友加文学编辑约翰·海沃德（John Heyward），小说家及评论家瓦尔特·爱伦（Walter Allen），亚瑟·韦利，瓦妮莎·贝尔。如果上述1930—1940年代英国文学场中的人物名单尚不足以说明问题，那么我们需要更进一步地勾画出这些人物在文学场中的连线和圈子。

到英国及后来的日子里叶君健与奥登和伊修伍德之间没有更深地发展联系，因此可以忽略不计。真正将叶君健领入英国文学场的人是朱利安·贝尔。在武汉大学教授英国文学时他就写信向金斯利·马丁介绍自己的这位得意门生："如果我有机会，我将把我的一个学生写的东西寄些给你。他是一个真正非常出色的年轻人。他在不久前出版了一部用世界语写的短篇小说集……他在这个世界上是个一无所有的人——现在在日本教英文,渴望体验一些生活——他本人十分可爱,非常吸引人。"① 朱利安寄给金斯利的这些"写的东西"就是叶君健1937年在《新作品》上发表的短篇小说《王得胜从军记》及1938年的三篇翻译作品——姚雪垠的《差半车麦秸》、张天翼的《华威先生》、白平阶的《在中缅公路上》。因为朱利安的缘故,叶君健抵达伦敦的第二天,约翰·莱曼就为他举行欢迎茶会,认识了《新作品》作者群中的年轻作家和艺术家。他特别与现代派诗人斯蒂芬·斯彭德发展成终身的朋友,甚至到了1980年代他去英伦访问讲学时俩人还会晤叙旧。对这次茶会的意义叶君健自己这样评价道:"参加了这次莱曼为我举行的茶话会后,我无形中步入了英国的文艺界,从过去遥远的通信发展到随时可以见面,交换有关文学创作的意见,这也是促使我用英文创作的一个因素。"②

也正是因为朱利安的缘故,叶君健与他的母亲瓦妮莎·贝尔建立起深厚情感和友谊,在英国期间常常应邀去拜访住在英国南部苏塞克斯郡路威士镇查尔斯顿的瓦妮莎·贝尔,融入布卢姆斯伯里小组的核心圈子,结识伯纳德·凯恩斯夫妇、列奥纳德·伍尔夫、克莱夫·贝尔、邓肯·格兰特、朱利安的弟弟昆廷·贝尔、妹妹安杰莉卡·贝尔。甚至到了1982年11月份访问剑桥大学期间他还抽空南下拜访住在查尔斯顿的昆廷·贝尔和他的妻子安妮·奥利维尔(Anne Olivier)。③ 借此叶君健也与安杰莉卡的丈夫、曾任《新政治家与民族》主编的大卫·伽尼特结识。在剑桥的几年中他常常骑车去他们在剑桥附近的家中度周末。加上多萝西·伍德曼引荐的金斯利·马丁以及经由他们而结识的 V. S. 普里契特,这样叶君健就与《新政治家与民族》的前后三任主编建立起稳固的联系。"那时这个周刊文艺版的主编是普里契特(V. S. Pritchette),他是大卫·

---

① 叶君健:《欧陆回望》,九洲图书出版社1997年版,第13页。
② 叶君健:《叶君健全集》第十七卷［散文卷(二)],清华大学出版社2010年版,第445页。
③ 详见叶君健的回忆文章《一代精英——回首"布隆斯伯里学派"》《一个文学时代的终结》《一代"文苑精华"》,收入《欧陆回望》(九洲图书出版社1997年版)。

迦纳特的继任人，比较了解我的情况，有关东方出版物的评论，他总是约我写……"① 朱利安在中国期间几次去北京都约见当时在北京隐居的哈罗德·阿克顿，向他谈起自己的得意门生叶君健。因此当叶君健到英国后不久阿克顿就专门去看他。

诚然朱利安·贝尔在叶君健融入英国文学圈中发挥了举足轻重的作用，使他有机缘深入布卢姆斯伯里圈子。但是我们不能就此过分简单地局限于布卢姆斯伯里圈子来认识叶君健或仅仅像媒介报道的那样将他视为布卢姆斯伯里小组的中国成员。从人际关系来讲，叶君健在英国的六年中同时横向与英国现代文坛的五个圈子发生了交际和交往。他们是最广泛意义上的布卢姆斯伯里圈子、西特韦尔圈子、牛津才子圈子、T. S. 艾略特圈子、J. B. 普里斯特利圈子。而这些圈子中有的又在时间的河流中派生出新的小圈子，如玛丽·哈钦森夫人圈子。同时这些圈子之间因个体的流动性又有交叉，例如叶君健是在玛丽·哈钦森的圈子聚会上结识来自牛津才子圈子的西里尔·柯诺莱，他在阿克顿的聚会上结识了西特韦尔姐弟。

对上述五类圈子我们需特别注意的有四点。第一是这五个圈子中前四类是典型的现代主义先锋圈子，基本上代表了英国两代现代派的豪华核心阵容，而德高望重的普里斯特利代表了英国 20 世纪上半叶文学中的现实主义传统。第二是对玛丽·哈钦森圈子的本质必须放在布卢姆斯伯里圈子的背景上去考量。玛丽·哈钦森又被称为罗斯柴尔德勋爵夫人。她的丈夫是欧洲金融世家子弟。但是她更有一位表兄利顿·斯特拉奇为布卢姆斯伯里小组圈子中的核心人物。斯特拉奇将她引入这个圈子，先后与克莱夫·贝尔、弗吉尼亚·伍尔夫产生恋情。因此撇开其显赫的金融家世，她在文艺和生活情调上是布卢姆斯伯里圈子的有机部分。第三是叶君健与牛津才子圈子和艾略特圈子的交往也可圈可点。柯诺莱当时主编英国文坛名刊《地平线》，对中国道家哲学有别出心裁的研究心得，特意将他的诗学著作《巴里纽鲁斯》（*Palinurus*）送给叶君健。"那些通

---

① 叶君健：《叶君健全集》第十七卷［散文卷（二）］，清华大学出版社 2010 年版，第 490 页。

过英文翻译所表达出来的《道德经》中的'真谛',经过他以他的主观想象为基础的解释,就使'道'在英国变了质。它已经不是老子的'道',而是他主观的创造。"① 而他对同一个圈子中的牛津才子伊夫林·沃的认识因为熟悉而深刻。例如他发现沃对自己非贵族出身的敏感和自卑,也对沃深刻的现实讽刺才华佩服不已。在文学创作上他真正受惠的人之一是 T. S. 艾略特的文学润笔约翰·海沃德。海沃德精于文学风格和修辞,发掘编辑文学史上被忽略的古典作品,是标灯出版社(Crescet Press)的主编,帮助艾略特修改润色未发表的作品。叶君健在剑桥时经常去看他,请他帮助修改稿子。他的小说《冬天狂想曲》就经过海沃德认真严格修改。第四是叶君健与普里斯特利及家人的深厚友谊。因为对叶君健的作品之兴趣,普里斯特利与叶君健发展成忘年交。在英国做巡回演讲期间,在休息的日子叶君健常常到普里斯特利一家在怀特岛(Islt of Wight)的住处去看望他们,因此他与普里斯特利夫人及他们的子女都成了亲密无间的朋友。这样 1982 年叶君健到伦敦参加国际笔会会议期间与普里斯特利夫妇及子女们重续友谊。这是一段跨越了半个世纪的友谊,恰如他与朱利安·贝尔、瓦妮莎·贝尔和昆廷·贝尔夫妇之间长达近 60 年的友谊那样令人铭刻于心、绵绵不绝却又有恍若隔世的唏嘘之感。对这种相伴终生的友谊,叶君健在回忆中如此感叹:

> 这种感情完全是自发的,没有任何其他"世俗"的考虑。在这个不是太理想的世界里,人与人之间偶尔能建立起这样一种友谊,超越了时间和地域的距离,这也说明人生还是有它可爱的一面,在我们平凡困扰的生活中也还蕴藏着一些美好的东西。②

综上所述,叶君健活动和交往的圈子始于布卢姆斯伯里圈子但并不止于此。他是在从不同的英国文学圈子中尽情地汲取营养,从而磨砺自

---

① 叶君健:《叶君健全集》第十七卷[散文卷(二)],清华大学出版社 2010 年版,第 483 页。
② 叶君健:《欧陆回望》,九洲图书出版社 1997 年版,第 105 页。

己敏感的文思和独特的文风。而一旦将这种营养柔化在自己的指尖,它就绽放成当时英国文坛的奇葩。

叶君健先后在《新作品》、《地平线》、《新政治家与民族》、英国的《读者文摘》、伦敦海涅曼(Heinemann)出版社的文学杂志《风车》(*Windmill*)等刊物上发表文章。这些文章包括他1937年经朱利安·贝尔推荐发表在《新作品》上的《王得胜从军记》、1948年底在《新作品》上发表的《三兄弟》、1945年在《读者文摘》圣诞号上发表的《冬天狂想曲》、1945年在《风车》上发表的《一个来自东方的魔术师》,等等。1946年秋叶君健的英文短篇小说集《无知的与被遗忘的》由森林女神出版社出版,被英国出版界的"书会"(Book Society)评选为当月"推荐书"之一。叶君健的创作引起了英国出版界和读者群的关注。"英国所有的重要报刊都纷纷发表有关它的评论,认为它的题材充满了生活气息,写法表现出中国文化独特的艺术趣味,给英文的创作界吹进了一股新风。就这样,我也就无形中进入了英国作家的行列,因为作品是用英国人的语言所写成的。"[①]1947年7月叶君健的英文小说《山村》在森林女神出版社出版后被英国"书会"评为该月英国出版的"最佳作品"。1948年森林女神出版社出版了叶君健的具有浓厚乡土味的长篇童话《飞向南方》(*They Fly South*)。按照叶君健自己的回忆,他在1949年回中国前还完成了两部英文小说的创作定稿并把稿子交给了他的文学经纪人。"一部写旧中国上层家庭的生活,另一部则写中国知识分子在革命浪潮中的起伏。"[②]可惜的是事过多年后原来的文学经纪人和出版社都渺无踪迹了。

无论是与徐志摩、叶公超还是萧乾、叶君健相比,凌叔华是一个很独特的个案。一方面,她既不是北大或清华毕业,也不是剑桥或牛津毕业。另一方面,她又与这个跨文化的文学场中的核心人物有着很深的关联。这些人物包括布卢姆斯伯里圈子的朱利安·贝尔、瓦妮莎·贝尔、弗吉尼亚·伍尔夫、列奥纳德·伍尔夫等,也包括我们前面论述到的徐

---

① 叶君健:《叶君健全集》第十七卷[散文卷(二)],清华大学出版社2010年版,第475页。

② 同上书,第508页。

志摩、叶公超和萧乾。但是按照我们确立的参照标准,凌叔华只能是这个跨文化的文学场中的边际人物——一位独特的、能验证其复杂程度的边际人物。

相比于萧乾和叶君健,凌叔华迟至1947年5月才从上海出发去英国。5月16日有赵清阁、陆小曼、沉樱、罗洪等为她英伦之行饯行。到英国后她居住的地方是伦敦亚当森街14号。直到1953年,在弗吉尼亚·伍尔夫的密友维塔·萨克维尔-韦斯特和列奥纳德·伍尔夫的帮助之下,她的自传体小说《古韵》才由霍伽斯出版社出版。凌叔华与英国现代主义群体的关联更多的建立在她与朱利安·贝尔的友谊和情感这个基础之上,由此泛生开来,形成较长时间内她与弗吉尼亚·伍尔夫、瓦妮莎·贝尔之间心曲相通、同病相怜的通信交往。因此,尽管处于边际,其活动基本上局限在私人情感范围和通信这种交往方式上,但是对由凌叔华延伸出来的跨文化文学关联和交往模式的思考仍然有助于我们更丰富地把握这张多维网络的厚度和广度。特别是在朱利安·贝尔、弗吉尼亚·伍尔夫的帮助下,凌叔华在文学创作上突破了汉语创作和民族-国家主题和空间的局限性。

凌叔华最早与布卢姆斯伯斯圈子的通信是1934年6月他给罗杰·弗莱的妹妹玛杰莉·弗莱的一封信。在信中她表达了对罗杰·弗莱的由衷感谢——感谢他在徐志摩带回的友谊画卷上创作纪念。因为有玛杰莉·弗莱的建议,朱利安·贝尔在1935年夏受聘到武汉大学文学院英文系。在一年多的时间里,朱利安帮助把凌叔华的短篇小说翻译成英文,发表在英文《天下月刊》上。[1] 同时朱利安·贝尔创作的七首诗也发表在《天下月刊》上。此外朱利安将翻译的凌叔华的三篇短篇小说推荐给《新政治家与民族》的主编大卫·伽尼特,恰如他将叶君健的作品推荐给《新作品》的主编金斯利·马丁一样。

1938年春凌叔华在阅读了弗吉尼亚·伍尔夫的《一间自己的房子》后开始了俩人之间的通信。这种通信友谊的基础无疑是朱利安·贝尔。

---

[1] Ling Hsu Hua, "What's the Point of It?", *T'ien Hsia Monthly* 3.1 (August 1936); Ling Hsu Hua, "A Poet Goes Mad," *T'ien Hsia Monthly* 4.4 (April 1937).

例如弗吉尼亚·伍尔夫在1938年4月5日给凌叔华的第二封信中写道：

> 我希望我能帮助你。我知道你甚至有比我们更多的理由悲伤，因此任何建议一定显得极其愚蠢。……我没有读过你的任何创作，但是朱利安经常写信告诉我，且想让我看看你的部分作品。他还说你曾有过非常有趣的生活经历。其实我们曾讨论过——我想是在信中——你尝试用英文写出你的生活经历。①

在稍后的4月22日下午凌叔华在武汉大学见到了到中国采访的英国诗人W. H. 奥登和作家克里斯托弗·伊修伍德。凌叔华专门托伊修伍德转送给弗吉尼亚·伍尔夫一颗象牙雕成的头颅。直到这一年的7月27日伊修伍德才将凌叔华的礼物送到弗吉尼亚的手中。在所有弗吉尼亚给凌叔华的信中最具跨文化文学创作价值的无疑是1938年10月15日的信。在信中弗吉尼亚从跨文化的角度深度阐释了文学创作中的语言、风格、修辞、文化意蕴等诗学问题。

> 我终于读到了你寄给我的这一章……现在我写信想说我非常喜欢它。我认为它很有吸引力。……我发现那些比喻奇特且有诗意。……请继续写下去；放开自由地写；不必介意你是怎样直接地将汉语翻译成英文。事实上我愿建议你尽你所能在风格和意思上尽可能贴近汉语。尽量如你喜欢的那样多描写生活、房屋、家具的自然细节。始终像你面向中国读者写作那样来创作。如果在某种程度上由英国本土人士来梳理文法，我认为应尽可能保留汉语味道，使之对英语读者来说既能懂又奇特。②

弗吉尼亚指出了跨文化创作的真谛：通过诗学技巧尽可能原汁原味地保

---

① Virginia Woolf, *The Letters of Virginia Woolf Volume IV: 1936–1941* (New York: Harcourt Brace Jovanovich, 1980), p. 221.

② Ibid., p. 290.

留原文化和语言的滋味。

与弗吉尼亚自觉的文学领路人定位不同,瓦妮莎·贝尔在给凌叔华的信中传达了另外一种挥之不去的情愫。在1939年6月13日她给凌叔华的信中写道:"我每年的这个时候都情难自禁,尤其是我在那里,回想起两年前当朱利安刚离开我那阵我的所有焦虑和悲哀。……但是我对美的体验又是如此强烈,如此紧密地与他联系在一起。呆在那里,这真是一种混杂着快乐与痛苦的复杂情感!"① 在1940年3月17的信中瓦妮莎写道:"事实上近来,如每年这个时候那样,我比平时更强烈地惦念着你和朱利安。"② 在1950年12月7日给凌叔华的信中她仍这样写道:"现在树几乎完全变得光秃秃的——你还记得朱利安是多么喜欢光秃秃的树吗?"③ 无论是在一年的哪个季节,也不管时光如何流逝,朱利安·贝尔成了两位女性之间共同的回忆,也是她们之间的纽带。

第三节 中国不再沉默

《新作品》表征的英国现代主义裂变:在跨文化的文学场中,萧乾和叶君健的英文创作到底具有何种影响、价值和意义?它们如何表征了现代主义的深刻裂变?为了最好地回答这类问题,我们必须还原到他们在其中生活、创作的真实的文学境遇。而显照此文学境遇、表征现代主义裂变的典型案例无疑是从1936年至1950年延续了14年之久的英国现代主义文学期刊《新作品》(New Writing)系列。《新作品》是这个时期英国现代主义变革的宏伟地标。1930年代初以来,新一代的现代主义闯将持续凭借《新签名》(New Signature)、《新国度》(New Country)、《新诗》(New Verse)及《新作品》登上英国现代主义的舞台。到了1939年第二次世界大战爆发之际,文学期刊的编辑们相继停办了自己的刊物。这些停办的刊物包括T. S. 艾略特的《标准》(The Criterion)、杰弗里·

---

① Vanessa Bell, *Selected Letters of Vanessa Bell* (New York: Pantheon Books, 1993), p. 457.
② Ibid., p. 462.
③ Ibid., p. 530.

格里格森（Geoffrey Grigson）的《新诗》（New Verse）和朱利安·塞蒙斯（Julian Symons）的《20世纪诗歌》（Twentieth Century Verse）。只有《新作品》以新的形式和面目延续并繁荣壮大。跟着《新作品》赶浪的新刊物包括西里尔·柯诺莱的《地平线》，坦比姆图（Meary James Thurairajah Tambimuttu）的《伦敦诗歌》（Poetry London），乔治·伍德科克（George Woodcock）的《现在》（Now），爱德温·缪尔（Edwin Muir）、丹尼斯·基勒姆·罗伯茨（Denys Kilham Roberts）、塞西尔·刘易斯（Cecil Lewis）和罗莎蒙德·莱曼（Rosamond Lehmann）（约翰·莱曼的姐姐）的《猎户星》（Orion）。乔治·伍德科克在评价约翰·莱曼主编的《新作品》之贡献时指出：

> 莱曼开创了——也许是自狄更斯以来第一次——一份极其流行的文学刊物。我认为他通过将刊物从社会主义导向转到民粹主义的方式维持了刊物的畅销率。《企鹅新作品》不仅吸引了成千上万在距离城市遥远的军营和防空哨所成年累月疲倦工作的潜在读者，而且成百上千终于拥有大量空闲时间的潜在作者。莱曼的关注点不再是无产阶级作者（在过去他事实上从没有真正接触过），而是在战时服务各行业的作者。因为士兵、海员、防空人员、救火队员都来自所有不同阶级、所有不同的受教育层，具有所有不同的鉴赏力，所以他能汇聚更宽广、更深厚范围的文学创作人才。①

要从《新作品》这个1930年代后期和1940年代的现代主义风向标中探测萧乾、叶君健等的现代主义中国表现模式之文学生态，我们必须勾勒约翰·莱曼编织的文学网络及其宣扬的现代主义文学纲领和精神。约翰·莱曼出身于书香世家，入读英国伊顿公学和剑桥大学三一学院。在剑桥时莱曼与朱利安·贝尔声气相投，结成文学密友，发愿催生现代主义的新生命。1928年秋朱利安的好友埃迪·普莱费尔（Eddie Playfair）

---

① A. T. Tolley ed., *John Lehmann: A Tribute* (Montreal: McGill-Queen's University Press, 1987), p. 107.

将三一学院的莱曼引荐给他。

> 他们认识的时间正是他们各自都需要同龄的、崭露头角、志趣相同的作品品读人的时候。这个人能同等地赞扬和批评。他们都需要有一位知音来探讨诗歌创作技巧问题和艺术理论。因此约翰·莱曼是朱利安首屈一指的文友，他们在谈话和通信中持续进行着精彩的文学对话。①

两位年轻的剑桥大学生诗人一起讨论诗歌创作的技巧，雕琢诗歌表现的新形式，为剑桥文学期刊《风险》（Venture）呐喊，出版各自的诗集。这种弥漫着文学和思想朝气的友谊在此后近十年的时光中沉淀下来，散落在俩人之间的通信中。值得一提的是在剑桥期间朱利安将布卢姆斯伯里的成员、曾在霍伽斯出版社工作过六个月的剑桥国王学院研究员乔治·莱兰兹（即萧乾和叶君健在剑桥的导师）引荐给莱曼。到中国武汉大学后朱利安又将自己的得意门生叶君健创作的小说的英文翻译推荐给莱曼，得以让叶君健的《王得胜从军记》发表在《新作品》创刊号上。几十年后在自传《画廊细语》（Whispering Gallery）中追忆与朱利安这段不同寻常的友谊时，莱曼认为他在剑桥与朱利安结成的友谊是"我剑桥岁月中最亲密的智性友谊"②。

正是因为与朱利安和乔治·莱兰兹的深厚友谊，莱曼在大学毕业后不久正式进入布卢姆斯伯里圈子。1931年经莱兰兹推荐，弗吉尼亚·伍尔夫和列奥纳德·伍尔夫将莱曼聘到霍伽斯出版社任编辑，并在出版社当年出版的"当代诗人系列丛书"中出版了莱曼的诗集《重访的花园及其他诗》（A Garden Revisited and Other Poems）。1932年底莱曼离开出版社。直到1938年，这六年间他旅居奥地利的维也纳。他像朱利安·贝尔、乔治·奥威尔等诗人战士一样，不顾个人安危，实地观察德国法西斯暴

---

① Peter Stansky and William Abraham, *Julian Bell: From Bloomsbury to the Spanish Civil War* (Stanford: Stanford UP, 2012), p. 58.

② John Lehmann, *The whispering Gallery* (London: Longmans, Green, 1955), p. 141.

力的走向，参与奥地利民众的反法西斯斗争。1938年4月莱曼从弗吉尼亚·伍尔夫手中以三千英镑的价格购买了霍伽斯出版社一半的股份，与列奥纳德·伍尔夫平分股权，成为出版社的执行社长。到了1945年，莱曼与列奥纳德的分歧加剧，以至于1946年春莱曼最终放弃股权，离开霍伽斯出版社。两人之间的分道扬镳，有新生代现代主义文人与老一代在文学品味和评判上异趣的原因，更有小众精英出版社的经营之道与面向大众的出版取向之间的矛盾。

莱曼与剑桥和布卢姆斯伯里圈子之间这种深度的关联并不意味着他的世界就局限于此。恰恰是在剑桥与朱利安·贝尔、莱兰兹、燕卜荪等优秀诗人并肩前进的同时，他也与牛津才子们惺惺相惜，相互切磋诗艺。1930年圣诞节莱曼经姐姐罗莎蒙德·莱曼介绍，结识了牛津诗人斯蒂芬·斯彭德。此后受到青年诗人迈克尔·罗伯茨（Michael Roberts）有关英国诗坛青年诗人群体这一观念的启发。他不仅将斯蒂芬·斯彭德介绍给弗吉尼亚·伍尔夫，而且联络牛津青年诗人（W. H. 奥登、斯蒂芬·斯彭德、C. D. 刘易斯）和剑桥青年诗人［朱利安·贝尔、威廉·燕卜荪、理查德·埃伯哈特（Richard Eberhart）以及他自己］，以及到伦敦后结识的A. S. J. 泰西蒙德（A. S. J. Tessimond）、威廉·普洛默（William Plomer）。相互联络的结果就是迈克尔·罗伯茨帮助他编辑、1932年由霍伽斯出版社出版的1930年代英国现代派诗坛力作《新签名》（*New Signatures*）。在1931年12月24日给朱利安的信中莱曼展望了新诗选的构想：

> 这些由W. H. 奥登、朱利安·贝尔、C. D. 刘易斯、斯蒂芬·斯彭德、A. S. J. 泰西蒙德及其他诗人创作的新诗和讽刺作品是近年来产出的最优秀的诗作，其中弥漫着悲观主义和思想上冷漠的挑战。这些年轻的诗人只反叛那些他们相信在战后的世界中能够且必须改变的事物。顺理成章地他们的作品拥有活力和广泛的魅力，而这似乎是英国诗坛很长时间以来一直缺少的。①

---

① 约翰·莱曼致朱利安·贝尔的信，1931年12月24日，Berg NYPL。

1933年迈克尔·罗伯茨又选编了《新国度》（*New Country*）。该诗集中收入青年诗人W. H. 奥登、理查德·古德曼（Richard Goodman）、C. D. 刘易斯、约翰·莱曼、查尔斯·马奇（Charles Madge）、迈克尔·罗伯茨、斯蒂芬·斯彭德、A. S. J. 泰西蒙德、雷克斯·沃纳（Rex Warner）等的诗作。这样两本选集基本上奠定了1930年代英国诗坛青年诗人的英雄谱，更奠定了莱曼领导下的《新作品》阵营的核心班底。

1936年春莱曼主编的文学刊物《新作品》问世。《新作品》的头三期由博德利·赫德（Bodley Head）出版社出版，之后几期由霍伽斯出版社出版。到1939年圣诞节截止，《新作品》一共出了八期。克里斯托弗·伊修伍德帮助莱曼策划了最初几期刊物的内容。该刊的具有代表性和影响力的主要撰稿人包括：W. H. 奥登、克里斯托弗·伊修伍德、斯蒂芬·斯彭德、V. S. 普里契特、艾哈迈德·阿里等。1939年底企鹅出版社（Penguin Books）的老板艾伦·莱恩（Allen Lane）向莱曼建议，由企鹅出版一份大销量的文学杂集。因战时英国对新出版物的控制，这份畅销文学系列集被命名为《企鹅新作品》（*Penguin New Writing*），列入一般的企鹅出版书单，每期上没有具体出版日期。该刊在精选的基础上重新发表前几年《新作品》上刊载的文章的同时，重新设计栏目，刊发青年新锐作家的作品。1940年发行时刊物的销量很快就达到75000份；到第二次世界大战结束时甚至高达100000份。从1940年至1950年的10年里《企鹅新作品》总计出版了40期。

下面我们主要对莱曼的办刊指导思想、刊物的主要特征、现代主义裂变的轨迹这三个方面进行分析，借以论证萧乾、叶君健在当时的英伦现代主义文学场中应时而生的外在条件。

莱曼1936年春在《新作品》第一期的《宣言》中阐明了遴选作家作品的标准：（一）主要刊登青年作家风格独特的散文性作品（也包括诗歌）；（二）拒绝刊发与反动或法西斯势力同流合污的作家的作品；（三）刊发能代表殖民地和外国作家的作品。在1940年12月《企鹅新作品》第一期和1941年1月出版的单行本《欧洲的新作品》中莱曼再次描绘了他心目中理想的作家和文化新领域导向。特别是在1942年夏的《新作品与日光》（*New Writing and Daylight*）上发表的系列文章《武装起来

的作家》的第一篇中,莱曼向新时代的作家提出了新的目标:

> 如同每个时期的每场伟大悲剧一样,现代悲剧将充满对瑕疵的认识。它将看到,当资本主义社会内在的斗争变得最暴烈的时候邪恶会从中蔓生。它也将看到,那些希望催生新社会的人会犯下另一种过错,因为新社会中人们谋求美好生活且在强迫其他人分享他们的梦想的时候造下更可怕的罪恶。它将看到懒惰和盲从带来的无知的罪恶。它将指向众生分担的罪以及推动整个现代战争和和平进程的必然命数。它将暴露民众对我们虚假文明现状的普遍不满情绪,这种虚假文明外表布满了革命和内战。最后它将在每个行动和每个过程中寻找人性的回归。只有拒绝任何政治、宗教或科技群团举起的利斧的磨杀,才能实现艺术最高的功能,使之名副其实地成为这个所有旧信仰的堡垒业已坍塌了的时代的圣殿。要么回归艺术,要么灭亡![1]

在法西斯主义和战争屠杀造成的现代悲剧面前,作家不能再躲进艺术的象牙塔,必须亲历人类苦难的现场,真实地观察、见证、反映人类苦难境遇中的现实和悲壮。在《新作品》的这支作家队伍中逐渐出现了来自不同文明、不同地域和国家、有着不同肤色的作家:伊格纳齐奥·西洛内(Ignazio Silone)、安德烈·尚松(Andre Chamson)、让·焦诺(Jean Giono)、让-保尔·萨特、安娜·西格斯(Anna Seghers)、安德烈·马尔罗、符拉基米尔·马雅可夫斯基(Vladimir Mayakovski)、威廉·普洛默、格雷厄姆·格林、乔治·奥维尔、乔治·巴克(George Barker)、V. S. 普里契特、迪兰·托马斯(Dylan Thomas)、威廉·查普尔(William Chappell)、阿伦·刘易斯(Alun Lewis)、伊里·穆乔(Jiri Mucha)、C. D. 刘易斯、W. H. 奥登、斯蒂芬·斯彭德、克里斯托弗·伊修伍德,以及印度的艾哈迈德·阿里、穆勒克·拉杰·安那德、中国的叶君健等。

---

[1] John Lehmann, "The Armoured Writer-1," *New Writing and Daylight* (London: The Hogarth Press, summer 1942), p. 156.

第十二章 中国的自我再现:未完成的现代主义 / 449

D. E. S. 麦斯威尔（D. E. S. Maxwell）在《约翰·莱曼纪念文集》（*John Lehmann: A Tribute*）中总结了《新作品》系列的两个突出特征。第一个特征是具有鲜明文学创新性的文献纪实性再现。许多作品借助回忆录、自传、历史报告、个人观察等方式和风格，在增强作品主观性的同时突破了文学虚构的局限，更接近真实历史和生活中的事实和实际。这无疑与莱曼所强调的新时代新作家的新任务高度契合。第二个特征是为英国乃至英语读者大众提供了阅读大量外国作家作品的机会，因此刊物具有突出的国际性特征。[①] 正是这种纪实文献性的进步乃至左翼文学趋向和面向国际范围内作家开放的胸襟为外国作家尤其是来自殖民地和中国的作家提供了在英国现代主义文学新喉舌上发出异域本土声音的机会。只有在充分理解上述《新作品》也是当时英国现代主义文学场的时代特征基础上我们才能较完整地把握叶君健、萧乾在这个时期的文学创作独特的现代主义、跨文化和进步意义。我们也才能充分认识到进入这个场域，围绕约翰·莱曼等文学旗手，来自殖民地、东方和纳粹占领国的作家们一起形成了一个跨国的作家族群。这个群体自然地包括叶君健、萧乾的朋友们——印度英语作家艾哈迈德·阿里、印度作家安那德、来自西印度群岛牙买加的黑人女诗人乌娜·马森、威尔士青年作家瓦尔·贝克。

萧乾的《苦难时代的蚀刻》《龙须与蓝图》：萧乾的《苦难时代的蚀刻》最初是由赫尔曼·欧尔德（Hermon Ould）担任总编策划的英国笔会系列丛书之一，发表于 1942 年。此时萧乾在伦敦大学亚非学院任讲师。《龙须与蓝图》最初由领航出版社（the Pilot Press Ltd.）1945 年 5 月出版。部分章节在此之前发表在《新政治家与民族》《新作品与日光》《听众与今日中国》上。其中《关于机器的反思》是萧乾在伦敦中国学院的演讲；《龙须与蓝图》是他在伦敦华莱士画馆的演讲。根据 E. M. 福斯特 1943 年 5 月 1 日信中的记载，萧乾在华莱士画馆的演讲应该是在 1943 年 4 月二十几号，演讲的主持人是德斯蒙德·麦卡锡。福斯特在信中这样感

[①] D. E. S. Maxwell, *John Lehmann: A Tribute* (Montreal: McGill-Queen's University Press, 1987), pp. 102–105.

叹道:"现在对你的演讲说几句。我很喜欢你的演讲,认为它有趣而又动听。它使我感到有点悲哀:我太老了,不能来研究中国了。……我要问的是:从'蓝图'回到'龙须'的这条道路会是什么样的?另外,在以往的世界历史上,是否有事实证明曾有国家找到过这样一条道路?"①

按照福斯特的用词,萧乾的《苦难时代的蚀刻》和《龙须与蓝图》的主题其实就是道路问题——中国的现代化道路以及文学现代性的嬗变和发展。透过对这条现代化道路的艰难曲折和文学现代性浸润于其中的苦难和悲怆,萧乾的思想锋芒指向的终极关怀是中国古老文明的重生和中西文明之间的互鉴和融合适应。在萧乾之前,英国布卢姆斯伯里小组的文化精英迪金森、罗素、罗杰·弗莱、亚瑟·韦利,牛津才子阿克顿等等立足西方文明危机和劫难的现状,将希望和救赎的目光投向唯美、永恒的古典文艺中国或意气风发的少年中国。中国的几代知识分子在西化与回护传统之间激烈地辩论、艰难地抉择、痛苦地思考。而萧乾则从跨文化的角度,从40年中国文学现代性在思想启蒙和文艺革命之路上的筚路蓝缕中给困扰中英知识界的这一问题提供了另一种答案——龙须与蓝图。

萧乾给中国文学现代性的定性是文学革命——从文学语言、风格、形式、主题到文学的社会功能的革命。其革命目标就是用国民的、写实的、社会的文学取代贵族的、古典的、山林的文学。用革命了的文学来记录并引导政治、社会和文化变革。"一场前所未有的政治、社会和文化动荡发生了。新文艺正是引导、反映并记录着这一变革。"② 他对文学革命本质的阐释与莱曼对《新作品》也是新时期现代主义文学的定位很相似。但是背负着社会变革和思想启蒙的使命,中国文学现代性不仅要如实地记录下时代的现实画卷和精神磨难,而且肩负着解放民众和民族被禁锢的思想和灵魂这样的使命。在文学革命的土壤中绽放的小说、诗歌、戏剧、散文和翻译中,他赋予了小说家独特的社会革命启蒙者的担当。他将这些揭露社会苦难、批判传统道德、鞭挞人性丑恶、大胆刻写人性

---

① 萧乾:《友谊公报通信》,《世界文学》1988年第3期,第269—270页。
② 萧乾:《萧乾全集》第六卷(文论卷),湖北人民出版社2005年版,第172—173页。

欲望的小说家称为思想上的社会改革者。

如果说《苦难时代的蚀刻》弥漫着民族主义，那么《龙须与蓝图》则站在世界主义的角度来思考中国现代化的必然性和路径，借以回答同样困扰着西方现代文明的危机大问题。《关于机器的思考》实质上是对西方现代文明成败根本原因的思考。西方科技现代性以降，现代科技发明的机器就一直推动着历史的车轮滚滚前行。所到之处，传统社会分崩离析，人沦为机器的奴隶。因此英国现代文学中集中反映的焦点问题就是工业化、科技化与西方文明出路的问题。这些作家包括巴特勒、威尔斯、福斯特、弗吉尼亚·伍尔夫、劳伦斯和赫胥黎等。他们对科技现代性的态度截然不同地分为为科技理性鸣锣开道与反科技理性的人本主义。与此对应，16世纪以来中国人对科技现代化和机械化的三种态度经历了三种变化——从最初对西方科技现代性的排斥封锁，到19世纪末20世纪初对西方科技现代性的全面接受消化，再到20世纪20年代中国思想界的科玄论战引发的中西文化之间的文化适应和文明共存问题，进而引向对超越纯粹物质科技文明的精神文明的召唤。西方现代文明对机器和科技的膜拜到20世纪短短30年间爆发的两次世界大战达到了积重难返、在劫难逃的低谷。从辜鸿铭、梁启超、梁漱溟到钱穆都坚持对中西文明持论公允的立场。萧乾转引钱穆的话说："除非这场战争把西方文明之灯完全熄灭，他们是不会接受一条新途径的，要么复归古希腊的生活方式，要么有系统地阐释一种新基督教，要么干脆转向东方寻求拯救。"[①] 至此中国思想现代性的反思趋于成熟，形成了一整套关于科技现代性、政治现代性的方案。萧乾对这一现代化工程的展望是：

> 中国向何处去？英国向何处去？人类向何处去？答案只能由沉默的历史作出。我不是个政府代理人，从来也不是，我只代表自己讲话。我心目中的中国既不是一个老古玩店，也不是一个生产车间。如果必要，我要把这称为一个"新中国"的婴儿，面对自然的残酷和陈腐制度的束缚，以热情的心、冷静的头脑和一双灵巧的双手，

[①] 萧乾：《萧乾全集》第六卷（文论卷），湖北人民出版社2005年版，第221页。

冒尽风险，向一切不可能的事物挑战，走出自己的路。①

《龙须与蓝图》更精准地指出了中国现代化的发展道路和西方文明的出路。这条道路不是灭亡中国传统文明，也不是全盘接受西方科技现代性，而是将两者有机和谐地融合贯通，用西方科技现代性弥补中国传统文明的不足，用中国传统文明来弥合西方现代文明天生的顽劣和痼疾。尽管萧乾没有明言，但是其逻辑的结果必然是一种比中国传统文明和西方现代文明更优越、更高级、更有益于民族生存和发展、文明延续与重生、世界和谐与进步的崭新的文明典范——现代中华文明——的诞生和辉煌。诚然这一人类历史上最新文明形态的出现和成长需要一个足够长的时期。萧乾以独特的文学寓言方式将正在走向崭新文明之路的中国描绘成在课堂里学习西方科技现代性的大男孩：

> 奇怪的是，别的同学开始渐渐对龙须发生了兴趣，虽然只把它当成业余爱好。他们惊奇地发现，这个大男孩正设计着甜蜜生活的蓝图。而且正在成为一名好足球运动员。那些对拧鼻子已感到厌倦的人开始支持他。
> ……每当这时，这个颇有教养的大男孩总是对他们笑笑，暗自说道："不必为龙须担心，它在我的血液里，在我的天性之中。我不能放过这张毕业证。有了它，或许我能让你们都画龙须，这对你们也不是一件好受的事！"②

萧乾的世界主义不仅表现在让中国新文明为世界立典范指航向的气魄之中，而且表现在从世界意义上来考察文学的共通性。如前所论他对新时代中国现代文学记录和批判社会现实特征的把握与《新作品》的目标和1930年代后期英国现代主义的裂变方向是高度一致的。在《龙须与蓝图》中他更明确地指出了这种共通性：

---

① 萧乾：《萧乾全集》第六卷（文论卷），湖北人民出版社2005年版，第224—225页。
② 同上书，第236页。

三十年代，全世界的文学氛围有着奇特的一致性……在一个冷酷的世界里，所有国家的青年都会感到痛苦、绝望，这不足为怪。

……

从悲剧中生存下来，人们会看到一丝希望。首先，它告诉我们，作家有着天生的正义感，违背了这种正义感，他会变得忐忑不安。这实际上是人类心智健全的最令人鼓舞的显示。

第二，疆土有固定的界限，而文学没有。民族主义在任何一个重要的文学中，从未成为一个主要特点。……他们不希望看到作家达成什么国际盟约，但我们确实希望看到每个现代作家都有一种国际主义精神。①

萧乾在文学观和文明观中表达的世界主义精神本质上是一种对立统一的价值观，即：从中英文学和中西文明对立统一中来勘测世界文学和世界文明的风向、走向。这种价值观与他在跨文化的文学场中对中英文化的体认及自觉的双向阐发这一使命是高度契合的。当然这种双向阐发始终面向的是英国读者群体和隐在的西方受众，其文化自觉、文明自信和文明担当意识更是不言而喻。这样一种成熟的价值观依附的能量之源就是在跨文化的时空中看似异质甚至排斥的文明之间创造性的转化和创新——创造崭新的更高形态的文明。

叶君健《无知的与被遗忘的》《山村》：与萧乾的理性批判和显性的跨文化世界主义相比，叶君健的文学书写面向英国和西方读者大众，运用独特的文学表征手法，以现代中国的红色革命和民族自由独立战争为主题，以乡土中国为背景，以草根阶层农民为历史主体，旨在向西方讲述真实的中国、真正的中国、凤凰涅槃的中国。这些血脉偾张、家国情怀浓郁的英语文学创作包括：1938年在《新作品》上发表的短篇小说《王得胜从军记》、1945年岁末在英国《读者文摘》上发表的中篇小说《冬天狂想曲》、1946年秋出版的短篇小说集《无知的与被遗忘的》、1947年7月出版的长篇小说《山村》、1948年春出版的长篇童话小说

---

① 萧乾：《萧乾全集》第六卷（文论卷），湖北人民出版社2005年版，第243—244页。

《雁南飞》。《王得胜从军记》《冬天狂想曲》都被收入《无知的与被遗忘的》。1980年代《山村》的后两部《旷野》和《远程》英文版在英国出版。《无知的与被遗忘的》出版当月被英国出版界的"书会"（Book Society）评为推荐书之一。《山村》出版当月被"书会"评为最佳作品。考虑到上述作品之间的包含性、作品序列的连续性、作品的影响力和共通的战争和革命主题，我们的聚焦点放在《无知的与被遗忘的》和《山村》上。

《无知的与被遗忘的》收入叶君健1938年至1945年发表的短篇小说12篇。整部短篇小说集分为三个部分——"希望的"、"无知的"、"被遗忘的"。"希望的"部分收入《梦》《没有萨扬娜拉》《风声》三个短篇。《梦》讲述的是逃离被日本人占领的武昌的年轻学生在逃难路上的经历。他在一个偏远的山村碰到离开被日本兵占领的家乡、漂泊流浪、靠卖唱为生的父女三人——老汉、姐姐兰花、妹妹春天。村里的地主看上了姐姐兰花，她最终被迫离开老父亲和妹妹，成为地主的姜。年轻学生最后清醒地意识到反击日本侵略的使命，不再逃亡，而是到山里参加抗日游击队。《没有萨扬娜拉》讲述的是一位在日本东京帝国大学留学的中国青年的故事。他在东京结识了日本社会主义者中垣（Nakagaki）及其他思想进步人士。他们一起讨论西方现代派文学、马克思主义。在离开日本的前夜，从中垣的妹妹晨露那里，中国青年大学生得知，半年前因被怀疑背叛国家中垣被捕并被秘密杀害。青年人回到上海时正值日本军疯狂进攻上海，他毅然参军报效祖国。《风声》讲述的是在被日本占领的北平城内、坐在教室里听中国古代史课程的大学生秦的英勇献身事迹。从事地下抗日活动的秦被汉奸特务抓进牢房，受到日本兵严刑拷打，英勇就义。

第二部分"无知的"包括《满洲之夜》《战魂》《多事之秋》。《满洲之夜》描述的是在被日本军占领的中国东北满洲的一个晚上，一支由"老人"领导的抗日游击队驻扎在荒野中一幢荒废的屋子里，等待尚未归队的淘气鬼和黑狗。"我"刚刚加入这支队伍，游击队的战友包括兔唇刘、野玫瑰、王大力、淘气鬼和黑狗。在村里给村民治病时黑狗遭到日本特务的暗算而受重伤。淘气鬼将受伤的黑狗背到约定集合的地点。为了不拖累整支队伍，队长痛苦地下令结束重伤的黑狗的生命。黎明时分这支队伍又神秘地消失在莽莽山峦中。《战魂》也是描述的一个偏远山村的晚上，村里的民兵得到总部的命令——伏击从附近经过的一小队20人左右的日本兵。民兵游击队的队长是位指挥有方的砖瓦匠。但队伍中像"驼背哥"这样的队员基本没有受过正规训练，也缺乏先进的武器。在与日本兵的搏斗中，驼背哥用手中的石头重创日本兵，被日本兵的枪击中，最后献出了自己的生命。《多事之秋》讲述的是被日本兵占领的一个村子里，老刘夫妇、三叔、老刘的儿子厚发、被日本兵强暴的孤女五月玫等经历的事件。厚发为了保护被日本兵强暴的五月玫，与日本兵搏斗然后被捕。在汉奸的协助下日本人在村里组织起维持会，强迫老刘当维持会会长。在厚发带领下，村民们经历了害怕、逃避、觉醒的心路历程，团结起来奋起反抗，抓住到村里危害乡民的日本人和汉奸。

"被遗忘的"这一部分的三个故事是《王得胜从军记》《我的叔父和他的牛》《冬天幻想曲》。在部队当了三年兵后王得胜回到村里，娶到面馆女老板"母乌鸦"的女儿为妻。新娶的妻子吃苦耐劳，勤俭持家。可王得胜经不住"黑狗钱"等一帮狐朋狗友的引诱，赌博旧习复发，到镇里的"月亮茶馆"赌博，不仅输掉了从妻子那里偷来的所有家里的钱，而且还欠下巨债。第二天一群债主到家里强行抢走了妻子喂养的两头猪。无奈之下王得胜只有逃离村子，又回到从前的部队。《我的叔父和他的牛》中故事发生在一个偏远的山村。贫穷勤劳的叔父一辈子在田间辛苦劳作，却无力娶上媳妇，最终用自己25年的全部积蓄买了一头属于自己的牛。面对国民党政府军与反抗起义的农民自卫军之间的拉锯式战争，叔父困惑迷茫，只想守住自己的田地和相依为命的牛。可是在一次战斗中牛被杀死了。满怀仇恨的叔父再也无法旁观，自愿拿起枪抗击国民党军队，在战斗中献出了自己的生命。《冬天幻想曲》描写的是一位德高望重的乡儒的女儿茵茵的爱情悲剧。茵茵与父亲的书童相爱。但是书童出身贫寒，与茵茵门不当户不对。茵茵被迫嫁给父母相中的另一户儒士赵家的儿子。新婚当天书童到婚礼上搅乱。赵家一纸休书将茵茵打发回她到父母身边。羞愧的父母最后安排茵茵到山里的一家尼姑庵削发为尼，青灯佛卷相伴，逃离红尘情孽。

《山村》分为12章。故事的时代背景是1920年代末军阀割据、农民暴动风起云涌这一独特的中国历史时期。故事发生的场景是湖北与安徽交界处的大别山区的一个村子。主要讲述的是在新旧时代交替之际一个家庭、一个村庄的变化和命运。主要的人物包括我的母亲、潘叔、娥然、菊花婶、老刘、本钦、毛毛。故事按时间顺序自然展开，主要的情节按章节见表12－1：

表12－1　　　　　　　　《山村》各章主要内容一览表

章排序	各章主要内容
第一章	湖北与安徽交界处的大别山深处，群山环抱、河流环绕的一个村落。人物包括：秃头毛毛、邻村酿酒师傅的大女儿"母乌鸦"、道士本钦、民间说书艺人老刘、菊花婶。我的家庭包括养女娥然、潘叔（躲避黄河水灾和军阀混战从北方逃难到村里被母亲收留的难民）、我的母亲和童年的我。晚饭后全村人聚集在院子里听老刘说书。
第二章	娥然的父母因旱灾被地主迫害致死，她被母亲收留做我哥哥的童养媳。我的父亲是教书先生，在"大城市"武汉谋到一份差事——在一家棉花商行里当账房先生。娥然得了严重的天花，母亲向中医、道士本钦求助未果。母亲和潘叔自己用艾草治疗她。为防止传染给我，母亲把我送到菊花婶家暂住。菊花婶的新婚丈夫民同到外面去闯世界。娥然恢复健康。
第三章	我陪菊花婶到镇上去卖纺织的棉纱，菊花婶准备给病愈的娥然买礼物。暗恋菊花婶的老刘想陪送。因战乱和外国商人的排挤，棉纱价格下跌，商行王老板低价收购菊花婶的棉纱。菊花婶给娥然买了一张手帕做礼物。毛毛即将娶母乌鸦做妻子。
第四章	毛毛的婚礼那天我父亲云奇和哥哥为躲避内战回家了。我父亲以前的同事教书先生培福到我的家。内战中一支战败的北方军阀部队经过家乡。商会会长地主屈民让培福、潘叔等代表乡民到城外欢迎。军阀的部队洗劫城里。父亲和哥哥离家去大城市的商行继续工作。接受了新思想洗礼的哥哥向母亲表示他不爱娥然，拒绝娶她。
第五章	新年除夕。为了筹备过新年，母亲派潘叔去城里置办年货。可是在城里潘叔被骗子灌醉酒后抢去了所有钱。我们家的母牛产下一头小牛。

第十二章 中国的自我再现:未完成的现代主义 / 457

续表

章排序	各章主要内容
第六章	二月末的一个晚上潘叔救了一位从事地下工作的年轻革命者,得到我哥哥和菊花姊丈夫民同的消息。民同参加城里成立的工会,接受革命思想洗礼,被派到莫斯科孙逸仙大学学习马列主义思想理论。潘叔帮助年轻革命者躲过地主武装的搜捕。
第七章	大旱灾造成庄稼颗粒无收。为活命,毛毛被迫参加了地主屈民组织的维持会乡勇。
第八章	化妆成妇女到家里乞讨实则在进行地下活动的一个革命者到我们家。遭受旱灾的饥民到处流动。夜半时分饥民用迷香将潘叔迷倒,偷走了我家的母牛和小牛。潘叔找回了小牛。毛毛抓捕了化妆成妇女的地下革命者。潘叔说服培福求地主屈民放人。
第九章	周围乡村爆发农民暴动,暴动的农民攻占了县城,将地主屈民等关押起来等候公审。村里成立了农会,潘叔被指定为农会主席。老刘自愿参加革命,成为地方革命党宣传部的一员。培福成为政治指导员的书记员。
第十章	在县城召开公审屈民和狮子王的大会,菊花姊的丈夫民同成了省党代表,在俄国娶了一位新妻子。菊花姊到白莲庵出家为尼。
第十一章	地主乡勇和土匪打死押送屈民和狮子王的战士然后逃走,毛毛被革命战士抓捕并处死。潘叔带上小牛准备回到北方的老家。
第十二章	老刘到我们家向娥然求婚表达爱情。潘叔被革命战士抓获并被关押。在疯狂进攻的敌人面前,革命军退入大山里坚持斗争。老刘带着娥然一起转移到大山里。母亲和我带着我家的狗"来跑"离开家,到大城市投奔父亲和哥哥。

叶君健在回忆录中解释了自己在 1940 年代的英国写作这两部作品的动机。在《无知的与被遗忘的》这部短篇小说集中:

> 所谓幻想者指那些抱有美好愿望的人,主要是青年男女,他们对生活、人民和国家抱有美好的愿望。第二和第三部分所涉及的人物大都是一些贫苦无知的农民和手艺人,及其他类型的贫苦劳动群众。事实上他们是国家财富的创造者,是他们传宗接代,延续我们这个民族的生命。但他们却没有机会获得文化,只有每天默默地劳动,受剥削和欺压。这些作为国家的脊梁的小老百姓,当然是被世

人遗忘了。我写的这些故事,目的就是要让他们在世人的心中活下来,永远地活下来。①

他创作《山村》的动机主要有两个:

> 写这部小说的动机有两个方面:一是感情的;二是理智的。感情方面:我对儿时在故乡大别山区的一个山村里所度过的童年永远不能忘怀。那里有贫困落后、生活艰苦的一面,但也有死水一团,寂静安定的一面……
>
> 但我当时写《山村》还有更理智的考虑。我在英国各地巡回演讲中及与英国知识分子的接触中,我发现他们对中国正在进行的革命存在着许多误解……因此我也想干脆通过形象,从实际生活和斗争出发,描绘出一个较生动的在中国农村所发展起来的革命图景,使读者能从中真正体会出中国式的无产阶级革命的特点及其实际意义。②

上述回忆反映出叶君健两部在英国有影响的作品的题材和价值取向。即使在1940年代的中国这种题材和价值取向都非常具有进步意义和感召力量。但是它们无论与20世纪前30年内西方文坛的现代派的创作技法和主题还是中国文坛上施蛰存、刘呐鸥等表现上海大都市的摩登生活和情色男女题材都相去甚远。相反这种题材和价值取向与《新作品》的目标是高度一致的。因此放大到国际跨文化框架中去,这两部作品表现的题材具有鲜明的现代派特征——东方中国的文化、民俗、人情世故,东方中国以农民和农村为根基的社会个体和群体的生活和生命;也具有鲜明的时代性——远在中国的社会底层民众在争取民众自由解放和反法西斯战争中的觉醒和自觉;更具有强烈的政治性——中国劳苦大众反法西斯

---

① 叶君健:《叶君健全集》第十七卷(散文卷),清华大学出版社2010年版,第473—474页。

② 同上书,第475—477页。

的顽强和牺牲、反剥削和压迫的革命之路。

与钱锺书在文明劫难之际寄望于文明精神间的对话和交融互鉴、萧乾展望的中国现代文明新路的必然性和救赎情怀相比,叶君健从个体生活体验层面,扎根于社会底层,从战争的血与火中汲取力量。他展望的是中国社会和文化胜利和变革的真正取之不竭的力量之源;是中华民族战胜一切邪恶、不公和不义的无坚不摧的决绝勇毅;是中国民族心理结构、民族生存和发展状况、民族革命和独立自强的特殊性和独特贡献。所谓凤凰涅槃,炼狱之火后的重生,叶君健从形而下的层面进一步回答了钱锺书和萧乾没有回答的问题。他将对中国的命运和人类文明的命运的思考转到生机活泼、星火燎原的历史进程中,普罗大众才是中国的救赎者,文明火炬的传递者,崭新中国的缔造者。这种深沉的救赎精神恰恰是现代主义在超越了表现技巧、表现风格、先锋试验的末路之后的终极指向。站在这样的终极之点,我们才能发现现代主义永恒的精神召唤;才能发现现代主义的正途与歧路之间的区别;才能发现跨文化的国际主义框架中现代主义文明焦虑的殊途同归。

在传统与现代的晨雾中,在战争的死亡阴霾中,在现代西方文明的动物化过程中,萧乾和叶君健对文明和希望的追问的声音在为中国辩护,在为现代主义的崇高孤绝放言,在与西方的文化精英们对话。

结　论

关于中英现代主义对话与认同的思考

　　无论是中国的北京大学、清华大学还是英国的剑桥大学、牛津大学，在 20 世纪上半叶长达半个世纪的文学现代性进程中，在中英跨文化的文学场中的影响力之巨大是毋庸置疑的。毫不夸张地讲它们是文学现代性的大学温床（相对于现代都市生活场景和出版传媒），也是文学现代性如西西弗斯神式的不知疲倦、毫不妥协的推手。因此前面各章所有的研究都共同指向以下两个理论和思想论题：

　　（一）在现代主义为主旋律的文学现代性进程中这四所大学的学科、思想土壤和人文精神与文学现代性的相互哺育关系；

　　（二）在国际跨文化视域中，中英现代主义在空间地理旅行，知识和观念迁徙，学科演变，文化物质实践，人际关系网络，生活情愫、情感乃至审美想象，跨文化的文学个体及群体，文学创作，现代主义诗学探索，现代文明意识等多维多层形构中交接、重叠、缠绕的连理（爱德华·萨义德在《文化与帝国主义》中近似的表述"重叠的领土，缠绕的历史"）。

　　由此我们划定了中英跨文化的文学场边界。这个推论的认知和反思对象包括以下核心要素：

　　（一）时间上指 1900 年前后至 1949 年前后，即从 1903 年成立京师大学堂、林纾北上京城至 1949 年前后钱锺书在《谈艺录》出版后北上京城；

　　（二）制度和组织形态指立足上述四所大学和现代出版媒介支撑的公共空间中的文学和思想社团、群体、群落；

（三）文学场中的推论位置之间形成关联关系，而这些推论位置主要包括：空间地理点线组合，跨文化迁徙的核心知识和观念，标志性的出版、传播文化物质实践，人际关系网络，文学场中占据不同位置的实践主体的生活情愫、情感乃至审美想象、创作、诗学探索、现代文明意识；

（四）文学场中的参与者和推动者主要指同时承受了北京大学或清华大学与剑桥大学或牛津大学，跨越中英文化边界和中西文明边界，在文学创作、文学和思想传播、诗学探索、知识创新等方面有建树和影响的跨文化主体；

（五）文学场的自律原则是精神和价值层面西方文学现代性及中国文学现代性与他者的对话和认同。

围绕上述理论论题，以上述跨文化的文学场中波澜壮阔的文学象征革命为对象，我们逐层展开分析论证。基于所有前面各章的分析论证，我们在此集中提出以下六点具有内在紧密逻辑关联的理论思考。

一、在方法论上主要以源于皮埃尔·布迪厄的文学的文化生产场理论、本尼迪克特·安德森的印刷资本主义理论、黑格尔的辩证认同思想为资源，在综合借鉴的基础上提出并验证文学研究的新方法。无论是跨文化的文学场理论的提出还是对中英现代主义之间的对话与认同的研究，首先需要我们在方法论上认识到，传统的纯粹以文学文本和单个作家为对象，极度阐释文本的细读方法和文本中心主义无力应对这样的选题和立论。滥觞于法国的比较文学影响研究局限于单向度、单方向地考证文本和作家层面的文学影响、传播和接受关系。西方后殖民文学和族裔散居文学研究要么偏重于重读西方文学经典，从中发掘帝国殖民权力话语或被殖民者的反抗颠覆声音；要么研究远离本土母国，在西方文化中心散居漂泊的作家的作品。这两类研究方法在认识论上仍未摆脱欧洲中心主义和自我/他者的二元对立思维模式。

特别值得我们反思的是当代西方的文学场和印刷资本主义理论。文学场理论源于法国当代学者皮埃尔·布迪厄的文学的文化生产场理论。后经帕斯卡尔·卡桑诺娃（Pascale Casanova）在《文学的世界共和国》、詹姆斯·F. 英格利希（James F. English）在《声誉经济》中持续的修正发展，形成了一套较完备的聚焦民族国家文学现代性、全球化的世界空间中的文学现代性、世界权威文学评奖评价圣化机制所涉及的文学场理论和研究方法。尤其是布迪厄提出的历时轴维度的文化象征革命观和共时轴维度的位置关联观、卡桑诺娃对文学跨越民族国家边界形成的国际迁徙流动及其结构性张力论，对本书研究提供了有益的方法论和理论借鉴。本尼迪克特·安德森在《想象的共同体》中提出的印刷资本主义理论非常有效地支撑了本研究中对与大学对应的文化市场中的文学的文化物质实践如报纸、杂志等的理论思考。值得一提的是，弗兰克·默雷迪（Franco Moretti）的《表格、地图与树形图》和普亚·贾西（Priya Joshi）的《在另一个国度》中卓有成效的书籍史、图书出版史研究方法同样打开了我们的文学的历时研究和跨文化研究视野。

因此在研究方法上前面各章主要立足于网络差异关联思维模式；交替运用文学文本"细读法"（close reading）和宏观视野的"远读法"（distance reading）[①]；以跨文化的物质、知识、文学、审美、人和精神流动与历史、空间中的想象和精神涅槃为对象；探究中英文学现代性相遇、碰撞、交流、变异、对话乃至终极认同的脉络；在哲学思考层面从黑格尔辩证哲学中汲取差异交互认同（reciprocal recognition）这一思想精粹，用以收束统摄网络关联模式的多维开放样态，逼近差异多元的跨文化的文学生态中中英乃至中西文学、文化和文明的普世趋同之可能性；揭示中英现代主义之间对话与认同征兆的跨文化的文学现代性深层结构及其逻辑。这样一个独立、独特的跨文化的文学场在本质上不同于布迪厄或卡桑诺娃所描绘的文学场，其光彩熠熠的明亮和吐故纳新的力量熔铸出不朽的文化丰碑。这样一种研究方法在心法上包容比较文学的影响研究和平行研究且更好地指向超越于狭隘的文学视域的历史、文化和思想关怀。同时以辩证认同和对话为统摄的网络关联模式在方法论意义上超越

[①] 意大利文学评论家弗兰克·默雷迪最早在《世界文学设想》（*New Left Review* I, Jan-Feb 2000）中提出"远读法"。他在《表格、地图与树形图》中指出：远读法重构出独特的知识形态，凸现文本之间的相互联系、关系和结构；对模式而不是孤立的文本的关注相应受到定量历史学、地理学和进化论的研究方法影响。推而广之，皮埃尔·布迪厄的文学场理论及其之后的发展实质上都是在实证研究和理论研究双层面上对文本中心论的颠覆，对远读法的丰富和发展。而这种发展无疑深受社会学、历史学尤其是布罗代尔的历史观、空间地理学等的方法论启发。

了索绪尔的语义差异关联论，格雷马斯（Algirdas Julien Greimas）的符号学语义矩阵隐含的语义矛盾、语义对立、语义隐含关联论、布迪厄的位置关联论，明确地高举文艺审美精神化和文明精神化运动总体性终极关怀所生成的差异对话和认同这一关联互动模式。

二、立足于跨文化的现代主义文艺审美、知识、思想征兆的流动和精神化趋向，重新阐释现代主义。在现代主义认知中有两种极端的倾向。一是将现代主义等同于现代主义鼎盛时期的先锋派文学和艺术且仅仅止步于先锋实验技巧在文艺作品中的肆意表现。二是过分渲染现代风的熏陶下都市生活和摩登场景中的前卫时尚、品味、风格、崭新的时空体验及其对都市男女情感、心理、想象乃至存在的改变。综合我们的分析研究，我们认识到：

（一）现代主义的历史进程紧贴文学现代性的象征革命历程，在漫长的岁月之流中摇曳、流动、伸展、衍生、演变；

（二）现代主义的疆域从文学艺术延伸到思想、知识、生活等领域，除了文艺作品之外我们更应该从生活体验、思想迁徙和探索、知识的聚合分离、学科的发生发展中分辨现代主义的基因和辐射效应；

（三）现代主义的精神之源不仅是审美上的不懈求新变化和生活品味上的反媚俗、反传统、反正统，而且包含思想上和政治行动上的普世救赎和殉道所昭示的世俗终极关怀；

（四）现代主义在现代西方文明的沉沦和中国古代文明的现代涅槃重生之际深深地扎根于现代大学这一知识和文明的堡垒、现代印刷资本主义土壤中培育而出的文化公共空间，同时现代主义主体始终以敬畏、膜拜的心态青睐异种文化和文明，用从异种文明中取来的天火焚烧旧文明、旧制度的神殿，或用新奇神异的天目来洞彻自我文明凤凰涅槃的希冀，这四极相互水乳交融、阴阳吐哺；

（五）现代主义最炫目的美学和诗学成就直指人类现代文明的现代精神化运动——一场以普世救赎和普适价值为目标的精神化运动；

（六）现代主义的开放、杂合和衍生特征决定了进入我们批评视域的考究对象经过谱系学和知识话语的过滤，呈现为一种异质多元多维的景观而不是排他的同质化，及人类学家阿君·阿帕杜莱在《任性的现代性》

(*Modernity at Large*)中所论的异质跨界"景观"(scape),因此我们宁愿将现代主义理解为人类在独特的现代文明史时期,以文艺、思想、知识为核心的精神化运动与文化物质技术实践结合而形成的文化实践。

三、立足于跨文化的文学场,重新厘清、重估英国文学学科话语和汉学学科话语。在中英跨文化的文学场中现代大学和学科、印刷资本主义、读者大众及现代风和中国风的熏陶,共同推动了中国的英国文学话语和学科、英国的汉学话语和学科的发生及发展,其中中国文物的考古研究,古典哲学、宗教、文艺典籍的翻译及英国文学典籍和现代学术思想典籍的翻译,对中英现代主义群落的跨文化认知、对话和认同提供了必要的准备,发挥了催化媒介的作用。

这两种学科知识话语尽管本身不属于表层的现代主义范畴,但是从米歇尔·福柯的知识考古学理论角度看是现代主义这一知识推论深层的档案,从福柯的谱系理论角度看是激活现代主义跨文化流动的力量。且这两种学科知识话语的实践恰恰是我们前面论述的各群体及个体在文学场中主要的知识实践方式,也是他们的谋生手段和技能。借助汉学知识话语,中国古典思想、文艺、诗学、美学流入英国现代主义群落,介入英国现代主义的新拓展。借助英国文学知识话语,英国文学尤其是现代主义进入中国现代大学的课堂,走近新兴的现代读者大众,为中国现代主义探索实践注入清新的活力。这两者的交互影响甚至直接催生了英国剑桥现代批评学派和中国现代诗学。设想没有这两种知识话语,英国现代主义和中国现代主义的轨迹会是另外一种完全不同的景象。从这个意义上讲,它们无疑是中英跨文化的文学场中现代主义巨潮的有机成因和成分。

另外,除了无视这两种知识话语与现代主义的内生关系这种偏见之外,学界也习惯性地漠视了这两种话语之间的关系。这种关系可简单地阐释为现代大学和现代学科制度化过程中的二柄分出;就实践个体而言,常常是同一个跨文化个体同时掌握了这两种知识话语,形成主体内在的彼此彰显和化合,建构了主体独特的双重开放文化眼界。

四、中英现代主义的差异关联对话与认同具体地表征为知识、观念、人的跨界流动。首先,英国的汉学话语和中国的英国文学话语涉及的其实是知识、观念和人的跨界流动迁徙。法国学派的比较文学影响研究局限于作家作品的跨界单向影响因缘考据。爱德华·萨义德的旅行理论偏重跨界传播过程中的变异。帕斯卡尔·卡桑诺娃的世界文学空间中作家和作品单向地从边缘、半边缘流向以巴黎、伦敦、纽约为中心的所谓高度自律的文学空间。而我们所强调的知识、观念和人的跨界流动溢出了狭义的文学文本范畴，也实证了现代主义中心/边缘认知模式的谬误，指向与文学文本和作家之外却又与之关联互动的知识、观念和人。

其次，跨界流动的路线非常丰富多彩，所谓的单向流动观无疑受制于欧洲中心论意识形态。例如中国哲学典籍《中庸》经汉学家翟理思之手进入英国，经瑞恰慈之手进入剑桥文学批评理论，"中庸"观与现代心理学的"通感"论深度融合，尔后以改头换面的方式再度回到中国语境。所以前面所有的论述中的一条主线就是知识、观念和人的跨界流动。相比于单向流动论和传播变异论，我们的研究立足交互影响化合论，试图揭示跨文化对话与认同中的平等理念和通约可能性（不是简单的同质化）——即在保留异的同时相互的借鉴、转化和合流。以文本和作家为表象，跨界流动分别牵出各式各样的知识迁徙、观念流动、人际相互交往的网络。

五、通过分辨、梳理知识迁徙、观念流动、人际交往网络，发掘出中英现代主义对话与认同的五类结构模式。我们总体上关注了以下跨文化群体：考古探险家、传教士、外交官、博物馆汉学家群体；英国文学翻译、教学、研究群体；出版传播群体；属于剑桥使徒社-布卢姆斯伯里小组的剑桥才子群体；与西特韦尔圈子亲近的牛津才子群体；北大清华才子群体；深度融入剑桥才子群体的中国作家群体。首先，对每类群体的阐发我们主要聚焦典型代表人物而不是所谓的全部剖呈。例如北大清华才子群体就没有涉及卞之琳及后来西南联大的九叶派诸诗人尤其是穆旦、袁可嘉以及曾远游英伦的王佐良等。因为以我们在立论中的精神化趋向为参照，钱锺书自然攀升到诗学和文明精神探索的高峰之巅。我们追寻的是精神辩证发展、涅槃飞升的逻辑路线，而不是停留在表象的低谷凝注鲜花盛景。

其次，需承认，在上述各群体推动的现代主义文学、美学和诗学交互化合中文学类型和诗学风格的迁徙流动，是我们在研究中敲击到却没有深入发掘的。例如作为跨文化的文学场中的文学杰作，钱锺书的《围城》的诗学风格在借鉴汲取英国18世纪讽刺风格和20世纪上半叶的诙谐讽刺小说风格的基础上，自成一家，别开生面。进一步讲，上述群体的跨文化对话与认同在结构上体现出以下类型性特征：考察式审美类型；融入体验式审美类型；考察式思想类型；考察式诗学类型；融入式全面类型。

考察式审美类型包括罗杰·弗莱、亚瑟·韦利、罗伯特·拜伦等。融入体验式审美类型以朱利安·贝尔为代表。考察式思想类型无疑以伯特兰·罗素为典范。考察式诗学类型以锺钟书、瑞恰慈、威廉·燕卜荪为代表。融入式全面类型包括哈罗德·阿克顿、徐志摩、叶公超、萧乾和叶君健。这些结构模式基本上由四点支撑：

（一）以大学、图书馆、寓所或博物馆为主的文化和生命栖居空间；

（二）以交往的友人、师长为主的人际空间；

（三）以刊物、出版社为主的言说空间；

（四）以文艺、考古、思想、理论文本为界面的知识空间。

例如在朱利安·贝尔的跨文化对话与认同中缺少第四个支点，因此他的体验中最缺乏的是理性的思考和沉淀。钱锺书的跨文化对话与认同缺少的是第二个支点，因之他的牛津之旅没有向广阔的人生舞台和人情世界张开。换言之，所有这四个支点支撑的是一个全息的跨文化体验世界。这个生机盎然的世界次第向哈罗德·阿克顿、徐志摩、萧乾敞开了大门。

六、跨文化的精神化运动中沉淀的普适价值和道路这一核心问题。最后我们必须回答的是思想反思批判必须指向的核心问题。也就是说，我们所有的论证、分析、阐释、反思试图解决的问题就是这个问题。这个问题必须超越事实、证据、数据、现实，指向真——哲学思辨意义上的真所彰显的主体间交往、文明间对话、人类共栖共荣的可能性。这种真的可能性其实就隐含在我们反复陈述的这样一条价值公理之中，即：跨文化的交互认同（reciprocal recognition）。这个价值公理同样隐含了必然的精神超越，即：交互认同的过程推动的超越文化物质基础、文化边界、文明藩篱、林林总总的仇恨和杀戮阴霾的精神化运动。这场现代主义审美、思想、文明精神运动进而彰显于异质共存、异种补济的普适价值理念。在上述核心问题及衍生的思考之光照耀下，我们发现英国的现代主义殉道者们从中国古老的文明和初生的少年中国中寻觅到了拯救之道，中国的现代主义探索者们从西方现代文明所带来的劫难中努力培育崭新文明的种子，锻造人类未来文明的模子。

参考文献

中文文献

［英］艾·琼斯等：《英国宪章派诗选》，袁可嘉译，上海译文出版社1984年版。

艾山：《文采风流、音容宛在：叶公超侧记》，载朱传誉主编《叶公超专辑资料》（一），台北：天一出版社1985年版。

［英］爱德华·扬格：《试论独创性作品》，袁可嘉译，人民文学出版社1963年版。

爱默：《钱锺书传记资料》，台北：天一出版社1985年版。

［英］奥登：《战时在中国作》，原载《明日文艺》1943年1月第2号，转载于《中国新诗》1948年7月第2期。

［英］奥里尔·斯坦因：《斯坦因西域盗宝记》，海涛编译，西苑出版社2009年版。

［英］奥里尔·斯坦因：《沿着古代中亚的道路》，巫新华译，广西师范大学出版社2008年版。

北京大学：《国立北京大学外国语文学系英文组课程指导书》（民国二十一至二十二学年度），北京大学档案，卷号：BD1932012。

北京大学：《文科本科第二学期课程表》，载《北京大学日刊》1918年1月5日第38号，第3版。

北京大学：《文科本科现行课程》，载《北京大学日刊》1917年11月29日第12号，第3版。

北京大学：《英文学系课程指导书》（民国十三年至十四年度），载《北京大学日刊》1924年10月6日第3、4版。

北京大学：《英文学系课程指导书》（民国十五年至十六年度），载《北京大学日刊》1927年5月20日第2版、5月21日第2版。

北京大学：《英文学系课程指导书》，载《北京大学日刊》1930年10月21日。

北京大学外国语学院编：《李赋宁先生纪念文集》，北京大学出版社2005年版。

北京外国语大学外国文学研究所编：《王佐良先生纪念文集》，外语教学与研究出版社2001年版。

本书编委会编：《百年清华，百年外文：清华大学百年华诞暨外国语言文学系建系85周年纪念文集》，清华大学出版社2012年版。

［英］彼得·弗莱明：《独行中国：1933年的中国之行》，侯萍、宋苏晨译，南京出版社2006年版。

卞之琳：《卞之琳》，张曼仪编，人民文学出版社1995年版。

卞之琳：《卞之琳文集》，安徽教育出版社2002年版。

卞之琳：《人与诗：忆旧说新》，生活·读书·新知三联书店1983年版。

卞之琳：《三秋草》，华夏出版社2010年版。

卞之琳：《十年诗草》，明日出版社1942年版。

卞之琳：《鱼目集》，人民文学出版社2000年版。

卞之琳编：《汉园集》，商务印书馆1936年版。

［英］伯特兰·罗素：《中国问题》，秦悦译，学林出版社1996年版。

［英］布莱克：《布莱克诗选》，袁可嘉、查良铮等译，人民文学出版社1957年版。

曹葆华：《〈现代诗论〉序》，载《诗人、翻译家曹葆华》（诗歌卷），陈俐、陈晓春主编，上海书店出版社2010年版。

曹葆华：《〈现代诗论〉译者附记》，载《诗人、翻译家曹葆华》（诗歌卷），陈俐、陈晓春主编，上海书店出版社2010年版。

曹葆华：《寄诗魂》，北平震东印书馆1930年版。

曹葆华：《落日颂》，上海新月书店1932年版。

曹葆华辑译：《现代诗论》，商务印书馆1937年版。

曹万生：《现代派诗学与中西诗学》，人民出版社 2003 年版。

陈丙莹：《卞之琳评传》，重庆出版社 1998 年版。

陈伯良：《穆旦传》，浙江人民出版社 2004 年版。

陈晖：《张爱玲与现代主义》，新世纪出版社 2004 年版。

陈晋：《当代中国的现代主义》，中国文联出版社 1988 年版。

陈世骧：《陈世骧文存》，叶珊等主编，台北：志文出版社 1972 年版。

陈小滢（口述）：《回忆我的母亲凌叔华》，李菁主笔，载《新华月报》2010 年第 3 期。

陈晓春、陈俐编：《诗人、翻译家曹葆华》（史料、评论卷），上海书店出版社 2010 年版。

陈旭光：《中西诗学的会通：20 世纪中国现代主义诗学研究》，北京大学出版社 2002 年版。

陈学勇编：《中国儿女：凌叔华佚作·年谱》，上海书店出版社 2010 年版。

陈颖：《"对话"语境中的钱钟书文学批评理论》，博士学位论文，辽宁大学，2009 年。

陈子善编：《叶公超批评文集》，珠海出版社 1998 年版。

刁生虎：《陈寅恪与钱钟书学术思想及治学方法之比较》，载《史学月刊》2007 年第 2 期。

丁志伟编：《钱锺书先生百年诞辰纪念文集》，生活·读书·新知三联书店 2010 年版。

杜运燮：《捧出意义连带着感情——浅议卞诗道路上的转折点》，载《卞之琳与诗艺术》，河北教育出版社 1990 年版。

方涛：《精神的追求：中国现代主义诗脉》，南海出版公司 2002 年版。

废名：《谈新诗》，人民文学出版社 1984 年版。

冯崇义：《罗素访华缘起》，载《学术研究》1992 年第 6 期。

冯崇义：《罗素与中国：西方思想在中国的一次经历》，生活·读书·新知三联书店 1994 年版。

冯至：《从前和现在——为新诗社四周年作》，载《北大》（半月刊）1948 年第 4 期。

冯至：《冯至全集》（12卷本），韩耀成等编，河北教育出版社1999年版。

冯芝祥编：《钱锺书研究集刊》第2辑，上海三联书店2000年版。

傅光明：《凌叔华：古韵精魂》，大象出版社2004年版。

傅国涌：《叶公超传》，河南人民出版社2004年版。

高万云：《钱钟书修辞学思想演绎》，山东文艺出版社2006年版。

高秀芹、徐立钱：《穆旦：苦难与忧思铸就的诗魂》，文津出版社2007年版。

辜鸿铭：《中国人的精神》，黄兴涛、宋小庆译，人民出版社2010年版。

葛桂录：《I. A. 瑞恰慈与中西文化交流》，载《福建师范大学学报》（哲学社会科学版）2009年第2期。

郭兰芳、章修龙：《傅铜：最早学习西方哲学的中国人》，载《纵横》2006年第3期。

韩石山：《徐志摩传》，北京十月文艺出版社2004年版。

韩石山主编：《和钱钟书同学的日子》，陕西人民出版社2007年版。

［美］汉乐逸：《发现卞之琳：一位西方学者的探索之旅》，李永毅译，外语教学与研究出版社2010年版。

何立波：《1920年罗素的中国学术之行》，载《史海纵横》2011年第6期。

胡范铸：《钱钟书学术思想研究》，华东师范大学出版社1993年版。

胡适：《胡适自述》，华东师范大学出版社2013年版。

胡适：《四十自述》，武汉出版社2015年版。

胡适：《谈新诗——八年以来一件大事》，载《中国新文学大系·建设理论集》，上海良友图书印刷公司1935年版。

胡晓明：《陈寅恪与钱钟书：一个隐含的诗学范式之争》，载《华东师范大学学报》（哲社版）1998年第1期。

黄海涛：《清末民初上海的西书店别发洋行》，载《文史知识》2011年第12期。

黄晖：《西方现代主义诗学在中国》，中国社会科学出版社2008年版。

黄梅主编：《现代主义浪潮下：1914—1945》，中国社会科学出版社1995

年版。

季剑青:《大学视野中的新文学: 1930 年代北平的大学教育与文学生产》, 博士学位论文, 北京大学, 2007 年。

季进:《钱锺书与现代西学》, 上海三联书店 2002 年版。

蒋波:《钱钟书语文思辨录》, 湖南师范大学出版社 1997 年版。

江南大学、牛津大学主办:《从无锡到牛津: 钱锺书的人生历程与学术成就国际学术研讨会论文集》, 2014 年。

江南大学、牛津大学主办:《从无锡到牛津: 钱锺书的人生历程与学术成就》, 载《国际学术动态》2015 年第 2 期。

江弱水:《卞之琳诗艺研究》, 安徽教育出版社 2000 年版。

蒋晓丽:《传者与传媒: 中国近代知识分子对大众传媒话语权的争夺》, 载《湘潭大学社会科学学报》2003 年第 5 期。

蒋彝:《伦敦画记》, 上海人民出版社 2010 年版。

焦亚东:《钱锺书文学批评话语研究》, 中国社会科学出版社 2013 年版。

金克木:《代沟的底层——读温源宁〈一知半解〉》, 载《读书》1989 年第 6 期。

柯可(金克木):《论中国新诗的新途径》,《新诗》第 4 期, 1937 年 1 月 10 日。

孔庆茂:《林纾传》, 团结出版社 1998 年版。

孔帅:《瑞恰兹文学批评理论研究》, 博士学位论文, 山东大学, 2011 年。

[英] 劳伦斯·宾雍:《亚洲艺术中人的精神》, 孙乃修译, 辽宁人民出版社 1988 年版。

[美] 雷麦:《外人在华投资》, 蒋学楷等译, 商务印书馆 1959 年版。

[英] 雷蒙·威廉斯:《现代主义的政治: 反对新国教派》, 商务印书馆 2002 年版。

李红玲:《〈天下月刊〉(T'ien Hsiah Monthly) 研究》, 硕士学位论文, 上海外国语大学, 2008 年。

李洪岩:《钱钟书与近代学人》, 百花文艺出版社 1998 年版。

李辉:《爱·摩·福斯特致萧乾的信》, 载《世界文学》1988 年第 3 期。

李欧梵:《上海摩登: 一种新都市文化在中国(1930—1945)》, 毛尖译,人民文学出版社 2010 年版。

李欧梵：《未完成的现代性》，北京大学出版社 2005 版。

李欧梵：《现代性的中国面孔》，载《文艺理论研究》2003 年第 6 期。

李欧梵：《现代性的追求》，人民文学出版社 2000 年版。

李欧梵：《中西文学的徊想》，生活·读书·新知三联书店香港分店 1986 年版。

李欧梵、季进：《现代性的中国面孔》，人民日报出版社 2011 年版。

李清良：《熊十力、陈寅恪、钱锺书阐释思想研究》，中华书局 2007 年版。

李怡、易彬编：《穆旦研究资料》，知识产权出版社 2013 年版。

李怡编：《穆旦作品新编》，人民文学出版社 2011 年版。

梁实秋：《新诗的格调及其他》，载《诗刊》第 1 期，1931 年 1 月 20 日。

梁锡华：《徐志摩新传》，台北：联经出版事业公司 1994 年版。

梁宗岱：《论诗——致志摩》，载梁宗岱《梁宗岱文集Ⅱ·评论卷》，中央编译出版社 2003 年版。原载《诗刊》第 1 期，1931 年 1 月 20 日。

梁宗岱：《新诗底纷歧路口》，载《诗与真·诗与真二集》，商务印书馆 1936 年版。

凌叔华：《古韵》，傅光明译，台北：业强出版社 1991 年版。

凌叔华：《太太·绣枕》，中国现代文学馆编，华夏出版社 1997 年版。

凌叔华：《凌叔华文集》（上、下册），郑实选编，北京燕山出版社 1998 年版。

刘宏照：《林纾小说翻译研究》，上海译文出版社 2011 年版。

刘洪涛：《荒原与拯救：现代主义语境中的劳伦斯小说》，中国社会科学出版社 2007 年版。

刘洪涛：《徐志摩与剑桥大学》，商务印书馆 2011 年版。

刘洪涛译注：《徐志摩致奥格顿的六封英文书信》，载《新文学史料》2005 年第 4 期。

刘介民：《类同研究的再发现：徐志摩在中西文化之间》，中国社会科学出版社 2003 年版。

刘群：《新月社研究》，博士学位论文，复旦大学，2006 年。

刘祥安:《卞之琳:在混乱中寻求秩序》,文津出版社2007年版。

陆文虎:《"围城"内外:钱锺书的文学世界》,解放军出版社2004年版。

[英]罗杰·弗莱:《视觉与设计》,易英译,江苏教育出版社2005年版。

吕周聚:《中国现代主义诗学》,人民文学出版社2001年版。

马泰来:《林纾翻译作品全目》,载钱钟书等《林纾的翻译》,商务印书馆1981年版。

[美]米列:《米列诗选》,袁可嘉选译,新文艺出版社1957年版。

穆旦:《穆旦文集》,梦晨编选,华夏出版社2000年版。

[美]帕特丽夏·劳伦斯:《丽莉·布瑞斯珂的中国眼睛》,万江波等译,上海书店出版社2008年版。

[英]彭斯:《彭斯诗钞》,袁可嘉译,上海译文出版社1981年版。

钱之俊:《编辑钱锺书》,载《中华读书报》2010年8月18日第7版。

钱之俊:《从无锡到牛津:钱锺书求学期间的几个疑问》,载《中华读书报》2014年8月27日第7版。

钱钟书:《论不隔》,载《瑞恰慈:科学与诗》,徐葆耕编,清华大学出版社2003年版。

钱锺书:《猫》,载《文艺复兴》1945年1月10日。

钱钟书:《美的生理学》,载《瑞恰慈:科学与诗》,徐葆耕编,清华大学出版社2003年版。

钱锺书:《七缀集》,上海古籍出版社1985年版。

钱锺书:《钱锺书论学文选》(4卷),舒展选编,花城出版社1990年版。

钱锺书:《钱锺书手稿集》,商务印书馆2015年版。

钱锺书:《钱锺书手稿集·外文笔记1》,商务印书馆2014年版。

钱锺书:《钱锺书文集·容安馆札记》,商务印书馆2003年版。

钱锺书:《人·兽·鬼》,开明书店1947年版。

钱锺书:《谈艺录》,中华书局1984年版。

钱锺书:《围城》,晨光出版公司1947年版。

钱锺书:《写在人生边上》,开明书店1941年版。

钱锺书:《写在人生边上/人生边上的边上/石语》,生活·读书·新知三联书店2002年版。

乔旺主编：《百年萧乾》，内蒙古大学出版社 2010 年版。

秦贤次编：《叶公超其人其文其事》，传记文学出版社 1983 年版。

清华大学校史研究室编：《清华大学史料选编》，清华大学出版社 1991 年版。

秋然编：《钱锺书随笔》，宁夏人民出版社 1998 年版。

［英］瑞恰慈：《科学与诗》，曹葆华译，商务印书馆 1937 年版。

邵华强：《徐志摩研究资料》，知识产权出版社 2011 年版。

邵绡红：《我的爸爸邵洵美》，上海书店出版社 2005 年版。

沈弘：《论慕雅德对于保存杭州历史记忆的贡献》，《文化艺术研究》2010 年第 3 卷第 4 期。

盛宁：《现代主义·现代派·现代话语：对"现代主义"的再审视》，北京大学出版社 2011 年版。

盛佩玉：《盛氏家族·邵洵美与我》，人民文学出版社 2004 年版。

宋以朗：《宋家客厅：从钱锺书到张爱玲》，花城出版社 2015 年版。

孙玉石：《序：曹葆华的新诗探索与诗论译介思想》，载《诗人、翻译家曹葆华》（诗歌卷），陈俐、陈晓春主编，上海书店出版社 2010 年版。

孙玉石：《中国现代主义诗潮史论》，北京大学出版社 2010 年版。

谭楚良：《中国现代派文学史论》，学林出版社 1996 年版。

唐玲：《钱钟书与英美新批评》，硕士学位论文，湖南师范大学，2007 年。

唐湜：《论〈中国新诗〉——给我们的友人与我们自己》，载《华美晚报》1948 年 9 月 13 日。

唐湜：《我的诗艺探索》，载《香港文学》1986 年第 13 期。

陶家俊：《安德森－卡勒范式的摹仿诗学基础》，载《外国语文》2010 年第 6 期。

陶家俊：《辩证的综合与超越——对皮埃尔·布迪厄的方法论批判》，载《当代外国文学》2016 年第 4 期。

陶家俊：《欧洲古典诗学的现代重构——论艾瑞克·奥尔巴赫的历史形象诗学观》，载《外国文学》2016 年第 6 期。

［英］托·斯·艾略特：《艾略特文学论文集》，李赋宁译注，百花洲文艺出版社 1994 年版。

汪荣祖：《槐聚心史：钱锺书的自我及其微世界》，台湾大学出版中心 2014 年版。

王彬彬：《中国现代大学与现代文学的相互哺育》，载《社会科学》2009 年第 4 期。

王国强：《〈中国评论〉与 19 世纪末英国汉学之发展》，载《汉学研究通讯》第 26 卷第 3 期，2007 年 8 月。

王学珍、郭建荣主编：《北京大学史料》（第 2 卷），北京大学出版社 2000 年版。

王一心、李伶伶：《徐志摩·新月社》，陕西人民出版社 2009 年版。

王佐良：《带一门学问回中国》，天津人民出版社 2009 年版。

王佐良：《穆旦：由来与归宿》，载《一个民族已经起来：怀念诗人、翻译家穆旦》，江苏人民出版社 1987 年版。

王佐良：《王佐良选集》，外语教学与研究出版社 2011 年版。

王佐良：《文学间的契合：王佐良比较文学论集》，外语教学与研究出版社 2005 年版。

王佐良：《心智文采：王佐良随笔》，北京大学出版社 2007 年版。

王佐良：《一个中国新诗人》，见《穆旦诗集·附录》，1947 年 5 月自费刊印，载北平《文学杂志》第 2 卷第 2 期，1947 年 7 月 1 日。

王佐良：《英诗的境界》，生活·读书·新知三联书店 2014 年版。

王佐良：《中楼集》，辽宁教育出版社 1995 年版。

文洁若编：《萧乾家书》，东方出版社 2010 年版。

闻一多编选：《现代诗抄》，载《闻一多全集》，湖北人民出版社 2004 年版。

吴宓：《吴宓日记：1928—1929》，吴学昭整理注释，生活·读书·新知三联书店 1998 年版。

吴宓：《吴宓日记：1930—1933》吴学昭整理注释，生活·读书·新知三联书店 1998 年版。

吴晓樵：《德国汉学家洪涛生及有关他的研究》，《中德文学姻缘》，上海外语教育出版社 2008 年版。

吴学昭：《听杨绛谈往事》，生活·读书·新知三联书店 2008 年版。

西南联大校友会编:《笳吹弦诵在春城》,云南人民出版社1986年版。

西南联合大学北京校友会编:《国立西南联合大学校史》,北京大学出版社1996年版。

[美]奚密:《文学影响的倾向性与互补性》,青乔中译,载阎纯德主编《汉学研究》(第2集),中国和平出版社1997年版。

[美]奚密:《现代汉诗:1917年以来的理论和实践》,上海三联书店2008年版。

[美]夏志清:《新文学的传统》,新星出版社2005年版。

萧乾:《未带地图的旅人:萧乾回忆录》,中国文联出版公司1997年版。

萧乾:《未带地图的旅人》,江苏文艺出版社2010年版。

萧乾:《萧乾全集》(7卷本),文洁若、傅光明、黄友文主编,湖北人民出版社2005年版。

萧乾:《萧乾书信集》,河南教育出版社1991年版。

萧乾:《萧乾文集》(10卷本),傅光明主编,浙江文艺出版社1998年版。

萧乾:《萧乾忆旧》,湖北人民出版社2005年版。

萧乾:《萧乾自述》,李辉主编,大象出版社2003年版。

萧乾:《友谊公报通信》,《世界文学》1988年第3期。

谢泳编:《钱钟书和他的时代》,上海辞书出版社2009年版。

辛迪、杜运燮和袁可嘉等:《八叶集》(诗歌集),生活·读书·新知三联书店香港分店1984年版。

熊月之:《西学东渐与晚清社会》,上海人民出版社1994年版。

徐百柯:《民国那些人》,中央编译出版社2007年版。

徐葆耕编:《瑞恰慈:科学与诗》,清华大学出版社2003年版。

徐敬亚:《中国现代主义诗群大观:1986—1988》,同济大学出版社1988年版。

徐立钱:《穆旦与英国现代主义诗歌》,北京语言大学2006年博士学位论文。

徐志摩:《欧洲印象》,华中师范大学出版社2010年版。

徐志摩:《徐志摩全集》,天津人民出版社2005年版。

徐志摩：《徐志摩未刊日记：外四种》，北京图书馆出版社2003年版。

许厚今：《钱锺书诗学论要》，黄山书社1992年版。

许丽青：《钱钟书与英国文学》，复旦大学2010年博士论文。

许龙：《钱锺书诗学思想研究》，中国社会科学出版社2006年版。

许振德：《水木清华四十年》，台湾《清华校友通讯》新四十四期校庆专刊，台湾清华校友通讯杂志社1973年4月出版。

燕大文史资料编委会编：《燕大文史资料》（第3辑），北京大学出版社1990年版。

燕京大学校友会校史编委会编：《燕京大学史稿》，人民中国出版社2000年版。

燕京大学校友校史编写委员会编：《燕京大学史稿》（1919—1952），人民中国出版社1999年版。

杨国桢：《牛津大学中国学的变迁》，《中国史研究动态》1995年第8期。

杨绛：《记钱钟书与〈围城〉》，湖南人民出版社1986年版。

杨联芬：《钱钟书评说七十年》，文化艺术出版社2010年版。

叶崇德编：《回忆叶公超》，学林出版社1993年版。

叶公超：《曹葆华译〈现代诗论〉》，载《新月怀旧：叶公超文艺杂谈》，学林出版社1997年版。原载商务印书馆出版《科学与诗》1937年4月第1版。

叶公超：《国语辞典》，台湾商务印书馆出版社1981年版。

叶公超：《新月怀旧：叶公超文艺杂谈》，学林出版社1997年版。

叶公超：《叶公超批评文集》，陈子善编，珠海出版社1998年版。

叶君健：《欧陆回望》，九洲图书出版社1997年版。

叶君健：《西楼集》，江西人民出版社1981年版。

叶君健：《叶君健全集》，清华大学出版社2010年版。

叶君健，《叶君健文集》（10卷本），雨笠编，浙江文艺出版社出版1998年版。

叶君健：《一代"文苑精华"》，载《译林》1984年第2期。

叶君健：《一代精英——回首"布隆斯伯里学派"》，载《文学世界》1996年第2期。

叶君健：《重返剑桥》，生活·读书·新知三联书店1983年版。

叶隽：《北大德文系早期的师生状况及其学术史意义》，载《教育学报》2007年第6期。

叶立文：《"误读"的方法：新时期初西方现代主义文学的传播与接受》，中国社会科学出版社2009年版。

叶念伦：《叶君健和布鲁斯伯里学派》，载《外国文学》2001年第5期。

叶念伦：《作家的素质——叶君健访谈录》，载《济南日报》1995年4月29日。

易彬：《穆旦年谱》，中国社会科学出版社2010年版。

易彬：《穆旦评传》，南京大学出版社2012年版。

易彬：《穆旦与中国新诗的历史构建》，中国社会科学出版社2010年版。

易永谊、许海燕：《越界文学旅行者的英文书写（1935—1936）——〈天下月刊〉时期的林语堂》，载《温州大学学报》（社会科学版）2012年第3期。

袁可嘉：《〈九叶集〉序》，载《读书》1980年第7期。

袁可嘉：《半个世纪的脚印：袁可嘉文选》，人民文学出版社1994年版。

袁可嘉：《论诗境的扩展与结晶》，载《经世日报·文艺副刊》1946年9月15日。

袁可嘉：《论新诗现代化》，生活·读书·新知三联书店1988年版。

袁可嘉：《欧美现代派文学概论》，上海文艺出版社1993年版；广西师范大学出版社2003年再版。

袁可嘉：《欧美现代十大流派诗选》，上海文艺出版社1991年版。

袁可嘉：《批评漫步——并论诗与生活》，载天津《大公报》副刊《星期文艺》1947年6月8日。

袁可嘉：《诗的新方向》，载《新路周刊》第1卷第17期，1948年。

袁可嘉：《诗人穆旦的位置——纪念穆旦逝世十周年》，载《一个民族已经起来：怀念诗人、翻译家穆旦》，江苏人民出版社1987年版。

袁可嘉：《诗与主题》，载天津《大公报·文学副刊》1947年1月14、17、21日。

袁可嘉：《谈戏剧主义——四论新诗现代化》，载天津《大公报·星期文艺》1948年6月8日。

袁可嘉：《我的文学观》，载北平《华北日报·文学副刊》1948年10月24日。

袁可嘉：《西方现代派与中国诗》，载《现代派诗论·英美诗论》，中国社会科学出版社1985年版。

袁可嘉：《现代派论·英美诗论》，中国社会科学出版社1985年版。

袁可嘉：《现代主义文学研究》，中国社会科学出版社1989年版。

袁可嘉：《新诗戏剧化》，载《诗创造》1948年6月第12期。

袁可嘉：《新诗现代化的再分析——技术诸平面的透视》，载天津《大公报·星期文艺》1947年5月18日。

袁可嘉：《新诗现代化——新传统的寻求》，载天津《大公报·星期文艺》1947年3月30日。

袁可嘉：《诗与意义》，收入《论新诗现代化》，生活·读书·新知三联书店1988年版。原载《文学杂志》第2卷第6期，1947年11月。

袁可嘉等主编：《卞之琳与诗艺术》，河北教育出版社1990年版。

袁可嘉选译：《美国歌谣选》，外国文学出版社1985年版。

袁可嘉主编：《外国现代派作品选》（1—4），上海文艺出版社1985年版。

辛迪等：《九叶集》，作家出版社2000年版。

臧克和：《钱钟书与中国文化精神》，百花洲文艺出版社1993年版。

翟理思：《中国和中国人》，顾海东、栗亚娟译，金城出版社2011年版。

张百熙等编：《奏定学堂章程》，清光绪三十年，中国国家图书馆馆藏。

张国刚：《剑桥大学中国学的历史与现状》，《传统文化与现代化》1995年第3期。

张惠：《"理论旅行"——"新批评"的中国化研究》，博士学位论文，华中师范大学，2011年。

张建术：《魔镜里的钱钟书》，文化艺术出版社2010年版。

张俊才：《林纾评传》，中华书局2007年版。

张克军：《钱钟书与二十世纪中国文化精神》，硕士学位论文，兰州大学，2000年。

张曼菱：《西南联大人物访谈录》，云南教育出版社2007年版。

张曼仪：《卞之琳著译研究》，香港大学中文系，1989 年。

张泉编：《钱锺书和他的〈围城〉——美国学者论钱锺书》，中国和平出版社 1991 年版。

张思敬编：《国立西南联合大学史料》第 3 辑（教学、科研卷），云南教育出版社 1998 年版。

张松建：《现代诗的再出发：中国四十年代现代主义诗潮新探》，北京大学出版社 2009 年版。

赵瑞蕻：《回忆燕卜荪先生》，载《时与潮》第 1 卷第 2 期，1943 年 5 月 15 日。

赵毅衡：《"新批评"文集》，中国社会科学出版社 1988 年版。

赵毅衡：《对岸的诱惑：中西文化交流记》，上海人民出版社 2007 年版。

赵毅衡：《远游的诗神：中国如何改变了美国现代诗》，上海译文出版社 2003 年版。

赵毅衡：《重访新批评》，百花文艺出版社 2009 年版。

郑培凯、范家伟主编：《旧学新知集》，广西师范大学出版社 2008 年版。

中国社会科学院科研局组织编选：《卞之琳集》，中国社会科学出版社 2009 年版。

中国科学院文学研究所编：《现代美英资产阶级文学理论文选》，作家出版社 1962 年版。

钟作猷：《英文修辞学基础》，中华书局 1935 年版。

周珏良：《穆旦的诗和译诗》，载《一个民族已经起来：怀念诗人、翻译家穆旦》，江苏人民出版社 1987 年版。

周珏良：《周珏良文集》，外语教学与研究出版社 1994 年版。

周晓明：《多源与多元：从中国留学族到新月派》，华中师范大学出版社 2001 年版。

周作人：《〈扬鞭集〉序》，载《中国序跋大辞典》，楼沪光，孙琇主编，河北教育出版社 2002 年版；原载《雨丝》1926 年 6 月 7 日第 82 期。

周作人：《旧梦·序》，载《周作人文类编·本色》，湖南文艺出版社 1998 年版。

周作人：《林琴南与罗振玉》，载《语丝》1924 年 12 月 1 日第 3 期。

朱光潜：《心理上个别的差异语诗的欣赏》，载《大公报》1936年11月1日。

朱自清：《新诗杂话·诗与哲学》，载《朱自清全集》（第2卷），朱乔森编，江苏教育出版社1988年版。

英文文献

Acton, Harold & Chen Shih-Hsiang, trans. *Modern Chinese Poetry*. London: Duckworth, 1936.

Acton, Harold & Li Yi-Hsieh, trans. *Glue and Lacquer: Four Cautionary Tales Translated from the Chinese*. London: The Golden Cockerel Press, 1941.

Acton, Harold. *Memoirs of An Aesthete*. London: Methuen & Co. Ltd., 1948.

Acton, Harold. *Peonies and Ponies*. London: Chatto & Windus, 1941.

Agamben, Giorgio. *Remnants of Auschwitz: The Witness and the Archive*. Daniel Heller-Roazen, trans. New York: Zone Books, 1999.

Aijaz, Ahmad. *In Theory*. London and New York: Verso, 1992.

Appadurai, Arjun. *Modernity at Large: Cultural Dimensions of Globalization*. Minneapolis: University of Minnesota Press, 1996.

Ardis, Ann L. *Modernism and Cultural Conflict 1880 – 1922*. Cambridge: Cambridge UP, 2002.

Arlington, L. C. & Harold Acton, trans. and ed. *Famous Chinese Plays*. Peking: Henri Vetch, 1937.

Armstrong, Tim. *Modernism: A Cultural History*. Cambridge: Polity, 2005.

Auden, W. H. & Christopher Isherwood. *Journey to a War*. London: Faber & Faber Limited, 1939.

Auden, W. H. "The Means of Grace," *New Republic* 104 (June 1941): 765 – 766.

Auden, W. H. & Christopher Isherwood. *On the Frontier: A Melodrama in Three Acts*. New York: Random House, 1938.

Baker, Houston A. *Modernism and the Harlem Renaissance*. Chicago: Chicago UP, 1987.

Baldick, Chris. *The Social Mission of English Criticism 1848 – 1932*. Oxford: Clarendon Press, 1987.

Baudelaire, Charles. *The Painter of Modern Life and Other Essays*. Jonathan Mayne ed. and trans. London: Phaidon Press, 1995.

Baynes, Cary F. *The I Ching or Book of Changes*. New York: Pantheon Books, 1950.

Bell, Julian. *Essays, Poems and Letters*. Quention Bell ed. London: The Hogarth Press, 1938.

Bell, Julian. *Winter Movement and Other Poems*. London: Chatto & Windus, 1930.

Bell, Julian. *Work for the Winter and Other Poems*. London: Hogarth Press, 1936.

Bell, Vanessa. *Selected Letters of Vanessa Bell*. Regina Marler ed. New York: Pantheon Books, 1993.

Berg Collection, New York Public Library.

Berg, Daria and Chloë Starreds. *The Quest for Gentility in China: Negotiations Beyond Gender and Class*. London: Routledge, 2008.

Boehmer, Elleke. *Empire, the National, and the Postcolonial, 1890 – 1920: Resistance in Interaction*. Oxford: Oxford UP, 2002.

Bourdieu, Pierre. *The Field of Cultural Production*. New York: Columbia UP, 1993.

Bourdieu, Pierre. *The Rules of Art: Genesis and Structure of the Literary Field*. Stanford: Stanford UP, 1996.

Bourne-Taylor, Carole & Ariane Mildenberg. *Phenomenology, Modernism and Beyond*. Oxford: Peter Lang, 2010.

Brophy, James D. *Edith Sitwell: The Symbolist Order*. Carbondale and Edwardsville: Southern Illinois University Press, 1968.

Brower, Reuben, Helen Vendler & John Hollander eds. *I. A. Richards: Essays in His Honor*. New York: Oxford UP, 1973.

Bush, Christopher. *Ideographic Modernism: China, Writing, Media*. Oxford: Oxford UP, 2010.

Byron, Robert. *First Russia, Then Tibet: Travels Through a Changing

World. London: Macmillan & Co. Ltd. , 1933.

Byron, Robert. *Letters Home*. Lucy Butler, ed. London: John Murray, 1991.

Byron, Robert. *The Road to Oxiana*. New York: Oxford UP, 1982.

Cantor, Norman. *Twentieth Century Culture, Modernism to Deconstruction*. London: Peter Lang, 1988.

Charleston Papers, Modern Archives, King's College, Cambridge.

Carpenter, Humphrey. *The Brideshead Generation: Evelyn Waugh and His Friends*. Boston, MA: Houghton Mifflin, 1990.

Carpenter, Humphrey. *W. H. Auden: A Biography*. London: George Allen & Unwin, 1981.

Chaney, Edward & Neil Ritchieeds. *Oxford China and Italy: Writings in Honour of Sir Harold Acton on His Eightieth Birthday*. London: Thames & Hudson, 1984.

Childs, Peter. *Modernism*. London: Routledge, 2000.

Christopher Isherwood. *Christopher and His Kind: A Biography, 1929 – 1939*. New York: Farrar, Straus and Giroux, 2013.

Clark, John A. *Modernities of Chinese Art*. Leiden: Brill, 2010.

Clark, Jon, Margot Heinemann, David Margolies & Carole Snee eds. *Culture and Crisis in Britain in the 30s*. London: Lawrence and Wishart, 1979.

Clark, Ronald W. *Bertrand Russell and His World*. London: Thames and Hudson, 1981.

Clark, Ronald W. *The Life of Bertrand Russell*. London: Cape, 1975.

Clark, Thekla. *Wystan and Chester: Personal Memoirs of W. H. Auden and Chester Kallman*. London: Faber and Faber, 1997.

Clifford, James. "Notes on Travel and Theory," *Inscriptions*, 1989 (Vol. 5).

Cuddy-Keane, Melba. " Modernism, Geopolitics, Globalization," *Modernism/Modernity* 10. 3 (2003): 539 – 558.

Damrosch, David. *World Literature in Theory*. Chichester: John Wiley & Sons, Ltd. , 2014.

Davenport-Hines, Richard. *Auden*. London: Heinemann, 1995.

Deacon, Richard. *The Cambridge Apostles: A History of Cambridge University's Elite Intellectual Secret Society*. New York: Farrar, Straus and Giroux, 1986.

Dickinson, G. Lowes. *Autobiography of G. Lowes Dickinson*. Dennis Proctor ed. London: Gerald Duckworth & Co. Ltd., 1973.

Dickinson, G. Lowes. *The Contribution of Ancient Greece to Modern Life*. London: George Allen Unwin Ltd., 1932.

Dickinson, G. Lowes. *The Greek View of Life*. London: Methuen & Co. Ltd., 1896.

Dickinson, G. Lowes. *Appearances: Notes of Travel, East and West*. New York: Page & Company, 1926.

Dickinson, G. Lowes. *Letters from a Chinese Official: Being an Eastern View of Western Civilization*. New York: McClure, Philips and Co., 1903.

Hart-Davis, Duff. *Peter Fleming: A Biography*. Oxford: Oxford UP, 1974.

Eagleton, Terry. *Literary Theory: An Introduction*. Minneapolis: University of Minnesota Press, 1983.

Empson, William. "Teaching English in the Far East and England," *The Strengths of Shakespeare's Shrew*. Sheffield: Sheffield Academic Press, 1996.

Empson, William. *Selected letters of William Empson*. John Haffenden ed. Oxford: Oxford UP, 2006.

Empson, William. *Seven Types of Ambiguity*. London: Penguin, 1995.

Empson, William. *The Complete Poems of William Empson*. John Haffenden ed. Gainesville: University Press of Florida, 2000.

Empson, William. *Selected Letters of William Empson*. John Haffenden ed. Oxford: Oxford UP, 2006.

Empson, William. *The Structure of Complex Words*. London: Chatto and Windus, 1951.

English, J. F. *Economy of Prestige*. Cambridge, Massachusetts: Harvard UP, 2005.

Esty, Jed. *A Shrinking Island: Modernism and National Culture in England*. Princeton: Princeton UP, 2004.

Falkenheim, Jacqueline V. *Roger Fry and the Beginnings of the Formalist Art Criticism*. Ann Arbor, MI: UMI Research Press, 1980.

Fishman, Solomon R. *The Interpretation of Art: Essays on the Art Criticism of John Ruskin, Walter Pater, Clive Bell, Roger Fry and Herbert Read*. Berkeley and Los Angeles: University of California Press, 1963.

Fleming, Peter. *News from Tartary: A Journey from Peking to Kashmir*. London: Jonathan Cape, 1936.

Fleming, Peter. *One's Company: A Journey to China in 1933*. London: Jonathan Cape, 1934.

Fleming, Peter. *The Siege at Peking*. New York: Harper, 1959.

Fleming, Peter. *To Peking: A Forgotten Journey from Moscow to Manchuria*. London: Tauris, 2009.

Fleming, Peter. *Travels in Tartary: One's Company and News from Tartary*. London: Jonathan Cape, 1948.

Foucault, Michel. "Of Other Spaces," *Diacritics* 16: 1 (1986: Spring): 22-27.

Foucault, Michel. *The Archaeology of Knowledge*. New York: Pantheon Books, 1972.

Foucault, Michel. "*Society Must Be Defended*". New York: St. Martin's Press, 1997.

Froula, Christine. *Virginia Woolf and the Bloomsbury Avant-Garde: War, Civilization, Modernity*. New York: Columbia UP, 2007.

Fry, Roger, et al. *Chinese Art*. London: Batsford, 1935.

Fry, Roger. *Last Lectures*. Cambridge: Cambridge UP, 1939.

Fry, Roger. *Transformations*. London: Chatto and Windus, 1926.

Fry, Roger. *Vision and Design*. London: Dover, 1998.

Fry, Roger. *The Letters of Roger Fry*. Denys Sutton ed. New York: Random House, 1972.

Fry, Roger. Fry Papers, King's College Archive Center, Cambridge.

Fussell, Paul. *Abroad: British Literary Travelling between the Wars*. Oxford: Oxford UP, 1980.

Gardner, Philip & Averil Gardner. *The God Approached: A Commentary on the

Poems of William Empson. London: Chatto & Windus, 1978.

Gikandi, Simon. *Writing in Limbo: Modernism and Caribbean Literature*. Ithaca: Cornell UP, 1992.

Giles, Herbert A. *From Swatow to Canton*. Shanghai: Kelly & Walsh, 1877.

Gilroy, Paul. *The Black Atlantic: Modernity and Double Consciousness*. London: Verso, 1993.

Gossman, Lionel. "Literature and Education," *New Literary History* 13.2 (Winter 1982): 341–371.

Green, Martin. *Children of the Sun: A Narrative of "Decadence" in England After 1918*. Mount Jackson: Axios Press, 1976.

Greene, Richard. *Edith Sitwell: Avant-Garde Poet, English Genius*. London: Virago, 2011.

Haffenden, John. *William Empson, Vol. 1: Among the Mandarins*. Oxford: Oxford UP, 2005.

Haffenden, John. *William Empson, Vol. 2: Against the Christians*. Oxford: Oxford University Press, 2006.

Haft, Lloyd. *Pien Chih-Lin: A Study in Modern Chinese Poetry*. Berlin: Walter de Gruyter & Co., 1983.

Haft, Lloyd. *Selective Guide to Chinese Literature 1900–1949: The Poem*. Leiden: E. J. Brill, 1989.

Harding, Jason. "Goldsworthy Lowes Dickinson and the King's College Mandarins," *The Cambridge Quarterly* 41.1 (2012): 26–42.

Hardy, Thomas. *The Collected Letters of Thomas Hardy*. Richard Little and Michael Millgate eds. Oxford: the Clarendon Press, 1978.

Harvey, David. *The Condition of Postmodernity*. Oxford: Blackwell, 1989.

Hassan, Ihab. *The Postmodern Turn: Essays in Postmodern Theory and Culture*. Columbus: Ohio State UP, 1987.

Herz, Judith Scherer. "Bloomsbury, Modernism & China," *English Literature in Transition, 1880–1920*, 49.1 (2006): 88–92.

Hockx, Michel. *Questions of Style: Literary Societies and Literary Journals in*

Modern China 1911 – 1937. Boston: Leiden, 2003.

Hollis, Christopher. *Oxford in the Twenties: Recollections of Five Friends*. London: Heinemann, 1976.

Hong, Ying. *K: The Art of Love*. Henry Zhao & Nicky Harman trans. London: Marion Boyars Publishers Ltd. , 2002.

Hotoph, W. H. N. *Language, Thought and Comprehension: A Case Study of the Writings of I. A. Richards*. London: Routledge and Kegan Paul, 1965.

Huang, Guiyou. *Whitmanism, Imagism, and Modernism in China and America*. Selingsgrove: Susquehanna University Press, 1997

Hubbard, Phil, Rob Kitchin and Brendan Bartley et al. *Thinking Geographically: Space, Theory and Contemporary Human Geography*. London: Continuum, 2002.

Hughes, E. R. , ed. *China Body and Soul*. London: Secker and Warburg, 1938.

Huyssen, Andreas. *After the Great Divide: Modernism, Mass Culture, Postmodernism*. Bloomington, Ind. : Indiana UP, 1986.

Isherwood, Christopher. *All the Conspirators*. New York: New Directions Publishing Corporation, 2016.

Isherwood, Christopher. *Lions and Shadows: An Education in the Twenties*. New York: New Directions Publishing Corp. , 1947.

James, C. L. R. *The Black Jacobins*. London: Allison & Busby, 1980.

Jones, Andrew F. *Developmental Fairy Tales: Evolutionary Thinking and Modern Chinese Culture*. Cambridge, Mass: Harvard UP, 2011.

Joshi, Priya. *In Another Country: Colonialism, Culture, and the English Novel in India*. New York: Columbia UP, 2002.

Julian Bell, ed. *We Did Not Fight: 1914 – 18 Experiences of War Resisters*. London: Cobden-Sanderson, 1935.

Julian Bell Papers, Modern Archives, King's College, Cambridge.

K'ung, Shang-jen, Chen Shih-hsiang & Harold Acton. *The Peach Blossom Fan*. Berkeley and Los Angeles: University of California Press, 1976.

Kern, Robert. *Orientalism, Modernism, and the American Poetry*. Cambridge:

Cambridge UP, 1996.

Knox, James. *Robert Byron: A Biography*. London, John Murray, 2003.

Koeneke, Rodney. *Empires of the Mind: I. A. Richards and Basic English in China, 1929 – 1979*. Stanford: Stanford UP, 2004.

Ku, Hung-Ming. *The Discourses and Sayings of Confucius: A New Special Translation, Illustrated with Quotations from Goethe and Other Writers*. Shanghai: Kelly and Walsh, Limited, 1898.

Kumar, Ashok. *I. A. Richards and New Criticism*. New Delhi: Atlantic Publishers & Distributors, 2010.

Larson, Wendy, and Anne Wedell-Wedellsborg eds. *Inside Out: Modernism and Postmodernism in Chinese Literary Culture*. Aarhus, Denmark: Aarhus UP, 1993.

Laughlin, Charles A. ed. *Contested Modernities in Chinese Literature*. New York: Palgrave MacMillan, 2005.

Laurence, Patricia. *Lily Briscoe's Chinese Eyes: Bloomsbury, Modernism, and China*. Columbia: University of South Carolina Press, 2003.

Leavis, F. R. "Intelligence and Sensibility," *Cambridge Review* 16 (January 1931).

Leavis, F. R. "What's Wrong with Criticism?" *Scrutiny*1. 2 (Sep. 1932).

Leavis, F. R. *New Bearings in English Poetry*. London: Chatto & Windus, 1932.

Lefebvre, Henri. *The Production of Space*. Oxford: Blackwell, 1991.

Lehman, John. *Thrown to the Woolfs*. London: Weidenfeld and Nicolson, 1978.

Lehmann, John. "The Armoured Writer – 1," *New Writing and Daylight* (summer 1942): 153 – 160. London: The Hogarth Press.

Lehmann, John. *The Whispering Gallery*. London: Longmans, Green, 1955.

Le Mahieu, D. L. *A Culture for Democracy: Mass Communication and the Cultivated Mind in Britain between the Wars*. Oxford: Clarendon Press, 1988.

Levenson, Michael. *A Genealogy of Modernism*. Cambridge: Cambridge UP, 1984.

Levenson, Michael. *Modernism and the Fate of Individuality*. Cambridge: Cambridge UP, 1991.

Levy, Paul. *Moore: G. E. Moore and the Cambridge Apostles*. Oxford: Oxford UP, 1981.

Lin, Yutang. *A History of the Press and Public Opinion in China*. Chicago: University of Chicago Press, 1936.

Lord, James. *Some Remarkable Men: Further Memoirs*. New York: Farrar, Straus and Giroux, 1996.

Lubenow, W. C. *The Cambridge Apostles, 1820 – 1914: Liberalism, Imagination, and Friendship in British Intellectual and Political Life*. Cambridge: Cambridge UP, 1998.

Lukács, Georg. "The Ideology of Modernism," *The Novel: An Anthology of Criticism and Theory, 1900 – 2000*. Dorothy J. Hale ed. Oxford: Wiley and Blackwell, 2005.

Mackay, Marina. *Modernism and World War II*. Cambridge: Cambridge UP, 2007.

Man, Paul De. "Literary History and Literary Modernity," *Daedalus* 99.2 (Spring, 1970): 384 – 404.

Masopust, Michael A. "Laura Riding's Quarrel with Poetry," *South Central Review* 2.1 (Spring, 1985): 42 –56.

Maxwell, D. E. S. *John Lehmann: A Tribute*. Kingston: McGill-Queen's University Press, 1987.

McCallum, Pamela. *Literature and Method: Towardsa Critique of I. A. Richards, T. S. Eliot, and F. R. Leavis*. Dublin: Gill and Macmillan, 1983.

Mi, Jiayan. *Self-fashioning and Reflexive Modernity in Modern Chinese Poetry, 1919 – 1949*. New York: Edwin Mellen Press, 2004.

Miller, Tyrus. *Late Modernism: Fiction, Politics, and the Arts between the World Wars*. Berkeley: University of California Press, 1999.

Millgate, Michael. *Thomas Hardy: A Biography*. Oxford: Oxford UP, 1985.

Monk, Ray. *Bertrand Russell: The Spirit of Solitude, 1872 – 1921*. London: Jonathan Cape, 1996.

Monk, Ray. *Bertrand Russell: The Ghost of Madness, 1921 – 1970*. London:

Jonathan Cape, 2000.

Moore, Geoffrey. "The Significance of Bloomsbury," *The Kenyon Review* 17.1 (Winter, 1955): 119-129.

Moretti, Franco. *Signs Taken for Wonders*. London: Verso, 1988.

Moretti, Franco. *Modern Epic*. Lodon: Verso, 1996.

Moretti, Franco. *Graphs, Maps, Trees: Abstract Models for a Literary History*. London: Verso, 2007.

Moule, Arthur Evans. *New China and Old*. London: Seeley and Co. Limited, 1902.

Moynagh, Maureen Anne. *Political Tourism and its Texts*. Toronto: University of Toronto Press, 2008.

Mulhern, Francis. *The Moment of "Scrutiny."* London: New Left Books, 1979.

Nietzsche, Friedrich. "Vom Nutzen und Nachteil der Historie fur dus Leben," *Unzeitgemässe Betrachtung II in Karl Schlechte* ed. Werke I. C. Hanser: Munich, 1954.

Norris, Christopher & Nigel Mappeds. *William Empson: The Critical Achievement*. Cambridge: Cambridge UP, 1993.

Norris, Christopher C. *William Empson and the Philosophy of Literary Criticism*. London: Athlone Press, 1978.

Ogden, C. K. and I. A. Richards. *The Meaning of Meaning: A Study of the Influence of Language upon Thought and of the Science of Symbolism*. London: Kegan Paul, 1923.

Osborne, Charles. *W. H. Auden: The Life of a Poet*. London: Eyre Methuen, 1980.

Palmer, D. J. *The Rise of English Studies*. London: Oxford University Press, 1965.

Pang, Laikwan. *The Distorting Mirror: Visual Modernity in China*. Honolulu: University of Hawai'i Press, 2007.

Parry, Amie Elizabeth. *Interventions into Modernist Cultures: Poetry from Beyond the Empty Screen*. Durham: Duke University Press, 2007.

Peat, Alexandra. *Travel and Modernist Literature: Sacred and Ethical Journeys*. New York: Routledge, 2011.

Pollard, Charles W. *New World Modernisms: T. S. Eliot, Derek Walcott, and Kamau Brathwaite.* Charlottesville, Va.: University of Virginia Press, 2004.

Pound, Ezra. *The Letters of Ezra Pound 1907 – 1941.* D. D. Paige ed. London: Faber & Faber, 1951.

Pratt, Mary Louis. "Arts of the Contact Zone," *Ways of Reading.* David Bartholomae and Anthony Petroksky eds. New York: Bedford/St. Martin's, 1999.

Pratt, Mary Louis. *Imperial Eyes: Travel Writing and Transculturation.* London: Routledge, 1992.

Qian, Zhaoming. *The Modernist Response to Chinese Art: Pound, Moore, Stevens.* Charlottesville: University of Virginia Press, 2003.

Qian, Zhaoming. *Orientalism and Modernism: The Legacy of China in Pound and Williams.* Durham: Duke University Press, 1995.

Quennell, Peter. *A Superficial Journey through Tokyo and Peking.* London, Faber and Faber Limited, 1932.

Quennell, Peter. *The Singular Preference: Portraits and Essays.* New York: Viking Press, 1953.

Rainey, Lawrence. *Institutions of Modernism: Literary Elites and Public Culture.* New Haven: Yale UP, 1998.

Ransom, John Crowe. *The New Criticism.* New York: New Directions, 1941.

Reed, Christopher A. *Gutenberg in Shanghai: Chinese Print Capitalism, 1876 – 1937.* Vancouver: the University of British Columbia Press, 2004.

Richards Diaries, Richards Collection, Magdalene College, Cambridge.

Richards, I. A. & Christine Gibson. *Learning Basic English: A Practical Handbook for English-Speaking People.* New York: W. W. Norton & Co., 1945.

Richards, I. A. "The Chinese Renaissance," *Scrutiny* 1/2 (Sep. 1931).

Richards, I. A. *Basic Teaching: East and West.* London: Kegan Paul, Trench, Trubner & Co. Ltd., 1935.

Richards, I. A. *Mencius on the Mind: Experiments in Multiple Definitions.* Chippenham: Curzon, 1997.

Richards, I. A. *Practical Criticism: A Study of Literary Judgment.* Cambridge:

Cambridge University Press, 1930.

Richards, I. A. *Principles of Literary Criticism*. London: Routledge, 1924.

Richards, I. A. *Science and Poetry*. London: Kegan, Paul, Trench, Trubner, 1926.

Richards, I. A. *Selected Letters of I. A. Richards*. John Constable ed. Oxford: Clarendon Press, 1990.

Richards, I. A. *The Philosophy of Rhetoric*. New York: Oxford UP, 1936.

Robert Payne, ed. *Contemporary Chinese Poetry*. London: Routledge, 1947.

Robert Payne, ed. *The White Pony: An Anthology of Chinese Poetry from the Earliest Times to the Present Day*. New York: John Day Company, 1947.

Rosenbaum, S. P. ed. *The Bloomsbury Group: A Collection of Memoirs, Commentary and Criticism*. Toronto: University of Toronto Press, 1975.

Russell, Bertrand & Dora Russell. *The Prospects of Industrial Civilization*. London: George Allen & Unwin, 1959.

Russell, Bertrand. *The Autobiography of Bertrand Russell 1914 – 1944*. Boston: Little, Brown and Company, 1951.

Russell, Bertrand. *The Collected Papers of Bertrand Russell. Vol. 15: Uncertain Paths to Freedom: Russia and China, 1919 – 1922*. Richard Rempel, et al. eds. London: Routledge, 2000.

Russell, Bertrand. *What I Believe*. London: Kegan Paul, 1925.

Russell, Bertrand. *The Selected Letters of Bertrand Russell: The Public Years (1914 – 1970)*. Nicholas Griffin ed. London: Routledge, 2001.

Russo, John Paul. *I. A. Richards: His Life and Work*. Baltimore: John Hopkins UP, 1989.

Ryan, Alan. *Bertrand Russell: A Political Life*. London: Allen Lane, 1988.

Said, Edward. "Narrative, Geography and Interpretation," *New Left Review* 180 (1990): 81 – 97.

Said, Edward. *Culture and Imperialism*. New York: Vintage Books, 1993.

Said, Edward. *Orientalism*. New York: Vintage Books, 1979.

Said, Edward. *Reflections on Exile and Other Essays*. Cambridge Mass.: Harvard University Press, 2000.

Said, Edward. *The World, the Text and the Critic*. Cambridge: Harvard University Press, 1983.

Scammell, Michael. "A Chinaman in Bloomsbury," *The Times Literary Supplement* 4084 (July 10, 1981).

Seshagiri, Urmila. *Race and the Modernist Imagination*. Ithaca: Cornell University Press, 2010.

Shahriari, Lisa & Gina Potts eds. *Virginia Woolf's Bloomsbury*. New York: Palgrave MacMillan, 2010.

Sharpe, Tony. *W. H. Auden*. London: Routledge, 2007.

Shiao, Ling A. "Review: *Gutenberg in Shanghai: Chinese Print Capitalism, 1876–1937*," *Enterprise & Society* 6.4 (December 2005): 714–716.

Shih, Shu-mei. *The Lure of the Modern: Writing Modernism in Semicolonial China, 1917–1937*. California: University of California Press, 2001.

Shih, Shu-mei. *Visuality and Identity: Sinophone Articulations across the Pacific*. Berkeley: University of California Press, 2007.

Shih, Shu-mei. *Writing Between Tradition and the West: Chinese Modernist Fiction, 1917–1937*. Diss. UCLA, 1992.

Sickman, Laurence. "In Memoriam: Gustav Ecke (1896–1971)," *Archives of Asian Art* 26 (1972/1973): 6–8.

Sitwell, Edith. *Selected Letters of Edith Sitwell*. London: Virago Books, 1997.

Sitwell, Edith. *Taken Care of: The Autobiography of Edith Sitwell*. London: Hutchinson, 1965.

Sitwell, Osbert. *Escape with Me! An Oriental Sketchbook*. London: Macmillan, 1949.

Sitwell, Osbert. *Laughter in the Next Room*. London: Macmillan, 1949.

Smith, Bernard. *Modernism's History: A Study in Twentieth-century Art and Ideas*. New Haven: Yale UP, 1998.

Southworth, Helen, ed. *Leonard and Virginia Woolf, the Hogarth Press and the Networks of Modernism*. Edinburgh: Edinburgh UP, 2010.

Spence, Jonathan D. *The Search for Modern China*. New York: W. W. Norton, 1999.

Stansky, Peter & William Abrahams. *Julian Bell: From Bloomsbury to the Spanish Civil War.* Stanford: Stanford UP, 2012.

Stansky, Peter & William Abrahams. *Journey to the Frontier: Julian Bell & John Conford: Their Lives and the 1930s.* London: Contstable, 1966.

Taylor, D. J. *Bright Young People: The Lost Generation of London's Jazz Age.* New York: *Farrar, Straus and Giroux*, 2007.

The Letters between E. M. Forster and Xiao Qian, 1941–1949. The Library of King's College, Cambridge.

Tolley, A. T. ed. *John Lehmann: A Tribute.* Ottawa: Carleton University Press, 1987.

Trilling, Lionel. *Matthew Arnold.* New York: Harcourt Brace Jovanovich, 1954.

Waley, Arthur David. "Our Debt to China," *The Asiatic Review* 36 (July 1940): 554–555.

Waley, Arthur. "Introduction," *One Hundred and Seventy Chinese Poems.* London: Constable, 1962.

Wallace, Jo-Ann. "Laura Riding and the Politics of Decanonization," *American Literature* 64.1 (Mar. 1992): 111–126.

Wang, Hui. *A Postcolonial Perspective on James Legge's Confucian Translation: Focusing on His Two Versions of Zhongyong.* Diss. Hong Kong Baptist University, 2007.

Waugh, Evelyn. *Brideshead Revisited.* London: Chapman & Hall, 1945.

Welland, Sasha Su-Ling. *A Thousand Miles of Dreams: The Journeys of Two Chinese Sisters.* Lanham: Rowman & Littlefield, 2007.

Wen, Yuanning. *Imperfect Understanding.* Shanghai: Kelly & Walsh, 1935.

Who's Who in Far East. London: Kegan Paul, Trench, Trubner & Co., 1907.

White, Hayden V. ed. *Figural Realism: Studies in the Mimesis Effect.* Baltimore: Johns Hopkins UP, 1999.

Wilfred Stone, G. E. Moore, David (Bell) Garnett, Angelica Garnett, Clive Bell, F. L. Lucas, Patrick Wilkinson, Noel Annan and Leonard Woolf. "Some Bloomsbury Interviews and Memories," *Twentieth Century Literature*

43.2 (Summer, 1997): 177-195.

Williams, Raymond. *Culture and Society 1780 – 1950.* London: Chatto and Windus, 1958.

Williams, Raymond. *The Country and the City.* London: Chatto and Windus, 1973.

Willis Jr., J. H. Jr. *Leonard and Virginia as Publishers: The Hogarth Press, 1917 – 1941.* Charlottesville, VA: University Press of Virginia, 1992.

Wolfe, Jesse. *Bloomsbury, Modernism, and the Reinvention of Intimacy.* Cambridge: Cambridge University Press, 2011.

Wood, Frances. *The Lure of China: Writers from Marco Polo to J. G. Ballard.* New Haven & London: Yale University Press, 2009.

Woolf, Leonard. *Beginning Again, Downhill All the Way, The Journey Not the Arrival Matters.* London: Hogarth Press, 1964.

Woolf, Leonard. *Beginning Again: An Autobiography of the Years 1911 – 1918.* London: The Hogarth Press, 1964.

Woolf, Leonard. *Letters of Leonard Woolf.* Frederic Spotts ed. New York: Harcourt Brace Jovanovich, 1989.

Woolf, Virginia. *Roger Fry: A Biography.* New York: Harcourt Brace Jovanovich, 1968.

Woolf, Virginia. The *Letters of Virginia Woolf.* 6 vols. Nigel Nicolson and Joanne Trautmann eds. London: Chatto and Windus, 1975 – 1980.

Woolmer, Howard. *A Checklist of the Hogarth Press 1917 – 1946.* Revere, Penn.: Woolmer and Brotherson, 1986.

Wright, Iain. "F. R. Leavis, the *Scrutiny* Movement and the Crisis," *Culture and Crisis in Britain in the Thirties.* Clark, Jon, Margot Heinemann, David Margolies & Carole Snee eds. London: Lawrence and Wishart, 1979.

Wu, John C. H., Wen Yuanning, Quan Zenggu and Lin Yutang eds. *T'ien Hsia Monthly.* Sun Yat-sen Institute for Advancement of Culture and Education. Shanghai: Kelly and Walsh, Ltd., 1935 – 1941.

Wu, John C. H. "Beyond East and West," *T'ien Hsia Monthly* 4.1 (January 1937).

Zhang Zao, "development and Continuity of Modernism in Chinese Poetry Since 1917," in *Inside Out: Modernism and Postmodernism in Chinese Literary Culture*. Wendy Larson and Anne Wedell-Wedellsborg eds. Aarhus, Denmark: Aarhus UP, 1993.

Zhang, Xudong. *Chinese Modernism in the Era of Reforms: Cultural Fever, Avant-garde Fiction, and the New Chinese Cinema*. Durham: Duke UP, 1997.

Ziegler, Philip. *Osbert Sitwell*. London: Chatto and Windus, 1998.

参考文献说明

全英文刊物《天下月刊》刊载的所有现代主义文章请详细参考本书第五章"跨文化场的中国缘起：现代风的洗礼"第二节"《天下月刊》与跨文化的现代主义"的相关统计表格。

林纾翻译的所有英国文学作品详细参考本书第五章"跨文化场的中国缘起：现代风的洗礼"第三节"林纾的英国文学翻译与中国的英国文学话语"的相关统计表格。

徐志摩的所有英国文学翻译和研究详细参考本书第九章"现代主义的中国使徒：徐志摩的英国现代主义感知和传播"第二节"徐志摩与英国文学的缘分"的相关统计表格。

叶公超的所有文学评论和翻译详细参考本书第十章"叶公超的中英诗学新境界"第二节"大学教授和文学理论家叶公超：1926—1940年"的相关统计表格。

钱锺书的所有文学评论和翻译详细参考本书第十一章"钱锺书的理论对话与转化：中国现代批评的格局"第一节"钱锺书的人际关系网络与出版发表媒介网络"、第二节"钱锺书著述的比较诗学格局"的相关统计表格。

后　　记

　　天地有心，万类同气。天地有情，万灵共感。固执于差异和殊类，易流于乖张偏狭。止步于卑微的个体生命情怀或单个阶级、单一族群、单向度的归属感或认同，无异于自我封闭，陷于绝境孤地。佛家的慈悲，儒家的中庸，道家的中和，不仅仅是迈向自由精神世界的圣谛金丹，而且是华夏文明不断蝶变重生的精神化运动中最纯粹的精神实在。于近两三百年来在荆棘丛中扑腾、在歧路徘徊、在戾气贪邪中叹息的西方现代性之路而言，它们共同指向另一条人类文明的金丹大道。卡尔·雅斯贝尔斯谓呼吸之间人类诸文明展开浩荡画卷，道家秘籍讲呼吸之间可寿蔽天地。我们可以说，呼吸之间，不同个体、不同群体、不同文明，通过跨文化的能量磁场，相互滋养。

　　这本书见证了我的思想过程。其中很多思考和见解得益于六年来陪伴在我周围的博士生。是他们在每周的研讨班上娓娓道来的心得启发了我，是他们在美国大学图书馆里为我搜集到关键的研究资料。有的甚至花费数周的时间泡在北京国家图书馆，为我搜集整理钱锺书先生1930—1940年代发表文章的文献目录和影印件。所谓教学相长，其实我更多地受益于我的学生弟子，我更应该感谢他们的真诚、无私和执著。

　　君子之交，不染尘俗，高山白雪；不着名利，淡泊如水；不失义气，剑胆琴心；譬若皓月朗朗，高山流水。在此由衷感谢中国社会科学院的王逢振先生、北京大学的周小仪兄、中国人民大学的陈世丹兄、北京科技大学的陈红薇教授、西南大学的刘立辉兄。他们对我的欣赏和鞭策是浮华人世的凉风清音。

初冬的夜里，月寒星稀，练完拳后坐在温暖如春的室内。一直陪伴了我们一家的爱犬欢欢温顺地蜷躺在脚边休息。夫人赵晓玲多年来的帮助、温润如玉的大家闺秀涵养都融入了历久弥新的生活情景。

屈指算来，从西南温醇富饶的巴山蜀水北来燕京富贵之都已是十一载。人生又有多少个十一载供我们奢侈？初来只是备尝诸种艰辛，也是青壮年意气风发的时候，继之又历尘世劫数，唯有度化禅修。十一载的修炼逐渐沉静空松下来，在京城熙熙攘攘之地，学着与大德高僧切磋佛法，学着亲近太极拳界高人，参透自然天地玄妙，又以之入学问一途，始有别开生面、妙趣横陈、天然通融之心得。

谨以此书献给曾经的峥嵘时光！献给所有结下福缘的人！献给我的母校北京外国语大学！

陶家俊
2017 年 11 月 13 日夜，于北京北外西院寓所